L'or du ciel

JUDITH MICHAEL

Prête-moi ta vie-1	*J'ai lu*	1844/4
Prête-moi ta vie-2	*J'ai lu*	1845/4
L'amour entre les lignes-1	*J'ai lu*	2441/4
L'amour entre les lignes-2	*J'ai lu*	2442/4
Une héritière de haut vol-1	*J'ai lu*	2913/6
Une héritière de haut vol-2	*J'ai lu*	2914/6
Une autre femme	*J'ai lu*	3012/8
Une femme en colère-1	*J'ai lu*	3300/6
Une femme en colère-2	*J'ai lu*	3301/6
Farouche	*J'ai lu*	3721/10
L'or du ciel	*J'ai lu*	4226/7

Judith Michael

L'or du ciel

Traduit de l'américain
par Evelyne Gauthier

Éditions J'ai lu

Pour nos amis,
David et Judy Schramm,
Alan et Leila Marcus,
Larry et Carolyn Zaroff

Titre original :

POT OF GOLD
Poseidon Press/Simon and Schuster Building, New York

1

Le jour où Claire gagna à la loterie était un mercredi de mai. Ce même jour, sa fille reçut son diplôme de fin d'études secondaires, leur chien disparut, et leur propriétaire annonça une augmentation du loyer.

Après la cérémonie de remise des diplômes, elle et Emma étaient rentrées à l'appartement. Emma rayonnait dans la robe bouton-d'or que sa mère avait terminée in extremis la veille au soir. Pendant que Claire parcourait le courrier, Emma appela le chien.

— Toby ! Toby !... Il n'est pas là..., dit-elle après avoir inspecté leurs deux petites chambres et la kitchenette.

— On ne l'a pas fait sortir avant de partir, ce matin ? demanda distraitement Claire en ouvrant l'enveloppe à en-tête de leur propriétaire. Il est sans doute dans la cour, il ne s'éloigne jamais sans toi, tu sais bien !... Quoi ! Une augmentation de cinquante dollars par mois ! Nous ne pouvons pas nous permettre de payer tant...

— Toby ! appela Emma par la fenêtre.

Elle sortit, explora la cour sans cesser d'appeler.

— Il est parti, dit-elle à sa mère en revenant. Il ne fait jamais ça, il ne s'est pas sauvé une seule fois depuis le jour où je l'ai trouvé dans la ruelle. A moins qu'il ne se soit trouvé une petite amie ?... Je l'ai vu en compagnie d'un autre chien, la semaine dernière. Il n'a plus besoin de moi, alors... (Elle s'immobilisa au milieu du salon, les yeux agrandis par l'appréhension.) Tout change d'un seul coup !

— Et en plus, nous allons sans doute être obligées de déménager, murmura Claire.

« Un appartement plus petit, dans un autre quartier,

peut-être plus près de mon travail, mais dans une partie de la ville sans doute moins sûre... »

Elle chassa cette pensée. Cela faisait dix-sept ans qu'elle circulait seule dans Danbury, elle n'allait pas commencer à se faire du souci pour ça.

« Et maintenant qu'Emma a une bourse pour entrer à l'université, je pourrai louer un appartement plus petit... Mais quand même, il me faudra un coin pour elle, elle reviendra souvent à la maison, elle a besoin de moi, nous avons besoin l'une de l'autre... »

C'est alors que la sonnette retentit.

— Ah, quelqu'un a trouvé Toby, dit joyeusement Emma... Je savais bien qu'il ne pouvait pas être parti pour...

La porte s'ouvrit brusquement et Gina, la meilleure amie de Claire, fit irruption dans la pièce en agitant un papier.

— Je crois que ça y est, Claire, tu as gagné ! Regarde !

— Quoi !

— Où est ton billet ? demanda Gina d'une voix impérieuse.

Gina était grande, avec des cheveux noirs peignés en arrière et laqués avec du gel, des traits bien dessinés et de grandes mains qu'elle agitait en parlant, surtout lorsqu'elle était surexcitée.

— Tu sais bien, insista-t-elle, le billet de loterie que tu as acheté hier ! Allons, Claire, réveille-toi ! Où l'as-tu mis ?

— Quel billet ? demanda Emma.

— Un billet de loterie, expliqua Claire.

Comme pétrifiée, elle regardait Gina, qui répéta :

— Où l'as-tu mis ?

— Tu achètes encore ces trucs, maman ? Je pensais que tu avais arrêté depuis longtemps. Tout le monde sait que c'est nul !

Claire ouvrit son sac. Cela faisait des années qu'elle s'amusait à acheter chaque semaine, à la même heure et au même endroit, un billet de loterie. L'unique dose de rêve dans sa vie quotidienne.

— Il est quelque part là-dedans, marmonna-t-elle.

Gina lui arracha le sac et, avec la familiarité d'une

amie de longue date (elles se connaissaient depuis quinze ans), y fouilla pour trouver le petit papier bleu.

— Le voilà... Je suis sûre des deux premiers chiffres, 2 et 0. Et je crois me souvenir de la suite... 1, 2... lut-elle sur le billet... Attendez, ils ont annoncé le numéro gagnant aux informations, et je l'ai noté.... Juste au cas où... J'ai eu l'impression que c'était le même... 3, 9, 0, 8, 8, 2, 0...

Un large sourire se dessina sur son visage. Elle regarda son amie.

— Tu l'as ! En plein dans le mille ! Tu te rends compte, Claire ?

— Maman a gagné ?

— Tout juste... Regarde !... (Elle lui tendit le billet)... Elle a gagné à la loterie ! Ta fantastique, extraordinaire, merveilleuse mère a gagné le gros lot !

— Combien ?

Toujours sous le choc, Claire ouvrit la bouche pour répondre, mais aucun son ne sortit.

— Dis-lui, mais dis-lui donc ! cria Gina, dansant pratiquement sur place.

Silence.

— 60... millions... de dollars, articula enfin Claire avec l'impression de proférer des absurdités.

Emma poussa un cri et se laissa tomber sur un pouf.

— Répète-le, implora Gina, j'adore ces mots ! 60 millions de dollars. C'est incroyable ! Seigneur, quand je pense que je ne voulais pas m'arrêter au bureau de tabac, c'est toi qui as insisté en disant que ça ne te prendrait qu'une seconde, juste le temps d'acheter le billet... Tu te rends compte... Si tu m'avais écoutée, je t'aurais gâché tout le reste de la vie. Dieu merci, tu as fait la sourde oreille ! Je n'arrive pas à y croire... 60 millions... Evidemment, ils ne vont pas te remettre la somme d'un seul coup, n'est-ce pas ? Il y a tout un processus.

— C'est payé sur vingt ans, expliqua Claire.

Sa voix sonnait à ses propres oreilles comme celle d'une autre, et elle se sentait comme ankylosée.

« Ça n'arrive qu'aux autres, ce genre de miracle ! Rien ne m'arrive jamais, ce n'est pas possible ! »

Emma écarquilla les yeux et essaya de donner de la réalité aux chiffres en les diminuant.

— On va recevoir 3 millions de dollars par an pendant vingt ans ?

Le regard de Claire croisa le sien, et toutes deux partirent d'un éclat de rire nerveux. Et, pour la première fois, la stupéfiante nouvelle parut un peu moins irréelle.

— Attends, laisse-moi réfléchir... Non, je suis sûre que l'on ne reçoit pas tout ça. Je suis quasi certaine qu'il y a une retenue d'impôts à la base, un tiers à peu près, je crois. Quand même...

— C'est assez confortable, hein? interrompit Gina d'un ton ironique. 2 millions de dollars par an pendant vingt ans, ce n'est pas à dédaigner. Et ce n'est qu'un point de départ, tu comprends ? Si tu le voulais, tu pourrais sans doute emprunter la lune, à cette minute. Qui refuserait de te faire crédit en sachant que chaque année tu vas recevoir de l'État du Connecticut un chèque d'un tel montant ? Claire, tu peux faire tout ce que tu veux !

— Nous sommes riches, murmura doucement Emma, les yeux brillants. Riches, super-riches, richissimes !... Même dans mes rêves les plus fous, je n'ai jamais imaginé une chance pareille !

— Et maintenant, demanda Gina, comment fais-tu pour l'obtenir, Claire ?

Claire écoutait dans sa tête la voix de sa fille, savourant les adjectifs *riches, super-riches, richissimes.*

— Pour avoir quoi ?

— Pour avoir l'argent ! Ils vont t'envoyer un chèque de 2 millions de dollars ou te le donner de la main à la main ?

— Je ne sais pas... Je ne peux même pas me l'imaginer.

Elle oscillait entre euphorie et angoisse : cela ne pouvait pas lui arriver à elle... Gina avait mal entendu... le présentateur avait mal lu les chiffres... Le gagnant était quelqu'un d'autre, ce ne pouvait être elle, jamais elle n'avait gagné quoi que ce soit.

— Peut-être l'envoie-t-on par la poste...

— Mais comment savent-ils que c'est maman qui a gagné ?

— Mon Dieu, bien sûr qu'ils ne le savent pas, gémit Gina. Qu'est-ce qu'on fait là, toutes les trois, à bavarder ? Claire, il faut que tu les appelles !

— Qu'elle appelle qui ?
— C'est vrai, il doit y avoir un numéro quelque part, sur le billet. Je peux le voir ?
Gina le lui rendit et, tandis que Claire téléphonait, elle prit Emma dans ses bras et l'embrassa.
— Votre vie va changer du tout au tout, tu sais ! Dans ses moindres détails... Tu arrives à y croire ? Vous ne serez plus jamais les mêmes, toi et ta mère.
— Bien sûr que si ! protesta Claire en raccrochant.
Ses yeux brillaient de joie et d'excitation : une voix inconnue lui avait confirmé que son billet portait le numéro gagnant et avait précisé qu'elle était seule à avoir gagné le gros lot. Tout l'argent lui revenait, elle venait bel et bien de gagner 60 millions de dollars. Claire sourit à sa fille et à son amie. Elle débordait d'affection pour elles, pour les autres, pour le monde entier.
— Nous allons être très riches, mais cela ne changera rien, au fond. Nous resterons pareilles, et nos amis les plus chers seront toujours les mêmes.
— Rien ne sera jamais comme avant, la contredit Gina. Ce sera... (elle fronça les sourcils, soupira). Enfin, peut-être as-tu raison, qui sait ? Notre amitié a traversé tellement d'épreuves, elle résistera bien à 60 millions de dollars ! Bon, alors, par quoi vas-tu commencer ?
— Par payer les factures, le crédit pour la voiture...
— Ô maman, interrompit Emma, tu ne peux pas trouver quelque chose de plus enthousiasmant ?
Le téléphone sonna, Emma décrocha.
— Claire Goddard ? demanda une femme avec précipitation. Je suis Myrna Hess, du *Danbury Times*, et je veux vous interviewer au sujet du gros lot. Je peux être chez vous dans dix minutes, moins, même. Je veux seulement m'assurer que vous ne parlerez à personne d'autre avant que...
— Je ne suis pas Claire Goddard, parvint à glisser Emma, je vous la passe...
— Non, attendez... Qui êtes-vous, une amie, une parente ?
— Je suis sa fille.
— Oh, super, elle a de la famille ! Dites à votre mère que j'arrive tout de suite. Souvenez-vous, Myrna Hess, le

Danbury Times, ne parlez à personne d'autre!... J'arrive, ajouta-t-elle avant de raccrocher brutalement.

— Il y a une journaliste qui va venir, dit Emma à sa mère. Comment a-t-elle fait pour nous trouver si vite?

— Il y a probablement des journalistes qui traînent au bureau de la loterie à chaque tirage, répondit Gina. Le droit à l'information passe avant tout, de nos jours! De toute façon, dans cette ville, c'est sans doute le plus grand événement depuis la guerre d'Indépendance!

La sonnette retentit, et Claire alla ouvrir.

— Salut! Je suis Parker Webb, du *Danbury Times*, madame Goddard.

Un flash crépita derrière lui, et l'aveuglante lumière était à peine disparue que deux hommes entraient.

— Quel effet cela fait-il d'être l'une des femmes les plus riches du pays?

— Je ne sais pas... Quelqu'un de votre journal vient d'appeler... une femme. Elle a dit qu'elle arrivait tout de suite. Vous êtes ensemble?

— Myrna a déjà appelé? Pas bête, la mère Hess, mais pas assez rapide pour battre Parker Webb de vitesse. Bien fait pour sa pomme!

— Madame Goddard?

Une femme brune, élancée, se tenait sur le pas de la porte.

— ... Je suis Barbara Mayfair, continua-t-elle, de la chaîne de télévision WCDC. Nos spectateurs vont adorer vous voir en chair et en os!

— En chair et en os?

— Enfin..., presque! Lorsque les téléspectateurs voient des célébrités à la télévision, ils ont l'impression de les rencontrer en personne. Après tout, ils ne les verront jamais de plus près!... Maintenant, j'aimerais enregistrer une interview pour les infos de ce soir, mais c'est terriblement encombré, ici. Si nous pouvions disposer d'un peu plus d'espace...

— Elle veut qu'on se tire, traduisit aimablement Parker Webb. Barbie chérie, attends ton tour! On était là avant toi.... Alors madame Goddard, quel effet cela fait-il d'apprendre qu'on a gagné 60 millions de dollars?

— Je n'y ai pas cru.

— Maintenant vous y croyez, quand même?

Il aperçut le billet bleu dans la main de Claire.

— Sid, une photo de ça!... Eh, Sid, tu es toujours là?

Le photographe avait remarqué la beauté éclatante d'Emma et faisait le tour de la pièce en prenant des photographies d'elle. La jeune fille feignait de ne pas le voir mais se penchait un peu vers lui, avec un demi-sourire sur ses lèvres parfaites.

— D'accord, tout de suite, mon vieux!

— Le billet... Voudriez-vous le tenir face à l'objectif, mademoiselle... Euh... Mademoiselle...?

Emma obéit sans répondre.

— Alors, avez-vous décidé de ce que sera votre premier achat? demanda le journaliste.

— Un majordome pour ouvrir la porte.

Barbara Mayfair rit, Emma sourit, et le photographe fit une autre photo.

— Pourquoi ça? demanda Webb.

— Pour ne plus me laisser surprendre par des gens réclamant des interviews.

— Vous dites ça parce que j'aurais d'abord dû vous téléphoner? Mais je vous ai déjà expliqué... Si j'avais téléphoné, Myrna serait arrivée avant moi, Barbara Mayfair aussi, et ma réputation serait fichue. Allons, madame Goddard, pourquoi ne pas m'accorder une interview? Pour moi, c'est très important, il ne se passe jamais rien à Danbury. Pour une fois que je tiens un scoop! Quinze minutes, je vous promets, puis ce sera le tour de Barbie.

Une petite femme rondelette fit irruption dans la pièce.

— Pour l'amour du ciel, Parker, tu aurais pu vérifier qu'il n'y avait pas déjà quelqu'un qui couvrait le sujet!

— Salut, Myrna! La prochaine fois qu'un habitant de cette ville gagnera le gros lot, je te le laisse, c'est promis!

Le regard de Myrna passa sur Gina puis vint se fixer sur Emma.

— C'est vous la fille? Vous avez dit que vous ne parleriez à personne d'autre...

— Je ne vous ai rien promis, protesta Emma.

— Exact! confirma Gina, qui n'avait rien dit jusqu'alors.

— Vous êtes qui, vous, une parente ?

Le téléphone sonna, Claire décrocha, écouta.

— Un certain Mick Wales, vous connaissez ? demanda-t-elle à Webb.

— Le *Newalk Crier*. Ils sont déjà sur le coup ? Alors démarrons cette interview !

— Et voici le *New York Post*, remarqua Barbara Mayfair.

Elle s'appuya au mur et se poussa un peu pour laisser de la place à son cameraman, tandis qu'un petit homme à cheveux gris et à épaisses lunettes cerclées de noir se glissait dans la pièce.

— Skip Farley, se présenta-t-il à Claire, qui tenait toujours le récepteur contre son oreille. Vous distribuez des numéros ?

— Non, je ne peux pas vous recevoir aujourd'hui, répondit Claire à Wales. Appelez-moi demain matin.

Elle raccrocha et désigna la table de la salle à manger encadrée de quatre chaises.

— Asseyez-vous là, dit-elle à Farley, à Myrna Hess et à Barbara Mayfair, pendant que je parle à... Oh pardon, j'ai oublié votre nom...

— Parker Webb.

Il regarda les trois autres, mais Claire devina sa pensée et secoua la tête.

— Si vous entendez tous ce que j'ai à dire, je n'aurai pas besoin de le répéter, ça ira plus vite. Emma et moi n'avons pas encore eu une minute à nous pour réfléchir à ce qui vient de nous arriver.

Myrna avait mis le grappin sur Gina.

— Je peux vous parler, d'accord ? Vous êtes une parente, une amie ? Comment a-t-elle appris qu'elle avait gagné ? Quelle a été sa réaction ?

Gina secoua la tête.

— Claire vous dira elle-même ce qu'elle accepte de voir publier.

De mauvaise grâce, Webb s'était assis sur le sofa. Claire prit une chaise et s'installa en face de lui. Elle aperçut Emma, qui regardait d'un air songeur par la fenêtre, et devina que la jeune fille, mine de rien, posait pour le photographe. Il prenait photo sur photo, en gros plan, puis reculait sans un mot, totalement concentré sur la beauté de son modèle. C'était impressionnant, inquiétant, même.

— Cela suffit, intervint-elle sèchement. Vous avez assez de photos, je crois.

— Allons, Sid, au boulot, grommela Webb. Fais-nous une ou deux photos de l'appartement, une vue de l'extérieur, et puis plusieurs de Mme Goddard. J'en veux une quand elle est en train de parler, une autre avec le billet de loterie à la main, enfin, le grand jeu, quoi!... Alors, commençons par le début, continua-t-il à l'adresse de Claire. Vous et votre fille habitez ici depuis...

— Dix-sept ans.

— Divorcée, veuve?

— Divorcée.

— Récemment?

— Depuis longtemps.

— Depuis combien de temps?

— Ça n'a rien à voir avec ce dont nous parlons.

— Donnez-moi juste un chiffre, ça m'aiderait. Cinq ans? Dix ans? Dix-sept?

— Ça n'a aucun rapport avec le sujet du reportage, s'obstina Claire, de plus en plus mal à l'aise.

C'était la première interview de sa vie, à part les entretiens avec des employeurs. Mais, aujourd'hui, c'était à la presse qu'elle parlait: des gens qu'elle ne connaissait ni d'Eve ni d'Adam allaient lire son histoire, regarder sa photographie et celle d'Emma. C'était le moment ou jamais de se montrer intelligente et spirituelle et de ne pas se laisser déborder. Facile à dire...

— Que voulez-vous savoir d'autre?

— Tout nous intéresse, madame Goddard. Quel âge avez-vous?

— Trente-cinq ans.

— Et Emma?

— Dix-sept.

— Combien de billets de loterie avez-vous achetés?

— Un.

— Un seul? Vous avez gagné avec un seul billet?

— Ça suffit...

— Oui, mais, pour augmenter leurs chances, les gens en achètent parfois plusieurs.

— Je ne cherchais pas à gagner, c'était un jeu.

— Alors pourquoi en acheter régulièrement ?

— Je vous l'ai dit, c'était un jeu..., une façon de rêver...

La porte s'ouvrit, et une femme maigre à cheveux gris parcourut la pièce du regard et vit Claire.

— Madame Goddard ? Je suis Blanche Eagle, je travaille pour le *New York Times*. On m'a demandé de...

— Par là, dit Webb en lui désignant les autres journalistes groupés dans un coin de la pièce. Il aurait vraiment fallu des numéros, maugréa-t-il.

— Madame Goddard, le *New York Times*, articula Blanche Eagle en détachant bien les mots. Je suis certaine que vous préférerez nous parler plutôt qu'à un journal local.

— J'ai promis à M. Webb, répondit Claire. D'ailleurs, il était là le premier. Si vous ne voulez pas attendre...

— Juste quelques instants, alors, répondit sèchement la journaliste avant de rejoindre les autres.

Goût du rêve, griffonna Webb avant de poursuivre.

— Eh bien, madame Goddard, à quoi aimez-vous rêver ? Lesquels de vos rêves vont devenir réalité, maintenant que vous possédez cette fortune ?

— Je vous l'ai déjà dit, je n'ai pas encore pris de décision.

— Ouais... Vous ne pourriez pas être un peu plus coopérative, madame Goddard ? Que voulez-vous que je raconte sur le fait que vous n'avez pas encore pris de décision ? Bon, alors, parlons de vous... Que prenez-vous le matin au petit déjeuner ? Allez-vous changer votre menu ?

— Je mange des toasts avec de la confiture de framboises. Il se peut que j'essaie les œufs brouillés aux truffes, rétorqua Claire, surprise de sa propre réponse. Elle avait lu une fois dans un magazine une description de ce plat qui lui avait mis l'eau à la bouche et n'y avait plus repensé depuis.

— Parfait ! approuva Webb en prenant rapidement des notes.

— Et votre travail ? Vous travaillez dans cette ville ?

— A *Danbury Graphics*.

— Vous y faites quoi ?

— Je suis graphiste.

— Qu'est-ce que vous dessinez ?

— Tout, depuis des couvertures de livres jusqu'à des boîtes de céréales.

— Non !... Et ça s'étudie en fac, ça ?

— Oui.

— Où ?

— A la Western Connecticut State University.

— C'est là que vous avez obtenu vos diplômes ?

— Je n'ai pas terminé mes études, j'ai dû les abandonner pour travailler.

— Et maintenant, vous allez démissionner, j'imagine ?

— Quitter mon travail ? Je ne sais pas, je n'y ai pas encore réfléchi.

— Eh bien, ne pourriez-vous y penser un peu maintenant ? Posséder 60 millions de dollars, ça change la vie, non ?

— Oui, mais... (Claire soupira.) Oh, je suppose que j'aimerais être propriétaire de ma maison... Et ma voiture a dix ans, alors, je vais sans doute la changer pour une neuve.

— Une Mercedes ? Une BMW ? Une Porsche ?

— Euh... Je n'y ai pas...

— Je sais, vous n'y avez pas encore réfléchi ! Et un avion, ça ne vous tente pas ?

— Un avion ?

— Vous n'avez pas l'intention d'en acheter un ?

— Non. Je ne vois pas ce que j'en ferais.

— Pour rejoindre votre destination à l'heure qui vous convient, et non à l'heure décidée par une compagnie aérienne, par exemple. Vous allez bien voyager ?

— Oh oui, bien sûr !

— Vous n'avez guère voyagé, jusqu'alors, n'est-ce pas ?

— Jamais. Je n'en avais pas les moyens.

— Ah, on y arrive... Et puis vous allez devoir vous acheter des vêtements, pour ces voyages. Quels sont les vêtements dont vous rêvez ?

Claire se leva brusquement.

— Excusez-moi, monsieur Webb, je ne m'en tire pas très bien. Vos questions sont trop personnelles, je n'ai pas l'habitude de parler de moi, je n'aime pas le faire, je ne sais pas le faire, et je n'ai pas l'intention d'apprendre à le faire.

Webb se tourna vers Emma.

— Quel effet cela fait-il, de voir sa mère gagner le gros lot à la loterie ?

— Je me sens riche et heureuse.

— Vous allez demander à votre mère de vous acheter une garde-robe complète, des bijoux, quoi d'autre encore ?

— Je ne sais pas, nous verrons. Ma mère m'a toujours offert bien plus de choses qu'elle ne s'en achetait pour elle-même.

— C'est gentil, ça, murmura Webb en écrivant. Vous avez toujours l'intention de poursuivre vos études ?

— Pourquoi pas ?

— Eh bien, vous n'avez plus besoin d'apprendre un métier, maintenant, vous pourriez passer tout votre temps à vous distraire.

— Je ne vais pas à l'université pour apprendre un métier, j'y vais pour découvrir comment fonctionne le monde, rencontrer des personnes intelligentes et sympathiques, et aussi... mûrir.

— C'est gentil, ça, répéta-t-il.

« Une gentille fille, cette petite. Et superbe en plus... Ces beaux cheveux, blond vénitien, si longs, un peu en désordre comme ceux de toutes les filles de son âge... Un délicieux sourire... De grands yeux gris, avec des cils immenses... Elle a beaucoup d'affection pour sa mère, elle lui ressemble beaucoup, en fait. »

Il jeta un coup d'œil à Claire, qui avait les yeux fixés sur Emma. La ressemblance ne sautait pas aux yeux, parce que la petite avait toute l'effervescence et l'énergie de son âge, alors que la mère semblait posée, réservée, presque méfiante. Ses cheveux étaient plus foncés, châtain sombre, avec des reflets dorés à la lumière des flashes, mais raides et mi-longs, ce qui ne convenait pas du tout à sa figure étroite. Rien à redire à son visage, très fin. Elle et sa fille avaient la même bouche généreuse, le même merveilleux sourire, des yeux bruns veloutés sous des sourcils droits, la même silhouette mince, bien qu'Emma fût plus grande. Elle était grande pour une fille, cette petite ! Dommage que la mère ne se tienne pas plus droite, elle aurait la même grâce nonchalante, un peu celle d'une danseuse.

— Je veux des photos de vous deux. O.K., Sid, vas-y!

— Une ou deux, répondit Claire, puis ce sera tout.

Webb acquiesça.

— J'ai assez pour écrire mon article. Mais vous allez devoir recommencer tout ça pour Barbie et son opérateur, vous savez!

Claire regarda derrière elle le groupe assis à la table.

— Je crois que nous ferions mieux d'attendre un peu...

— Mais non! protesta Barbara Mayfair en se levant d'un bond. Ce sera très facile, vous allez voir. Vous n'avez qu'à me parler comme vous venez de le faire avec Parker, on va juste bavarder un peu toutes les deux... Non, toutes les trois, avec Emma. Vous ne remarquerez même pas la caméra. Ce sera juste une petite conversation.

— Et moi j'ai seulement une ou deux questions à vous poser. Mon cameraman va arriver d'une minute à l'autre, mais nous n'en aurons que pour quelques instants, déclara Blanche Eagle.

— Moi non plus, ça ne durera pas longtemps, assura l'homme du *New York Post*. Je prends moi-même les photos, on va juste bavarder quelques instants, puis je partirai.

Claire remarqua leur expression tendue.

« Ils occupent chaque coin du salon, je n'ai jamais vu tant de monde en même temps dans cette pièce... Moi qui n'invite toujours que deux ou trois personnes à la fois! »

Si Emma ne semblait pas du tout gênée d'être le point de mire de tous les regards, bien au contraire, sa mère se sentait encerclée, prise au piège, comme si les contours familiers de sa vie étaient en train de s'évaporer. L'espace d'un instant, elle souhaita presque que tout cela ne lui soit pas arrivé. Mais non! c'était absurde, gagner le gros lot était le coup de chance de sa vie. Et ces journalistes ne faisaient que leur métier. Un travail à faire, un délai à respecter... Elle connaissait ça, elle comprenait leur insistance. Elle se tourna vers eux.

— Allez-y... Du moment que ça ne dure pas trop longtemps.

Elle posa avec Emma pour les photos puis s'assit à la table de la salle à manger et attendit les questions avec un sentiment croissant d'irréalité. Elle était chez elle, parlant d'elle-même à des inconnus. « Tout change d'un seul coup ! » avait dit Emma en découvrant la disparition de Toby.

Claire essaya de se rassurer. « Avoir de l'argent ne fait pas une telle différence dans la vie des gens, à moins qu'ils ne le veuillent... Beaucoup de choses demeureront pareilles pour Emma et moi... Notre tendresse respective, notre confiance mutuelle, notre affection pour nos amis... Nous saurons bien ne pas nous laisser dévorer par ce qui nous arrive, nous surmonterons toutes les difficultés... C'est ça, l'avantage de l'argent, il résout bien des problèmes. D'ailleurs, bientôt, cette comédie sera terminée, tout le monde partira. Il se produira un autre événement, et plus personne ne fera attention à nous. »

Le téléphone sonna, on frappa à la porte, et elle vit par la fenêtre le camion d'une autre chaîne de télévision s'arrêter devant chez elle. Plusieurs personnes en descendirent.

— Bienvenue dans la confrérie des célébrités, grinça Parker Webb en lui faisant le salut militaire.

2

Emma trouva que la Mercedes blanche aux sièges de cuir blanc ressemblait à une ambulance.

— Eh bien, choisis une autre couleur, alors !

Quand sa fille posa une main admirative sur un petit cabriolet rouge aux garnitures intérieures noires, Claire fit un signe de tête désinvolte en direction du vendeur.

— Celle-ci aussi, s'il vous plaît !

— On en prend deux ? s'étonna Emma.

— Oh, je pense qu'une fois à l'université tu seras contente d'avoir ton propre véhicule.

— Ô Maman ! (Elle serra Claire dans ses bras.) Tu es fantastique ! Tout est fantastique... et complètement dément !

— Tout juste, dément ! acquiesça sa mère en souriant. Le mot convenait tout à fait à cette impression d'être mal réveillée, hors du réel, et pas trop solide sur ses jambes. Comme une sorte de fébrilité sous-jacente. Au début, six jours plus tôt, c'était juste un peu d'énervement. Maintenant c'était comme une vague de surexcitation, qui tantôt la menait à une envie de tendre les bras vers le monde merveilleux s'offrant à elle, tantôt refluait pour la laisser désemparée. Elle s'attendait à découvrir d'un instant à l'autre que tout cela était une lamentable erreur.

Puis elle s'embrasait de nouveau et avait l'impression qu'elle et Emma, assises sur un manège, attrapaient en tournant tout ce qui passait à leur portée. A leur portée... Si près que c'était comme un rêve étourdissant. Pour la première fois de sa vie, le monde entier, et non une minuscule portion, s'ouvrait devant elle.

Et si le doute envahissait son esprit, il lui suffisait de regarder autour d'elle : les murs lambrissés du bureau du concessionnaire, le chéquier ouvert devant elle et le stylo à côté, le visage du vendeur calculant en silence le montant total, osant à peine respirer et encore moins parler, de peur de prononcer un mot maladroit susceptible de lui faire rater la vente de l'année : deux modèles de luxe en moins de vingt minutes, sans plus d'effort que celui d'ouvrir les portières pour faire essayer le véhicule.

Claire prit son stylo. Elle l'avait acheté ce matin même : ses deux Bic étaient vides, et elle avait envie d'un stylo un peu plus joli. Quand le vendeur lui avait montré celui-ci, elle avait essayé de rester impassible à l'énoncé du prix et griffonné sur le bloc-notes en raisonnant qu'un tel stylo durerait au moins dix ans et qu'il ne coûterait jamais que 35 dollars par an. Puis elle s'était morigénée : il ne faut plus calculer comme ça... Plus question de penser à amortir mes dépenses, je suis assez riche pour acheter tout ce que je veux, même si c'est cher, même si c'est une fantaisie.

— Je le prends, avait-elle ajouté tout haut.

C'était un stylo à encre noir, lourd, avec une étoile blanche au bout. Elle aimait son style vieillot et la fluidité régulière de l'encre coulant de la plume d'or.

Elle le rangea dans son sac neuf, dont le cuir souple l'émerveillait chaque fois qu'elle l'ouvrait. Elle l'avait acheté juste après le stylo, et sans hésiter : elle commençait à s'accoutumer au prix élevé des beaux objets, ceux qui, du temps où elle avait juste assez pour vivre avec Emma, faisaient partie du domaine de l'inaccessible. Maintenant ces petites merveilles, jusqu'alors considérées comme destinées exclusivement à d'autres, pouvaient lui appartenir à elle aussi.

Une vague d'enthousiasme courut dans ses veines, elle frissonna d'émerveillement et d'impatience. Il restait tant à découvrir !

Il y avait trois jours qu'elle avait quitté son travail. Le lundi matin, elle s'était rendue à *Danbury Graphics* à l'heure habituelle, mais, au lieu de s'installer à sa table à dessin, elle était montée au bureau du directeur et l'avait informé de sa décision.

— Je m'y attendais. Et c'est préférable pour tout le monde, vous ne seriez pas heureuse à travailler ici alors que vous pourriez être en train de jouir de la vie. Je ferais de même si j'étais à votre place. Vous avez décidé comment vous allez profiter de votre fortune ?

— Non. Il me reste à découvrir tellement plus que je ne connais ! Je ne sais pas trop par où commencer !

— Eh bien, vous arriverez sûrement à vous décider..., répondit-il distraitement.

Claire ne faisait plus partie de ses employés, elle ne l'intéressait plus. Il lui tendit la main.

— Si jamais vous vouliez revenir..., si quelque chose se passait..., faites-le-nous savoir. Nous avons toujours été satisfaits de votre travail ici. Et puis amusez-vous bien, profitez de tout. Vous allez nous manquer, mais vous serez trop occupée pour penser à nous.

— Mais non... Vous allez tous me manquer à moi aussi.

Ils se serrèrent cérémonieusement la main, comme s'ils n'étaient pas collègues depuis quatorze ans.

— Je reviendrai vous voir de temps en temps, ajouta-t-elle.

— Vous serez trop occupée, répéta-t-il. Vous n'aurez pas le temps de penser à votre vie d'avant. (Il retourna à sa table à dessin.) Au revoir, Claire, profitez-en bien !

— C'est de l'envie, expliqua Gina le soir.

Emma était sortie avec des amis, et les deux femmes s'attardaient devant leur café.

— Il te voit prendre ton envol vers une nouvelle vie, et, lui, il sera encore à *Danbury Graphics* la semaine prochaine, et la semaine suivante. La perspective ne le ravit pas particulièrement.

— Tu as sans doute raison. En tout cas, il a fait de son mieux pour donner l'impression que c'était lui qui me mettait à la porte.

— Il aurait sûrement préféré ! Mais c'est vrai que tu vas être trop occupée pour penser à tes ex-collègues ou retourner leur dire bonjour. Ils ne compteront plus à tes yeux, tu auras tellement de distractions !

Claire hocha énergiquement la tête.

— Mais non ! Tout le monde pense que je vais changer, mais c'est faux !

Gina leva son verre.

— J'en accepte l'augure ! A ton non-changement !

— Ou, du moins, à la préservation de ce qu'il y a de bon dans ma vie. Je ne veux pas le perdre, jamais !

— Tu ne perdras plus jamais rien, à moins que tu ne le veuilles. Ça pourrait être une définition de la fortune. Sauf si tu perds ton argent... Mais ça ne t'arrivera pas, n'est-ce pas ? Tu l'as déjà placé pour qu'il fasse des petits, j'espère ?

— J'ai un administrateur de biens pour s'occuper de ça. Tu m'imagines en train de discuter avec un administrateur de biens ?

— Qui est-ce ?

— Une femme, Olivia d'Oro. J'ai demandé à ma banque, ils m'ont donné une liste de noms, et j'ai choisi la seule femme de la liste. Elle n'a que vingt-neuf ans, ce qui m'a un peu inquiétée au début, mais elle est vraiment compétente et je la trouve sympathique.

— Elle est à New York ?

— Elle travaille dans une société de placement en ville, mais elle a un bureau à Greenwich.

— Et qu'est-ce qu'elle fait de ton argent ?

— Oh, elle le place, rien que des investissements de père de famille. Je lui ai dit que je ne voulais pas prendre de risques... Des bons du Trésor, un portefeuille d'actions solides. Elle m'a ouvert un compte bancaire rémunéré, avec une provision permanente de 100 000 dollars.

— Que se passe-t-il si tu dépasses ? Ton chèque est refusé ?

— Non. Enfin..., je ne l'ai jamais fait, je ne me vois pas dépensant d'un coup une telle somme. Mais Olivia m'a expliqué que, dans ce cas, il y a un transfert de fonds automatique, de sorte que mon compte est aussitôt alimenté du montant manquant.

— Seigneur ! Le principe du mouvement perpétuel ! Sauf que, dans ce cas, c'est de l'argent.

Claire rougit.

— Je sais, ça paraît incroyable. En fait, je n'arrive pas à y croire. Sauf que je dépense, je dépense, et je ne fais jamais de chèques en bois.

— C'est vraiment ma description préférée du paradis ! (Elle se leva et vint serrer son amie dans ses bras.) C'est fantastique, et tu le mérites. Tu as attendu longtemps ton coup de chance. Profites-en ! Ça me fait plaisir de te voir au paradis.

« Je suis au paradis », pensa Claire quelques jours plus tard, encore au lit bien après la sonnerie du réveil. Elle l'avait machinalement mis à sonner la veille et jouissait maintenant de ce luxe : rester couchée à écouter de la musique, en pensant qu'elle pouvait faire tout ce dont elle avait envie.

« Et c'est à moi que ça arrive !... C'est bien moi, encore au lit à cette heure, sans travail à faire, libre d'organiser ma journée comme je l'entends, avec du temps et de l'argent, les deux inconciliables ! »

Elle sortit du lit et regarda par la fenêtre le ciel clair. Bonne journée pour faire des courses... Mais, en baissant la tête, elle vit tous ces inconnus debout sur le trottoir ou attendant dans leur voiture arrêtée.

Ils avaient surgi peu de jours après la parution de sa première interview et semblaient chaque jour plus nombreux. Ils frappaient ou sonnaient à sa porte ou bien s'asseyaient devant chez elle et attendaient.

Elle frissonna ; elle se sentait poursuivie, hantée.

« Je n'y peux rien, n'y pensons plus ! »

Elle s'éloigna de la fenêtre et alla s'habiller.

— On va monter notre garde-robe ? suggéra-t-elle à Emma un peu plus tard.

De nouveau, un frisson d'impatience. S'acheter des vêtements avait toujours été un plaisir rarissime, il était plus économique de confectionner elle-même pratiquement tout ce qu'elle portait.

— ... Nous pourrions peut-être aller *Au Caprice d'Anaïs*, continua-t-elle.

— *Au Caprice d'Anaïs !* Je n'y ai jamais mis les pieds, j'avais bien trop peur de me laisser tenter !

— Eh bien, maintenant, tu peux te laisser tenter ! Nous ferons mieux de ne pas garer notre vieille voiture devant le magasin, Mme Anaïs n'aurait guère d'estime pour elle.

Mme Anaïs était petite et ronde, avec des cheveux gris relevés sur le sommet du crâne en chignon de danseuse et un accent français préservé à grand mal après cinquante ans de résidence aux Etats-Unis. Il ne lui fallut qu'un coup d'œil glacial pour se faire une opinion sur ces nouvelles clientes, et elle parla sans regarder Claire.

— Que madame veuille bien nous excuser, mais elle et mademoiselle trouveraient mieux ce qui correspond à leurs désirs dans les magasins du centre commercial, juste à côté. Ma petite boutique n'est pas adaptée à leur style.

Et encore moins à leur porte-monnaie ! compléta mentalement Claire. Il n'y a pas plus snob que les larbins des riches ; comment font-ils pour savoir immédiatement qui est riche et qui ne l'est pas ?

Elle avait bien envie de tourner les talons et de sortir, mais elle vit Emma rougir. Non, elle ne laisserait pas sa fille se faire insulter par cette bonne femme !

— Ma fille a besoin de vêtements pour l'université, répondit-elle d'une voix aussi glaciale que celle de Mme Anaïs, et je désire faire quelques achats en vue d'une croisière...

« Une croisière ? Je pars en croisière ? Première nouvelle... »

— Si vous n'avez rien qui nous convienne, continua-t-elle, nous pourrons toujours faire nos emplettes ailleurs, *Chez Lisbeth*, à Norwalk, sans doute. Mais je préfère effectuer mes achats dans les commerces de ma ville, et, puisque nous sommes ici, nous allons regarder ce que vous avez.

Emma jeta un regard stupéfait à sa mère, et Claire eut une bouffée d'orgueil. Elle ne parlait jamais sur ce ton et, craignant toujours de se montrer blessante ou de se sentir inférieure, reculait devant les affrontements. Voyant Anaïs rougir de confusion, elle ajouta sévèrement :

— Nous ne disposons pas de beaucoup de temps !

La couturière l'examina de nouveau de la tête aux pieds et hocha la tête.

— Comme madame désire...

Elle évalua la taille des deux femmes et tira un rideau dissimulant une sorte de boudoir dont deux parois étaient des miroirs. Il était meublé d'un fauteuil, d'une causeuse et d'un guéridon triangulaire dans un coin. Une vendeuse s'approcha.

— Madame et mademoiselle désirent-elles du thé ? Du café ? Un verre de vin ?

— Du thé, rétorqua froidement Claire.

Elle en buvait rarement.

— Au jasmin, ajouta-t-elle.

Son regard croisa celui d'Emma, mais toutes deux attendirent que Mme Anaïs et sa vendeuse soient sorties pour éclater de rire.

— Je ne sais pas où j'ai trouvé cette idée de thé au jasmin, ça m'est venu tout seul...

— Comme la croisière ?

— Exactement !

— Une croisière où ?

— Je n'en ai aucune idée.

Une autre vendeuse apparut, portant, sur un plateau d'argent qu'elle posa sur le petit guéridon, un service à thé et une assiette recouverte d'une serviette damassée, contenant des petits fours et de minuscules sandwiches au concombre. Claire en prit un et le grignota en inspectant la pièce. Elle était aussi grande que leur salle de séjour, avec un épais tapis et des sièges recouverts de velours frangé. Le mur dépourvu de miroir était tendu de soie et éclairé par des appliques dorées et argentées. Une odeur fleurie parfumait l'atmosphère, et un air de harpe descendait en sourdine du plafond bleu comme un ciel d'été.

— Emménageons ici ! chuchota Emma.

Toutes deux rirent discrètement, craignant de trop montrer leur appréciation du luxe de l'endroit, du fait de s'y trouver et de pouvoir se permettre d'y faire des achats.

« C'est moi, c'est bien nous... », pensa Claire encore une fois.

Mme Anaïs et sa vendeuse revinrent, les bras chargés de vêtements qu'elles étalèrent sur les fauteuils puis suspendirent à une tringle.

Claire avait l'impression d'entrer dans un kaléidoscope où s'entremêlaient les odeurs discrètes, parfum du lin ou de la laine, les reflets du satin, les ombres des velours, l'éclat des boutons, les fines courbes des ruchés, les angles nets des manchettes et des cols bien repassés. Elle confectionnait tous leurs vêtements depuis tant d'années qu'elle s'y connaissait en tissu et percevait, sans avoir besoin d'y toucher, la finesse des lainages et des mousselines, le grain des soies, la sécheresse des légères percales.

Elle poussa un soupir. Combien de fois avait-elle sorti des étagères des rouleaux de tissu de ce genre pour les reposer ensuite à regret en voyant leur prix ! Elle effleura la manche d'un corsage aussi immatériel qu'un nuage.

— Ah, madame sait apprécier nos tissus ! remarqua Mme Anaïs. Si elle et mademoiselle désirent essayer quelques-unes de ces créations, nous avons un second salon d'essayage à côté.

Claire et Emma échangèrent un regard. Quelle était la coutume, chez les femmes riches ? Essayaient-elles chacune dans un salon, afin de se déshabiller sans témoin ? Elles n'aimaient donc pas partager avec leur fille le plaisir d'essayer ? Oh, et puis au diable les autres femmes ! Et au diable l'opinion de Mme Anaïs !

— Nous allons rester ici, nous aimons bien essayer ensemble.

Emma sursauta en voyant les prix, mais Claire décida

de ne pas s'occuper des étiquettes. Elle essaya robes et tailleurs, chemisiers et chandails, jupes et pantalons sans jamais regarder un seul des petits cartons.

« Peu importe, je peux me permettre d'acheter tout ce qui me plaît. »

Mais, lorsque la couturière sortit chercher la ceinture qui conviendrait exactement à l'un des pantalons, elle ne put s'empêcher, en enfilant une robe bleu nuit avec un boléro orné de perles de la même couleur, de jeter un coup d'œil au prix. Ses jambes faillirent se dérober sous elle... Plus de 5 000 dollars !

« Qu'est-ce que je fais ? Je ne peux pas payer cette somme, elle représente deux mois de salaire ! »

Elle se reprit vite : elle n'avait plus besoin de travailler, et chaque année, pendant vingt ans, elle allait recevoir un chèque d'une valeur égale à quatre cents fois le prix de cette robe.

Elle virevolta, contempla son image dans le miroir. Les perles du boléro scintillaient, et elle-même semblait différente, se tenait plus droite. La robe mettait en valeur ses épaules, sa taille fine, ses longues jambes. Les yeux brillants, elle souriait.

— Je la prends, murmura-t-elle.

— Qu'est-ce que tu en penses, maman ?

Sa fille, devant le miroir, faisait bouffer la courte jupe de mousseline, portée avec un petit pull doré. Sa chevelure auburn coulait en cascade le long de son dos, de petites mèches bouclaient autour de son front, et elle était rose de joie. Grande, élancée, Emma était une beauté.

— Tu ressembles à un mannequin !

— J'ai l'impression d'en être un. Oh, c'est merveilleux ! Quelle journée merveilleuse ! Je la prends ?

— Bien sûr.

Aucune hésitation. C'était si simple de dire *Bien sûr !* après des années de *C'est trop cher !*. Une vague de ravissement l'envahit : elle pouvait faire tout ce qu'elle voulait pour Emma, pour elle-même, pour ses amis, pour tous ceux qu'elle désirait aider, pour toutes les causes qu'elle aimerait soutenir.

— On prend ça, et tous les autres vêtements que tu as essayés, ils étaient tous parfaits sur toi.

— Les tiens aussi t'allaient bien. Tu es méconnaissable. Tu achètes tout ça ?

— Non, je ne crois pas, il y en a quelques-uns qui ne me plaisent pas trop. Pas beaucoup... Je n'arrive pas à croire que la plupart de ces vêtements puissent m'aller si bien.

— Tu crois que madame Anaïs est extralucide ? Comment pouvait-elle savoir ce qui nous irait ?

— C'est son travail, et elle y est tout à fait compétente.

La couturière revint avec la ceinture et un assortiment de chandails en cachemire de couleurs variées, accompagnés de foulards assortis.

— Madame désirait des tricots dans ce style ?

— Oui, exactement.

Claire passa la main sur le devant, doux, soyeux, d'un des chandails.

— Je vais prendre le noir, le rouge et le blanc. Vous pouvez me faire des paquets cadeaux ?

— Certainement, madame, répondit Mme Anaïs avec une légère nuance de réprobation.

Claire rougit légèrement et continua :

— Nous aurons aussi besoin de colliers et de boucles d'oreilles.

— Mon choix n'est pas très étendu, mais je peux vous adresser à un ami... Elfin Elias, à Newport. A mon avis, le meilleur bijoutier du pays. Et je vais vous montrer le peu que j'ai.

Une fois que la couturière fut sortie, Emma caressa du bout du doigt les chandails abandonnés sur une chaise.

— Ce bleu est superbe, tu ne trouves pas ?

— Oui, et c'est une couleur qui te va très bien. Ajoute-le aux autres achats.

— C'est vrai ? Oh, génial ! Je le porterai avec ce collier que tu as trouvé aux puces, tu te souviens ?

— Je t'achèterai un autre collier. J'aime bien le nom de ce bijoutier... Elfin Elias... Comme un esprit des bois passant sa vie à prononcer des incantations. Tu crois que Gina aimera ces chandails ? Le rouge et le noir sont pour elle, et je crois que le blanc plairait à Molly.

— Elles vont les adorer, et tu le sais bien. Elles n'ont

sans doute pas tellement de cachemires, aucun, probablement.

— C'est possible... Je voudrais bien voir leur tête lorsqu'elles ouvriront les boîtes. Oh, je devrais prendre aussi quelques foulards, il y a plusieurs ex-collègues à qui j'aimerais en offrir un. Et je vais en acheter un ou deux en plus, au cas où...

Elle aurait aimé connaître davantage de gens à qui faire des cadeaux. Mais elle ne pouvait inonder de foulards tous ceux qu'elle appréciait, cette vendeuse si aimable à l'épicerie, et cette autre à la pharmacie, et le facteur, le livreur de journaux, ou le sympathique agent de police qui lui disait toujours quelques mots en l'arrêtant pour laisser passer les écoliers.

— Je crois que j'ai tout ce dont j'ai besoin, dit-elle à regret.

Quand la retoucheuse eut fini d'épingler les vêtements ayant besoin d'être repris et que la vendeuse eut rangé les autres sur des cintres dans de grands sacs de toile marqués « Anaïs », Claire sortit son chéquier. Avec maintes excuses et protestations polies, la couturière appela la banque pour vérifier que le compte était alimenté. En trois heures d'extase, Claire avait dépensé pour elle et sa fille autant qu'elle gagnait à *Danbury Graphics* en deux ans.

— On ne pourra jamais porter tout ça, remarqua Emma.

— Non, bien sûr, protesta Mme Anaïs. Mademoiselle ne va pas sortir d'*Au Caprice d'Anaïs* avec des paquets à la main. Tout cela vous sera livré à domicile en fin d'après-midi, avec les retouches effectuées. Ne vous inquiétez pas, je m'en occuperai personnellement.

« Elle sait que je suis riche, maintenant, alors elle ne se moque pas de la naïveté d'Emma. Si je n'avais pas d'argent, elle la traiterait avec mépris. Elle n'a même pas remarqué sa beauté et sa gentillesse, elle ne s'intéresse qu'à l'argent. »

— Beurk ! elle est à la limite abjecte, tu ne trouves pas, avec sa voix mielleuse et ses manières onctueuses, remarqua Emma en se dirigeant vers la voiture. Mais elle a des vêtements fantastiques. Je n'arrive pas à croire qu'on a acheté tout ça. Ça a dû coûter les yeux de la tête!

— Ne t'en fais pas, il nous reste encore de quoi voir venir.

Elles s'arrêtèrent pour déjeuner dans un restaurant célèbre pour ses escargots et son service empesé, puis allèrent chez l'agent immobilier avec qui Claire avait pris rendez-vous et partirent avec lui visiter trois maisons.

— Mais non, ça ne convient absolument pas! s'écria Claire devant la troisième. Je vous l'ai dit au téléphone, je veux une maison claire, lumineuse, avec des pièces vastes et au moins deux cheminées dont une dans une chambre, beaucoup de placards et un grand jardin.

— Vous n'avez pas indiqué votre fourchette... J'ai pensé qu'une villa modeste...

— Je ne veux pas d'une villa modeste. Je croyais avoir été claire: je veux une belle demeure.

L'agent immobilier la regardait en essayant d'évaluer ses moyens.

— Peut-être préféreriez-vous faire construire la maison de vos rêves...

— Je n'ai pas le temps, je la veux maintenant. Mais si...

— Claire Goddard!...

Il venait de se rappeler l'article du *Danbury Times*.

— C'était de vous qu'il s'agissait dans le *Danbury Times*, n'est-ce pas? Vous auriez dû me le dire, j'aurais... Seigneur, je ne manque pas de maisons qui vous conviendraient parfaitement. Je suis ravi de faire votre connaissance!... Vous auriez dû me dire qui vous étiez.

— Alors vous m'auriez prise au sérieux, bien sûr? demanda froidement Claire. (Elle monta dans sa voiture.) Ça n'a pas d'importance, nous trouverons quelqu'un d'autre pour nous faire visiter des maisons.

Sous les yeux étonnés d'Emma, elle mit le contact.

— Madame Goddard, je vous en prie... (Il passa la main par la fenêtre de la portière de Claire.) Je peux vous faire tout de suite visiter une maison à Wilton... Accordez-moi quelques minutes, je vous en supplie. C'est exactement ce que vous cherchez. Je n'avais pas très bien compris... Je vous prie de m'excuser, je vous promets que vous serez enchantée par cette maison. Permettez-moi de vous y conduire, j'ai la clef sur moi. Je vous en prie, laissez-moi vous la faire visiter, ainsi qu'à votre charmante fille.

Claire découvrit le pouvoir que donne l'argent sur ceux qui n'en ont pas.

« Il ne devrait pas me supplier, il est minable. Mais moi-même n'ai-je pas autrefois supplié qu'on m'accorde une chance de montrer mes capacités pour un travail ? Il est en position de faiblesse, comme je l'ai été autrefois. Il faut de l'argent pour être en position de force. »

— Bon, allons la visiter... Mais nous prenons notre voiture, montrez-nous le chemin.

La maison se trouvait au bout d'une longue allée décrivant une large courbe à travers un bois de chênes et de sycomores. Elle était toute blanche, avec un toit très pentu, et une grande porte d'entrée sous un porche éclairé par une lanterne ancienne. De hautes fenêtres ouvraient sur une vaste pelouse bordée d'un muret de pierre. Au-delà, les arbres, serrés, protégeaient du monde extérieur. Des plates-bandes bordaient l'allée et la maison, jusqu'au jardin de derrière où coulait un petit ruisseau.

A l'intérieur, les portes en chêne reflétaient l'éclat du soleil, et des piliers d'un blanc neigeux soutenaient une rampe d'érable montant à l'étage. Là, quatre chambres, dont l'une d'elles possédait une grande cheminée, ouvraient sur un large palier.

De la fenêtre d'une des chambres, Emma regarda les arbres, le ciel bleu, le ruisseau murmurant au fond du jardin parmi les iris, les lis, les premières roses, et soupira :

— C'est le plus bel endroit du monde !

L'agent immobilier montra la maison à Claire.

— C'est une très bonne affaire, madame Goddard. Une cuisine toute neuve, comme vous voyez, pierre de taille et bois massif, un très beau mariage de traditionnel et de moderne. Et un équipement très performant... Admirez cette cheminée, elle est double, un côté chauffe la bibliothèque, un autre le salon. Et la porte à deux battants s'ouvre pour former une seule pièce. Parfait pour vos réceptions. Et, en bas, salle de jeux, lingerie, cave à vins, gymnase équipé, placards en bois de cèdre et espaces de rangement... La cuisine et la salle à manger donnent sur cette grande terrasse, entièrement dallée, bien entendu, et tout à fait dans le style des maisons de Wilton, vous savez. C'est une authentique demeure de Nouvelle-Angleterre, mais avec un caractère chaleureux qui...

— Oui, vous avez raison. Elle me plaît énormément, je l'achète.

L'agent immobilier ouvrit de grands yeux.

— Vous voulez dire que vous désirez faire une offre ?

— Non non, je ne veux pas m'ennuyer avec ça. Je l'achète. Je désire emménager le plus tôt possible.

L'homme toussota.

— La mise à prix est de 1 250 000 dollars.

— Oui, vous me l'avez déjà dit.

— Naturellement, elle est parfaite pour vous et votre charmante fille, c'est vraiment une très belle demeure...

Claire n'entendit pas la suite : elle pensait à la façon dont elle allait payer son achat. Elle avait d'abord envisagé de faire tout simplement un chèque, comme chez le concessionnaire Mercedes, mais, en y réfléchissant, ce n'était pas la bonne méthode. Elle venait d'acheter deux coûteuses automobiles, beaucoup de vêtements, et il faudrait meubler cette maison. Il ne lui restait donc qu'à peu près 2 millions de dollars pour les onze prochains mois (et quatorze jours) jusqu'au prochain versement. Seulement 2 millions de dollars.

« Seulement !... »

L'agent immobilier parlait signature d'acte et crédit.

— A moins, ajouta-t-il prudemment, que vous ne préfériez payer comptant ?

— Non, je vais prendre un crédit. Nous pourrons certainement l'obtenir rapidement. Quant à la signature de l'acte, cela ne devrait pas prendre longtemps non plus..., à moins qu'il n'y ait un problème du côté du vendeur ?

L'agent immobilier fit un signe de tête négatif.

— Dans ce cas, si vous voulez bien contacter mon administrateur de biens... (Elle sortit la carte d'Olivia d'Oro et la lui tendit.) Elle s'occupera des arrhes et de tout le reste.

L'agent rayonnait.

— Vous achetez une splendide demeure, madame Goddard, et je sais que vous y serez très heureuse.

— Je n'en doute pas.

Elle rejoignit au premier sa « charmante fille ».

— Où voudrais-tu placer ton lit ?

Elle était si excitée par ce qu'elle venait de faire et si surprise par la rapidité de sa décision que sa voix tremblait. Emma se retourna d'un bond.

— Tu l'as vraiment achetée, déjà ?

— Oui, pourquoi pas ? N'est-elle pas merveilleuse ? Je rêve depuis toujours d'une maison de ce genre. Elle te plaît, à toi aussi, n'est-ce pas ?

— Me plaire ? Ô Maman...

— Eh bien alors ?

— Mais..., je ne sais pas..., je crois que j'avais pensé... Tu comprends, une maison..., c'est un si gros investissement... Je croyais qu'on discutait avec un tas de gens avant de faire un achat de cette importance. Et toi tu ne l'as pas fait non plus pour les voitures, alors...

Claire tomba de la jubilation dans un abîme de doutes. « C'est vrai, j'aurais dû en parler à quelqu'un ! Demander l'avis de Gina, de mon conseil financier, d'un excollègue s'y connaissant en transactions immobilières, j'aurais dû réfléchir longuement... et puis, si tout semblait correct, prendre à loisir ma décision... Oh, et puis zut ! Je n'ai pas envie de me montrer prudente, je l'ai été trop longtemps. Tout est différent maintenant, je suis ainsi faite, c'est comme ça que je prends mes décisions... Et cette maison, je la veux ! »

— En tout cas, c'est merveilleux, continuait Emma d'un ton rêveur. Cette chambre est parfaite, je pourrais inviter une amie, il y a assez de place pour deux lits. Et je peux recevoir des amis avec cette salle de jeux en bas, on pourra même y danser, tu ne crois pas que ce serait génial d'y mettre un juke-box ? Remarque, ça doit coûter une fortune...

— On en achètera un, bien sûr, c'est une excellente idée !

— C'est vrai, je peux en avoir un ? Sais-tu que tu es incroyable, maman ? Chaque fois que j'ai envie de quelque chose, tu es d'accord. (Emma dansait sur place.) Je donnerai des tas de soirées!... Je déteste cette façon qu'a la bande de traîner au centre commercial, comme des légumes, attendant de faire des rencontres. C'est d'un bête! Mais, ici, je pourrai inviter tous mes amis, et on pourra faire tout ce qu'on voudra. Cette salle, en bas, c'est comme un petit club privé, il y a même un bar et tout ça!

— Bien sûr, répéta Claire.

Elle écoutait la voix effervescente de sa fille en pensant combien elle semblait jeune, heureuse et innocente. Cette dernière année, elle s'était souvent demandé si la petite était aussi ingénue qu'elle en avait l'air. Elle avait souvent voulu essayer de savoir si elle avait un copain, mais ça ne semblait jamais le bon moment d'en parler. Pas moyen non plus d'entamer une discussion à cœur ouvert pouvant mener à un échange de vues sur l'amour, l'alcool, la drogue, et tous les problèmes dont on parlait à la télévision mais qui ne semblaient pas la concerner. Emma avait une fois mentionné négligemment qu'elle et ses amis ne prenaient pas de drogue, qu'elle n'y avait jamais touché, et Claire la croyait. Toutefois, Emma était jeune et pouvait changer. A son âge, la vie offre un tel éventail d'expériences tentantes! Mais Emma ne les évoquait jamais, ne paraissait jamais avoir besoin de conseils, ne posait jamais de questions pouvant fournir à Claire la possibilité d'apporter des réponses raisonnables et réfléchies et de découvrir, ce faisant, les limites de l'expérience de sa fille. Elle n'arrivait pas à l'imaginer au lit avec un homme, mais, en l'entendant faire des projets de petit club privé, elle avait dressé l'oreille.

— Nous en reparlerons..., répondit-elle évasivement. Il faudra quand même instituer quelques règles.

Emma fit la moue.

— Tu n'as pas confiance en moi?

— Si, bien sûr.

Claire avait aussitôt décroisé le fer. Lorsque Emma se montrait obstinée, mieux valait feindre de ne rien remarquer. Sa crise ne durait jamais longtemps.

— Je n'établirais pas un règlement qui ne te satisferait pas, Emma. Je n'ai pas envie de te gâcher la vie, tu sais!

— Je sais..., je sais. C'est juste que tout est tellement fou en ce moment. Je n'arrive pas à croire que nous allons bientôt emménager dans cette maison... Oh ! (Son visage s'assombrit.) Et si Toby revient à l'autre maison après notre départ ?

— Je ne sais pas... Je n'ai guère pensé à Toby ces derniers temps.

— Moi non plus, c'est honteux. J'ai été si occupée... Ne pourrions-nous pas laisser un mot sur la porte avec nos nouvelles coordonnées ? Comme ça, si quelqu'un trouve Toby, il saura où nous joindre.

— Excellente idée ! Mais tu sais, Emma, il est peu probable qu'il revienne, maintenant. Tu n'aurais pas envie d'acheter un autre chien ?

— Je suppose... Je veux dire, oui, bien sûr. Il s'est probablement trouvé d'autres maîtres, du moins, je l'espère.

Son bref accès de mélancolie disparut. Trop de nouveautés se bousculaient dans sa vie pour qu'elle puisse refréner son exubérance. Elle serra sa mère dans ses bras.

— Je suis si excitée par tout ça... Cette chambre, cette maison, ces voitures, ces vêtements... Peux-tu imaginer une vie plus géniale ?

Claire regardait sa fille arpenter la pièce, en évaluer les dimensions, comme si elle réfléchissait déjà au mobilier. Comment cette petite pouvait-elle se montrer si énergique, si forte, si volontaire ? Tout ce qui lui manquait.

« Si l'on peignait son portrait, ce serait en couleurs vives, tandis que, pour moi, l'artiste choisirait l'aquarelle et des tons pastel... Enfin... C'est normal, à mon âge. »

Pourtant, elle n'en était plus si sûre, moins certaine en tout cas qu'elle ne l'était une semaine plus tôt, du temps où elle n'était pas riche. Une pensée lui vint à l'esprit, encore vague, à peine formulée : « Peut-être ai-je trop facilement accepté ma petite vie étriquée, peut-être aurais-je dû me battre pour obtenir davantage... »

Emma interrompit le cours de ses pensées.

— C'est vraiment génial de pouvoir faire tout ce que

nous voulons ! On se débrouille bien, tu ne trouves pas, malgré notre manque d'entraînement ?

— On apprend vite ! Allons, viens, on a encore des tas de choses à faire !

— Quoi ? Où va-t-on ?

— Je ne sais pas... Je ne tiens pas en place, je veux bouger, faire quelque chose...

Elles sortirent de la maison et regardèrent l'agent immobilier fermer la porte à clef. « La prochaine fois je le ferai moi-même, avec mes propres clefs. »

— Si on passait *Au pied mignon* ? On a toutes les deux besoin de chaussures.

— On ne peut pas rentrer à la maison ? protesta Emma. Je voudrais appeler Marie et Lorna, leur demander de venir voir mes nouveaux vêtements. Et peut-être les emmener essayer ma voiture ; le vendeur a dit qu'il était possible qu'elle soit livrée en fin d'après-midi. Ç'a été la journée la plus sublime de ma vie. Tout est sublime, toi encore plus. Tu pars vraiment en croisière ?

— J'aimerais bien. Pourquoi pas ? Cela fait des années que j'en entends parler, et ça semble merveilleux. Il doit y avoir pas mal de temps que j'en rêve, je suppose. Partons toutes les deux... Ce serait bien de faire un voyage ensemble avant que tu n'entres à l'université.

— Mais...

Emma la regarda d'un air dénué d'expression, et Claire devina qu'elle pensait à leur future maison et avait plutôt envie de passer ses dernières vacances avant l'université en soirées et barbecues avec ses amis, avant que leurs chemins se séparent.

— Si ça ne te dit rien...

— Pourquoi pas ? Ce sera sans doute amusant. Les croisières ne durent pas longtemps, n'est-ce pas ? Une semaine ?

— Une semaine ou deux, oui. Ça dépendra de notre choix.

Claire tourna dans leur rue et se gara le long du trottoir. Il y avait encore des gens debout à l'attendre. Elle n'aurait su dire s'ils étaient les mêmes que ce matin ou s'ils avaient été remplacés par d'autres. D'ailleurs, elle ne les regardait pas, elle contemplait la maison dans laquelle elle avait vécu tant d'années. Elle avait probablement été imposante autrefois, une maison de deux étages, à un coin de rue, tout près du centre-ville. Mais Claire fut choquée de constater combien elle était délabrée, avec des huisseries à la peinture écaillée, un crépi délavé, écaillé par endroits, et cette étroite bande de terrain devant et sur le côté, dont la terre dure et stérile ne portait que quelques rares brins d'herbe.

« Comment avons-nous fait pour rester ici si longtemps ? »

Elle ouvrit la portière, regardant sans le voir un homme voûté avec une longue barbe et des cheveux frisés, qui traversait la rue en boitillant.

— Madame Goddard ? Vous êtes madame Goddard, n'est-ce pas ? Je vous ai reconnue d'après votre photographie dans le journal. Si vous pouviez me consacrer quelques instants... (Il sortit de la poche de sa veste une épaisse liasse de papiers.) Ça ne prendra pas beaucoup de temps, mais c'est important, peut-être le plus judicieux placement du monde. Cela va révolutionner l'industrie automobile, et je n'ai besoin que de... Madame Goddard !

Claire, Emma sur ses talons, suivait en hâte l'allée menant à sa porte.

— Je suis désolée, jeta-t-elle par-dessus son épaule, je ne peux rien pour vous.

— Mais j'ai besoin d'argent et vous en avez, vous ! cria l'homme en la suivant. Vous pourriez gagner des millions et des millions, vous seriez le principal actionnaire.

— Le seul et unique, plutôt, marmonna Claire.

Il lui avait emboîté le pas, et elle accéléra. Les autres, tous ceux qui, assis sur le trottoir ou dans leur voiture à la portière ouverte, attendaient l'occasion les regardaient, prêts à bondir. Elle se sentait assiégée et coupable. Ils avaient tous tellement l'air d'être dans le besoin.

La camionnette à l'enseigne d'*Au Caprice d'Anaïs* s'arrêta, et le chauffeur commença à entasser sur son bras les sacs de toile.

— Oh, je vais vous aider ! s'écria Emma en rebroussant chemin et en courant vers la camionnette.

— Claire Goddard ? Je suis si enchantée de faire votre connaissance !

Une femme échevelée dont les lunettes rondes la faisaient ressembler à un hibou se tenait au milieu du chemin, la main tendue.

— Mon nom est Heredity Semple, continua-t-elle, vous avez sans doute entendu parler de moi, peut-être même m'avez-vous vue en scène, je fais un numéro au Dollhouse Club, dans le centre-ville. Je n'ai jamais pu arriver à Broadway ni dans aucun théâtre new-yorkais, il faut des relations, vous comprenez, mais je ne peux pas en avoir, à moins de passer un an ou deux là-bas pour rencontrer des gens. Je suis sûre que si j'avais 50 000 dollars je pourrais y arriver... Eh, attendez ! (Claire contourna la main tendue et continua son chemin.) Je pourrais m'arranger avec 40 000, ou même 30 000, mais..., écoutez, je n'ai pas le choix, il faut que je le fasse !

— Partez, je vous en prie, je ne peux rien pour vous.

L'homme qui la suivait tendait l'oreille. Claire monta les escaliers en courant, juste comme Emma arrivait dans l'allée.

— Pardon !

Emma se glissa à côté de Heredity Semple et tint la porte ouverte au livreur de Mme Anaïs, presque entièrement dissimulé par son chargement de vêtements. Il monta l'escalier, et Heredity Semple lui emboîta le pas. Emma ouvrit la boîte aux lettres, en sortit une pile d'enveloppes. Jamais de leur vie elles n'avaient reçu un courrier si abondant.

Le téléphone sonna, et elle entendit sa mère répondre.

— Non, j'ai un conseil financier et je n'ai pas besoin d'agent de change. Non, l'arrangement présent me convient tout à fait. Non, je n'ai pas l'intention de le modifier en quoi que ce soit !

Heredity Semple errait dans le salon.

— Partez, je vous prie, répéta Claire.

Le téléphone sonna de nouveau.

— Allô ! Quoi ? Vous plaisantez... Je n'ai aucune intention d'acheter deux concessions perpétuelles au cimetière de Fairchild.

Elle raccrocha.

— Partez ou bien j'appelle la police! dit-elle à Heredity Semple avant que le téléphone ne sonne à nouveau.

— Oui? Non, je ne veux rien... Oh, je ne sais pas. Le comité des épouses de pompiers de Danbury? Oui, je pourrais faire un don si je savais quelque chose de cette association. Envoyez-moi des renseignements, je les lirai... Non, je ne veux pas m'engager avant de savoir de quoi il retourne. Inutile d'insister!

Elle raccrocha, furieuse contre elle-même de son manque d'autorité.

— Il va falloir nous faire mettre sur liste rouge!

— J'ai tout posé sur le lit, déclara le livreur en sortant de la chambre. Il n'y avait pas beaucoup de place!

Son ton désapprobateur indiquait clairement qu'il n'avait pas l'habitude de livrer les modèles griffés de Mme Anaïs dans de pareils taudis. Il attendit un instant puis sortit. Claire se demanda si elle aurait dû lui remettre un pourboire. Non, bien sûr... Pourtant, à son air...

Le téléphone sonna, et elle décrocha machinalement.

— Madame Goddard, c'est la joaillerie Morgan McAndrew, à Darien. Nous voulions juste vous prévenir que nous vous livrons une sélection de bijoux à domicile, afin que vous puissiez les examiner à loisir et nous renvoyer ce que vous ne...

— Vous m'envoyez des bijoux!... Pour quoi faire?

— Nos meilleures clientes le préfèrent ainsi, dit M. McAndrew d'un ton patient d'instituteur. Vous pourrez ainsi essayer nos créations chez vous, avec différents vêtements, et réfléchir sans risque d'interruption ou de distraction. Cela permet de faire ses achats dans le calme. Je vous rappellerai en fin de soirée, au cas où vous auriez des questions à me poser ou désireriez un choix plus vaste. Notre livreur attendra...

— Non!

Elle parcourut du regard le petit appartement encombré, avec la table chargée de courrier et les vêtements de Mme Anaïs empilés sur les lits. Il ne manquait plus qu'un tas de bijoux et un livreur au garde-à-vous!

— Je ne veux rien de tout cela, rappelez votre livreur, je ne le recevrai pas.

— Mais madame Goddard, nous avons sélectionné

pour vous une très remarquable collection. Un de nos colliers porte même le nom de « collier de la loterie », et nous sommes prêts à l'appeler le « collier Goddard » si vous décidez qu'il vous plaît. Croyez-moi, vous n'aurez pas souvent l'occasion de voir de semblables cré...

Claire raccrocha.

— Maman, cria Emma depuis la porte, il y a quelqu'un ici de la part de Brathwaite, un magasin de fourrures ! Ils ont une sélection de manteaux à te montrer.

— Non !

Claire se vit balayée par un raz-de-marée de démarcheurs, tous cherchant à lui arracher une partie de son argent et de sa vie.

— Je ne veux pas de manteau de fourrure ! Pas aujourd'hui, du moins. Dis-le-lui !

— Tu devrais venir voir, protesta Emma, ils sont splendides !

— Non, pas ici !

Le raz-de-marée menaçait de submerger l'appartement, de la noyer.

— Dis-le-lui ! répéta-t-elle plus fort.

Elle aperçut Heredity Semple, toujours près de la porte, et décrocha le téléphone.

— J'appelle la police !

— Vous n'allez pas faire ça ! Je ne viens pas en ennemie, je demande juste un peu d'argent.

Claire appuya lentement sur les touches du combiné.

— Sale égoïste, va ! marmonna Heredity Semple avant de partir.

— Regarde ça, maman !

Assise à la table, Emma ouvrait les lettres. La table en était couverte.

— Tout le monde veut de l'argent. Il y a un type qui veut que tu lui paies un voyage en Afrique afin de photographier un serpent rare, et une femme qui prétend qu'avec un demi-million de dollars elle mettra au point le gâteau allégé idéal, et... Oh, écoute, j'adore ça ! Un monsieur de quatre-vingt-treize ans, qui désire mourir dans sa maison natale, mais elle est en Irlande, alors il lui faut le billet d'avion et une maison pour loger là-bas en attendant, parce qu'il n'est pas sûr de mourir tout de suite et pourrait faire un centenaire, comme son père.

Claire rit.
— Peut-être devrions-nous donner notre courrier à un écrivain en mal d'intrigues.
Il était plus facile de s'arranger avec le courrier qu'avec tous ces gens la suppliant sur le pas de la porte.
Le téléphone sonna une fois de plus.
— Oui... Non... En fait, si, une croisière m'intéresse. Envoyez-moi les brochures, particulièrement celles concernant des lieux dépourvus de téléphone.
La sonnette de la porte retentit. Claire ne bougea pas.
— Tu ne vas pas répondre? demanda Emma.
— Non. Nous n'aurions pas dû parler à ces journalistes... Que veux-tu répondre à tous ces gens?
— Ecoute, maman, si tu continues à refuser, ils finiront par comprendre. Ils ne vont pas tourner éternellement autour de nous, il y a d'autres personnes riches à poursuivre. Il faut juste se montrer ferme. Je le ferai, si tu veux... Ils sont quand même assez futés pour comprendre que, si l'on accédait à toutes leurs demandes, il ne nous resterait rien. Ils n'y pensent même pas, j'imagine...
De nouveau la sonnette, avec insistance, cette fois.
— Je vais répondre, je ne peux pas supporter de ne pas savoir qui c'est.
Emma ouvrit la porte et regarda la petite bonne femme menue et fragile devant elle. Ses pieds étaient fermement plantés sur le sol, elle semblait enracinée sur le seuil.
— Très jolie, délicieuse!
La vieille dame tendit une petite main noueuse parsemée de taches brunes.
— Bonjour, ma chère! Nous sommes parentes, bien que je ne sache pas trop comment.
Emma prit la main offerte.
— Je ne crois pas, je n'ai aucune famille.
— Faux, complètement faux, vous m'avez. Hannah Goddard, ma chère. C'est une joie de faire votre connaissance. Vous êtes une très jolie jeune fille et je vous félicite de votre chance exceptionnelle. Je suis votre tante au deuxième ou au troisième degré, à moins que je ne sois une cousine éloignée, c'est si difficile de s'y retrouver. Quand j'ai lu l'article sur votre mère, j'ai

tout de suite su de qui il s'agissait, j'avais entendu parler d'elle, vous comprenez, mais j'ignorais où elle vivait... Un instant, chère petite.

Elle redescendit une marche et remonta avec une grosse valise qu'elle avait placée hors de vue avant de sonner.

— J'ai perdu mon appartement à Philadelphie, ma chère. L'immeuble a été vendu en copropriété. On m'a dit que je pouvais l'acheter, mais c'était une plaisanterie. Comment une femme âgée vivant d'une petite pension pourrait-elle s'acheter un appartement en copropriété ? J'avais envisagé d'y finir mes jours : le loyer était vraiment raisonnable, exactement ce qu'il fallait à une vieille femme qui n'a pas de grands besoins, mais du jour au lendemain tout a changé. Et puis..., un vrai miracle, je suis tombée sur cet article. Je vous félicite toutes les deux, je suis sincèrement heureuse pour vous. Et, bien sûr, je suis venue aussi vite que possible.

Elle posa sa valise dans le salon.

— Sympathique petit appartement... Très chaleureux ! Mais certainement peu approprié à des personnes jouissant de vos moyens. Il vous faudra une maison plus grande maintenant, beaucoup plus grande, avec davantage de chambres, des pièces plus spacieuses, un peu de terrain, aussi, des jardins et ainsi de suite. Une maison claire. Je suis certaine que vous n'allez plus habiter ici longtemps, vous aurez hâte de déménager. A trois, ce sera vite fait !

Ses yeux se posèrent sur Claire, debout près de la table.

— Ma chère Claire ! (Elle s'approcha d'elle, la main tendue.) Je suis Hannah. Je suis venue m'installer auprès de vous.

3

Il n'y avait pas moyen d'arrêter la vieille dame, elle faisait penser à une vague balayant tout sur son passage.

— Seigneur, quel courrier de ministre ! s'exclama-t-elle avant de commencer à rassembler les lettres éparpillées par Emma sur la table.

— Des demandes d'argent, bien entendu..., marmonna-t-elle en parcourant une feuille des yeux, puis une autre, puis une troisième. Avez-vous reçu une seule lettre vous félicitant de votre chance ?

— Non !

Devant cette intrusion, l'irritation commença à gagner Claire. Mais, quand elle essaya de trouver les mots pour mettre sa soi-disant tante ou cousine à la porte, aucun ne lui vint. Et, de tous les inconnus qui avaient fondu sur elle, Hannah était la seule à lui avoir adressé des félicitations. Un bon point pour elle, mais ce n'était pas une raison pour l'héberger, et Claire s'obligea à protester.

— Je crois que vous feriez mieux de...

— Vous voudrez peut-être en garder quelques-unes en souvenir, interrompit sa « parente ». Vous manquez de place, bien sûr, mais ce n'est plus pour longtemps. Vous devez bien avoir un sac en plastique, quelque part.

Elle alla dans la cuisine, ouvrit les portes du placard sous l'évier.

— Ah, voilà !

Tenant le sac ouvert au bord de la table, elle était en train d'y faire glisser les lettres lorsqu'on sonna à la porte.

Claire soupira et fit un mouvement pour se lever.

— J'y vais, proposa Emma, je sais dire non, moi !

— Non à quoi ? demanda Hannah.

— Comme dans les lettres. Tout le monde veut de l'argent, tout le monde pense qu'on peut lui procurer tout ce qu'il veut. (Elle se tut, rougit.) Je ne dis pas ça pour vous, je...

— Je le sais bien, je suis de la famille, moi ! Mais ce n'est pas à vous de vous inquiéter de tout ça, laissez-moi faire, j'ai été videur, autrefois.

Elle était déjà à la porte, derrière laquelle se tenait un jeune couple.

— Oui ?

— Madame Goddard ? Vous ne ressemblez pas du tout à la photo du journal !... Ecoutez, il faut que je vous parle. Si nous pouvions entrer...

Le jeune homme essaya de forcer le passage, mais la frêle petite bonne femme bloqua fermement l'entrée.

— Vous ne pouvez pas...

— Juste quelques instants !

Il la repoussa et entra, tirant la jeune femme derrière lui.

— Jeune homme ! s'exclama Hannah.

— C'est vraiment très urgent, vous comprenez ! Oh ! (Il avait aperçu Claire.) C'est vous, madame Goddard, je vous reconnais. Ecoutez, Claire, c'est votre chance. Liza est photographe et moi je suis peintre. Nous voulons aller à Paris mener une vie d'artiste et nous faire connaître. Nous le pourrions si vous acceptiez de nous patronner. Comme les mécènes autrefois, vous savez. Sans mécène, il n'y aurait pas eu Beethoven, Mozart, Goya, ni aucun artiste. Nous vous avons apporté des photos et des diapos, ainsi, vous allez pouvoir juger de ce que nous faisons. Vous verrez que nous avons du talent, il faut seulement nous mettre le pied à l'étrier, comme d'autres l'ont fait pour Picasso ou Monet.

— Je suis désolée...

— Non, pardon, il ne s'agit pas d'une grosse somme, juste de quoi vivre quelques années, et nous vous rembourserons quand nous serons célèbres.

— C'est non, répondit nettement Claire.

— Oh, écoutez-moi. Vous avez tout cet argent, et...

— Jeune homme !... (Le menton de Hannah touchait presque la poitrine du peintre, qu'elle repoussait vers la porte.) Picasso, Monet et leurs amis ont gagné leur vie en travaillant. Quand ils étaient à court d'argent, ils payaient leurs dettes avec des tableaux. Essayez plutôt de les imiter. D'ailleurs, l'histoire nous apprend que cela permet au talent de mûrir plus vite. (Elle le repoussa dans l'entrée.) C'est valable pour vous aussi, d'ailleurs, ajouta-t-elle à l'adresse de la jeune femme. Je vous souhaite bien du succès à Paris !

Elle leur fit passer la porte et la ferma avant de revenir s'asseoir près de la table.

— Eh bien ! s'exclama Emma.

Claire regardait la vieille dame.

« Elle est très efficace, et sympathique, de surcroît.

Mais je ne lui ai pas demandé de prendre notre vie en main... »

— Merci beaucoup, vous vous en êtes très bien sortie. Mais je crois qu'Emma et moi, nous pouvons nous débrouiller toutes...

— Je n'aurais jamais dû les laisser franchir le seuil !... Ça ne se reproduira pas.

— Vous avez vraiment été videur ? demanda Emma.

— Oh, pas très longtemps. J'ai surtout été enseignante. Je travaillais avec...

— Alors qui est-ce que vous vidiez ?

— Des gens qui entraient de force pour troubler des réunions que nous organisions. Mais être videur n'a rien de magique, vous savez, il faut juste montrer plus de conviction que la personne en face de soi, c'est une question de stratégie, la force brute n'a rien à y voir. Et, quand on enseigne, c'est le même principe.

— Vous étiez enseignante à l'université ?

— Oh non, ma chère petite ! J'ai enseigné au cours moyen pendant quarante ans.

— Quarante ans ! Et vous n'êtes pas morte d'ennui ?

— Pas du tout ! J'adorais mon travail, les enfants ont tant de curiosité, d'humour, de cœur. Seulement, en grandissant, leur plus grande crainte est d'être différents des autres, alors ils perdent toute originalité et toute spontanéité. Vers huit ou neuf ans, ils sont encore eux-mêmes. Il nous est arrivé, à mes collègues et à moi, d'échanger nos classes, et j'ai enseigné un peu à tous les niveaux, jusqu'à la fin du secondaire, mais je n'ai jamais aimé les grandes classes. Je ne savais pas comment réagir devant les affres de l'adolescence. Quand mes petits de huit ans me demandaient conseil, ou de l'aide, je pouvais toujours répondre à leur demande. Ça me manque. (Sa voix se brisa.) J'aime aider les gens.

Emma continua son interrogatoire.

— Vous n'avez pas d'enfant ?

— Je ne me suis jamais mariée.

— Vous ne vouliez pas ?

— Ça s'est trouvé comme ça. Mais, en tant qu'enseignante, je me suis sentie utile, j'avais l'impression d'avoir une place dans la vie des autres. C'est ce que j'aime, aider les gens. Et c'est dans ce domaine que je suis la meilleure.

Claire lut dans le regard de sa fille qu'il ne fallait pas compter sur elle pour l'aider à mettre Hannah à la porte. Le silence tomba sur les trois femmes assises autour de la table.

— Vous ne voulez pas que je vous aide à déménager ? proposa enfin la vieille dame. Vous allez changer de logement, n'est-ce pas ? Vous préférez un grand appartement ou une maison ?

— Nous venons d'acheter une maison, expliqua Emma, la plus belle maison du monde.

— Oh, quelle chance ! Une grande maison ?

— Gigantesque !

Les yeux brillants mais les lèvres un peu tremblantes, Hannah regarda la jeune fille.

— Oh, alors, ce n'est pas le travail qui va manquer ! Je meurs d'envie de la voir, c'est une tâche si exaltante de transformer une maison vide et anonyme en un vrai foyer. J'ai fait ça un petit moment, j'ai été décoratrice, aussi. Et je vous aiderai pour tout ce qui concerne la cuisine, on me reconnaît quelque talent de cordon-bleu.

— C'est vrai ? Maman ne s'est jamais intéressée à la cuisine.

— Comment l'aurait-elle pu, après avoir travaillé toute la journée ? Il faut du temps, de l'énergie et des idées pour faire de la bonne cuisine. C'est bel et bien un travail à plein temps, ça ne s'effectue pas après une journée de travail.

Une explication bien indulgente, pensa Claire, sentant son irritation diminuer. Mais ce n'est pas une raison pour la laisser s'installer chez nous ! On est trop bien toutes les deux, et on n'a pas besoin d'elle pour meubler la nouvelle maison et nous y installer.

Emma écoutait Hannah lui décrire la supercuisine qu'elle avait aménagée, autrefois, et semblait fascinée, comme une enfant écoutant un conte de fées.

« Elle trouve cette prétendue parente sympathique, moi aussi, d'ailleurs. Pourtant, elle n'est qu'une inconnue comme les autres, qui a réussi à s'introduire chez moi... Non, elle est différente, Emma l'aime bien et, surtout, elle lui fait instinctivement confiance. Moi aussi...

Mais ça ne signifie pas qu'on soit obligées de l'héberger. Bien sûr, si elle n'a nulle part où aller... Enfin, c'est son problème!... Pourtant c'est vrai qu'elle nous a débarrassées en un tournemain du jeune couple de soi-disant artistes! Et elle recommencerait autant de fois qu'il le faudrait, elle prendrait soin de nous. »

— C'est ce que vous faisiez, à Philadelphie, la cuisine? demanda Emma.

Hannah jeta un énième coup d'œil à sa valise, toujours près de la porte. Les deux femmes allaient-elles comprendre l'allusion et lui montrer sa chambre? Tant qu'on n'a pas défait ses bagages, on n'est jamais sûr de rester...

— Non, je faisais la cuisine pour des amis. Ils sont tous partis vers des cieux plus cléments, ou bien ils sont morts.

— Et vous aviez aussi agencé leur maison?

Claire contemplait Hannah. La vieille dame avait une personnalité originale, elle parlait en personne cultivée, avec de drôles de tournures formelles, des mots précis, un débit presque hypnotique, comme une conteuse. Et ses compétences paraissaient s'étendre à beaucoup de domaines.

La porte s'ouvrit.

— Encore! s'écria Hannah avec exaspération en bondissant sur ses pieds.

— Bonjour! La porte n'était pas fermée, dit un barbu suivi de deux femmes et d'un jeune garçon. Je m'appelle Carter Morton et je voudrais interviewer Claire Goddard pour le *Norwalk Crier*.

— Ça suffit comme ça! Vous êtes bien habillé, vous vous exprimez bien, vous devez savoir qu'on ne fait pas irruption au sein d'une famille...

La vieille dame saisit son bras et commença à le tirer en direction de la porte.

— Un instant, je vous en supplie, dit-il avec un accent désespéré.

Il fixa Claire et s'expliqua avec une telle volubilité que les trois femmes avaient du mal à le suivre.

— J'ai pensé qu'avec toute cette chance vous pourriez peut-être accepter de nous aider... Vous comprenez, mon fils — c'est lui, Alan, et voici ma femme, Pat, et ma sœur Beth — a besoin d'un traitement médical lourd... et j'ai perdu mon travail, et avec lui ma couverture médicale. Les docteurs disent qu'Alan a une bonne chance de s'en sortir si nous commençons tout de suite, mais cela coûte très cher, et nous avions perdu tout espoir lorsque j'ai lu l'article sur vous, alors nous sommes venus...

— Ce n'est pas facile, pour nous, de quémander, continua Pat d'une voix basse et tendue, nous ne sommes pas des mendiants, nous n'avons jamais eu besoin qu'on nous fasse la charité, mais Alan n'a que neuf ans, personne ne veut nous avancer cet argent, et toutes nos économies ont déjà fondu, et... (sa voix se brisa)... nous sommes au bout du rouleau.

— De quoi souffre-t-il ?

— Il est atteint de leucémie, mais le taux de guérison est élevé chez les enfants s'ils sont bien soignés et si la maladie est prise à temps.

— Où serait-il traité ?

— A Boston, c'est là-bas que notre médecin de famille nous a envoyés. Et, à l'hôpital, les docteurs disent que ses chances sont bonnes. Nous le croyons vraiment, et nous ferons tout ce qu'il faudra pour qu'il s'en tire.

Le regard de Claire croisa celui de Hannah, qui lui fit un discret signe d'assentiment.

— De combien auriez-vous besoin ?

— Nous ne savons pas exactement. Dans les 100 000 dollars, peut-être même plus. Bien sûr, ce ne serait qu'un prêt, jusqu'à ce que je trouve un autre travail et bénéficie à nouveau d'une assurance médicale. Je n'ai personne pour me cautionner, pas de garantie, rien. Sauf ma parole que je ferai tout ce qui sera en mon pouvoir pour vous rembourser, quels que soient les intérêts que vous exigerez.

— Ne vous tracassez pas pour les garanties, répondit Claire, se fiant à l'approbation de Hannah. Ni pour le temps qu'il vous faudra pour me rembourser. Dites à l'hôpital de m'adresser les factures.

Morton la regarda comme s'il n'en croyait pas ses oreilles.

— Vous feriez ça ?

— Certainement, répondit Hannah. Maintenant, écrivez ici vos nom, adresse et numéro de téléphone, et vous pourrez partir. Vous avez des préparatifs à faire, si vous devez aller à Boston.

Claire et Emma échangèrent un regard en voyant Hannah prendre ainsi les commandes. Cet épisode avait retourné la situation : parente ou non, elle faisait presque partie de la famille. « Une tante/cousine pour s'intéresser à nous, pour s'occuper de nous... Pourquoi pas, après tout ? » se dit Claire.

Le jeune garçon s'approcha de Claire.

— Merci infiniment, madame, déclara-t-il solennellement. Je vous promets d'obéir scrupuleusement aux docteurs, pour guérir plus vite et coûter moins cher. Ensuite, je m'efforcerai de faire en sorte que vous soyez fière de moi !

— Allons bon, murmura Hannah.

Les larmes montèrent aux yeux de Claire. « Je possède tant, ils ont si peu. Emma n'a jamais souffert d'une grave maladie, je n'ai jamais craint pour sa vie ou sa santé... Je suis en train de réorganiser ma vie pour satisfaire tous mes désirs, et eux essaient juste de ne pas perdre ce qu'ils ont. »

Elle passa les bras autour des épaules d'Alan et serra contre elle son petit corps maigre.

— Nous sommes déjà fières de vous. J'espère que vous appellerez de temps en temps pour raconter comment tout se passe.

— Bien sûr. Ça n'aura sans doute pas grand intérêt, mais, si vous le voulez, je le ferai avec plaisir.

— Je ne sais comment vous remercier, intervint son père. Vous sauvez la vie d'Alan, et la nôtre aussi.

— Salut, claironna une voix gaie, je suis venue dire bonjour à la célèbre Claire Goddard... Oh ! pardon, je vous dérange !

— Entre, Gina, c'est la mode, ici ! dit Emma.

— Encore merci, reprit Carter Morton, je ne pourrai jamais assez vous remercier. Je vous préviendrai dès que j'aurai trouvé du travail, et je veillerai à ce qu'Alan vous appelle. Je jure que vous ne regretterez pas de...

— Allons, partez, maintenant, intervint Hannah en les reconduisant à la porte. Et n'en parlez à personne. Nous prierons pour vous.

Elle les regarda sortir puis ferma la porte derrière eux.

— C'est incroyable, dès qu'il y a plus de trois personnes dans cette pièce, elle paraît bondée, remarqua Gina.

Elle embrassa Claire et Emma, posa sa veste sur une chaise et tendit la main à Hannah.

— Gina Sawyer...

— Enchantée ! Hannah Goddard. Vous êtes une amie de Claire ?

— Sa meilleure amie ! On se connaît ?

— Pas encore, mais j'espère que nous deviendrons amies.

— D'accord !

Gina rit. En matière de présentations, elle n'était pas à cheval sur les convenances.

— Qu'est-ce qui est la mode, Emma ?

— Oh, d'entrer chez nous comme dans un moulin... Maman t'a acheté un cadeau.

— C'est vrai, vous avez pensé à moi en faisant vos achats ?

Claire alla chercher les deux boîtes dorées, estampillées *Au Caprice d'Anaïs*.

— Vous êtes allées chez Anaïs ? Eh bien ! (Elle ouvrit les deux boîtes et retint son souffle.) Waouh ! (Elle sortit le chandail de cachemire avec le foulard assorti.) Splendide ! Juste ma couleur ! Et mon premier cachemire ! Ô Claire, je t'adore !

Elle retira son sweat-shirt, enfila le luxueux chandail, jeta le châle sur son épaule et pivota.

— Qu'est-ce que vous en pensez ?

— Très, très bien. Un personnage de tragédie très shakespearien, approuva Hannah. J'espère que vous allez l'étrenner pour une grande occasion.

Gina la regarda d'un air pensif et demanda :

— Vous habitez la région ?

— Bientôt. Je suis la tante de Claire.

— Ma tante ? Je croyais vous avoir entendue dire tante ou cousine...

— Je crois que je préfère être une tante. Ça convient mieux à une dame de soixante-dix ans, surtout lorsqu'elle a tendance à se mêler des affaires des autres.

J'adorerais être votre tante, à moins que vous n'y voyiez une objection, bien sûr, Claire.

— Non, pas du tout.

— Eh bien, moi, intervint Gina, ce que je suis, c'est une travailleuse au chômage.

— Tu as démissionné ? s'étonna Emma. Je croyais que tu te plaisais dans ce laboratoire.

— Je m'y plaisais et je n'ai pas démissionné, j'ai sombré avec le navire. L'entreprise a fait faillite, d'un seul coup. Beau fixe le matin, et à 14 heures réunion générale : rien ne va plus, on ferme. C'est une aventure qui arrive à bon nombre de petites entreprises... Comme toutes celles où je vais devoir chercher du travail. Je ne suis pas secrétaire, tu sais, un technicien de labo a besoin d'un labo qui tourne, et, ces temps-ci, ça ne court pas les rues.

— Qu'est-ce que tu vas faire, alors ?

— Oh, je vais me débrouiller pendant un moment. Entre l'indemnité de licenciement et mes économies, je peux tenir quelques mois, le temps d'envoyer quelques centaines de *curriculum vitae*. Après ça, qui vivra verra...

— En tout cas, ne t'inquiète pas pour l'argent, remarqua Claire. C'est un autre des avantages du gros lot : il y en a bien assez pour tout le monde. Tu es sûre que tu n'as besoin de rien dans l'immédiat ?

Gina prit un air bizarre, presque choqué.

— Je préfère essayer de m'arranger, avant de vivre à tes crochets, si ça ne te fait rien !

— Vivre à mes crochets ? Mais enfin, Gina, ce n'est pas vivre à mes crochets que d'accepter l'aide de quelqu'un qui fait pratiquement partie de ta famille !

— Tu as peut-être raison, mais laisse-moi essayer de m'en sortir seule. Tu es adorable de me l'offrir, je te prendrai au mot si ça va vraiment mal.

Claire refusa d'abandonner le sujet.

— Je ne voulais pas te vexer...

— Je le sais bien, tu as bien trop bon cœur pour vouloir vexer qui que ce soit. Mais c'est étrange, Claire, tu es devenue si désinvolte, tout d'un coup, vis-à-vis de l'argent. Comme si tu avais déjà oublié ce que c'est de ne pas en avoir. Les gens qui ont beaucoup d'argent considèrent toujours celui-ci d'un œil négligent. Le reste des mortels sont plutôt obnubilés par le sujet et hérissés par leur : « Oh, prenez quelques centaines ou milliers de dollars, et n'en parlons plus ! » Tu vois ce que je veux dire ?

— Tu crois que j'ai changé, alors ?

— Pas vraiment, tu es toujours la Claire qu'on connaît et qu'on aime. Tu commences à considérer l'argent d'une autre façon, c'est tout.

— Mais je ne me crois pas supérieure parce que j'ai de l'argent !

— Je le sais bien, ce n'est pas ton genre. Bien que ce soit celui de beaucoup de gens riches. C'est juste que... Oh ! flûte, je ne sais pas comment l'exprimer...

— C'est un rapport différent avec l'argent, déclara Hannah d'un ton doctoral. Quand on n'en a pas beaucoup, on travaille pour le gagner, on l'économise. Dès qu'on en a beaucoup, il se change en un objet qu'on dépense. La perception qu'on en a se trouve complètement modifiée. Ça va bien plus loin que le simple achat de biens matériels, ça influence l'attitude par rapport au monde. Une personne riche se sent bien insérée, à l'aise, le monde lui appartient, alors qu'un pauvre se cache dans un petit coin.

— Excellente description, applaudit Gina, c'est exactement ça ! C'est aussi tiré de votre expérience personnelle ?

— Oh, je ne suis pas tout à fait ignorante des rapports des êtres avec l'argent.

Hannah se leva et, désespérant de jamais voir arriver le moment de s'installer, fit quelques pas en direction de sa valise. Le téléphone sonna et elle alla décrocher.

— Oh non, répondit-elle tristement, je n'investis jamais dans les puits de pétrole que je n'ai pas inspectés personnellement. Cela peut vous paraître excentrique, mais je suis une personne excentrique !

Elle raccrocha, s'adressa à Claire.

— Pardon d'avoir fait semblant d'être vous et de m'être mêlée de vos affaires.

— Ce n'était pas se mêler de mes affaires, c'était venir à mon secours ! Je n'ai pas la moindre lumière sur les puits de pétrole. Merci, Hannah !

Gina était admirative.

— Très bien joué. C'est aussi grâce à votre expérience personnelle ?

Le téléphone sonna à nouveau. Hannah bondit.

— Oui ?... Non, notre téléphone marche parfaitement bien. Oui, il est constamment occupé et... Oh, attendez, je viens de penser... Ne pourrions-nous pas nous mettre sur liste rouge ? Pourriez-vous faire le nécessaire immédiatement ?

— Hannah ! protesta sèchement Claire.

Hannah la regarda.

— Vous ne trouvez pas que c'est une bonne idée ? Pourquoi laisser à tous ces inconnus la possibilité de vous appeler ou de frapper à votre porte, alors que vous ne savez même pas qui ils sont ?

— Bien raisonné, remarqua Gina.

Emma n'était pas d'accord.

— Mais si nos amis veulent nous téléphoner, ils ne sauront pas notre numéro !

— Vous allez recevoir des cartes avec votre nouveau numéro pour les envoyer à vos amis. Et vous pouvez toujours leur téléphoner pour les prévenir. Il y a des tas de gens qui sont sur liste rouge, surtout les gens connus. Qu'est-ce que vous en pensez, Claire ?

Claire et sa fille échangèrent un coup d'œil. « La voilà encore en train de fourrer son nez dans nos affaires. Il faut avouer qu'elle a raison, j'y ai pensé il y a quelques jours, et je n'ai rien fait... Autant la laisser s'en occuper. »

— Parfait ! Merci, Hannah !

Hannah retourna d'un air satisfait au téléphone.

— Quelle tigresse ! dit Gina. Tu n'as pas peur d'être obligée de la tenir en laisse d'ici peu ?

Claire rit.

— Ce n'est pas impossible ! Mais il me serait bien utile d'avoir quelqu'un pour se charger de tous ces détails. J'espère seulement ne pas voir un troupeau d'autres vagues parents me fondre dessus.

— On aura des domestiques, dans la nouvelle maison ? s'inquiéta Emma.

— Des domestiques ! (Gina était scandalisée.) Mais c'est une institution éteinte depuis la fin du siècle dernier !

Emma rougit.

— Je veux dire du personnel pour le ménage et la cuisine, tout ça...

— Je ne sais pas, je n'y ai pas réfléchi.

Hannah les rejoignit.

— Une bonne chose de faite! Ils ne voulaient pas me donner de nouveau numéro avant que le formulaire ne soit rempli, alors je leur ai dit que nous voulions deux lignes, c'est tellement plus pratique! Je vais aller défaire mes bagages, ça ne me prendra pas longtemps, mais je préfère m'en débarrasser. Et puis il faudrait nous organiser pour demain. Il faut acheter des meubles, réfléchir à cette cuisine... Je fourmille d'idées pour une cuisine vraiment professionnelle. Et aussi... (elle pencha la tête et contempla Claire)... vous avez besoin d'une coupe de cheveux, ma chère.

— Maman se coupe les cheveux elle-même!

— Et elle s'en tire fort bien... Mais je crois que le moment est venu d'effectuer quelques changements.

Claire ne put refréner son agacement. Elle avait perdu ses parents à un an d'intervalle, et il y avait longtemps qu'elle avait cessé de regretter de ne plus avoir de mère. Et maintenant, Hannah s'installait dans sa vie, se chargeait de tout, irritante, certes, mais utile et impossible à ignorer.

— Et quel coiffeur me conseillez-vous? grinça-t-elle.

— Je n'en ai aucune idée, je ne connais pas Danbury, pourquoi ne demanderiez-vous pas à quelqu'un de vous indiquer un salon de coiffure?

— Demande à Mme Anaïs! s'écria Gina. Elle est exactement la personne qu'il te faut, elle saura te conseiller. Hannah a raison, le moment d'une grandiose métamorphose est arrivé.

Claire eut un sourire forcé.

— Gagner 60 millions de dollars n'est pas assez grandiose?

— Ce n'est qu'un début, objecta Hannah. Un excellent début, mais l'argent en soi ne change rien à la vie, c'est la façon de l'utiliser qui compte. Vous pourriez le mettre à la banque, et vous n'en tireriez rien de plus que la sécurité. Ce qui est déjà beaucoup, je suis à fond pour la sécurité. Toutefois, vous avez aussi besoin de vous aérer, vous et Emma. Pourquoi ne pas commencer par une coupe de cheveux ? Le premier pas vers la grande aventure... Et... Euh... j'aimerais défaire ma valise. Le problème, c'est...

Claire et sa fille échangèrent un regard.

— Prenez ma chambre, proposa la jeune fille, je peux dormir au salon.

— Oh non, ma chère enfant, c'est à moi de dormir sur le canapé, je suis bien plus petite.

— Ce n'est qu'en attendant de déménager. Allez-y, installez-vous dans ma chambre, ça me fera plaisir.

— Eh bien, c'est vraiment très gentil de ta part. (Elle se leva et alla embrasser Emma.) Tu es adorable, merci beaucoup !

Poussant sa valise devant elle, la vieille dame entra dans la chambre d'Emma et ferma la porte.

— Quel numéro ! remarqua Gina à mi-voix, dans la mesure où ça ne vous dérange pas qu'elle se mêle de tout !

— Je l'aime bien, dans l'ensemble..., commença Emma.

Claire posa un doigt sur ses lèvres en désignant la porte de la chambre, la jeune fille baissa la voix avant de continuer :

— Je n'aimerais pas la voir se mettre en tête de gérer ma vie, mais il faut avouer qu'elle est efficace. En tout cas, elle me plaît

— A moi aussi. Je crois qu'elle souffre de solitude bien plus qu'elle ne l'avoue. Elle était terrorisée à l'idée d'être repoussée. Ça fait deux heures qu'elle meurt d'envie de défaire sa valise.

— Tu crois qu'elle va rester avec nous pour toujours ?

— Je parie qu'elle le ferait, si on la laissait faire, intervint Gina. Remarquez, ce n'est pas si mal d'avoir quelqu'un pour se mêler de tout comme elle le fait, s'inquiéter d'une coupe de cheveux, agencer la cuisine... Elle doit être bonne cuisinière, si elle veut une cuisine de professionnel.

— Elle ressemble à un petit magicien tout ridé, avec plein de tours dans son sac, tu ne trouves pas, maman ? Et elle a fait des tas de choses dans sa vie, du moins, ça en a l'air. Je crois qu'elle sait tout faire.

— Oui, et on en a bel et bien hérité pour le moment. Mais, si elle se montre trop autoritaire, je serai peut-être obligée de la prier de partir.

— Et comment feras-tu ? demanda Gina.

Claire rit.

— Je n'en ai aucune idée ! C'est sans doute plus facile de gagner le gros lot que de se débarrasser de Hannah. J'y penserai le moment venu, s'il arrive jamais... J'ai bien assez de choses en tête en ce moment, ma vie est déjà trop remplie. Elle était plus tranquille avant.

— Bien moins intéressante, protesta Emma.

« Mais plus facile à gérer. Je n'aime pas les coups de théâtre, je préfère avoir le temps de m'habituer à ce qui va arriver. »

Les dix-sept ans passés avec sa fille avaient été calmes, routiniers, même. Elle était sortie avec des hommes, avait eu des liaisons, mais elles étaient assorties au rythme de sa vie, sans crises, et avec peu de passion. Elle s'était abandonnée au hasard car elle n'était pas femme à forcer le destin, elle n'avait aucun goût pour les changements dramatiques. Et voici qu'elle vivait en plein bouleversement !

« Gina a raison, je suis en train de devenir une autre femme, l'ancienne Claire n'aurait jamais dévalisé le magasin de Mme Anaïs ni acheté une maison en moins d'une heure, et elle ne projetterait pas de déménager en quelques semaines. »

Quand, le lendemain, Hannah annonça qu'elle avait pris un rendez-vous chez un coiffeur de New York pour Claire, celle-ci obtempéra docilement. Si elle avait été seule, elle aurait traîné avant de s'en occuper, mais, du moment que Hannah s'était chargée de tout, pourquoi pas ?

Assise devant le miroir, elle regardait Gregory couper une mèche, peigner, couper encore un peu. Hannah, à côté de lui, ne quittait pas des yeux ses mains agiles.

— La coiffure est déterminée par la forme du visage, remarqua Hannah, partagée entre l'envie de parler et la crainte d'empêcher l'artiste de se concentrer.

— Vous avez tout à fait raison, madame, répondit ce dernier, c'est de la forme du visage que dépend la coupe. Mais il faut aussi l'art et l'intuition du coiffeur.

— Juste ! Mais n'arrive-t-il pas au génie de se laisser emporter par l'enthousiasme et de détruire l'harmonie naturelle du visage ?

Gregory regarda la vieille dame dans le miroir.

— Excellente remarque, madame !

— Il suffit de suivre le mouvement de mes cheveux, ils bouclent naturellement si on n'y touche pas, intervint Claire, agacée par cette façon de parler d'elle et inquiète des initiatives de Gregory.

Le coiffeur et Hannah eurent le même regard choqué.

— Si on n'y touche pas ? Mais alors pourquoi êtes-vous ici, madame ?

— Pour que le mouvement de ma chevelure soit respecté par quelqu'un d'expérimenté, rétorqua Claire, en espérant que c'était la bonne réponse.

Elle s'abstint d'exprimer le fond de sa pensée : un coiffeur qui demandait 300 dollars pour une coupe de cheveux et semblait ne pas manquer de clients devait savoir ce qu'il faisait.

Gregory travailla sans mot dire, et Hannah le contempla pendant deux heures tandis qu'il coupait les cheveux quasiment un par un.

— C'est parfait ! Mes compliments, s'exclama-t-elle quand il eut terminé.

Claire, sidérée, regardait son reflet dans la glace : sa chevelure rejetée en arrière mettait en valeur ses pommettes hautes et encadrait son visage fin. Sa bouche paraissait plus charnue, ses yeux plus grands, et l'ensemble faisait plus jeune. Elle ressemblait davantage à Emma.

— Madame aimerait-elle avoir un entretien avec Margo, notre visagiste ?

— Certainement, répondit aussitôt Hannah.

— Certainement, répéta Claire.

On les fit entrer dans une pièce garnie de rideaux de velours, dans laquelle se trouvait une grande coiffeuse inondée de lumière. Margo prit le menton de Claire dans sa main et étudia ses traits.

— Un visage bien structuré... Pommettes magnifiques, yeux superbes, jolie bouche, bon menton... Un peu trop maigre, mais la coupe de Gregory en atténue la minceur.

Avec la légèreté d'une aile de papillon, elle maquilla la

moitié gauche du visage de Claire. Puis elle regarda celle-ci appliquer suivant ses conseils les mêmes produits sur la moitié droite.

— Il ne s'agit pas de vous transformer, expliqua-t-elle, mais de faire ressortir ce que vous avez de bien, de le mettre en valeur. Si l'on va au-delà, votre visage devient un masque, ce n'est plus vous.

De nouveau, Claire se regarda. Elle n'était pas différente, mais elle n'était plus la même. Les traits un peu banals ou indécis de son visage étaient renforcés, accentués. Le changement la stupéfia et la décontenança.

— Vous êtes belle, madame, dit Margo.

Claire, qui ne s'était jamais considérée seulement comme jolie, savait que c'était exact et qu'elle serait obligée d'en tenir compte.

« Non seulement je me bâtis une nouvelle vie, je me reconstruis moi-même, en plus... Que va dire ma fille en me voyant avec un visage plus jeune, plus typé, un peu comme le sien, en fait ? »

Emma ouvrit de grands yeux.

— Tu es très bien, c'est du bon travail.

— Tu pourrais montrer un peu plus d'enthousiasme ! protesta Hannah.

— Ça ne fait rien, elle est surprise. Moi aussi. Il nous faut nous habituer toutes les deux à ce nouveau moi. Mais je l'aime bien, du moins, je le crois.

Claire parlait avec une intonation un peu hésitante, presque suppliante, comme si elle leur demandait implicitement conseil : allait-elle, demain, se coiffer de la même façon, appliquer comme elle l'avait appris aujourd'hui ces nouveaux produits de beauté ?

— Il n'y a aucune honte à essayer d'être ou de faire le mieux possible, déclara Hannah. On a bien plus de regrets en s'apercevant à soixante-dix ans qu'on a laissé filer sa vie entre ses doigts alors qu'il reste tant de choses à tenter.

— Par exemple ? demanda Emma.

— Toutes les entreprises qui nous obligent à des efforts et font de nous des personnes plus accomplies.

— Oui, mais quoi, exactement ? Des amants, de la drogue, ou quoi ?

— Tu ne crois quand même pas que des amants ou de la drogue font de toi une personne plus accomplie ?

Emma fronça les sourcils et ne répondit pas.

— Je pensais plutôt à l'image que chacun a de soi-même, à ce qui fait notre fierté, aux expériences qui ont façonné notre personnalité, aux enseignements reçus des autres ou donnés aux autres, à nos rapports avec le monde, ce que nous avons su en tirer et à ce que nous lui avons donné avant de mourir...

— Mais concrètement ? insista Emma.

Claire interrompit la discussion.

— Je crois que, dans l'immédiat, ce que nous devrions faire, c'est décider comment nous allons organiser le déménagement.

— Il faut d'abord acheter les meubles, répondit aussitôt Hannah.

— Et tout le reste. Je n'ai pas l'intention d'emporter quoi que ce soit d'ici, à part nos livres et nos vêtements. Nous ferions mieux de commencer par établir des listes. Je n'ai pas déménagé depuis si longtemps que j'ai oublié comment m'y prendre.

Mais, quand arriva le jour J, tout était, grâce à Hannah, parfaitement organisé.

— J'ai fait si souvent ce genre de chose, je suis une spécialiste, expliqua-t-elle.

La première tâche étant de meubler la nouvelle maison, elle avait appelé Mme Anaïs, Gregory et Margo pour leur demander quels étaient les fournisseurs de leurs clientes.

— Dans la plupart des grands magasins, expliqua-t-elle à Claire, il y a une attente de six mois pour les meubles. Mais tous ont un rayon d'antiquités. Bien sûr, les meubles sont des pièces uniques, beaucoup plus coûteuses, mais si cela vous est égal...

— Ça ne me dérange pas. Je n'ai pas envie d'attendre.

Elles achetèrent des sofas en tissu damassé, des fauteuils moelleux, une table basse italienne en mosaïque, des tables en tambour françaises et un divan victorien. Pour la salle à manger, elles choisirent une table carrée, ancienne aussi, en acajou, avec douze chaises d'époque, et pour les chambres des armoires hollandaises du siècle dernier. Une huche à pain du XVIIe, venue d'Ecosse, trouverait sa place dans la cuisine.

Hannah passa tendrement la main sur sa surface lisse et patinée par les ans en disant :

— Quelques pièces anciennes en bois, voilà qui donne de la chaleur à une cuisine moderne.

Elles ajoutèrent à la huche une table en pin de l'époque des pionniers et des chaises à barreaux.

Des tapis orientaux anciens, doux comme du velours, aux couleurs estompées par le temps, furent disposés sur les planchers bien cirés des autres pièces.

Claire regardait les prix, mais les montants élevés l'inquiétaient de moins en moins.

« 30 000 dollars, cette armoire française à trois corps, pour ma chambre ? Ah bon... Et 3 000 ces chenets anciens ?... Sans doute les valent-ils... »

Elles consacrèrent une journée à l'achat de postes de télévision, de magnétoscopes et d'une chaîne stéréo pour la bibliothèque. Puis elles choisirent dans un magasin spécialisé disques, cassettes et bandes vidéo. Claire voulait tout, ces emballages étaient si séduisants, et elle n'avait jamais pu s'offrir jusqu'ici qu'un disque tous les deux ou trois mois.

« Maintenant que je peux me l'acheter, pourquoi pas ? »

Et elle posait le disque dans le chariot.

— Maman, nous en avons pris au moins quatre cents ! finit par protester Emma.

Claire sentit un bref pincement de crainte. C'était trop, elle dépassait les bornes en se montrant si follement dépensière. L'hésitation disparut lorsqu'elle sortit sa carte bancaire. Elle pouvait se permettre de s'acheter tout ça, alors, pourquoi pas ? Pourquoi n'arrivait-elle pas à accepter cette idée ?

Puis Hannah voulut équiper la cuisine et acheter bibelots et objets de décoration. Alors les jours commencèrent à se confondre. Elles allaient d'un magasin à un autre en vérifiant leurs listes et erraient de rayon en rayon à la recherche d'objets à acheter. Claire avait l'impression de vivre un rêve : partout où elle dirigeait ses regards, des objets scintillaient devant elle. Elle tendait le bras, touchait des vases, des coupes, des cadres, un service de gobelets d'argent, la manche d'un manteau de fourrure. Tout était à sa portée, et tout lui faisait envie. Elle acheta, acheta...

Elle n'avait jamais remarqué tous ces objets d'art, n'avait jamais pensé au nombre d'artistes et d'artisans qui sculptaient, tricotaient les laines les plus douces, tissaient les tapisseries aux teintes les plus subtiles, peignaient fleurs et fruits sur des porcelaines à filet d'or. Elle découvrit des draps de coton si fin qu'on eût dit de la soie, des draps de bain si grands et si moelleux qu'ils l'enveloppaient comme un cocon, des couettes en duvet aux motifs si délicats qu'ils semblaient vibrer dans la lumière. Tout cela, elle le voulait.

Puis Hannah rangea la cuisine et la salle à manger, remplit placards et congélateurs d'assez de provisions pour durer (selon Emma) pendant trois typhons.

— Cela me sécurise, expliqua la vieille dame. Après tout, on ne sait jamais ce qui peut arriver, on pourra toujours manger, au moins. Toutefois, Claire, il y a un détail que...

— Oui ?

Elles étaient dans l'appartement, et Claire, assise par terre, plaçait des livres dans des cartons, en pensant à toutes les étagères où elle les rangerait.

— Je tiens à ne pas être un poids mort..., continua Hannah.

Claire leva les yeux, reposa les livres qu'elle tenait à la main.

— Je suis très contente de faire la cuisine, j'adore ça. Mais de quoi voudriez-vous que je me charge également ? Je pourrais, bien sûr, tenir toute la maison, je l'ai fait souvent. Mais si je dois m'occuper à la fois du linge, des courses, du ménage, j'aurais l'impression d'être une domestique ou une parente pauvre, juste tolérée. Et puis je m'inquiéterais en pensant à ce qui arriverait si je tombais malade et ne pouvais plus assumer toutes ces tâches. Vous comprenez... Si je pouvais éviter de... Si je pouvais croire que je suis ici parce que vous voulez de moi... Et puis, à mon âge, et malgré mon excellente santé, je serai peut-être moins efficace qu'une personne plus jeune.

— Bien sûr que non, nous ne voulons pas que vous vous chargiez de tout ce travail ! Et, si vous êtes là, c'est parce que nous voulons que vous restiez. Je ne peux même pas imaginer comment Emma et moi aurions réussi à meubler la maison et à nous installer si vite, sans vous.

— Eh bien... (Le sourire d'Hannah plissait son petit visage ridé.) C'est ce que j'espérais entendre. Vous êtes très généreuse, Claire, de me dire ça, je me sens tellement soulagée.

Claire hocha distraitement la tête. Par quel miracle Hannah, avec elle et Emma depuis un peu plus de deux semaines, était-elle devenue aussi indispensable et inamovible que si elles avaient toujours vécu ensemble ?

— Nous chercherons quelqu'un pour venir une fois par semaine faire le ménage, proposa-t-elle.

— Dans une maison de cette taille, peut-être vaudrait-il mieux que ce soit deux ou trois fois, suggéra doucement Hannah.

— C'est vrai, oui, vous avez raison.

— Puis nous aurons besoin de quelqu'un pour le linge, à moins que vous ne préfériez le donner à l'extérieur. Mais c'est toujours mieux de le faire laver à domicile, il s'abîme moins. Et je ne sais pas si vous vous y connaissez, mais je suis nulle pour les réparations et les bricolages. Une maison nécessite un entretien régulier, il y a les peintures, le système électrique, les équipements ménagers... C'est beaucoup de travail.

Claire n'avait jamais été propriétaire d'une maison.

— Cela semble énorme ! Nous trouverons un homme à tout faire. Autre chose ?

— Un jardinier. D'aussi beaux jardins ont été entretenus par un spécialiste... Je n'ai pas les doigts verts, moi. Par contre, je me débrouille bien pour les bouquets.

— Du personnel pour le ménage, la lessive, l'entretien, les jardins, récapitula Claire.

Tout avait paru si simple lors de l'achat de cette maison : de grandes et belles pièces, beaucoup de placards, une impression d'espace et de liberté... Maintenant, la maison se dilatait, se gonflait, comme pour l'avaler.

— Mais vous n'avez pas besoin de vous tracasser, je serai très heureuse de superviser leur travail. J'ai l'expérience. Et vous allez être trop occupée pour vous soucier de savoir si le travail est fait, terminé à temps, exécuté comme vous le voulez.

C'était au tour de Hannah de paraître grandir et enserrer dans ses bras la nouvelle maison et la vie de Claire. Mais elle savait ce qu'elle faisait, elle avait l'expérience.

« Je ne peux pas apprendre du jour au lendemain... Elle dit que je serai trop occupée... A quoi donc ? Que vais-je faire de mon temps quand nous serons installées, maintenant que je n'ai plus à travailler ?... Ah oui, une croisière, au moins, ça m'occupera un moment. »

— Merci, Hannah, je vous suis très reconnaissante de vous charger d'organiser tout ça.

Elle repêcha dans un des cartons l'annuaire de téléphone et chercha dans les pages jaunes la liste des agences de voyages. C'était la première fois qu'elle en consultait une, alors elle choisit celle qui avait la publicité la plus voyante et, toujours assise sur le sol, téléphona.

— Je suis intéressée par une croisière... J'ai vu quelque chose sur un voyage en Alaska.

— Nous avons plusieurs croisières en Alaska, et elles sont toutes splendides. Et très demandées. En fait, je viens d'organiser le voyage du patron des laboratoires Eiger, vous savez, à Norwalk ? Avec son fils et un autre couple du même quartier. Nos croisières en Alaska intéressent beaucoup de gens importants.

— Avez-vous un départ prévu pour bientôt ?

— Fin juin. Vous êtes seule ?

— Ma fille et moi.

Elle donna le numéro de sa carte de crédit et l'adresse de sa nouvelle maison, puis raccrocha, le sourire aux lèvres.

« Une autre aventure... » En levant les yeux, elle vit Hannah, qui la regardait.

— J'ai toujours eu envie de faire ça, expliqua-t-elle. Je ne sais pas pourquoi. Juste parce que ça me semble une vie différente.

— Les croisières peuvent être des expériences merveilleuses. Je suis contente pour vous. Je finis d'emballer les livres ?

— Oui, merci.

Claire s'appuya au mur et regarda Hannah s'affairer en pensant à la croisière, avec ce groupe de gens importants, au voyage en avion jusqu'à Vancouver, d'où partait le bateau. Ni elle ni Emma n'avaient jamais pris l'avion.

Enfin arriva le jour du déménagement. Des camions chargés de meubles et de tapis convergèrent de plusieurs magasins de New York et du Connecticut en direction de leur nouvelle maison. Le camion transportant leurs livres, leurs vêtements et le matériel de dessin de Claire arriva, précédé de Claire dans sa Mercedes blanche et d'Emma et de Hannah dans le cabriolet rouge.

Elles allèrent de pièce en pièce, donnant des instructions pour la mise en place des meubles.

— C'est si beau..., chuchota Hannah avec un long soupir qui était presque une action de grâces.

Claire l'entendit et se sentit fière de lui accorder l'hospitalité. Elle lui avait offert une nouvelle vie, à elle aussi. La vieille dame était heureuse et rassurée.

« L'argent permet aussi de faire le bien... Idée à creuser. »

Une fois les livreurs et les déménageurs partis, Claire erra dans les pièces de sa maison.

« C'est à moi..., à moi..., à moi ! »

Tout la ravissait, les couleurs des tapis, le confort des sièges, les murs vert foncé de la bibliothèque, les hautes fenêtres, le souffle de la brise du soir à la fenêtre, les battements d'ailes des papillons contre la moustiquaire, le faible claquement des talons d'Emma et de Hannah dans les autres pièces...

« Ma chambre, ma maison ! Je n'arrive pas à y croire ! »

— Où avez-vous envie d'aller dîner, toutes les deux ? demanda-t-elle en redescendant.

Hannah secoua la tête.

— N'espérez pas m'arracher à cette cuisine, je meurs d'envie de l'étrenner. Asseyez-vous et laissez-moi faire !

Claire et Emma, assises à la table avec une bouteille de vin et une assiette de saumon fumé, la regardèrent s'affairer en fredonnant, comme si elle travaillait dans cette cuisine depuis toujours.

— Qui l'aurait cru ? remarqua-t-elle soudain. Il y a six semaines, je me sentais en passe de devenir une clocharde, je me voyais en train de pousser un Caddie chargé de toutes mes possessions, à la recherche d'un banc dans un square. La perspective me terrorisait, mais je me disais que tout le monde a sans doute droit à une certaine quantité de bonheur dans sa vie et que je devais avoir épuisé ma ration. Dorénavant, tout ne serait que malheur et misère. Mais je me trompais. Tout a changé, le malheur a disparu, je suis là, dans la chaleur, le confort, l'affection..., au paradis... Où ai-je rangé les plats à soufflé ? Que pensez-vous d'un soufflé au citron pour le dessert ? Un entremets de fête, parfait pour célébrer les miracles.

Claire et Emma échangèrent un regard.

— Et si nous l'emmenions en Alaska ? suggéra Claire tout bas. Qu'en penses-tu ?

— Elle serait ravie.

— Mais toi ?

— Je ne sais pas... Je suppose qu'elle passerait plus de temps avec toi qu'avec moi, alors, si tu envisages de faire des rencontres et de t'amuser...

Claire leva les sourcils.

— C'est ce que tu prévois ? Faire des rencontres et t'amuser ?

— Bien sûr... C'est fait pour ça, les croisières, non ? Selon Lorna et Marie, c'est leur principal intérêt. Personne n'y va pour les paysages. Du moins, c'est ce qu'elles disent.

— Moi, je pensais aux paysages.

Mais la phrase de l'agent de voyages lui revint à l'esprit : « Des gens importants... » Effectivement, pourquoi pas de nouvelles rencontres ? Dans une nouvelle vie, toutes les possibilités sont ouvertes. Il y a des passagers de toute sorte, en croisière, des jeunes et des vieux, des hommes d'affaires, des artistes, des retraités, ensemble pendant une semaine. Assez longtemps pour faire connaissance et décider avec lesquels on deviendra ami.

Elle regarda Hannah battre des œufs en neige dans une jatte.

« Venir avec nous en croisière lui ferait plaisir. Et elle

pourrait m'être utile, garder un œil sur Emma, on ne sait jamais. »

— Hannah, dit-elle, je serais très heureuse si vous acceptiez de faire cette croisière en Alaska avec nous.

4

Le navire blanc et rutilant brillait au soleil sur les vagues grises du port. C'était une ville flottante miniature, avec ses boutiques, sa piscine, sa boîte de nuit, deux restaurants et un casino. Emma et Claire avaient deux cabines de luxe adjacentes, sur le pont supérieur, et Hannah était logée de l'autre côté.

— J'adore la mienne, déclara Emma. Je pourrais y passer toute ma vie, sauf que j'adore encore plus notre nouvelle maison ! Ça va, ça, pour le dîner ?

Elle portait une robe très courte, en mousseline rouge, dont la jupe virevoltait autour de ses jolies jambes, et des escarpins à talons hauts. De longs pendants d'oreilles en cristal scintillaient dans ses cheveux cuivrés.

— Tu es superbe... Tu vas être la vedette de la salle à manger !

En fait, elles firent toutes les deux une entrée remarquée.

— Tout le monde nous regarde, murmura Emma en voyant les têtes se tourner vers elles tandis qu'elles passaient entre les tables. J'ai l'impression d'être une reine. Tu es magnifique, vraiment ! On forme une super équipe, toutes les deux.

Claire se sentit tout émue : l'approbation de sa fille lui réchauffait le cœur. Emma, s'étant aperçue qu'elle aurait non pas un mais deux chaperons, n'avait pas été très communicative, ces derniers temps, du moins par moments. Puis son humeur changeait et elle parlait avec enthousiasme de tout ce qu'elles allaient faire.

Pour l'instant, elle semblait satisfaite de trôner aux côtés de sa mère, au centre de la vaste salle à manger, et de contempler les femmes en robes de satin et tailleurs-pantalons de soie, les hommes en costume-cravate, les serveurs en jaquette qui versaient le vin et apportaient les plateaux de hors-d'œuvre. Un piano et une flûte jouaient en sourdine, et le capitaine circulait de table en table pour souhaiter la bienvenue à ses passagers.

Claire admirait le spectacle en essayant de se persuader de sa réalité. Depuis le jour où elle avait appris la merveilleuse nouvelle, elle avait l'impression d'être une fillette larguée dans un monde fantastique. Presque comme si Emma et elle entraient de concert au royaume des Merveilles. Un royaume bien plus merveilleux, d'ailleurs, qu'elles n'auraient pu l'imaginer, car comment imaginer ce dont on ignore l'existence ?

Elle s'aperçut à côté d'Emma dans le miroir ovale et eut du mal à se reconnaître. La soie noire de sa robe contrastait avec la mousseline rouge de celle de sa fille, leurs bijoux scintillaient sous les lustres, leur tête était aussi haute et leur sourire aussi indifférent que celui des autres femmes, comme si elles étaient habituées, elles aussi, à ce genre d'environnement. Ce qui était loin d'être le cas. Tout sortait d'un conte de fées, sur ce bateau, depuis les spacieuses cabines à fenêtres panoramiques encadrées d'épais rideaux jusqu'au large pont de bois verni faisant le tour du navire, en passant par la salle carrelée abritant la piscine et la confortable bibliothèque aux étagères garnies de livres sur l'Alaska.

L'espace d'un instant, elle se revit assise à sa table à dessin de *Danbury Graphics*, travaillant sans enthousiasme sur un projet conçu par quelqu'un d'autre, avec l'impression d'être emprisonnée à vie. Moins de deux mois plus tôt... Suffisamment de temps pour avoir commencé à bâtir une nouvelle vie.

— Mon Dieu, que c'est agréable, ici ! dit Hannah en s'asseyant à leur table. Quand je pense qu'il y a si peu de temps je pensais ne plus jamais sortir de mon appartement...

Elle fit un large sourire à Claire, que celle-ci lui rendit en se demandant pourquoi, contrairement à la vieille dame, elle n'arrivait pas à exprimer ce qu'elle ressentait. Elle n'avait jamais su parler d'elle-même, elle avait toujours craint d'ennuyer. Il était tellement plus facile de se taire, d'éviter de faire des vagues !

— Tout est parfait ! soupira Hannah en voyant le serveur déposer devant elle un verre de vodka frappée.

Elle remarqua qu'Emma était en contemplation, et suivit la direction de son regard.

— Oh, quel beau garçon ! Et il semble bien t'avoir repérée.

Emma, le feu aux joues, tourna la tête.

— Je ne les ai remarqués que parce qu'ils sont seuls, comme nous. Tous les autres passagers semblent voyager en bande.

— Je suppose que la plupart des gens partent en croisière avec des amis, dit Claire. Qui regardais-tu ?

Ce fut Hannah qui répondit.

— Les deux hommes près du piano.

L'un d'eux, le plus jeune, dévorait Emma des yeux. Hannah avait raison, il était très beau garçon, avec un visage ombrageux, presque boudeur, et une épaisse chevelure noire dont une mèche lui retombait sur le front. Il avait une bouche charnue, des sourcils fournis, et son agitation trahissait son impatience. L'homme qui l'accompagnait, de toute évidence son père, avait la même bouche gourmande et les mêmes sourcils noirs et rapprochés, mais ses tempes grisonnaient et ses paupières lourdes lui donnaient une expression plus lointaine et plus secrète. Son regard croisa celui de Claire, il sourit et lui fit un bref salut de la tête.

— Ils sont beaux tous les deux, dit Hannah d'un ton songeur. Et c'est rare de voir un père et son fils voyager ensemble. Je me demande s'ils sont américains. Ils ont l'air étrangers, italiens peut-être...

Le serveur vint prendre leur commande, puis le repas fut servi, et, tandis que le navire laissait derrière lui les lumières de Vancouver, elles dînèrent sans se presser. Le mouvement du navire avait beau être à peine perceptible, elles se sentaient déjà loin de la terre ferme. La salle à manger se vidait, les dîneurs prenaient le chemin de la boîte de nuit ou du bar, et les musiciens jouaient plus fort.

— Ça fait un effet un peu bizarre, vous ne trouvez pas ? demanda Emma en prenant le café.

« Vous ne trouvez pas que ça fait drôle, répéta la jeune fille, de se trouver là au milieu de nulle part, en route vers l'inconnu, avec cinq ou six cents passagers qu'on ne connaît pas ?

— Au milieu de nulle part, mais avec des téléphones, des fax, des écrans de télévision...

— Ça fait quand même un drôle d'effet, insista Emma. On n'est plus sur la terre ferme, on ne peut plus la toucher, c'est comme si on avait perdu ce qui fait notre identité. On n'est plus dans notre élément ; si le bateau coulait ou si on tombait par-dessus bord, on ne pourrait pas survivre, on n'est pas « chez nous ». C'était pareil dans l'avion... Ça ne vous a pas frappées ? Je me sentais déconnectée, presque déjà là-bas, dans le mystère de l'infini, sans rien pour me protéger en cas de problème. Je ne sais pas, c'est plutôt angoissant...

— Quelle vue romanesque des voyages... J'adore..., dit une voix grave derrière elle.

Elles levèrent les yeux et reconnurent les deux hommes dont elles avaient parlé un peu plus tôt.

— Veuillez me pardonner d'interrompre votre conversation, continua le plus âgé, mais nous serions ravis si vous acceptiez de vous joindre à nous pour prendre un verre au bar. Je suis Quentin Eiger, ajouta-t-il en tendant la main à Claire, et voici mon fils, Brix.

— Un prénom original, dit Hannah, c'est un patronyme ?

— Le nom de ma mère, répondit le jeune homme d'une voix aussi grave que celle de son père. Elle était une demoiselle Brixton.

— Nos noms sont plus banals. Nous sommes Claire, Emma et Hannah Goddard.

Elle regarda Claire en levant discrètement les sourcils.

— Je vous remercie, répondit celle-ci, nous acceptons votre invitation avec plaisir.

Claire s'efforçait de parler sur un ton indifférent, mais ces deux hommes, grands, sûrs d'eux, qui dominaient leur table, l'inquiétaient, et elle se demandait de quoi ils allaient parler.

« Je me conduis en gamine... Nous sommes si ignorantes de ce genre de vie... Mais, maintenant que nous sommes riches, il va bien nous falloir apprendre à évoluer dans d'autres milieux. Et puis Hannah aidera à la conversation, elle a toujours quelque chose à dire. »

Elle se leva, et les trois femmes se laissèrent mener au bar par Quentin et son fils.

« Comme des moutons », pensa-t-elle, mais, lorsqu'ils furent tous installés dans les fauteuils, elle ne lut dans les yeux de Quentin que de l'admiration.

Elle regarda Emma, suspendue aux paroles de Brix, puis Hannah, qui parcourait la salle des yeux en laissant volontairement mère et fille se débrouiller toutes seules.

Quentin se pencha vers elle.

— Je vous admire beaucoup, vous et votre fille. Vous êtes très belles et vous semblez si proches l'une de l'autre.

— Merci. Oui, nous nous entendons bien, du moins la plupart du temps.

— Je vous envie... J'aimerais pouvoir en dire autant de Brix et de moi.

— Vous sembliez pourtant proches l'un de l'autre, au dîner.

— Nous donnons cette impression parce que nous nous ressemblons. Mais nous ne nous sommes jamais sentis vraiment proches.

Elle fut surprise d'entendre Quentin parler si vite de sa vie personnelle.

— Je suppose, continua-t-il, qu'une partie du malaise vient du fait que nous travaillons ensemble, c'est souvent source de tension entre les générations. Vous et Emma n'avez sans doute pas ce problème.

— Non, nous ne travaillons pas ensemble. Emma vient de terminer ses études secondaires.

— Ah bon ! Je la croyais plus âgée.

— Elle a dix-sept ans, répondit-elle, comptant sur le père pour faire passer le message au fils.

Elle avait bien été obligée de constater, en les voyant la précéder dans le bar, combien Emma et Brix formaient un beau couple : une jeune fille, mince et élancée, resplendissante dans sa robe rouge, avec sa chevelure cuivrée reflétant la lumière, au bras d'un beau ténébreux, à la démarche juste un peu trop conquérante.

— Elle va poursuivre ses études ?

— Elle entre à l'université en septembre.

— Et vous ? Où habitez-vous ?

— A Wilton, dans le Connecticut. Nous venons d'y acheter une maison.

— Quelle bonne surprise ! (Son sourire s'élargit.) Nous sommes voisins, j'habite Darien et je possède une entreprise à Norwalk.

— A Norwalk... Attendez... Un laboratoire, non ? J'ai oublié le nom.

— Les laboratoires Eiger. Mais comment le savez-vous ?

— C'est l'agence de voyages. La directrice vous a mentionnés comme des personnalités participant à cette croisière.

Il fronça les sourcils.

— C'est un peu fort ! Je me demande à combien de personnes cette sotte a divulgué mes projets...

— Je vous demande pardon, je ne...

— Vous n'y êtes pour rien. Et, en l'occurrence, je devrais lui être reconnaissant, puisque c'est grâce à elle que nous nous sommes rencontrés. Mais dorénavant, je m'adresserai ailleurs. Vous dites que vous venez d'acheter une maison à Wilton ? Juste pour vous et Emma ?

— Et Hannah.

Le serveur apporta les commandes, s'affaira à disposer les verres et à arranger des corbeilles de noix et de chocolats à la menthe.

— Parfait, merci.

Le serveur comprit et s'éloigna.

— Seulement Hannah ? demanda Quentin à Claire.

— Oui.

— Vous êtes veuve ? Divorcée ?

— Divorcée.

Elle prit son verre de cognac et s'appuya au dossier du fauteuil. Elle commençait à se détendre, mais se posait des questions au sujet d'Emma. Celle-ci avait commandé un cognac elle aussi, or elle ne buvait pas du tout, à part un verre de vin de temps en temps. Cognac, plus le beau Brix Eiger, le cocktail risquait de lui monter vite à la tête. A cet instant, la jeune fille leva les yeux et rencontra le regard de sa mère. Elle fit un bref sourire surpris, baissa les yeux et s'abîma dans la contemplation de ses mains.

Claire se retourna vers Quentin. Elle connaissait bien les rites présidant aux premières rencontres et, en général, redoutait l'habituelle litanie de questions sur le travail, la maison, les époux précédents, les goûts, les distractions favorites, qui transformaient le premier rendez-vous en véritable interrogatoire. Mais Quentin était détendu et simple, parfaitement à l'aise, sûr de lui. Il n'essayait pas de la faire parler et guidait aussi discrètement la conversation qu'il l'avait menée de la salle à manger au bar.

« Comme c'est reposant, d'abandonner les rênes à un autre... »

Elle vit Emma la regarder à la dérobée, et se redressant dans son fauteuil, s'éloigna un peu de Quentin.

— Brix et moi n'avons vécu ensemble que par intermittence. Nous ne nous entendions pas trop, mais nous avons toujours recommencé, jusqu'à ce qu'il parte en pension puis à l'université. Maintenant, bien sûr, il a son propre appartement. Il s'en est plutôt bien sorti, à mon avis. La plupart des enfants retombent sur leurs pieds après une enfance difficile, mais il s'en tire mieux que beaucoup.

— Il a eu une enfance difficile ?

— Oh, rien que de très ordinaire... Des parents trop absorbés par leurs propres problèmes, ce genre de chose... (Silence.) Non, je parie qu'à vos yeux ça ne semble pas ordinaire, n'est-ce pas ? Vous avez sans doute considéré Emma comme le centre de votre vie, et vous lui avez donné tout ce qu'elle voulait.

Claire secoua la tête.

— C'était impossible, je n'avais pas d'argent. Mais s'il y a une chose dont elle n'a pas manqué, c'est d'attention.

— Vous avez concentré sur elle toute votre attention ?

— Oui, c'est exact, du moins pendant tout le temps que nous passions ensemble.

— Et vous ne vous êtes jamais remariée ?

— Non. Et vous ?

— Oh, plusieurs fois. Trois, après la mère de Brix. Et celle-ci a aussi fait deux autres tentatives. Brix en a souffert, bien sûr ; je crois qu'il avait l'impression d'être un objet que nous nous repassions, avec à chaque fois un nouveau père ou une nouvelle mère à l'arrière-plan. Et j'étais souvent absent, je travaillais presque tout le temps. Vous aussi, j'imagine ?

— Pas tout le temps. Quand Emma était bébé, mon patron m'autorisait à l'amener avec moi, et, au début de sa scolarité, je faisais des journées plus courtes et j'apportais du travail à la maison. La mère de Brix travaillait ?

— Non. (Il sourit.) Elle passait tout son temps à faire des courses. Elle s'adonnait à une recherche frénétique de ce que les artisans et artistes peuvent offrir de plus beau, de l'endroit où se le procurer, de la façon de l'obtenir au meilleur prix possible... Cela semble vous étonner... Je croyais que toutes les femmes faisaient ça d'instinct.

— Pourquoi ?

— Eh bien, toutes les femmes que je connais semblent avoir cette passion. Pourtant, il doit bien vous arriver de temps en temps de faire des achats, de courir les magasins avec votre fille... Vous avez d'ailleurs un goût très sûr, ajouta-t-il en contemplant la robe de soie noire.

Claire rougit de plaisir.

— Nous avons fait beaucoup d'achats ces derniers temps, mais ce n'est pas une passion !

Elle voyait bien où il voulait en venir mais n'avait pas envie de lui donner des détails sur sa soudaine accession à la fortune.

— Et vous possédiez déjà les laboratoires Eiger quand Brix était enfant ? demanda-t-elle.

— Non, j'étais agent de change à New York. J'ai gagné beaucoup d'argent, c'était facile dans les années quatre-vingts. Et puis j'en ai eu assez, et j'ai essayé de me lancer dans une entreprise totalement différente, sans aucun rapport avec le milieu boursier.

Il regarda Brix en face de lui.

— Je ne savais rien faire d'autre que gagner de l'argent. Rien, à part ça, n'allait comme je voulais. Alors j'ai trouvé deux autres investisseurs et nous avons acheté les laboratoires Eiger, qui s'appelaient alors les laboratoires de Norwalk. Ce fut une excellente initiative.

— Pour vous ou votre famille ?

— Pour moi et pour l'entreprise.

— Et pour Brix ?
— Il vivait à New York et passait l'été à Norwalk. Nous avions une gouvernante pour s'occuper de lui, et sa mère aussi, mais il ne s'est jamais entendu ni avec l'une ni avec l'autre. Il n'était pas un enfant facile. Il se mettait facilement dans de violentes colères, à faire trembler les murs. Et, parmi toutes les employées que nous avons eues, aucune n'a semblé se donner beaucoup de mal pour établir des relations de confiance.
Claire le regardait, étonnée de la fierté avec laquelle il parlait du caractère irascible de son fils.
— Mais n'avait-il pas des relations de confiance avec ses parents ?
Il y eut un petit silence.
— J'essayais bien de lui parler d'égal à égal, de lui expliquer que l'échec d'un mariage après l'autre me faisait souffrir, moi aussi, mais, bien entendu, il ne l'a jamais cru. Dans son esprit, je faisais ce que j'avais envie de faire, sans me préoccuper de lui.
— Il ne se trompait pas...
— Il n'avait pas non plus tout à fait raison ! Vous avez mieux réussi à protéger votre fille.
— Je n'ai eu qu'un mari, alors, ce n'est pas le temps qui m'a manqué !
« Qu'est-ce qui me prend ? Moi qui évite si souvent de prendre position ! »
Quentin fronça les sourcils.
— Vous voulez dire qu'on consacre davantage de temps et d'énergie à son conjoint qu'à ses enfants ? C'est un choix personnel. Je ne suis pas d'accord pour rogner sur ma propre vie afin de donner à mes enfants ce qu'un soi-disant spécialiste ou un autre ont décrété leur être indispensable. Quand avez-vous divorcé ?
— Avant la naissance d'Emma.
— Votre vie conjugale a été de courte durée.
— Oui. Mon ex-mari ne voulait pas être père, alors il m'a quittée.
Il y eut un silence, et Claire se demanda s'il s'attendait à ce qu'elle parle d'elle avec autant de franchise que lui.
« J'en serais bien incapable, d'ailleurs, je n'ai rien à raconter, si ce n'est ma vie avec Emma. »
Elle aperçut, juste à côté du profil de Quentin, son

reflet dans un grand miroir ovale entouré d'un cadre à moulures baroques. Il y avait des miroirs partout dans ce navire, les passagers en croisière devaient aimer se contempler.

« C'est moi, bien moi ! Qui aurait pu croire, il y a trois mois, que je serais un jour à bord de ce merveilleux bateau, en train de flotter sur une mer inconnue en direction d'un pays inconnu, avec un homme séduisant qui paraît apprécier ma compagnie ? »

Elle eut un petit frisson d'appréhension.

« Allons, c'est idiot, j'ai rêvé de ça depuis toujours. Je passe la plus belle soirée de ma vie... Aucun péril ne me guette, maintenant que j'ai de l'argent. L'argent change tout, tout devient une aventure sans danger quand on est riche. »

Elle sentit une présence à côté d'elle et se retourna. Hannah était auprès d'elle et dit, en faisant un signe de tête à Quentin :

— Je suis venue dire bonsoir.

Sa « tante » était accompagnée d'un grand barbu blond, aux yeux bleus très brillants, portant une veste de velours et une cravate à motifs voyants. Il lui adressa un sourire chaleureux.

— Forrest Exeter, le présenta Hannah. Nous venons tous deux de Philadelphie, presque du même quartier. Nous allons à la bibliothèque chercher des livres qui, selon M. Exeter, me plairont.

Claire la regarda, bouche bée. La vieille dame semblait intimidée, presque gênée. Sans doute à cause de la différence d'âge entre elle et son nouvel ami... Etrange, quand même...

— A demain, alors !

La vieille dame prit le bras de son compagnon, et tous deux quittèrent le bar.

Claire se retourna en direction de Quentin et essaya de se souvenir de ce dont ils étaient en train de parler. Ah oui, il lui avait posé une question sur son mari. Ne voulant pas s'attarder sur ce sujet, elle revint à Brix.

— Parlez-moi de votre fils... Vous n'avez que lui comme enfant ?

— Non, j'ai deux autres fils, mais leurs mères respectives m'ont écarté de leur éducation et je ne m'y suis pas opposé. J'avoue ne pas être le meilleur des pères, je ne suis guère patient avec les enfants, vous l'avez sans doute compris. Ce n'est pas que je ne les aime pas, c'est juste que les efforts à déployer pour communiquer avec des êtres dont le niveau de connaissances et d'expérience est tellement différent du mien me rebutent. Je trouve Brix intéressant maintenant, ce qui n'était pas le cas quand il était petit. Vous vous êtes toujours sentie proche d'Emma ?

— Toujours. Il n'y avait que nous deux, et nous avions si peu d'argent que nous dépendions l'une de l'autre pour tout. Et j'ai tellement aimé faire découvrir le monde à ma fille et partager son enthousiasme devant ces découvertes, c'était comme si je voyais tout pour la première fois !

— En tout cas, votre situation matérielle semble s'être rétablie.

Le serveur s'approcha, et Quentin fit un signe de tête.

— La même chose pour tout le monde.

— Pas pour…, commença Claire.

Mais elle se tut. Le verre d'Emma était presque plein, elle y avait à peine touché, et mieux valait pour elle boire quelques gorgées d'un autre verre qu'entendre sa mère décider à sa place devant tout le monde.

Claire hésita : Quentin Eiger attendait d'elle une explication de sa soudaine accession à la fortune. Le mot « loterie » la gênait… 60 millions de dollars lui étaient tombés du ciel sans qu'elle fasse rien, à part acheter un billet. Ce n'était pas une réussite, c'était un coup de chance.

« Je pourrais prétendre avoir fait un héritage ou avoir économisé sou par sou pour m'offrir ce voyage… Je pourrais ne rien dire, après tout, nous n'avons pas à justifier nos toilettes, nos bijoux ni notre présence sur ce bateau ! »

Mais Quentin avait été si franc à propos de son propre fils et de ses divers mariages qu'elle avait l'impression d'échouer à une épreuve en lui mentant ou en refusant de répondre.

— J'ai gagné à la loterie, avoua-t-elle.

— Tant mieux pour vous. Le gros lot, j'imagine ?

— Oui. Et tout a changé d'un seul coup dans ma vie.
— Et que faisiez-vous avant ?

Il n'avait certainement pas lu les articles dans les journaux, et cela ne l'intéressait pas outre mesure. Il ne lui demanda même pas le montant du lot.

— J'étais dessinatrice... Enfin, assistante dessinatrice. Je faisais partie de l'équipe de *Danbury Graphics*.

— Ah oui, je les connais. Ils ont répondu à l'un de nos appels d'offres. Nous avons confié le projet à une autre entreprise, mais je me souviens d'une des maquettes pour un emballage de shampooing, qui était excellente.

Claire ne répondit pas, et il lui lança un regard aigu.

— Vous avez travaillé là-dessus ?
— Mon équipe, oui.
— Et de qui était l'idée ?

Claire hésita.

— Euh..., de moi, mais la réalisation était un travail d'équipe.

— Parce que l'apport personnel de l'un ou de l'autre n'était jamais reconnu ?

— Je faisais partie d'une équipe et j'accomplissais ma part de travail.

— Le fait que l'idée soit de vous ne changeait rien ?
— Nous mettions nos idées en commun.
— Et personne dans cette équipe n'essayait de tirer la couverture à lui ?

Elle se sentit un peu irritée. De quoi se mêlait-il ? Elle en était venue à accepter que d'autres exploitent ses idées, cela faisait partie de son travail.

— Cela n'avait pas d'importance.

— Je n'en crois pas un mot. Vous êtes une très jolie femme, Claire, vous avez votre amour-propre, pourquoi ne seriez-vous pas fière de ce que vous faites ? Pourquoi ne désireriez-vous pas que votre talent soit reconnu ? Vous avez le droit d'exiger d'être maître de ce que vous faites, du début jusqu'à la fin. Je ne supporterais pas que quiconque essaie de me retirer ce privilège.

— Et comment vous y prendriez-vous pour l'en empêcher ?

Il haussa les épaules.

— Il y a toujours un moyen. Une fois que vous laissez les autres se mettre en travers de votre chemin, ils vous considèrent comme une victime-née et vous traitent en conséquence. Personne ne me fera jamais ça.

Le sourire de Claire se figea. L'insouciante assurance de Quentin la glaçait.

— Personne ne s'est jamais opposé à vous ?

— Pas pour longtemps, et jamais plus d'une fois. C'est une leçon apprise dès ma jeunesse, à l'époque où je naviguais d'une paire de parents à une autre, avant de prendre mes distances, vers quatorze ans. On apprend vite à prendre soin de soi-même, vous savez, quand il n'y a personne pour le faire à votre place, et on comprend vite que tout repose sur la capacité de maîtriser les événements au lieu de se laisser porter. Ensuite, ce qui compte, c'est l'influence qu'on arrive à exercer. Sur le plan général, au niveau d'un ou de plusieurs pays, il y a une différence entre influence et pouvoir. Seules une poignée de personnes détiennent le pouvoir, et le conservent jalousement, mais les autres peuvent s'assurer une certaine influence, s'ils savent s'y prendre. Ce sont eux qui font tourner en sous-main les rouages du monde.

— Et vous faites partie de cette élite ?

Claire commençait à trouver cette discussion un peu écœurante. Quentin le sentit-il à son intonation ?

— Pas encore. Un jour... Vous vous êtes bien débrouillée pour gérer votre vie, vous vous en êtes bien sortie, pour vous et Emma, et toute seule. A moins que vous n'ayez eu des parents pour vous tendre à l'occasion une main secourable ?

— Non, je n'avais personne.

— Eh bien, alors, vous comprenez ce que je veux dire. Ce monde est sans pitié, et nous sommes souvent obligés de nous conduire cruellement. Personne ne peut nous en vouloir. En fait, les autres nous envient d'être capables de le faire. Vous n'êtes plus dessinatrice ?

— J'ai démissionné il y a quelque temps.

— Quand vous avez gagné le gros lot.

— Oui.

— Vous avez bien fait. Je n'arrive pas à comprendre ceux qui prétendent ne rien vouloir changer à leur existence s'ils faisaient soudain fortune. La vie de la plupart des gens devrait changer, elle est souvent d'une banalité à pleurer. Qu'allez-vous faire après cette croisière ?

Claire, paralysée par la peur de faire une réponse d'une banalité à pleurer, ne répondit pas.

— Parce que, si votre temps n'est pas déjà entièrement pris, j'aimerais continuer à vous voir quand nous serons rentrés chez nous. Je voudrais vous faire visiter mes lieux favoris, vous présenter quelques-uns de mes amis...

« Ouf ! l'examen de passage est réussi ! »

— Je n'ai pas encore vraiment décidé. Mon emploi du temps n'est pas chargé.

De l'autre côté de la table, Brix et Emma se levèrent.

— Nous allons faire un tour sur le pont, dit la jeune fille à sa mère. Je ne sais pas à quelle heure je rentrerai.

Sous entendu : *Ne m'attends pas pour aller te coucher.*

— Minuit me paraît une heure raisonnable, dit Quentin à son fils. Cela vous donne tout le temps d'explorer le pont à fond.

— Très bien ! répondit Brix.

Mais il fit la moue, et Claire vit qu'il pourrait facilement se mettre à bouder et de là se laisser aller à l'une de ses colères à faire trembler les murs. Elle imaginait très bien la scène.

Brix était un jeune homme très séduisant, un peu plus trapu que son père mais avec des épaules larges, un menton volontaire, des doigts courts et carrés. Comme Quentin, il portait un complet parfaitement coupé et une cravate ni trop voyante ni trop terne. En fait, son apparence n'avait rien d'alarmant, pas même pour la mère d'une jeune beauté de dix-sept ans. Claire, néanmoins, s'inquiétait.

— Maman se fait du souci, remarqua Emma en quittant le bar.

Brix lui tenait ouverte la porte à deux battants, et tous deux sortirent sur le pont.

— Brrr ! Il fait froid, je n'y avais pas pensé.

— Eh bien, ça me donne l'occasion de me montrer galant ! répondit le jeune homme en retirant sa veste et en la posant sur les épaules de sa compagne.

— Galant..., un mot que bien peu d'hommes utilisent.

— Mon père, si. Il adore ce genre de tournures, un peu désuètes.

— Il est désuet ?

— Non, pas du tout. Il préfère ce qui est moderne, au contraire, meubles, tableaux, objets d'art, et il peut se montrer un vrai salaud — oh, pardon ! — mais c'est ainsi qu'il est, vous savez, en affaires. Toutefois, il aime bien avoir un comportement un peu suranné, acheter des fleurs, tenir les portes ouvertes, juste une attitude, en fait.

— Il est très séduisant. Lui et ma mère ont eu vite fait de faire connaissance.

— Alors de quoi s'inquiète-t-elle ?

Ils flânaient le long du pont dans la clarté diffuse des lanternes du navire, entre les rangées de chaises longues pliées et le bastingage, derrière lequel la lumière de la lune tombait en un ruban d'argent sur les flots sombres. Quelques étoiles brillaient au firmament, et Emma regarda la plus brillante, basse sur l'horizon.

« Elle éclaire la plus merveilleuse nuit de ma vie. »

— Votre mère n'a aucune raison de s'inquiéter à mon propos.

— Je sais. Les mères s'inquiètent toujours, et, la moitié du temps, on ignore pourquoi. Je suppose que c'est différent avec les garçons.

— En tout cas, personne ne s'est jamais inquiété pour moi ! Ma mère était rarement présente, et, après elle, il y a eu tout ce défilé de belles-mères dont je vous ai parlé. Elles étaient bien trop occupées à chercher comment garder mon père. En vain, d'ailleurs. Elles n'y sont pas arrivées. Les seules à se soucier de ce que je faisais étaient toutes ces gouvernantes que ma mère s'obstinait à embaucher, mais la vraie raison de leur zèle était qu'elles tenaient à leur travail. Entre deux épouses, mon père me faisait venir avec lui, alors à son tour il employait une gouvernante, puis il se trouvait une autre femme, et je retournais chez ma mère jusqu'à ce qu'il se lasse de sa dulcinée. La plupart du temps, ils ne se mariaient pas, ils vivaient juste ensemble jusqu'à ce qu'il en ait assez. Il a toujours été comme ça, il fait exactement ce qu'il veut. Il ne dit rien, mais, dès que quelque chose ou quelqu'un le gêne, il s'en débarrasse.

Le jeune homme parlait sans emphase, mais Emma perçut de l'admiration dans sa voix.

« Comment peut-il être si fier d'un père qui lui a si peu prêté attention ? »

Ce n'était pas, toutefois, le moment de critiquer Quentin Eiger.

— Il semble avoir une très forte personnalité.

— C'est vrai. Et il veut toujours que tout bouge, l'immobilisme le tue. Chaque année, il lui faut être plus riche, plus important, plus puissant que l'année précédente. Sinon, c'est comme la mort. C'est lui qui m'a appris à considérer qu'on fait toujours la course avec un rival invisible.

Emma devina qu'en décrivant son père, Brix se décrivait lui-même tel qu'il voulait être. Il était assez fier de Quentin pour vouloir l'imiter en tout, y compris peut-être dans ses côtés les moins glorieux. Mais elle se garda bien de s'attarder sur ses pensées, elle se sentait trop alanguie et trop nonchalante, ce soir. La voix grave de Brix tout près d'elle, le ronronnement du moteur, la chaleur du cognac, tout se conjuguait pour lui enlever toute velléité d'effort. Elle ne voulait que se laisser aller à la douceur de la nuit, abandonner la réflexion pour la sensation.

— Vous avez une merveilleuse capacité d'écoute... (Il lui prit la main et la passa sous son bras, pressant son flanc contre le sien.) Vous savez, je vous ai parlé des laboratoires Eiger, tout à l'heure. En général, ce n'est pas l'idéal de travailler dans l'entreprise de son père, mais, dans notre cas, c'est une véritable collaboration. Mon père me fait confiance, et de plus en plus. Je suis vice-président de la société, et, dans quelques années, quand il prendra sa retraite ou achètera une autre entreprise, ce sera moi le patron. J'apprends énormément, à ses côtés. Il est toujours en tête, il pense et agit bien plus vite que les autres.

— Vous lui ressemblez.

— Je sais. Vous devriez voir des photos de lui à mon âge, on dirait mon jumeau. C'est même un peu angoissant, parfois, comme si je n'étais pas vraiment moi, mais son double en train de recommencer sa vie. J'aime bien parler avec vous, et j'adore votre prénom, Emma...

Emma..., répéta-t-il d'une voix caressante, c'est comme un murmure. Et vous êtes si belle ! Je ne me lasse pas de vous regarder et de prononcer votre nom. Seigneur, vous rougissez ! Je ne croyais pas que les filles savaient encore rougir, de nos jours. Il n'y a pas de quoi rougir, je suis parfaitement sincère. Aussi sincère que galant.

Emma eut l'impression qu'il se moquait d'elle mais ne décela sur son visage aucune trace d'ironie. Dans la demi-obscurité, ses traits étaient soulignés par les ombres portées du nez fort, du front bombé et des pommettes saillantes. Il était, certes, attirant, avec sa bouche charnue, sensuelle, prometteuse de plaisirs inconnus, et ses yeux, noirs comme la mer, comme des miroirs aveugles. Il fit un pas. Surprise, elle trébucha, et il la serra contre lui.

— Eh ! ne vous sauvez pas ! Je ne veux pas vous perdre !

Emma planait. « C'est ça, être riche, faire la connaissance de gens fascinants comme Brix et son père, et mener la même existence passionnante qu'eux... »

— En fait, continua-t-il, quand on grandit plus ou moins livré à soi-même, sans personne pour faire attention à vous, on apprend vite à s'en sortir. Il y a longtemps que je l'ai compris, et je n'ai besoin de personne. Comme ça personne ne me donne des ordres, je ne dépends que de moi.

« Moi, je saurais lui apprendre à avoir besoin de moi et à en être heureux... D'ailleurs, il se contredit, il dit ne pas vouloir me perdre, et, un instant après, il assure n'avoir besoin de personne ! »

L'idée la traversa de lui demander des explications sur ces déclarations, puis elle y renonça. Plus tard... Pourquoi gâcher cet instant ? Brix était si séduisant, savait tant de choses. Quand il prononçait son prénom en le savourant comme un vin fin, elle avait l'impression d'être devenue une autre Emma, juste pour lui. Il avait vingt-quatre ans et avait eu tellement plus d'activités que les autres jeunes gens de sa connaissance... pêche sous-marine aux îles Caïman, moto au pays de Galles, ski à Gstaad, parapente au-dessus d'Aspen, visite à bicyclette des vignobles espagnols et découverte en ballon de ceux de Bourgogne, courses de hors-bord au large de

Monaco, randonnées équestres dans les collines de Toscane... Il semblait avoir tout fait, et la jeune fille se désespérait à l'idée qu'elle n'arriverait jamais à le rattraper. Quels que soient ses efforts, Brix serait toujours loin devant elle, plus cultivé, plus expérimenté, plus civilisé qu'elle ne pourrait jamais espérer le devenir.

Il tenait bien serrée dans la sienne sa petite main chaude, et leurs corps se frôlaient. Emma se sentait prête à tout, si heureuse qu'elle pouvait à peine respirer, mais tout au fond, sous toute cette béatitude, était tapie une inquiétude ténue : elle l'ennuierait vite, avec son inexpérience. Elle chercha dans sa tête une remarque originale, pour lui montrer qu'elle aussi était différente, un détail qui l'intriguerait suffisamment pour qu'il s'intéresse à elle plutôt qu'à toutes ces autres femmes qui, elle en était convaincue, le guettaient dans tous les coins du navire.

— Ma mère a gagné le gros lot...

— Sans blague ! (Il s'arrêta net.) Combien a-t-elle empoché ?

Emma rougit jusqu'à la racine des cheveux. La somme était trop énorme, il n'y croirait pas.

— Combien ? répéta-t-il.

— 60 millions de dollars. Mais, se hâta-t-elle de préciser, on ne nous donne pas tout ça. Il y a des impôts et c'est payé sur vingt ans.

— 60 millions ! Seigneur ! M.I.L.L.I.O.N.S. ! C'est plus qu'un gros lot, c'est la marmite d'or au pied de l'arc-en-ciel ! C'est le truc le plus génial que j'aie jamais entendu ! Qu'avez-vous l'intention de faire ?

— Tout.

Il rit.

— Quoi, par exemple ? Ça veut dire quoi, « tout » ?

— Nous voulons aller partout où nous ne sommes pas allées, ce qui représente le monde entier, et apprendre à pratiquer tous ces sports comme la plongée sous-marine, le ski... Tout, quoi !

— Et quand allez-vous commencer à réaliser ces projets ?

— Je l'ignore. J'entre à l'université ce semestre, mais je pourrais faire tout cela pendant les vacances.

— Pourquoi ne pas remettre l'université à plus tard ? Commencez tout de suite à mener la vie qui vous tente.

Je vous aiderai, je vous apprendrai. Je vous emmènerai partout où vous voudrez, tout autour du monde!

— Mais vous avez un travail. Et il faut que je continue mes études, ma mère y tient absolument.

— Ecoutez, vous êtes assez grande pour...

— C'est son argent, objecta froidement Emma.

Brix fit adroitement machine arrière.

— C'est juste, les mots ont dépassé ma pensée. C'est à vous et à votre mère de décider, et je ne voudrais pour rien au monde vous influencer. Mais, quand vous aurez pris votre décision, vous m'en ferez part, n'est-ce pas? J'aimerais être inclus dans vos projets, vous aider autant que je le pourrai, Emma... J'adore votre prénom...

Il la fit pivoter et l'entoura de ses bras. Il avait quinze bons centimètres de plus qu'elle. Exactement ce qu'il faut, pensa-t-elle.

— Quelle chance que vous soyez sur ce bateau, Emma, petite Emma...

Il l'embrassa légèrement, puis la serra plus fort dans ses bras, et son baiser se fit plus ardent. Emma, les doigts dans les cheveux de Brix, aurait voulu se fondre en lui.

«Mon Dieu, faites qu'il n'arrête pas, qu'il continue toujours... Je ne demanderai rien de plus...»

— Il est presque minuit, articula Brix d'une voix épaisse... Venez, Cendrillon, je vais vous reconduire à votre porte. Nous essaierons de faire mieux la prochaine fois. On prend le petit déjeuner ensemble? Et le déjeuner? Et vous dînez avec moi?

Emma ouvrit les yeux, elle chancelait un peu dans les bras du jeune homme.

— Oui... Oui à tout.

5

Le petit déjeuner fut silencieux. Claire s'étant opposée au désir d'Emma de prendre son repas avec Brix, la jeune fille s'était laissée tomber sur sa chaise et boudait, refusant toute nourriture et tournant sans mot dire sa cuiller dans sa tasse de café.

Claire et Hannah admirèrent des petites îles boisées parmi lesquelles zigzaguait le bateau, et leur faune, brièvement aperçue : petits pingouins avec un drôle de bec rouge et jaune, phoques se dorant au soleil, échassiers arpentant le rivage d'un pas élégant.

La forêt descendait jusqu'au bord de l'eau, si épaisse qu'elle paraissait presque noire, sous le soleil matinal.

— Quel étrange éclairage ! remarqua Hannah.

Claire aussi contemplait les effets de lumière produits par les rayons obliques.

— C'est parce que le soleil n'est jamais au zénith, il est bien plus bas sur l'horizon que chez nous.

Les rayons tombant de biais projetaient des ombres longues et fines, et l'air était si transparent que les moindres détails du paysage étaient clairement visibles : arbres, animaux, chutes d'eau, montagnes déchiquetées aux sommets enneigés. Ce pays, sous ce ciel trop courbe, sans nuages, était un lieu de violents contrastes, et, pour la première fois depuis des semaines, elle regretta de ne pas avoir de carnet de croquis. « Je vais en acheter un », décida-t-elle, envahie d'une bouffée de bien-être parfait.

Tout était si beau, si riche en promesses d'autres paysages plus beaux encore, maintenant qu'elle possédait une fortune. Et elle était encore jeune, pleine d'énergie, jolie, même, du moins assez pour étonner sa fille et intéresser Quentin Eiger. Elle se sentait capable de tout et voulait serrer contre elle le monde, où plus jamais rien ne lui serait interdit par manque de moyens.

Mais la bouderie d'Emma en face d'elle assombrissait un peu l'éclat de cette splendide journée. Les autres passagers avaient gagné le pont, et les trois femmes étaient presque seules dans la salle à manger. Claire se versa une autre tasse de café et s'appuya à son dossier. Elle, qui capitulait presque toujours devant la mauvaise humeur d'Emma, avait cette fois l'intention de faire preuve de fermeté.

— Allons, ma chérie, parlons de tes projets pour la journée.

— Je veux seulement la passer avec Brix, c'est si monstrueux que ça ?

— Personne n'a dit que c'était monstrueux. Je t'ai

simplement demandé de prendre ton petit déjeuner avec nous et de ne pas passer trop de temps avec lui.

— Et pourquoi ?

— Parce que tu voyages avec nous ! rétorqua Hannah.

Le soupir exaspéré de Claire lui fit comprendre que ce n'était pas le moment de s'en mêler, et elle se tut.

— Parce que tout a tendance à s'accélérer quand on n'a qu'une semaine devant soi, surtout dans un monde clos, un cadre si différent du cadre habituel. On est en dehors du monde réel. (Elle vit les serveurs, qui attendaient pour débarrasser les tables et mettre le couvert du déjeuner, jeter des regards impatients dans leur direction.) Quelquefois, quand on est coupé de sa vie habituelle et qu'on sait que ça ne va pas durer, on a tendance à s'attacher trop vite. Le moindre détail est grossi, on place les gens sur une sorte de piédestal parfois tout à fait immérité. On éprouve des sentiments qui, dans des circonstances normales, prendraient des mois à se développer, et qui semblent merveilleux et d'une importance capitale, même quand ce n'est pas le cas.

— Qu'est-ce que tu en sais ? s'écria Emma. Tu n'as jamais fait de croisière. Tu n'y connais rien !

— Je sais que ça peut se passer ainsi..., commença Claire.

— D'abord, continua Emma en élevant la voix, nous n'avons plus de cadre habituel. Tout est changé dans notre vie, tout est nouveau. Nous faisons des tas de nouvelles expériences, et tu trouves ça très bien tant que c'est toi qui les décides. Mais si, moi, je veux faire de nouvelles expériences, rencontrer des gens différents, tu t'y opposes. Tu rencontres bien des gens nouveaux, toi, alors pourquoi pas moi ?

— Je ne t'ai pas interdit de revoir ce jeune homme, je te conseille seulement de ne pas t'emballer. C'est valable aussi pour moi. Il est très facile, dans ce contexte, de se trouver impliquée dans une relation qui semble exceptionnelle mais ne l'est pas... Je t'en prie, Emma, nous sommes dans un endroit merveilleux, profitons-en au maximum et partageons ce plaisir avec nos nouveaux amis, mais aussi l'une avec l'autre. Tout ce que je te demande, c'est de faire preuve d'un peu de réserve.

— C'est bon pour les vieux, la réserve ! rétorqua froidement la jeune fille.

— Merci, Emma, intervint Hannah. Seigneur, c'est presque une épitaphe... Tu ne crois pas que tu pourrais t'excuser ?

Emma lança vers le plafond un regard exaspéré.

— Oh ! pardon, pardon d'avoir dit ça. Mais c'est dur, vous savez !

— Oui, je m'en souviens. (Emma regarda la vieille dame avec surprise.) Je suis passée par là, moi aussi, à ton âge. Tu crois que ça ne peut arriver qu'à toi ? Ou bien que tu es la première à en souffrir ? Je me suis toujours disputée avec ma mère, à propos de tout. Et je suppose que je me serais disputée avec ma fille, si elle avait vécu.

Emma sursauta.

— « Si elle avait vécu ? » Vous avez eu une fille qui est morte ?

— Je t'en parlerai un jour, mais pas aujourd'hui. (Elle se leva.) Viens, montons. Ta mère a raison, nous serions mieux sur le pont.

Claire regardait Hannah.

— Vous ne m'aviez pas dit que vous avez eu un enfant. Vous avez été mariée ?

— Non, ce qui a failli me briser le cœur. Nous en reparlerons plus tard, Claire, quand je serai prête à vous le raconter. Je m'en veux d'y avoir fait allusion.

« Faux, pensa Claire, vous l'avez fait exprès, pour détourner Emma de son idée fixe et mettre fin à notre querelle... Très malin. Combien d'autres révélations avez-vous encore dans votre manche pour les sortir chaque fois que nous en aurons besoin ? »

— J'espère que vous nous en parlerez, j'aimerais bien savoir tout de vous.

— Je ne suis pas si sûre, pour le *tout*, protesta gaiement Hannah. Une dernière question : comment nous arrangeons-nous pour les repas, aujourd'hui ?

Claire n'insista pas. Si Hannah voulait préserver le mystère qui l'entourait, elle en avait le droit.

— Tu as rendez-vous avec Brix pour dîner ? demanda-t-elle à sa fille.

— Nous devions prendre tous nos repas ensemble.

— Je te l'ai déjà dit, c'est trop. Mais, pour dîner, ça va. Je dîne avec Quentin, joignez-vous à nous, Hannah...

— Ô ma chère, je ne veux pas vous imposer ça ! Non, je mange à la table de Forrest. C'est vraiment un jeune homme exceptionnel, un remarquable universitaire. Il connaît par cœur tous mes poèmes favoris, sans en excepter un seul. Nous nous trouverons un coin tranquille. Bon, nous voici organisées, c'est parfait. On y va ?

— Un remarquable universitaire..., répéta Claire en souriant. Peut-être devrais-je aussi vous conseiller de ne pas vous emballer.

— Ne pas m'emballer ? Oh, vous voulez parler d'une amourette ? Non, ça n'a rien à voir avec ça. Il veut monter un centre de recherches poétiques quelque part, et je veux qu'il m'en parle, l'idée semble passionnante. Allons, venez, allons admirer le paysage !

— Je peux partir ? demanda Emma du ton d'une écolière gardée en retenue.

— Vas-y.

Claire n'avait aucune intention de se quereller avec sa fille pendant tout le voyage. Elle la regarda s'éloigner à grands pas en se disant que cela s'arrangerait sans doute.

Le navire continua à glisser sans bruit le long de la côte, entre de petites îles couvertes de cèdres, de sapins et de sapins-ciguë. Les passagers s'exclamaient à la vue d'une orque, d'un dauphin ou des amples virages d'un aigle planant au-dessus d'eux.

Contrairement à leur attente et sans un mot d'explication, Emma passa le reste de la journée en compagnie de Claire et de Hannah. Un gros nuage couvrit le soleil, et chacun sortit chandail et veste. Un passager aperçut, entre deux arbres, une magnifique paire de bois, et, lorsque l'élan fut visible, un silence s'abattit sur le pont, rompu ensuite par le cliquetis des déclencheurs des appareils photo.

Impavides, les serveurs apportaient rafraîchissements et amuse-gueules, emportaient les verres vides et en rapportaient des pleins. La journée passa avec la même facilité que celle du bateau fendant l'onde, une délicieuse journée fertile en découvertes.

Le soir arriva. Quentin frappa à la porte de la cabine

de Claire. Son regard s'attarda un instant sur sa chevelure élégamment relevée, les perles à ses oreilles, son tailleur de soie blanc aux parements ornés de minuscules paillettes de nacre.

— Vous êtes très en beauté, murmura-t-il en lui prenant la main pour l'emmener dîner. Je voudrais vous présenter à quelques-uns de mes amis. Ils seront ici dans un instant. Vous avez passé une bonne journée ?

Claire, qui s'était attendue à un dîner en tête à tête, cacha sa déception.

— Excellente, merci !

— Je ne vous ai pas vue. Vous êtes montée sur le pont supérieur ? Nous étions sur le pont en dessous, c'est là que mes amis ont leur cabine. J'ai demandé à Brix de rester avec moi, c'était aussi bien que nos deux jeunes ne se voient pas trop.

Voilà donc pourquoi Emma était revenue près d'elle et de Hannah : soit elle n'avait pas trouvé Brix, soit il était avec son père. Quentin prenait-il systématiquement en charge la vie des autres ?

— Nous avons même travaillé un peu, continua ce dernier. L'un de mes amis est le conseil financier des laboratoires Eiger, et nous avions des documents à étudier. Ah, les voici !

Il se leva, posa le bras sur l'épaule d'un homme trapu, blond, aux cheveux en brosse, et se pencha pour embrasser la joue de la petite rousse qui l'accompagnait.

— Lorraine et Ozzie Thurman... Claire Goddard.

On se serra les mains. Lorraine pencha la tête de côté et se mordit la lèvre.

— Je vous ai déjà rencontrée... Non... J'ai vu votre photo quelque part. Et j'ai lu un article sur vous. Plusieurs, même... Ah oui, le gros lot !... Quentin, pour l'amour du ciel, pourquoi ne nous avoir rien dit ? Claire est une célébrité... Eh bien, félicitations, quel sensationnel coup de chance ! J'espère que vous faites des orgies d'achats, c'est la fonction de l'argent, hein ? On s'assied ? Je meurs de soif !... Claire, asseyez-vous à côté de moi, nous pourrons faire connaissance.

— Où sont Ina et Zeke ? demanda Quentin.

— En pleine dispute, répondit calmement Lorraine. Ils seront en retard, comme d'habitude, ils ne viennent jamais avant d'avoir réglé leur querelle. Ce que j'approuve totalement, je ne peux pas souffrir ces couples qui se lancent des piques ou s'aboient à la figure devant leurs amis. Qu'attendent-ils de nous ? Qu'on choisisse notre camp et qu'on compte les points ? Ou qu'on prenne des paris ? Ou qu'on feigne de ne rien remarquer ? Ina et Zeke, au moins, se disputent sans témoins. Ils seront ici dès qu'ils seront calmés. Il faut bien décompresser de temps en temps, dans un couple. Un Martini, dit-elle à l'adresse du serveur. Avec un zeste de citron... Cette superbe jeune personne est votre fille, n'est-ce pas ? continua-t-elle à l'adresse de Claire. Nous vous avons vues à la salle à manger, hier soir. Elle doit vous apporter beaucoup de satisfactions. Ozzie et moi avons quatre fils, et j'attends avec impatience une petite-fille. Cela devrait être assez drôle pour compenser le choc de me voir grand-mère. Et j'apprécierai de me sentir utile, j'adore ça. Et vous ? Vous êtes du Connecticut, je le sais par l'article du journal. Quoi d'autre ?

— Je profite de mes gains, répondit Claire en souriant.

Lorraine rit. Son petit visage au menton pointu se plissa comme une face de singe. Elle n'était pas jolie du tout, mais son bavardage et ses yeux pétillants détournaient l'attention de son manque de beauté. Elle irradiait la gentillesse. Elle jeta un coup d'œil à la main gauche de Claire.

— Vous êtes veuve ? Divorcée ?

— Divorcée.

— Depuis longtemps ?

— Assez pour y être habituée.

— Quoi encore ?

— Ça ne me paraît pas très juste que vous ayez lu tout ça sur moi et que je ne sache rien de vous.

— Je n'arrive pas à en croire mes oreilles ! Une femme qui refuse de parler d'elle ! Allons, Claire, les feux de la rampe sont pour vous. Vous êtes une personne infiniment plus intéressante que moi, qui n'ai jamais rien fait sinon mettre le grappin sur Ozzie, et c'était un exploit, mais il y a trente ans de ça ! Depuis, je n'ai jamais eu besoin de rien faire, tellement il prend bien soin de moi. Je ne travaille pas, je ne suis experte en rien, sinon en amitié. Je suis une spécialiste de l'amitié. Et des voyages. Nous avons parcouru le monde entier une douzaine de fois, et je suis vraiment bonne pour ça... Faire des achats, découvrir les meilleurs cabarets, les musées et les châteaux les plus intéressants, etc. Quelle est l'utilité d'une épouse, sinon d'être un Baedeker sur pattes ? Un des articles mentionnait une carrière artistique. C'est vrai ?

— Je suis dessinatrice...

— Quentin m'a dit que vous aviez acheté une maison à Wilton, interrompit Ozzie. J'étais intéressé par quelques vieilles maisons dans ce secteur, au nord de la ville. Vous habitez la région depuis longtemps ?

— J'ai toujours vécu à Danbury.

— Très bien. Il faudra que nous en parlions, j'aimerais avoir votre idée..., les axes de déplacements des gens, leurs habitudes, la façon dont la ville s'agrandit, ce genre de choses.

— Il y a certainement des agents immobiliers qui...

— Non, il est toujours plus intéressant de discuter avec les habitants eux-mêmes. Surtout ceux qui ont de l'argent, ils savent toujours tout ce qui va se passer avant tout le monde.

— Vous n'allez quand même pas encore parler boutique ! Claire, qui était l'autre personne à votre table, hier soir ?

— Hannah Goddard.

— Ah, une parente. Votre grand-mère ?

Claire sourit.

— C'est ma marraine fée.

— Vous avez une marraine fée ! Vous en avez de la chance ! J'en voudrais bien une ! Que fait-elle exactement ?

— Elle devine quand j'ai besoin d'elle : je n'ai jamais besoin de rien lui demander. Elle est apparue un jour où je me sentais complètement dépassée, et elle a tout arrangé. Et, depuis, elle sait toujours quand il est temps d'intervenir et de commencer à organiser ma vie.

— Et vous la laissez faire ? demanda Quentin.

— Ce n'est pas une si mauvaise idée ! protesta Lorraine. Si je pouvais faire apparaître d'un coup de baguette magique quelqu'un pour aplanir les difficultés et régler les problèmes quand ils me dépassent, je le ferais certainement.

— Moi aussi... Si je savais ce dont il s'agit! dit un homme derrière Ozzie.

Celui-ci et Quentin se levèrent. Quentin fit les présentations.

— Ina et Zeke Roditis, Claire Goddard.

— Nous parlions de la marraine fée de Claire..., commença Lorraine quand tout le monde fut assis.

— Ce n'est pas une profession un peu désuète? demanda Ina. Comment procède-t-elle? Elle exauce tous vos vœux ou elle vous persuade que vous ne souhaitez pas vraiment qu'ils se réalisent?

— Oh! Ina, tu es cynique! Pourquoi ne pas croire aux marraines fées, je parie que tu serais bien plus heureuse!

— Et certainement plus facile à vivre! remarqua Zeke.

Il était grand et gros, avec un nez crochu, des sourcils broussailleux et une petite brioche au-dessus de son ceinturon de cuir repoussé. Ina était grande, aussi, avec des cheveux raides et mi-longs et des yeux un peu proéminents. Elle n'était pas une beauté mais ne passait pas inaperçue et, avec sa robe noire, son châle rouge et ses rubis au cou et aux oreilles, elle ressemblait, pensa Claire, à une danseuse de fandango ou à un de ces aigles qui planaient cet après-midi au-dessus du bateau, prêts à fondre sur leur proie.

Zeke passa le bras autour des épaules de sa femme.

— Tu devrais essayer, chérie. Comment avez-vous trouvé votre marraine fée, Claire, pour vous guider à travers les pièges et chausse-trapes de la vie?

— C'est elle qui m'a trouvée. Et je regrette qu'il n'y en ait pas assez en circulation pour que chacun ait la sienne.

— Oh! Lorraine, pendant que j'y pense..., interrompit Ina, Dolly veut que toi et Ozzie veniez à sa soirée d'anniversaire au Cap-Ferrat. Elle a loué une villa. Elle dit qu'elle t'a envoyé une invitation, mais que celle-ci lui est revenue avec le tampon «Inconnu à cette adresse».

— Elle a dû se tromper.

— Probablement. Elle est un peu dans les nuages.

— Vous avez déjà essayé d'avoir une conversation avec elle ? demanda Zeke. Elle parle constamment d'argent, ce qui est ennuyeux au bout d'un moment, mais surtout elle s'approche de plus en plus en poussant ses gros nibards devant elle, comme un char d'assaut. Alors on recule, pour pouvoir respirer, et elle continue, jusqu'à ce qu'on se trouve acculé dans un coin, tandis qu'elle continue à avancer. A une soirée, comme ça, avec deux cents personnes autour de nous, qu'est-ce qu'elle espère ? Qu'on se mette à la peloter ?

— Et cette fois où elle a parlé pendant une heure de son goût pour les girafes ? renchérit Ozzie.

— Eh bien, vous, les hommes, attaqua Lorraine, vous étiez tout ouïe, je m'en souviens.

— Pas du tout, je regardais Earl, son mari, en train de suivre avec un drôle d'air le petit numéro de sa femme.

— D'ailleurs, c'est lui qui s'est vanté de la série de nus que lord Snowden avait faits d'elle.

— Ça aussi, c'est un numéro. Ils font partie de ces personnes qui veulent toujours que les projecteurs soient braqués sur eux. Mais ça vient d'elle.

Zeke haussa les épaules.

— Ils sont seulement un peu lassants... Alors, vous serez à la grande soirée de Cap-Ferrat ?

— Pourquoi pas ? (Lorraine haussa les épaules.) Juste cette unique soirée, et nous rentrerons chez nous, Ozzie. Promis !

— Elle est toujours en train de me promettre de retourner chez nous. Et puis une autre invitation arrive. Ina, tu as une mauvaise influence sur Lorraine.

— Pas mauvaise, irrésistible, corrigea Zeke. Comme cette déesse qui décide du sens du vent ou je ne sais quoi. Pas facile à vivre, je vous l'assure.

— Oh ! Zeke, ne fais pas la tête.

— D'abord, c'est un dieu, protesta Ina.

— Qui ça ?

— Eole, le dieu du Vent. Un dieu, pas une déesse. Tu ne peux pas rendre les femmes responsables de l'existence du vent.

Lorraine se hâta de changer de conversation.

— Toi aussi, tu aimes ces réceptions, non ? demanda-t-elle à Ozzie.

— C'est vrai, je les adore, du moins, la plupart d'entre elles. Mais les plus réussies sont toujours celles de Quentin. Je ne voudrais pas les manquer, celles-là.

— Parce que Quentin donne aux gens ce qu'ils veulent. Ou du moins les en persuade. C'est comme avec ses produits de beauté. Vous vous arrangez pour nous convaincre que c'est exactement ce que nous voulons, n'est-ce pas, Quentin ?

— Tout à fait, répondit celui-ci d'une voix paresseuse.

Ina regarda Claire.

— Il faudra vous méfier, ma chère. C'est un sorcier. Il envoûte tous ses amis et les transforme en heureux petits disciples, sans aucune volonté personnelle.

— Ô Ina ! soupira Lorraine, exaspérée. Ne faites pas attention, Claire, Ina est mal lunée ce soir.

— C'est ma faute, s'excusa Zeke, je l'ai amenée avant qu'elle ne soit tout à fait prête. J'avais hâte de faire la connaissance de Claire. Et je lui ai à peine dit deux mots.

— Mais c'est vrai, approuva Lorraine, nous nous sommes montrés très impolis. Pardon, Claire. Vous ne nous voyez pas sous notre meilleur jour, nous sommes un peu hargneux en voyage. Vous verrez la différence quand nous serons chez nous, puisque nous habitons si près.

— Nous sommes voisins ? demanda Ina. Je ne me souviens pas de vous avoir jamais rencontrée.

— Nous ne gravitons pas dans les mêmes cercles.

— Si tu jetais jamais les yeux sur un journal, Ina, tu saurais qui elle est. Claire a gagné le gros lot, il y a quelque temps. Elle est célèbre.

— Le gros lot ? (Ina répéta l'expression comme si c'était un mot ordurier.) C'est très bien. Alors, maintenant, vous avez un peu d'argent devant vous ?

— J'en ai entendu parler, dit Zeke. L'histoire a fait beaucoup de bruit, vous avez eu la presse, la télé. Excusez-moi, Claire, je n'avais pas fait le rapport. Mais ce n'était pas un peu d'argent, c'était une méga fortune.

— C'est vrai ? demanda Ina. (Silence.) Combien était-ce ?

Pas de réponse.
— Quel manque de tact, de poser cette question! C'est comme demander à quelqu'un combien il gagne! s'indigna Ozzie.
— Ce n'est pas top secret, si on l'a mentionné dans la presse et à la télé.
— Je préfère ne plus en parler, déclara Claire.
Lorraine taquina son amie.
— Eh bien, moi, je connais la somme, parce que je me souviens de ce que je lis. Plus que le prix d'un kilo de caviar, moins que la dette nationale, voilà ce que je peux te dire. Contente-t'en!
— Mais tout est lié, non? Pas seulement le fait de gagner le gros lot, mais aussi le montant du lot, s'obstina Ina. Je meurs d'envie de savoir.
— Claire ne veut pas en parler, articula froidement Quentin.
Nouveau silence. Ina se pencha par-dessus Quentin, en direction de Claire.
— Quel coup de chance merveilleux! Vous avez fait beaucoup d'emplettes? (Elle regarda le tailleur blanc.) Oui, bien sûr, ce tailleur vient de chez Anaïs, n'est-ce pas? Je viens de temps en temps de New York jeter un coup d'œil à sa collection, c'est une si adorable petite boutique. (Elle jeta un coup d'œil à Quentin pour voir si elle rattrapait son manque de discrétion.) Puis vous êtes venue visiter l'Alaska? N'est-ce pas un pays stupéfiant? Si différent de l'Europe et de l'Afrique!
— Observation inattaquable, ricana Zeke.
— Ça ne te plaît pas, Ina? demanda Lorraine.
— Je trouve qu'il y a un peu trop d'icebergs et de forêts, et pas un seul restaurant à la mode. Oh! pardon... Vous avez raison, je suis mal lunée, ça doit être l'altitude.
— Nous sommes au niveau de la mer!
— C'est juste que nous avons eu une petite dispute, vous le saviez, hein? Alors je suis un peu énervée. En tout cas, félicitations, Claire. Je suis désolée de vous avoir paru impolie, c'était plutôt de la curiosité. Et pourquoi ne seriez-vous pas fière d'avoir gagné beaucoup d'argent? Moi, je le crierais sur les toits. Levons au moins notre verre à votre santé. A Claire!

— Merci.

La jeune femme se sentait gênée. Elle voulait bien fêter son coup de chance avec Gina et ses amis de Danbury, mais pas avec ces inconnus qui formaient un clan, et ne s'intéressaient pas véritablement à elle.

— Si vous avez besoin de conseils financiers, reprit Ina, adressez-vous à Zeke, il est le meilleur.

— Ce n'est pas le moment, voyons ! protesta son mari. Nous sommes en croisière, nous dînons... Mais je serais heureux de vous aider, Claire, bien sûr. (Il lui tendit sa carte.) Mon bureau est à New York, mais j'ai une succursale à Norwalk. Appelez-moi n'importe quand, vous avez le numéro de notre domicile en bas à droite.

— Nous dînons, nous sommes en croisière, murmura Ozzie, cessez donc de parler affaires.

— Nous faisons connaissance.

— Pas vraiment, s'indigna Lorraine. Nous avons parlé uniquement de nous-mêmes et de personnes que Claire ne connaît pas.

— Qui donc ? Ah oui, Dolly et Earl. Claire n'aurait pas envie de faire leur connaissance.

— Alors pourquoi assistez-vous à sa soirée ? objecta Claire.

— Aucune idée, dit Ozzie. Demandez à ma tendre moitié, c'est elle mon attachée de presse.

Lorraine haussa les épaules.

— Personne ne se pose la question. C'est le but des réceptions, réunir des invités. Que vous les trouviez sympathiques ou non, vous assistez à leurs réceptions, vous les conviez aux vôtres. Comme les petites balles d'un flipper qui rebondissent d'un côté à l'autre. Sauf qu'au lieu de tomber dans le trou on continue à circuler. On ne peut pas sortir du jeu.

— Excellente image, s'étonna Ozzie, tu n'as pas ce genre d'idée, d'habitude.

— C'est l'influence de Claire. Elle change ma façon de voir le monde.

Claire leva les yeux et rencontra le regard de Quentin. Ces gens étaient ses amis, et elle voyait qu'ils l'amusaient, mais il avait au fond des yeux une ombre d'ennui. S'arrangeait-il pour s'entourer systématiquement de gens qu'il considérait comme légèrement inférieurs à lui, des amis et des relations qui reconnaissaient la supériorité de son intelligence ? « D'heureux petits disciples, sans aucune volonté personnelle », avait dit Ina. Indubitablement, Quentin avait, sans mot dire, dominé la tablée. Tous s'adressaient à lui en feignant de s'adresser aux autres. Son immobilité vigilante et implacable dénotait son pouvoir. On pouvait se raidir contre cette domination ou se sentir attiré par son charisme.

« Il ressemble à l'Alaska, se dit Claire, ce pays de contrastes violents, sans nuances ni demi-teintes. » Quand il se tournait vers elle pour l'écouter ou pour la regarder avec approbation ou admiration, elle se redressait, fière de lui plaire, comme si elle se transformait en une autre personne qu'elle n'arrivait pas bien à comprendre.

Plus tard, quand le reste du groupe les eut quittés pour aller au cinéma, ils montèrent ensemble sur le pont. Quentin lui demanda ce qu'elle pensait de ses amis. Debout devant le bastingage, ils contemplaient le crépuscule qui descendait lentement. Claire avait drapé ses épaules d'un châle en cachemire noir et argent, et son compagnon ne la quittait pas des yeux, tandis qu'elle regardait les épaisses forêts défiler, s'ouvrant soudain pour révéler l'éclair d'une cascade ou les maisons rosées d'un hameau perdu dans ce dédale de péninsules et d'îlots.

Une légère brise soufflait, les oiseaux s'étaient tus à l'approche du soir, il ne restait sur le pont que quelques rares passagers. Claire se sentait heureuse et excitée par le désir de Quentin de passer ce moment en tête à tête avec elle.

— J'aime bien Lorraine et Ozzie, moins Ina et Zeke, exactement comme vous l'aviez prévu.

— Comment savez-vous à quoi je m'attendais ?

— D'après la façon dont vous me les avez présentés, la manière dont vous les regardiez pendant qu'ils parlaient, les bonsoirs que vous leur avez adressés.

— A vous entendre, j'ai l'impression que vous lisez en moi à livre ouvert.

Claire secoua la tête.

— Vous êtes bien plus difficile à déchiffrer que la plupart des gens. Je vous trouve très réservé, au contraire.

Mais on ne sait pas dessiner sans savoir observer. Je considérerais que je perds la main si je n'avais pas perçu vos sentiments envers vos amis.

Il eut un léger sourire.

— A quel moment vous détendez-vous et cessez-vous d'observer ?

— Jamais. Pourquoi voudriez-vous que je le fasse ?

— Peut-être pour que les autres aient une chance de se laisser aller...

Il souriait toujours, mais Claire devinait qu'il ne plaisantait plus.

— Qu'est-ce qui vous déplaît chez Ina et Zeke ?

— Ils se prennent trop au sérieux et ne prennent pas les autres assez au sérieux.

— Vous prenez les autres au sérieux, vous ?

Elle le regarda avec surprise.

— J'espère bien ! J'aime les gens et, en général, je les crois, je ne me moque pas d'eux ni de leur façon d'envisager le monde.

— Et votre mari ? Il pensait comme vous ?

Claire soupira.

— Pourquoi me pose-t-on toujours des questions sur mon mari ? Ça ne suffit pas de savoir que je n'en ai pas ?

— Bien sûr que non. On aime bien savoir toute l'histoire. Vous n'êtes pas comme ça ?

— Je ne veux pas en savoir plus qu'on n'a envie de me dire. Je ne pose pas de questions.

Elle laissa son regard s'attarder sur les ombres du rivage. Il était plus de 23 heures, et le crépuscule se changeait en nuit. La lune effleurait le sommet des arbres, un croissant qui devenait de plus en plus brillant à mesure qu'augmentait l'obscurité. Elle repensa à la veille au soir, lorsqu'elle s'était félicitée de la franchise avec laquelle Quentin avait parlé de ses différents mariages et de Brix. Quelle naïveté ! Sa sincérité n'avait pas été aussi totale qu'elle l'avait imaginé. Lui arrivait-il d'être jamais à cent pour cent sincère avec quelqu'un ? Vigilant, tendu, il attendait toujours la réponse à sa question.

— Mon mari aimait avoir des gens autour de lui, tout le temps. Il attendait l'arrivée d'un futur plus enthousiasmant que le présent.

— Et il l'a trouvé ?

Elle hésita.

— Je crois... Alors il est parti vers ce futur, et je ne l'ai jamais revu.

Quentin lui prit les mains et les serra dans les siennes.

— Vous avez du mal à en parler. (Claire ne répondit pas.) Vous n'avez plus entendu parler de lui ? Il a juste...

— Tout d'un coup, il n'a plus été là.

— Et il n'a pas laissé ni envoyé d'argent ?

— Non.

— Il n'a pas essayé de voir sa fille ?

— Je ne crois pas qu'il ait eu une seule pensée pour elle. Elle n'était pas une personne quand il est parti.

— Il est parti avant sa naissance ?

— Oui.

— Quel âge aviez-vous ?

— Dix-sept ans, presque dix-huit.

— Vous étiez encore à l'école ?

— Je venais d'entrer à l'université, mais, après son départ, j'ai dû abandonner mes études et chercher du travail. Nous nous étions mariés le lendemain de la cérémonie de remise des diplômes, et il est parti lorsque j'étais enceinte de quatre mois.

— Il vous a quittée parce que vous attendiez un bébé ?

— Il ne se voyait certainement pas en père de famille, mais je crois surtout qu'il ne pouvait pas rester longtemps avec la même femme. Avoir un bébé l'obligeait à reconnaître que le mariage, c'est ça. Mes amis m'avaient mise en garde, mais je n'avais pas voulu les croire, et je pensais que je saurais le changer. Je me trompais, bien sûr. Ce n'est pas facile de changer quelqu'un, et ce n'est pas à force d'amour qu'on y arrive.

Quentin la prit dans ses bras et l'embrassa. Un étrange baiser, sans passion ni désir, aussi froid qu'une poignée de main... ou un essai prudent.

— Vous êtes aussi sage que belle, lui chuchota-t-il à l'oreille.

Claire, décontenancée et déçue, eut un mouvement de recul.

— Bonsoir !

Avant d'avoir trouvé un mot à ajouter, elle avait tourné les talons, traversé le salon, monté l'escalier jusqu'à sa cabine. Elle avait eu le temps de voir l'expression de Quentin : songeur, mais un peu amusé, comme lorsqu'il regardait ses amis en dînant. « Peut-être me juge-t-il moi aussi inférieure à lui ? »

— La soirée ne s'est pas bien passée ? demanda Hannah le lendemain.

Elle et Claire descendaient lentement Creek Street, à Ketchikan, en attendant Emma, qui explorait les boutiques. Autrefois, au début du siècle, cette rue constituait le quartier malfamé de la ville, mais les petites maisons sur pilotis avaient été transformées en boutiques d'artisanat et galeries d'art. La ville était blottie dans l'anse d'une île montagneuse au climat si pluvieux que les forêts étaient vert émeraude. Il faisait beau, ce matin-là, et les passagers de deux navires se pressaient dans les rues. Avant même qu'Emma soit levée, Claire et Hannah avaient commencé par le parc aux totems, et Claire suggéra ensuite l'escalade de Deer Mountain.

— Elle culmine à mille mètres, et le chemin fait presque cinq kilomètres, je l'ai lu hier soir dans le guide. Si vous avez envie d'y monter, je vous attendrai dans un salon de thé. Vous avez besoin d'exercice pour vous remettre d'hier soir ? La soirée ne s'est pas bien passée ?

— C'était très bizarre. La plupart du temps, ça ne m'a pas plu, mais je ne peux pas cesser d'y repenser. (Elle se tut, attendant de Hannah une réponse qui ne vint pas.) Ni cesser de songer à Quentin.

— Pourquoi ?

— Il fait partie de ces gens toujours désireux de subjuguer et de plaire. Quand ils y arrivent, ils sont satisfaits.

— Et vous, vous lui avez plu ?

— Je crois, c'est du moins l'impression qu'il m'a donnée.

— Et alors ?

— Je ne sais pas... (Elle hésita.) Je me sens... trop jeune, trop naïve, en sa compagnie, comme si c'était un premier rendez-vous..., enfin, quelque chose comme ça. Ce n'est pas la première fois que j'ai une liaison avec un homme, et je devrais y être habituée, ou du moins savoir où je vais. Mais, avec Quentin, je perds mes repères, et je déteste ça. En même temps, c'est excitant..., inquiétant, aussi. Je n'arrive pas à savoir s'il est honnête avec moi, ni ce qu'il pense de moi, ni ce qu'il attend de moi. J'ai l'impression que son pouvoir sur les gens vient en partie de sa détermination à les tenir à distance, alors peut-être ne le comprendrai-je jamais vraiment. J'ai donné à Emma des tas de bons conseils que je devrais être la première à suivre. C'est idiot : je fais le premier voyage de ma vie, c'est la première fois que je quitte le Connecticut, et tout ce qui occupe mes pensées, c'est un homme rencontré il y a deux jours.

— Quel mal y a-t-il à ça ?

— Je vous l'ai dit. Toute ma vie a changé, et je devrais concentrer mon attention sur mes nouvelles activités.

— Oh, je n'en suis pas si sûre ! Moi aussi, je ne pensais qu'aux hommes, je les trouvais plus intéressants, plus drôles, plus importants que tout le reste de ma vie, études, travail, amies.

— Quand était-ce ?

— Oh, quand j'étais jeune et ignorante. Bien sûr, j'avais tort, je m'en suis vite aperçue. En fait, les femmes sont bien plus intéressantes et importantes dans notre vie que les hommes, et beaucoup plus fiables. Mais ça ne veut pas dire qu'on ne devrait pas regarder les hommes, même quand on découvre des lieux nouveaux. Il suffit de savoir préserver un équilibre entre les deux.

— Ce n'est pas si facile. Et je me fais du souci parce que je doute qu'Emma soit capable de préserver cet équilibre dont vous parlez, et, moi-même, j'ai l'impression de me conduire comme si j'avais son âge.

— Peut-être avez-vous besoin de vous sentir jeune. C'est sans doute une étape nécessaire de la vie. A dix-sept ans, sans mari, avec l'obligation de subvenir à vos besoins à toutes les deux, d'être à la fois un père et une mère, vous n'avez pas pu vous le permettre. L'objectif, maintenant, c'est de réfléchir à votre nouvelle situation et de décider de la vie que vous allez mener. Vous disposez d'une énorme fortune, mais vous n'avez aucun moyen de savoir si c'est pour le meilleur ou pour le pire. Il y aura probablement de nombreux moments heureux, mais peut-être aussi des moments malheureux. Ne vous pressez pas, Claire, vous résoudrez les problèmes lorsqu'ils se poseront.

— Pourquoi des moments malheureux?

— Ce n'est pas impossible.

— Je n'y avais pas pensé... Tout a été si merveilleux que la possibilité ne m'a même pas effleurée. Et quel rapport avec Quentin?

— Sans doute aucun. Je ne suis pas extralucide. Allons, parlez-moi des passagers avec lesquels vous avez dîné.

Claire hésita. Elle regarda derrière elle pour s'assurer qu'Emma était toujours en vue puis recommença à marcher. Des plaques sur les façades indiquaient les noms des ex-tenancières de maisons closes. «Dolly» avait, disait-on, été la plus célèbre d'entre elles.

— Ils ont parlé d'une de leurs amies, nommée Dolly. Ils ne l'aiment pas, mais ils assistent à toutes ses réceptions et, je suppose, l'invitent aux leurs. Enfin, j'aime bien Lorraine et Ozzie, ils s'entendent sans doute avec tout le monde. Ozzie est notaire, et Lorraine dit que ses seuls talents sont l'amitié et l'organisation de voyages. Je crois qu'elle aimerait donner un but à sa vie mais ne sait pas trop lequel. Ils ne sont pas malheureux, alors, ils ne cherchent pas à rendre les autres aussi malheureux qu'eux. Et ce ne sont pas des envieux, ils ne tentent donc pas de rabaisser ceux qui ont plus qu'eux. Ina et Zeke sont tout le temps en train de se chamailler, je ne sais pas si c'est simplement parce qu'ils ne peuvent pas se supporter ou bien s'ils se tracassent tellement pour tout que cela les rend irritables.

— A propos de quoi se tracassent-ils?

— Oh! ils tiennent à garder leur rang dans la société, craignent de manquer les réceptions auxquelles il faut être vu..., et Ina a envie de coucher avec Quentin.

— Elle va arriver à ses fins?

— J'en doute.

— Pourquoi, il ne l'aime pas?

— Je ne crois pas qu'elle l'intéresse.

— Mais il l'avait invitée à dîner.

— A cause de son mari. Il a une société d'investissements et gère sans doute une partie de l'argent de Quentin. C'est peut-être un de leurs soucis: conserver Quentin comme client. Zeke a essayé de me convaincre de lui confier mon argent, c'était bizarre, à un dîner.

— Allons, Claire, depuis que vous avez gagné le gros lot, tout le monde ne pense qu'à votre argent, vous l'avez bien vu !

— Oui, mais il a choisi un drôle de moment pour en parler. En fait, toute cette soirée s'est déroulée bizarrement. Ils ne s'aiment pas mutuellement mais veulent tous être le plus près possible de Quentin, comme des chiots voulant se blottir contre le ventre d'un gros chien.

Elle se tut et ajouta plus bas :

— Je n'ai pas envie d'être l'un de ces chiots.

— Je ne vous imagine pas dans ce rôle, protesta Hannah, vous êtes trop maligne. En outre, quand une femme réorganise sa vie, elle ne tend pas le cou pour s'y faire mettre une corde !

Claire sourit.

— Remarque pertinente.

— Alors, vous n'avez pas été enthousiasmée par les amis de M. Eiger ?

— Je n'en ferais pas mes amis, si c'est ce que vous voulez dire. Enfin, peut-être Lorraine. Et encore...

— Et Quentin, vous allez le revoir ?

— Je ne vois pas comment je pourrais l'éviter. Nous ne sommes pas sur un gros navire avec plus d'un millier de passagers.

— Ce n'est pas ce que je voulais dire.

— Je sais... Oh, sans doute que oui, j'en ai envie, j'aime bien sa compagnie.

Elle fit un sourire à Hannah.

— Vous êtes une confidente merveilleuse. Hier soir, je leur ai dit que vous étiez ma marraine fée.

— Seigneur, comment se montrer à la hauteur d'une telle réputation ? Que faut-il faire ?

— Continuer ainsi. Je suis si contente de vous avoir auprès de moi !

— J'adore être avec vous, et je vous remercie de m'avoir amenée. Maintenant, pourquoi ne pas aller escalader votre montagne ? Je me promènerai avec Emma.

— Merci ! (Elle se retourna pour chercher sa fille des yeux.) Oh ! zut ! Que dois-je faire, maintenant ?

Hannah se retourna aussi : Brix et Emma étaient debout sur le trottoir, en grande conversation.

— Ils forment vraiment un beau couple... Grands, beaux, avec toute cette jeunesse, toute cette énergie, ce futur devant eux ! Tout ce que j'aurais voulu être et n'ai jamais été, murmura-t-elle. Alors, qu'est-ce que je fais ?

— Il n'y a pas grand-chose à faire, pour le moment. Vous n'allez pas obliger Emma à vous suivre ni vous disputer avec elle en pleine rue. D'ailleurs, pour quelle raison ? Qu'est-ce qui ne vous plaît pas en Brix ?

— Je ne sais pas... Il ne m'inspire pas confiance.

— Parce que vous n'arrivez pas à comprendre son père ?

— Ça a l'air idiot, je me méfie, je ne sais pas pourquoi.

— Ça ne va pas être facile de les empêcher de se voir, vous savez. Autant que je sache, ils sont les seuls jeunes à bord, ils se retrouveront forcément.

— Et ce n'est que pour une semaine.

Hannah, clignant des yeux dans le soleil, regarda Brix passer le bras autour des épaules de la jeune fille.

— Et nous avons confiance en Emma.

— Elle n'a jamais rencontré de garçon comme lui.

« Et moi je n'ai jamais rencontré d'homme comme Quentin... C'est pourquoi je me sens si inexpérimentée en sa compagnie. Je ne suis pas si naïve que ces gens au dîner l'ont cru, en fait, je suis plus intelligente qu'eux. Mais je n'ai pas l'habitude de leur façon de vivre. »

— Vous êtes certaine que tout s'est bien passé, hier soir ? demanda-t-elle.

— Je vous l'ai dit, ils sont allés au cinéma, puis au bar du pont supérieur jusqu'à ce qu'Emma aille se coucher. Des enfants sages comme des images. Ne vous tracassez donc pas.

— Ce ne sont pas des enfants, vous le savez très bien.

— Je les considère presque comme mes enfants.

— Vos enfants ? Vous en avez eu plusieurs ?

— Non, un seul.

— Vous avez dit que vous nous en parleriez.

— Je le ferai, nous avons le temps. Je vais rejoindre Brix et Emma, ils me tiendront compagnie. Et si vous voulez escalader votre montagne, vous feriez mieux d'y aller, le navire appareille à 16 heures.

— Vous gardez un œil sur eux ? Merci, Hannah.

Claire se pencha, déposa un baiser sur la joue de Hannah et prit d'un bon pas la direction de Deer Mountain.

Hannah retourna sur ses pas et rejoignit Emma.

— Ta mère escalade Deer Mountain, alors je vais rester un peu auprès de toi, déclara-t-elle gaiement en feignant de ne pas voir la consternation dans les yeux des deux jeunes gens... Ah! Brix, Emma dîne avec nous ce soir, mais, si vous voulez venir à notre table, vous serez le bienvenu... Il y a une conférence sur Gloria Bay, après dîner, et nous avons l'intention d'y assister. Il y a tant à voir et à apprendre, qui sait si aucun de nous reviendra jamais dans cette région!

— Madame Goddard..., commença le jeune homme.

— Mademoiselle...

— Ah bon... Emma m'a dit que vous aviez perdu une fille...

— Juste. Mais je n'étais pas mariée, il me semble l'avoir aussi dit à Emma.

— Peu importe... Ecoutez, mademoiselle Goddard, Emma et moi désirons rester en tête à tête. J'étais en train de lui déclarer que je l'aimais, et ça ne regarde que nous deux.

Hannah fut complètement désarçonnée. La vieille dame, une fois lancée, était difficile à arrêter, mais Brix y était arrivé sans coup férir.

— A plus tard, alors, Hannah! dit Emma. On parlera de tout ça.

Il y avait peut-être une nuance d'excuse dans sa voix, mais elle était complètement noyée par la joie. Ses yeux brillaient, Brix était auprès d'elle et venait de lui dire qu'il l'aimait. Elle n'allait pas s'inquiéter de le voir rembarrer une vieille femme.

— Je frapperai à ta porte dans la soirée, répondit Hannah, toujours aussi gaiement. Ta mère voudra aussi te parler.

— Je m'en doute!

Emma regarda Brix, il lui passa le bras autour de la taille, et tous deux se détournèrent pour partir. Hannah les contempla, deux beaux jeunes gens, pleins de confiance en eux.

« Ce jeune homme sait naviguer, pensa-t-elle. Il n'est

pas du genre à se laisser faire. Et son père non plus. Cette croisière pourrait bien devenir très compliquée. Heureusement que je suis là pour veiller au grain ! »

6

L'hélicoptère décolla tôt le matin et arriva en quelques minutes au-dessus du glacier derrière Jumeau. Sous un soleil éclatant, il survola à basse altitude la houleuse bande de glace blanc bleuté qui, de jour en jour, s'incruste davantage dans la vallée. L'engin descendit encore et se posa lentement. Le guide ouvrit la porte.

— Ne vous aventurez pas trop loin, mesdames et messieurs, et ne marchez qu'aux endroits où la glace a une bonne épaisseur !

Emma, chaussée des souliers à crampons distribués par le guide, fut la première à descendre. Elle s'éloigna de l'hélicoptère à grandes enjambées et s'arrêta, pivotant lentement sur elle-même. Claire et Hannah la rejoignirent, et toutes trois contemplèrent l'énorme fleuve de glace qui paraissait vibrer sous leur poids. D'épaisses forêts de mélèzes et de sapins-ciguë l'encadraient, dominées par de rébarbatives montagnes de roc gris se détachant sur un ciel parfaitement pur. Même Emma qui, jusqu'alors, n'avait vu l'Alaska qu'à travers un brouillard amoureux, fut frappée par le spectacle. Pour la première fois, elle regarda vraiment le paysage.

— C'est fantastique ! Absolument incroyable ! Tout est si colossal, et si... cristallin. Cela fait une impression bizarre... Je me sens toute petite, et en même temps partie d'un monde gigantesque... (Elle frissonna.) Pourtant, j'aime bien me sentir faire partie d'un tout !... Je veux dire, ce paysage n'a aucun rapport avec nous, personne ne l'a construit et personne ne peut le détruire, et peu importe que nous soyons là ou non, il existe pour l'éternité. Alors, si je suis une infime partie de lui, j'existe moi aussi pour l'éternité... d'une certaine façon.

— Voilà une pensée bien philosophique ! remarqua Hannah.

Claire passa son bras autour d'Emma.

— Moi aussi, je ressens ça, mais je n'aurais pas su si bien l'exprimer.

Emma, pour quelques instants en parfaite harmonie avec sa mère, rougit.

— Cela fait toujours plaisir d'être face à une preuve tangible de la pérennité du monde, dit Hannah.

— Il y a des tas de choses durables, dans la vie, protesta Emma. L'amour, par exemple.

— Ô mon Dieu! non, pas toujours. D'ailleurs, c'est probablement ce qui le rend si merveilleux, la conscience de sa fragilité. Oh, regardez cet aigle qui se laisse porter par les vents, il remue à peine les ailes. Il a l'air d'être le maître du ciel.

Emma regarda l'oiseau d'un œil rêveur.

— Brix a vu des aigles en Afrique.

— Ah bon?

— Il a pris part à un safari, il était à trois mètres d'un lion, il l'entendait respirer.

Hannah acquiesça.

— J'ai fait ça, moi aussi, autrefois...

Emma ouvrit de grands yeux.

— Vous êtes allée en Afrique, vous?

— Il y a longtemps. Avant qu'elle ne soit visitée par des hordes de touristes.

— Et Brix est monté au sommet du Kilimandjaro, lui... Il a dit que c'était vraiment dur mais que cela en valait la peine.

Sur ces mots, Emma, peu désireuse d'entendre des remarques pouvant jeter de l'ombre sur les exploits de son bien-aimé, retourna vers l'hélicoptère.

Elle passa avec sa mère et sa «grand-tante» le reste de l'escale de Jumeau, explorant avec elles les rues sinueuses datant de l'époque où la ville n'était qu'un camp de mineurs. A la périphérie, les bâtiments modernes semblaient tout petits par rapport au glacier et aux montagnes. Avec ses agglomérations de vieilles maisons de bois sur pilotis, enfermées entre mer, montagne et forêt, l'Alaska donnait l'impression d'être au bord extrême de l'univers, à la merci de la moindre bourrasque. Même Jumeau, la capitale de l'Etat, avait l'air, malgré ses colonnes de marbre, d'un mirage au milieu d'un monde vierge. Claire était séduite par l'immensité de ce pays, sa sérénité, son silence et l'exubérante abondance de sa faune. Rien ne pouvait être plus différent des paysages bien peignés du Connecticut.

« Je sais maintenant pourquoi j'avais envie de venir ici : je voulais un lieu sauvage et spectaculaire, où l'on se sente libre... »

Mais à mesure que, comme aspiré par cette nature sauvage, le bateau remontait vers le nord, elle commença à éprouver un sentiment de vide. Partout où ses yeux se posaient, ils rencontraient des couples, appuyés au bastingage, mangeant en tête à tête à la salle à manger, dansant, jouant au casino. Bien sûr, il y avait d'autres passagers célibataires à bord, mais après quelques jours, elle ne vit plus que les couples. Elle en avait assez d'être seule : elle voulait découvrir ce pays gigantesque en compagnie d'un homme aimé.

Pour Emma, le rêve se réalisait : le soir de l'escale à Valdez, elle avait avoué à sa mère qu'elle était amoureuse de Brix.

— Je l'aime, et il m'aime, avait-elle murmuré, des étoiles plein les yeux. Nous ne voulons plus nous séparer, d'ailleurs, il n'y a aucune raison, nous ne faisons rien de répréhensible. Ce serait anormal que je veuille passer tout mon temps avec toi et Hannah.

— C'est juste, avait répondu sa mère en souriant.

Elle contemplait sa fille, si belle dans son chemisier de mousseline bleu pâle et sa jupe courte, toute décoiffée après une soirée passée à arpenter le pont en compagnie de Brix.

— Et comment est-il ?

— Oh, merveilleux ! Si intelligent, et gentil. Il a été partout, il a tout fait. Et il a tant besoin d'amour. Il n'a jamais eu de mère, rien que toutes ces femmes que son père a épousées. Il n'a jamais eu de vraie famille, jamais.

— Son père l'aime.

Emma secoua la tête.

— Je n'en suis pas si sûre, d'après certaines remarques de Brix. Et lui-même ne sait pas trop ce qu'il ressent envers son père. Bien sûr, il a de l'affection pour lui, mais il lui en veut énormément de tout ce dont il a été privé pendant son enfance. Son père n'était presque jamais là, et, avec ce défilé de femmes, Brix ne savait jamais où il en était. Pourtant... Sous toute cette colère, et ces crâneries, je crois qu'il tient beaucoup à ce que Quentin soit fier de lui. Il rêve de devenir comme lui. Remarque, il ne m'a rien dit de tout ça, c'est juste ce que je pense. Quentin t'a parlé de lui ?

— Un peu. J'ai l'impression que tu fais preuve de beaucoup d'intuition.

— C'est vrai ?

— D'intuition et de perspicacité. Mais je pense aussi que tu devrais te montrer plus prudente, ne pas trop t'engager avec lui. Je sais que tu crois l'aimer, mais...

— Je l'aime vraiment !

— D'accord. Mais un jeune homme si plein de colère n'est peut-être pas capable de te donner tout l'amour dont tu as besoin. Et que tu mérites. La colère ne laisse pas beaucoup de place pour l'amour, tu sais.

— Je peux changer ça, le rendre heureux, lui faire oublier sa colère.

Claire avait l'impression de s'entendre, à l'âge d'Emma.

— Il n'est pas facile de changer les autres, mieux vaut ne pas y compter. Tout ce que je te demande, c'est d'être un peu plus prudente, de ne pas laisser ton amour pour Brix annihiler tout le reste. Tu n'es pas obligée de passer chaque seconde de ta vie avec lui, pas plus que tu n'es obligée de coucher avec lui.

— Je n'ai pas couché avec lui.

— Tant mieux.

— Mais qu'est-ce que ça changerait si je l'avais fait ? Ce n'est pas un crime ! Nous sommes adultes, pas des enfants ni des arriérés mentaux. Nous savons ce que nous faisons.

— Emma, nous avons déjà abordé ce sujet.

— Nous ne prendrons pas de risques, je n'attraperai pas le sida, tu sais !

— Je m'inquiète, c'est tout. J'ai peur que tu ne sois malheureuse, et...

— Tu es toujours en train de t'inquiéter ! Tu n'as que le mot *prudence* à la bouche. Tu passes tellement de temps à te faire du souci qu'il ne t'en reste plus pour vivre ! Ecoute, tu as été une mère admirable, tu as veillé à ce que je ne manque de rien, mais c'est tout. Tu n'es jamais allée nulle part, tu n'as pas eu d'amis ni d'amants bien remarquables, tu t'es juste contentée d'exister jour après jour, tu n'as jamais vécu pour de bon. Maintenant que tu es riche, tu peux faire tout ce que tu veux, mais tu es vieille... (Elle vit sa mère soulever les sourcils.) Enfin, pas vraiment vieille, je n'ai pas voulu dire ça, mais plus très jeune non plus, enfin, tu as un certain âge. Eh bien, moi, je refuse d'attendre d'avoir un certain âge pour vivre, je veux le faire pendant que je suis jeune. Je ne veux pas être comme toi, je veux être moi-même, faire tout et vivre pour de bon.

Claire, pétrifiée, regardait ses mains. Jamais Emma ne lui avait parlé sur ce ton, et les mots de la jeune fille tombaient sur son cœur comme des morceaux de plomb. Sa fille avait toujours été une enfant calme, docile dans l'ensemble, dotée d'un bon caractère, et, même lorsqu'elle se montrait capricieuse ou obstinée, sa mère la traitait plutôt en sœur cadette qu'en fille rebelle. Il n'y avait eu entre elles aucun des conflits habituels entre mère et fille. Jusqu'à ce jour.

Elle prit sa respiration.

— Je ne te demande pas de ne pas vivre pour de bon, comme tu dis. Tu as été plutôt heureuse, jusqu'alors, et tu peux continuer à l'être sans que ton existence gravite autour de Brix. Je pense que tu commettrais une erreur en t'abandonnant à tes sentiments. C'est juste une intuition.

— Ton intuition, pas la mienne. Tu t'imagines que, parce que mon père t'a quittée, tous les hommes vont me quitter.

— Pas du tout. Il n'y a pas que l'abandon, il y a mille autres manières de faire souffrir. Je ne veux pas que tu fasses fausse route pour en souffrir ensuite.

— Tu ne peux pas toujours m'empêcher de faire des erreurs ! Laisse-moi apprendre la vie à ma façon. Tu as toujours fait tout ce que tu voulais, toi, tu avais de la chance, tu n'avais pas de parents pour te...

— Tu appelles ça avoir de la chance ?

— Oh ! pardon ! Je n'ai pas voulu dire que..., mais, quand même, personne ne t'a empêchée de te marier !

— Mes amis ont essayé. Je ne les ai pas écoutés. Je ne peux pas dire que je regrette d'avoir épousé Ted, puisque tu es née de ce mariage, mais, si mes parents avaient été vivants, ils m'auraient peut-être aidée à prendre une décision différente.

— Pfeuh ! tu ne les aurais pas écoutés. Tu aurais fait ce que tu voulais faire, exactement comme...

Elle s'arrêta net.

— Comme toi ?

— Tu n'as qu'à me faire confiance !

— Mais là n'est pas le problème. Je te fais confiance, Emma. Seulement tout le monde a de temps en temps besoin d'une main secourable, de quelqu'un à qui se confier, d'un point de vue différent, d'une suggestion... J'ai Hannah, moi, et je lui en suis reconnaissante.

— Pfeuh ! Hannah fourre son nez partout. Je l'aime bien, mais elle devrait apprendre à ne pas se mêler de ce qui ne la regarde pas.

— Elle partage notre vie, nous formons une famille, et elle se sent concernée par ce qui nous arrive. Notre vie la regarde aussi, et nous devons lui en être reconnaissantes. Dans ce monde, il n'y a pas tellement de gens qui s'intéressent à ce que tu fais, tu sais !

— Ce n'est pas son problème ! s'obstina la jeune fille, et je veux qu'elle me laisse tranquille.

Emma ne plaisantait pas, et Claire, une fois de plus, fit machine arrière.

— Nous te laisserons tranquilles toutes les deux, si c'est ça que tu veux. Mais nous aimerions te voir de temps en temps pendant la croisière, ce serait plaisant d'en partager parfois les plaisirs avec toi.

— Bien sûr...

Elle ajouta, soudain repentante :

— Moi aussi, je veux partager les plaisirs de la croisière avec toi. J'adore ça, tu le sais bien. Tu te souviens de notre première expédition *Au Caprice d'Anaïs* ? On s'est bien amusées ! J'adore faire des choses avec toi.

Elle se fit donc un devoir de passer en compagnie de Claire et de Hannah toute l'escale de Jumeau. Mais le lendemain, cinquième jour de la croisière, elle et Brix ne se quittèrent pas depuis l'entrée du navire dans Glacier Bay, à 6 heures du matin. Claire les aperçut ici ou là au cours de la journée, tout près l'un de l'autre, épaule contre épaule, main dans la main, bras dessus, bras dessous.

Et, pour la première fois, elle envia sa fille. Elle se souvenait bien de ces premiers moments, lorsque l'amour et le désir illuminent chaque perception. Elle aussi aimerait bien avoir à nouveau un homme auprès d'elle pour lui passer le bras autour des épaules et la serrer contre lui. Quentin... Ils ne s'étaient pas adressé la parole depuis le soir où elle l'avait quitté sur le pont, et ce n'était pas à elle de faire les premiers pas. « Et si Emma avait raison. Si, après toutes ces années d'immobilisme, j'avais désappris à vivre pour de bon, comme elle dit ? Je ne sais même plus comment m'y prendre pour essayer... »

Le navire flottait sur une mer aussi lisse que du verre, reflétant un ciel limpide et bleu. Il s'enfonçait dans la baie, longeait de très vieilles forêts d'épicéas et de sapins-ciguë, puis de plus récentes futaies d'aulnes et, au fond, des étendues de steppe et de lichen. Les guides de la réserve naturelle, montés à bord à Bartlett Cove, circulaient parmi les passagers et leur expliquaient l'environnement, les aidaient à découvrir ours bruns, chamois, baleines. Tout le monde était sur le pont, appareils photo prêts à l'action. Le ronronnement des moteurs et le murmure de plusieurs centaines de voix rendaient un son creux, comme prisonnier des énormes glaciers dont les parois abruptes dominaient la baie d'au moins quarante mètres.

Soudain, avec un bruit semblable à un coup de canon, un pan de glace se détacha et glissa, comme au ralenti, dans la mer. Un jet d'eau et de morceaux de glace monta haut dans le ciel puis retomba avec un bruit de tonnerre, donnant naissance à de longues vagues qui s'élargirent et firent tanguer la bateau. Les déclics des appareils photo, le bruit cristallin des verres et des tasses qu'apportaient les serveurs, les murmures de Hannah s'extasiant sur le spectacle... Claire n'entendit rien de tout ça. Seule retentissait en elle la voix agressive de sa fille, tandis qu'elle s'interrogeait sur sa propre vie.

Elles avaient passé sur ce bateau plus de la moitié de

leur semaine de croisière, et soudain la question se posait : que faisait-elle ici ? Et que ferait-elle ailleurs ? Son existence semblait gouvernée par le hasard. Le simple achat d'un billet de loterie, un petit morceau de papier bien anodin, avait fait basculer sa vie, et rien ne serait jamais plus comme avant. Si cette fortune provenait d'un placement, de son travail ou d'un héritage, elle se sentirait peut-être moins désorientée. Et puis cette perspective de ne plus jamais être obligée de travailler, ni même d'avoir à veiller sur Emma qui serait bientôt à l'université, ni de s'occuper d'une maison entretenue par un personnel adéquat supervisé par Hannah n'était pas rassurante. Comment passe-t-on ses journées quand aucun travail ne vous attend ? On s'embarque pour une croisière après une autre ? Au cours desquelles on fait la connaissance de compagnons de voyage qui ne vous intéressent pas mais semblent, eux, avoir maîtrisé cet art de vivre, en apparence incompréhensible ?

De nouveau, Quentin revint dans son esprit. Cela faisait trois jours qu'ils ne s'étaient pas parlé. Elle l'avait aperçu en compagnie de ses amis à la salle à manger et au salon, mais elle avait évité de regarder dans leur direction. Elle avait vu Ina et Zeke danser un soir sur la petite piste du bar. Ina, en somptueuse robe verte, et Zeke, cravate desserrée et boutons de manchettes scintillants, avaient l'air complices et heureux. La jeune femme avait fait à Claire un grand bonjour, mais ils ne s'étaient pas approchés de sa table. Lorraine s'était arrêtée un matin pendant le petit déjeuner, pour suggérer de passer ensemble une des escales à terre, mais cette bonne intention n'avait mené à rien. Claire ne pouvait pénétrer dans leur groupe que si Quentin l'y introduisait. A mesure que les jours passaient et que cette éventualité devenait plus improbable, leur vie, malgré les querelles, les rancunes, les coups de Jarnac paraissait plus désirable, plus excitante, plus pleine, plus exotique.

Le paysage de Glacier Bay glissa devant elle sans qu'elle le vît ; son esprit était trop occupé par ses spéculations sur Quentin et la surveillance à distance de Brix et d'Emma.

— Vous êtes bien silencieuse... C'est Emma qui vous tracasse ? demanda Hannah un peu plus tard.

— Elle dit que je me fais trop de souci, que je suis vieille et que je n'ai jamais vécu pour de bon. Elle prétend que je n'ai ni le courage ni, sans doute, l'intelligence nécessaires, et que je me contente d'exister jour après jour.

— Ô Seigneur ! C'est de son âge, d'avoir des opinions tranchées sur tout..., et de se tromper dans la plupart des cas !

— Dans quels cas ?

— C'est à vous de répondre à cette question, ma chère. Vous savez bien que vous ne manquez pas de courage. Ni d'intelligence. Vous vous en êtes très bien tirée, et toute seule. Vous avez des amis, une profession, et vous allez accomplir bien davantage encore. (Claire ne répondit pas.) Emma est-elle le seul problème ou bien y a-t-il aussi Quentin ? Vous lui avez parlé ?

— Non. Mais ça n'a pas d'importance.

— Bien sûr que si ! Il vous a plu, vous l'avez trouvé intéressant et vous avez envie de le revoir. Enfin... Il y a pourtant un bon côté, vous ne vous êtes pas aventurée dans des amours de croisière où vous auriez été gênée de vous retrouver impliquée.

— C'est exactement ce que j'ai essayé d'expliquer à Emma, mais elle a refusé de m'écouter.

— Elle le découvrira elle-même. Je sais par expérience que les croisières sont des pièges, un monde de contes de fées. Comment peut-on évaluer la solidité d'un sentiment dans cette atmosphère artificielle ? Regardez-nous, en train de flotter devant des glaciers assez serviables pour bien vouloir s'émietter devant nous, tandis qu'assises dans des fauteuils de velours nous dégustons du caviar arrosé de vin français. C'est tout à fait irréel.

— Comment savez-vous par expérience que les croisières sont des pièges ?

— Eh bien, il se trouve que j'ai fait une croisière autrefois. Elles sont toutes pareilles, vous savez, quelle que soit la partie du monde dans laquelle elles se déroulent. Ce sont des serres de luxe, qui n'ont aucun rapport avec notre existence avant ou après.

— Et vous avez eu une aventure amoureuse ?

— Exactement. Pleine de flamme et de passion. J'avais dix-huit ans, et lui cinquante. Un industriel italien tout ce qu'il y a de plus solidement marié, père de sept enfants. Oh, un homme très respectable ! J'étais très jolie, à cette époque, et il me donnait l'impression d'être une princesse de conte de fées ou une nymphe au paradis. Nous voguions sur la Méditerranée, et je n'ai rien vu du tout, sauf lui. Je peux encore sentir ses mains autour de ma taille, me déposant sur le lit.

Claire regardait la vieille dame avec stupéfaction.

— Où était sa femme ?

— A bord, avec trois des enfants. Sur un autre pont, d'où elle n'est pas sortie une seule fois. Je suis certaine qu'il y avait longtemps qu'ils avaient passé un accord, tous les deux, c'est pourquoi leur mariage avait tenu. Je n'ai pas posé de questions, j'étais persuadée qu'il la quitterait dès que nous arriverions à terre. Comment pouvait-il me dire ce qu'il me disait, me caresser de cette façon, me regarder ainsi — Seigneur ! ces yeux qu'ont les Italiens, comme du chocolat fondu — et retourner auprès de sa femme ? Impossible. Pourtant, c'est ce qu'il a fait, sans un regard en arrière, sans un soupir de regret.

Il y eut un silence. Claire finit son apéritif et reposa le verre. Elle se revoyait à dix-huit ans, le téléphone à la main, appelant frénétiquement toutes ses connaissances susceptibles d'avoir une idée du lieu où se trouvait Ted, ou de l'avoir vu ces derniers temps, ou d'accepter de lui conseiller de retourner auprès de sa femme et de l'enfant qu'elle portait. Personne ne savait où il était. Autant qu'elle le sache, il était, lui aussi, parti sans un regard en arrière et sans un soupir de regret. Et elle ne l'avait jamais revu.

— Vous l'avez revu ? demanda-t-elle à Hannah.

— Jamais. C'est une histoire tellement banale que pendant longtemps, même après m'en être remise, j'ai eu trop honte pour en parler. Mais maintenant je la considère comme un conte de fées... *La Belle et la Bête*, sauf que la Bête ne s'est pas changée en prince à la fin ! Les maris volages sont comme des bêtes en rut, ils foncent sans se préoccuper des dégâts qu'ils commettent autour d'eux.

Claire eut un petit rire. Elle avait beau être remise

depuis longtemps du départ de Ted, elle n'aimait pas en évoquer le souvenir.

— Il vous a fallu longtemps pour vous en remettre ?

— Oh, des mois, près d'un an. J'étais persuadée que j'allais mourir. Je croyais que tout était ma faute, que j'avais fait ou dit quelque chose pour provoquer son changement de projets, et j'étais accablée d'un tel désespoir, d'une telle impression de perte, d'une telle sensation de vide, que j'étais sûre que mon corps ne pourrait pas les supporter et cesserait de fonctionner. Je ne pensais pas au suicide, je n'en avais pas la volonté, mais je n'imaginais pas qu'un organisme humain puisse continuer à fonctionner en ressentant tant de chagrin et un tel sentiment d'infériorité.

— Oui, exactement ce que j'ai ressenti. Et ça a duré bien après la naissance d'Emma. C'est pourquoi je suis si peu sortie ces années-là, je ne voulais pas d'aventures, pas d'incertitudes. Même mes rares liaisons étaient tièdes et sans avenir dès le début.

— Mais mon corps a continué à fonctionner, reprit Hannah. C'est étonnant comme les humains sont coriaces, n'est-ce pas ? Et finalement je me suis remise, et j'ai recommencé à voyager. J'ai beaucoup bougé, à cette époque. Mais cela n'a rien de nouveau pour vous, et votre expérience a dû être plus terrible encore : vous attendiez Emma. Ma petite liaison sans issue est minable, en comparaison.

— La souffrance n'est jamais minable, c'est toujours plus grand que nous, du moins jusqu'à ce qu'on soit capable d'y réfléchir et de se mettre au travail pour la métamorphoser en conte de fées.

— Bonne parole... J'aime vous entendre énoncer de sages vérités.

Enoncer de sages vérités ne faisait pas partie des habitudes de Claire. Non qu'elle manquât d'idées ou d'opinions, au contraire. Mais elle les gardait pour elle, car elle ne croyait pas qu'on pût les juger perspicaces ou intéressantes. Pourtant, Hannah ne se moquait pas d'elle.

— Vraiment ? Ce doit être contagieux, c'est vous qui m'avez passé cette habitude !

Leur second verre arriva, et Hannah leva le sien.

— Eh bien, à la vôtre ! A votre bonheur et à vos sages vérités ! Je veux que vous sachiez combien j'apprécie cette croisière et combien je vous suis reconnaissante. Et combien j'espère que vous profitez aussi du voyage.

— Bien sûr...

— Mais ? Il manque quelque chose.

— C'est plus que je n'ai jamais eu. Je suis pleinement satisfaite.

— Eh bien, vous ne devriez pas ! Il faut toujours attendre davantage de la vie, Claire. Pourquoi vous hâter de vous déclarer satisfaite ? Vous savez ce que vous êtes en train de faire ? De vous traiter comme un tableau, avec un cadre (le bateau, l'Alaska, la compagnie d'Hannah), que vous allez accrocher au mur pour toujours, fixé à jamais. Aucune possibilité de surprise. Mais vous êtes trop jeune pour ça, c'est bon pour les personnes de mon âge... Je suis touchée et heureuse de vous voir apprécier ma compagnie, et j'espère que vous continuerez longtemps, mais il vous faut fréquenter d'autres passagers. Pourquoi pas Quentin Eiger ? Pourquoi ne pas l'inviter au bar, après dîner ? Il vous a invitée, c'est peut-être votre tour.

— Je ne peux quand même pas faire ça ! Et n'est-ce pas vous qui venez de me parler de la banalité des amours de croisière ?

— Pourquoi seraient-ce des amours ? Je n'ai parlé que de faire plus ample connaissance.

Claire rougit. Hannah n'insista pas et ne fit aucun commentaire lorsque après dîner, Quentin, entrant au salon en compagnie de Lorraine et d'Ozzie Thurman, les salua toutes les deux d'un signe de tête, ni quand elles l'aperçurent le lendemain en train de prendre son petit déjeuner avec une inconnue. Lorsqu'elles arrivèrent à Valdez, dernière escale avant Anchorage et fin de la croisière, Hannah évoquait gaiement leur retour à Wilton, leur nouvelle maison et d'éventuels voyages lorsque Emma serait à l'université. Comme si la croisière en Alaska était un épisode terminé à ses yeux, et sans doute à ceux de Claire.

A Valdez, les passagers s'égaillèrent dans plusieurs directions, vers des glaciers, des gorges et une chute d'eau baptisée le « Voile de la mariée ». Emma et Brix partirent avec un guide faire une excursion en radeau, Hannah alla visiter la ville, et Claire, un peu mélancolique, l'accompagna.

Elle ne savait pas trop ce qu'elle avait espéré, sans doute une semaine d'aventures excitantes et romanesques, mais dans ce cas, elle aurait dû choisir une destination plus exotique que l'Alaska. Et puis était-elle faite pour des aventures excitantes et romanesques? Mais, alors, à quoi bon tout cet argent? Il était censé changer sa vie, métamorphoser sa personnalité, la transformer en ce qu'elle n'aurait jamais pu être sans lui. La promenade avec Hannah dans les rues de Valdez ne fit qu'accentuer sa mélancolie. «Je fais sans doute partie de ces gens à qui il n'arrive jamais rien...» Une pensée bien déprimante, dont elle eut honte.

— Je n'ai jamais tant pensé à moi, avoua-t-elle à Hannah le soir, au dîner. J'ai l'impression d'être un monstre d'égoïsme, ce doit être tout cet argent. Avant, je me préoccupais de l'essentiel, le loyer, la nourriture, maintenant, je pense à tout ce que je devrais faire, je me demande pourquoi je ne suis pas en train de le faire... Où Emma peut-elle être passée? Je lui ai pourtant dit d'être de retour à 20 h 30.

— Je ne l'ai pas vue... Mais ils sont sûrement rentrés, ils savaient que le bateau lève l'ancre à 21 heures. Ils doivent être quelque part sur le pont, vous savez bien que tout le monde aime assister à l'appareillage.

Claire commençait à sentir son estomac se serrer, cette vieille crainte éprouvée à chaque fois qu'Emma revenait tard d'une sortie avec un garçon.

— Sans doute, oui... Elle aurait au moins pu nous avertir de son retour.

— Elle est un peu égocentrique, en ce moment.

— Et s'ils n'étaient pas rentrés? S'il leur était arrivé quelque chose?

Elle leva les yeux. Quentin était devant elle.

— Je cherche Brix, dit-il. Vous ne l'avez pas vu?

— Non... Nous étions justement en train de nous demander où ils étaient. (Elle repoussa sa chaise.) Je vais voir sur le pont.

— J'en viens, j'ai cherché partout.

Sans attendre d'y être invité, il tira une chaise et s'assit. Claire sentit l'appréhension grandir en elle au point de lui serrer la gorge.

— Il leur est arrivé quelque chose!

— Je ne vois pas ce qui pourrait leur arriver à Valdez.

— Mais c'était une excursion en radeau!

— Brix m'a dit qu'ils seraient accompagnés d'un guide. Aucun guide ne les aurait emmenés dans un endroit dangereux ou ne leur aurait fait manquer le bateau.

— N'avaient-ils pas l'intention de dîner à Valdez? intervint Hannah.

— Si. Mais Brix ne m'a pas donné de détails.

— Il ne doit pas y avoir tellement d'endroits, dit Claire. Ne pourrions-nous pas appeler les restaurants pour savoir s'ils y ont dîné et à quelle heure ils sont partis?

— Monsieur Eiger? (Le capitaine était près de leur table.) Nous venons de recevoir un message téléphonique pour vous de la part de M. Brix Eiger.

— Où est-il?

— Il y en a aussi un pour Mme Goddard, de la part d'Emma Goddard. Vous la connaissez?

— Oui, intervint Claire, Emma est ma fille.

« Ouf, elle va bien! Elle ne s'est pas noyée, on ne l'a pas enlevée ni assassinée dans une quelconque forêt, elle ne s'est pas perdue. Elle va bien! »

— Où sont-ils? répéta Quentin.

— A Valdez. Le jeune M. Eiger vous fait dire qu'ils ont manqué le bateau et qu'ils sont à l'hôtel Westmark. Vous comprenez bien, monsieur Eiger et madame Goddard, que...

— Vous auriez pu nous apporter le téléphone! protesta Quentin.

— Votre fils nous a priés de ne pas vous déranger. Vous comprenez bien, monsieur Eiger et madame Goddard, qu'il s'agit d'une grave infraction au règlement. Nos passagers sont avertis de l'heure d'appareillage, et il leur appartient de regagner le bord à temps. Ce n'est pas à nous d'aller les chercher. En outre, cette jeune fille n'est pas majeure, ce qui pose un problème de responsabilité.

— Je m'occupe de ça, vous n'aurez pas d'ennuis.

Quentin se leva et se tourna vers Claire.

— Je vais appeler Brix, vous venez avec moi ?

— Oui... Hannah, j'irai vous donner des nouvelles dans votre cabine.

— Quel idiot, quel imbécile ! grommelait Quentin en se dirigeant vers sa cabine. Il sait bien que ça ne se fait pas.

— Emma aussi...

— Brix est plus âgé, c'était à lui de veiller à ce que tout se passe bien.

« Juste. Mais Emma est prête à le suivre au bout du monde tellement elle le trouve merveilleux. »

Dans son salon, Quentin appela l'hôtel Westmark et demanda Brix.

— Asseyez-vous, dit-il à Claire, debout au milieu de la pièce.

— Je voudrais parler à Emma, moi aussi.

— Salut, p'pa !

Brix parlait fort pour masquer le tremblement de sa voix.

— Je suis désolé, j'ai un peu foutu...

— Qu'est-ce que tu fabriques, bon Dieu ?

— Mais rien, p'pa, on a manqué le bateau, c'est tout. Je ne sais pas comment on a fait, on a dîné, et on n'a pas vu le temps passer. Mais ce n'est pas grave, on vous rejoindra demain à Anchorage.

— Et comment ?

— Je m'en occupe, p'pa. En avion ou en hélicoptère, ce n'est pas ça qui manque ici, c'est comme ça que les gens se déplacent. Si je paie le prix, on nous emmènera à Anchorage, il n'y a pas plus de cent cinquante kilomètres. J'ai vérifié, pas de problème. Ne t'inquiète pas pour nous, p'pa !

— Tu es responsable de cette jeune femme, tu comprends ça, j'espère !

— Enfin, p'pa ! Bien sûr que je comprends ! Elle est en pleine forme, tout est parfait, tu n'as aucune raison de t'en faire, on se verra à l'aéroport demain matin.

— De bonne heure, j'espère. Je n'ai pas l'intention de manquer l'avion du retour. Tu te débrouilles pour être à Anchorage avant 9 heures. C'est clair ?

— Ecoute, p'pa, je serai là-bas dès que...

— Avant 9 heures, c'est un ordre ! Où est Emma ?

— Dans sa chambre.

Quentin leva les sourcils. Il commença à dire quelque chose puis se tut et regarda Claire.

— Elle est dans sa chambre. Vous voulez que je demande à la standardiste de l'appeler ?

Claire soutint son regard.

— Oui, merci.

Elle prit le récepteur que lui tendait Quentin et s'assit au bureau, écoutant la sonnerie retentir plusieurs fois dans la chambre de sa fille.

— Salut ! Ça fait longtemps que ça sonne ? demanda Emma. J'étais sous la douche.

Elle écouta la voix de sa fille, grave, lente, sensuelle, un peu ensommeillée... une voix d'amante.

— Emma ?

— Maman ? Ah, tu as eu notre message ! J'allais t'appeler dès que je serais sortie de la douche. Je n'ai pas pu t'avertir plus tôt, parce que Brix ne tenait pas à parler à son père, alors, il a juste laissé le message pour nous deux. Mais, au moins, tu savais où j'étais.

« Ce n'est pas le moment de la gronder... »

— Nous nous sommes fait beaucoup de souci.

— Je sais, je sais, je me doutais bien que vous alliez vous inquiéter, je suis désolée. Je ne comprends pas ce qui s'est passé, on était à la Totem Inn, il y avait un feu dans la cheminée, c'était si chaud et si douillet, on était affamés et gelés, après l'excursion en radeau, il était 19 h 30, et un instant plus tard il était plus de 21 heures ! Il ne faut pas en vouloir à Brix, ce n'est pas sa faute, c'est juste un hasard malencontreux. Il a dit qu'on vous rejoindrait demain matin à Anchorage, il s'est occupé de tout. Je suis vraiment désolée, je sais que tu te fais toujours du souci, mais il n'y a vraiment pas de quoi. Je vais bien. Nous sommes revenus en retard et le bateau était parti, c'est tout. On le voyait encore... C'est incroyable, tu ne trouves pas, ce grand soleil pendant si longtemps, il était plus de 21 heures et c'était comme à midi. On vous a vus vous éloigner, on ne pouvait absolument rien faire, on savait bien que le capitaine n'allait pas faire demi-tour pour venir nous chercher. Et j'ai vraiment paniqué jusqu'à ce que Brix dise qu'il trouverait un avion ou un hélicoptère pour nous conduire à Anchorage demain matin… Donc, tout va bien, je vais bien, tu n'as aucune raison de t'inquiéter… Je suis désolée que tu te sois fait du souci, mais nous ne l'avons pas fait exprès, et, de toute façon, ce n'est pas un drame, ça pourrait arriver à n'importe qui, ça arrive sans doute à chaque croisière.

« Les cinq cent quatre-vingt-dix-huit autres passagers sont revenus à l'heure, eux », pensa Claire, mais elle garda cette idée pour elle. Quels secrets cachait ce fiévreux bavardage ? La porte de la chambre était-elle fermée à clef et le resterait-elle ? Mais ce n'étaient pas des questions à poser.

— Je t'attendrai à l'aéroport demain matin, je suis contente que tu ailles bien ; dors bien, ma chérie.

Quentin était derrière le bar.

— Un verre de vin ? Ou un petit alcool ?

— Du vin, merci.

Il se versa un scotch, lui apporta son verre de vin et s'assit sur le canapé.

— Je suis content de vous revoir et de vous dire que vous m'avez manqué.

Claire n'écoutait pas.

— Brix aurait pu manigancer un coup pareil ?

— Ce n'est pas impossible, mais seulement si votre fille était d'accord. Emma aurait accepté ?

— Je ne crois pas. Elle est indépendante, mais elle n'a pas tellement l'esprit d'aventure. Je ne la vois pas faisant ça. Ils seront à Anchorage demain matin ?

— J'en suis certain. Et la mère d'Emma… Elle a l'esprit d'aventure ?

Claire le regarda longuement.

— Je ne sais pas.

— Peut-être est-ce le moment de le découvrir.

Il s'approcha d'elle et lui prit la main, la tira pour la faire se lever.

— J'ai pensé à vous pendant toute la croisière, Claire. Et vous m'avez terriblement manqué. Je vous ai dit une fois que vous étiez aussi jolie que sage et vous avez pris la fuite, alors je ne sais pas ce que vous voulez entendre.

Son visage était tout près de celui de Claire, et elle essaya de lire au fond de ses yeux, mais ceux-ci, aussi lisses et opaques que l'eau de Glacier Bay, ne lui renvoyaient que sa propre image et ne révélaient rien.

— Vous êtes si belle..., murmura-t-il en plaçant une main de chaque côté de son visage et en l'embrassant.

Son baiser, ardent, traduisait un désir qu'elle n'y avait pas trouvé la première fois. Des appétits oubliés se réveillèrent, elle passa son bras autour de Quentin et il l'attira contre lui, une main sur son sein et sa langue pressant la sienne. Claire avait tant envie de lui que la tête lui tournait.

Il y avait longtemps qu'elle n'avait pas passé une nuit avec un homme, mais son ardeur n'était pas seulement l'effet de l'abstinence. C'était Quentin qu'elle désirait, avec sa personnalité complexe, ses contradictions, tout ce qu'elle ne comprenait pas et même ce qu'elle n'aimait pas en lui. Il l'attirait, exactement comme il subjuguait tous ses amis. Elle se rendait compte maintenant combien il lui avait plu au début du voyage et combien elle avait souffert de le voir l'ignorer tout le reste de la semaine. Elle avait cru se concentrer sur la sombre magnificence de l'Alaska, en fait, elle l'attendait, impatiente, prête à s'abandonner. Et il le savait. Son baiser, quoique passionné, trahissait sa confiance en lui.

« C'était délibéré, son attitude de ces derniers jours. C'est sa technique lorsque les femmes ont des doutes, il s'arrange pour qu'elles se sentent attirées par lui, avant même qu'il leur fasse des avances. »

Elle recula jusqu'au bureau. Elle avait si envie de lui qu'elle en tremblait, mais elle était furieuse, aussi. Et, malgré le désir bouillonnant en elle, il lui restait assez de lucidité pour se rendre compte que, si elle le laissait ce soir lui imposer sa volonté, il en serait ainsi à chacune de leurs rencontres. Cela ne lui plairait pas davantage.

— Allons, bon...

Quentin était déconcerté, plus étonné que fâché. Claire devina dans un éclair de joie qu'il ne la comprenait pas et que cela le troublait.

— Je n'ai aucune confiance dans les amours de croisière, expliqua-t-elle. Ce sont de plaisants contes de fées, mais, dans cet univers totalement artificiel, il est impossible de distinguer l'authentique et l'important du superficiel. (« Merci, Hannah. ») C'est une des raisons de mon inquiétude à propos d'Emma.

Il y eut un silence. Quentin se servit un autre verre.

— Encore un peu de vin ?

— Non, merci.

Il se rassit sur le sofa, allongea les bras de chaque côté sur le dossier et étendit les jambes. Sa position était détendue, mais, avec sa stature et son énergie contenue, il dominait la pièce.

— Ce qui est important et authentique, Claire, c'est notre attirance l'un pour l'autre, et notre désir mutuel. Et, même si vous n'avez pas un iota d'esprit d'aventure, rien ne s'oppose à ce que nous fassions ce que nous avons tous les deux envie de faire. Que pourrait-il y avoir de plus authentique que ce que nous ressentons en ce moment ? Quelle autre vérité voudriez-vous découvrir ?

— J'aimerais bien savoir la part des glaciers là-dedans, remarqua-t-elle en souriant.

— La part des glaciers ?

Sa voix froide la fit se sentir stupide, mais elle était allée trop loin pour reculer.

— Tout cela, le moindre détail de cette croisière, est si nouveau pour moi que je ne peux pas tout assimiler à la fois. Peut-être cela signifie-t-il que je n'ai aucun esprit d'aventure, peut-être aussi la beauté merveilleuse du cadre nous fait-elle paraître l'un à l'autre bien plus beaux, attirants, désirables que nous ne le sommes vraiment.

— Lorsque vous avez passé la journée à regarder les glaciers, Ina vous paraît-elle plus belle ?

Elle sourit.

— Pas vraiment, non !

— Et Zeke vous semble-t-il plus attirant ?

Elle éclata de rire.

— Non !

— Mais moi, si.

— Oui.

— Vous voyez bien, il y a autre chose entre nous.

— Sans doute... Mais... je ne me comprends pas très bien moi-même, en ce moment. Je pense que je préférerais attendre d'avoir réussi à trier l'important du superficiel.

Il poussa un soupir excédé.

— Si vous ne savez pas reconnaître l'important, laissez-moi m'en charger. Si cela est véritablement si nouveau pour vous... Vous n'aviez jamais voyagé ?

— Non.

— Incroyable ! Tout le monde voyage, de nos jours ! Eh bien, en admettant que vous ayez passé votre vie dans une petite ville à élever votre fille et, je suppose, à lire des livres, et que vous ne sachiez rien de la vie, comment pourriez-vous savoir ce qu'elle serait avec moi ? Faites un bout de chemin avec moi, et découvrez un monde que vous n'avez jamais imaginé, une femme que vous n'avez jamais rêvé d'être. Même avec votre fortune, vous ne pouvez le faire toute seule. L'un de nous deux doit gérer notre amitié, et ce ne peut être vous parce que vous ne savez pas. Vous ne l'ignorez pas, d'ailleurs.

« Il a raison, Je ne sais pas assumer cette nouvelle vie. »

— Je veux seulement un peu de temps pour y réfléchir, expliqua-t-elle en s'en voulant de sa faiblesse et de son manque de confiance en elle.

— Et si vous laissez passer l'occasion ?

Elle affronta son regard.

— Alors, je suppose que je ne saurai jamais.

— Ce n'est pas impossible. (Il alla à la porte et l'ouvrit.) Bonne nuit, Claire.

La colère monta de nouveau en elle. Elle passa devant lui sans un mot et suivit la coursive menant à sa cabine.

« Mais enfin, de quoi ai-je eu peur ? Pourquoi est-ce que je prends toujours tout au sérieux, pourquoi suis-je incapable de me laisser aller pour passer un bon moment ? »

Les mots de Hannah lui revinrent en mémoire : « Il faut attendre davantage de la vie, Claire. Pourquoi toujours vous hâter de vous déclarer satisfaite ? »

« Eh bien, non, je ne suis pas satisfaite ! Et, à ce train, je me demande quand je le serai. »

Elle aperçut la porte close de la cabine d'Emma.

« Mais si j'ai eu cette attitude avec Quentin, n'est-ce pas parce que c'est celle que j'espère d'Emma ? Et, demain, je veux pouvoir lui dire : J'ai refusé de partager le lit de Quentin. As-tu, toi, refusé de partager celui de son fils ? ».

— Maman a appelé, dit Emma en ouvrant la porte à Brix.

— Mon père aussi. (Il la prit dans ses bras.) Tout va bien, j'ai trouvé un pilote, il passera nous prendre à 7 heures. Mon Dieu, comme tu m'as manqué, si tu savais... Deux grandes heures sans te voir !

Emma leva le visage vers lui et il l'embrassa.

— Tu es si belle ! Qu'est-ce que c'est, ce que tu portes ?

— Le dessus-de-lit. J'ai pris une douche et lavé quelques vêtements, j'attends qu'ils sèchent.

— Oh ! (Il baissa les yeux vers son pantalon crasseux.) Je ne dois pas être très présentable !

Elle rit, émue par son air penaud.

— Bien sûr que si. On ne va pas sortir, n'est-ce pas ?

— Certainement pas. Je n'ai pas la moindre intention de bouger d'ici. Mais je veux te plaire.

— Tu me plais, murmura-t-elle.

— Bien ! (Il la serra contre lui.) Tu es si belle, Emma... Mon adorable bébé, ma ravissante poupée à moi...

Emma fronça les sourcils. Elle n'était ni un bébé ni une poupée. Et elle ne lui appartenait pas. Mais elle se sentait au chaud et en sécurité entre ses bras solides, tandis qu'il couvrait son visage de petits baisers. Les jambes molles, elle ferma les yeux, avec l'impression de s'être métamorphosée en un petit ruisseau clair se fondant dans une puissante rivière du nom de Brix. Brix l'aimait, Brix prenait soin d'elle dans cette ville inconnue. Rien d'autre ne comptait.

Le jeune homme glissa les mains entre les plis du tissu drapé autour d'elle et essaya de l'entrouvrir. Elle posa ses mains sur les siennes et l'arrêta.

— Eh, murmura-t-il, c'est moi, Brix... Tu ne m'as pas oublié...

Elle le regarda.

— Ecoute, continua-t-il, combien de fois les passagers ratent-ils le bateau ? C'est un signe du destin, nous nous retrouvons tout seuls au bout du monde. Juste nous deux. Ce n'est pas une nuit comme les autres !

Emma ne répondit pas, et Brix fronça les sourcils.

— Qu'y a-t-il? C'est ta mère? Elle t'a dit quelque chose au téléphone? Du genre: *Ne laisse pas Brix profiter de la situation!...* Elle t'a dit quelque chose de vieux jeu, c'est ça?

— Non.

— Mais elle le pensait si fort que tu l'as entendu, hein? Et tu veux être comme elle.

— Ce n'est pas vrai! Je ne veux pas être comme elle. C'est une mère merveilleuse, mais elle est assez timide et ne fait pas grand-chose de sa vie. Elle ne recherche pas les nouvelles expériences. J'ai toujours souhaité être différente d'elle, sans savoir en quoi exactement... Je veux dire, je le voulais très fort, mais je ne voyais pas ce que cela signifiait.

Brix lui caressa le visage, le cou, l'embrassa doucement.

— Tu es très différente d'elle. Tu es une femme très désirable, et tu n'as peur de rien.

Emma savait bien que c'était faux, elle aurait tant voulu que ce soit vrai! Et surtout que Brix soit sincère en le disant. Il l'avait appelée une femme désirable, et non plus un bébé ou une poupée. Alors, elle allait agir et parler en femme. Elle chercha dans sa tête.

— Je t'aiderai, continua le jeune homme. Tu n'as pas peur, mais de temps en temps tu préférerais qu'on t'aide, c'est ça?

Elle poussa un soupir de soulagement. Brix trouvait toujours le mot juste.

— Oui, j'aimerais bien.

— Laisse-toi faire, alors. Détends-toi...

Il glissa de nouveau la main entre les pans du tissu, et cette fois elle ne le repoussa pas. Il fit tomber le tissu de ses épaules sur le sol. Elle ne put s'empêcher de croiser en hâte les bras sur sa poitrine.

— Mais non, voyons! dit-il gaiement. (Il lui prit les mains et lui tint les bras écartés.) Regarde-toi, regarde ce corps, tu es splendide, une femme magnifique.

— Ne fais pas ça, supplia Emma, les joues écarlates.

— Ne fais pas quoi? Allons, Emma, pour l'amour du ciel, tu ne vas pas me dire que personne ne t'a jamais regardée?

Elle secoua la tête.

— Seigneur!... Qu'ai-je ici? Un don du ciel!

Sans lâcher les mains d'Emma, il se pencha et lui embrassa un sein, puis l'autre, puis les caressa du bout de la langue, lentement, comme un chat se léchant au soleil. Elle poussa un gémissement sourd. La tête lui tournait, elle était morte de honte, mais en même temps elle se sentait excitée, son corps semblait s'être séparé de son esprit. Elle n'avait pas apprécié de se retrouver nue devant Brix, mais une fois le premier choc passé, ce n'était pas si terrible. Cela ne lui plaisait pas qu'il l'empêche de bouger en lui tenant les bras, mais elle aimait sa force. Et encore plus l'expression lue dans ses yeux avant qu'il se penche pour lui embrasser les seins.

« J'ai un beau corps, Brix l'a dit. Il prend plaisir à me regarder... Avec toute son expérience, s'il me trouve belle, c'est que je le suis! »

Il lâcha ses mains et arracha en hâte ses vêtements. Elle détourna les yeux. Elle se sentait tout humide, lourde, et était terrorisée. Il la prit dans ses bras, son corps chaud aux muscles durs s'appuya contre le sien. C'était si bon qu'elle se pressa plus fort contre lui, écrasant ses mamelons contre le poil noir de la poitrine du jeune homme.

— Mon bébé..., murmura-t-il d'une voix rauque.

Il posa les mains sur ses fesses, les pétrit, les poussa contre lui.

— Ma ravissante petite poupée...

Elle sentit son pénis chaud et dur contre son pubis humide et essaya de s'écarter, mais il la tenait trop serrée. Il l'embrassa de nouveau, jusqu'à lui faire perdre haleine, puis il se retourna et l'attira vers le lit.

Elle ferma les yeux. Elle n'avait pas spécialement envie de faire l'amour avec lui, mais elle craignait de le mettre en colère et de l'entendre la traiter d'enfant. Elle voulait qu'il la considère comme une femme. Qu'il fasse ce qu'il veut, ce serait forcément bien, il avait tellement plus d'expérience qu'elle, il l'aimait, elle l'aimait. Quand on s'aime, on fait l'amour. Si elle se refusait maintenant, il penserait qu'elle ne l'aimait pas.

Elle entendit un froissement et ouvrit les yeux. Brix, assis à côté d'elle, ouvrait un petit paquet.

« J'avais oublié ! Heureusement que Brix sait toujours ce qu'il faut faire ! »

Elle referma les yeux et attendit. Il l'allongea, lui caressa l'intérieur des cuisses puis s'allongea sur elle.

— Quelle magnifique poupée tu es...

Elle soupira de plaisir en sentant son poids chaud sur elle, et le jeune homme, prenant ce soupir pour un signe de désir, se souleva sur ses bras et la pénétra. Elle poussa un cri aigu puis se mordit les lèvres, honteuse, craignant de l'avoir contrarié. Mais non. Il leva la tête et la regarda, les larmes aux yeux.

— C'est merveilleux... Tu sais que je n'avais jamais fait l'amour avec une fille vierge. Seigneur, Emma, tu es une fille de rêve.

Il se pencha, lui suça le bout des seins, les mordilla, les caressa de la langue. Mais, cette fois, elle n'en ressentit aucun plaisir, elle avait l'impression qu'un tisonnier brûlant lui déchirait les entrailles, et, lorsqu'il se laissa tomber sur sa poitrine, il lui meurtrit les seins. Elle n'avait qu'une envie, se rouler en boule, la tête dans l'oreiller. Mais le poids de Brix l'empêchait de bouger. Se disant que c'était le moment d'essayer de faire plaisir à Brix, elle essaya de soulever les hanches, mais il était trop lourd sur elle, et le mouvement accentua la douleur.

— Ça va... chuchota-t-il, détends-toi, ma poupée chérie... Laisse-moi faire.

Elle refoula ses larmes, resserra les bras autour de lui et enfonça ses ongles dans son dos en espérant qu'il y verrait un signe de jouissance.

— Brix..., murmura-t-elle pour lui rappeler qu'ils étaient deux à poursuivre le même objectif... Je t'aime...

Sa voix était aiguë, chevrotante, et paraissait venir de très loin. Brix accéléra ses poussées, sa respiration se fit saccadée et bruyante, presque comme un grognement, par moments.

— Ô mon Dieu, c'est si bon ! Si bon ! Si bon !... Je voudrais que ça dure toujours, c'est si foutrement bon !

L'adverbe grossier fut comme une piqûre d'épingle traversant sa douleur, mais elle se dit que c'était sa façon d'exprimer son bonheur. Il disait que c'était bon, il voulait que ça dure toujours.

— Je t'aime, répéta-t-elle.

C'était presque un sanglot. Il continua à la labourer avec une sorte de fureur, encore et encore et encore, puis un gémissement lui échappa, suivi d'une succession de plaintes de plus en plus faibles jusqu'à ce qu'enfin il s'abatte immobile et silencieux sur elle. Au bout de quelques instants, il tourna la tête vers elle et lui sourit.

— C'est ça, la meilleure façon de visiter l'Alaska !

Il se laissa rouler sur le côté, s'assit, s'essuya à un coin du drap, se retourna vers Emma qui n'avait pas bougé, et lui posa un baiser sur le bout du nez.

— Tu es une poupée merveilleuse, et je pourrais passer tout mon temps à faire joujou avec toi. (Il regarda les taches de sang sur le lit.) Voilà qui va fournir un sujet de conversation inépuisable aux femmes de chambre de ce bled ! (Il s'étira, jeta un coup d'œil par la fenêtre.) Seigneur, ça fait vraiment bizarre qu'il fasse encore jour à cette heure-là ! Tu n'as pas un petit creux, tu ne veux pas manger quelque chose ? Le bar doit bien avoir des biscuits salés ou un truc comme ça. (Il la regarda.) Pauvre poupée chérie. Ecoute, je sais, ça fait mal la première fois, mais ça va beaucoup mieux après, je te le promets.

Il lui caressa les cheveux, l'épaule, posa la main sur son sein.

— Allons, repose-toi, mon bébé, pendant que je descends voir ce qu'ils ont au bar. Nous irons plus lentement la prochaine fois, ça te plaira mieux, tu verras ! Allons, Emma, ma superbe Emma, fais un sourire, tu sais que j'aime que tu sois gaie, je t'adore quand tu es gaie.

Elle s'obligea à sourire.

— Beaucoup mieux, ma chérie !

Il se pencha, l'embrassa lentement, caressant sa langue de la sienne. Les yeux grands ouverts, elle fixait le plafond.

Brix emporta son pantalon, sa chemise et ses chaussures dans la salle de bains, laissant sur le sol sa veste et ses chaussettes. Il en sortit un instant plus tard, nu-pieds dans ses souliers.

— Je reviens dans un instant.

Il sortit de la pièce. Emma tira sur elle le drap et la couverture et continua à fixer le plafond en se demandant quand lui reviendraient ce bonheur, cet enthousiasme qui avaient illuminé toute la croisière. Elle aimait Brix avec l'énergie du désespoir, elle le voulait auprès d'elle à chaque instant de sa vie, et pourtant elle n'était pas heureuse.

« Cela viendra, ça ira mieux... Brix l'a dit ! »

Elle aurait tant voulu en discuter avec Claire, mais bien sûr, il n'en était pas question. Celle-ci avait essayé de l'empêcher de passer trop de temps avec Brix, lui avait conseillé de ne pas coucher avec lui, elle serait furieuse si elle savait. Déçue aussi, sans doute ? Emma ne put supporter de s'attarder à cette question, c'était trop douloureux. D'ailleurs, est-ce que sa mère s'y connaissait en hommes ? Elle avait eu des amants de temps en temps, mais sa fille ne pouvait l'imaginer au lit avec l'un d'eux. « Comment pourrait-elle me comprendre ? Même si elle n'est pas en colère, elle ne saura pas quoi me dire. Et, si j'en parle à Hannah, elle racontera tout à maman. Je n'ai personne à qui parler, il faudra que je me débrouille toute seule pour trouver comment être heureuse, rendre Brix heureux et faire que ça dure toujours. »

Les jambes encore flageolantes, elle se leva, ramassa le dessus-de-lit et s'enroula dedans. En s'asseyant sur le lit, elle aperçut les taches de sang et eut un petit regret. Pendant toutes ces années, à l'école secondaire, elle était restée vierge tandis que ses amies lui racontaient leurs liaisons. Maintenant, elle ne l'était plus, et c'était pour toujours.

« Il était écrit que ce devait être ainsi. Tout va bien, tout ira bien. Tout va redevenir amusant, et excitant, et merveilleux. Pour toujours. Parce qu'on s'aime et que ça devait arriver ! »

7

La maison était chaude, accueillante, pleine de soleil et de brises tièdes, mais le paysage semblait bien plat après les montagnes et les glaciers de l'Alaska.

— Seigneur, ce silence! s'émerveilla Hannah.

Pourtant, des oiseaux gazouillaient, un chien aboyait au loin, au-dessus du grondement assourdi de la circulation.

Claire disposait dans un vase de cristal de Baccarat les fleurs d'un mois de juillet sec et chaud: cosmos, dahlias et gueules-de-loup. Elle était contente de se retrouver chez elle: sept jours d'émotions lui suffisaient largement. Quant à Emma, elle les regardait à peine: les yeux cernés, elle errait comme une âme en peine en attendant que le téléphone sonne.

Le troisième jour après leur retour, Quentin avait invité Claire à dîner dans un bistrot français de Westport.

— Je l'ai acheté l'an dernier, lui expliqua-t-il en la voyant admirer les poutres apparentes du plafond et les rideaux de dentelle. J'ai investi dans quelques sociétés... Informatique, confection, recherche biogénétique, et deux restaurants. J'aime aider des jeunes gens à démarrer, c'est comme aider un fils à grandir.

— Pas de jeunes femmes?

— Jusqu'ici, non. Je n'en ai jamais trouvé qui ait la même conception des affaires que moi.

— Ce qui veut dire?

— J'attends d'un chef d'entreprise une certaine attitude que les femmes n'ont pas et ne veulent pas avoir. Un dynamisme obstiné, une concentration sur leur objectif qui ne laisse pas des détails secondaires interférer avec ce qui doit être fait. Les femmes préfèrent leur famille et la solidarité. Des valeurs que je respecte, mais je ne les considère pas comme des investissements rentables.

— Vous voulez dire que les femmes ne sont pas assez dures en affaires?

— Si vous voulez... Je préfère ma définition.

— Et ces jeunes gens viennent vous demander conseil?

— Bien sûr. Je vous l'ai dit, ils veulent réussir. Et c'est ce que j'attends d'eux. C'est un placement comme un autre, pour gagner de l'argent, pas pour en perdre.

Claire eut la vision d'un groupe de disciples assis en

tailleur au pied de Quentin le gourou, et écrivant sous sa dictée ses sages maximes.

— Ils ne vous en veulent pas ?

— Pourquoi m'en voudraient-ils ? Ils savent pertinemment qu'avec de bons conseils ils iront plus vite et plus loin. Il ne s'agit pas d'un jeu, Claire, mais de la plus importante affaire de la vie, et les jeunes dans le travail desquels j'investis sont décidés à faire tout pour réussir.

... Ce qui doit être fait... Tout pour réussir... La plus importante affaire de la vie... Ces expressions lui faisaient froid dans le dos. Gagner de l'argent, la plus importante affaire de la vie ? Quentin dirigeait ses laboratoires selon ces principes ? Quelle sorte d'ami était-il ? Et quelle sorte d'amant ?

Le serveur apporta l'armagnac de plus de vingt ans d'âge, *L'Apothéose*, réservé à Quentin, et Claire se sentit s'enfoncer dans le cocon de privilèges qui enveloppait Quentin. En dépit de sa fortune, elle n'avait pas la démarche ni le maintien insouciants des amis de Quentin, et elle ne savait pas prendre cette attitude blasée qui les caractérisait. Elle n'était pas née dans le sérail. Mais, quand elle était en compagnie de Quentin et le laissait s'occuper de tout, elle profitait des privilèges de la fortune et du pouvoir.

— Vous formez un beau couple, Quentin et vous, remarqua Lorraine deux jours plus tard.

Elle et Claire parlaient, très près l'une de l'autre afin de s'entendre au milieu de la musique de l'orchestre et du brouhaha des quatre cents invités se pressant dans la salle de bal en marbre et dorures d'un hôtel de Stamford.

— Je me posais des questions, pendant la croisière. Vous aviez l'air de passer par des hauts et des bas. C'est réglé, maintenant ?

— Je ne sais pas, nous n'en avons pas parlé.

— En parler ? Je ne crois pas que ça vous mène très loin !

— Pourquoi pas ?

— Parce que, ma chère petite, Quentin ne discute pas, il agit. Et nous, on suit.

— Ça ne vous dérange pas ?

Lorraine haussa les épaules.

— C'est comme ça...

Elle contempla Claire en fourreau de satin blanc à bustier brodé de strass.

— Vous êtes splendide ! J'adore cette robe. Quelques bijoux ne la dépareraient pas, mais Quentin s'en occupera... Qu'est-ce qu'il y a ?

— Pardon ?

— Qu'est-ce qui vous gêne ?

— Je... Euh, je ne suis pas habituée à parler de mes histoires personnelles, alors, je ne sais pas quelle réponse vous attendez de moi.

— Vos histoires personnelles ? Qu'est-ce que j'ai dit ?

— Eh bien, vous m'avez demandé si Quentin et moi nous nous étions querellés durant la croisière, et maintenant vous avez l'air d'affirmer qu'il va m'offrir des bijoux...

— Seigneur, ma chère petite, vos relations avec Quentin n'entrent pas dans la catégorie des histoires personnelles. Nous sommes un groupe de vieux copains, vous savez, nous nous mêlons de tout ce que chacun fait. Vous vous y ferez, peut-être même y prendrez-vous goût. Ce n'est pas si mal, de voir les autres s'occuper de ce qui vous arrive, ça évite d'avoir l'impression d'être suspendu dans le vide, sans personne pour vous rattraper si vous tombez. A quoi sert de connaître des gens, s'il n'y en a pas au moins quelques-uns de disponibles au moment où vous en avez besoin ? Vous êtes moins voyante que les femmes avec lesquelles sort habituellement Quentin. S'adoucirait-il avec l'âge ? Je n'y crois pas ! Vous êtes infiniment plus discrète, vous n'attirez pas l'attention, vous ne vous mettez pas en avant...

— Seigneur, j'espère bien !

— Vous savez, ça peut avoir l'air sordide, mais c'est la façon la plus rapide de se faire une place au soleil, à moins d'être championne de tennis ou membre d'une famille royale. L'objectif est d'arriver à persuader tout le monde qu'aucune réception ne sera réussie sans vous, pour une raison ou pour une autre... Vous êtes très connue... Ou bien vous êtes à tu et à toi avec des célébrités... Ou encore vous dépensez des sommes extravagantes... Peu importe, si vous vous arrangez pour les en convaincre, ils vous inviteront tout le temps.

Claire la considéra longuement.

— Je ne comprends pas un mot de ce que vous me dites !

— Je le sais bien, charmante innocente !

Lorraine saisit au passage une flûte de champagne et une quiche miniature. Claire observa les invités, femmes en noir ou en blanc, hommes en cravates blanches, qui s'inclinaient, avançaient, buvaient, parlaient, s'effaçaient, circulaient en crabe dans la foule, dansaient sous les éclairs des lasers. Ils semblaient sortis d'un film des années trente, et elle regretta de ne pas avoir sous la main de quoi faire un croquis.

Près du bar, Quentin et Ozzie discutaient.

— C'est toujours ainsi, expliqua Lorraine. Mais je ne peux pas me plaindre d'être abandonnée, parce que leur conversation ne dure jamais plus d'une heure. C'est une façon d'utiliser au mieux le temps qu'ils sont obligés de passer ici. Quentin fait partie du comité de l'organisation caritative en faveur de laquelle est organisée cette soirée, et où va Quentin, nous allons aussi, bien entendu. Asseyons-nous, j'ai à vous parler.

Un inconnu, grand, dégingandé, avec une chevelure brune et rebelle où se voyaient quelques fils blancs, s'approcha d'elle.

— Alex Jarrell, se présenta-t-il d'une voix basse et grave, mais clairement audible, malgré le brouhaha de la salle de bal. Puis-je vous inviter à danser ?

— Oh, pas maintenant, Claire, protesta Lorraine. C'est la première fois que nous nous revoyons depuis notre retour et je voudrais vous parler.

Claire trouvait Jarrell sympathique ; il semblait différent des autres. Que faisait-il ici ? Il avait plus l'air d'un observateur que d'un invité.

— Je serais ravie d'accepter un peu plus tard, lui répondit-elle aimablement.

Elle et Lorraine s'assirent dans des fauteuils de velours rouge, le plus loin possible de l'orchestre, et Lorraine se pencha vers Claire.

— Je vous aime bien, Claire, et nous allons être amies. Vous pouvez trouver ma conversation trop indiscrète, mais c'est le rôle des amis : avec eux, on peut baisser sa garde et parler de ce qui vous touche. Vous savez,

Quentin n'est pas un homme facile. Naturellement, j'ai beaucoup d'affection pour lui, mais il n'en est pas moins vrai qu'il prend plaisir à... Non, je m'exprime mal, disons qu'il ne fait pas beaucoup d'efforts pour éviter de faire souffrir les gens.

Claire leva les sourcils.

— Vous voulez dire qu'il aime faire souffrir les femmes ?

— Mais non, j'ai dit que...

— Vous avez commencé à dire qu'il prend plaisir à faire souffrir autrui, mais en fait vous pensiez aux femmes.

— Non, aux gens en général. Et ce n'est pas tant faire souffrir qu'asseoir sa domination sur eux. Effectivement, plus sur les femmes, peut-être... (Elle soupira.) Vous êtes très intelligente, même si vous ne parlez pas beaucoup, vous vous en tirerez, vous n'avez sans doute même pas besoin de mes conseils. Mais, en tant qu'amie, je voulais vous avertir : ne vous impliquez pas trop, vous risqueriez de souffrir. Et sachez que je me considère comme votre amie, au cas où vous auriez besoin de moi.

« Oh non, pas une fois de plus ! Je m'amuse bien, ce n'est pas le moment de m'infliger de sombres prédictions. »

Elle regarda le groupe d'hommes de l'autre côté de la salle. Quentin, le plus grand, était facile à repérer. Elle avait dansé avec lui au début de la soirée et n'avait pas été indifférente à la fermeté de ces bras autour d'elle, à la force de cette main serrant la sienne, à la proximité de cette bouche tout contre ses lèvres. Alors qu'ils tournoyaient sur la piste, ils formaient un couple si bien accordé que plusieurs autres s'étaient arrêtés pour les regarder. Elle avait alors eu si envie de lui qu'elle avait manqué un pas.

— C'est bon ! avait-il dit avant de la serrer contre lui, en sachant parfaitement pourquoi elle avait trébuché.

Lorraine la mettait en garde, exactement comme, tant d'années auparavant, d'autres personnes lui avaient crié casse-cou. *Il risque de te faire souffrir...* Dieu sait s'il l'avait fait !

« Mais c'était il y a longtemps, je suis plus âgée, maintenant, et je suis riche. Quoi qu'il m'arrive, je n'ai rien à craindre, je ne suis plus si vulnérable. Cela s'arrangera toujours puisque je ne manque pas d'argent... Je n'ai plus besoin de mise en garde, je n'ai pas l'intention d'essayer de changer Quentin. Je veux seulement passer du temps avec lui, beaucoup de temps, parce que je ne pense qu'à lui et que j'aimerais être initiée à cette vie d'opulence à laquelle je me sens encore étrangère. Et, ça, je ne peux pas le faire toute seule, il avait raison sur ce point, quelle que soit ma fortune, j'ai besoin qu'on m'aide.

— Bien sûr, c'est un homme extraordinaire, continuait Lorraine. Ozzie dit qu'il est l'incarnation de l'homme d'affaires efficace : il sait exactement ce qu'il veut et comment il va l'obtenir. D'ailleurs, je pense, et c'est aussi l'avis d'Ozzie, que son ambition ne se limite pas à l'industrie des cosmétiques.

— Elle va jusqu'où, alors ?

— Je ne sais pas, mais je n'imagine pas que Quentin puisse se satisfaire d'une seule entreprise, aussi importante soit-elle. Je crois qu'il vise des sociétés plus importantes, des affaires de grande envergure. Le commerce international, peut-être, ou la politique... Quoi qu'il en soit, les produits de sa ligne *Narcisse* sont d'excellente qualité, je les utilise tous, vous aussi, maintenant, sans doute. Aucune femme ne fréquente Quentin très longtemps sans se convertir à *Narcisse*. Remarquez, je me sers aussi des autres, comme vous, sans doute, Estée Lauder, Chanel, Lancôme, Clarins... Je sais parfaitement bien que rien au monde ne me métamorphosera en beauté, il faudrait un coup de baguette magique. Mais, dans un certain sens, ils font de l'effet, sans doute par le simple fait de m'occuper de moi-même. Et maintenant Quentin a l'intention de sortir une nouvelle ligne, Ozzie m'en a parlé. C'est censé être top secret, mais, vous le savez sans doute aussi, des produits antirides, antidéshydratation, antirelâchement des tissus, antiâge, et je meurs d'envie de les essayer ! Ça ne peut pas faire de mal, hein ?

Alex Jarrell s'approchait d'elles, et Claire, lasse de ce bavardage, se leva.

— Et puis il y a eu cette histoire avec Brix..., continua Lorraine.

— Quoi donc ? Quelle histoire ?

— Eh bien, si vous voulez comprendre Quentin, il vaut mieux que vous sachiez, à propos de Brix, il n'y a pas tellement de temps que son père s'occupe de lui... (Elle regarda Claire, toujours debout.) Lui et votre fille s'entendaient plutôt bien pendant la croisière, non ? Ils ont même passé une nuit à Valdez, autant que je m'en souviens. Peut-être Brix lui a-t-il raconté, je ne sais pas s'il en parle ou non. Pourtant ce n'est pas un secret, Ozzie est au courant, c'est lui que Quentin a appelé, alors, forcément... Et c'est quand même assez révélateur de Quentin qu'il soit allé jusqu'à faire appel à un avocat, pour son fils.

Claire se rassit. Elle vit Alex hésiter puis faire demi-tour.

— Que s'est-il passé ?

— Je ne suis pas au courant de tous les détails, naturellement, j'ai même eu du mal à faire parler Ozzie, et il y a pas mal de temps de cela, alors c'est un peu vague dans ma tête. Autant que je m'en souviens, Brix était en première année à l'université, et il a cru qu'un étudiant de sa *fraternity* lui avait volé son portefeuille. Il en était absolument certain, je ne sais pas pourquoi, et, lorsque l'autre a nié, Brix a essayé de le faire chasser de la *fraternity*. Et, comme personne n'a voulu voter l'exclusion, Brix a décidé de faire justice lui-même.

Lorraine s'interrompit.

— En faisant quoi ?

— En se débarrassant de lui.

Claire ouvrit des yeux ronds.

— Quoi ! En le tuant ?

— Peut-être seulement en le blessant, juste pour lui faire peur. Ozzie n'a pas été très clair sur ce point, je ne suis pas au courant de tous les détails. Apparemment, Brix a machiné une espèce de piège, et l'autre étudiant est tombé par la fenêtre de sa chambre, au troisième étage, il me semble, et a bien failli mourir. Il se peut qu'il ait été un moment paralysé, je ne sais plus, je ne suis pas au courant de tous les détails. Quentin a été extraordinaire, il a fait tout ce qu'il a pu pour son fils, il a prié tous les autres généreux donateurs de l'établissement d'intervenir auprès de l'administration de la faculté afin d'étouffer l'affaire, puis il a retiré Brix et lui a fait terminer ses études dans une autre université. Et, selon Ozzie, il a versé une petite fortune à la victime, je ne sais plus combien, mais la somme était assez importante pour dissuader la famille de porter plainte, et couvrir tous les frais médicaux, et sans doute bien plus encore. Quoi qu'il en soit, ça a marché, personne n'a entendu parler de rien... Aucune plainte, rien. Ensuite, Quentin s'est chargé de remettre Brix dans le droit chemin. Etudes terminées sous haute surveillance et emploi immédiat aux laboratoires Eiger. Brix semble réussir. Il a le charme de son père, et vous avez vu comme il est beau gosse. Son travail paraît lui plaire, quoiqu'il ne soit pas enthousiasmé par l'industrie des cosmétiques, ce n'est pas un domaine assez masculin, à ses yeux. Enfin, il n'en parle pas beaucoup, mais il doit bien s'en sortir, puisque Quentin lui a offert cette croisière en Alaska. Il ne l'aurait pas fait s'il n'était pas content de lui. Et Ozzie dit que Brix ferait n'importe quoi pour plaire à son père, ce qui est toujours bon signe, j'imagine.

Elle se tut. L'orchestre joua plus fort, puis cessa d'un seul coup. Les danseurs, surpris, firent quelques pas avant de se rendre compte qu'ils dansaient sans musique.

— Excusez-moi, dit Claire, décidée à ne pas se laisser monopoliser par Lorraine.

Mais, quand elle se retourna, Quentin était à ses côtés.

— Je vous demande pardon de vous avoir laissée seule, je n'avais pas l'intention de vous lâcher plus de dix minutes, ce soir. On cherche notre table? Le dîner va être servi.

— Je n'ai pas très faim. Il est presque 23 heures, je préférerais rentrer...

Il jeta un coup d'œil à Lorraine puis prit la main de Claire.

— Excellente idée!

Ils traversèrent la salle de bal et sortirent dans le hall. Quentin demanda sa voiture.

— Vous vous êtes ennuyée? Je vous prie de me pardonner... Il fallait absolument que je parle à Ozzie avant son départ pour l'Europe, demain. Lorraine a dû vous casser les oreilles... On arrive à la faire taire, vous savez, si on y met assez de conviction! De quoi avez-vous parlé?

— De vous. Et de Brix. D'ailleurs, vous le savez très bien!

Le chasseur amena la voiture, la climatisation déjà en marche, car la soirée était chaude. Il tint la portière ouverte pour Claire. Dès qu'ils furent sortis de l'hôtel, Quentin accéléra. La route était déserte.

— Lorraine parle beaucoup, bien qu'elle ne sache pas grand-chose. Vous a-t-elle dit qu'elle n'était pas au courant des détails?

Claire sourit.

— Plusieurs fois.

— Et que vous pouviez compter sur son amitié?

— Oui.

— Elle est sincère, mais on ne peut pas lui faire confiance. (Il soupira.) Il me faut toujours remettre les choses au point lorsqu'elle est passée quelque part.

Il se tut et conduisit en silence, regardant d'un air sombre la lumière de ses phares éclairer une réserve forestière et les yeux brillants d'un chevreuil. Le seul bruit était le faible chuintement de l'air frais venant du climatiseur. Il prit la main de Claire.

— Je vous emmène chez moi.

Sa haute stature semblait remplir la voiture. Claire perdait pied. Elle avait regardé l'aiguille du compteur dépasser peu à peu toutes les vitesses raisonnables et, maintenant, roulant à tombeau ouvert dans l'obscurité, elle avait du mal à respirer. En quittant la soirée, elle avait eu l'intention de rentrer pour parler à Emma, mais, à cette heure-ci, celle-ci dormirait. D'ailleurs, Brix n'avait pas appelé depuis leur retour d'Alaska, cette conversation n'était donc peut-être pas indispensable. Et puis elle n'avait pas envie de quitter Quentin, elle voulait rester auprès de lui, lui poser des questions sur ce qu'avait dit Lorraine, essayer de le comprendre. Et, surtout, elle avait envie de lui. Ses sens endormis avaient été réveillés par cette soirée dans la cabine de Quentin, à Valdez, et elle ressentait maintenant le même désir. Sa respiration était courte et rapide, elle tenait à peine en place.

Il tourna dans l'allée menant à une grande demeure géorgienne de briques rouges à piliers blancs, flanquée de deux ailes, avec de hautes fenêtres à petits carreaux. Ils se trouvaient à Darien, une ville dont les parents de Claire parlaient toujours comme si elle était située dans une autre planète.

Quentin lui prit la main, et ils firent quelques pas dans la nuit chaude, jusqu'à la porte d'entrée éclairée par une lampe autour de laquelle tourbillonnaient des insectes. Il faisait frais à l'intérieur, et elle frissonna lorsqu'il claqua la porte derrière eux. Sans lui lâcher la main, il lui fit monter le grand escalier courbe et traverser un grand salon éclairé par un lampadaire à côté de la cheminée, puis la fit entrer dans sa chambre.

Elle se rendit vaguement compte d'une pièce en camaïeu de noir et de bruns, et les bras de Quentin se refermèrent sur elle, annihilant le monde extérieur. Il descendit la longue fermeture à glissière au dos de sa robe, et elle fut nue dans ses bras. Il quitta en un instant ses vêtements, et elle sentit ses mains caresser tout son corps, des mains fermes et décidées comme celles d'un sculpteur. Ni l'un ni l'autre ne parlèrent. Dans les bras d'un homme, Claire redécouvrait son corps, retrouvait la sensation de s'ouvrir à un flot de désir et de plaisir, et, quand il la guida vers le lit, elle suivit sans hésiter. Et continua à le suivre partout où il la mena. Il se coucha sur elle, puis la tira sur lui, puis s'étendit de nouveau sur elle, et ses mains glissèrent sur son corps tandis qu'il se glissait en elle, lui apportait du plaisir, puis la laissait se calmer, puis l'excitait de nouveau, jusqu'à ce qu'elle sente son corps se dissoudre dans la chambre sombre, sous la possession sans merci des mains, de la bouche et du sexe de Quentin. Elle eut une brève velléité de ne pas s'abandonner complètement, de refuser cette fusion en Quentin, mais elle ne le put. Elle avait trop envie de lui, elle n'était plus que désir et passion, et elle le suivit jusqu'au point où toute pensée s'abolit. Alors il la rejoignit, et tous deux jouirent ensemble et redescendirent lentement. Leur respiration se ralentit, ils ne bougèrent plus.

Quentin tira sur eux le drap et se coucha sur le côté, face à elle, une main lui enveloppant un sein.

— Je donne un dîner, demain soir, dit-il sur le ton de la conversation. Je veux que vous y assistiez.

Claire s'étira, heureuse de se sentir souple, nonchalante, sûre d'elle.

— J'avais l'intention de passer la soirée avec Emma...

— Vous pourrez passer toute la journée avec votre fille. Et la soirée d'après-demain et celle du jour suivant, si vous voulez. Mais, demain, je veux que vous soyez là, c'est un dîner important pour moi !

Quoique tout alanguie, Claire se sentit un peu agacée. Il n'allait quand même pas tout régenter, y compris le temps qu'elle passait avec sa fille ? Elle réprima cette pensée, c'était trop tôt pour se poser des questions, elle se sentait trop bien. Ils avaient bien le temps de se disputer, ce soir, elle voulait profiter de son plaisir.

— Vous n'avez pas besoin de moi ! protesta-t-elle pour la forme. Nous venons juste de nous rencontrer, tout ce que vous avez fait jusqu'ici, vous l'avez fait sans moi.

— Jusqu'à ce soir. Mais, maintenant, je vous veux auprès de moi.

Il s'assit. Sa large poitrine et ses épaules carrées cachaient la lumière venant de la pièce voisine.

— Vous ne vous rendez pas compte de ce que vous êtes, Claire... Vous êtes la simplicité incarnée, vous êtes comme une brise fraîche sur ces salauds qui m'entourent... J'en suis si las, parfois !

— Des salauds ? Comment pouvez-vous passer votre vie avec des gens dont vous avez une telle opinion ?

Il haussa les épaules.

— Je ne passe pas ma vie avec des gens... (Il fit du bout du doigt le tour de son sein.) Mais j'aimerais bien la passer avec vous.

— Pourquoi ? Parce que vous me trouvez simple ? Selon Lorraine, je ne suis pas si naïve que j'en ai l'air. Vous êtes tous en train d'essayer de me coller des étiquettes.

— Je ne vous trouve pas simple, je sais que vous l'êtes, et je ne me trompe jamais sur les gens. Et vous êtes naïve par certains côtés, comme si une partie du monde moderne ne vous concernait pas. Vous la traversez en observatrice silencieuse, bien plus honnête que nous. Je vous trouve infiniment séduisante. Quand je ne suis pas avec vous, je ne pense qu'à vous, je vous ai désirée depuis l'instant où je vous ai vue. Et vous me désiriez aussi. Nous allons bien ensemble, vous le savez, nous sommes parfaitement assortis, et je peux vous donner ce que vous voulez, vous montrer ce que vous voulez, vous introduire dans mon monde. Nous nous apporterons beaucoup mutuellement.

Le cœur de Claire bondit. Quentin se faisait l'écho de ses propres pensées : elle disposait de temps et d'argent, mais l'expérience lui manquait. Quentin lui offrait la sienne, et son autorité, et elle apprendrait le sens du mot *pouvoir*. Elle ne détecta dans sa voix aucun amour, mais cela valait mieux, puisqu'elle ne l'aimait pas non plus et ne voulait pas l'aimer. Maintenant qu'elle avait de l'argent, elle avait besoin qu'on lui ouvre des portes et qu'on l'aide à commencer une nouvelle vie.

— Commençons demain, continuait Quentin avec un tel à-propos par rapport à ses pensées qu'elle sursauta. Je vous veux auprès de moi car j'ai invité à dîner quelques personnes susceptibles de m'aider à lancer ma nouvelle ligne de produits de beauté.

— Une ligne antirides, antidéshydratation, antirelâchement des tissus, antiâge...

Il fronça les sourcils.

— C'est Lorraine qui vous en a parlé ?

— Elle m'expliquait quel homme d'affaires brillant vous êtes.

— Elle n'en sait pas plus long là-dessus que sur tout le reste, elle répète ce qu'elle a entendu dire par Ozzie.

— Elle m'a aussi raconté comment vous aviez protégé Brix pendant qu'il était au collège.

— Elle ne sait rien là-dessus non plus !

— Alors ce n'est pas vrai ?

— Si. Mais elle n'est pas au courant des détails, comme elle vous l'a sans doute répété plusieurs fois.

Claire s'assit, enroulant le drap autour d'elle.

— Il y a un étudiant qui a failli mourir ? Ou qui a été un moment paralysé ?

— Ni l'un ni l'autre, il a juste été blessé. Il s'est trop penché en retirant la moustiquaire de la fenêtre, et il est tombé.

Claire attendit la suite. Le silence se prolongeant, elle réattaqua.

— Alors en quoi cela concernait-il votre fils ?

— Plusieurs personnes l'avaient vu peu de temps auparavant dans la chambre de cet étudiant, tout près de la fenêtre. Comme tout le monde savait qu'ils s'étaient disputés, tous les deux, on en a aussitôt conclu que Brix avait dévissé la charnière de la moustiquaire pour qu'elle tombe à la moindre poussée. Brix s'est défendu, et j'ai veillé à ce qu'il n'y ait pas de jugement sommaire. Il s'est inscrit ailleurs, et il a obtenu ses diplômes. Point final.

Un autre silence.

— Vous pensez que votre fils a dit la vérité ?

— Que je le croie ou non n'aurait rien changé à mon intervention. Je ne pouvais pas tolérer que l'affaire fasse la une des journaux. L'entreprise ne s'en serait jamais remise. Et je tenais à ce qu'il termine ses études. Ces deux points essentiels ont dicté ma conduite.

Claire le regarda, essayant de lire sur son visage. Il la jugeait naïve et simple... Elle pensait, elle, que l'attitude de Quentin envers le monde était trop simple : droit sur son objectif, sans un regard pour le reste, sans une hésitation. Avec un seul but : maîtriser les événements et les dominer, imposer sa volonté sur tout ce qui se trouvait sur son chemin. Dans une pièce, on ne voyait que lui, à cause de sa haute stature. Dans la rue, il dépassait tous les passants d'une tête, et il n'avait qu'à attendre sans un geste pour que maîtres d'hôtel, vendeurs et employés se précipitent pour le servir. Claire n'avait jamais rencontré une telle personnalité et se demandait ce que serait le monde aux côtés d'un homme dans une telle position de force.

Son désir pour Quentin n'était pas seulement physique, il englobait sa position sociale et tout ce qu'il pouvait lui apprendre. Sa vie jusqu'alors paraissait morne et futile, même le fait d'avoir gagné le gros lot n'était que le préliminaire à sa rencontre avec Quentin. Elle savait, ou croyait savoir, combien il était dur et égocentrique, peut-être même au point d'être dangereux, mais cela ne suffisait pas à lui donner envie de s'en détourner. Elle voulait être auprès de lui pendant tout le temps nécessaire à la découverte de ce qu'il pouvait lui apporter.

Puis elle se souvint de l'avertissement de Lorraine. « Qu'importe ! Je pourrai rompre dès que j'en aurai envie, puisque je ne l'aime pas. Je suis riche, je ne dépends pas de lui, ni de personne d'autre, pour ma sécurité, mon confort ni même mon plaisir. Je n'ai rien à craindre ! »

Elle continuait à se faire du souci pour Emma, et, quand Quentin l'eut ramenée chez elle, juste avant l'aube, elle n'alla pas se coucher et s'installa à la cuisine où elle se prépara du café en attendant que le jour se lève.

Hannah fut la première à descendre, nette et soignée dans son pantalon de jardinier et sa chemise à manches longues. Elle tenait à la main un chapeau de paille à large bord garni d'un ruban rose.

— Bonjour ! (Elle se pencha pour embrasser Claire sur la joue.) Vous êtes rentrée tard...

Pendant une fraction de seconde, Claire se sentit redevenue adolescente.

— Vous ne m'avez pas attendue, au moins ?

— Non, non... Je ne dormais pas, je lisais, c'est pourquoi je vous ai entendue. Il faisait presque jour, non ? Vous avez dû passer une très agréable... (Elle s'interrompit en voyant entrer Emma.) Ah, bonjour, ma chère petite !

— Vous êtes debout de bien bonne heure..., remarqua Emma d'une voix morne.

Elle portait une de ses nouvelles robes d'intérieur, en tissu mousseux blanc, brodé de fleurs roses et bleues, et ses cheveux cascadaient autour de son visage, tout cuivrés dans la lumière du soleil matinal. Mais elle affichait un regard éploré et se tenait toute tassée sur elle-même comme une petite vieille. Claire la regarda se verser une tasse de café et l'apporter à table en traînant les pieds.

Son cœur se serrait de la voir si malheureuse, mais, en même temps, une partie d'elle-même se sentait soulagée : pour une raison ou pour une autre, Brix ne s'intéressait plus à Emma. Ce qui s'était passé en Alaska n'était sans doute pour lui qu'une petite aventure de croisière, sans plus.

Claire revint donc sur sa décision de parler de Brix à Emma. Et elle voulait voir celle-ci retrouver le sourire, même si cela l'obligeait à passer quelques jours loin de Quentin.

— J'ai pensé que nous pourrions aller un peu au bord de la mer, nous pourrions louer une maison à Wellfleet...

Des vacances sur la côte: encore une distraction qu'elles n'avaient jamais pu se permettre, mais elles avaient fait un bref séjour dans une maison prêtée par une amie de Gina et avaient adoré la sévère beauté des dunes, l'ondulation des oyats et la lente succession des vagues laissant derrière elles le sable étincelant et élastique sous les pieds.

Emma regarda le téléphone posé derrière sa mère.

— Je ne peux pas y aller. Vas-y avec Hannah...

— Mais non, pars avec ta mère, protesta la vieille dame, je suis très bien ici, il y a du travail au jardin. Vas-y, tu as besoin de te changer les idées!

— Mais on rentre juste de voyage, il y a à peine une semaine! Je n'ai pas envie de bouger, je veux rester ici... Elle éclata en sanglots.

— Ô ma pauvre chérie... (Claire se précipita vers Emma et la serra dans ses bras.) Tu t'en remettras, tu sais, continua-t-elle en sentant combien ses mots étaient inadéquats. Ce n'était qu'une semaine, dans toute une vie!

— C'était tout pour moi, tu ne peux pas savoir...

— Mais si, je sais combien ça peut faire mal. Et je sais aussi que tu finiras par oublier, même si pour le moment ça te paraît inimaginable. Ça ne prendra même pas aussi longtemps que...

Le téléphone retentit. Emma ne fit qu'un bond pour décrocher.

— Oh oui!

Son visage désespéré devint d'un seul coup extatique.

— Oui, c'est ce que j'ai pensé... Oui, je sais que tu as beaucoup de travail et que tu as des déplacements, et tout ça... Je savais bien que tu n'aurais pas le temps de me téléphoner tout de suite. Et nous ne sommes rentrés que depuis une semaine.

Elle essuya une larme roulant sur sa joue et continua, les lèvres tremblantes :

— Oh oui, bien sûr, ce serait parfait ce soir. Non, ça ne fait rien, ça m'est égal d'être prévenue au dernier moment... Je veux dire, je n'ai rien à faire en ce moment, alors ça n'a pas d'importance. Oui... Oui, oui, oui.

Le visage rayonnant, elle se tourna vers Claire et Hannah.

— Brix m'invite à dîner ! Il n'a pas eu une minute à lui depuis son retour, son père l'a accablé de travail et il y avait tout ce qui s'était accumulé pendant la croisière. Mais je lui ai beaucoup manqué.

Claire prit sa respiration.

— Emma... Je ne tiens pas du tout à ce que tu ailles dîner avec lui...

— Quoi ? Pourquoi ? Bien sûr que je vais y aller. Pourquoi ne le ferais-je pas ?

Hannah regardait les deux femmes avec surprise. Claire choisit soigneusement ses mots.

— Ecoute, ma chérie... Je ne crois pas que Brix te convienne. Tu es plus jeune que lui, tu as beaucoup moins d'expérience et, d'après ce que je sais, il prend l'amitié et l'amour moins au sérieux que toi. Cela ne le dérange pas de faire souffrir. Tu n'es pas comme ça, toi, et, si tu continues à le voir, je crois que tu souffriras bien plus que tu n'as souffert cette semaine en attendant son appel.

— Mais il n'est pas du tout comme ça ! Tu ne le connais même pas !

— J'en sais assez pour juger. Emma, tu ne crois pas qu'il aurait pu te téléphoner avant ? Il t'a laissée attendre toute une semaine sans se soucier le moins du monde de ce que tu ressentais.

— Comment le sais-tu ? C'est juste une accusation sans fondement. Son père lui a donné tellement de travail qu'il n'a pas eu le temps !

— Il n'a pas trouvé deux minutes pour t'appeler, alors qu'il a pris le temps de manger, sans doute trois fois par jour ? Il n'a pas trouvé un instant après ces journées de dur labeur pour décrocher le téléphone ? Il n'a pas pu disposer d'une minute le matin entre sa toilette et son petit déjeuner ? Allons, Emma, ne dis pas n'importe quoi !

— Je sais ce que je dis ! Il n'a pas eu le temps ! Il me l'a dit et je le crois. Tu préférerais que je le considère comme un menteur ? Ça te plairait plus ?

— Rien dans cette histoire ne me plaît. Mais, surtout, je m'inquiète pour toi. J'ai peur que tu ne sois malheureuse parce que...

— C'est à cause de son père ? Il t'a dit quelque chose sur lui ? Tu as beaucoup vu Quentin ces derniers temps, vous avez parlé de Brix. Qu'est-ce qu'il t'a dit ? Allons, réponds-moi !

— Peu importe ce que son père a dit. Même s'il m'avait décrit son fils comme un saint, je ne tiendrais pas à ce que tu continues à le fréquenter. Je l'ai vu sur le navire et j'ai vu ce qui vient de se passer cette semaine, ça me suffit. Emma... Ecoute-moi, tu vas entrer à l'université, tu te feras de nouveaux amis, tu vas commencer une nouvelle vie, ce n'est pas le moment de t'attacher à quelqu'un, surtout un jeune homme qui pourrait te rendre malheureuse. Je veux que tu abordes ce nouvel épisode de ta vie le cœur léger et impatiente de découvrir le monde. Si tu es malheureuse à cause d'un échec sentimental, tu ne profiteras pas de tout ce qui t'attend là-bas. Ecoute, ajouta-t-elle en voyant le visage de sa fille se figer dans une expression de colère obstinée, rien ne nous oblige à aller à Wellfleet. Nous pouvons aller où nous voulons. Tu n'aimerais pas passer quelques semaines en Europe ? Tout l'été, peut-être. Ou bien nous pourrions aller à New York et commencer à t'équiper pour la rentrée. Tu vas avoir besoin d'un ordinateur, de...

— C'est à cause de tout ton argent, hein ? lui jeta Emma. Maintenant que tu es riche, tu crois que tu peux tout acheter, y compris moi. Tout ce que je veux, c'est être avec Brix, rien d'autre ! Il m'aime, je l'aime, et tu ne peux pas nous empêcher d'être ensemble. Et tu ne vas pas te mettre à me gâcher la vie quand elle est si merveilleuse !

Elle se remit à sangloter et sortit de la cuisine en courant. Un instant plus tard, Claire et Hannah entendirent claquer la porte de sa chambre.

— Pauvre gosse! remarqua cette dernière. Pourquoi ne pas lui avoir dit ce que le père de Brix vous a dit sur son fils?

— Comment savez-vous qu'il m'a dit quelque chose?

— Parce que vous avez éludé la question au lieu d'y répondre. C'est si terrible, ce qu'il vous a appris?

— Plutôt grave, à mes yeux!

Elle hésita puis rapporta à Hannah ce que lui avait dit Quentin.

— Et vous ne croyez pas qu'Emma devrait le savoir?

— Je ne peux pas le lui dire... Et puis, si elle ne le revoit pas, elle n'a pas besoin de le savoir. Il sera toujours temps de lui en parler si elle le revoit. Et je ne suis pas certaine que Brix n'ait pas dit la vérité, peut-être était-il effectivement innocent.

— Vous n'y croyez pas vous-même...

— J'aurais préféré que Quentin me dise qu'il avait confiance en son fils. Mais, quoi qu'il en soit, je ne tiens pas à ce qu'Emma apprenne cet épisode de moi. (Elle prit sa tasse de café, s'aperçut qu'elle était vide et la reposa.) Quand même, je n'ai rien entendu sur Brix qui soit en sa faveur. Quentin m'en parle comme s'il était tout à fait normal pour un jeune garçon de n'avoir presque pas d'amis ou de faire preuve de mauvais caractère. Ses parents ne pouvaient pas garder une nounou, à cause des tours qu'il leur jouait. Ce sont les termes de son père, mais qui sait ce que cela recouvre? Quentin prétend que son fils faisait l'intéressant parce qu'il était désorienté, il ne savait pas trop où était son foyer. C'est possible, mais les raisons de son mauvais caractère ou le fait qu'il ait ou non machiné un piège pour l'autre étudiant ne me concernent pas, c'est à Emma que je pense.

Hannah remplit leurs deux tasses.

— D'un autre côté, continua Claire, si elle sort avec lui, peut-être s'apercevra-t-elle vite de ce qu'il est vraiment et décidera-t-elle toute seule de rompre. Ce serait préférable à la voir bouder à la maison en m'accusant de contrarier la passion amoureuse du siècle.

Hannah glissa des tranches de pain dans le grille-pain et apporta le beurre.

— Je ne pense pas qu'elle sortirait sans permission pour le rencontrer, mais, si Brix le suggérait et insistait... Et ce serait encore pire, alors, parce que je ne saurais même pas ce qu'elle fait. Et elle me considérerait comme son ennemie, ce que je ne pourrais pas supporter.

Hannah beurra les deux toasts et les déposa sur l'assiette devant Claire.

— Et si je demandais à Quentin de dire à Brix de... Non, pas ça. De toute façon, c'est peut-être moi qui me fais tout un cinéma... Je ne sais pas exactement comment ça s'est passé, et c'était il y a deux ans. Brix travaille, maintenant, et s'entend bien avec son père, Quentin paraît fier de lui, le temps a passé depuis l'époque où il jouait des tours à ses nounous, il a sans doute bien changé depuis...

Hannah posa devant Claire deux pots de confiture, avec une petite cuiller à côté de chacun d'eux. Claire continua son soliloque.

— Je crois que le mieux est de la laisser faire et de voir venir. Au moins, comme ça, ce ne sera pas la guerre ici ! Je tiens à ce qu'on s'entende, toutes les deux, nous nous sommes toujours entendues. (Elle prit un toast.) Merci, Hannah, je meurs de faim. Et merci de m'aider, c'est merveilleux d'avoir quelqu'un à qui parler.

Elles se regardèrent et éclatèrent de rire.

— Vous voyez bien que je suis capable d'écouter, de temps à autre ! remarqua Hannah en tapotant la main de Claire. Emma risque d'avoir besoin de vous, vous savez, et, l'important, c'est d'être à ses côtés. Vous ne vous en sortez pas mal du tout.

Le compliment de sa « tante » illumina la journée de Claire. Elle se sentait épaulée, soutenue, comme une enfant approuvée par sa mère. Sauf que sa mère la complimentait toujours d'avoir été sage, de s'être montrée obéissante, de n'avoir causé aucun problème. Elle préférait les félicitations de Hannah pour avoir accompli quelque chose, agi.

« Qu'est-ce qu'attend Emma de moi ? Quelle sorte de mère veut-elle ? »

Elle se reposa les mêmes questions en la regardant partir le soir avec Brix. Les yeux brillants, tremblant d'énervement, la jeune fille embrassa sa mère en hâte et sortit en courant dès qu'elle entendit la voiture du jeune homme s'arrêter devant la porte.

« Elle ne veut plus d'une mère, elle veut quelqu'un qu'elle puisse écouter, admirer, transformer selon son idéal. Je ne peux pas jouer ce rôle... Nous allons au-devant d'ennuis... »

Elle resta à la fenêtre un long moment après le départ du couple.

« Je n'ai rien à reprocher à ce jeune homme... Il a eu une enfance difficile, et peut-être une expérience pénible à l'université, mais, tout ça, c'est derrière lui. Il est plus âgé qu'elle, il est le fils de Quentin, c'est un garçon raisonnable... Et Emma part pour l'université dans deux mois, leurs amours ne dureront peut-être même pas si longtemps, il se fatiguera d'elle avant... »

Elle quitta la fenêtre et monta s'habiller pour le dîner de Quentin. Elle rencontra sur le palier Hannah, vêtue d'un tailleur gris porté avec un chemisier blanc à col de dentelle. Une broche en camée ornait son revers, et elle tenait à la main un petit sac de daim gris.

— Vous sortez ?

— Euh, oui... Je ne vous l'ai pas dit ? Je croyais vous en avoir parlé... (Elle ouvrit et referma nerveusement son sac.) Je suis sûre de vous en avoir parlé...

— Hannah...

Claire attendit que la vieille dame lève la tête.

— Je ne veux pas me montrer indiscrète. J'ignorais que vous aviez des amis dans le voisinage, c'est tout. Il y a si peu de temps que nous avons emménagé...

Le mince sourire de Hannah était presque gêné.

— Bien sûr... C'est ce jeune homme dont j'ai fait la connaissance pendant la croisière, Forrest. Il passe quelque temps à Stamford, et il m'a invitée à dîner. J'avais pourtant l'intention de vous en parler...

— Forrest ?

— Je vous l'ai présenté, Forrest Exeter. Il est d'une compagnie très agréable et sa conversation est passionnante, surtout quand il parle de poésie. C'est vraiment un jeune homme très intéressant.

— Quel âge a-t-il ? Oh, vous n'avez pas à me rendre

de comptes, se reprit-elle en hâte, je me posais des questions, c'est tout.

— Je vous l'ai dit, il n'y a aucun sentiment entre nous, protesta fermement Hannah. Il est bien trop jeune pour qu'il soit question de ça. Mais nous nous entendons bien et, puisqu'il est dans la région, pourquoi ne pas nous voir ? Il a quarante-huit ans, dit-il, mais je crois qu'il s'ajoute quelques années, il me semble plus près de quarante. Je vais l'attendre dehors, il ne tenait pas à entrer, de peur que vous ne vous posiez des questions à notre sujet.

— Il ne s'est pas trompé.

— Je comprends ça. Mais l'amitié ne dépend pas de l'âge, vous ne croyez pas ? Je pense qu'on peut avoir d'excellents amis d'un âge différent du sien.

Hannah descendit quelques marches puis se retourna.

— J'espère que vous passerez une excellente soirée, Claire. Je rentrerai certainement avant vous. Si vous avez envie de parler, vous me trouverez dans ma chambre.

Claire regarda sa présumée tante ouvrir la porte et sortir en la refermant derrière elle.

« Après tout, pourquoi pas ? Quand même, cette croisière a eu d'étonnantes conséquences... C'est pourtant un peu bizarre. »

Quand Quentin vint la chercher, elle lui parla de Hannah.

— Vous vous souvenez d'un certain Forrest Exeter, qui participait à la croisière ?

— Pas du tout. Il doit essayer de lui extorquer de l'argent. Elle en a ?

— Pas un sou. Si c'est ce qu'il cherche, il va au-devant d'une déconvenue. Mais j'espère que vous vous trompez, Hannah serait trop déçue.

— J'en doute. Elle l'a probablement vu venir de loin !

Ils parlèrent d'autre chose mais n'abordèrent pas le sujet de Brix et d'Emma. Claire se demandait si Quentin savait que son fils et la jeune fille passaient la soirée ensemble. De toute façon, s'il y avait des décisions à prendre, elles concernaient Emma et elle.

Le dîner donné par Quentin se déroulait dans un des salons particuliers d'un restaurant de Fairfield. Lorsqu'ils arrivèrent, les invités étaient déjà là : sept hommes et femmes, que Claire ne reconnut pas, mais qui, eux, avaient remarqué, la veille, la cavalière de Quentin.

— Salut, Claire ! Heureux de vous revoir, dit un homme qu'elle ne connaissait ni d'Eve ni d'Adam.

Il lui tendit la main.

— Je suis Jerry Emmons. Et vous connaissez ma femme, Lucy. Nous n'avons pas pu vous parler hier soir, il y avait trop de monde. Nous espérons que vous viendrez nous voir à Southport, un de ces jours, cela nous permettra de mieux faire connaissance. Venez y passer une semaine, ou plus. C'est à la bonne franquette, là-bas.

— J'espère que vous êtes consciente de l'honneur que vous fait Jerry, intervint une femme en tailleur de soie verte et diamants aux oreilles et au cou. En général, il mesure son hospitalité à la seconde près, il n'y a que les célébrités pour recevoir une aussi généreuse invitation. (Elle lui tendit la main.) Je suis Vera Malenka. Je vous félicite d'avoir gagné le gros lot, j'avais toujours été persuadée jusqu'alors que les gagnants étaient des êtres fictifs, d'anciens acteurs payés un salaire de misère pour faire semblant d'avoir gagné, puis l'Etat gardait l'argent. Je suis bien contente d'apprendre qu'il existe des gagnants en chair et en os.

— C'était le cas pour ce tirage-là, du moins ! rétorqua Claire.

— Oui, vous avez raison. Nous sommes presque voisines, vous ne voudriez pas qu'on déjeune ensemble, un de ces jours ?

— Cela me ferait très plaisir.

Claire se demandait si elle devait cette suggestion à sa « célébrité ». Elle ne se sentait pourtant pas du tout célèbre, en fait, elle se sentait, comme au début de la croisière, intimidée et déplacée. Pourtant, avec sa robe courte en soie noire à boléro noir et rouge et ses bijoux de jais et d'or, elle savait qu'elle était aussi séduisante que les autres femmes, et même plutôt plus. Mais, en les voyant bavarder avec animation, elle avait l'impression d'être une intruse.

— Bonsoir, je suis Roz Yaeger, dit une femme derrière elle.

Claire se retourna.

— Nous nous sommes entraperçues hier soir, vous ne vous en souvenez pas, c'était juste avant que Lorraine ne commence à vous casser les oreilles. Quentin m'a dit que vous aviez une maison à Wilton. J'ai une propriété par là, à une heure de route environ. Si le trajet ne vous effraie pas, venez me voir un après-midi, cela me plairait beaucoup. Vous pourriez visiter l'endroit, on boirait quelque chose...

— Cela me ferait très plaisir, répéta Claire.

Roz était très bronzée, sa peau avait cette texture tannée, ridée, que donnent de longues années au soleil. Elle portait un pantalon noir, une chemise blanche à jabot de dentelle, une veste noire et un chapeau à bord plat, posé bien droit sur sa tête.

« Elle ressemble à un torero ! »

— Mon mari, Hale, reprit Roz en lui présentant un petit homme au crâne dégarni et au regard bleu et innocent.

Claire ne les voyait pas du tout mariés ensemble.

— Roz n'a pas parlé de monter à cheval, mais, si vous ou votre fille montez, elle sera enchantée de vous faire voir ses chevaux.

— Nous ne savons pas monter. Je le regrette, mais nous n'avons jamais pu nous le permettre...

— C'est ça, l'avantage d'une propriété à la campagne. Vous pourrez apprendre à monter, interrompit Roz, comme si elle ne pouvait supporter l'idée qu'on ne puisse s'offrir un plaisir. J'ai une jeune femme pour m'aider aux écuries, c'est un instructeur remarquable. Venez passer quelques jours avec votre fille. Hale reste à New York toute la semaine, et je serais enchantée de vous initier à l'équitation, vous et Emma.

« Ils connaissent l'histoire du gros lot, mon adresse et le prénom de ma fille. Voilà la rançon de la célébrité, ils savent tout sur moi et c'est la première fois que je les vois ! »

Elle aperçut Quentin, qui la regardait d'un air sombre. Désir ou instinct de possession ? Sa gorge se serra. « Supposons que c'est du désir. » Alors, elle aussi eut envie de lui.

L'offre de Roz n'était pas inintéressante, monter donnerait à Emma une occupation, l'empêcherait de trop penser à Brix.

— J'aimerais beaucoup apprendre à monter, merci infiniment. Vous travaillez à New York, Hale ?

— Quentin ne vous a pas chanté mes louanges ? Il a peur de me donner la grosse tête ! Je possède une agence de publicité, Yaeger Advertising. Les laboratoires Eiger sont nos plus gros clients. Et ils vont sans doute devenir encore plus importants.

— Alléluia !

Le nouveau venu était grand et voûté, avec une chevelure grise clairsemée et une barbe peu fournie.

— Je suis Llyod Petrosky, dit-il en tenant dans la sienne la main de Claire sans la serrer.

De l'autre main, il tira vers lui une petite femme aux cheveux longs bouclés, avec des lunettes rondes comme des yeux de hibou.

— Selma, mon épouse et collaboratrice.

— Vous êtes associés ?

— Selon Llyod. Bien que je ne travaille pratiquement plus. Nous sommes propriétaires des drugstores Petrosky. Ne dites pas que vous n'avez pas entendu parler de nous !

— Je connais, bien sûr ! J'ai même dépensé une bonne part de mon salaire dans votre magasin de Danbury. Petrosky est ce qui se rapproche le plus de l'épicerie-bazar d'autrefois.

Selma rayonnait.

— C'est le but de l'opération. Je me disais, il y a quelque temps, que nous devrions placer quelques barriques dans un coin, juste avant les élections, afin que les hommes puissent s'asseoir et discuter politique, comme au bon vieux temps.

— Il faudrait aussi un poêle à bois, vous deviendriez vite le lieu de rassemblement et de réunion de la ville. Combien de succursales avez-vous ?

— Cinq cents. Et nous en ouvrons six cette semaine. Et vous savez, celle dont vous parlez, le magasin de Danbury, c'est un de nos premiers, et nous le trouvons un peu dépassé. Nous avons l'intention de le refaire entièrement. Puisque vous êtes dans la partie, vous nous donnerez peut-être quelques conseils.

« Ah bon, ils savent que je suis dessinatrice. Que leur a encore raconté Quentin ? Ou Lorraine ? »

— Avec plaisir, bien que l'agencement des magasins ne soit pas ma spécialité, vous savez.

— Mais vous avez l'œil, vous savez voir les possibilités, pas nous. Llyod est l'homme d'affaires le plus avisé du monde, et je suis une acheteuse sensationnelle, enfin j'étais, au début. Maintenant, j'ai toute une équipe d'acheteurs, alors je vais de temps en temps faire un tour, jeter un œil, faire quelques suggestions, mais sans plus.

— Comme avec les petits-enfants.

Selma n'avait pas compris.

— Pardon ?

— On joue avec eux, mais on n'en a pas la responsabilité.

— Oh ! (Tout le monde rit.) C'est vrai, je n'y avais jamais pensé, c'est exactement ça. J'aime bien travailler, mais je ne supporte plus de me sentir enfermée dans mon travail, comme autrefois. Enfin, quoi qu'il en soit, ni Llyod ni moi ne sommes doués pour la décoration intérieure, et vous l'êtes. Vous pourriez nous aider.

— Bien sûr...

Elle était étonnée de voir ses journées se remplir à l'avance d'invitations à déjeuner, à aller faire des courses, à prendre l'apéritif et à apprendre à monter. Elle s'était demandé à quoi elle allait s'occuper, maintenant qu'elle ne travaillait plus. Maintenant, elle savait : ces femmes riches étaient parfaitement organisées.

— Parlez-nous de votre demeure, dit Vera. J'adore les nouvelles maisons, elles ont une odeur de peinture et de vernis, et chaque pièce est pure, sans aucun mauvais souvenir.

— Mon Dieu, Vera, s'exclama Roz, que fais-tu des bons souvenirs, alors ?

— Ils se fanent, se changent en un pâle brouillard verdâtre. (Elle finit son verre, en prit un autre.) Les bons souvenirs deviennent de vagues sensations plaisantes, ce sont les mauvais qui restent aigus et qui font mal, comme autant de petits poignards.

— Ô Vera, dit tristement Lucy, je croyais que tu allais mieux ! Le second mari de Vera était alcoolique, expliqua-t-elle à Claire, le premier aussi, d'ailleurs. Elle l'a quitté, elle les a quittés tous les deux.

— Je leur ai dit que c'était moi ou le Martini. C'est un peu destructeur pour l'amour-propre d'une femme, de voir deux hommes lui préférer l'alcool.

— Ça n'a rien à voir avec toi, protesta Lucy, c'est une maladie.

— Alors je suis tombée amoureuse de deux malades, et je les ai épousés. J'ai de quoi être fière ? Mon père aussi était alcoolique, c'est un vice qui hante ma vie, comme un démon.

— Mais tu sais que tu t'en remettras, c'est trop récent, c'est tout.

— Effectivement, qui n'a pas de démons pour hanter sa vie ? Comment vous arrangez-vous avec les vôtres, Claire ? attaqua Vera.

— Je les enferme dans un placard avec les vêtements qui ne me vont plus. Je ne crois pas qu'on puisse complètement s'en débarrasser.

— Mais, après le départ de votre mari, vous ne vous êtes pas remariée, pendant toutes ces années. N'était-ce pas parce que vos démons refusaient de rester enfermés ?

Claire en resta interloquée. Comment Vera savait-elle tout ça ? « Je n'en ai parlé à personne, sauf à Quentin. Oh, et le reporter du *New York Times* avait appris mon histoire d'une collègue de *Danbury Graphics* et l'avait mentionnée dans son article. » Une petite phrase anodine, qui l'avait fait sursauter quand elle l'avait lue, mais dont elle était sûre que personne, à part elle, ne la remarquerait. Vera l'avait remarquée. Et combien d'autres ?

— Tu te mêles de ce qui ne te regarde pas, Vera, intervint en hâte Roz. Il ne faut pas vous formaliser, Claire, nous parlons très librement, entre nous. Vous vous y ferez. Nous adorons parler de nous-mêmes.

— Je n'ai aucun souvenir, moi, remarqua Jerry d'un ton méditatif. C'est peut-être exceptionnel, mais c'est vrai. Dès qu'il m'arrive quelque chose de désagréable, je l'oublie.

— Eh bien, Claire ne risque pas d'oublier le gros lot

ni de le voir se changer en brouillard verdâtre. L'argent continue éternellement à arriver, n'est-ce pas ?

— Pendant vingt ans, une courte éternité, quand même !

— Il suffit d'investir, vous vous en tirerez très bien. Achetez une propriété à la campagne, comme nous l'avons fait, conseilla Hale Yaeger. C'est un bon investissement, et une agréable retraite loin de la ville.

— Qui l'a achetée ? demanda Roz en regardant son mari.

— Correction, *comme l'a fait ma femme.* Elle m'autorise à y aller le week-end, et c'est un très bel endroit. Pas pour y passer toute sa vie, mais…

— Parlez-m'en, avant d'envisager cet achat, interrompit Roz, je n'ai jamais travaillé si dur de toute ma vie.

— Mais parce que tu veux t'occuper toi-même de tout, objecta Vera. Pourquoi n'embauches-tu pas un régisseur, au lieu de passer tes nuits à te faire du mauvais sang parce qu'un cheval a mauvaise mine ou que le foin ne pousse pas comme il devrait ? Au moins, tu pourrais rester un peu à la maison, au lieu d'être dehors par tous les temps à te tanner la peau !

— Tu n'arrêtes pas de me dire ça, et je n'arrête pas de te répéter que j'adore ce travail. C'est mon petit monde à moi, et je le gère moi-même. Et ne t'en fais pas pour mon teint, je compte sur Quentin pour y remédier. En fait, je suis restée trop longtemps sans m'en préoccuper, sans même le tartiner de crème ni porter un chapeau, jusqu'à plus de quarante ans. Après, le mal était fait.

— Pourquoi n'essaies-tu pas un lifting ? Ou une dermo-abrasion, au moins ? Tu es à peu près la seule femme que je connaisse à refuser d'y avoir recours.

Roz haussa les épaules.

— J'ai bien trop peur du bistouri ! Je préfère une potion magique.

— Claire, comment faites-vous ? Vous devez avoir un secret, on ne vous donnerait pas plus de trente-cinq ans.

— Mais j'ai trente-cinq ans !

— Oh, pardon ! (Les autres rirent.) Je veux dire, vous avez vraiment l'air jeune, vous êtes superbe. Je parie que je sais : vous utilisez les produits Narcisse, comme nous toutes.

— Je ne crois pas, intervint Quentin, qui regardait Claire en souriant.

— Quoi ! Vous faites le jeu de la concurrence ? demanda Llyod Petrosky.

Claire hésita. Comment avouer à tous ces riches qu'elle était allée dans un salon de beauté de New York apprendre à se servir des cosmétiques, et qu'elle utilisait ce qui lui avait été conseillé ?

— Je ne me maquille pas depuis très longtemps. Jusqu'alors, je n'étais pas fidèle à une marque, j'achetais un produit ou un autre. Chez Petrosky, en fait.

Il y eut un silence, comme si l'on avait lancé une pierre dans un vitrail.

— Vous ne les achetiez pas en parfumerie ?

— Si, parfois, mais pas tout. Je choisissais les produits qui me semblaient les plus intéressants. Jusqu'à ce que je rencontre Quentin, je ne prêtais pas attention aux marques.

Elle trouvait ce bavardage idiot et aurait bien voulu qu'un des hommes change de sujet.

— Vous n'avez jamais prêté attention aux marques ! s'indigna Hale Yaeger. L'œuvre de ma vie réduite à néant !

— Vous regardez bien les publicités pour les produits de beauté, quand même ? demanda Selma. Toutes ces femmes ressemblant à ce que vous avez toujours rêvé d'être... Vous êtes très belle, c'est vrai, mais vous avez bien dû contempler ces photos !

Claire fut flattée d'être jugée belle mais en avait assez de cette discussion où elle s'enferrait et se singularisait. Elle regarda Quentin en se demandant quelle réponse il attendait d'elle, mais il était en grande conversation avec Jerry Emmons.

— Je me gardais bien de lire ces publicités. Je n'avais pas les moyens d'acheter les produits, alors pourquoi perdre mon temps ? Je ne crois pas que les gens prêtent attention aux publicités sans rapport avec leur vie quotidienne. Vous lisez les publicités pour les chaussures de randonnée, vous ?

— Non, bien sûr, mais les produits de beauté, c'est différent. Toutes les femmes les adorent.

— Du moins un assez grand nombre d'entre elles pour nous éviter la faillite, dit sèchement Quentin. On va servir le dîner, je crois.

Il les conduisit à une table ronde recouverte d'une nappe damassée, et entourée de neuf chaises de velours. Une couronne de bougies au centre de la table faisait scintiller gaiement les liserés dorés des assiettes et des cartons encadrés de deux roses blanches marquant les places.

— Il y a quelque chose que Claire a bien vu, continua Hale en tenant la chaise de Vera : si nos publicités sont sans rapport avec la vie quotidienne, elles auront beau être géniales, elles resteront ignorées.

— A moins que tu n'aies une accroche irrésistible, objecta Llyod. Je m'y laisse prendre à chaque fois : si le slogan est percutant ou l'illustration originale, je lis tout.

— Par exemple ?

— Eh bien, dans le cas de la nouvelle ligne de Quentin, l'allusion à une éternelle jeunesse.

— Ça n'a rien d'extraordinaire, toutes les publicités pour des produits de beauté se servent de cet argument. Personne n'y croit.

— Oh, c'est faux ! protesta Vera. Je connais un tas de femmes, et presque autant d'hommes, persuadés de rester jeunes aussi longtemps qu'ils le paraîtront.

— Rester jeunes pour de vrai ?

— Eh bien, se sentir jeunes, débordants d'énergie...

— Super-performants au lit jusqu'à cent deux ans, compléta Llyod. Ça, c'est un slogan qui me ferait lire toute la page !

— On ne pourrait pas le dire dans ces termes, quand même, protesta Roz.

— Il faudrait trouver un moyen pour le suggérer...

— Indomptable, irrésistible, infatigable, murmura Claire.

Hale lui lança un regard approbateur.

— Excellent ! Rien n'est exprimé, mais tout est sous-entendu. Il va falloir creuser cette idée, qu'en penses-tu, Quentin ?

— Cela m'intéressera de voir ce que vous en sortirez.

— C'est quoi, exactement, ce que vous ne pouvez pas dire? demanda Vera à Hale en se penchant en arrière pour laisser le serveur remplir son verre.

— Eh bien, on ne peut pas prétendre qu'un produit renouvellera les cellules, ou modifiera le patrimoine génétique, ou influencera la circulation du sang, ou agira sur la composition chimique régissant l'élasticité de la peau, ou fera effet sur la durée de vie des cellules folliculaires, ou la résistance des os, ou aucun des autres nombreux facteurs cliniques qui affectent notre apparence physique. Si nous le faisions, la *Food and Drug Administration* considérerait nos cosmétiques comme des médicaments et nous serions obligés de passer par toutes les étapes pour les faire accepter en tant que tels, ce qui pourrait prendre des années. Et ils ne seraient vendus que sur ordonnance.

— Et vous ne pouvez pas dire que les femmes auront l'air plus jeunes…

— Ce n'est pas interdit, bien que, comme Claire l'a fait remarquer, ce soit l'argument de toutes les marques. Je veux suggérer un toast (il leva son verre) au PK-20, l'aube d'une ère nouvelle pour les laboratoires Eiger.

— Excellente idée! A ta réussite, Quentin!

Le serveur remplissait maintenant les assiettes à potage.

— Alors, pouvez-vous parler de produit magique? insista Vera.

Il y eut un silence.

— Je ne sais pas, répondit Hale. Qu'en dit notre homme de loi? Jerry?

— Je crois que vous le pourriez, comme suggérer des visions de châteaux de contes de fées et de marraines changeant des citrouilles en carrosses, mais pourquoi le feriez-vous? L'argument n'est-il pas que nous sommes dans un domaine scientifique et non pas imaginaire et que notre produit est, plus que les autres, mis au point selon des procédés scientifiques?

— Juste, approuva Llyod. C'est notre principal argument de vente. Les clients font plus confiance à la science qu'à la magie.

— Un peu triste…

— Mais ne vendez-vous pas plutôt de l'espoir ? risqua Claire. Vous n'offrez aucune garantie, n'est-ce pas ?

— Des garanties ? Ce serait aller droit au procès. De l'espoir ? Je ne sais pas... Vendons-nous de l'espoir, Quentin ?

— Des résultats, aussi, répondit celui-ci. Ces produits sont issus de recherches scientifiques sérieuses, nous ne mélangeons pas les ingrédients au hasard. Mais, bien sûr, Claire a raison : au fond d'elle-même, la femme qui achète nos produits, et tous les produits de beauté, d'ailleurs, espère... Quoi, au juste ? sembler plus jeune, donc paraître plus belle, donc être plus séduisante. Et, comme le dit Vera, se sentir en meilleure forme, avoir davantage d'énergie, donc entrer en compétition avec des femmes plus jeunes qu'elle. Au lit et en dehors du lit !

— A vous entendre, on dirait que la rivalité entre femmes vous plaît, murmura Claire.

Il y eut un silence choqué.

— Oh, ce n'est pas ce qu'a voulu dire Quentin ! protesta Lucy.

— Seigneur, non, pas du tout, renchérit Hale, ce n'est pas un argument publicitaire pour nous.

— De toute façon, déclara Llyod, la compétition est inhérente à la vie, j'en sais quelque chose, dans mon domaine. Alors, si une femme sent qu'elle doit avoir l'air plus jeune et être belle pour rester dans la course, quel mal y a-t-il à cela ?

— Eh bien, moi, intervint Roz, je ne peux pas imaginer entrer en compétition avec d'autres femmes à propos des hommes. Quelle perte de temps ! Mais il n'en est pas moins vrai que ce n'est pas pour entrer en compétition avec des hommes que les femmes se maquillent, donc...

— Donc, c'est ainsi que le monde tourne ! conclut Llyod.

— Donc, les produits de beauté et de maquillage sont des armes de guerre, reprit Roz.

— Des peintures de guerre, plutôt, ricana Selma.

— Mais non, ils n'ont aucun rapport avec la guerre, les luttes, les rivalités ! Nous ne parlons jamais de compétition, nous donnons aux femmes l'espoir d'être ce qu'elles ont toujours rêvé.

— Et un prétexte pour s'occuper d'elles-mêmes, dit Claire, espérant rattraper une réflexion qui tournait à la gaffe. Tous ces produits de beauté, ces shampooings, ces sels de bains sont merveilleux, ils leur donnent l'impression d'être des reines.

— Vous n'en avez pas assez, de cette débauche de psychanalyse de cuisine ! protesta impatiemment Selma. Les femmes veulent être belles tout simplement parce qu'il vaut mieux être belle que moche, de même qu'il vaut mieux être riche que pauvre. Inutile d'aller chercher plus loin.

— J'aime bien cette idée de s'occuper de soi-même exclusivement, d'oublier les gens, le mari, le patron, de se dorloter. Je vais creuser la question.

Claire s'enhardit.

— Il y a autre chose, c'est le côté ludique des produits de beauté, comme des jouets pour adultes.

— Idée intéressante. (Hale réfléchit.) Ce n'est pas impossible. Nous ne pouvons pas utiliser le mot jouet, les produits des laboratoires doivent être pris au sérieux, mais le caractère ludique, l'idée d'un jeu plutôt qu'une tentative désespérée pour effacer le temps..., cela ouvre des possibilités.

— On ne se sert pas de produits de beauté pour s'amuser, objecta Lucy, mais pour paraître plus jeune. Vous n'êtes pas d'accord, Claire ?

— Je crois que nous voulons être aussi belles que possible, pas nécessairement la femme la plus belle de la ville, ou celle qui semble la plus jeune, mais être aussi belles que nous le pouvons. Comme nous ne savons pas quel est ce maximum, nous essayons les nouveaux produits, de façon à nous améliorer sans cesse. Ce qui fait bien l'affaire des laboratoires de cosmétiques.

Hale et Quentin échangèrent un regard.

— Se faire aussi belle que possible, s'amuser, se chouchouter... Parfait pour lancer le PK-20, conclut Hale.

Selma s'étonna.

— Le PK-20 ? Ce n'est pas un nom très attirant. Qu'est-ce que ça veut dire ?

— Rien du tout, c'est un de nos chercheurs qui l'a inventé, je crois que les prénoms de son fils commencent par P et K. Mais ça a un air scientifique, et nous allons sortir des variations sur ce thème : Super PK-20, PK-20 Extra, PK-20 Double Action, PK-20 Renforcé, PK-20 Spécial *Eye Restorative Cream*, tout est possible.

— Et en quoi consiste exactement la ligne ? Combien y a-t-il de produits et comment sont-ils vendus ?

— Nous sommes en train de rédiger les textes promotionnels, Selma. Tu recevras un descriptif de chacun des produits, des modes d'emploi et des assortiments de six échantillons, à distribuer à qui tu voudras. La ligne entière comprendra plus de cinquante produits visant à éliminer provisoirement les rides.

— Provisoirement ? s'étonna Roz. Je croyais que c'était un mot tabou.

— Bien sûr. Mais il n'y a qu'un idiot pour penser que les effets sont permanents. Nous affirmons, nous, que, quand nos produits réhydratent la peau, les rides disparaissent. Tant que les clientes les appliqueront, leur peau ne se desséchera pas et elles sembleront plus jeunes. Elles n'auront pas un visage bien lisse d'adolescente, mais c'est le mieux qu'on puisse faire sans avoir recours à la chirurgie esthétique.

Jerry n'était pas convaincu.

— Il vous faudra d'autres arguments : toutes les marques, de Maybelline à Estée Lauder, promettent aux femmes de les faire paraître plus jeunes, plus belles, plus désirables.

— Non, elles ne le promettent pas, elles le suggèrent.

— Mais, nous, nous allons attaquer sur deux fronts, continua Quentin. Le premier est celui dont parlait Hale : se dorloter et s'amuser, enfin, tout ce qui peut séduire la cliente en faisant appel aux émotions. L'autre ligne d'attaque sera scientifique et fera appel à l'esprit de réflexion de l'acheteuse potentielle. Je vais vous expliquer brièvement comment fonctionne le PK-20.

Il attendit que les serveurs retirent les assiettes à potage et servent le plat principal.

— Vous avez tous entendu parler du rétinol, cela fait longtemps qu'il en est question. Il a d'abord été utilisé pour combattre l'acné, puis on a découvert qu'il pouvait accroître la capacité de la peau à retenir l'eau. Nous avons, nous, découvert une enzyme capable de catalyser le rétinol en la joignant à une chaîne de polypeptides. La molécule de rétinol ainsi améliorée agit plus vite, et avec plus d'efficacité. Sa faculté de rétention de l'eau est augmentée de quinze à vingt pour cent, ce qui régénère les cellules. Celles-ci se dessèchent avec l'âge et ont, pour conséquence, une déshydratation et un relâchement des tissus. Notre hypermolécule atténue les rides, assouplit la peau et lui donne une sorte d'éclat qui la transforme littéralement.

— Et la FDA ne le considère pas comme un médicament ?

— Ils ont conclu que ce n'était pas un produit à usage médical et nous allons recevoir d'un jour à l'autre l'autorisation de mise sur le marché. Nos cinquante produits comprendront un lait démaquillant, une lotion tonique, une crème hydratante, une crème de jour, une crème de nuit, une crème pour le contour des yeux, et plusieurs variétés de produits de soins spécifiques visage et corps, suivant l'âge et l'état de la peau. Ils seront vendus sous forme de traitements complets, et seulement dans les pharmacies et les grands magasins. On ne les trouvera pas dans les salons de beauté, ni dans les parfumeries, ni dans les supermarchés, à moins qu'ils n'aient un rayon beauté séparé du reste du magasin, avec un personnel qualifié. Nos démonstratrices auront été formées à l'utilisation de ces produits et organiseront des stages pour les vendeuses dans les pharmacies et les grands magasins.

— Le PK-20 coûtera une petite fortune, j'imagine, dit Vera.

— C'est un produit unique, aux performances exceptionnelles, cela se paie.

— Avez-vous déjà fixé une fourchette de prix ? demanda Llyod.

Claire remarqua qu'il prenait des notes sur un petit calepin dissimulé par le rebord de la table.

— Cela dépend du produit. Le prix au détail prévu pour notre lait démaquillant et notre lotion tonique ne dépasse pas 30 dollars. La crème de soins destinée aux femmes de plus de quarante-cinq ans ayant de sérieux problèmes de peau coûtera plus de 400 dollars pour un pot de vingt-cinq grammes.

Jerry émit un sifflement sourd.

— Combien de temps durera-t-il ?

— Six mois, à peu près.

— Llyod, dit Selma, où va-t-on trouver la place de mettre cinquante produits en rayon ?

— Il va sans doute falloir renoncer à une ligne d'une autre marque, à moins qu'on ne puisse rajouter un stand PK-20 et gagner de l'espace en rétrécissant quelques rayons. Nous verrons d'abord comment marche la ligne. (Il regarda Quentin.) Notre marge habituelle ?

— Naturellement. En fonction de la quantité. Vous devrez vous engager à ne pas faire de rabais. Mais vous n'en faites pas, dans vos magasins.

— Eh bien, tout ce cours de chimie m'est passé bien au-dessus de la tête, dit Selma, mais le reste me ravit. Quand va-t-on l'essayer, Quentin ?

— Au début de l'année prochaine, si tout se passe selon nos prévisions. Hale a un budget de 50 millions pour démarrer sa campagne, nous voulons commencer par les magazines féminins en janvier et mettre le PK-20 sur le marché en mars. (Ses yeux firent le tour de la tablée.) D'autres questions ?

— Ces produits sont exempts de tout danger ? demanda Claire.

— Seigneur, quelle idée ! s'exclama Lucy.

— Les laboratoires Eiger n'ont jamais, au grand jamais, essuyé la moindre alerte dans ce domaine, répondit Hale avec conviction.

— De toute façon, c'est le problème de la FDA, renchérit Selma. Ils ne vont pas laisser des produits dangereux faire leur apparition sur le marché. Je ne me préoccupe jamais de ça, c'est l'affaire du gouvernement, c'est leur travail, après tout !

— Ce qui me fait penser à notre conseil municipal, reprit Hale, il...

La conversation s'orienta vers la politique locale, et Claire, qui ne connaissait pas les personnes dont parlaient les convives, n'écouta que d'une oreille distraite.

Mais plus tard, en buvant le café, on prit date, et la jeune femme remplit son agenda. Un week-end à Southport chez Lucy et Jerry (« Et amenez Quentin... », ajouta Lucy avec un sourire qui leur donnait l'investiture en tant que couple), un déjeuner avec Vera, un après-midi à la propriété de Roz (« Et, quand vous serez sur place, nous déciderons à quel moment placer les leçons d'équitation »), une visite approfondie du magasin Petrosky de Danbury sous la conduite de Selma et de son mari, une expédition boutiques à New York en compagnie de Lucy. En notant tous ces rendez-vous, Claire pensa à Emma, à Hannah, à Gina et à ses autres amies. Comment allait-elle trouver le temps de les voir ?

« J'y arriverai bien, je m'arrangerai... Je ne veux pas laisser passer ces sorties, elles sont trop nouvelles pour moi, trop différentes. »

Elle écouta la conversation, qui roulait sur de récents voyages en Europe. Jerry et Lucy suggérèrent que Quentin et elle les rejoignent en septembre sur le lac Majeur.

« J'ai dû réussir l'examen de passage ! » Elle était euphorique, à l'aise, maintenant, avec ces gens riches qui s'organisaient une vie intéressante et se montraient plus raffinés que ses compagnons de croisière. Elle n'avait pas cherché à jouer un rôle, mais, apparemment, elle leur plaisait. Du moins, ils avaient envie de la revoir. Et elle passait la soirée avec Quentin, une preuve de plus du chemin parcouru en tout juste deux mois.

— C'est vrai que tu as fait du chemin, confirma Gina le lendemain.

Elles faisaient quelques courses dans la galerie marchande de Danbury, explorant sans hâte les magasins avant d'aller boire un cappuccino au café.

— ... Tu as changé aussi.

— En quoi ?

— Eh bien, tu te tiens plus droite, tu marchais tête baissée, avant. J'aime bien la nouvelle Claire. C'est l'argent ou le nouvel homme dans ta vie ?

— Oh, sans doute les deux ! Il n'y a rien de tel que l'argent pour rayer d'un coup de plume un tas de soucis. Peut-être étaient-ce eux qui me pesaient sur les épaules. Et, si je n'avais pas d'argent, le nouvel homme dans ma vie ne me regarderait même pas.

— Tu veux dire qu'il ne s'intéresserait pas à une femme devant gagner son pain quotidien ?

— Je crois qu'il ne la verrait même pas. Il ne s'entoure que de personnes fortunées, il n'aime pas les surprises, il veut dominer la situation, et c'est plus facile si tout le monde autour de lui bénéficie des mêmes privilèges.

— Croisières, dîners en salon particulier, chaînes de cinq cents magasins, propriétés de cinq cents hectares, etc. ?

— A peu près, oui.

— Et tu trouves ces privilèges naturels ?

— Non. Mais je ne montre aucune surprise quand les gens en parlent, en fait, ça ne m'étonne plus. Ce n'est pas comme ce premier jour lorsque Emma et moi sommes allées chez Anaïs : tout nous éblouissait. Maintenant, je n'y prête aucune attention, je commence à comprendre comment on s'habitue à disposer de beaucoup d'argent. Comme on peut s'offrir ce qu'on veut, on l'achète, ensuite, on s'habitue et on trouve normal de l'avoir. On ne comprend plus le sens du concept de prix. C'est bizarre... Je ne l'ai pas fait exprès, c'est juste arrivé comme ça, mais je ne sais plus où j'en suis dans ce domaine, j'ai perdu la notion de la valeur des objets. Autrefois, je savais que 15, ou 50, ou 500 dollars étaient trop pour telle ou telle chose, maintenant ce ne sont que des chiffres dépourvus de sens et de rapport avec les objets. Si un objet me plaît, je l'achète, sans me demander si le prix est juste ou non.

— Comme ce chemisier, tout à l'heure. Le plus beau que j'aie jamais vu, mais 850 dollars !

Claire rougit, parce que la somme énoncée par Gina paraissait bien plus extravagante que lorsqu'elle l'avait lue sur l'étiquette.

— Peut-être les vaut-il, je suis incapable d'en juger.

— Tout ce que tu as pensé, c'est que tu le voulais, alors, tu l'as acheté.

— Eh bien, pourquoi pas ?

— Je ne sais pas... Si ça ne fait pas un trou dans ton budget...

— Eh bien, non, justement ! Olivia a tout organisé. J'achète, j'achète, et mon solde reste le même. Je t'ai expliqué.

— Transfert automatique, une opération magique.

— Oui, je vis un conte de fées.

— Dans la limite de 2 millions de dollars par an. C'est tout ce que tu as.

— Oui, c'est tout ce que j'ai !

Leurs regards se croisèrent, et elles éclatèrent de rire.

— C'est tout ce que j'ai!... répéta Claire en se moquant d'elle-même, et je ne pourrai jamais tout dépenser.

— Il y a ta maison...

— Oui, mais c'était un investissement. Je ne vais pas acheter une maison chaque année et ajouter des traites à celles que je paie déjà.

— Tu trouveras bien d'autres manières de dépenser. Si tu manques d'idées, je t'en proposerai quelques-unes. Ou bien Machintruc te fera des suggestions, pour que tu sois à la hauteur de son brillant groupe d'amis. Je parie qu'il fourmille d'idées. Quelles sont ses autres qualités ?

— Il a une conversation intéressante. Il est un peu trop content de lui, mais toujours passionnant. Il connaît les bons restaurants, il danse bien, il sait susciter l'admiration des autres et leur désir de rester auprès de lui.

— C'est tout ?

— Il est très bon amant.

— Tu mentionnes ça en dernier ?

— Je mets toutes ces qualités sur le même plan, Gina, tu le sais bien.

— La dernière n'est au rang des autres que parce que tu as un compagnon. Si tu dormais seule, tu la mettrais en tête de liste. Tu as déjà oublié ça ?

— Non, non, il n'y a pas si longtemps que je le disais.

— Tu l'aimes ?

— Non.

— Tu pourrais l'aimer ?

Claire hésita.

— Je ne sais pas, je ne crois pas. Ce n'est pas tant qu'il donne envie de l'aimer, c'est plutôt qu'il subjugue.

— Ça ne me déplairait pas...

— L'envie de l'aimer, ou le fait qu'il subjugue ?

— Les deux. La première qualité pour mes nuits, la seconde pour qu'il me trouve du travail.

Elles entrèrent au café, s'assirent à une table de coin.

Claire prit le menu en se demandant quelle réponse faire à Gina. Depuis quinze ans, elles étaient aussi proches que deux sœurs. Ensemble, elles avaient travaillé dur, s'étaient inquiétées de leur manque d'argent et demandé si elles trouveraient jamais quelqu'un pour les aimer et partager leur vie. Gina avait été une sorte de seconde mère pour Emma. Maintenant, tout était changé, et, bien que Gina fût encore la confidente de Claire, combien de temps cela durerait-il ?

« Je ne veux pas perdre Gina, elle et Emma sont les deux seuls éléments solides de ma vie, tout le reste n'est que de la poudre aux yeux. Ah si, Hannah aussi est solide ! »

Elles passèrent commande.

— Ecoute, je sais que tu as dit que tu ne voulais pas de mon aide...

— Je t'ai dit que je ne voulais pas t'exploiter.

— O.K., tu ne le feras pas, d'ailleurs, je ne me laisserais pas faire. Mais tu ne veux pas que je demande à Quentin de te trouver une place aux laboratoires Eiger ? Ils ont l'intention de lancer une nouvelle ligne, ils doivent avoir besoin de techniciens de labo. Seulement tu serais obligée de faire le trajet jusqu'à Norwalk tous les jours.

Gina avait les yeux brillants de joie.

— Ce n'est rien du tout. Tu peux vraiment le lui demander ? Seigneur, Claire, ce serait la B.A. de la décennie !

Elle prit la poudreuse pleine de cacao, la fit tourner entre ses doigts et continua :

— Je viens de passer une période épouvantable. Comme une sorte de ménopause anticipée. J'ai l'impression d'avoir perdu mon identité. J'ai trente-sept ans, je n'ai pas l'intention de me marier, je n'ai pas eu d'enfant, je ne vois pas beaucoup mes parents, et je n'ai plus de travail. Alors, qu'est-ce que je suis ?

— Mon amie. La mère bis d'Emma, tu la connais depuis toujours. Et tu fais partie de ma famille.

— Claire, je t'adore, mais tout ça ne suffit pas à me donner une identité. Si je n'ai pas de famille à moi, ou quelqu'un que j'aime pour partager ma vie, alors, il me faut un travail pour pouvoir me situer.

— Qu'est-ce que tu reproches au fait d'être tout simplement Gina Sawyer ?

— Ça ne suffit pas, il faut que ce soit accroché à quelque chose. Technicien de labo, ça va. J'appartiens à une branche de l'industrie, j'ai une étiquette, et mes collègues savent qui je suis. Vivre sans a été incroyablement pénible. Je me lève chaque matin en me disant que c'est le jour où je vais trouver du travail, redevenir responsable de ma vie, savoir de nouveau qui je suis. Et chaque soir je me couche sans travail, sans argent et sans aucune raison d'espérer que demain sera différent. Personne ne peut imaginer combien c'est pénible de se retrouver au chômage. On se sent flotter dans le vide, détaché du reste du monde où les autres s'activent toute la journée. On part à la dérive, on a l'impression de ne plus être, de ne plus vivre, puisqu'on n'a rien à faire. Sauf chercher du travail, et c'est loin d'être une façon gratifiante de passer le temps. Pardon, je n'aurais pas dû te raconter tout ça !

— Tu es censée me raconter tout ça, c'est pour t'écouter que je suis là. (Claire tendit la main, et, quand Gina lui eut passé la poudreuse, saupoudra de cacao la mousse crémeuse de son cappuccino.) Je suis désolée, Gina, j'ai été si absorbée par mes achats, toutes ces nouvelles rencontres, tout ce luxe dans lequel je me vautre, que je n'ai pas beaucoup prêté attention à ce qui t'arrivait.

— Non, tu n'as pas à t'en vouloir, j'aurais pu t'en parler plus tôt. Mais je me suis entêtée à essayer de m'en sortir seule. J'en ai assez, je veux qu'on m'aide, et tout ce que tu pourras faire sera merveilleux. (Elle hésita.) Si ça ne marche pas, je vais peut-être définitivement laisser tomber le travail de labo.

— Pour faire quoi ?

— M'occuper de chevaux. J'ai toujours adoré les chevaux, tu sais, depuis toute petite, mais je n'avais guère l'occasion de m'en occuper, sauf quand je trouvais quelqu'un pour m'entraîner vers les écuries. Et récemment, en essayant de décider qui j'étais vraiment et ce que je voulais faire de ma vie, je me suis avoué qu'en fait je préfère les chevaux aux humains, et leur compagnie à tous les laboratoires du monde. Alors un de ces jours, dès que j'aurai mis un peu d'argent de côté ou même avant, je chercherai une place au pair pour m'occuper de chevaux.

— J'ai fait la connaissance de quelqu'un qui élève des chevaux, hier soir. Je te présenterai à elle.

— Claire, tu vas finir par exaucer toutes mes prières... Ta soudaine accession à la fortune est la meilleure chose qui me soit jamais arrivée.

Elles échangèrent un sourire.

— Moi aussi, je pense à mon travail, reprit Claire. Il me manque parfois, du moins la partie création, m'asseoir avec un crayon ou des tubes d'aquarelle et voir une forme naître sur le papier, commencer par une idée, même pas, une ombre d'idée, et la voir devenir une ébauche, avec sa vie et son identité. J'adorais ça. Il n'est pas impossible que je m'y remette un jour, quand je serai lasse de toutes ces nouveautés.

— Tu reprendrais ton ancien travail ? Tu te vois sous les ordres de gens moins compétents que toi, prêts à s'attribuer tout le mérite de tes idées ? Tu as déjà oublié comment c'était !

— Non, je ne pourrais pas recommencer dans ces conditions. Mais je pourrais travailler en indépendante, à domicile, même.

— Alors pourquoi ne pas fonder ta propre entreprise ? Ainsi, tu ne travaillerais que pour toi.

— C'est vrai..., je n'y avais pas pensé ! Enfin, tout ça, c'est encore vague. Tu ne peux pas t'imaginer comme des invitations à déjeuner, des courses, des dîners, des soirées, et la perspective d'autres réceptions et d'autres courses peuvent te remplir la vie !

Elle rit en voyant le regard narquois de Gina.

— Oui, je sais, je me plains la bouche pleine ! En fait, je m'amuse bien. Et je veux que tu trouves du travail, je suis sûre que Quentin m'aidera, je l'appellerai dès que je serai rentrée... Non, je vais l'appeler tout de suite... Un instant !

Elle téléphona d'un des taxiphones de la galerie marchande.

— Ils vont effectivement recruter des techniciens de labo ; il faut t'adresser au directeur du personnel. Il sera prévenu. Quentin a dit que du moment que tu es mon amie...

— J'irai dès demain matin. Et nous fêterons mon embauche demain soir, j'espère.

Il y eut un instant de silence.

— Très bien ! finit par répondre Claire.

Gina pencha la tête.

— Toi, tu as un rendez-vous demain soir.

— Je le repousserai.

— Mais non, on fera la fête après-demain ! S'il y a quelque chose à fêter et si tu es libre.

Claire sortit son agenda et vérifia.

— Aucun problème. Je dirai à Emma de venir aussi.

— Elle voit toujours Trucmachin ?

— Brix ? Elle l'a vu une fois. Quand je suis partie, ce matin, il ne l'avait pas appelée.

— Il va le faire ?

— Je ne sais pas. Je ne suis pas sûre de ce qu'il cherche, je crois qu'il veut juste s'amuser. Il l'a rendue folle pendant une semaine en ne lui donnant pas signe de vie, puis il l'a appelée hier, alors elle a émergé et était prête à passer la nuit à danser avec lui, ou dans son lit. Enfin, je ne sais pas s'ils en sont là... Il m'inquiète parce qu'il semble avoir tout pouvoir sur elle.

— Eh bien, interdis-lui de le revoir !

— On voit bien que tu n'es pas la mère d'une adolescente ! J'ai eu beau dire à Emma ce que j'en pensais, ça n'a rien changé.

— Voyons, Claire, elle dépend de toi pour tout.

— Et qu'est-ce que ça veut dire ? Que je peux la menacer de lui couper les vivres si elle n'obéit pas ? Non, je ne veux pas me bagarrer avec elle, je n'ai jamais pu le faire. Et elle est en âge de prendre elle-même, et de façon raisonnable, les décisions qui la concernent.

— Alors qu'est-ce que tu vas faire, avec ce Brix ?

— Pour l'instant, rien du tout. J'espère qu'après l'avoir sortie un peu il s'en lassera et en trouvera une autre. Je ne pense pas qu'il soit intéressé par une relation durable, il veut juste une belle fille, jeune, aussi, j'imagine.

— Elle est heureuse, avec lui ?

— A la fois heureuse et malheureuse. C'est bien pourquoi j'ai les mains liées. Si je m'écoutais, je la garderais dans mes bras pour l'empêcher d'être jamais malheureuse, mais c'est impossible. Elle m'a déjà dit que c'était sa vie, et tant pis pour elle si elle se trompait. Je m'entends encore dire ça à mes parents. La seule attitude possible est d'être présente au cas où elle aurait besoin de moi. Pas question de me fâcher contre elle ni de lui dire qu'elle ne sait pas ce qu'elle fait, parce que, alors, je perdrais sa confiance. Et, si elle n'a pas confiance en moi, vers qui pourra-t-elle se tourner si la situation devient impossible ? Ce qui n'est pas sûr d'arriver. Je ne peux même pas lui dire ce que je pense vraiment de Brix, ni ce qui m'effraie.

— Tu ne peux pas demander à son père d'intervenir ?

— Je ne me vois pas le faisant. Je n'ai pas l'intention de comploter derrière le dos d'Emma. Et puis, même si je m'y décidais, Quentin en parlerait à Brix, qui en parlerait à Emma, et ça n'arrangerait rien.

— Alors, il n'y a pas de solution... Enfin, tu t'amuses et tu es heureuse. Emma s'amuse et est heureuse, du moins par moments. Et Hannah est heureuse et, pour la première fois de sa vie, connaît la sécurité. Et, si je trouve du travail, je serai au septième ciel. Alors tout va bien, nous devrions être en train de danser dans les rues !

— Tu as raison, je suis ridicule, avec mes appréhensions. Je n'ai jamais passé tant de bons moments, tout est merveilleux depuis que j'ai gagné le gros lot. Je ne vais pas tout gâcher en anticipant des ennuis... Viens, allons-y, allons danser dans les rues !

8

— Tu es belle, tu sais !

Brix, allongé sur une couverture à côté d'Emma, contemplait la jeune fille. Un orchestre de rock jouait à l'arrière-plan, tandis qu'un feu d'artifice faisait éclore dans le ciel d'énormes fleurs de lumière.

C'était la première semaine d'août, et Brix donnait

une fête pour tous ceux qui n'avaient pas célébré avec lui la fête nationale. Emma s'abstint de remarquer que, s'ils n'avaient pas passé le 4 juillet ensemble, c'était parce qu'il ne l'avait pas invitée. Ils étaient sortis trois fois depuis leur retour d'Alaska, puis il n'avait plus donné signe de vie pendant deux semaines. Quand il l'avait rappelée, il était gai et plein d'enthousiasme.

— Tu as passé une bonne fête? Je suis allé à une réception chez un type, c'était plutôt raté et tu m'as manqué tout le temps. Alors j'ai pensé qu'il valait mieux que j'organise mon propre feu d'artifice. Après, quand on sera seuls, on fera notre petite fête à tous les deux. Samedi soir, ça te va?

— Parfait!

Emma avait les jambes molles. Elle savait que Claire entendait la communication mais s'en moquait. Ces deux dernières semaines avaient été éternelles, pis encore que le premier long silence de Brix juste après leur retour d'Alaska. Après ces trois merveilleuses soirées passées ensemble, elle avait espéré qu'il ne pourrait plus se passer d'elle, comme elle-même ne pouvait supporter son absence.

Enfin, il l'avait rappelée, il voulait regarder son feu d'artifice avec elle... Ô mon Dieu, tout ce qu'il veut, qu'il fasse tout ce qui lui plaît, pourvu qu'il reste auprès de moi, qu'il me garde avec lui!

— Tu es plus belle que tous les feux d'artifice du monde!

Il l'embrassa, se coucha sur elle, ses mains sur ses jambes sous le short. Sa langue chercha la sienne, prit possession de sa bouche et, quand il leva la tête, Emma ne vit plus que son visage auréolé des lumières du feu d'artifice. Il portait un short et une chemisette blanche qui accentuait son bronzage et faisait paraître plus noirs les poils bouclés de sa poitrine et de ses avant-bras. Elle le trouvait beau comme un dieu.

— Je n'en peux plus, tu me rends fou, viens!

— Mais c'est toi qui donnes la soirée! Tes amis...

— Ils ont le feu d'artifice et de quoi boire, ils n'ont pas besoin de moi! Tu veux rester, toi, c'est ça?

— Mais non, Brix. (Elle serrait son visage entre ses mains.) Je veux être avec toi, c'est tout.

— Tu es un amour, la plus adorable petite poupée du monde.

Il ramassa son verre de scotch et le vida, puis se releva en tenant toujours Emma contre lui. Il ne vit pas le pli se former sur le front de la jeune fille pour disparaître aussitôt. Elle lui dirait un jour qu'elle n'aimait pas être traitée de petite poupée. Un de ces jours, quand ce serait le bon moment.

— Finis ton verre...

Il se pencha pour le lui ramasser, et, bien qu'Emma détestât le goût du scotch et y eût à peine touché, elle l'avala docilement, d'une traite, comme un médicament. Elle sentit un trait de feu descendre dans son corps déjà engourdi par son désir pour Brix, et le monde se mit à basculer et à tourner autour d'elle.

— Brix ! s'écria-t-elle en s'accrochant à lui.

Il la soutint en riant.

— Il va falloir apprendre à tenir l'alcool, adorable petite paysanne. C'est ça que tu es, une petite campagnarde qui ne sait pas s'amuser. Heureusement, Brix est là pour prendre ton éducation en main.

Une vague d'allégresse balaya Emma. Le scotch la brûlait comme un feu intérieur, les flammes la soulevaient de plus en plus haut, bien loin au-dessus de la terre. Mais Brix était là, elle dansait dans les airs et marchait en même temps à côté de lui. Incroyable, de la magie !

« Brix est un sorcier, je veux que ça continue longtemps ! »

— Je t'aime, Brix, je t'adore à jamais...

Il la serra plus fort contre lui. Les réserves d'Emma sur sa façon de la traiter de bébé disparurent. Cette soirée était faite pour l'amour, la magie, pour Brix. Toutes les soirées étaient pour Brix.

Ils zigzaguèrent entre les couvertures occupées par les invités de Brix. L'air était lourd de fumée de cigarette. Ils passèrent devant la longue table chargée de nourriture apportée par le traiteur, devant le bar où, sans relâche, deux barmen remplissaient des verres ou tendaient des canettes de bière, puis devant l'orchestre, dont la musique syncopée, ponctuée des explosions des fusées du feu d'artifice, remplissait le parc.

Ils arrivèrent enfin à l'automobile de Brix et prirent le chemin de chez lui. Emma s'obligea au calme, bien qu'elle se sentît brûlante de désir. Et, en même temps, elle dansait toujours dans les airs, survolant la voiture de Brix qui fonçait sur la route.

Le bras autour de la taille de la jeune fille et la main sous sa blouse, il la fit entrer et, dès que la porte fut fermée, la tira vers le salon et s'abattit avec elle sur le tapis pâle éclairé d'un rayon de lune.

Les flammes dévorant Emma brûlaient plus hautes et plus claires, et elle se pressa contre Brix avec une fièvre et une ardeur qui l'étonnèrent. La bouche du jeune homme était partout sur son corps, en des endroits où elle n'aurait jamais pu l'imaginer, et puis, à son tour, elle en fit autant pour lui, et cela non plus, elle ne l'aurait jamais imaginé. Mais tout était bien : c'était peut-être osé et un peu dangereux, et ils devaient être les seuls à le faire, mais Brix gémissait doucement, et elle savait qu'il était heureux. Les flammes en elle se firent plus dévorantes, jusqu'à ce qu'elle attire Brix sur elle et loin en elle...

Enfin, il se laissa rouler à ses côtés sur le tapis, et tous deux, haletants, trempés de sueur, regardèrent sans la voir la fenêtre obscure. La lune s'était couchée.

— Oh ! la la ! quelle merveilleuse poupée d'amour tu es ! Seigneur, quelle splendide célébration de la fête nationale, un vrai feu d'artifice ! Emma, Emma, Emma, Emma... (Il poussa un profond soupir.) Tu es la meilleure de toutes !

Emma eut une bouffée d'orgueil. La meilleure de toutes ! Mais de combien ? Les flammes à l'intérieur de son corps refluèrent et s'éteignirent, elle frissonna, glacée, maintenant.

« Combien d'autres avant moi ? Et combien pendant ces interminables journées passées à attendre que le téléphone sonne ? »

Brix s'assit, s'appuyant contre le canapé. Il ramassa sa chemise et sortit d'une poche une petite enveloppe.

— Le dessert !

En tapotant l'enveloppe, il fit glisser une mince traînée de poudre blanche sur le dos de sa main et la lui présenta. Un petit chalumeau de verre s'était matérialisé dans son autre main.

Déconcertée, Emma regarda la poudre, puis elle eut honte de son ignorance. Brix allait la trouver idiote, complètement inepte, il allait la repousser. Il n'avait pas tellement besoin d'elle, lui, il avait tout ce qu'il voulait, toutes les filles n'attendaient que son bon vouloir, et il les préférerait parce qu'elles partageaient ses plaisirs et menaient le même genre d'existence que lui. Il n'était pas vraiment intéressé par une paysanne, il avait dit le contraire, mais, en fait, il voulait une fille qui connaisse la vie.

Un nouveau tremblement la parcourut; il ne restait rien des grandes flammes joyeuses, elles n'étaient plus que cendres. Elle n'arrivait plus à se souvenir de ce qu'elle avait ressenti en dansant dans les airs.

— Vas-y, insista Brix, je ne peux pas le faire à ta place, tu sais!

— Ecoute..., ne m'en veux pas, balbutia-t-elle, je n'en ai jamais pris!

— Tu plaisantes!

— Non.

Elle se remit à claquer des dents. Elle s'assit à son tour et s'enroula dans un châle posé sur le sofa derrière eux.

— Non, je n'en ai jamais pris... Les gens avec qui je sortais n'en prenaient pas, alors..., moi non plus!

Elle n'ajouta pas qu'avant de faire sa connaissance elle n'avait jamais bu plus d'un seul verre de vin. Qu'importait, puisque maintenant elle s'était habituée, elle buvait du scotch, elle devenait une femme d'expérience.

— Pauvre petite paysanne, personne ne t'a rien appris! Allons, je vais te faire une démonstration.

Il se rapprocha d'elle et lui montra comment aspirer la poudre lentement et profondément. Puis il en fit autant, passa ensuite un bras autour des épaules d'Emma et l'installa tout contre lui en fredonnant un petit air. Elle commença à se réchauffer, cessa de claquer des dents, et son corps se détendit contre celui de Brix. Ses os paraissaient légers, fragiles, elle avait l'impression d'être une fleur posée sur la poitrine de Brix ou accrochée à son revers... Quel revers, puisqu'ils étaient nus? Elle essaya d'étouffer son rire mais rit quand même. Brix la serra contre lui, et ses doigts commencèrent à taquiner son mamelon.

« Oh, quelle délicieuse sensation... Comme si elle me traversait tout entière... Tout est si merveilleux, si simple. Pourquoi me suis-je tracassée, je suis avec Brix, il est fort et me soutient, il est heureux, je l'ai rendu heureux. Il sait tout, il y a plein de femmes qui le veulent, mais c'est avec Emma qu'il est heureux. Il ne m'abandonnera pas maintenant, maintenant que je sais tout ce qu'il faut savoir ! »

Il faisait presque jour lorsqu'elle rentra chez elle. Claire l'attendait en lisant au lit, la porte de sa chambre ouverte.

— Tu as passé une bonne soirée ? demanda-t-elle.

— Oui, mais je tombe de sommeil, marmonna la jeune fille en passant presque au pas de course, paniquée à l'idée que sa mère puisse lui demander d'entrer un instant.

Le scotch, la cocaïne, la nuit d'amour... L'un ou l'autre se serait vu. Et, effectivement, elle se reconnut à peine dans son miroir : ses pupilles étaient si dilatées que ses yeux semblaient noirs et vides, ses lèvres étaient gonflées des baisers de Brix et même son corps semblait transformé, avec une poitrine plus voluptueuse, une langueur dans le cou et le dos qui lui donnait une démarche ondulante. Mais, le lendemain matin, ses yeux avaient retrouvé leur clarté habituelle, et, en descendant pour le petit déjeuner, elle était, pensa-t-elle, exactement comme avant.

Elle s'assit, regarda le verre de jus d'orange que Hannah venait de presser pour elle. La vieille dame la considéra attentivement.

— Tu maigris, toi...

— Mais non...

— Nous n'avons pas de balance, comment le sais-tu ?

— Je le sais, je sais comment je me sens !

— Tu as maigri depuis le mois dernier. Et tu ne bois pas ton jus d'orange ?

Emma prit le verre et, bien qu'elle n'en eût pas du tout envie, le vida d'un trait.

— Vous êtes contente, maintenant ?

— On va voir… Que veux-tu manger ?
— Je n'ai pas faim.
— Nous y voilà ! C'est pour ça que tu maigris, Emma. Tu as un problème, tu n'es pas heureuse. Je peux peut-être t'aider…
Emma bondit sur ses pieds.
— Je ne veux pas de votre aide ! D'abord vous n'avez aucun droit de me parler comme ça, vous n'êtes pas ma mère ! Vous n'êtes même pas de notre famille ! Si je ne peux pas descendre dans notre propre cuisine sans que…
— Eh, un instant, veux-tu !
Hannah se tenait bien droite, les épaules en arrière, mais ses lèvres tremblaient légèrement.
— Je sais très bien que je ne suis pas ta mère ! Je ne suis la mère de personne. Je le regrette de tout mon cœur, mais nous n'obtenons pas toujours ce que nous désirons le plus au monde. Peut-être même ne te trompes-tu pas en disant que je ne suis pas de votre famille. Je pensais pourtant y avoir une petite place, non pas parce que je vous fais la cuisine, etc., mais parce que je vous aime, toi et ta mère. Je me sens concernée par tout ce qui vous arrive et si je vous perdais…, si vous me chassiez…, je n'aurais plus grand-chose à quoi me raccrocher.
— Je vous demande pardon, Hannah !
Emma était rouge de honte. Hannah était toute petite et si vulnérable au milieu de la grande pièce, mais, malgré les instruments modernes autour d'elle, elle rappelait à Emma ces épouses de pionniers, debout à la porte de leur cabane, le fusil dans une main et un enfant dans l'autre, tandis que la soupe mijotait derrière elles. Elle était déterminée, protectrice, débordante d'amour, et Emma, malgré sa colère et sa confusion, se sentit pleine d'affection et de respect pour elle.
— Pardon ! répéta-t-elle. Vous faites partie de notre famille, bien sûr ! C'est juste que je ne peux pas supporter toutes ces questions, c'est une véritable inquisition, et, si vous continuez, je m'en vais !
— Merci, ma chère petite, de m'avoir rassurée. Mais il ne s'agit pas d'inquisition, Emma. C'est une simple conversation, du moins, cela en serait une si tu t'as-

seyais. Et j'ai une remarque à faire, juste une remarque, une observation : tu maigris et tu es déprimée, et bien sûr c'est à cause de ce jeune homme. Nous sommes le 8 août, il t'a appelée quatre fois, ce qui est probablement le dixième de ce que tu attendais, et le cinquième de ce qu'il t'a laissé espérer. Et quand je te vois errer dans la maison en regardant le téléphone d'un air désespéré, mon cœur se serre pour toi.

— Je n'ai pas besoin que votre cœur se serre pour moi !

— Ça ne se gouverne pas, tu sais ! Ecoute-moi. Dès le lendemain de chaque sortie, tu commences à déprimer parce que tu sais qu'il ne t'appellera pas aujourd'hui, ni demain, bien que je sois prête à parier qu'il l'a promis.

— C'est faux ! Il n'a rien promis : il a tellement de travail qu'il ne sait jamais s'il aura le temps !

— Oh, ne dis pas n'importe quoi ! Nous nous y laissons toutes prendre une fois, peut-être deux, mais pas plus. Pourquoi te faut-il tant de temps pour te dessiller les yeux ?

— Vous n'y comprenez rien, vous n'y connaissez rien !

— Si, justement, bien plus que tu ne crois. Assieds-toi, je vais te raconter, tu vas voir... J'avais mon petit succès, quand j'étais jeune. J'étais jolie, je plaisais aux garçons, et j'avais quelques prétendants. Mais je ne couchais pas avec eux, ça ne se faisait pas dans mon milieu, à cette époque.

Emma rougit et fixa sans un mot son verre vide. Hannah posa sur la table un quatre-quarts et la cafetière pleine.

— Maintenant, à ta place, dit-elle négligemment, en feignant de se concentrer sur le découpage du gâteau, je changerais de cap. Je passerais mes erreurs aux profits et pertes, et je m'efforcerais de modifier le rapport de forces. La prochaine fois qu'il t'appelle, refuse. Dis-lui que tu as un autre rendez-vous, ou que tu n'as pas envie de sortir, ce que tu voudras. Dis-lui que Hannah le considère comme un mufle et un goujat, et que tu ne sors pas avec ce genre d'homme. Il a besoin d'être un peu secoué.

Emma leva les yeux.

— C'est comme ça que vous parliez aux garçons quand vous aviez mon âge ?

Hannah soupira.

— Hélas, non. (Elle lui tendit une tranche de gâteau et remplit une tasse de café.) Je sais que tu n'as pas faim, mais goûte-le quand même.

Emma prit la tasse à deux mains.

— Vous êtes comme ma mère, en pire. Qu'est-ce que vous voulez dire par « changer de cap » ?

— Recommencer de zéro. (Elle soutint le regard horrifié d'Emma.) Tu ne devrais pas laisser ce qu'il y a entre toi et Brix diriger ta vie.

Emma ouvrit la bouche pour dire quelque chose puis la referma. Elle avait envie de se confier à Hannah, mais elle hésita, puis renonça.

— Tout va bien, Hannah, je sais ce que je fais, tout va bien.

— Peut-être dis-tu vrai... Mais rien qu'à t'observer...

— Allez-vous cesser de m'observer !

Emma but une gorgée de café et se brûla la langue. Les larmes lui montèrent aux yeux.

— Vous n'avez pas le droit de m'observer, s'emporta-t-elle, ni de me dire quoi que ce soit ! Vous sortez bien avec ce type qui a un drôle de nom, et cent ans de moins que vous, et, si vous voulez le savoir, je trouve ça vraiment bizarre, moi aussi, alors pourquoi...

— J'ai dîné quatre fois avec Forrest. Tu penses que mes amis devraient être de mon âge ? Ou peut-être ne devrais-je pas avoir d'amis ?

— Mais non... Vous pouvez bien fréquenter qui vous voulez ! Mais je ne vois pas pourquoi, moi, il faut toujours que je donne des explications, ce n'est pas juste ! Fichez-moi la paix, c'est tout ! Arrêtez de me donner des conseils, je n'y peux rien si vous avez perdu votre fille. S'il vous en faut absolument une, trouvez quelqu'un d'autre, à la fin !

— Voilà une remarque bien cruelle, dit tout bas Hannah... Je pense que tu t'es laissé emporter...

— Oh ! pardon, pardon ! Hannah ! gémit Emma, je ne voulais pas vous faire de peine. Mais pourquoi ne me laissez-vous pas tranquille ?

— Tu comprends, commença la vieille dame d'un air

songeur, j'ai eu seize ans en pleine Dépression, et ma mère n'avait pas les moyens de me laisser continuer mes études. Mon père avait été tué à la Première Guerre mondiale, et nous vivions seules dans une petite ville de Pennsylvanie. Ma mère était secrétaire, alors elle m'a fait apprendre la sténo et la dactylo, et j'ai trouvé un emploi chez un agent immobilier. Tout allait bien, nous étions relativement à l'aise, parce que nous étions deux à travailler. Puis le patron de l'agence immobilière s'est entiché de moi. Et je dois avouer qu'il était loin de me déplaire. Il était grand, beau, un veuf dans les quarante ans, champion de tennis, excellent cavalier, un homme d'affaires qui possédait des propriétés dans tout l'Etat et habitait la plus belle maison de la ville. Et je lui plaisais ! Je ne pouvais croire en ma chance. Bien sûr, j'étais très jolie, mais je n'étais qu'une petite fille pauvre, qui n'avait rien fait d'extraordinaire, alors qu'il avait pratiquement tout fait. J'allais chez lui, dans sa grande maison, je préparais le repas et nous parlions de tout ce qu'il avait vu au cours de ses voyages. Il m'apprenait à jouer au tennis, il était bon professeur. Et, bien sûr, nous partagions son grand lit, et dans ce domaine aussi il était bon professeur. Dans ma tête, nous allions nous marier d'un jour à l'autre, nous cesserions de jouer à vivre ensemble pour former un vrai couple. Je n'imaginais pas désirer un autre homme, et j'étais persuadée qu'il m'aimait, puisqu'il me répétait toujours que j'étais merveilleuse. J'étais sûre qu'il prendrait soin de moi, me ferait partager son existence et me sauverait de tous les ennuis qui pourraient m'arriver.

« Il ne m'était jamais venu à l'idée que j'étais capable de forger ma propre vie. Dès que je le voyais, je fondais. Je ne pouvais penser qu'à lui, il remplissait le monde entier, je ne voyais que lui. Je ne voulais d'ailleurs rien voir d'autre, je le voulais auprès de moi pour toujours, et je le lui disais.

Hannah se tut pour remplir sa tasse de café. Emma ne la quittait pas des yeux.

— Et alors ?

— Et alors nous avons continué ainsi pendant presque deux ans. J'allais chez lui, une somptueuse demeure avec des meubles massifs, des tableaux dans des cadres dorés, des tapis d'Orient sur des parquets de bois sombre. Je me souviens de chaque centimètre de cette maison, c'était comme un palais et il en était le roi. J'y allais deux ou trois fois par semaine, nous y vivions une vie quasi conjugale, et, entre-temps, je retournais chez ma mère, j'allais travailler, et j'attendais qu'il m'appelle. Et puis un jour il a disparu.

— Il a disparu ? Comment ça ?

— Il s'est juste volatilisé. Il avait, sans me le dire, ouvert une succursale à Pittsburgh, et il fréquentait là-bas une autre femme. C'est elle qu'il a épousée. Ainsi je me suis retrouvée seule. Enceinte.

Emma était transformée en statue de pierre.

— J'étais contente d'attendre un bébé, c'était à mes yeux le seul point positif de cette horrible période : j'allais avoir quelqu'un à aimer, qui m'aimerait. Mais il n'était pas question de continuer à travailler dans l'agence de cet homme, et j'allais avoir un enfant à nourrir. Aussi, après la naissance d'Ariel (je pensais qu'un tel prénom lui garantirait une vie heureuse), ma mère m'a aidée et j'ai repris des études pour devenir enseignante. Ce que je suis devenue.

Il y eut un long silence. Hannah vit Claire sur le pas de la porte, écoutant, les sourcils froncés et l'air surprise.

— Et qu'est-il arrivé, alors ?

— Oh ! beaucoup de tristes événements. Ariel est morte et...

— De quoi est-elle morte ?

— C'est une autre histoire... Il m'est encore difficile d'en parler... Et puis ma mère est morte dix ans plus tard, et je me suis retrouvée seule au monde. J'avais eu quelques amants après la mort d'Ariel, mais aucun ne m'avait apporté le bonheur que j'avais connu avec l'agent immobilier, et je ne me voyais pas vivant avec un homme juste pour avoir une présence chez moi. Alors j'ai décidé que j'étais faite pour vivre seule. Une amie m'a trouvé un poste d'enseignante à Saint Louis, et je me suis installée dans cette ville. Je n'ai jamais eu d'autre amant. J'ai souvent eu envie d'en avoir un, et puis ça m'a passé. En fin de compte, c'était plus simple ainsi. Et j'avais fait deux découvertes d'importance :

premièrement, je n'avais pas besoin d'un homme pour me faire vivre ou me guider, je m'en sortais très bien toute seule, deuxièmement, j'avais de bons conseils à donner. Cela semble paradoxal, parce que ma vie n'était pas précisément une réussite, mais, pour une raison ou pour une autre, dès qu'il s'agissait de la vie des autres, je savais exactement ce qu'il fallait faire. C'est la raison pour laquelle je me sens autorisée à te dire de ne pas courber l'échine devant ce jeune homme. Qu'il aille au diable jusqu'à ce qu'il apprenne à te traiter avec respect et humanité ! Et, si tu veux mon avis, je ne suis pas sûre qu'il t'aime.

— Mais si, il m'aime ! Il m'aime, et je l'aime, et je ne vois pas pourquoi vous me racontez tout ça ! Quand bien même il y aurait tout un bataillon de gens pour me conseiller, ça ne changerait rien, je ne veux pas de conseils et je ne veux pas de votre aide ! Je ne veux même pas vous écouter !

En se tournant vers la porte, elle se cogna la hanche contre la table.

— Oh, saloperie de truc ! Allez au diable, Hannah, au diable, vous m'entendez ? Tout allait bien avant que vous ne commenciez à me parler ! Partez et fichez-moi la paix !

— Assieds-toi, Emma, dit sèchement Claire en entrant dans la pièce. Et surveille ton langage, je te prie ! (Elle s'assit.) Ton comportement m'inquiète beaucoup… Tu peux trouver Brix merveilleux, mais, depuis que tu le vois, tu as changé, et pas dans le bon sens. Quelles que soient vos relations, elles ne te rendent pas heureuse et gâchent notre vie de famille. Je pense qu'il est temps d'y mettre un terme.

Emma n'avait pas bougé.

— Un terme ? Un terme à quoi ? Qu'est-ce que tu veux dire ?

— S'il te plaît, Emma, je t'ai demandé de t'asseoir !

Les dents serrées, la jeune fille finit par obéir.

— Je veux que tu cesses de voir Brix. Tu entres à l'université dans trois semaines, et nous avons beaucoup de préparatifs à faire. Tu vas être trop occupée pour t'amuser ou pour errer dans la maison comme une âme en peine en attendant qu'il te téléphone. Je veux qu'il sorte de ta vie, Emma, il n'est pas l'homme qu'il te faut. Je crois d'ailleurs que tu t'en rends compte mais que tu te sens prise au piège.

— C'est faux! Je ne me sens pas du tout prise au piège! Il est l'homme qu'il me faut, il est le meilleur homme au monde. Tu ne sais rien de lui. Tu vois bien son père, pourquoi ne puis-je plus voir Brix? Son père n'est pas si merveilleux, tu devrais entendre ce que Brix en dit parfois. Je pense que c'est lui qui n'est pas l'homme qu'il te faut! Il n'est pas du tout un homme bien, il ne garde jamais une femme très longtemps, il est froid, dur, et tout ce qui l'intéresse, c'est de dominer les autres. Mais ça ne t'empêche pas de le voir, et Hannah ne va pas te dire de cesser de le voir. Tu peux faire ce que tu veux, toi, et tout va bien! Alors tout va bien pour moi aussi, je suis très heureuse, et je n'ai aucune intention de lui mentir. Je veux le voir, je veux être avec lui, j'irai avec lui chaque fois qu'il le voudra et, si vous vous y opposez, je me débrouillerai toute seule! Je n'ai pas besoin de vous, je n'ai pas besoin de vos conseils, et je ne veux plus vous parler!

Elle sortit de la cuisine, monta l'escalier en sanglotant, claqua la porte de sa chambre et, les yeux brouillés par les larmes, regarda le téléphone.

« Il le faut, sinon elles vont tout gâcher, alors autant mourir... »

Bien qu'elle n'ait jamais appelé Brix, elle connaissait son numéro au bureau, et, après une minute passée à rassembler son courage, elle le composa.

— Brix Eiger, dit-il en décrochant.

Elle fut frappée par le formalisme de son ton.

— Brix..., finit-elle par articuler, Brix, c'est Emma...

— Emma? Qu'est-ce que... Je t'ai dit de ne pas... Qu'est-ce qu'il y a? Qu'est-ce qui se passe?

— Ma mère dit qu'il faut qu'on cesse de se voir...

— Oh, pour l'amour du ciel! Attends un instant, ne quitte pas! (Elle entendit le bruit d'une porte refermée, puis il fut de nouveau en ligne.) Nous aurions pu en parler ce soir, tu sais!

— Tu ne m'as pas dit qu'on se verrait ce soir.

— Demain soir, alors!

— Tu ne m'as pas dit non plus qu'on se verrait demain soir.

— Ecoute, Emma, tu cherches une dispute ?

— Non, non... Je veux dire... Je te demande pardon, je suis si... Brix, ma mère dit qu'il faut qu'on cesse de se voir !

— Je sais, je t'ai entendue. Ecoute, poupée, ça va s'arranger. Ce n'est pas la fin du monde, on trouvera un moyen... Si tu le veux vraiment.

— Si je le veux vraiment ! Ô Brix, je ne pourrais pas cesser de te voir, j'en mourrais ! Mais il y a aussi mon entrée à l'université, elle dit que c'est bientôt et que...

— Mais tu ne m'en as jamais parlé !

— Je... Je ne voulais pas y penser, je crois...

Une pensée troublait Emma, une idée qu'elle n'avait pu empêcher de lui venir à l'esprit.

« Il ne m'a même pas demandé pourquoi ma mère veut que je cesse de le voir... Ça ne l'étonne pas ? Il ne se pose pas de questions ? Ou bien ce n'est pas la première fois que ça lui arrive ? »

— C'est quand, la rentrée ? Quand pars-tu ?

« Il n'a pas l'air très bouleversé, on dirait même que ça le laisse indifférent ! »

— Dans trois semaines, je crois. Je n'arrive même pas à y penser.

— Alors n'y pense plus ! Pourquoi tant d'histoires ? Tu n'es pas obligée d'y aller, tu sais. Ce n'est pas à ta mère de diriger ta vie.

Emma en resta pétrifiée : il ne lui était pas venu à l'idée de refuser de continuer ses études. Sa mère avait économisé des années dans ce but, et maintenant qu'elles étaient riches, elle avait commencé à lui acheter toute une garde-robe et un tas d'accessoires pour sa chambre d'étudiante : une chaîne, un ordinateur, une télévision, un magnétoscope... Elles parlaient de l'université depuis des années, et jamais avec des *si* mais avec des *quand*. Il n'était pas question de ne pas y aller.

— Je suis obligée d'y aller, je ne peux pas dire à ma mère que je n'y vais plus.

— Bien sûr que si ! Tu pourrais rester ici, si tu avais quelque chose de mieux à faire. Elle n'y trouverait rien à redire.

— Quelque chose de mieux ?

— J'ai eu une idée, hier, expliqua-t-il, content de lui. Je voulais en parler d'abord avec mon père, mais ça ne fait rien. Ecoute, notre compagnie va lancer une campagne de publicité pour une nouvelle ligne de produits de beauté que nous venons de mettre au point. Mon père et Hale (c'est le grand manitou de la section publicité) veulent un visage neuf pour représenter cette ligne, et ils sont en train de le chercher. La quête du visage idéal. Alors, si je leur disais que c'est toi ?

— Tu veux dire, comme modèle pour les photos ?

— Tout juste. Je te l'ai dit, poupée, tu es très belle. Tu as un sourire magnifique, des traits fins, et tu es attirante en diable. Exactement ce qu'il nous faut. Et il est temps que tu aies ton propre travail, tu ne vas pas rester toute ta vie sous la coupe de ta mère. Elle nous crée trop de difficultés. Ecoute, pourquoi ne viens-tu pas au bureau demain, je demanderai à mon père et à Hale d'être là, et nous en parlerons. Ils voudront faire une série de photos, mais je serai là et je sais que tu as le visage idéal, ça veut dire que c'est quasi gagné. Qu'est-ce que tu en penses ? Ta mère ne peut pas te demander de t'enterrer dans une fac si tu deviens le célèbre modèle qui pose pour les produits de beauté Eiger.

Emma s'accrochait au récepteur. Elle, modèle ? Le célèbre modèle qui pose pour les produits de beauté Eiger... Des traits fins... Attirante... Le visage idéal...

Son cœur battait à se rompre.

« Je vais devenir célèbre, je ne serai pas seulement une petite étudiante, mais une femme dont des millions de personnes verront la photo. On me reconnaîtra dans la rue... Et je ne quitterai pas Brix, nous serons collègues, nous serons encore plus proches, je ne serai pas obligée de me séparer de lui, jamais. Nous travaillerons dans la même entreprise, celle de son père. La sienne, un jour. Ce sera comme si nous étions mariés. »

— Eh, tu es toujours là ? dit la voix de Brix au bout du fil.

— Oui, haleta Emma. Ô Brix, j'adorerais ça ! J'adorerais le faire, j'en ai toujours rêvé.

— Alors, viens demain matin. Tu peux ? Ta mère te laissera venir ?

— Oh, bien sûr, Brix, je ne suis pas séquestrée! A quelle heure?

— A 10 heures, je préviendrai le personnel à l'accueil.

— D'accord! A demain!

— Mon adorable poupée!

Elle attendit qu'il suggère de se voir le soir.

— ... Il faut que je raccroche, cocotte, nous avons du travail, ici. A demain, dix heures! Et vas-y doucement sur le maquillage.

Assise sur son lit, les mains sur les genoux, elle réfléchit longuement.

« Si ma mère n'avait pas gagné le gros lot, je n'aurais jamais fait la connaissance de Brix, je ne serais jamais tombée amoureuse de lui. Je n'aurais jamais eu une chance de poser pour des photos, j'aurais mené une vie monotone et banale. Je devrais le lui dire et la remercier. Mais c'est impossible, parce qu'elle ne me comprend pas. Ce sera pour plus tard, quand elle connaîtra mieux Brix et que tout ira bien de nouveau entre nous. »

— C'est complètement absurde! protesta Claire lorsque, le lendemain matin, Emma lui annonça qu'elle allait à Norwalk. Tu veux faire des essais de photos, alors que dans trois semaines tu entres à l'université?

Emma, tête basse, tripota ses clefs de voiture.

— Je ne veux plus entrer à l'université.

— Qu'est-ce que tu racontes? Bien sûr que si! Tout est décidé.

— Je sais qu'on en a parlé, répondit Emma sans la regarder, mais...

— Qu'on en a parlé? Mais, Emma, c'était décidé.

— Oui, mais tout est différent, maintenant. (Elle leva les yeux et soutint le regard de Claire.) Je veux rester ici et poser pour des photos. J'en ai toujours rêvé, tu le sais bien.

— Attends un instant, Emma, tu ne peux pas m'annoncer tout de go que... Ecoute, rien ne t'empêche de devenir modèle, d'être tout ce que tu veux, mais, d'abord, tu finis tes études. Il y a des centaines de carrières qui peuvent t'intéresser, mais, si tu n'as pas fait d'études universitaires, tu ne pourras même pas t'y lancer. Je ne vais pas te laisser manquer ce que j'ai manqué. Pourquoi crois-tu que je n'ai jamais pu devenir chef de projet ? Mon entreprise ne voulait pas, ses clients tenaient à ce que les projets soient dirigés par des dessinateurs ayant fait des études universitaires, ils voulaient voir des diplômes accrochés aux murs. Emma, je tiens à ce que tu aies toutes les chances que je n'ai jamais eues. Je veux que tu réussisses mieux que moi.

— Et c'est exactement ce que je vais faire ! Je réussirai tout mieux que toi. J'en sais déjà bien plus que toi à mon âge, je serai célèbre et riche par mon travail et mon talent, sans avoir à gagner un stupide gros lot. Et j'aurai un bien meilleur métier que tu n'en as jamais eu, et un homme qui ne me quittera pas, lui.

Elle aperçut le visage blême de sa mère, mais, une fois lancée, ne sut pas s'arrêter.

— Ne t'inquiète pas pour moi, siffla-t-elle, je sais ce que je fais, et j'ai Brix pour veiller sur moi. Toute ma vie est en train de changer, et c'est merveilleux !

Elle prit la direction de la porte, puis ralentit, se retourna à demi vers Claire, s'arrêta, fit tinter son trousseau de clefs.

— Je t'en prie, ne sois pas furieuse contre moi. Je veux essayer d'obtenir ce travail. Pardon de t'avoir dit des méchancetés. Je le regrette mais je tiens à faire cet essai, et tu ne peux pas m'en empêcher. Je serai de retour dans l'après-midi.

En la voyant rouler, capote baissée, au volant de sa Mercedes rouge, les passants se retournaient sur elle. Elle refoula sa colère et sa rancune, oublia son sentiment de culpabilité et sourit. Le soleil brillait, une chaude brise estivale agitait ses cheveux, elle était une princesse emmenée en carrosse au palais où l'attendait le Prince charmant.

En fait de Prince charmant, Brix se montra très distant, comme s'il la connaissait à peine, comme s'ils n'avaient pas fait l'amour la veille au soir, lorsque la drogue rendait tout plus facile et plus beau.

— Emma Goddard, voici Hale Yaeger, la présenta-t-il avec à peine un regard pour elle. Hale est le chef de l'agence de publicité Yaeger, et voici Bill Stroud, directeur artistique chez Yaeger, Norma Colter, rédactrice publicitaire, et Marty Lundeen, sous-directeur artistique. Et vous connaissez mon père...

Emma serra les mains de tous, avec l'impression d'être nue sous leurs regards de maquignon. Sa robe d'été n'était peut-être pas assez habillée... Elle aurait dû se maquiller un peu plus, malgré le conseil de Brix... Elle souriait trop...

Brix se tourna vers elle.

— Je vais vous conduire à la maquilleuse, pour les essais.

— Discutons un peu, d'abord, dit Hale.

— Bonne idée, faisons connaissance, renchérit Marty Lundeen.

— Vous comprenez bien, Emma, commença Bill Stroud, que cela n'est pas notre procédure habituelle pour choisir un modèle. Normalement, nous consultons les dossiers de plusieurs candidates, et nous en choisissons cinq ou six pour des essais de prises de vue. En fait, nous avons déjà fait des photographies de quatre jeunes filles, et, à partir de là, nous en avons sélectionné deux. Mais Brix a insisté pour que nous vous voyions, et nous avons organisé cette séance. Je vous dis ça pour que vous sachiez quelle est notre position.

Emma acquiesça. Elle jeta un coup d'œil à Brix, qui regardait par la fenêtre d'un air ennuyé, et comprit qu'elle n'avait à attendre d'aide de personne, de Brix moins que de quiconque.

Bill Stroud avait tiré l'une des chaises de cuir noir autour d'une table de conférences en bois de rose, au centre du bureau de Quentin, et elle comprit que c'était pour elle. Elle se redressa.

— Merci ! dit-elle d'une voix claire en s'asseyant.

Les autres prirent place autour de la table, versèrent de l'eau dans leurs verres et lui posèrent des questions sur ses études, ses amis, ses distractions favorites, ses goûts vestimentaires et sa nouvelle automobile. Elle répondit à tout en évitant de trop sourire et en s'obligeant à rester calme. Puis ils lui demandèrent où elle habitait et ce qu'elle avait fait cet été. Elle leur parla de la maison de Wilton et de la croisière en Alaska.

— Mais c'est vous qui avez gagné le gros lot ! s'exclama Norma Colter... Non, vous êtes trop jeune. C'est votre mère, alors ?

Emma ne pouvait pas nier.

— Mais c'est charmant!... Je n'ai jamais rencontré un gagnant de gros lot! Quel en était le montant?

— 60 millions de dollars.

Il y eut un silence interloqué.

— Seigneur, remarqua Bill Stroud, c'est plus que charmant!

— Un 6, et six 0, murmura Marty Lundeen d'un ton rêveur.

— Comment se fait-il que vous cherchiez à travailler, alors?

— Je voudrais faire une carrière de modèle, ça m'a toujours tenté. Et l'argent n'est pas à moi mais à ma mère. Je veux réussir toute seule.

— Et vos études? objecta Bill Stroud.

— Je voudrais faire une carrière de modèle.

— Je parie que votre mère tient à vous voir continuer vos études.

— Qu'importe? C'est vrai, elle préférerait, mais elle m'a toujours soutenue dans tout ce que j'ai entrepris, et elle ne m'empêcherait pas de le faire, je le sais. Si ça marche, je veux dire, si vous voulez de moi...

— Il vous faut son autorisation, vous n'êtes pas majeure.

— J'ai presque dix-huit ans.

— Mais vous ne les avez pas. (Bill Stroud regarda Hale et Quentin.) Est-ce que ça vaut la peine de faire des essais si nous ne sommes même pas sûrs qu'elle puisse travailler pour nous?

— Mais si, je peux, insista Emma. Il n'y a pas de problème, ma mère ne m'a jamais rien refusé, et elle ne le fera pas cette fois-ci.

— Je suis d'accord pour faire les essais, trancha Hale, mais il faut que vous compreniez que, même si ceux-ci sont satisfaisants et si nous décidons de vous engager, nous ne vous offrirons pas un contrat tout de suite. Nous commencerons par préparer une douzaine d'annonces publicitaires pour la presse, et nous les soumettrons à un panel, nous ferons une sorte d'étude de marché. Si vous leur plaisez, alors, nous pourrons commencer à parler contrat.

Emma, qui n'avait pas un seul instant pensé à un contrat, fit un signe d'approbation.

— Bien. Alors, allons au studio.

Dans deux voitures, ils allèrent jusqu'à un bâtiment carré, sans fenêtres, situé à la sortie de Norwalk. A l'intérieur, une petite femme ronde au visage rose les attendait.

— Emma, voici Lea Partz. Elle va vous maquiller. Combien de temps vous faut-il, Lea ?

Lea scruta le visage d'Emma.

— Excellente ossature, assura-t-elle avec un sourire complice à l'adresse de la jeune fille qui, heureuse d'avoir trouvé une amie, le lui rendit. Une heure au maximum.

En la suivant, Emma traîna un peu et entendit Bill remarquer :

— Jolie bouche, yeux charmeurs, elle fait jeune mais elle n'est pas une Lolita.

— Elle pourrait avoir n'importe quel âge, protesta Norma. En fait, je crois que, surtout en photo, il sera difficile de lui donner un âge.

— C'est plutôt un avantage, pour nous. Nous ne voulons pas être perçus comme ne nous adressant qu'aux adolescentes.

Marty Lundeen était dubitative.

— Je ne sais pas... Elle ne me frappe pas comme ayant une forte personnalité, elle semble un peu indécise.

— Nous lui avons tous sauté dessus en même temps ! la défendit Hale.

Emma aurait voulu le remercier, mais Lea l'attendait. Elle n'entendit pas l'avis de Brix ni celui de Quentin. Ni l'un ni l'autre n'avait prononcé un seul mot durant l'entretien.

Il fallut presque une heure à Lea pour terminer le maquillage d'Emma, et, pendant tout ce temps, elle bavarda sans arrêt sur les actrices qu'elle avait connues et maquillées, afin qu'Emma ne s'ennuie pas et soit détendue devant les objectifs. Quand enfin celle-ci se regarda dans le miroir, elle se reconnut à peine. Elle était infiniment plus belle qu'elle ne l'avait imaginé.

— Ça ne peut pas être moi..., murmura-t-elle.

— Et si, ma petite ! Toi, plus mon travail, plus quelques concoctions miracles. Des produits Eiger, devrais-je spécifier. Viens, tu es belle.

Elle la conduisit par un étroit couloir jusqu'à une très vaste salle entièrement blanche, avec des projecteurs, des coussins, quelques meubles ici et là, d'autres projecteurs, d'autres lumières, des réflecteurs.

— Je n'ai pas touché aux cheveux, dit Lea en entrant dans la pièce, je les trouve très bien comme ça.

Ils la contemplèrent tous un long moment. Décontenancée, elle rougit et regarda ses pieds.

— Il faudra vous habituer à être le point de mire des regards, dit Bill. Si personne ne vous remarque, c'est le début des problèmes, pour nous comme pour vous. O.K., mettez-vous là pour commencer. (Il lui montra une pile de coussins sur le sol.) Trouvez-vous une position confortable. Voici Tod Tallent, notre photographe, faites tout ce qu'il vous dira.

Emma s'assit sur les coussins, les jambes repliées sous elle, pendant que Tod, mains aux hanches et tête penchée, la contemplait sans mot dire. Des lumières s'allumèrent, aveuglantes et brûlantes comme un soleil de midi.

— O.K., dit enfin Tod, étendez vos jambes, appuyez-vous sur vos mains, couchez-vous, laissez tomber la tête en arrière. Vous regardez le soleil, ou le ciel, ou un oiseau. Prenez une expression rêveuse. Non, ça, c'est un air endormi, essayez autre chose. Là, vous avez l'air ennuyée. Hale, on peut avoir un peu de musique ?

Quelqu'un mit une cassette, et une chanson d'amour sirupeuse s'éleva dans la salle blanche.

— Un regard rêveur, Emma, rêveur. Vous êtes amoureuse et vous pensez à ce soir, ou bien vous vous souvenez d'hier soir. Ah, c'est mieux ! Pas mal du tout ! Levez l'épaule, tendez la jambe, bien, très bien, j'aime ça ! (Emma entendit les déclics rapides du déclencheur.) Maintenant, regardez à gauche, en levant le menton. Bien ! Tenez la pose... Maintenant, serrez vos genoux entre vos bras et regardez au-delà de mon épaule... Pas moi, derrière moi. Serrez-moi ces genoux... C'est bon, très bien, tournez la tête vers la gauche... Parfait !... Pliez les bras sur vos genoux, essayez d'avoir l'air de sentir une présence derrière vous. Bon, très bon, parfait ! O.K., on change les éclairages.

Emma resta figée, osant à peine respirer.

— Vous pouvez bouger, Emma. Détendez-vous quelques instants.

Elle tenta de voir derrière les lumières aveuglantes mais c'était impossible, elle était seule. Puis celles-ci s'éteignirent soudain, et elle ferma les yeux pour chasser les rayons lumineux encore imprimés sur sa rétine. Quand elle les rouvrit, elle vit Brix qui la regardait fixement, appuyé, les bras croisés, contre le mur. « Je t'en supplie, souris-moi ! le supplia-t-elle mentalement. Dis-moi que je m'en sors bien, que tu es fier de moi, que tu m'aimes... »

Les trois spécialistes de la publicité entouraient le photographe. Quentin dit quelques mots à Hale, et les deux hommes sortirent ensemble. Elle poussa un soupir désolé, lança un coup d'œil à Brix, mais il s'était éloigné à l'autre bout de la pièce pour regarder l'éclairagiste installer d'autres réflecteurs.

Puis Tod montra une autre partie de la pièce.

— Emma, allongez-vous sur ce sofa.

Emma s'installa, appuyée sur un coude, la tête reposant sur le dos de la main. Elle regarda l'objectif avec un petit sourire timide.

— Parfait, excellent, ne bougez plus !

Elle tint la pose puis, sans qu'on le lui dise, modifia subtilement sa posture, reculant légèrement les épaules, avançant les hanches, élargissant un peu son sourire, passant avec grâce d'une position à une autre, comme si son corps, ayant compris ce que voulait l'objectif, se faisait de lui-même souple et malléable. Ses yeux et sa bouche étaient face à l'appareil photo, comme s'ils l'appelaient. Elle adorait poser, être un élément d'un ensemble qui allait de l'objectif au magazine, en passant par l'annonce publicitaire et le travail de tous ceux qui préparaient une revue distribuée ensuite dans tout le pays, peut-être même dans le monde entier, sur laquelle elle figurerait. Elle en était ravie.

— Bon... Bien... Génial... Très joli... Parfait !... répétait Tod en la mitraillant.

Puis il changea d'appareil photo, envoya Emma s'asseoir dans un fauteuil, puis sur une escarpolette suspendue au plafond par des crochets.

— O.K., dit-il enfin, bon travail !

La séance de prises de vue avait duré presque quatre heures. Epuisée, Emma se leva de la balançoire et resta debout à côté, indécise. Les autres sortirent, rentrèrent et se groupèrent un peu plus loin en parlant à voix basse. Elle attendit ce qui lui parut une éternité, puis Bill Stroud se tourna vers elle :

— Merci, Emma, c'était très bien. Nous vous appellerons.

Elle espérait que Brix allait s'approcher d'elle, mais il ne le fit pas et sortit avec les autres.

— Allons, viens, mon enfant, dit Lea en lui prenant le bras. Ta voiture est aux laboratoires Eiger ? Je leur ai dit que je te ramènerai. Par ici...

Emma jeta un dernier regard en direction de Brix, mais il ne se retourna pas.

— Tu t'en es très bien sortie, continua Lea. Je ne me trompe jamais.

— Ô Lea, merci, comme vous êtes gentille !

Pendant tout le trajet du retour, elle savoura le jugement de la maquilleuse : « Tu t'en es très bien sortie... Je ne me trompe jamais ! » Mais cela ne l'empêcha pas de revoir mentalement Brix quittant la salle blanche sans un regard en arrière.

— Alors ? demanda Hannah en la voyant entrer, c'est toi le visage idéal ?

— Ils ont dit qu'ils me donneraient bientôt leur réponse. Où est maman ?

— Elle est sortie, elle avait des achats à faire. Tu as l'air exténuée, ma chère petite.

Les larmes aux yeux, Emma s'effondra sur une chaise de la cuisine.

— Je le suis, je n'en peux plus, et je ne sais pas si j'ai fait du bon travail.

— Seigneur, Emma, tu es toujours bonne quand tu entreprends quelque chose. Tu es excellente. S'ils ne te prennent pas, c'est qu'ils recherchaient une autre sorte d'excellence, c'est tout.

— Merci, Hannah !

Celle-ci lui rappelait Lea. Pourquoi les femmes se

montraient-elles si gentilles avec elle, tandis que Brix et son père...

— Maman est furieuse contre moi ?

— Elle n'est jamais furieuse contre toi. Elle est anxieuse et malheureuse.

Emma baissa la tête.

— Je sais. Mais elle ne peut pas diriger ma vie. Je voudrais qu'elle le comprenne et m'aide à faire ce que je veux, moi, et non ce qu'elle veut, elle.

— Je croyais que tu avais décidé de continuer tes études, objecta doucement Hannah.

— J'ai changé d'avis, c'est tout. Je vais peut-être avoir mieux à faire, et si elle m'aimait, elle m'aiderait.

— Comment oses-tu accuser ta mère de ne pas t'aimer ! s'emporta la vieille dame. Tu sais qu'elle t'aime plus que tout et ferait n'importe quoi pour te rendre heureuse. A son avis, tu fais une erreur. Tu voudrais qu'elle s'abstienne de t'en parler, en dépit de son inquiétude ?

Emma jouait avec la salière.

— Je crois que, s'ils me prennent, je vais me trouver un appartement et quitter la maison. J'y réfléchissais en revenant... Ça ne marchera pas si je reste ici, ce sera trop pénible pour elle de me voir partir tous les jours au travail, ou bien de...

— Que vas-tu chercher ? Tu dis vraiment n'importe quoi ! Il n'est pas question que tu quittes la maison, ta place est ici. Nous formons une famille et tu es un membre de cette famille. Tu sais très bien que ta mère n'est pas rancunière, elle continuera à t'aimer comme elle l'a toujours fait. Que gagnerais-tu en t'installant ailleurs ? Sinon un endroit pour coucher avec ce jeune homme ?

Emma devint écarlate.

— Ce n'est pas ce que je voulais dire...

Hannah attendit, mais Emma, tête basse, resta muette.

— Eh bien, si ce n'est pas ce que tu as voulu dire, reste où tu es. Nous t'aimons, nous voulons t'avoir auprès de nous, et non pas te voir errer comme si tu n'avais pas de foyer. Oublie cette idée idiote, et n'en parle surtout pas à ta mère. Inutile d'ajouter à son chagrin.

Emma leva la tête.

— Hannah ? Elle va épouser Quentin ?

— Pourquoi cette question ?

— Parce que c'est un sujet que je ne peux pas aborder avec elle. Comme je ne peux pas lui parler de Brix ni de quoi que ce soit. Avant, nous parlions tout le temps, maintenant, nous nous disons à peine deux mots. Il est très bizarre, Quentin, vous savez... Brix le déteste et l'aime à la fois, et il en a peur, aussi, je crois. J'ai l'impression qu'au fond il n'est pas du tout sympathique.

— Qui ça, Brix ou son père ?

— Son père, bien sûr. Brix est merveilleux.

— Il ne t'a pas dit si c'était bien, ce que tu as fait aujourd'hui ?

Emma fit une grimace.

— Il n'a pas pu, il était avec son père et un tas de professionnels de la publicité.

— Vraiment ? Il n'aurait pas pu s'approcher de toi et te dire : « Merci, c'était très bien, je t'appellerai bientôt » ? Est-ce pour la même raison qu'il lui est impossible de te téléphoner pendant toute une semaine et quelquefois plus, comme s'il n'avait pas le téléphone à son bureau ni chez lui ?

— Oh, vous n'allez pas recommencer ! Je refuse de mettre sa parole en doute : je l'aime et je sais qu'il m'aime, et, si vous continuez à le critiquer, je quitte la maison. Je ne peux pas supporter de vous entendre constamment l'attaquer.

— Très bien, je me tais, je n'en parle plus. (Elle se remit à préparer le dîner.) J'essaie une nouvelle recette, ce soir. C'est si bon d'avoir une famille pour qui préparer des repas, j'étais désespérée quand je n'avais que moi. Tu savais que j'avais été traiteur, autrefois ?

Emma secoua la tête.

— Vous avez dit que vous étiez cuisinière, que vous faisiez la cuisine pour des amis...

— C'est exact, mais j'ai aussi été traiteur, pas très longtemps, mais j'avais quelques clients importants. De grosses sociétés et des gens fortunés de Long Island.

Oubliant ses soucis, Emma la regarda.

— C'était avant ou après votre liaison avec l'agent immobilier ?

— Oh, après, répondit négligemment Hannah.

— Mais je croyais que vous aviez fait des études pour être enseignante ?

— J'ai cessé d'enseigner, à un moment. Puis j'ai recommencé. Etre traiteur ne me convenait pas. (Elle ouvrit le réfrigérateur et en sortit un concombre et des graines de sésame.) Je ne me rappelle plus quand exactement, on oublie ces détails quand on a dépassé soixante-dix ans.

— Mais...

Le téléphone sonna, et Emma se rua sur le combiné.

— Salut, cocotte ! dit la voix de Brix. Que dirais-tu d'être la nouvelle Miss Eiger ?

— Je leur ai plu, alors ? haleta Emma.

— Enormément. Ils viennent de visionner les épreuves des deux premières heures, et elles sont fantastiques. Tout le monde s'extasie, je vais sans doute avoir une médaille, peut-être même un bonus. Ils disent que j'ai vraiment l'œil. Personne ne pensait que je m'intéressais à leur nouvelle campagne, mais, maintenant, on ne me laissera plus sur la touche quand on fera des projets. Je ne suis plus le petit-garçon-à-son-papa, et, si tout continue ainsi, je serai un vice-président à part entière. Rien ne pouvait m'arriver de mieux. Quand je déciderai de quitter la boîte, j'aurai un titre qui...

— Brix, excuse-moi de t'interrompre, mais quand veulent-ils me voir ?

— Lundi, 9 heures, agence Yaeger. Marty Lundeen va t'appeler d'une minute à l'autre. Et nous devrions fêter ça, non ? Demain soir, pour dîner ? Fais-toi belle, je t'emmènerai dans un restaurant huppé. Et préviens ta mère que tu rentreras tard.

— D'accord.

— Félicitations, dit Hannah lorsque la jeune fille eut raccroché. Combien vont-ils te payer ?

— Oh, je ne sais pas, répondit gaiement Emma, je n'ai pas pensé à le leur demander, ils me le diront bien...

— Ils t'établissent un contrat ?

— Pas tout de suite. Plus tard, peut-être.

Elle bondit sur ses pieds et se mit à arpenter la cuisine de long en large.

— Je leur ai plu, Hannah, je leur ai vraiment plu. Brix dit que les premières épreuves étaient excellentes. J'avais deux concurrentes, mais ils ont préféré que ce soit moi, ils m'ont trouvée merveilleuse. Ça ne vous semble pas incroyable ? Je vais être Miss Eiger, un modèle !

— Je suis très fière de toi ! (Hannah serra la jeune fille dans ses bras et l'embrassa sur les deux joues.) Ne t'ai-je pas dit que tu étais toujours excellente ? Je suis fière, et très heureuse pour toi.

Emma se blottit dans les bras de la vieille dame.

« Je suis heureuse... Heureuse... Heureuse ! »

Mais elle avait beau se le répéter, une ombre de tristesse stagnait tout au fond d'elle, et elle ne savait qu'en faire. L'ignorer... La chasser... Elle s'obstinait à rester, comme une brume voilant le soleil, et gâchait ce qui aurait dû être pur bonheur. Alors elle s'accrocha à Hannah, se concentra sur le bonheur de devenir modèle, Miss Eiger, et de rester auprès de Brix.

« Quand ils m'ont choisie, il n'a pas eu une pensée pour moi, il n'a pensé qu'à lui et à la façon dont sa découverte allait aider sa carrière. »

— Je suis si heureuse, répéta-t-elle à Hannah en repoussant cette pensée déloyale envers l'homme qu'elle aimait.

Puis une idée lui vint, qui arrangeait tout.

« Il attend demain pour me féliciter... Je le connais, il me fera des compliments quand nous fêterons mon succès en tête à tête. Il me le dira demain soir, qu'il est fier de moi ! »

9

Claire regardait les photographies ornant deux des murs du bureau de Quentin.

Les laboratoires Eiger occupaient un long bâtiment bas à la sortie de Norwalk, et le bureau du P.-D.G. était situé à l'un des angles. Les larges baies ouvraient sur une grande pelouse en pente douce plantée d'arbres, bordée de buissons et de massifs de fleurs. Les arbres aux couleurs d'octobre flamboyaient, et le soleil teintait la verdure d'une lumière cuivrée. En arrivant, Claire avait pensé que l'endroit ressemblait à un campus universitaire, à un lieu de sérénité et d'harmonie, donnant envie de se consacrer à un travail sérieux, en compagnie de condisciples partageant vos goûts et susceptibles de devenir des amis. Le genre d'endroit où aurait dû se trouver Emma depuis la fin août, au lieu de passer ses journées à poser devant des objectifs et à attendre que sonne l'heure du rendez-vous avec Brix.

Le bureau de Quentin était haut de plafond, garni de grands meubles en bois de rose et cuir et d'une énorme table en acier inoxydable. Debout au milieu de la pièce, Claire avait l'impression d'avoir rapetissé et se demanda si celle-ci n'avait pas été conçue justement dans le but de faire cet effet sur les visiteurs.

Elle examina à nouveau les photographies. Beaucoup d'entre elles représentaient des produits Eiger, en flou artistique. Quelques autres étaient des croquis ou des photos en noir et blanc représentant les laboratoires d'origine puis leurs différents stades jusqu'à l'établissement actuel.

— Très impressionnant, remarqua-t-elle, vous ne cessez de vous développer. Vous ne prenez jamais le temps de souffler ?

Un sourire satisfait apparut sur les lèvres de Quentin, et Claire s'avoua qu'elle se détendait en le voyant content.

« Je deviens comme ses amis... »

— Nous ne nous arrêtons jamais, nous ne ralentissons même pas, il nous reste encore du terrain à conquérir. Nous ne serons jamais une grosse entreprise comme Avon ou Helen Curtis, ce n'est pas notre but, mais nous pouvons être dans le peloton de tête, si nous ne faisons pas d'erreurs.

— Quelles sortes d'erreurs pourriez-vous faire ?

— Imiter d'autres sociétés en nous attardant trop à satisfaire une mode passagère, ou traîner avant de sortir un produit et nous faire griller au poteau... Le choix du moment est essentiel. Que pensez-vous de la présentation de nos produits ?

Elle étudia une fois de plus les photographies des produits Eiger.

— Elle me plaît beaucoup, dans certains cas.

— Et les autres ?

Elle se raidit encore, gênée à la perspective de critiquer un conditionnement auquel il avait sans doute donné son accord.

« C'est ma partie, j'en sais plus que lui dans ce domaine, je suis assez sûre de moi pour dire ce que je pense. »

Ce qui ne l'empêcha pas d'hésiter. Même maintenant, après cinq mois de déjeuners dans les restaurants à la mode, d'apéritifs dans les grands hôtels, d'expéditions dans les boutiques et d'après-midi au spectacle, elle n'était pas devenue aussi égocentrique que les femmes lui servant de guide. Elle n'arrivait pas à faire abstraction de ce qui ne la concernait pas. Même en bavardant ou en marchant dans les rues, elle savait remarquer ce qui l'entourait, que ce soient les singes espiègles peints au plafond du Cirque ou les énormes bouquets décorant Le Bernardin, ou les limousines alignées le mercredi après-midi devant les théâtres de Broadway, ou les sans-logis recroquevillés en tas informes dans des embrasures de portes de la Cinquième Avenue. Ses occupations frivoles ne l'empêchaient pas de réfléchir, de s'émerveiller de se trouver là à mener ce genre de vie. Serait-elle un jour aussi habituée au luxe que Roz, Lucy, Selma et Lorraine, et aussi blasée ?

— Quels sont les conditionnements que vous n'aimez pas ? répéta Quentin. Et pour quelles raisons ?

Claire prit sa respiration et désigna les étiquettes de quelques pots de forme ovale.

— Ceux-là, toutes ces lignes obliques et tous ces angles. Un lait démaquillant se doit d'être doux et onctueux, et c'est sans doute le cas de celui-ci, mais ces étiquettes connotent la dureté et l'agressivité. Elles pourraient convenir à un produit destiné à un homme mais pas pour un traitement facial ou capillaire. Pour une crème contre la transpiration, peut-être, ou une lotion antimoustiques.

Il étouffa un rire.

— Quoi d'autre ?

Enhardie, elle s'approcha d'une autre photographie.

— Si vous tenez à du noir pour un étui à rouge à lèvres, celui-ci devrait avoir une forme plus sensuelle. Le vôtre a l'air d'une arme. J'arrondirais le sommet ou peut-être... Oui, ce serait mieux, je lui donnerais une forme concave, avec le côté creux de couleur dorée. Et votre décor en relief noir sur noir, je le ferais doré aussi, et je choisirais un motif avec des lignes plus longues, des volutes, par exemple, pour que le doigt sente une courbe lisse et non un tas de petits pétales ou je ne sais quoi...

Elle s'arrêta net, craignant d'avoir été trop franche. Le visage de Quentin était impassible.

— Autre chose ?

— Non.

— Vous aimez tout sauf ces deux-là. Je n'en crois pas un mot !

Claire hésita de nouveau.

— Je pourrais faire des remarques sur presque tous, mais je ne connais rien de votre entreprise ni de sa politique : j'ignore si votre marché se compose de femmes jeunes ou plus âgées, de cadres masculins ou féminins, et quelle sorte d'image vous voulez donner de vos produits, et il me faudrait avoir en main tous ces éléments pour...

— Vous les auriez, si vous étiez chef de projet. Je vous demande votre opinion de professionnelle de l'esthétique industrielle sur le conditionnement de tous nos produits. Cet étui à rouge à lèvres noir a été un échec total, et nous l'avons retiré de la vente au bout de six mois. Je me demande ce que cette photographie fait là. Le lait démaquillant aussi marche moins bien que prévu, et vous m'en avez peut-être donné la raison.

Il repoussa son fauteuil et vint à côté de Claire.

— Vous avez un œil d'experte. Nous en avons besoin, ici, pour une entreprise bien plus importante que la critique du conditionnement de nos lignes actuelles. J'ai signé un contrat avec Bingham Design, vous les connaissez ?

— Oui, ils sont très compétents.

— Eh bien, on ne le dirait pas ! Il y a des mois que je leur ai donné le marché de tout ce qui concerne le design de la gamme PK-20 et, jusqu'à maintenant, je n'ai rien. Pas une étiquette, pas un emballage, aucun matériel publicitaire pour les lieux de vente, du moins, rien qui me plaise. Je leur ai dit que je ne voulais plus d'eux et je veux que vous les remplaciez.

— En tant que quoi ?

— Chef du design pour PK-20, consultant en création, spécialiste en esthétique industrielle, le titre que vous voulez. Vous disposerez d'un bureau ici et vous pouvez vous constituer une équipe si besoin est, d'autant de dessinateurs et de graphistes qu'il faudra pour me sortir quelque chose rapidement. Nous sommes en retard sur notre planning, parce que nous n'avons pas pu obtenir une seule maquette correcte. Je veux que vous vous en chargiez, Claire.

Elle le regardait, bouche bée.

— Je n'arrive pas à y croire...

— A quoi n'arrivez-vous pas à croire ? Je suis surpris de tous ces chichis, Claire, et de cette pseudo-humilité. Vous êtes capable de le faire, vous le savez, alors pourquoi refuseriez-vous ?

— Ce n'est pas ça... J'ai rêvé toute ma vie d'être responsable d'un projet, et je suis toujours restée assistante. Vous savez ce que signifient les mots « chef de projet » pour quelqu'un à qui l'on n'a jamais confié de responsabilités créatrices ? Et, maintenant que je n'ai plus besoin de travailler, vous m'offrez ça sur un plateau !

— Alors acceptez ! Il va falloir vous y mettre tout de suite, vous aurez un bureau cet après-midi.

« Va au diable, Quentin !... Tu ne comprends rien à ce que je ressens, et tu t'en moques éperdument ! Tout ce qui compte, c'est ton planning... »

Elle se sentait aussi vexée que s'il lui avait fermé la porte au nez ou l'avait réduite à n'être qu'un des mille petits rouages anonymes de cette machine nommée laboratoires Eiger.

Toutefois, mieux valait ne pas tenir compte de son attitude désagréable : elle n'avait pas besoin de lui, ne dépendait pas de lui. Par contre, elle voulait se remettre au travail, c'était ça, l'important. Elle comprenait maintenant ce qu'avait voulu dire Gina, avant d'être embauchée par les laboratoires Eiger. L'argent n'avait rien à y voir, c'était sa propre perception d'elle-même qu'elle voulait retrouver. Cela faisait quelque temps qu'elle ne savait plus trop qui elle était. Comment s'était-elle perçue, ces derniers mois ? La gagnante du gros lot... Une femme riche, qui sortait beaucoup et fréquentait assidûment les magasins... La mère d'une adolescente, bien que celle-ci ne se laissât plus guère materner... Où était son identité, là-dedans ? Quels avaient été les mots de Gina ? « Personne ne peut imaginer combien c'est pénible de se retrouver au chômage. On se sent flotter dans le vide, détaché du reste du monde où les autres s'activent toute la journée. On part à la dérive, on a l'impression de ne plus être, de ne plus vivre, puisqu'on n'a rien à faire. »

« Et ce n'est pas seulement quand on est au chômage, on peut s'égarer d'une autre façon... Je veux accomplir quelque chose dont je serai fière, et je veux pouvoir me présenter comme Claire Goddard, graphiste, et montrer ce que j'ai créé, moi et personne d'autre. Je veux voir si j'en suis capable. Je n'ai jamais été responsable d'un projet, je n'ai jamais rien réussi... »

— Faites une liste des personnes que vous désirez recruter, continuait Quentin. Peut-être même à titre permanent, plus tard. Si ce projet marche, je veux que vous redessiniez tout ce qui concerne nos autres lignes. (Il la regarda.) Comprenez-moi... Il n'est pas question de vous voir devenir mon employée. Vous déciderez vous-même de votre charge de travail, et c'est la raison pour laquelle il est vital de réunir la meilleure équipe possible, afin que vous puissiez compter sur vos collaborateurs en votre absence. Je vous veux en tant que consultant, c'est tout. Je sais que vous fréquentez Roz, Vera et les autres, loin de moi l'idée de vous priver de vos plaisirs. Du moins une fois que le projet PK-20 sera lancé.

« En fait, je n'ai pas le choix, il faut que j'essaie parce que, malgré tout mon argent, je ne sais que faire de ma vie..., et c'est à moi de trouver ! »

— D'accord !

Il la regarda avec surprise : dans son esprit, il avait depuis longtemps son accord.

— En arrivant demain, appelez Carol Block au service du personnel, elle s'occupera de tout. Elle contactera aussi les personnes que vous voulez dans votre équipe. Choisissez qui vous voulez, peu importe s'ils travaillent en ce moment ailleurs, je m'arrangerai pour que leur changement d'entreprise en vaille la peine. A propos..., vous n'avez pas spécifié vos honoraires.

— Je ne..., commença Claire, craignant de citer un chiffre trop élevé.

Elle réfléchit rapidement.

« Il a l'air de tenir à travailler avec moi, il veut que nous nous occupions ensemble de ce projet, et il estime mon travail. Pourquoi le contrarier ? »

— 200 dollars l'heure. Et je vous garantis que tout sera prêt à la date que vous aurez fixée.

— D'accord, répondit-il sans hésitation.

Il l'attira vers lui et l'embrassa. Claire s'appuya contre sa large poitrine et se sentit triomphante : elle partageait un peu de son pouvoir. Certes, c'était lui qui permettait la réalisation de son rêve, mais c'était parce qu'il admirait ses capacités qu'il lui offrait de travailler avec lui.

— Le PK-20 devient presque une entreprise familiale, remarqua-t-il gaiement.

Claire le regarda d'un air grave.

— Nous n'avons pas abordé le sujet du travail d'Emma...

— Je vous ai dit que je trouve ce qu'elle fait excellent. Qu'y a-t-il à ajouter ? Ce n'est pas notre affaire.

— Peut-être pas la vôtre, mais c'est la mienne. Elle est sous ma responsabilité.

Il haussa les épaules.

— Elle est assez grande pour être sous sa propre responsabilité. Je vous ai répété ce qu'en a dit Hale : elle est née pour ce métier. Elle est extrêmement photogénique, il la considère comme la découverte de la décennie.

Claire eut une bouffée d'orgueil et pensa que, si Emma entendait ce genre de louange, il était bien naturel qu'elle soit surexcitée. Pourtant, tout n'était pas si simple : Emma était surexcitée, mais aussi désorientée, et sa mère avait commencé à songer qu'elle se laisserait peut-être convaincre d'entrer à l'université au second semestre.

— Je suis contente que Hale soit si satisfait d'elle,

mais je ne crois pas qu'elle continue très longtemps. Elle a beaucoup d'autres choses à faire, à commencer par reprendre ses études.

— Je ne suis pas de votre avis, la contredit Quentin d'un air amusé. Elle en pince pour Brix, elle est passionnée par son travail et paraît ravie de mener sa propre barque. Vous ne pouvez pas l'en empêcher, et pourquoi essayer ? Elle est en âge de couper le cordon ombilical.

Claire fit un pas en arrière.

— Bien sûr que je pourrais l'arrêter, si je pensais qu'il le fallait. Je suis sa mère, et elle n'est pas encore majeure.

— Mais vous ne le ferez pas, vous avez déjà donné votre accord. Laissez-la tranquille, Claire, elle est satisfaite et elle gagne sa vie. Savez-vous à combien cela pourra se chiffrer si elle plaît au public ? Elle aura un contrat de 100 000 dollars, et, si elle se montre intelligente et prête à travailler dur tant qu'elle est jeune, elle peut encore aller bien plus loin.

— Elle n'a pas besoin d'argent, j'en ai plus qu'assez. C'est autre chose qu'il lui faut.

— Elle a surtout besoin qu'on la laisse tranquille !

— Et je ne suis pas persuadée qu'elle soit satisfaite. Elle ne me semble pas si heureuse que ça.

— Bah, les mères sont toujours les dernières informées, plaisanta-t-il.

Il regarda sa montre.

— Il va bientôt être temps de partir, si nous voulons être à l'heure au théâtre. J'ai presque fini. Voulez-vous m'attendre ici, ou bien préférez-vous visiter la maison ?

— Je préfère faire un petit tour dans l'entreprise, répondit-elle en cachant son irritation.

Quentin ne connaissait rien aux sentiments maternels, pas plus qu'aux sentiments paternels, d'ailleurs, et, pour la première fois, elle ressentit envers Brix un peu de sympathie.

— Claire ! la rappela Quentin au moment où elle arrivait à la porte.

Elle se retourna.

— La beauté tout à fait originale d'Emma convient parfaitement à notre campagne publicitaire. Cela faisait longtemps que nous cherchions une fille comme elle, nous venions juste de décider de tout recommencer de zéro parce que je n'étais pas satisfait de celle qu'avait choisie Hale. Avoir trouvé Emma représente pour nous une économie importante. Nous allons lui demander de poser pour des photos, mais aussi de faire des apparitions personnelles. Hale a changé son plan de commercialisation et réorganisé sa campagne autour d'elle. Ne vous mettez pas en travers de ses projets !

« Ce n'est pas à vous de me dire comment agir vis-à-vis de ma fille ! » eut-elle envie de répliquer avec colère.

Mais elle n'osa pas. Elle n'avait pas envie de dresser Quentin contre elle. Et puis si elle se trompait ? Si c'était vraiment une opportunité merveilleuse qui s'offrait à Emma ?

— Je suis sa mère, se décida-t-elle à répondre, je ne vais pas m'en désintéresser. Mais je ne l'ai jamais obligée à faire quoi que ce soit, et je ne commencerai pas maintenant !

— Et n'allez pas essayer de la persuader de faire autre chose, insista-t-il. Ou tenter de lui faire regretter sa décision de travailler pour nous !

Claire s'arrêta dans l'embrasure de la porte.

— Tout ce que je veux, c'est qu'elle soit heureuse. Si c'est vraiment ce qu'elle veut faire, je suis prête à l'aider.

— Je l'espère bien. Nous partirons dans une demi-heure, je vous rejoindrai à l'accueil.

Elle acquiesça et referma la porte derrière elle. Elle était furieuse contre Quentin et contre elle-même, et indécise quant à la conduite à tenir. Allait-elle ou non travailler pour lui ?

« Avec lui ! » se reprit-elle, mais c'était elle qui avait pensé ça, il ne l'avait jamais dit. Elle s'avoua, et c'était évident depuis le début, que, dans l'esprit de Quentin, elle travaillerait pour lui, elle serait une subordonnée, employée dans une entreprise qu'il gouvernait d'une main de fer.

Elle suivit le couloir brillamment éclairé. De petits laboratoires se succédaient d'un côté, tandis qu'une longue pièce aux portes ouvertes occupait tout l'autre côté. Des hommes et des femmes, assis sur de hauts tabourets devant des paillasses carrelées de blanc, écrivaient, regardaient dans des microscopes, pesaient des poudres sur de petites balances, mélangeaient des ingrédients dans des mortiers et sur des plaques de verre semblables à des palettes de peintre. Claire s'arrêta devant une des portes : Gina travaillait à une paillasse contre la fenêtre.

Elle s'approcha de la paillasse et attendit. Au bout de quelques instants, Gina leva les yeux en fronçant les sourcils.

— Oh, salut !

Elle descendit de son tabouret et serra Claire dans ses bras.

— Génial ! Tu me rends visite dans mon antre !

Elle recula d'un pas et regarda Claire.

— Qu'est-ce qui se passe ? Il t'a demandé d'escalader le mont McKinley dimanche avant de déjeuner ?

— Il m'a dit de ne pas me mêler de la vie d'Emma.

— Non ! Le salaud ! Et tu lui as rétorqué de ne pas se mêler de ce qui ne le regardait pas ?

— Je lui ai répondu que je ferai tout ce qui serait en mon pouvoir pour qu'Emma soit heureuse.

— Un peu faiblard, comme déclaration d'indépendance !

Claire rougit.

— Oh ! pardon ! je sais qu'il n'est pas facile, ni pour toi ni pour les autres. Et tu sais qu'ils sont complètement fous d'Emma, ici. Ils ne parlent que d'elle. Toute l'équipe du service publicité est venue faire des repérages, l'autre jour, pour une série de photos d'elle dans un décor de bureaux et de labos. Ce n'est d'ailleurs pas une mauvaise idée. Elle vient de Quentin, dit-on.

— Il dit qu'elle a une beauté tout à fait originale, et ils ont recentré toute leur campagne de publicité autour d'elle, expliqua-t-elle d'une voix de vaincue.

— En d'autres termes, ils la monopolisent.

— Oui...

Quel soulagement de voir que Gina la comprenait, comme toujours.

— Ils disent aussi, continua celle-ci, que son genre de beauté est presque unique : elle fait jeune, mais pas trop jeune. D'après Bill Stroud, elle a l'air de mieux connaître la vie que la plupart des filles de dix-sept ans... D'être sans illusions. J'espère qu'il se trompe! Marty Lundeen prétend lire dans son regard une profonde mélancolie. J'espère aussi qu'elle se trompe!

— Elle est mélancolique, ces temps-ci, en tout cas, elle n'est pas heureuse. Et je ne vois pas ce que je peux y faire.

— Peut-être rien du tout, du moins pour le moment. Tu ne peux pas la protéger contre toutes les difficultés de la vie.

— Je sais, mais je devrais pouvoir lui éviter certains écueils. N'est-ce pas le seul avantage de l'âge et de l'expérience? A quoi servirait de voir chaque génération après l'autre souffrir des mêmes erreurs que la précédente? C'est comme si on réinventait à chaque fois la roue. Enfin, il se peut que ça s'arrange, elle et moi, maintenant que nous travaillons toutes les deux pour Quentin. Cela nous fait un point en commun.

— Tu travailles pour Quentin? Tu as repris du service? Ça, c'est une surprise!

— Ne t'ai-je pas dit qu'il se pourrait que je me remette au travail?

— Tu te remets vraiment au travail?

— Enfin..., pas à temps plein. Quentin veut que ce soit moi qui dessine le conditionnement de sa nouvelle ligne, ensuite...

— Il veut que ce soit toi! Tu es chef de projet? Mais c'est ce dont tu as toujours rêvé!

— C'est bien pourquoi je n'ai pas pu refuser. Et, après leur nouvelle ligne, il veut que je revoie la présentation des produits de leurs autres gammes. Mais, pour ça, je vais embaucher une équipe, je ne serai que consultant. Que sais-tu du PK-20? Drôle de nom...

— Rien du tout. C'est comme un projet du Pentagone, top secret et ultraconfidentiel. Et je donnerais cher pour y jeter un coup d'œil. (Elle prit un crayon et commença à griffonner.) Apparemment, c'est une opération dont dépend beaucoup... Cette campagne de publicité centrée sur Emma et maintenant toi pour dessiner le conditionnement, tout ça pour une ligne de produits censée sortir en mars prochain! Remarque, ils peuvent y arriver, avec Quentin pour jouer les négriers, je pense qu'ils le feront. Si tu voyais comme tout le monde file doux ! Cela va lui coûter une fortune en heures supplémentaires, et une autre en personnel temporaire, alors, il doit penser que sa nouvelle gamme vaut la peine de frapper un grand coup.

— Si tu lançais un produit, toi, tu ne ferais pas tout pour frapper un grand coup ?

— Si j'étais sûre qu'il est parfait, ce qui n'est pas leur cas. Ce doit être ce qu'ils recherchent, une certitude à cent pour cent, ce qui expliquerait pourquoi ils continuent les essais. Cela leur prend extrêmement longtemps, et va leur coûter gros. Tous ces tests reviennent fort cher, tu sais. (Elle reposa son crayon.) Enfin, je ne suis qu'un humble technicien de labo, je n'ai pas à donner mon avis. Tu veux visiter les lieux ? Tu as besoin d'un guide ?

— Oui, si c'est toi.

Gina lui montra les laboratoires et les salles de préparation, la cafétéria et la cuisine, puis le bâtiment administratif avec le bureau de Quentin dans un angle, et, de l'autre côté par rapport au centre, l'aile réservée à la fabrication. Une passerelle la reliait directement aux postes d'emballage et aux services d'expédition. La partie centrale bourdonnait d'activité, des employés parlaient à mi-voix, d'autres, penchés sur leur paillasse, s'absorbaient dans leur travail.

Tout était rutilant de propreté. Des arbres, d'où voletaient des feuilles rousses et dorées, effleuraient les larges baies vitrées, et, entre les bâtiments et la pelouse, des massifs de chrysanthèmes et d'asters apportaient des touches de rouge et d'orange. Claire pensa de nouveau que l'endroit ressemblait à un campus universitaire. Quel merveilleux lieu de travail ! Dire qu'elle allait y avoir son bureau et son équipe... Merci, Quentin ! Son arrogance était détestable, mais elle lui devait déjà beaucoup.

— Vous voyez souvent Quentin ?

— Pas tellement. Mais assez pour ne pas oublier que c'est lui le patron. Il passe de temps en temps et regarde ce que nous faisons comme s'il s'y connaissait. Qui sait ? c'est peut-être le cas ? Il a l'intelligence de ne rien dire, ce qui fait que personne ne sait s'il fait semblant de comprendre ou non. C'est une très bonne technique : chacun n'en travaille que plus dur et personne n'essaie de rallonger les pauses, parce que nous savons qu'il peut survenir d'un instant à l'autre. Tout le monde tient à faire bonne impression, à lui plaire, à s'en faire remarquer. Je trouve ça un peu inquiétant, il est de l'étoffe dont on fait les dictateurs.

— Mais c'est un dictateur! (« Comment ne l'ai-je pas vu plus tôt ? ») Les laboratoires constituent son empire, il les dirige à sa façon, et il n'y a personne pour lui poser de questions.

— C'est vrai ? Il n'a pas de conseil d'administration ?

— Si, mais il se compose en tout et pour tout des deux autres actionnaires, et je crois que Quentin régente tout à son gré. Je suppose que, si l'entreprise perdait de l'argent, les autres y mettraient leur nez, mais, jusqu'à présent, ce n'est pas le cas. Les laboratoires de Norwalk sont devenus les laboratoires Eiger, il a engagé des consultants pour les faire moderniser, il a recruté lui-même tout le personnel sans demander l'avis du conseil d'administration. C'est comme si l'entreprise lui appartenait.

— Tant qu'elle demeure une société privée.

— Oui, bien sûr, s'il décidait de demander l'introduction en Bourse, ce serait différent. Il y songe, d'ailleurs. Il a une telle confiance en lui...

— Une telle arrogance...

— Oui, je me le dis parfois. Il n'envisage pas l'échec, il ne regarde ni à droite ni à gauche, il n'attend pas que les autres le rattrapent, il ne se soucie pas de savoir si l'on apprécie ce qu'il fait ou si quelqu'un risque d'en souffrir. Il a la certitude que tout se déroulera comme il l'a projeté. Et, jusqu'alors, ça s'est toujours passé ainsi. Il est l'incarnation même de l'homme d'affaires américain. Du moment qu'il réussit, personne ne se pose de questions. Je te l'ai dit, il règne sur son empire.

— Et nous sommes ses sujets.

Le regard de Claire fit le tour du laboratoire, des chimistes et techniciens penchés sur leur tâche, des instruments bien astiqués, des poudres, crèmes et liquides grâce auxquels les laboratoires Eiger avaient été élus l'entreprise de cosmétiques la plus dynamique du pays par le magazine *Fortune*.

« C'est surtout vrai pour Emma et moi. Gina retourne chaque soir à sa propre vie, mais Emma passe autant de temps avec Brix que celui-ci l'y autorise, et je vois Quentin trois ou quatre fois par semaine. En m'efforçant de lui plaire. »

Elles suivirent le couloir jusqu'à l'accueil.

— Je ne sais pas... Ce n'est pas comme si nous nous étions engagées définitivement... Tout peut changer d'un jour à l'autre.

— Bien sûr !

Quentin arriva à la porte, si grand que sa tête touchait au chambranle et assez carré pour en occuper presque toute la largeur. Il fit un signe de tête à Gina.

— Vous êtes prête, Claire ?

— Oui.

Elle passa la chaîne de son petit sac du soir bleu pardessus son épaule et embrassa Gina sur la joue.

— Merci de m'avoir servi de guide. On se voit demain ?

— On m'a fait des compliments sur votre amie, dit Quentin en se dirigeant vers son automobile. Elle pose beaucoup de questions, apprend vite et ne manque pas d'initiative. Elle restera un bon moment chez nous, si elle veut.

— Tant mieux !

Claire se sentit de nouveau pénétrée de reconnaissance envers Quentin et soulagée de le voir apprécier Gina.

Ce soir-là, ils assistèrent à un spectacle — une revue musicale — donné au bénéfice d'un hôpital. Quentin faisait partie du conseil d'administration de l'établissement. Puis ils allèrent chez lui, où Claire recevait à dîner les invités de Quentin.

Maintenant, elle était à l'aise dans sa grande maison, habituée aux pièces et à l'organisation établie par le maître de céans. Tout se passait bien avec son majordome, sa gouvernante et ses jardiniers, bien qu'elle ait, au début, été intimidée par tout ce personnel. Mais Quentin avait préparé le terrain.

Ce soir, elle avait fait appel à un traiteur, décidé du

menu, choisi la vaisselle, le linge de table et le mobilier qu'il devait apporter. Elle avait acheté les vins, engagé des serveurs et un petit orchestre. Elle avait commandé bougies et arrangements floraux pour la table et confectionné elle-même des bouquets de feuilles d'automne pour le reste de la maison. Enfin, elle avait recruté deux hommes pour garer les voitures des invités de Quentin.

« Non, nos invités... » Mais, bien qu'elle fût responsable de toute l'organisation de la soirée, elle ne considérait pas, en son for intérieur, que c'était elle qui donnait la réception, ni qu'elle la donnait chez elle.

Tous les invités la connaissaient : ils l'avaient reçue à dîner ou pour déjeuner, l'avaient emmenée faire des achats à New York, elle et Quentin étaient allés passer le week-end chez eux. Ils avaient, à deux ou trois couples, assisté à des matches de polo, à des courses de chevaux, ou navigué en voilier. En entrant, ils la saluèrent comme la maîtresse de maison. Mais plus ils avaient l'air de considérer qu'elle faisait partie de la vie de Quentin, qu'elle lui appartenait, plus elle repoussait cette idée. Lorsque aux côtés de Quentin, elle accepta leurs remerciements pour cette excellente soirée et leur souhaita bonne nuit, elle sentit le bras du maître de céans se glisser sous le sien et devina qu'il était content d'elle. Elle avait réussi un autre examen de passage.

— Restez avec moi, cette nuit, plaida-t-il quand ils se retrouvèrent seuls. (Il la tenait dans ses bras et lui caressait la nuque.) Je n'aime pas vous voir partir... ni vous savoir seule sur la route.

— Laquelle est la vraie raison ? Vous n'aimez pas me voir partir et vous retrouver seul en vous réveillant, ou bien vous vous préoccupez de ma sécurité ?

— Les deux.

Il l'embrassa et lui enleva son boléro argenté. Elle eut aussitôt envie de lui. Il lui suffisait pour éveiller son désir de la prendre dans ses bras et de la serrer très fort contre lui, comme pour lui dire qu'elle lui appartenait et qu'il pouvait en profiter à sa guise. Il le savait, il le sentait, et Claire le vit sourire en la menant vers sa chambre.

— Je préférerais ne pas rester..., s'obligea-t-elle à

protester du fond de son brouillard amoureux, je veux être chez moi quand Emma se réveillera.

Il secoua la tête.

— Ne partez pas ce soir. (Il commença à déboutonner sa robe.) Ce soir, votre place est ici. Personne d'autre n'a besoin de vous.

— Quentin…

Elle le désirait si violemment qu'elle pouvait presque le sentir en elle, sentir sa masse sur son corps, un poids qui lui manquait quand elle passait la nuit seule. Mais, en même temps, elle résistait, et elle aperçut dans ses yeux un éclair de colère, car il devinait qu'elle allait refuser.

— Quentin, je tiens à être à la maison demain matin, je ne voudrais pas qu'Emma ne me trouve pas là à son réveil.

— A quel jeu jouez-vous ? Vous croyez qu'elle ne sait pas que vous couchez avec moi comme elle couche avec Brix ?

Le cœur de Claire se serra.

— Je suppose qu'elle le sait sans le savoir. Je ne le lui ai pas dit. Mais là n'est pas le problème, j'ai un foyer et je dois y habiter, au lieu de passer la nuit ici ou là comme quelqu'un qui n'a aucune responsabilité.

— Pour l'amour du ciel ! C'est absurde ! (Il s'appuya au chambranle de la porte.) Votre responsabilité est d'abord envers vous-même, ensuite envers moi. Emma est adulte. Vous et moi avons une liaison qui ne regarde personne d'autre…

Il sourit, mais son sourire était dur et machinal.

— C'est ainsi que je le veux, Claire. J'ai montré beaucoup de patience envers vous, mais je n'ai pas coutume de changer mes habitudes pour satisfaire les caprices d'une autre personne.

« Je ne suis pas *une autre personne*, je suis votre maîtresse ! »

— Pourquoi y attachez-vous tant d'importance ? Quelle différence cela fait-il que nous soyons ou non ensemble demain matin ?

— Je le veux ainsi.

Claire attendit, mais il ne donna aucune autre explication. Elle se sentit prise au piège. Il lui caressa les cheveux, la serra contre lui. Il sentait son haleine chaude contre son oreille.

— C'est à vous de décider. Vous pouvez partir tout de suite, je ne vous retiens pas.

Son grand corps parut l'engloutir, elle se sentit disparaître entre ses bras. Il lui embrassa la joue, les paupières, la bouche, la possédant de la langue. Il glissa la main dans l'encolure de sa robe, la posa sur un sein, l'enfermant dans sa paume. Elle eut un frémissement, sa langue rejoignit la sienne, et tous deux surent qu'elle allait rester.

Emma s'appuya sur une des paillasses d'un des petits laboratoires, posa le menton dans sa main et regarda l'objectif.

— Vous voulez que je sourie ?

Tod Tallent tournait autour d'elle comme un chasseur pistant son gibier.

— Je ne sais pas..., marmonna-t-il. Il manque quelque chose... Bill, qu'en penses-tu ? C'est toi le directeur artistique, pas moi !

Bill contempla la jeune fille. Derrière lui, Marty Lundeen, la tête penchée vers le même angle, en fit autant, scrutant leur modèle d'un regard froid. Son chemisier en soie bleu électrique et ses cheveux cuivrés étaient les seules touches de couleur du laboratoire et semblaient l'illuminer.

Emma, habituée maintenant à être le point de mire de tous les regards, laissait ses yeux errer machinalement dans la pièce. Un pot de crème ouvert était posé sur la paillasse, et elle l'attira vers elle. La surface en était si lisse et si crémeuse qu'elle ne put y résister : elle trempa son doigt dans le pot. La texture ressemblait à celle de la crème Chantilly, et elle sourit de plaisir.

— Parfait ! Absolument parfait ! s'écria Tallent.

Le déclencheur de l'appareil photo cliqueta rapidement pendant que le photographe avançait, reculait, s'accroupissait, se relevait, puis sautait sur une chaise pour avoir une vue en plongée.

— Un cliché explosif ! Super drôle ! Je l'adore !

— Emma, un peu moins large, le sourire, intervint Bill, plus mystérieux, n'est-ce pas, Tod ?

— D'accord, parfait!

Il tourna autour d'Emma, concentré, marmonnant des mots qu'il était seul à entendre.

— Essaie de regarder par-dessus ton épaule... Comme si quelqu'un venait d'entrer... Tu es surprise... C'est ça! Très bien, très joli, tu es adorable! O.K., maintenant, penche-toi en avant, approche-toi de la table, un peu comme si tu étais couchée dessus. Bon. Relève-toi, plus droite, tourne le robinet... Oh, splendide, refais ce geste, les deux mains sous l'eau qui coule... Superbe!

— Regarde ces flacons, dit Marty Lundeen, ils ont un petit air scientifique, elle ne pourrait pas en faire quelque chose?

— Tiens, essuie-toi les mains! (Bill tendit à Emma un mouchoir en papier.) Quoi, par exemple, Marty?

— Oh, tu sais bien, verser un liquide ou regarder un produit bleu, non, rouge, un liquide rouge...

— Pas très original..., objecta Tod.

— On pourrait ajouter un figurant... Quelqu'un en blouse blanche...

— Un des chercheurs? Oui, pourquoi pas?...

Elle traversa le couloir et entra dans le grand laboratoire.

— Nous avons besoin d'un figurant! cria-t-elle à la cantonade.

— Vas-y, toi, Gina, dit un des chimistes.

Marty jeta un rapide coup d'œil à la dénommée Gina: ce n'était pas une beauté, elle ne risquait pas de faire de l'ombre à Emma.

— Bonne idée! Des femmes fabriquent les produits de beauté, des femmes s'en servent. Suivez-moi!

— Non, dit Bill en les voyant entrer dans le laboratoire où s'effectuaient les prises de vue. Le message ne sera pas clair, personne ne comprendra qui est cette femme.

— C'est une chimiste, elle porte une blouse blanche. Ce n'est pas ça que tu voulais?

— Lorsqu'ils voient une femme, les gens ne pensent pas qu'elle est chimiste. Un chimiste est un homme, amène-moi un homme.

— Mais il y a des tas de femmes qui sont chimistes! s'obstina Marty.

— Peut-être, mais notre objectif n'est pas de militer pour la condition féminine. Je veux un homme en blouse blanche.

— Excusez-moi, dit Marty à Gina.

— Pas grave ! répondit gaiement Gina. Je peux rester regarder, maintenant que je suis là ?

— Bien sûr. Vous pouvez nous amener un homme, d'abord ?

Gina sortit, revint avec un collègue, puis Marty, Bill et Tod se mirent à l'ouvrage. On demanda au chimiste de rester à l'arrière-plan, avec, à la main, tantôt des flacons, tantôt des tubes à essai, des pots, des pinces en bois, pendant qu'Emma prenait les attitudes demandées, debout à ses côtés, assise sur un tabouret ou sur la paillasse, en train de prendre un objet tendu par le chimiste, examinant un flacon ou un autre avec l'air d'écouter ses explications, jusqu'à ce que Bill se déclare enfin satisfait. Le chimiste quitta la salle, mais Emma resta juchée sur son tabouret, tête basse.

— Ça va, chérie ? demanda Tod.

— Ça va ! répondit-elle en se redressant.

Les premières minutes après une prise de vue étaient toujours difficiles : plus personne ne lui disait quoi faire, elle se sentait vide et triste, inutile. Et elle voulait Brix. Il avait annoncé qu'il passerait s'il avait le temps. S'il venait maintenant, il l'inviterait peut-être à dîner, et dans ce cas elle rentrerait très tard et n'aurait pas à feindre la gaieté devant sa mère et Hannah. Mais Brix n'était pas dans les parages. Les autres étaient tous partis, sauf Gina.

— Tu vas rester un petit peu ? demanda cette dernière.

— Un instant, je crois...

Emma regarda le laboratoire, puis le couloir.

— Il n'est pas ici, l'informa Gina d'une voix neutre, je l'ai vu partir quelques instants avant d'entrer. Tu veux que je te tienne un peu compagnie ?

Emma rougit.

— Je n'ai pas besoin de nounou ! Tu as sans doute du travail à faire...

— Un tas ! Mais je préfère bavarder avec toi.

Elle s'installa sur un tabouret à côté de la jeune fille.

— Alors, comment a marché cette prise de vue ?

— Très bien, je crois. Tod était enthousiasmé, et tout le monde semble satisfait. Ça n'a rien de sorcier, mais ça dure tellement longtemps ! Tod doit avoir un million de photos de moi, maintenant, mais il continue à en prendre, et, quelquefois, je me demande si ça va jamais s'arrêter !

— Tu aimes ça, pourtant, je suppose.

— Oh, j'adore ça ! C'est encore mieux que je ne le croyais. Ça implique tant de monde, tu sais... Tous ces gens, pas seulement Bill, Marty et Tod, mais des centaines de gens, ici, à l'agence Yaeger, dans les magazines... Puis les lecteurs, des millions de lecteurs, et moi je suis au centre, j'ai le premier rôle, comme une sorte de symbole. Ça me plaît, d'être un personnage important !

— Alors tu es heureuse, continua Gina après un petit silence.

— Oh oui, bien sûr !

— Mais ?

— Il n'y a pas de *mais*.

— Si, il y a un mais. Allons, Emma, qu'y a-t-il ?

— Je te l'ai dit, rien. Tout va bien. C'est vrai !

— Sauf Brix... Allons, Emma, je te connais depuis longtemps, j'ai beaucoup d'affection pour toi et je suis un tombeau en ce qui concerne les secrets. Je n'en parlerai pas à ta mère ni à personne d'autre, si tu ne le veux pas. Pourquoi ne pas te confier un peu, ça te fera du bien... En me disant par exemple que le comportement de Brix laisse parfois à désirer...

Emma ricana.

— C'est une façon si... si indulgente... de l'exprimer. Je le qualifierais plutôt de... (Elle hésita.) De méchant. Il se conduit méchamment. Puis tout d'un coup il téléphone, ou bien il vient à la fin d'une prise de vue et c'est comme s'il...

Sa voix se brisa.

— Comme s'il t'aimait.

Emma acquiesça.

— Mais on fait des prises de vue dans l'entreprise depuis deux semaines, et on est partis ensemble une fois ; une autre fois, on s'est parlé après une prise de vue..., et, tu comprends, il est si près, il est dans le même bâtiment, c'est comme si je pouvais le toucher et je n'y arrive pas !

— Parce qu'il ne veut pas.

— Oh non, c'est que... Il a beaucoup de travail. Tu comprends, son père n'arrête pas de lui en donner, il n'a pas vraiment de vie personnelle...

— Foutaises !

Il y eut un silence.

— Pourquoi n'en parles-tu pas à ta mère ?

— Mais je ne peux pas, elle sort toujours avec le père de Brix, elle ne comprendrait pas. De toute façon, elle s'en moque. La seule à la maison qui s'occupe de moi, c'est Hannah. Au moins elle est là le soir, elle !

— Eh, combien de fois ta mère a-t-elle passé la nuit ailleurs ?

— Deux fois, murmura Emma.

— Et la seconde fois, elle est rentrée pendant que toi et Hannah preniez votre petit déjeuner, non ? Tu as à peine eu le temps de t'apercevoir de son absence.

— Je n'aime pas qu'elle soit avec lui ! Je ne peux pas m'imaginer que... Je ne peux même pas penser à elle... avec lui ! Et ç'a été horrible de ne pas la trouver là en descendant le matin, ces deux fois. C'était comme si elle était morte ou un truc comme ça, comme si elle ne m'aimait plus. Elle n'avait même pas appelé pour prévenir !

Gina ne put retenir un sourire.

— Ce sont généralement les jeunes qui sont censés prévenir qu'ils seront en retard et ne le font pas.

— Ça n'a rien de drôle ! Elle aurait dû m'avertir, que je le sache à l'avance. Mais elle ne pense qu'à lui, elle va même jusqu'à travailler pour lui, maintenant !

Gina souleva les sourcils.

— Tu ne le fais pas, toi ?

— Mais ce n'est pas pareil ! Elle a tout l'argent qu'il lui faut, ce n'est pas mon cas. Il faut bien que j'exerce une profession, Je ne vais pas dépendre d'elle toute ma vie. Elle travaille juste pour être avec lui, et ça lui est bien égal ce que je pense en ne la voyant pas rentrer de la nuit !

— Tu le lui as dit ?

— Elle ne veut pas le savoir.

— Mais tu as essayé de le lui dire ? Tu vas parfois la voir en lui disant : « M'man, il y a quelque chose qui me chiffonne, est-ce qu'on pourrait en parler » ?

— Je ne l'ai jamais appelée m'man!

— Exact. Quand tu étais petite, vers quatre ou cinq ans, tu l'as appelée Claire, pendant quelque temps. Elle t'avait emmenée avec elle à son travail, tu avais entendu quelqu'un le faire et ça t'avait beaucoup plu. Tu t'en souviens? Tout le monde trouvait ça adorable, mais elle n'était pas très enthousiasmée. Puis tu as recommencé à l'appeler maman, et tout le monde était content. Vous vous entendiez bien, toutes les deux, c'était un plaisir de vous voir ensemble. Alors, tu lui parles parfois de ce qui te tracasse? De temps en temps?

— Non, je ne veux pas.

— Pourquoi?

— Oh, parce que...

— Parce que quoi? Parce que tu n'es pas fière de ce que tu fais?

— Mais non! Je n'ai aucune raison d'avoir honte.

Elle descendit du tabouret et regarda autour d'elle d'un air un peu égaré.

— Je crois que je ferais mieux de partir.

Gina se leva et prit la jeune fille dans ses bras.

— Chérie, je crois que tu devrais parler à ta mère. Tu sais bien qu'elle est intelligente, elle te comprendra. Et elle t'aime, tout ce qu'elle veut, c'est ton bonheur.

Emma restait raide et froide. Gina soupira.

— O.K.! Mais tu devrais quand même y réfléchir... (Elle regarda la jeune fille.) Ecoute, tu deviens folle à attendre Brix ici. Pourquoi ne vas-tu pas dans son bureau?

— Oui, peut-être... Je ne l'ai jamais fait...

— Ah bon? Il ne serait pas content de t'y trouver?

— Bien sûr que si! Sauf que... Il n'aime pas trop les surprises, tu sais.

— Vas-y, tu y seras mieux, quand même. Et, écoute, essaie encore une fois. En rentrant ce soir, va parler à ta mère. De n'importe quoi, de petits détails ou de grands problèmes, de ton travail, des repas, de tes vêtements ou des siens, de politique, du temps qu'il fait, même, si tu ne trouves pas mieux. Le problème, entre vous deux, c'est que vous n'arrivez plus à communiquer, même si vous vivez dans la même maison. Ça ne suffit pas, de parler à Hannah, il faut aussi parler à ta mère.

— Hannah n'essaie pas de m'obliger à abandonner ce qui fait toute ma vie pour continuer mes études.

— Ce qui fait toute ta vie ?

— Enfin... Tu comprends bien ce que je veux dire !

— Hannah n'est pas ta mère, Emma. Elle n'a pas la même responsabilité envers toi. Et je parie que ça fait un bout de temps que Claire ne t'a pas reparlé de l'université. A-t-elle prononcé ce mot une seule fois depuis que tu as commencé à travailler ?

— Non..., dit Emma très bas.

— Alors quel est le problème ? Tu as un travail que tu adores, et elle va reprendre le sien, qu'elle adore aussi. Elle a toujours voulu être chef de projet, et maintenant ça va se réaliser, vous avez beaucoup de choses à vous dire. Pourquoi ne pas essayer ?

Emma hésita, haussa les épaules.

— Je peux toujours refaire un essai. Mais c'est elle qui n'a pas envie de me parler, ces temps-ci.

— Exactement comme toi ! Alors tu vas essayer, c'est promis ?

— D'accord. Je sais que tu veux m'aider, Gina, mais tu ne te rends pas compte combien tout est difficile. Et personne ne me comprend vraiment...

Elle déposa sur la joue de Gina un baiser rapide et suivit le long couloir en direction du bureau de Brix, quelques portes avant celui de son père.

La pièce était sombre, les rideaux tirés, les lumières éteintes. Emma alluma le lampadaire et fit le tour de la pièce en regardant d'un œil indifférent les photographies des produits Eiger affichées sur le mur. Elle prit un magazine, le feuilleta, le reposa. Elle était si énervée qu'elle tremblait.

« Je ferais mieux de partir. Il ne sera pas content du tout de me trouver ici, il déteste que je lui téléphone, il n'aime me voir que si c'est lui qui le décide. »

Elle traversa la pièce et contempla deux photographies dans des cadres d'argent sur la table. Une femme, peut-être sa mère, et une autre, plus jeune.

« Qui c'est ? Pas moi, en tout cas. Il a des tas de photographies de moi, et il pourrait en demander des centaines d'autres à Tod, si ça l'intéressait. Ce n'est sans doute pas le cas... »

Elle passa la main sur la surface lisse du bureau. Elle n'avait aucune raison de rester. S'il la trouvait ici alors qu'il n'avait pas envie de la voir, il la regarderait avec cet air froid qu'il avait parfois, comme si elle était un objet encombrant sa route. Cela lui briserait le cœur. Elle se mordilla nerveusement la lèvre.

— Brix, je t'en supplie, aie envie de me voir... Je t'aime, je t'aime, aime-moi aussi...

La table était presque vide, à l'exception d'un dossier d'où dépassaient quelques papiers. Au sommet d'une page, Emma lut : *Tests de sensibilité au PK-20.*

« Mon PK-20 ! »

Le nom de la nouvelle ligne lui rendit confiance en elle. Elle n'était pas juste une fille attendant Brix, elle était Miss Eiger, la fille du PK-20, et Brix lui avait dit que cette nouvelle gamme allait faire des laboratoires Eiger l'un des plus grands du pays, peut-être même du monde.

« Et je participe à cette entreprise, j'y joue même un rôle important, je suis une sorte de symbole du PK-20. »

Et Brix aussi travaillait pour le PK-20, ils travaillaient ensemble, il avait peut-être écrit quelque chose sur elle, peut-être expliquait-il dans ces papiers qu'elle était une parfaite Miss Eiger, ou... moins brillante qu'elle ne le pensait.

Elle ouvrit le dossier et se pencha pour lire la première page.

Kurt Green
A Quentin Eiger *30 mars*

Objet : Tests de sensibilité au PK-20 (Pré-rapport)

Comme suite à notre conversation téléphonique, vous trouverez ici le résumé des derniers résultats des tests de la crème « Eye Restorative Cream » sur des sujets humains.

— 4 % des sujets ont montré une réaction allergique.

— Quelques-uns ont développé une conjonctivite, peut-être causée par la présence de la bactérie Pseudomonas aeruginosa, *ou par une réaction allergique à l'un des composants du produit. Dans les deux cas, il est à redouter que la cornée ne soit endommagée.*

— Bien entendu, il est, comme vous nous l'avez fait remarquer, impossible d'être certain pour le moment que

la réaction observée n'est pas provoquée par un agent extérieur au PK-20.

— Des tests ultérieurs, qui débutent demain, nous permettront de déterminer avec plus de précision la cause de ces réactions allergiques.

Stupéfaite, Emma relut la lettre. Tout cela ne voulait rien dire. Elle connaissait la crème *Eye Restorative Cream* PK-20, car on avait fait toute une série de prises de vue pour ce produit, en extérieur comme à l'intérieur, avec l'accent mis sur les yeux et le regard. Les annonces publicitaires allaient sortir d'ici peu, et la crème devait être mise sur le marché en mars prochain, avec le reste de la gamme. Il était impensable qu'il puisse y avoir un problème avec cette crème. Quelqu'un devait faire erreur...

Elle souleva la feuille et regarda la suivante.

Kurt Green
A Quentin Eiger *21 juillet*

Objet : Tests de sensibilité au PK-20 (Test n° 2)

Les derniers résultats des tests effectués sur le PK-20 confirment une incidence de 4 % à 5 % de réactions cutanées allergiques.

Signes cliniques montrés par les sujets testés :
— sensation de brûlure
— démangeaisons
— rougeurs
— éruptions acnéiques
— dermatoses de contact.

De plus, 1 % des sujets ayant appliqué la crème « Eye Restorative Cream » ont souffert d'une conjonctivite d'origine acnéique. Celle-ci a entraîné chez l'un des sujets des complications oculaires menant à une perte de vision de l'un des yeux.

Remarque : nous sommes en mesure de prouver que le mode d'emploi, pourtant précis, de la crème n'a pas été suivi par ce « cobaye ».

Des tests complémentaires ont démontré que l'agent allergogène est un des composants du PK-20.

Un rapport plus détaillé vous parviendra au début de la semaine.

Emma frissonna, regarda derrière elle. A part l'endroit où elle se trouvait, près du lampadaire, le bureau était dans l'ombre, et tellement silencieux qu'elle avait l'impression qu'il étouffait tout bruit.

« C'est une erreur... Je demanderai à Brix. Le PK-20 ne peut pas avoir de problème, il a dit que c'était un produit merveilleux. »

Ce fut comme une voix en elle : « Non, n'en parle pas à Brix ! » Elle s'immobilisa, tête basse. Elle aimait Brix, mais comment pouvait-elle lui parler de ces mémos ? Avouer qu'elle avait lu des papiers sur son bureau qui ne lui étaient pas destinés ? L'entendre dire... Quoi ? Que lui dirait-il ?

Elle referma sans bruit le dossier. Gina travaillait aux labos, c'était à elle qu'il fallait poser des questions. Elle éteignit le lampadaire, sortit sur la pointe des pieds et ferma sans bruit la porte derrière elle.

— Je n'ai pas le temps d'attendre, dit-elle à la secrétaire de Brix. De toute façon, ce n'était pas important, je voulais juste lui dire bonjour.

Elle revint sur ses pas jusqu'au laboratoire où avaient eu lieu les prises de vue, puis regarda de l'autre côté, dans celui où travaillait Gina. Mais il était plus de 17 heures, et Gina était partie.

— Vous désirez quelque chose ? demanda l'un des techniciens.

— Je voudrais laisser un message à Gina.

Elle griffonna un mot lui demandant de l'appeler, le déposa sur sa paillasse puis partit.

Les embouteillages de l'heure de pointe lui laissèrent tout loisir de penser. Elle essaya de réfléchir à ces deux rapports, mais son esprit vagabonda vite vers sa dernière rencontre avec Brix, dix jours plus tôt. Un merveilleux moment, mais affreux, aussi.

Au début, tout s'était bien passé. Ils étaient allés voir un film dont elle ne se souvenait même plus, et il lui avait tenu la main tout le long, en traçant dans sa paume une foule de petits cercles jusqu'à ce qu'elle se sente fondre de désir.

Ensuite ils avaient fini la soirée chez lui, et il l'avait

lentement déshabillée, les excitant tous les deux jusqu'à ce qu'elle soit si moite qu'elle en était gênée. Mais il avait eu un sourire heureux en l'étendant sur le lit pour lui couvrir le corps de petits baisers mouillés. Puis, sans un mot, il l'avait pénétrée brutalement puis s'était retiré aussi brusquement et était resté immobile, lourdement couché sur elle, la bouche dans son cou.

— Ma merveilleuse poupée d'amour !

Elle n'avait pas bougé, désirant qu'il recommence, mais plus lentement, afin qu'elle arrive aussi au plaisir à son rythme, comme il l'avait fait, lui. Mais il s'était relevé, avait sorti sa provision de poudre et son petit chalumeau de verre. Appuyés au dossier du lit, hanches et jambes se touchant, ils avaient lentement aspiré la drogue.

Emma s'émerveillait toujours de la perfection qu'apportait celle-ci à tout ce qui les entourait. Brix savait comment rendre le monde brillant et beau, juste pour eux deux. Il avait passé le bras autour d'elle et appuyé sur la télécommande. L'écran s'était allumé et ils avaient regardé sans bouger. Il n'y avait pas de son, mais les taches de couleur dansaient si brillantes dans la pièce sombre qu'Emma ne pouvait en détacher les yeux. Elles se dilataient, rapetissaient, s'éteignaient, revenaient, paraissaient chanter avec des voix haut perchées qui résonnaient dans sa tête. Elle embrassa Brix avec passion, et le chœur s'enfla autour d'eux jusqu'à ce qu'elle ait l'impression de ne pouvoir supporter tant de sensations en même temps.

— Je t'aime, je t'aime, murmura-t-elle, les lèvres contre son oreille. Je t'en supplie, aime-moi aussi...

— A ta disposition, ma cocotte !

Il tira Emma sur lui et fut en elle avant même qu'elle ait eu le temps de lui expliquer que ce n'était pas ce qu'elle voulait dire.

— Brix..., murmura-t-elle.

Mais il lui avait posé la main sur le sein, et, comme elle se penchait vers lui, il saisit son mamelon entre ses lèvres, le caressa de la langue, et elle oublia tout le reste.

Cette fois, il la laissa suivre son propre rythme jusqu'à ce qu'elle crie de plaisir, puis, la main sur sa hanche, la pressa contre lui pour jouir à son tour. Emma savait que ces petits gémissements haletants signifiaient qu'il était satisfait d'elle. Etendue de tout son long sur le corps musclé du jeune homme, elle l'embrassa avec passion.

— Merci, mon chéri...

Il n'eut pas un mot pour protester.

Ils étaient encore un peu sous l'effet de la drogue lorsqu'il l'avait ramenée chez elle, bien plus tard. La voiture faisait des embardées d'un côté à l'autre de la route, et Emma, terrorisée, avait fait une réflexion (elle ne se souvenait plus exactement) suggérant de prendre moins de cocaïne s'il devait conduire. Brix s'était mis en colère et, à quelques pâtés de maisons de chez elle, s'était brutalement arrêté et penché pour lui ouvrir la portière. Puis sans un mot, sans un regard, il avait attendu qu'elle descende.

— Brix, ça ne veut pas dire que je n'ai pas confiance en toi, avait-elle protesté, terrifiée par son visage de marbre.

Elle s'était penchée, lui avait embrassé la joue et avait essayé d'atteindre sa bouche, mais il avait refusé de tourner la tête.

— Brix, je t'aime, tu le sais bien, fais ce que tu veux...

Elle s'était mise à pleurer, sans bruit, car elle savait que Brix détestait l'entendre sangloter, puis avait fini par descendre de voiture. Sans la regarder, il s'était penché, avait refermé la portière et démarré sur les chapeaux de roues, la laissant seule dans la rue obscure. Quelques fenêtres allumées brillaient derrière les branches dénudées et l'avaient un peu rassurée.

Cela s'était passé dix jours plus tôt, et il ne l'avait pas rappelée. Elle avait compté le voir après les prises de vue d'aujourd'hui.

« Et s'il avait fait exprès de partir avant qu'elles ne soient terminées, pour m'éviter ? Et si je ne le revoyais jamais ? »

Elle tourna au coin de sa rue et s'aperçut qu'elle tremblait si fort qu'elle avait du mal à tenir le volant. Elle arriva cependant à négocier le tournant de l'allée et à entrer dans le garage. Une fois la voiture rangée à côté de celle de Claire, elle resta sur son siège en s'efforçant de se calmer.

« Je suis dans un état épouvantable, je ne peux pas rentrer comme ça... Que m'arrive-t-il ? »

Ces temps-ci, elle pleurait souvent, sursautait au moindre bruit, ne tenait pas en place, et ses seuls moments vraiment détendus étaient lorsqu'elle avait pris de la poudre avec Brix. Jamais elle ne s'était sentie aussi impuissante que ce soir, comme si tout la dépassait et lui échappait.

« Il faut que je me reprenne, je ne peux pas me montrer à maman dans cet état-là. »

Le problème, avec vous, c'est que vous n'arrivez plus à communiquer, même si vous vivez dans la même maison.

« Je ne peux pas lui parler... J'ai même peur de la regarder, elle saura que ça ne va pas... Elle sait que je couche avec Brix, elle n'aura pas de mal à deviner qu'on prend de la drogue... »

Elle sentit pourtant un besoin physique des bras de sa mère autour d'elle, elle voulait se serrer contre Claire, s'asseoir sur ses genoux. Les larmes lui montèrent aux yeux en s'imaginant blottie au creux des bras maternels.

« C'est ça que je veux, je le veux tellement ! Mais je ne peux pas le lui demander, je ne peux rien lui dire. Ô mon Dieu, je voudrais n'être jamais née ! Je pourrais en finir..., fermer la porte du garage, faire tourner le moteur et m'endormir... Mais maman et Hannah entendraient la porte se fermer, elles se demanderaient où je suis passée, elles viendraient voir... »

— Oh, arrête ça, arrête tout de suite ! dit-elle tout haut, tu te conduis en bébé. Arrête de pleurnicher, tu n'as pas besoin de ta mère. Brix te l'a dit, tu es adulte, tu n'as besoin de personne !

Un véhicule se gara derrière Emma dans l'allée. A travers ses larmes, elle regarda qui était au volant. Un homme descendit et contempla quelques instants la maison éclairée par les lampes de jardin.

« Il n'a pas l'air dangereux, il est même sympathique. Bien moins beau que Brix, mais il est plus vieux, il paraît plus sûr de lui, et il se tient bien droit, lui ; Brix a toujours une posture tellement relâchée. »

L'homme était grand et mince, avec des cheveux noirs frisottant sur la nuque. Malgré le temps froid, il était en veston sport, avec un porte-documents à la main. Il aperçut Emma, entra dans le garage et s'approcha de la vitre ouverte de sa portière.

— Emma Goddard ? Je suis Alex Jarrell.

Il lui tendit la main, qu'elle serra sans ouvrir sa portière.

— Excusez-moi, j'ai l'impression d'avoir mal choisi mon moment, ajouta-t-il en voyant des traces de larmes sur les joues de la jeune fille. Je reviendrai demain.

— Non, ce n'est rien... Comment savez-vous que je suis Emma Goddard ?

— J'ai lu un article sur vous et votre mère, et j'ai fait la connaissance de celle-ci à une réception à Stamford. Elle est ici ?

— Sa voiture est au garage, alors elle doit être à la maison... (Elle ouvrit la portière, et Alex recula.) Pour quelle raison voulez-vous la voir ?

— Pour un article dans un magazine. Je suis journaliste, et *Vanity Fair* m'a demandé un article ou deux sur vous. Je voulais seulement que nous prenions rendez-vous pour un jour où je pourrais venir vous parler, à toutes les deux.

Emma secoua la tête.

— Pas à moi, c'est ma mère qui a gagné le gros lot. Je parie qu'on vous a dit de parler d'elle et qu'on ne m'a même pas mentionnée !

Il sourit.

— C'est juste, mais j'écris ce que je veux. Et, d'après mes recherches, vous êtes si proches toutes deux que je ne peux pas me passer de votre collaboration.

Emma rougit.

— Par ici...

Elle ouvrit la porte menant au couloir de la cuisine. Hannah et Claire étaient assises à la table devant la fenêtre. Claire dessinait sur un grand carnet à croquis, et Hannah épluchait des pommes en bavardant. Emma s'arrêta sur le seuil de la pièce, Alex derrière elle. Elle perçut son sursaut en voyant Claire mais n'y prêta pas attention : la beauté sereine de la pièce, chaude et claire, sentant bon la soupe et le pain frais, lui avait fait monter les larmes aux yeux. Oublieuse d'Alex, elle entra, vit à peine Hannah.

— Salut !

Elle s'assit tout près de sa mère, mais Claire, sourcils levés, regardait derrière sa fille.

— Oh ! voici Alex... Euh...

— Alex Jarrell, compléta ce dernier en entrant, main tendue. Nous nous sommes déjà vus à un bal de charité à Stamford.

— Je m'en souviens. (Elle lui serra la main et lui présenta Hannah.) Je ne comprends pas...

Elle regarda Emma.

— J'ai rencontré Emma en arrivant, et je lui ai dit que je voulais prendre rendez-vous avec vous pour une interview. Le magazine *Vanity Fair* m'a demandé un article sur vous. Je vous prie de m'excuser de ne pas vous avoir prévenue, mais je remontais sur New York et j'avais une petite chance de vous trouver chez vous. Je ne veux pas m'attarder ni vous déranger davantage.

— Vous travaillez pour *Vanity Fair* ?

— Non, je suis journaliste indépendant. J'ai écrit pour la plupart des magazines, à un moment ou à un autre.

— Et vous voulez faire un article sur moi à cause du gros lot ? Ça remonte à mai dernier !

— Et mon article ne sera pas publié avant avril ou mai prochain. Mais ce n'est pas le gros lot en tant que tel qui m'intéresse, c'est son impact sur votre vie, comment celle-ci a été affectée par ce soudain changement dans votre situation financière, comment vous ressentez ce coup de chance, comment s'est passée la transition de votre vie passée à votre vie présente, avec toutes ces portes qui s'ouvrent soudain devant vous.

— Ce sont les rédacteurs du magazine qui vous ont parlé de portes s'ouvrant devant moi ? questionna Claire, maintenant plus intéressée.

— Non, c'est mon idée, pourquoi ?

— Parce que c'est exactement comme ça que je le vois aussi. Mais je ne crois pas que...

Sans achever sa phrase, elle regarda Hannah puis Emma.

— Ecoutez, nous ne mentionnerons les détails personnels que si vous le désirez, vous fixerez vous-même les limites. Je ne me montrerai pas indiscret, je ne chercherai pas à en savoir plus que vous ne voudrez dire, je ne trahirai pas de secrets, je vous le promets !

— Et qu'en tirera Claire ? demanda Hannah.

— On parlera d'elle, c'est à peu près tout. Quant à moi, je serai payé, et j'aurai un travail de plus à mon actif. Et il en sera de même pour le photographe. Le magazine vendra quelques exemplaires de plus, du moins je l'espère. Beaucoup de gens fortunés apprécient qu'on parle d'eux. Si ce n'est pas votre cas...

Il la regarda.

— Je crois que ce n'est pas mon cas !

Le large sourire du journaliste adoucit la ligne volontaire de sa mâchoire et ses pommettes saillantes.

— Effectivement, je crois que ça ne vous intéresse pas tellement.

Emma vit le regard échangé et perçut l'étincelle entre eux. Ils se trouvaient mutuellement sympathiques. Depuis sa rencontre avec Quentin, sa mère n'avait pas regardé un autre homme.

« Supposons qu'Alex lui plaise... S'ils apprennent à se connaître et se plaisent encore davantage, elle laissera tomber Quentin ! Et tout ira mieux. »

Elle reprit courage. Les problèmes allaient s'arranger, il suffisait d'attendre. Elle regarda Hannah et la vit contempler Claire avec une expression songeuse, presque un air de conspiratrice.

« Elle pense comme moi, elle veut que maman quitte Quentin. Et elle pourrait m'aider, elle, maman l'écoute. »

— Pourquoi ne restez-vous pas dîner, Alex ? suggéra-t-elle soudain, comme ça, vous pourriez commencer votre entretien tout de suite ?

Mais le journaliste secoua la tête.

— Merci, cela me plairait beaucoup, mais je dois regagner New York. Par contre, je vous prendrais bien au mot une autre fois. Voudriez-vous fixer un jour, pour l'entretien ? demanda-t-il à Claire en sortant un petit agenda de la poche de sa veste. Je crois tenir là un bon sujet d'article, j'aimerais l'écrire. Et je vous promets qu'il n'y aura rien dedans susceptible de vous gêner.

— Comment pouvez-vous faire une telle promesse ? Les journalistes ont la réputation de suivre leur histoire partout où elle les mène.

— Je ne crois pas que cette histoire me mène dans de

fangeux bas-fonds, dit-il avec un sourire. Si je me trompe, on arrête tout dès que vous le voulez.

— C'est très généreux de votre part. Je crois que j'aimerais lire ce que vous écrivez.

Son sourire s'élargit.

— Parfait ! On attaque demain ?

— Demain !... Oh, après tout, pourquoi pas ? Je travaille, mais si vous voulez venir à 15 heures... non, plutôt à 16 heures, cela me laisse presque toute la journée.

— Vous travaillez ?

— Nous en parlerons demain.

— A 16 heures, d'accord !

Il rangea son calepin.

— Vous ne l'avez pas noté, remarqua Emma.

— Je ne risque pas de l'oublier. (Il tendit sa carte à Claire.) Appelez-moi si vous devez changer le rendez-vous, sinon, je serai ici. Emma, merci de m'avoir fait entrer. J'espère qu'on parlera aussi, tous les deux, Hannah !

— Oh, avec plaisir !

Emma regarda Claire reconduire Alex à la porte et la fermer derrière lui.

— Je le trouve très sympathique.

— Je le crois honnête...

Cela, dans la bouche de Hannah, était la louange maximale.

— N'est-ce pas merveilleux qu'il nous arrive toujours quelque chose ? dit Emma à sa mère.

— Ce n'est qu'une interview, tu sais. Tu n'as pas oublié toutes les autres, en mai ? Celle-ci sera peut-être un peu différente en apparence, mais au fond elles sont toutes semblables, avec les mêmes questions et les mêmes réponses.

— Qui te dit que celle-ci ne sera pas différente ?

— Vous pourriez parler de votre travail, intervint Hannah, et de celui d'Emma. Peut-être ne tenez-vous pas à ce qu'on parle de vous, mais je parie que plus on en parlera, plus votre ami Quentin sera content.

Le téléphone sonna, et Emma se précipita pour décrocher. Elle revint en dansant de joie.

— C'était Brix. Un de ses amis donne une soirée au

Hilton de New York, demain soir. On dansera et il y aura je ne sais quel chanteur connu. On passera la nuit sur place.

— Je préférerais te savoir ici, mais c'est sans doute moins dangereux que de revenir très tard. Dis-moi, Emma, tu es heureuse, avec Brix ?

Tu vas la voir quelquefois en disant : M'man, il y a quelque chose qui me chiffonne, est-ce qu'on pourrait en parler ?

« Non, je ne peux pas. Impossible. »

— Bien sûr ! Il est merveilleux, je l'aime, et j'adore mon travail et je n'ai jamais été si heureuse de ma vie !

Elle entendit le léger tremblement dans sa voix, et la nuance de défi, mais qu'y pouvait-elle ?

— Quand est-ce qu'on mange ? se hâta-t-elle de demander.

— Eh bien, cela fait plaisir de voir que tu as faim, pour une fois ! remarqua Hannah d'un ton gai qui effaça l'impression de malaise laissée par la petite voix malheureuse d'Emma. Et je veux le récit détaillé de ta prise de vue, comment était le labo, quelles poses t'a fait prendre le photographe... Comment s'appelle-t-il déjà ? Ah oui, Tallent, un nom prédestiné... Ce qu'on t'a fait porter, enfin, tout. Peut-être Alex va-t-il te faire figurer dans un article retentissant et tu seras célèbre bien plus tôt que tu ne le pensais... Si vous parlez de votre travail, Claire, cela peut vous amener d'autres contrats par la suite, s'ils vous intéressent. Vous ne seriez plus dépendante de Quentin. Et j'ai hâte de mieux connaître Alex, il a l'air si différent des autres journalistes !

Elle prit le saladier de pommes épluchées et coupées en tranches et l'apporta sur la paillasse où attendait le fond de tarte.

— Mon Dieu, n'est-ce pas merveilleux d'avoir tant de raisons d'attendre avec impatience qu'arrive demain ?

10

Alex déposa un petit magnétophone sur l'accoudoir du fauteuil.

— J'espère qu'il ne vous gêne pas... Je préfère ne pas prendre de notes pendant la conversation.

Il s'appuya au dossier, regarda autour de lui.

— Quelle pièce agréable !

— Vous trouvez ? Elle est juste terminée, c'est le meilleur atelier que j'aie jamais eu. En fait, c'est le seul. Vous voulez un café ? Ou du thé ?

— Un café, merci. Comment se fait-il que vous n'ayez jamais eu d'atelier auparavant ?

— Personne ne m'en a jamais proposé un, et je ne pouvais pas me permettre un loyer supplémentaire. (Elle ouvrit la porte blanche dissimulant la kitchenette.) Quand je travaillais à *Danbury Graphics*, je partageais un atelier avec vingt-quatre collègues... Vingt-cinq tables à dessin bord à bord... Et, chez moi, j'avais le choix entre la table de la salle à manger et un carnet à croquis sur les genoux. (Elle prit une Thermos et versa deux tasses de café.) Et, maintenant, j'ai un bureau aux laboratoires Eiger, il est très bien, mais ce n'est pas un atelier, et ce n'est pas chez moi.

Alex la regarda arranger des grappes de raisin noir sur une assiette de porcelaine bleu et blanc. Elle portait un jean blanc et un chandail bordeaux à col roulé. Ses cheveux étaient retenus en arrière par un ruban rouge, et elle avait posé un crayon sur son oreille. En la voyant la veille au soir dans la cuisine, il avait été frappé par la douceur de sa beauté. Ici, dans son atelier, ses traits semblaient plus affirmés, et il remarqua les détails : les pommettes saillantes, la ligne nette de la mâchoire, la bouche généreuse et les sourcils droits, les yeux vifs et intelligents... Une très jolie femme, se dit-il, qu'il regardait avec autant de plaisir qu'il contemplait un beau tableau.

En fait, tout l'atelier lui plaisait et témoignait d'un admirable sens des proportions et des couleurs. C'était une vaste pièce carrée, meublée d'un canapé et de deux fauteuils groupés sur un tapis du Turkestan très coloré, autour d'une table basse en granit poli. Deux tables à dessin étaient placées près des fenêtres sans rideaux, flanquées chacune de placards roulants contenant du matériel de dessin. Tout un mur était couvert d'étagères, garnies de livres et de magazines, mais aussi de petites sculptures, de vanneries africaines, de vases en céramique, de chandeliers d'argent, placés dans un désordre apparent parmi les livres, mais en fait, à un endroit qui leur convenait parfaitement.

Des peintures abstraites et des affiches encadrées étaient pendues aux murs, brillamment éclairés, comme le reste de l'atelier, par plus de lampes que n'en avait jamais vu Alex dans une seule pièce. Appliques aux murs, rangées de spots et lampes d'architecte au-dessus des tables à dessin, lampadaires, tout était allumé et défendait chaque recoin de la pièce contre la grisaille d'un début de novembre.

Claire le vit regarder autour de lui et les compter.

— Je déteste les pièces sombres, dit-elle avec un petit rire. C'est évident, non ?

— Ce qui est moins évident, c'est comment vous avez réussi à faire ça. (Il montra du geste l'ensemble de la pièce.) Je ne serais jamais capable, moi, de créer un ensemble aussi chaleureux.

— Merci. Où avez-vous essayé ?

— C'est bien là le problème. J'habite ce qu'à New York on appelle un deux-pièces. C'est plutôt un grand placard : une salle à manger-bureau à peu près convenable, une chambre assez grande pour un lit et une chaise, et une kitchenette pour un cuisinier sans aucune prétention de cordon-bleu. J'ai essayé d'y mettre un minimum de meubles, pour conserver une illusion d'espace. Je n'ai pas eu grand mal, je n'avais que de vieux meubles récupérés dans une brocante du New Jersey. Où avez-vous habité des pièces sombres qui vous déplaisaient ?

— Dans notre appartement, avant d'acheter cette maison.

— Celui où vous disposiez pour tout atelier d'un carnet à croquis sur les genoux ?

— Oui, et non seulement il était petit, mais il était

obscur. Nous habitions, près de la grand-rue de Danbury, au rez-de-chaussée d'une de ces vieilles maisons partagées en appartements. L'un d'eux avait ensuite été redivisé en deux, et nous vivions dans celui de derrière. Il donnait sur la rue, mais les fenêtres étaient minuscules et orientées au nord. Nous ne voyions jamais le soleil. Et vous... vous avez habité le New Jersey ?

— Oui...

Voyant que Claire attendait la suite, il ajouta :

— J'y ai vécu avec ma femme et mon fils. Lorsque j'ai perdu ma femme, je me suis installé à New York.

— Avec votre fils ?

— Il est aussi venu à New York, mais il ne vit pas avec moi. Il habite avec ma sœur et mon beau-frère dans le même quartier. J'ai vendu notre maison et tout ce qu'elle contenait, je ne pouvais plus en supporter la vue...

Il s'agita un peu dans son fauteuil et fit tomber le magnétophone.

— Allons. (Il eut un petit sourire en le ramassant.) C'est le dieu de l'écriture qui me rappelle que je suis ici pour travailler. Parlez-moi de votre appartement sombre et du chemin qui vous a menée à cette si belle maison.

— Le mot est juste, c'est un chemin. Mais il est sinueux, ou bien le point d'arrivée est fluctuant... J'ai l'impression de ne pas savoir où il va..., où je vais... Je me demande pourquoi je vous dis ça, je ne tiens pas à ce que ça figure dans votre reportage !

— Alors ça n'y figurera pas. Est-ce que cette impression a un rapport avec le fait d'avoir recommencé à travailler ?

— Sans doute... Quand tant de choses se sont passées et se passent encore, il est parfois difficile de retrouver son centre de gravité. (Elle se tut. Alex attendit patiemment.) J'ai toujours pensé, me semble-t-il, qu'être riche m'aiderait à le trouver. Que, si j'avais assez d'argent, je pourrais organiser ma vie autour de ce que je considère comme l'essentiel, que l'argent me permettrait de disposer du temps nécessaire pour réfléchir à l'importance relative de ce que je voulais puis essayer de l'obtenir. Organiser, faire des projets puis vivre. Vivre vraiment en fonction de mes sentiments et de mes besoins. Je le fais, par certains côtés. Mais d'autres facteurs interviennent, ce n'est pas si simple.

— Vous voulez dire qu'il n'est pas simple de maîtriser votre propre vie ?

Elle eut l'air surprise de l'entendre exprimer clairement ce qu'elle pensait.

— Oui, exactement. Je croyais que l'argent me procurerait cette maîtrise, outre le temps nécessaire. Il en est d'ailleurs ainsi, mais seulement dans une certaine mesure.

Elle se leva, alla chercher la Thermos et remplit les tasses.

— J'ai acheté cette maison une demi-heure après y être entrée pour la première fois, et, dès qu'elle a été meublée, nous avons quitté notre appartement. Et je ne suis toujours pas complètement habituée à l'idée que je suis ici chez moi. Chaque matin, je m'étonne de me retrouver là, d'avoir fait ce grand saut, entre ce que j'étais avant et ce que je suis maintenant.

— Et vous êtes différente de ce que vous étiez avant ?

— Je ne sais pas trop... J'espère que non, mais ma vision du monde a changé, et il en est de même pour ma fille. Je le vois à la façon dont nous parlons de nos projets et de nos désirs... Je ne sais pas, il faudrait y réfléchir.

— Eh bien, nous pouvons attendre un peu pour en reparler...

Cet aspect d'un sujet, par ailleurs mineur, était pourtant ce qui l'intéressait le plus.

— Quelles modifications avez-vous apportées à cette maison après son achat ?

— Cette pièce, essentiellement. Le reste était parfait, mais il n'y avait pas d'atelier, et j'ai décidé de m'offrir celui dont j'avais toujours rêvé. C'était déjà merveilleux en soi de pouvoir l'agencer exactement tel que je le voulais, en un minimum de temps, il suffisait d'appeler un entrepreneur. Aucun souci à se faire quant au coût, aucun besoin de rogner sur tel ou tel détail. Mais cela n'a rien à voir avec la réorganisation de ma vie de façon à ce qu'elle gravite autour de l'essentiel, c'est juste l'art de dépenser l'argent. Et je suis devenue bonne à ça.

— Il vous a fallu apprendre ?
— Oui, mais c'est incroyablement facile.
— Vous avez appris sur le tas ?
— A peu près. Quoique dépenser l'argent à bon escient soit tout un art : il faut en obtenir le maximum. J'ai eu de bons professeurs, quelques femmes fortunées qui m'ont donné des leçons et montré des manières de dépenser auxquelles je n'aurais jamais pensé sans elles.
— J'espère que c'est amusant.
— Extrêmement ! La plupart du temps c'est comme un jeu, on gagne à chaque fois qu'on signe un chèque, on n'arrête pas de gagner, ça monte à la tête. Autrefois, je m'arrangeais pour ne rien savoir des programmes de concert ou de théâtre ou des possibilités de voyage, et je détournais la tête en passant devant les vitrines des grands magasins, surtout à la période des fêtes, quand on ne parle que d'achats et que tout le monde pense qu'à moins de se ruiner en cadeaux on n'est pas une bonne mère ou une femme normale et respectable. Quoi qu'il en soit, je m'arrangeais pour ne rien voir, puisque tous ces plaisirs étaient hors de ma portée, alors, pour moi, ils n'avaient aucune existence véritable. Et, tout d'un coup, ils se sont trouvés là, à m'attendre.
— A votre portée, et bien réels.
— Oui. C'est ainsi que j'ai commencé à les percevoir, comme des plaisirs à ma portée. C'était bizarre, je n'en avais jamais assez.
— Ils vous fascinaient ?
Claire le regarda.
— Exactement, comme un phénomène d'hypnose, comme une drogue, j'imagine.
— Vous imaginez... Vous n'avez jamais essayé ?
— Non, je n'y ai jamais touché.
— Vous n'étiez pas curieuse ?
— Oh, un peu, ça m'a tentée à un moment, mais je ne savais pas quelle serait ma réaction, et il y avait Emma. Elle n'avait que moi, et je ne pouvais pas courir le risque de ne pas être disponible. Et je pensais que, si je n'y touchais pas, j'aurais le droit de lui demander d'en faire autant. Et elle n'y touche pas. Mais tous mes amis ont essayé et, quand ils en parlent, cela semble faire un effet semblable à celui de beaucoup d'argent : on perd le sens

des perspectives, on oublie la signification précise de notions abstraites telles que la valeur. Tout l'environnement change, devient plus vaste, plus brillant et encore plus désirable qu'avant. Comme si le moindre objet était muni de bras, de mains, de doigts en train de faire signe, d'appeler, et, comme il n'y a aucune raison de résister... Je ne sais pas si je me fais bien comprendre... Oui? Vous avez dit: A votre portée. Avez-vous eu une expérience similaire?

— Pas à cette échelle. Il y a eu une époque où je gagnais beaucoup d'argent et où je le dépensais facilement et sans remords. Mais c'est du passé. Et...

— Vous écriviez pour des magazines?

— Non, ce n'est pas une activité très rentable. Trop de gens sont prêts à travailler pour trois fois rien, du moment que leur prose est publiée, alors les prix pratiqués sont ridiculement bas. J'écrivais des romans, à cette époque. J'avais du succès, mais je n'étais pas une célébrité.

— Oh! A.N. Jarrell, c'est vous? J'aurais dû y penser! J'ai lu vos romans, ils sont excellents. Personne n'écrit comme vous sur la vie de famille et les enseignements qu'apporte le passé. C'est vous, alors?

Il acquiesça.

— Mais je vous disais que...

— Je me demandais pourquoi je n'avais pas lu de nouveau roman de vous depuis..., oh, des années...

— Cinq ans. Je vous disais... Comme la plupart des gens, je n'ai pas eu l'expérience d'une soudaine accession à la fortune. D'ailleurs, si peu de gens gagnent une somme si importante...

— Ce n'est pas payé d'un seul coup, se défendit Claire.

— Où serait le mal? Ce n'était pas une critique, vous savez! Vous faites souvent ça, vous sentir attaquée quand on mentionne votre fortune?

— Non, bien sûr... Enfin, je ne sais pas, j'espère que non. Je n'en ai pas honte.

— Sûr? Vrai de vrai?

— Mais non!

Elle se souvint pourtant d'avoir pensé que ses 60 millions de dollars n'étaient pas le fruit de son travail ni un héritage, que tout ce qu'elle avait fait, c'était acheter un billet de loterie.

— Je ne sais pas, répéta-t-elle. Vous auriez honte, vous ?

— Pas une seconde.

— Pourquoi ?

— Parce qu'il faut toujours être reconnaissant à un coup de chance, cela n'arrive pas si souvent, et la plupart d'entre nous en méritent un de temps en temps. Le vôtre est particulièrement énorme, bien sûr, mais vous êtes une personne honnête, vous n'avez privé personne de cet argent, vous n'avez pas subtilisé leur retraite à des vieillards, ni escroqué des centaines de travailleurs sans méfiance, ni détruit une entreprise par un achat à effet de levier ayant pour résultat la mise à pied de milliers d'employés innocents. Vous avez suivi la règle du jeu et vous avez gagné. De quoi auriez-vous honte ?

Claire riait.

— Pas l'ombre d'un motif. Merci, je m'en souviendrai ! Pourquoi n'avez-vous pas écrit un seul livre depuis cinq ans ?

— Je ne sais pas, j'ai juste cessé d'écrire. Plus envie, plus de motivation, et il en faut beaucoup pour écrire un livre.

— Il doit bien y avoir une raison…

Alex se pencha pour remplir les tasses.

— C'est vous qui avez parlé de ne pas maîtriser sa propre vie. Ça peut nous arriver à tous.

« Il a perdu sa femme, il s'est retrouvé sans famille et sans foyer. Il y a cinq ans ? Sans doute… »

— Mais, continua-t-il sans lui laisser le temps de lui poser une autre question sur son passé, vous parliez de réorganiser sa vie de manière à la faire graviter autour de l'essentiel. Qu'y a-t-il que vous n'arrivez pas à maîtriser ?

— Oh, un tas de choses. Bien trop, du moins, c'est parfois mon impression.

Elle cueillit un grappillon de raisin, le tint un instant dans sa main. Les grains étaient frais et lisses dans sa paume, à point, parfaits. Comme tout ce qu'elle achetait, maintenant. Mais il y avait deux domaines où la perfection semblait loin : Emma et Quentin. Elle ne tenait pas entre ses mains le destin de sa fille, et elle commençait à se poser des questions quant à son propre degré d'influence sur Quentin.

Cela ne concernait pas Alex Jarrell, mais le silence s'épaississait, et elle voulut changer le cours de la conversation. Il fut plus rapide.

— J'espérais que votre fille serait présente, cet après-midi.

— Vous ne lui avez pas parlé, hier soir, quand elle vous a fait entrer ?

— Juste quelques mots.

Elle attendit de l'entendre dire qu'Emma pleurait quand il était arrivé. Elle-même n'avait pas pu manquer de remarquer les traces de larmes sur les joues de sa fille, ses yeux rouges et gonflés, ses lèvres tremblantes. Mais Alex ne fit aucune remarque, autorisant Claire à s'abstenir de toute confidence.

— Emma est sortie, je crois qu'elle est allée faire des achats, elle devrait être de retour à 18 heures.

— Je l'appellerai, si vous voulez bien, je voudrais lui parler.

« Bien sûr... Nous ne sommes pas seulement en train de converser amicalement, il mène une interview, ses questions ont un but. »

Elle se sentit étrangement déçue : pendant cinq minutes, elle avait oublié qu'il rassemblait des documents pour son article, elle avait pensé qu'il la trouvait sympathique et la comprenait. Mais ce n'était pas une question de sentiments : il avait un travail à effectuer, et sa méthode était de mener ses interviews sur un ton décontracté, comme une conversation, plutôt que de mitrailler de questions, comme les reporters venus au mois de mai. Jarrell, écrivain et journaliste, se montrait chaleureux car il était de nature amicale, mais il ne faisait que son travail.

Elle se leva.

— Je crois que nous avons à peu près tout couvert.

— Pas vraiment.

A cet instant, son magnétophone s'arrêta.

— Un côté de la bande seulement, ce n'est que le début !

Il se leva à son tour.

— J'ai dit quelque chose qui ne vous a pas plu...

— Non, vous avez été très gentil, au point de me faire oublier qu'il s'agissait d'une interview.

— Moi aussi, je l'avais oublié. J'ai bien peur d'entendre trop souvent ma propre voix parlant de moi, lorsque je vais écouter la bande à la maison.

Claire sourit. Alex était vraiment un homme sympathique.

— Quelles autres questions voudriez-vous me poser ?

— Eh bien, quelques questions simples sur cette maison et toutes les expériences que vous avez pu faire depuis que vous avez gagné le gros lot. Je ne veux pas parler de l'achat d'un manteau de fourrure, bien que ça en fasse aussi partie, je veux dire les changements dans votre vie, comme vos relations amicales avec ces femmes dont vous m'avez parlé, qui vous ont enseigné l'art de faire des achats. Je suppose que vous n'auriez pas fait leur connaissance si vous n'aviez pas été riche, ou, du moins, vous n'auriez pas eu le temps de les fréquenter beaucoup. Vous avez parlé de réorganisation de votre vie... Puis j'aimerais que nous parlions de votre retour au travail. Comment ressentez-vous le fait de ne pas avoir besoin d'un salaire ? Cela influence-t-il votre inspiration, vous sentez-vous plus libre ? Plus prête à innover ?... Il y a aussi ce que, dans votre vie, vous trouvez difficile à maîtriser, mais, si vous ne voulez pas le dire, nous n'en parlerons pas. Je crois qu'au fond je veux revenir à ma question du début : pensez-vous avoir changé ? Que voyez-vous, maintenant, quand vous vous regardez dans le miroir ?

— Je vois une personne qui regarde avec beaucoup plus de confiance dans un miroir. Et partout ailleurs. (Elle jeta un coup d'œil au magnétophone.) Il n'est pas en marche.

— Je n'oublierai pas ce que vous venez de dire. Et j'aimerais poser d'autres questions sans enregistrer. Demain, ça irait ?

— Très bien.

— Le matin ? J'aimerais voir votre maison en plein jour. 10 heures, si ça vous convient ?

— Tout à fait.

Ils descendirent, et Claire ouvrit la porte d'entrée.

Alex enfila un blouson de cuir éraflé et fané, avec des pièces de daim au coude.

— Merci de m'avoir consacré tout ce temps. J'ai passé un très bon après-midi.

— Moi aussi.

Ils se serrèrent la main, et Claire le regarda rejoindre sa voiture à grandes enjambées.

— Eh bien, quel qu'en ait été le sujet, votre conversation lui a fait du bien. Il n'était pas si allègre que ça, hier ! remarqua Hannah.

— Vous le trouvez allègre ? (Claire referma la porte.) Je n'ai pas remarqué.

— Alors, que pensez-vous de lui ?

— Il est l'homme le plus passionnant que j'aie jamais rencontré.

— Bigre ! Le plus passionnant ! Très intéressante nouvelle !

— Non, Hannah, c'est un homme passionnant, point final. Passionnant ne veut pas dire attirant.

— Oh, que si ! Bien plus souvent que vous ne le croyez ! Il a, de toute évidence, fait excellente impression. Et l'interview ?

— Très différente des précédentes. Nous avons bavardé au hasard, sans nous attarder très longtemps sur un sujet donné. Je crois qu'il a l'intention de se montrer plus directif demain.

— Demain ? Il y a un second épisode ?

— Je ne crois pas qu'il épuise jamais ses questions, j'espère seulement qu'on lui a fixé une date limite !

Hannah rit, et elles allèrent à la cuisine.

— Forrest a apporté des truites qu'il a pêchées dans le Montana. Emma sera ici pour dîner ?

— Elle a dit qu'elle rentrerait vers 18 heures.

— Alors je vais les préparer avec des pommes au four.

La vieille dame se mit à gratter les pommes de terre, fredonna quelques mesures, se racla la gorge, en fredonna quelques autres.

— Claire... J'ai quelque chose à vous demander... Pourriez-vous me prêter de l'argent ?

— Vous prêter de l'argent ?... Mais je peux vous donner tout l'argent dont vous avez besoin, Hannah, vous le savez bien !

— Parce que vous pensez que je ne pourrai pas vous le rendre ? Mais je peux et je le ferai, y compris les intérêts. Je préfère de beaucoup que ce soit un prêt.

— Combien voulez-vous ?

Hannah prit sa respiration.

— 25 000 dollars.

Claire la regarda avec des yeux ronds.

— Hannah, que...

Elle se reprit aussitôt. Elle n'avait aucun droit de demander à Hannah pourquoi elle avait besoin de cette somme. Elle n'avait jamais mentionné de dettes, mais peut-être en avait-elle honte, et maintenant elle en était au point où elle était obligée de les payer. Mais, dans ce cas, comment comptait-elle la rembourser ? Ou bien elle aidait quelqu'un d'autre, des amis rencontrés au marché, à la boucherie, à l'épicerie. Elle avait toujours un tas d'anecdotes à raconter, elle semblait recueillir les confidences de tout le monde.

— Bien sûr. Je vous ferai le chèque ce soir.

— Oh, vous êtes merveilleuse !

Hannah s'approcha d'elle pour l'embrasser, et c'est alors que Claire remarqua combien la vieille dame était restée figée d'anxiété en attendant sa réponse. Elle se remit à gratter les pommes de terre et était en train de les couper en deux lorsque la porte du garage s'ouvrit en coup de vent, et Emma entra.

— Salut !

Elle posa sur la table de la cuisine un sac marqué *Au Caprice d'Anaïs*.

— Je me suis trouvé un manteau. Ce n'est pas exactement ce que je voulais mais ça va, et il commençait à se faire tard, alors je l'ai pris.

— Pourquoi n'irions-nous pas à New York acheter exactement ce qui te convient ? demanda sa mère, tu aimais bien faire ça, avant ?

Emma baissa les yeux.

— Oui, je sais. C'est juste que je n'ai plus tellement le temps...

— Tu n'as pas pris froid, au moins ? demanda Hannah, tu as l'air fiévreuse.

— Je suis en pleine forme, pourquoi êtes-vous toujours en train de me demander comment je vais ? rétorqua la jeune fille avec irritation. Il est venu ? Le type du magazine... Alex ?

— Oui, il a dit qu'il voudrait...

— Tu aurais pu l'inviter à dîner...

— Mais pourquoi ? Il est journaliste, il veut faire un article et il est venu pour une interview, c'est tout. Il veut te parler, aussi, il a regretté que tu ne sois pas là.

— Ce n'est pas grave, je n'ai rien à lui dire. Je l'ai trouvé sympathique, pas toi ?

— Moi aussi. Il est très sympathique et passionnant, en plus. Il revient demain matin à 10 heures, tu lui parleras ?

— Il revient ? Pour le petit déjeuner ?

— Enfin, Emma, pourquoi cette subite rage de nourrir les gens ? demanda Hannah.

Emma rougit.

— C'est une façon de faire connaissance. Maman dit toujours que c'est autour d'une table bien garnie qu'on parle le mieux.

— Mais c'est son travail, d'interviewer les gens, il y arrive très bien sans partager notre repas. Alors tu lui parleras, demain ?

— Je suppose, si tu le veux. Il faut que je parte, je dîne dehors.

— Tu ne nous avais pas dit que tu avais rendez-vous ce soir, objecta Claire.

— Ce n'est pas un rendez-vous !... Enfin, si, avec une amie. Juste pour dîner, je rentrerai aussitôt après.

— Nous avons de la truite fraîchement pêchée.

— Eh bien, congelez-la, j'en mangerai une autre fois.

— Elle ne sera plus fraîchement pêchée.

Emma haussa les épaules.

— A tout à l'heure !

Elle retourna au garage, démarra, manœuvra, descendit la rue au milieu des petits tourbillons de feuilles mortes. Là, les remords commencèrent à l'assaillir.

« Je ne leur ai pas dit deux mots... J'aurais dû m'asseoir et discuter un peu, ne pas être si brutale... Je suis restée tout le temps à côté de la porte, comme si je ne pensais qu'à repartir... »

Pourtant, elle ne considérait pas sa maison comme une prison, mais tout, en ce moment, semblait porter atteinte à sa liberté, elle ne tenait pas en place, ne pensait qu'à bouger, partir, se changer les idées. Sauf quand elle était avec Brix.

Elle se gara devant un petit restaurant à rideaux blancs et nappes à carreaux rouges et blancs. Gina l'attendait à une table du fond.

— Tu es superbe ! Et je suis bien contente de te voir, lui dit-elle en se levant pour l'embrasser.

Elle posa la main sur la joue de la jeune fille.

— ... Tu es un peu chaude, tu n'es pas en train de t'enrhumer ?

— Mais non, voyons !... Oh, pardon, Gina ! Tu es comme Hannah, tout le monde me demande comment je vais, en ce moment !

— Et alors, comment ça va ?

— Très bien. Je ne comprends pas pourquoi on me pose cette question, je vais très bien.

Gina la regarda attentivement.

— Qu'est-ce que tu prends, toi, en ce moment ?

Emma sentit le sol se dérober sous ses pieds.

— Qu'est-ce que tu veux que je prenne ?

— Tu sais très bien ce que je veux dire... Tu fumes de l'herbe ? Tu renifles de la cocaïne ? Plutôt ça, oui. Combien ?

Emma la regarda, tremblante de peur. Si Gina le voyait, tout le monde le voyait, y compris sa mère. Et Claire qui était si fière que sa fille ait refusé de toucher à la drogue au lycée ! Emma adorait que sa mère soit fière d'elle.

— Qu'est-ce qu'il y a ? J'ai l'air bizarre ?

— Tu es tendue comme un ressort. Et tu n'arrives pas à te concentrer, regarde-toi, tu inspectes fébrilement la salle et je parie que tout en m'écoutant, tu as une douzaine d'idées qui te trottent en même temps dans la tête. Tu es toujours surexcitée, ces temps-ci, et je sais le voir parce que j'y suis passée. Allons, Emma, combien en prends-tu ?

Emma baissa la tête.

— Très peu. Juste quand je suis... De temps en temps.

— Quand tu es avec Brix, c'est ça? Ensuite? Allons, Emma, tu ne me vois pas si souvent...

— Juste une fois de temps en temps. Il m'en a donné un peu pour m'aider à me détendre, mais ça m'est surtout utile quand j'ai très faim. Tu comprends, parfois, quand je m'inquiète pour Brix ou autre chose, j'ai tout d'un coup une fringale pas possible. Et quand on arrête après huit heures de travail, je meurs de faim, je mangerais n'importe quoi! Mais je ne peux pas, tu comprends, parce que je prendrais du poids, et Brix a dit que si ça arrivait, on ne voudrait plus de moi pour les photos. Alors je prends un petit peu de cocaïne, juste un tout petit peu, tu sais, je n'ai pas besoin de beaucoup, et je n'ai plus faim et je me sens en forme.

Elle leva les yeux.

— Maman le sait?

— Je ne sais pas, je crois que non. Je ne lui ai rien dit, si c'est ça qui t'inquiète.

Emma poussa un soupir de soulagement.

— Ne le fais pas, je t'en supplie.

— Je voudrais que tu le lui dises toi-même, Emma. Tu devrais lui parler de tes problèmes.

Emma secoua la tête.

— Je ne savais pas que tu en avais pris aussi, remarqua-t-elle après quelques instants de silence.

— La cocaïne et un tas d'autres trucs. A ton âge, et plus tard aussi, j'ai essayé beaucoup de drogues de synthèse. Tout le monde le faisait, et je ne voulais pas être différente des autres. Et je dois avouer que beaucoup de ces substances me faisaient vraiment planer, du moins pendant quelque temps. Mais pas assez longtemps. C'est une impasse, Emma, c'est pourquoi j'ai tout arrêté. A long terme, la drogue ne rend pas la vie plus facile ou plus agréable, tout ce qu'elle fait, c'est te pousser à en vouloir davantage. Si j'étais toi, c'est maintenant que j'arrêterais.

— Mais tu en as pris pendant des années, et tout va bien pour toi!

Gina soupira. Le serveur arriva et elle passa commande.

— Deux verres de chianti, deux *pasta puttanesca*, deux salades du chef. Ça te va, Emma?

— Parfait. Je n'ai pas beaucoup d'appétit ce soir.

— Tu m'étonnes ! Je parie que tu n'as jamais d'appétit.

Emma haussa les épaules.

— Et tu n'es pas allée apprendre à monter, non plus, bien que ta mère le veuille.

— Elle te l'a dit ?

— Non, c'est Roz, l'amie de ta mère, celle qui a des chevaux. J'y vais souvent, ces temps-ci, je monte et je l'aide. C'est un endroit splendide, Emma, un morceau de paradis, et Roz est une personne exceptionnelle. Si tu essayais, ça te plairait.

— Je n'ai pas le temps. Peut-être quand je l'aurai...

Il y eut un autre silence.

— Bon, passons au conseil numéro deux. Tu ne peux pas dire à ton petit chéri que tu ne veux plus renifler de cocaïne ?

— Il aime en prendre avec moi, c'est une façon d'être ensemble, il aime qu'on fasse des choses ensemble.

— Ben voyons ! (Gina goûta le vin.) Pas mauvais... Tu veux m'en parler, de Brix ?

— Pas vraiment, je ne sais plus où j'en suis, quand je parle. Le mieux, c'est quand je suis avec lui et qu'on ne parle pas du tout.

— Ô Emma...

Elles attendirent sans mot dire l'arrivée de leur commande.

— Bon, alors, pourquoi sommes-nous là ? reprit Gina. Tu m'as dit que tu avais quelque chose à me dire. Si ce n'est pas à propos de Brix, de quoi s'agit-il ?

— En un certain sens, ça concerne Brix. Je sais que tu ne l'apprécies pas tellement, mais je m'inquiète pour lui, et je ne vois pas quoi faire ni à qui demander conseil.

Elle se pencha en avant, et baissa la voix.

— J'ai vu deux mémos sur le bureau de Brix, concernant des « cobayes » qui avaient essayé la crème pour les yeux PK-20, et ils parlaient de... de réactions allergiques... dans quatre pour cent des cas.

Gina posa sa fourchette.

— Quelles réactions ?

— Il y avait des termes latins, et le mot conjonctivite.

Je l'ai reconnu, parce que j'en ai eu une, une fois. Et... on parlait de... perte de vision.

Gina agrippa la main d'Emma.

— Tu en es sûre ?

— Je l'ai lu, c'est dedans. On disait qu'une personne n'avait pas bien suivi le mode d'emploi. J'ai lu les mémos très vite, mais je n'aurais pas inventé cette histoire de perte de vision... C'est surtout ça qui me hante... Gina, tu pourrais trouver de quoi il s'agit ? Je suis sûre que le problème va être réglé, Brix ne voudrait pas être mêlé à... Je veux dire, il tient à ce que tout soit parfaitement honnête, je le sais, mais il pourrait s'y trouver impliqué sans le savoir... Enfin, pas vraiment, il est un des patrons... Oh, je ne sais pas, c'est juste que j'ai une impression de malaise, quelque chose ne va pas du tout, et si tu pouvais trouver...

Gina acquiesça.

— Tu as pensé à demander à Brix ?

— Oui, mais je..., je n'ai pas pu..., je ne vois pas comment je pourrais...

— Moi non plus ! D'accord, je vais voir ce que je peux dénicher. Ça semble grave, Emma, ils ont l'intention de mettre le PK-20 sur le marché en mars.

— Je sais, tout le monde est sur des charbons ardents. Tod et Bill viennent d'avoir une nouvelle idée, et nous recommençons toute une série de photos de publicité la semaine prochaine. C'est comme si ça n'allait jamais finir, et ils n'ont même pas utilisé la première série. Ils se comportent comme s'il s'agissait d'une opération d'importance primordiale.

— C'est peut-être le cas, pour l'entreprise ? D'après ce que j'entends, ils ont tout misé là-dessus. Ou bien c'est la percée du siècle, ou bien c'est la fin des laboratoires Eiger.

— La fin de la société Eiger ? Ce n'est pas possible, ils fabriquent beaucoup d'autres produits !

— Mais il se peut que tout se joue sur leur nouvelle ligne. Je ne suis pas dans le secret des dieux, mais certains bruits courent dans le labo... Ils auraient surinvesti en comptant sur le PK-20 pour les renflouer. Bon, je verrai demain ce que je peux apprendre, et je te le dirai. Allons, mangeons, heureusement que la *pasta puttanesca* est aussi bonne froide que chaude. Vas-y, Emma, je veux que tu manges !

Emma soupira.

— Oui, madame.

— Allons, Emma... Je t'aime, souviens-t'en ! Et ta mère aussi t'aime. Mais si un jour ou l'autre tu préfères t'adresser à moi, je le comprendrai, et je suis toujours disponible pour te parler. Même si tu ne veux rien avouer. Et réfléchis à ce que je t'ai dit, je te l'ai dit parce que je t'aime.

— Je sais...

Sentant les larmes lui monter aux yeux, elle se tut et essaya de manger. Gina, les yeux dans le vague, s'absorbait dans ses pensées. Emma aimait bien Gina, parce que celle-ci l'avait toujours traitée en adulte. Même quand elle était petite, elles avaient de longues conversations, et Gina la prenait toujours au sérieux. Et elle aimait la manière dont Gina parlait des femmes, les disant capables d'accomplir bien plus que ne le pensaient les hommes, et généralement plus intelligentes, plus énergiques, et mieux à même de comprendre les autres. Emma ne se trouvait pas si intelligente que Brix, il avait tellement plus d'expérience qu'elle, mais elle devait reconnaître qu'il n'était pas spécialement compréhensif ni soucieux des autres.

Selon Gina, les femmes savaient aussi, mieux que les hommes, supporter les épreuves.

« Et comment sortirais-je d'une épreuve, moi ? Quelque chose de vraiment terrible... Si je m'en sortais haut la main, plus forte qu'auparavant, tout le monde m'admirerait, y compris Brix, et, après, il voudrait me protéger contre tous les autres dangers, parce qu'il aurait peur de me perdre... Où est-il, à l'heure qu'il est ? Cela fait onze jours qu'il ne m'a pas téléphoné... Il est sans doute avec une autre femme, une très belle femme, et... »

Mais cette idée était trop douloureuse, et elle s'efforça de penser qu'elle se trompait.

« Peut-être pense-t-il à moi justement... Il arrange une sortie ensemble, une partie de plaisir à deux. Il aime bien me faire des surprises. Je suis sûre que c'est ça ! Il est en train de me préparer une surprise... »

— Allons, dit Gina, parle-moi de ton travail, et je te parlerai de mes promenades à cheval dans ce paradis qu'est la propriété de Roz, et d'elle aussi. Il est temps de parler des bonheurs de notre vie.

Brix, assis en face de son père, but une gorgée de scotch. Il mourait de faim, mais il ne pouvait pas aller dîner avant que son père ne décrète leur petite réunion terminée. Il serra le ventre pour empêcher son estomac de gargouiller et se concentra sur ce dont ils parlaient, en essayant de garder une voix égale. Sinon, son père allait y déceler une intonation plaintive, ce qu'il détestait par-dessus tout.

— Kurt est mon ami, c'est pourquoi il me les a montrés. Pourquoi ne verrais-je pas ces mémos ? Seigneur, p'pa, je suis vice-président de la société, je devrais être la première personne informée en cas de problème.

— Qui d'autre les a vus ?

— Personne, Kurt n'est pas idiot. Il m'a averti il y a deux mois que les nouvelles n'étaient guère encourageantes.

— Tu ne m'en as pas parlé !

— Il m'a dit qu'il t'avait envoyé quelque chose à ce sujet, alors j'ai pensé qu'il valait mieux attendre les rapports sur les derniers tests. Je savais que tu voudrais en discuter, que nous en parlerions dès que tu en aurais pris connaissance.

« Seigneur ! Je parle comme si j'attendais un coup de fil, assis à côté du téléphone. On dirait Emma ! »

Il s'éclaircit la gorge et continua :

— De toute façon, il y a autre chose. Kurt m'a dit ce matin avoir reçu les pré-rapports sur les tout derniers tests. Ce n'est pas brillant du tout. Plutôt inquiétant, même. Kurt y voit une récurrence régulière, moi, je pense plutôt que c'est la malchance... Enfin, pas vraiment la malchance parce que ça se reproduit, mais ce sont moins de quatre pour cent des sujets qui ont des réactions allergiques, enfin, pas beaucoup en dessous, mais quand même...

— Ils n'ont que les pré-rapports ? Les rapports complets devaient arriver cette semaine. Qu'est-ce qui se passe là-bas ?

— Je ne sais pas. Kurt n'a rien dit, sinon que...

— Tu as le numéro de téléphone de son domicile ?

— Chez Kurt ? Oui, p'pa, mais je m'occuperai de ça. Je peux leur demander quand...

— Quel est son numéro ?

Brix soupira. Les gargouillis de son estomac prenaient à ses oreilles les proportions d'un grondement de tonnerre. Il mourait d'envie de boire un autre scotch, mais son père n'aimait pas le voir prendre deux verres de suite.

« Oh, la barbe ! »

Il alla se resservir, puis s'appuya négligemment contre le bar et donna à Quentin le numéro de téléphone de Kurt, comme si cela lui était complètement égal. Puis il fit semblant de s'absorber dans la contemplation des photographies au mur, bien qu'il eût exactement les mêmes dans son bureau, et les trouvât inintéressantes au possible.

— Assieds-toi ! dit Quentin.

Brix obtempéra.

— Que sais-tu de Kurt ?

— Pas grand-chose. Nous allons parfois courir ensemble ou boire un coup. Nous jouons aussi au tennis de temps en temps, il habite à quelques maisons de chez moi.

— Il vit seul ?

— Ouais. Divorcé, pas d'enfant.

— Quel âge a-t-il ?

— Trente-quatre ans.

— Depuis combien de temps travaille-t-il ici ?

— Quatre ou cinq ans, quelque chose comme ça. Il était là depuis un certain temps quand je suis arrivé, il y a deux ans.

— Où travaillait-il, avant ?

— Aucune idée, nous n'en avons jamais parlé.

Quentin s'appuya au dossier de son fauteuil.

— Il travaille chez nous depuis six ans, ses parents habitent en Arizona, dans un de ces villages de résidences pour retraités, et il était chez Helen Curtis avant de venir chez nous. Il a été nommé directeur du laboratoire de tests au début de l'année.

— Si tu savais tout ça, pourquoi me le demander ?

— Je le sais parce que connaître les cadres supérieurs de mon entreprise fait partie de mon travail. Tu crois en être dispensé ? Tu aimes à répéter que tu es vice-président, et tu ne connais même pas nos cadres. Et celui-ci, avec qui tu vas courir et boire, tu ne sais pratiquement rien de lui.

Quentin attendit, mais Brix contemplait son verre d'un air boudeur.

— Ce que je ne connais pas, continua Quentin, c'est sa façon de vivre. Il a des goûts de luxe ?

— Comment ? Oh oui, je suppose... Je veux dire, oui, il dépense beaucoup d'argent. En chaussures, particulièrement ; il adore les chaussures, surtout celles qui sont faites en Italie, et les bottes haut de gamme, il en a de toutes les couleurs. Et il a un faible pour les vestons sport en cachemire.

— Il achète ça sur son salaire ?

— Je ne sais pas combien il gagne, je suppose que oui.

— 85.

— Oh, il doit tout dépenser pour lui, pas d'enfants, ni rien...

— Mais il en manque toujours...

Brix haussa les épaules.

— Qui n'en manque pas ?

— Pour l'amour du ciel, tâche de comprendre où je veux en venir. S'il détient des renseignements confidentiels, il peut essayer de les vendre au plus offrant.

— Les vendre ? Kurt ? (Brix secoua la tête.) Je ne crois pas qu'il soit assez malin pour y songer.

— Ce n'est pas parce que tu n'as pas été malin que lui ne l'est pas.

Brix retourna au bar.

— Trois verres de suite ?

— Tout juste. J'ai soif... (Il se servit et retourna s'asseoir.) J'y aurais pensé tout pareil, mais je connais Kurt. Ce n'est pas du tout son genre.

— Quel est son genre ?

— Il a besoin de beaucoup d'argent mais il ne compte

que sur son travail, rien d'illégal. Son travail lui plaît, il en est fier. Tout ce qu'il veut, c'est gagner beaucoup d'argent, ici ou dans un autre labo.

— Il parle de changer d'entreprise ?

— Pas précisément. Tu sais bien, tout le monde parle d'aller ailleurs un jour ou l'autre. Il dit qu'il aime beaucoup l'Europe, qu'il connaît quelques grosses sociétés de produits de beauté en France et en Suisse.

— Il ne se sent aucune obligation envers les laboratoires Eiger ?

— Bien sûr que si. Il pense que nos produits sont d'excellente qualité. C'est pour ça que ces tests l'inquiètent.

— Qu'est-ce qu'il t'a dit ?

— Je te l'ai déjà dit. Il pense que nous allons être obligés de modifier la composition, du moins en ce qui concerne la crème *Eye Restorative Cream*, ou bien de la retirer complètement de la ligne PK-20.

— Pourquoi dit-il ça ?

— Parce qu'il... Ecoute, p'pa, quatre pour cent, ce n'est pas beaucoup, mais on est bien obligés d'en tenir compte.

— Et les femmes ?

— Quelles femmes ?

— Kurt et les femmes...

— Oh ! Il dit qu'il en a beaucoup. Rien de sérieux. Je ne les vois pas, alors je n'ai aucune certitude.

— Très bien. Je veux m'assurer de sa fidélité et de son silence. Je ne m'inquiète pas pour la société de Chicago qui a effectué les tests, je les ai choisis justement parce qu'il n'y a jamais eu chez eux la moindre fuite. Mais je ne suis pas sûr de Kurt... Tu ferais mieux de lui parler... Non, je vais le faire, lui dire que je compte sur sa coopération pendant qu'on traite les résultats des tests. Et je vais m'occuper de sa prime de fin d'année et augmenter son salaire en janvier. Je vais faire en sorte qu'il soit satisfait, mais je veux que tu le gardes à l'œil. Va courir ou boire avec lui, joue au tennis, tout ce que tu veux, mais ne le lâche pas et rapporte-moi ses mouvements : ce qu'il fait de ses loisirs, s'il semble manquer d'argent ou trop dépenser par rapport à ses revenus, s'il entre en contact avec d'autres sociétés. C'est clair ?

— Limpide !

— Je vais lui dire autre chose, dès demain matin : nous nous sommes aperçus que quelqu'un aurait falsifié les résultats des tests pour se débarrasser de ces quatre pour cent. Je lui dirai que nous ne savons pas qui c'est, du moins pas encore, mais que nous nous arrangerons pour que le coupable ne puisse, de sa vie, trouver du travail dans un autre labo.

— Falsifié les résultats des tests ? Mais ce n'est pas vrai, ils sont... (Long silence.) Tu veux que je le fasse ?

— Il y a quelques instants, tu m'as dit que tu t'occuperais de tout. Alors fais-le. Je suppose qu'il est inutile que je t'explique pourquoi c'est indispensable.

Brix, comme pétrifié, fixait son père. « Seigneur ! il sort toutes ces idées comme s'il y avait des mois qu'il machinait tout ça. Pourquoi ne puis-je en faire autant ? Il fait une synthèse de tous les éléments, reprend chaque détail, bon Dieu, il réfléchit si vite que je n'arrive jamais à le rattraper. »

— Tu veux que je t'explique ? insista Quentin.

— Non ! je comprends, p'pa, je sais que tout repose sur...

— Je pourrais m'en charger, mais je veux que ce soit toi. Je peux compter sur toi, oui ou non ?

— Bien sûr, p'pa. Je m'en occupe, aucun problème. Je vais le faire tout de suite. Tu as fini ? Si tu n'as plus rien à me dire...

— Vas-y. Je veux voir ces rapports une fois que tu auras fait le nécessaire. Et je n'ai pas le temps d'attendre des heures.

Quentin ouvrit un dossier et commença à lire. Brix attendit un instant puis sortit en refermant la porte derrière lui. Dans le couloir, il s'aperçut qu'il avait encore son verre à la main.

« J'en ai bien besoin ! Et pas lui. Il ne remarquera sans doute même pas qu'il a disparu, pas plus qu'il ne m'a vu sortir. *Je pourrais m'en charger, mais je veux que ce soit toi. Je peux compter sur toi oui ou non ?* Foutaises ! Comme s'il avait besoin de moi ! Il n'a pas besoin de moi, ni de quiconque... Et pourquoi n'ai-je pas pensé à falsifier les rapports, quand j'ai vu les mémos ? Ça aurait dû me venir aussitôt à l'esprit. C'est là qu'il aurait été fier de moi ! Mais il ne l'est pas, il ne comptera jamais sur moi, il n'aura jamais besoin de moi, je suis trop lent... A moins que je ne puisse prendre une initiative vraiment importante, que lui ne pourrait pas prendre... N'importe quoi !... Il faut que je trouve..., que j'aie une idée... Ça va venir, il suffit d'y réfléchir. Mais, d'abord, j'ai une mission à accomplir. Et sans bavures. »

L'oreille aux aguets, à l'écoute du moindre son autre que le bruit de ses pas et le tintement de la glace dans son verre, il suivit le couloir jusqu'au laboratoire, sortit son passe, ouvrit la porte et la referma tout doucement derrière lui.

11

— Une autre tranche de gâteau ? proposa Hannah, couteau levé. Claire ne va pas tarder.

— Il est délicieux, répondit Alex, mais une tranche suffit. Je n'ai pas l'habitude de me faire dorloter, ce n'est pas aujourd'hui que je vais m'y mettre.

— Pourquoi pas ?

— Parce qu'il n'y a personne chez moi pour me dorloter ! Alors mieux vaut ne pas commencer pour ensuite désirer ce que je ne puis avoir.

— Vous n'avez pas de compagne ? Je croyais que les écrivains ne pouvaient vivre sans muse.

— Eh bien, celui que vous avez devant vous a appris à s'en passer.

Hannah versa le café et s'assit.

— Claire m'a dit qu'autrefois vous écriviez des livres.

— C'est exact.

— Pourquoi avez-vous cessé ?

— Elle ne vous l'a pas dit ?

— Non, bien sûr. Il s'agit de vous.

— C'est vrai, mais en général ça n'arrête pas les gens !

— Claire n'est pas les gens, elle est exceptionnelle. Alors... Pourquoi avez-vous cessé d'écrire des livres ? A moins que vous ne préfériez ne pas en parler...

— Non... J'ai dit à Claire que j'avais perdu tout désir d'écrire, toute motivation. J'avais commencé un livre, j'en avais écrit le tiers à peu près, lorsque ma vie a brusquement basculé. Ma femme est morte de façon très subite...

— Oh, je suis désolée ! Quel âge avait-elle ?

— Trente-six ans.

— Mon Dieu, c'est terrible ! (Elle hocha la tête.) Si jeune, comme c'est triste... Vous aviez des enfants ?

— Un fils, David. Il a quatorze ans, maintenant, et vit dans la famille de ma sœur. Et, non, Hannah (je prévois votre question), je ne peux pas le garder auprès de moi. Je voyage sans cesse pour mes articles, et il a besoin d'une famille stable, non d'un père à éclipses. Et non encore (je prévois la prochaine question !), je ne suis pas aussi proche de lui que je le voudrais. Je le regrette beaucoup, mais je ne sais pas qu'y faire.

— Seigneur... Vous faites toujours les demandes et les réponses ? Ça doit venir de tous ces dialogues que vous inventez.

Alex rit.

— Vous avez peut-être raison. Pourtant, non, je ne crois pas que ce soit dans mes habitudes.

— C'est après avoir perdu votre femme que vous avez cessé d'écrire des livres ?

— Ce n'est pas très facile à expliquer.

Hannah prit la Thermos et la vida dans la tasse d'Alex.

— Je vais refaire du café, dit-elle en se tournant vers l'évier.

Alex s'appuya à son dossier et regarda la vieille dame s'affairer, faisant exprès de s'éloigner et de lui tourner le dos, afin de lui laisser le temps de décider s'il voulait ou non lui en dire davantage.

Il se sentait bien dans cette maison, à attendre le retour de Claire, et son futur article commençait à s'organiser dans sa tête. Toutefois il n'avait pas envie de parler de lui, malgré le regard compréhensif et amical de Hannah.

Derrière la grande baie vitrée, de lourds nuages gris acier pesaient sur le parc, et les branches noires des arbres nus se dressaient vers eux comme en prière. Les troncs enserraient la maison comme des sentinelles rangées sur un tapis de feuilles mortes. Au-dessus de la table, les lumières allumées du lustre en cuivre combattaient efficacement la pénombre de novembre. Alex pensa qu'il n'était nul endroit au monde où il aurait préféré être à cet instant.

— Je préfère parler du présent que du passé, reprit-il en voyant Hannah se rasseoir. De mon travail actuel, par exemple, ou bien de ce que j'envisage de faire.

— Et qu'envisagez-vous de faire ?

— Oh, j'ai quelques options... Ça ne me déplairait pas de devenir garçon de café, par exemple. J'en ai observé plusieurs, des bons, et c'est véritablement un art. J'aimerais savoir si j'y arriverais.

— Vous voudriez vous faire garçon de café pour en décrire un ensuite dans un roman ?

— Non, ça n'a aucun rapport avec l'écriture. Je serais garçon de café par choix. Ou bien docker... Ça fait un an que je descends au port les regarder travailler. Ce n'est pas un art, mais c'est un travail qui a son rythme, dans lequel on pourrait s'oublier.

— Vous envisagez de cesser tout travail d'écriture ?

— Ce serait effectivement le but de la manœuvre. J'ai pensé à travailler dans le bâtiment, aussi. Chaque fois que je vois une équipe d'ouvriers sur un chantier d'immeuble, je pense à leur satisfaction et à leur fierté de voir monter cet énorme édifice en sachant qu'ils y ont participé.

— Vous cesseriez d'écrire, bien que ce soit l'activité pour laquelle vous êtes le plus doué, et celle qui vous procure le plus de satisfactions ?

Silence.

— Qu'en savez-vous ? murmura Alex. Même moi, je n'en suis pas si sûr.

— Remarquez, d'une certaine façon, je peux vous comprendre. J'ai pensé à un moment gagner ma vie en faisant le ménage dans les bureaux. Vous savez, tard le soir, lorsque tout le monde est parti et que les lumières n'éclairent que des couloirs déserts. Je me disais qu'ainsi je deviendrais une sorte de fantôme, flottant dans des espaces étrangement silencieux, séparée des autres et du monde, sans aucun lien affectif avec quiconque. J'aurais du temps pour réfléchir, aucun contact avec la société, alors peut-être finirais-je par ne plus avoir l'impression d'être un zombie et par me sentir de nouveau un être vivant.

Apparemment concentré sur son occupation, Alex pliait et repliait une serviette en papier. Mais il avait entendu chaque mot.

— Un zombie... Qu'est-ce qui vous empêchait de vous sentir vivante?

Hannah joignit les mains sur la table.

— J'avais une petite fille. Elle s'appelait Ariel, et c'était une enfant adorable, affectueuse et débordante de curiosité devant la vie. Nous habitions avec ma mère dans une petite ville de Pennsylvanie. Ma mère était secrétaire et j'enseignais. A nous deux, nous avions pu nous acheter une maison, si petite que vous n'y croiriez pas, mais elle nous suffisait. Ma mère et moi partagions une chambre, et Ariel dormait dans l'autre. Le matin, un rayon de soleil l'éveillait en lui caressant le visage... Il n'y a rien de plus merveilleux que d'aider un enfant à découvrir les merveilles du monde, et aussi les possibilités de son esprit et de son corps. J'en adorais chaque instant. Nous partagions tout: de longues promenades en forêt, les baignades à la piscine, les heures passées à la bibliothèque municipale. Et de temps en temps nous prenions un autobus pour Philadelphie, afin de visiter les musées et la ville. A cette époque, j'enviais ces riches qui pouvaient offrir à leur fille vêtements à la mode, voyages en Europe, belles maisons. Nous ne pouvions même pas remplacer le sofa aux ressorts affaissés ou acheter une table de salle à manger. De toute façon, nous n'avions pas de salle à manger. Mais, même sans argent, nous étions très heureuses. Et puis Ariel est morte.

Alex sursauta comme s'il avait été giflé.

— Elle est morte? Quel âge avait-elle?

— Huit ans. Un jour, elle avait décidé qu'elle serait ballerine et me montrait des pas de danse dans la cour, et, le lendemain, elle était morte. Bien sûr, je ne pouvais pas y croire, je m'obstinais à ne pas y croire. Je refusais de prononcer ces mots: Ariel est morte, et je la cherchais dans tous les endroits où nous allions ensemble. J'arpentais la forêt, je m'asseyais au bord de la piscine, j'errais dans la bibliothèque, en m'attendant à chaque instant à la voir installée à une table en train de feuilleter un livre, à côté de sa provision de lecture pour la semaine. J'ai même refait le voyage jusqu'à Philadelphie, ce qui était absurde, car comment y serait-elle allée toute seule ? Mais j'ai parcouru nos musées préférés et les rues où nous aimions aller admirer tous ces monuments de l'époque de l'Indépendance. Puis, rentrée seule à la maison, j'ai recommencé ma quête, la forêt, la piscine, la bibliothèque, et la maison, surtout la maison, à tout petits pas, lentement, comme pour lui donner le temps d'arriver et de m'attendre derrière une porte.

Alex se revit dans sa maison du New Jersey, traversant chaque pièce à pas comptés, cherchant sa femme, écoutant son rire ou sa voix douce fredonnant en préparant le repas. Il s'approcha de Hannah et lui passa le bras autour des épaules.

— De quoi est-elle morte ?

Elle n'eut pas l'air d'entendre sa question et continua.

— Ce fut un moment terrible. Je travaillais et je menais une vie normale aux yeux de tous, mais, moi, je savais que j'étais folle, et ma mère ne savait pas quoi faire de moi. Pourtant, après beaucoup de temps, je m'en suis sortie. On se remet toujours, on est programmé pour ça. La plupart des gens réapprennent à vivre, à aimer, à apprécier le beau et à repousser le laid, à serrer la main de leurs amis, bien qu'ils aient perdu une sorte de joie, qu'ils ne retrouveront jamais. Il y a dans leur cœur un coin de ténèbres, où la lumière ne pénétrera plus jamais.

Elle se tut, regarda ses mains jointes.

— C'est pourquoi il est important d'être proche de ceux qu'on aime, de savoir reconnaître notre bonheur, de ne pas baisser les bras devant les difficultés rencontrées pour comprendre autrui ou être compris de lui. Et c'est pourquoi il faut s'ouvrir aux autres, ne pas se contenter de leur poser des questions comme un journaliste mais partager avec eux ce qu'on ressent. Car c'est ça qui nous rend proches, aimants, humains. Sinon, on se réveille un matin pour découvrir que nos chances d'aimer et d'être aimé se sont volatilisées, et c'est une sorte de mort.

Elle regarda Alex.

— Le malheur passé n'est pas une excuse, vous savez. On s'en remet, quel que soit le temps que cela prenne.

— Oui, murmura-t-il, je veux bien le croire.

Claire entra, portant une chemise à dessin en cuir.

— Je vous interromps ?

— Mais non, pas du tout, répondit Hannah en s'écartant d'Alex. Nous faisions connaissance. Vous semblez rayonnante, Claire !

— La réunion a été très fructueuse. Excusez-moi d'être en retard. J'avais juste l'intention de laisser mes dessins, mais les gens du service commercial ont voulu qu'on en discute. Il reste du café ?

— Je viens d'en faire, et il y a un gâteau. Nous l'avons entamé, Alex est arrivé en avance.

— Il n'y avait pas beaucoup de circulation, et j'avais hâte d'être ici, expliqua celui-ci.

Il ne pouvait quitter Claire des yeux. Elle semblait heureuse, débordante d'enthousiasme, son visage en était comme éclairé de l'intérieur.

— Alors mettons-nous tout de suite au travail. (Elle prit le plateau sur lequel Hannah venait de disposer la cafetière, deux tasses et l'assiette avec les tranches de gâteau.) Où voulez-vous vous installer ?

— Hannah m'a fait les honneurs de la maison. J'aimerais bien qu'on retourne dans votre atelier.

Ils s'assirent à la même place que la veille. Toutes les lampes étaient allumées, et leur clarté rendait les nuages gris derrière la fenêtre encore plus sombres et plus bas. Alex, encore ému par l'histoire de Hannah, poussa un soupir.

— Je suis bien content de me retrouver ici, c'est une pièce si reposante ! Elle réchauffe le cœur. Surtout quand le monde extérieur est tellement sinistre. Hannah avait raison, vous semblez enchantée. Ils ont aimé vos dessins ?

— Tout, sans exception, leur a plu. Ça n'arrive jamais, dans ce métier. D'autant plus que ce que je leur ai montré est radicalement différent de tout le design en ce moment sur le marché. Mais personne n'a eu l'air ni choqué ni même surpris. Bien sûr, ils avaient déjà approuvé mon premier projet, les conditionnements sont peut-être déjà en cours de réalisation, mais cette série-là est entièrement nouvelle. Ils m'ont simplement posé quelques questions sur le matériau prévu pour chaque boîte ou récipient, et ils voulaient voir la gamme des couleurs ainsi que des échantillons des caractères. C'est tout. Ils m'ont dit de tout finir comme ça. Je ne pouvais pas en croire mes oreilles, je n'y arrive toujours pas.

— C'est top secret ou je peux les voir ?

— C'est top secret pour quelqu'un qui travaille dans l'industrie des cosmétiques. Ce n'est pas votre cas.

Elle ouvrit son carton à dessin et en sortit une liasse de feuilles de papier Canson, protégées chacune par du papier de soie. Elle les étala sur sa table à dessin, et Alex la rejoignit. Claire régla la lumière.

— Le design d'un objet a deux objectifs. L'un est de faire passer un message de façon rapide, claire. Le second est de frapper, d'être le premier à être remarqué du client ou, sinon, celui qui laisse l'impression la plus durable. Le regard est tellement sollicité, de nos jours, entre les rayons des grandes surfaces, les étalages, les magazines et les journaux, les panneaux publicitaires, même les pages jaunes de l'annuaire du téléphone, qu'il est difficile de se faire remarquer. Surtout si l'on reste dans un style traditionnel. Alors, j'ai choisi d'innover.

« Sa voix a changé, elle est assurée, vibrante, aucun rapport avec son intonation hésitante d'hier, lorsque nous parlions de ses rapports avec l'argent, remarqua Alex, pensant à son article. Elle est dans sa partie, à l'aise, à sa place. »

Il regarda ses croquis, les uns au pastel, les autres à l'encre de couleur, quelques-uns rehaussés d'aquarelle. Il y avait sur chaque feuille deux dessins grandeur nature du produit, de face et de dos, parfois un troisième de profil.

Claire tourna les pages sans un mot, et Alex y vit un autre signe d'efficacité professionnelle : elle laissait la parole à ses dessins.

Il fut impressionné par leur originalité et la hardiesse du design. L'unité de l'ensemble était donnée par la couleur, différentes nuances de brun doré, mais la variété des formes était extraordinaire : pots sculptés rappelant des bustes féminins, flacons recourbés comme des cimeterres à pommeau doré, tubes où sinuaient des bandes d'or et d'argent, petites jarres aux formes ondulées, s'échappant presque de la page, et d'autres récipients en forme de larme silencieuse. L'un des plus remarquables, pensa Alex, était un petit écrin plat et long, marqué *Eye Restorative Cream*, d'une couleur ambrée, avec un couvercle à charnière orné d'une seule pierre brillante.

— C'est très original et très beau. Ce qui n'est pas le cas de la plupart des pots et tubes contenant des produits de beauté, n'est-ce pas ?

— Non. Dans la majorité des cas, ils ont l'air d'arriver tout droit des laboratoires, mais c'est aussi un choix des fabricants. Je pense, par contre, que les produits de beauté, même s'ils sont le fruit de longues recherches, sont inséparables des fantasmes de beauté et de leurs rituels d'application. Les utilisatrices veulent se convaincre que leur produit accomplira le miracle qu'elles en espèrent, et cela dès l'instant où elles saisissent le pot, le flacon ou le tube, et en perçoivent la forme et la texture avant de l'ouvrir. C'est là le premier instant du fantasme, et je pense qu'elles désirent ce premier contact avec la beauté.

— Vous pensez que tout est dans la tête, une opération de l'esprit pour se convaincre que ça va marcher ?

— En majeure partie. (Elle regarda ses dessins.) Allez-vous me demander comment je peux avoir le front d'aider à persuader les gens d'acheter des produits auxquels je ne crois pas ?

— Je n'aurais jamais formulé la question aussi brutalement.

— Comment l'auriez-vous formulée ?

— Je vous aurais demandé si vous pensiez que ces fantasmes sont importants pour les acheteuses, et si c'était la raison pour laquelle vous mettiez tant d'enthousiasme et faisiez preuve de tant de talent.

— Votre question est plus intéressante que la mienne !

Claire prit un crayon.

« Je connais ce réflexe, elle est comme moi, elle réfléchit mieux un crayon à la main. »

Elle feuilleta ses dessins.

— Je pense que fantasmer est indispensable à l'équilibre mental, c'est pourquoi j'achetais des billets de loterie. C'était un jeu auquel je jouais avec moi-même, un prétexte pour rêver, comme un grain de folie dans une vie très calme. Et je crois que les meilleurs dessins sont ceux qui sont les plus proches du fantasme. Et je me suis investie dans ce projet parce que lorsque je dessine, je ne pense pas au produit à vendre. Je ne l'ai découvert qu'après avoir quitté mon travail : je ne peux pas me passer de créer du beau. Cela me manquait trop, il y avait comme un vide en moi, que je ne comprenais pas, mais, dès que je me suis remise à dessiner, tout a été clair.

« Un vide en moi. » Il connaissait cela, il le ressentait chaque jour depuis qu'il avait cessé d'écrire. Un manque, un besoin que rien d'autre ne pourrait satisfaire.

— Eh bien, vous avez créé du beau, du très beau. Je suis heureux que vous soyez parvenue à vous y remettre.

A l'intonation désabusée de sa voix, elle leva les yeux.

— Peut-être vous y remettrez-vous aussi...

Puis, pour lui donner le temps de se ressaisir, elle alla s'asseoir avant de continuer :

— Il y a eu autre chose, ce matin : pendant que j'étais dans mon bureau, j'ai reçu un coup de téléphone du P.-D.G. d'une chaîne de restaurants. Quentin lui a probablement montré quelques-uns de mes premiers croquis, et il veut que je dessine sa brochure publicitaire et ses menus. Et il parle aussi de porcelaine et de verrerie, c'est un domaine nouveau, pour moi.

— Vous avez accepté ?

— J'ai répondu que nous pourrions en reparler lorsque mon travail actuel sera terminé. J'aimerais essayer, mais, si je travaille pour d'autres entreprises qu'Eiger, j'aurai besoin de collaborateurs. Ce qui veut dire créer ma propre entreprise. Je ne suis pas certaine de vouloir me lancer là-dedans en ce moment.

— Vous vous amusez trop bien.

— Probablement ! J'adore être en mesure de faire tout ce qui me tente.

— Mais vous ne pouvez vivre sans dessiner.

— Avec un peu de chance, je saurai faire mes choix.

Alex s'assit à côté d'elle et mit en marche le petit magnétophone.

— Quelle est votre attitude envers le travail, maintenant que vous n'en avez plus besoin pour vivre ?

— Je me sens bien plus sûre de moi. Quand on travaille pour un patron, aucun temps n'est prévu pour réfléchir à son travail et à la façon dont on pourrait l'améliorer. Si les employés le font, ils sont accusés de rêvasser. Vous avez de la chance, un travailleur indépendant n'a pas ce problème. Je parie que vous passez beaucoup de temps à réfléchir.

— A réfléchir, à observer, à rêvasser. Bien plus qu'à écrire ! Mais il y a une compensation : si l'on a bien réfléchi, on écrit mieux. Vous ne m'avez pas dit pourquoi vous aviez pris la décision de vous remettre au travail.

— J'avais besoin de trouver ma place, répondit Claire, soudain grave. Parfois, lorsque je suis à New York avec une amie, je m'arrête, je me demande ce que je fais là, et je ne peux pas répondre. Ce n'est pas que je ne m'amuse pas, au contraire, mais si je ne fais que me distraire, je manque d'un point d'ancrage. Quand ma fille était petite, c'était elle, mon point d'ancrage, plus que mon travail, mais nos vies ont tellement changé ! A propos, où est Emma ? Elle m'a dit qu'elle resterait à la maison ce matin pour vous parler.

— Elle n'est pas encore réveillée, m'a dit Hannah.

Claire regarda l'extrémité de la pièce, comme si elle pouvait voir à travers les murs la jeune fille endormie dans sa chambre.

— Elle dort tellement, ces temps-ci...

Alex ne dit rien, attendant patiemment. Au bout de quelques instants, Claire reprit :

— Oui, c'est pour ça que je travaille. Quand je suis assise à ma table à dessin, ou devant mon ordinateur, ou même quand je me promène en songeant à un problème technique, j'ai un but dans ma vie, qui détermine ce que je fais et comment je le fais. Et...

— Et ?

— Et je me sens bien ! J'effectue une tâche pour laquelle je me sais compétente, que j'aime, et qui est mienne. Un dessin réussi illumine ma journée. Vous devez le sentir aussi, quand vous écrivez. C'est pourquoi j'ai du mal à comprendre que vous ayez cessé d'écrire, un roman laisse tellement plus de possibilités de construire et de créer… Des articles sont comme de petites pièces détachées, un roman est un microcosme.

— Tout à fait…

Il se sentait si détendu, dans cet atelier brillamment éclairé, échangeant des idées avec une femme qui le comprenait, et dont l'esprit fonctionnait selon les mêmes lignes de force que le sien !

Il faut s'ouvrir aux autres, ne pas se contenter de leur poser des questions comme un journaliste, mais partager avec eux ce qu'on ressent, car c'est ça qui nous rend proches, humains, aimants.

— Je n'ai pas décidé de cesser d'écrire, Claire. Un jour, il n'y a plus eu en moi de romans attendant d'être écrits. J'étais comme une coquille vide.

Claire essaya d'imaginer ce qu'elle ressentirait si cela lui arrivait et frissonna.

— N'était-ce pas un peu comme mourir ?

— Oui, et peu de gens le comprennent.

— Les romans ont juste disparu comme ça ?

— Sans doute que non… Quoique cela arrive : les écrivains se demandent toujours s'ils ne vont pas se retrouver un jour tout secs. Et ce sera leur fin…

Il se tut, mais les paroles de Hannah lui trottaient toujours dans la tête, et, comme il percevait la sympathie de Claire envers lui, les mots sortirent plus facilement qu'ils ne l'avaient jamais fait.

— Il y a quelques années, il s'est passé beaucoup de choses en même temps dans ma vie. Je vous ai dit que j'avais perdu ma femme. Elle est morte de façon très soudaine, complètement inattendue. Elle était en bonne santé, très occupée, elle dessinait des tissus et venait de recevoir une grosse commande. Un jour elle s'est sentie fatiguée et s'est allongée pour une sieste, et elle ne s'est jamais réveillée.

Claire sursauta.

— Qu'est-ce que c'était ?

— Un arrêt cardiaque. Aucun signe précurseur, aucune maladie cardio-vasculaire dans sa famille, rien.

Elle est partie soudainement. Et, s'il y avait une chose qui pouvait me faire cesser d'écrire, c'était ça. J'ai envoyé notre fils chez ma sœur, vendu la maison, quitté tout ce qui m'avait donné l'illusion d'être maître de mon existence. Ce fut horrible, mais le pire fut la certitude brutale de ne plus pouvoir compter sur rien. Il m'était impossible d'écrire des romans, des histoires inventées se déroulant dans un monde ordonné, quand je ne voyais que le chaos, l'absurde. Et je n'ai pas pu dépasser ce stade.

— Vous voulez dire, parce qu'il nous est impossible de prédire l'avenir ?

— Bien plus que ça. Il fut un temps où j'étais sûr de ce que serait ma vie, de la façon dont elle se déroulerait, et, pendant un bon nombre d'années, tout s'est passé exactement selon mes prévisions. J'étais encore au lycée lorsque mes premiers écrits ont été publiés dans des revues littéraires, ensuite j'ai obtenu une bourse pour l'université, puis un poste de chargé de recherches pour continuer mes études, puis un prix littéraire à vingt-huit ans, j'ai épousé la femme que j'aimais, nous avons eu un fils qui grandissait sans problème, de bons amis, nous avons acheté une maison, un chien et recueilli deux chatons abandonnés. Et ma femme était en train de se construire une réputation dans son domaine. Non seulement tout se déroulait comme je l'avais projeté, mais aussi au moment prévu. Comme si un metteur en scène invisible montait fidèlement la pièce que j'avais écrite, exactement comme je la voulais.

Il se leva, arpenta nerveusement le sol, s'arrêta près de la table de Claire et regarda ses dessins sans les voir.

— Et puis le rideau s'est fermé. Cette vie parfaitement agencée s'est effondrée et, avec elle, ma confiance en moi. Les Grecs appellent ça *hubris*, le péché d'orgueil, un défi aux dieux, l'illusion que l'on peut organiser sa vie et celle de ceux qu'on aime. C'est de ce péché que je m'étais rendu coupable ; j'avais pensé pouvoir maîtriser mon destin.

Il revint au fauteuil, s'assit, penché en avant, les coudes appuyés sur les genoux.

— Je me suis senti agressé par des forces invisibles et

malveillantes, et je ne pouvais que capituler. Alors j'ai envoyé David chez ma sœur et vendu la maison.

— Et les romans sont partis de votre tête.

— Ecrire est un acte de foi et une déclaration d'amour : vous devez pouvoir croire que vous réussirez à mettre sur le papier les idées qui sont dans votre tête, claires et nettes, vous donner à ce que vous créez avec un abandon qui n'existe pas dans la plus passionnée des liaisons, être persuadé de l'existence d'éditeurs pour publier le fruit de votre travail, de lecteurs pour l'apprécier, de bibliothécaires pour l'acheter afin que les futures générations puissent le découvrir à leur tour. Il vous faut avoir confiance en votre capacité d'inventer des histoires où se retrouveront les lecteurs contemporains, mais aussi ceux de l'avenir. Etre certain de savoir trouver des thèmes universels et les présenter aux lecteurs de façon à leur insuffler de l'espoir, à les aider à une plus grande compréhension ou à leur offrir le rare plaisir d'échapper aux ombres du monde qui les entoure. Et...

Le magnétophone s'arrêta. Alex le regarda.

— Bon Dieu, encore une fois ! (Il secoua la tête.) Ça ne va pas du tout, vous savez ! J'ai une date limite pour cet article, et, sur cette bande, il est beaucoup plus question de moi que de vous.

— De quoi voulez-vous qu'on parle ? demanda Claire d'un ton conciliant.

Son cœur se serrait en pensant à la tristesse de l'écrivain, à son sentiment de vide après la perte de tout ce qu'il aimait, épouse, fils, désir d'écrire.

— Vous croyez qu'une heure suffira ? Il faut vraiment que je me mette au travail, après ça.

Alex introduisit une autre cassette et empocha la première.

— Une heure, ça ira très bien. Commençons par cette maison et la façon dont vous avez structuré votre vie. Ensuite, nous pourrions revenir sur votre travail. Et, si Emma se réveille, j'aimerais beaucoup lui poser quelques questions.

Claire remplit les deux tasses de café et se rassit. La pièce était silencieuse, comme si les sons étaient étouffés, et, lorsqu'elle leva les yeux, elle vit tomber de gros flocons de neige entre les branches, déjà presque blanches, de l'arbre près de la vitre. L'atelier semblait encore plus confortable, un havre de chaleur et de lumière. Claire écoutait comme l'aurait fait un observateur extérieur le murmure de sa voix et de celle du journaliste, leurs rires, le cliquetis des tasses et des cuillers. Bien au chaud, elle se sentait détendue, elle n'avait rien à prouver, pas d'examen à passer. Il était facile de parler à Alex, ses questions étaient fines, mais il ne cherchait pas à la piéger, et il comprenait vite, même quand elle avait du mal à trouver le bon mot. Elle se rendait compte qu'elle passait un très bon moment, et quand elle en vint à son travail, elle oublia qu'il s'agissait d'un entretien en vue d'un article.

Le téléphone rompit le charme. Ils sursautèrent l'un et l'autre. Alex arrêta son magnétophone et elle décrocha.

— Oui...

Alex entendit la soudaine tension dans sa voix.

— Je pensais que c'était à 8 heures. Oui, oui, je peux être prête avant.

Un crayon rouge à la main, elle dessinait des cercles sur un papier et les remplissait d'autres cercles.

— Nous allons chez Roz et Hale ? Non, je ne savais pas, mais ce n'est pas grave, j'aime beaucoup aller là-bas. Mais vous avez raison, il y a une bonne heure de route.

Elle relia les cercles à de plus petits, formant une chaîne qui faisait le tour de la feuille. Un petit sourire se forma sur ses lèvres.

— Cela ne fait que quatre jours. (Silence.) Oui, bien sûr. Oui, à bientôt, à 7 heures !

Elle raccrocha.

— Excusez-moi. Où en étions-nous ?

Alex ressentait une étrange impression de perte. Il avait perçu dans les derniers mots prononcés au téléphone une intonation sensuelle complètement absente de leur conversation. Et ce petit sourire presque intérieur... Il était réservé à l'interlocuteur inconnu.

Elle lui parut, du coup, moins exceptionnelle, moins intéressante, d'une certaine façon. Comme si quelque chose l'avait éloignée de lui.

— Nous parlions de cette maison, reprit Claire. Mais, vous savez, je crois que nous avons couvert tous les aspects de la question. (Elle regarda sa montre.) Je vais voir si Emma est levée.

Elle quitta l'atelier, et Alex ne tenta pas de l'arrêter. Elle avait vu juste : ils avaient couvert tous les aspects de la question.

— Vous avez beaucoup travaillé ! remarqua Quentin.

Ses phares éclairèrent la clôture, et il tourna sur le chemin de terre menant à la propriété de Roz et de Hale Yaeger. Quelques traces de pneus s'étiraient devant eux sur la neige fraîchement tombée.

— C'est vrai.

Claire avait refusé deux fois en quatre jours de sortir avec Quentin. Elle avait pensé à lui et il lui avait manqué, mais elle avait eu tellement de travail que les journées avaient passé comme l'éclair, et elle s'était contentée de savoir qu'ils se verraient le samedi soir.

— La semaine a été bonne ? continua-t-elle.

— Comme d'habitude... Ah si, un détail amusant, nous avons commencé à recevoir du courrier pour Emma.

— Quel courrier ? De qui ?

— De femmes qui l'ont vue sur nos photos.

— Lesquelles ?

— Les premières. Vous savez bien que nos premières annonces publicitaires sont sorties ?

— Mais non, je n'en avais pas la moindre idée. Emma le sait ?

— J'imagine que Bill ou Hale le lui ont dit. Juste une annonce pour éveiller la curiosité. *Les laboratoires Eiger vont sortir un produit extraordinaire, le PK-20, révolutionnaire dans le domaine des cosmétiques*, etc. Nous avions déjà sorti quelques annonces avec un pot de PK-20, le nom du produit, quelques lignes de texte et beaucoup de vide tout autour. Cette fois, nous avons décidé d'utiliser des photos d'Emma et le prototype d'un de vos conditionnements. Je croyais que vous le saviez.

— Où sont-elles parues ? demanda Claire d'un ton glacial.

Elle était furieuse. Emma le lui aurait dit si elle l'avait su, donc, apparemment, ni l'une ni l'autre n'avait assez d'importance pour être tenue informée sur un produit dont Emma était l'emblème et elle le designer.

— Calmez-vous, dit distraitement Quentin en cherchant l'entrée de l'allée. Il ne faut pas considérer cet oubli comme une insulte personnelle ! C'est une étourderie, c'est tout. Si vous saviez mieux comment fonctionne une entreprise, cela ne vous surprendrait pas.

— Où sont-elles parues ?

— Dans les numéros de décembre de *Vogue*, d'*Elle* et d'un ou deux autres magazines féminins. Ils ne sont pas encore dans les kiosques, mais les abonnées les ont reçus. D'où ce courrier pour Emma.

Des flocons de neige dansaient dans la lumière des phares lorsqu'ils aperçurent les piliers et le panneau blanc et jaune marqué « Clairvallon ». Quentin tourna, roulant dans les traces d'un autre véhicule.

— Hale vous en dira plus que moi. Mais ne vous montrez pas trop indignée de n'avoir pas été prévenue.

Claire faillit rétorquer qu'elle savait se conduire lorsqu'elle était invitée chez des amis mais se tut. Elle était trop en colère, mieux valait ne rien dire.

Les traces de pneus devant eux tournèrent et disparurent derrière la grange, mais Quentin se gara à l'emplacement réservé aux invités, devant la maison. La grande maison blanche à volets noirs était brillamment éclairée. Une citrouille, des épis de maïs et un marteau de fer forgé en forme de teckel ornaient la porte, et quand Hale leur ouvrit, Claire vit d'abord le grand feu pétillant dans la cheminée, puis Gina.

— Gina fait presque partie de la famille, remarqua Hale en voyant Claire l'embrasser. Elle est souvent ici, elle est aussi fanatique que Roz pour nettoyer derrière les chevaux. Claire, donnez-moi votre manteau... Je sais que Quentin n'en porte pas, le seul homme de ma connaissance à n'avoir jamais froid.... Il y a des gens au salon qui ont hâte de faire votre connaissance, Quentin, et la boisson ne manque pas.

Roz passa le bras autour de Claire.

— Je suis bien contente de vous voir ! Les soirées impromptues sont toujours les meilleures, vous ne croyez pas ? Je ne vous ai pas remerciée de m'avoir envoyé Gina... Elle est merveilleuse pour m'aider à la propriété... Non, merveilleuse tout court. Grâce à elle, j'arrive à réaliser un tas de projets dormant depuis des années. Il faudra revenir en plein jour, vous verrez ce que nous faisons. Et il y a ces leçons d'équitation pour lesquelles vous n'avez jamais trouvé le temps !

Elle était encore plus volubile que de coutume, et Claire se demanda la raison de son anxiété cachée.

— Vous venez, les femmes ? demanda Hale en fermant la porte du vestiaire et en ouvrant celle du salon.

— Dans un instant, je veux parler à Claire.

— Encore des cachotteries ! Je ne suis pas au courant de la moitié de ce qui se passe ici. Je ne quitte New York que deux jours par semaine, et c'est à peine si je me sens chez moi.

Roz et Gina le regardaient.

— Oui, je sais, ricana-t-il, Roz a acheté cette propriété avec son argent, et elle la gère avec son argent. Je ne risque pas de l'oublier, hein ? Vous voulez que je vous apporte à boire, Claire ?

— Un peu plus tard. Et je veux vous parler de ce courrier qui arrive aux laboratoires pour Emma.

— Du courrier pour Emma ? demanda Gina. En quel honneur ?

— J'ai quelques lettres dans mon cartable, si vous voulez les voir, répondit Hale à Claire. Elles sont un peu simplettes, ces femmes, mais nous savons qu'elles ont remarqué Emma. Et c'est ce que nous voulons, bon sang ! Je crois que nous allons lui offrir un contrat, un de ces jours, un excellent contrat. Pour un excellent modèle et une excellente fille. J'irai vous chercher ces lettres dès que vous voudrez, faites-moi signe.

Claire le regarda entrer au salon.

— Pourquoi êtes-vous tous si tendus, ce soir ?

— Viens par là, dit Gina.

Elle ouvrit le chemin en direction d'un petit bureau meublé d'un canapé arrondi en velours vert posé sur un tapis à impressions léopard. Un feu brûlait dans la cheminée de marbre, et les lourds doubles rideaux à franges étaient étroitement tirés. Gina rajouta une bûche et tisonna le feu.

— Asseyons-nous. Tu es sûre que tu ne veux pas quelque chose à boire ?

— J'en ai besoin ? Qu'est-ce qui se passe ?

— Eh bien, je voulais vous dire, pour Hale et moi.... commença Roz. Il est tendu parce que sa dernière petite amie m'a appelée de New York ce matin pour me demander pourquoi je refusais de divorcer afin que Hale puisse l'épouser. Je lui ai répondu que j'étais tout à fait d'accord et, que si elle voulait se marier avec Hale, elle pouvait commencer ses préparatifs.

— Vous divorcez... Je suis aveugle ou quoi ? Je n'ai rien vu venir.

— Vous êtes très clairvoyante, au contraire, Claire, bien plus que la plupart des gens. Je pensais que ça arriverait un jour ou l'autre, mais je n'aurais pu jurer de rien. Et l'idée n'avait jamais effleuré Hale... Evidemment, il raconte à toutes ses maîtresses que je ne veux pas divorcer, c'est son filet de sécurité.

— Mais il s'est passé quelque chose ? Vous êtes décidée à divorcer tout de suite ?

— Dès que je pourrai. Je vais le lui annoncer ce soir, quand...

— Il ne le sait pas encore ?

— Il doit bien en avoir une petite idée, mais je ne lui en ai pas vraiment parlé. Je le ferai ce soir, quand vous serez partis en direction de vos lits paisibles.

— Et après, qu'allez-vous faire ?

— Rester où je suis, dans l'endroit du monde que je préfère. La propriété m'appartient, vous savez, et Hale m'en a toujours gardé rancune. Au début, il m'en voulait d'y passer tant de temps, il aurait préféré que je sois en ville avec lui. Puis, il y a une dizaine d'années, une fois que nos enfants ont été partis, il a commencé à faire des galipettes avec de jeunes agnelles ; il se moquait éperdument que je sois ici ou là. Mais ça ne lui plaisait pas non plus de me voir y investir de l'argent qu'il considérait comme nous appartenant à tous les deux, bien qu'il ait toujours été à mon nom. Peut-être s'attendait-il à ce que je lui laisse ma fortune en héritage... en supposant qu'il me survive... Ou bien il n'a pas réfléchi du tout.

— Cela semble très mal se passer.

— Non, j'exagère ! Nous nous entendons assez bien, nous ne nous sommes pas disputés depuis des lunes, j'ai même oublié à quand remonte notre dernière querelle.

Même pas ce matin, quand cette idiote de bonne femme m'a appelée. C'est peut-être ça, le problème, aucun de nous ne tient assez à l'autre pour se donner la peine de se bagarrer. Quoi qu'il en soit, je reste ici, je m'y trouve bien. Gina m'aide à gérer la propriété et je suis plus satisfaite de moi que je ne l'ai été depuis longtemps.

Elle regarda Claire d'un air presque défiant, et celle-ci se demanda pourquoi elle était sur la défensive en parlant de son divorce comme si tout cela se passait il y a cent ans, et non à une époque où le divorce est monnaie courante.

— Tant mieux. Si vous avez besoin d'aide...

— Oh, plutôt d'affection, d'encouragement, ça suffira pour le moment. Avec vous et Gina, ça ira très bien. Je voulais que vous le sachiez, et je préfère que vous ne l'appreniez pas de quelqu'un d'autre. J'espère qu'Emma n'aura pas mauvaise opinion de moi. Elle n'est venue ici qu'une fois, mais j'aimerais beaucoup lui apprendre à monter, alors, si elle pense que tout est différent maintenant...

— Pourquoi aurait-elle mauvaise opinion de vous ? Seigneur, Roz, je suis divorcée, moi aussi ! Emma ne se préoccupe guère de la façon dont vivent les gens, elle continuera à vous trouver sympathique. Du moins si elle a le temps de penser à quelqu'un d'autre qu'à Brix !

— Ils se voient toujours autant ?

— Jamais plus d'une fois tous les huit, dix jours, et il leur est arrivé de rester deux semaines sans se donner rendez-vous. Mais, quand elle ne le voit pas, elle se torture parce qu'il n'appelle pas, ou bien à cause de ce qu'il lui a dit à leur dernière rencontre, ou pour une autre raison qui l'inquiète. Parfois, je me demande si elle n'a pas peur... Pas parce qu'elle craint d'être larguée, quoiqu'elle ait aussi peur de ça, mais j'ai l'impression qu'elle appréhende quelque chose de plus mystérieux. Je ne vois pas du tout ce que ça pourrait être, mais je le sens là.

— Elle ne t'a rien dit ?

— Elle a essayé une ou deux fois, mais c'est comme si elle était si certaine de m'entendre critiquer Brix qu'elle n'ose pas continuer. D'ailleurs, elle ne se trompe pas, je ne chanterais pas ses louanges. Tu lui as conseillé de me parler ?

— Je lui ai dit que tout irait mieux si vous pouviez communiquer.

— Eh bien, il n'y a pas moyen. Et je ne crois pas que nous y arrivions de sitôt.

Quentin apparut sur le seuil.

— Il y a deux personnes qui voudraient faire votre connaissance, dit-il à Claire.

— Ah, pardon...

Elle s'approcha de lui puis se retourna vers Roz et Gina.

— Merci de me l'avoir dit...

Elle suivit Quentin dans le couloir.

— De vous avoir dit quoi ? demanda-t-il.

— Oh, un projet sur lequel elles travaillent toutes les deux...

Quentin ne montra aucun intérêt.

— Hale a invité un couple pour moi, murmura-t-il avant d'ouvrir la porte du salon. Ils s'appellent Collop et ils possèdent une entreprise de produits alimentaires dans le New Hampshire.

— Ah oui, les confitures Collop's. J'en ai déjà acheté, elles sont excellentes. Ils confectionnent des gâteaux et aussi des biscuits... Ils ont un catalogue superbe.

— N'oubliez pas de le leur dire. Ils envisagent de vendre leur entreprise et il se peut que je décide de l'acheter. Je veux que vous en appreniez le plus possible sur eux et leur entreprise. Parler design est un bon départ.

« Eh, un instant... Je suis à un dîner entre amis, pas en travail commandé ! Ce n'est pas le moment de m'assigner des tâches. De plus, je suis graphiste, pas espion ! »

— Hale allait me montrer ces lettres...

Elle se hâta d'entrer au salon.

— Je peux les voir maintenant ? demanda-t-elle à son hôte, assis près d'une table basse presque entièrement occupée par le grand bronze d'un cheval au galop.

— Bien sûr. Vous avez bien cancané, toutes les trois ?

— Oui. Hale, si ça vous dérange de quitter vos invités maintenant...

— Non, ça va ! Venez, je vous les montre tout de suite.

Elle le suivit jusqu'à la bibliothèque, située au bout de la maison et où brûlait aussi un grand feu.

— Roz adore les feux de bois dans la cheminée ; j'ai l'impression de vivre au XVIIe siècle, avant l'invention des chaudières et des ampoules électriques. Je m'attends d'une minute à l'autre à voir entrer une procession de pères pèlerins... sans doute prêts à faire rôtir quelqu'un sur le bûcher, ajouta-t-il sombrement. J'ai apporté une douzaine de lettres, nous en avons d'autres au bureau. Prenez-les toutes, si vous voulez ; elles devraient intéresser Emma.

Il regarda Claire ouvrir une enveloppe et parcourir une lettre.

— Ecoutez, Claire, dit-il soudain, votre design pour le PK-20 est sensationnel. Nous vous l'avons déjà dit, mais il faut penser à l'avenir, et je crois que vous devriez envisager d'accepter d'autres contrats. Ne vous effrayez pas à l'idée de la réaction de Quentin, il s'imagine toujours que, dès qu'on travaille pour lui, on est sa propriété. Ne lui en parlez pas, c'est tout. Mais, si l'expérience vous tente, j'ai un ou deux clients (de grosses entreprises, pas de petites boîtes minables) qui apprécient beaucoup ce que vous faites. Vous n'avez pas besoin de donner une réponse tout de suite, réfléchissez... Votre travail était tellement meilleur que celui des deux autres candidats que ce n'était même pas une compétition... Qu'est-ce qu'il y a ?

Claire fronçait les sourcils.

— Quels autres candidats ?

— Quentin ne vous l'a pas dit ? C'est bien lui, ça. Il ne fait jamais entièrement confiance à un individu, il le met toujours en compétition avec d'autres, du moins au début. Il a confiance en moi et en Tod Tallent, maintenant... Enfin, même ça, je n'en jurerais pas. Il adresse peut-être des appels d'offres à d'autres agences chaque fois qu'il lance une nouvelle campagne, qu'est-ce que j'en sais ? Je ne suis qu'un employé parmi d'autres.

— Vous êtes amis.

Hale haussa les épaules. Claire remit la lettre dans l'enveloppe et la rangea avec les autres dans son sac du soir.

— Nous ferions mieux de retourner au salon...

Hale s'approcha d'elle.

— Roz va me quitter ?

— Hale, la seule personne qui peut vous répondre, c'est elle.

— Exact. Mais j'ai peur de le lui demander. Elle croit que je ne tiens pas à elle parce que je..., je papillonne de temps en temps, vous comprenez, de petits tests pour vérifier si tout fonctionne comme ça devrait et savoir si je suis encore... Oh ! merde !... séduisant, désirable, quoi ! Mais mes frasques ne veulent rien dire, c'est une sorte de jeu, elles n'ont aucune importance. C'est de Roz que je suis fou, ça n'a pas changé.

— Claire ! appela Quentin depuis le seuil.

— Excusez-moi.

Elle se leva et le rejoignit. Il lui passa le bras autour des épaules, et elle sentit cette longue vague de désir monter en elle, comme à chaque fois.

— Merci pour les lettres, dit-elle à Hale en sortant avec Quentin. Je n'avais pas l'intention de rester si longtemps loin du salon, ajouta-t-elle.

« Pourquoi diable est-ce que je m'aplatis ? »

— J'aime que vous soyez avec moi, pas seulement dans la même maison, mais à mes côtés. Je vous l'ai déjà dit...

— Je sais.

— Hale vous a suggéré de travailler pour lui ?

Claire hésita.

— Il a quelques clients qui seraient intéressés par mon travail.

Avant d'ouvrir la porte du salon, Quentin s'arrêta.

— Vous travaillez pour moi, Claire, et j'ai assez à vous offrir pour vous occuper pendant longtemps, surtout à mi-temps. Et je ne veux pas vous voir travailler à temps plein, je vous l'ai dit dès le début.

— Ce que vous ne m'avez pas dit, par contre, c'est que, tout en me confiant soi-disant la responsabilité du design pour le conditionnement du PK-20, vous avez mis deux autres cabinets d'études sur le projet.

— Bien évidemment ! Il aurait été tout à fait léger de ne pas le faire. Vous avez vraiment cru que je confiais d'emblée tout le programme à une graphiste qui n'avait jamais été chef de projet ?

— Vous m'aviez dit que mes idées vous plaisaient.

— C'est juste. Seigneur, Claire, cessez de vous conduire en enfant et de tout ramener au plan personnel! Cela n'avait rien à voir avec mon opinion sur vos dessins, il s'agissait d'obtenir le meilleur design en un minimum de temps. Tous les artistes ont la même réaction: ils accomplissent un meilleur travail quand ils croient être responsables de tout, cela leur donne des idées et les motive. Et obtenir un bon design était pour moi de la plus haute importance.

— Plus que ce qu'il y a entre nous?

— Qu'est-ce que vous voulez dire?

— Que vous auriez pu me prévenir! Si vous vous préoccupiez le moins du monde de mes sentiments, vous m'auriez expliqué, et j'aurais compris. Je connais le monde des affaires, j'ai passé la majeure partie de ma vie à travailler en entreprise. Et, même si vous aviez des doutes sur ma capacité de comprendre le pourquoi de votre décision, vous auriez dû avoir la courtoisie de m'informer que je n'étais pas seule en lice. Et il me semble aussi que vous pourriez partager vos réflexions et vos soucis avec moi!

— Je ne partage pas mes réflexions avec les gens qui travaillent pour moi!

Les yeux brillants de colère, Claire s'écarta de lui d'un bond.

— Je travaille pour le cabinet d'esthétique industrielle Goddard. Et vous n'êtes pour l'instant qu'un des...

— Le cabinet d'esthétique industrielle Goddard? (Il s'esclaffa.) Claire, vous avez vraiment besoin de ça? Est-ce pour me battre sur mon propre terrain? Vous n'avez pas besoin d'être chef d'entreprise, vous faites un excellent travail et vous êtes une femme extraordinairement séduisante. Vous n'avez nul besoin d'un logo!

— Vous n'êtes qu'un de mes clients, termina Claire.

Elle savait qu'elle se montrait imprudente, mais elle venait, dans les vingt dernières secondes, de donner une existence à son entreprise, et maintenant, elle n'avait plus qu'à la défendre.

— Et si je décide d'accepter d'autres clients ou d'embaucher du personnel, c'est mon affaire. Nous n'avons même pas de contrat, Quentin!

Il ne riait plus.
— Etait-ce nécessaire ?
En voyant son visage se rembrunir, elle fit presque marche arrière.
— Bien sûr que non..., et ça ne l'est toujours pas. Mais je veux réfléchir.
— A quoi ?
— Je veux donner un but à ma vie.
— Mais vous m'avez ! Et vous avez vos amis, votre maison, votre fille. Vous avez assez de moyens financiers pour que votre travail soit un passe-temps et non une corvée quotidienne. Pourquoi refusez-vous d'apprendre à vous comporter en femme riche ?
Claire regarda le feu. Les flammes basses léchaient les bûches presque calcinées.
— Dessiner n'est et ne sera jamais une corvée. On m'a dit ce matin qu'écrire est un acte de foi et une déclaration d'amour. Je n'y avais pas pensé jusqu'alors, mais c'est exactement la même définition pour le dessin.
— Je ne comprends rien à ce que vous dites.
— Je le regrette pour vous. Vous ne ressentez pas ça dans votre travail ? La volupté de créer quelque chose de nouveau, avec un côté obsessionnel qui ressemble à une passion amoureuse ?
— Ce ne sont pas les mots que j'emploierais.
— Non, je m'en rends compte.
— Votre vie manque-t-elle de passion amoureuse ?
Claire soupira. Elle n'avait guère le choix des réponses.
— Non, bien sûr que non, Quentin.
Il passa de nouveau le bras autour d'elle, la serra contre lui.
— Si vous tenez à créer votre propre cabinet d'études, nous trouverons un terrain d'entente, peut-être en en faisant une filiale des laboratoires Eiger. Mais nous y penserons demain. Venez, je vais vous présenter aux Collop, puis nous partirons après le dîner. Je veux rentrer et être avec vous.
Claire se laissa aller contre lui. Elle aussi le voulait. Son désir pour lui était si étroitement mêlé à cette sotte habitude de se laisser subjuguer par son autoritarisme que, dès qu'elle se rebellerait contre ses diktats, son

désir s'évanouirait. Mais, à cet instant, elle ne pouvait ni ne voulait y résister.

« Je suis comme Emma..., sauf que mes yeux commencent à s'ouvrir. Se rend-elle compte de ce qui lui arrive avec Brix ? S'aperçoit-elle que, devenue la proie d'un homme avec une telle emprise sur elle, elle ne peut échapper à son propre désir et s'abandonne à la soumission ? Il faut absolument que je lui parle... »

Mais elle savait bien qu'elle en serait incapable tant qu'elle n'aurait pas elle-même rompu avec Quentin.

« Il me faut réfléchir à la manière de m'y prendre. Mais d'abord, dès demain matin, je crée le cabinet d'études Goddard, SARL, et ce ne sera pas une filiale ! »

12

Emma vit Brix la regarder depuis le seuil du studio, et son cœur fit un bond. Elle eut un élan involontaire dans sa direction.

— Eh là ! dit Tod Tallent.

— Oh, pardon !

Elle reprit la pose, cambrée en arrière, en appui sur les mains, jambes allongées, yeux clos, comme si elle buvait le soleil. Elle portait un short blanc avec un soutien-gorge de maillot de bain et se tenait au milieu d'un cercle de lumière aveuglant.

— Très joli, murmura Tod en tournant autour d'elle pour trouver le meilleur angle. O.K., Emma, c'est fini. Dernière photo de toute la campagne, à moins que quelqu'un n'ait une autre idée de génie et qu'on recommence tout de A à Z. Tu as été superbe, j'espère qu'on aura encore l'occasion de travailler ensemble.

Emma se leva et, d'un geste spontané, le serra dans ses bras.

— Vous avez été si gentil avec moi, Tod ! Merci, c'est grâce à vous que j'ai fait du bon travail.

— Chérie, c'est grâce à toi que, moi, j'ai fait du bon travail. Ç'a été très facile. Tu prends la route en janvier, n'est-ce pas ? Des séances de promotion, ici et là.

— Je ne sais pas... Je crois... personne ne m'a encore rien dit de précis.

— De toute façon, tu t'en sortiras à la perfection... Je sais que tu es pressée, mais...

Emma rougit, elle devina qu'il l'avait vue jeter un coup d'œil en direction de Brix et avait compris qu'elle avait hâte de le rejoindre.

— C'est juste que...

— Ne t'en fais pas, je comprends. Ecoute-moi quand même, Emma, avant de partir.

— Oui ?

— Il te faut un agent. Tu vas devenir trop connue pour t'occuper de tout ça toute seule, même avec l'aide de ta mère.

— Je ne suis pas connue !

— Hale a eu des appels pour toi : Ralph Lauren, Donna Karan, un ou deux autres. Ce ne sont pas de petites entreprises familiales, tu le sais bien, mais des boîtes importantes, et tu les intéresses. Ils savent que tu reçois déjà des lettres de fans, ils savent tout de toi. En outre, que feras-tu quand Eiger va t'offrir un contrat ?

— Ils vont le faire ?

— C'est ce que j'ai entendu dire.

— Comment faites-vous pour...

— Je tends l'oreille. Si tu savais tout ce que j'entends... Les gens croient que le gars derrière l'appareil photo est sourd-muet, que toutes ses facultés sont concentrées sur son objectif, c'est très bizarre. Enfin, j'ai pensé... C'est juste une suggestion.

— Hale ne m'a pas parlé de Ralph Lauren, ni de Donna Karan, ni de personne d'autre.

— Alors, peut-être que je me trompe, demande à Brix, il est sûrement au courant. Au revoir, chérie, à un de ces jours !

Emma le regarda partir, les sourcils froncés. Brix traversa le studio vide et s'approcha d'elle, lui caressa les jambes, le dos, la taille, glissa un doigt sous le haut de son bikini et lui effleura le sein.

— Emma, tu es une fille sensationnelle ! J'ai failli devenir fou, rien qu'à te regarder.

Il la serra fort contre lui, l'embrassa, la tenant si étroitement qu'elle pouvait à peine respirer. La peau de la jeune fille se hérissa au contact du tweed rugueux du costume de Brix. Ses pieds nus effleuraient le cuir luisant des chaussures, et ses doigts reposaient sur le col empesé de la chemise. Elle était gênée d'être presque nue dans ses bras alors qu'il était vêtu de pied en cap d'une tenue si conventionnelle, et elle le regarda d'un air un peu égaré.

— Il faut que je me change...

— Non, viens ici... Tu ne peux pas partir, maintenant, tu as failli me faire perdre la tête, tu sais, avec tes câlins à Tod.

Sans prêter attention à son embarras, il la poussa sur le canapé dans un coin de la pièce, lui arracha short et dessous.

— Tu ne te rends pas compte de l'effet que ta beauté a sur les hommes, murmura-t-il.

Il défit la fermeture à glissière de sa braguette, s'allongea sur elle et la pénétra. La ceinture et le métal de la fermeture à glissière faisaient mal à Emma et refroidirent son ardeur. Il ne lui avait jamais fait l'amour sans quitter ses vêtements, et elle ne savait que faire de ses mains. Serrer dans ses bras la veste de tweed ? Elle se sentait gênée d'être nue et avait l'impression de commettre une action immorale. Quand il jouit, bien plus vite qu'à l'accoutumée, elle fut contente : il allait se retirer. D'habitude, elle n'avait pas envie de le sentir s'écarter d'elle.

Il se releva sans un regard pour elle, lui tourna le dos pour refermer son pantalon, y rentra sa chemise et arrangea sa veste.

— Bon, je retourne au labo, maintenant ! A plus tard, cocotte !

Lentement, Emma se rhabilla.

« Il est embarrassé par son manque de maîtrise de soi... »

Cette pensée l'attrista un peu, comme s'il était un enfant venant de faire un caprice et de montrer sa faiblesse de caractère.

« Pourtant ce n'est pas un faible, lui ! C'est la personne la plus forte que je connaisse... »

Elle alla se changer.

« Ce qui vient de se passer n'est jamais arrivé auparavant et n'arrivera jamais plus. N'en parlons plus, n'y pensons plus, nous l'oublierons. Ça ne veut rien dire. »

En arrivant dans le hall d'entrée des laboratoires, elle hésita, peu désireuse d'aller tout de suite rejoindre Brix, et se décida à passer d'abord voir Gina.

— Juste à temps pour le thé !

Gina serra Emma dans ses bras et la regarda.

— On dirait que tu es déprimée...

— Un peu, oui. Nous avons terminé les prises de vue pour le PK-20 cet après-midi, alors ça fait un vide.

C'était vrai. Brix ne lui avait pas laissé le temps d'y songer, mais elle n'avait plus rien à faire, maintenant. Même si la maison Eiger décidait de l'envoyer en tournée de promotion dans les magasins, ce ne serait pas avant janvier, et l'on n'était qu'à la mi-novembre.

— J'ai l'impression que personne n'a besoin de moi ! ajouta-t-elle.

— Je connais ça ! Mais c'est juste une impression, tu sais, tu n'es pas au chômage. Et tu as besoin de souffler, tu as travaillé très dur.

— Ça m'a bien plu !

Gina lui tendit une tasse de thé.

— J'ai vérifié ces rapports de tests, Emma, il n'y a aucun problème. Personne n'a montré de réaction allergique, avec ou sans nom latin, et il n'y a aucune allusion à une quelconque perte de vision. Tu es certaine d'avoir bien lu ces mémos ?

— Evidemment ! Enfin, je le pense... J'étais pressée, mais je me souviens de la perte de vision parce que c'est si grave, et je n'aurais pas inventé ces mots latins, ni la conjonctivite.

— Alors, je ne sais pas quoi te dire... Kurt Green, le chef du labo d'essais, m'a montré les résultats chiffrés des tests, et, jusqu'à maintenant, ils sont O.K., aucun signe de problème nulle part, rien. Je n'ai pas lu chaque rapport en détail, il y en a trop, et je ne pouvais pas y passer trop de temps, parce que j'avais fait semblant d'être simplement curieuse de voir ce que le PK-20 avait donné aux essais. Mais, s'il y avait eu quelque chose, ça m'aurait sauté aux yeux dans les résultats chiffrés, c'est là que c'est le plus net, à cause du grand nombre de cobayes.

— Alors ils ont été falsifiés !

— Voyons, Emma ! Réfléchis, c'est un délit grave ! Personne ne ferait ça, le risque serait trop grand de jeter le discrédit sur toute la ligne PK-20 et même de provoquer la ruine de l'entreprise. Personne n'oserait...

— Je sais quand même ce que j'ai vu, moi ! s'obstina Emma. Je n'ai pas rêvé ! Qu'est-ce que tu vas faire, alors ?

— Je ne vois pas ce que je peux faire. Tout d'abord je n'ai jamais travaillé sur le PK-20, alors je ne peux guère demander des informations complémentaires, à supposer qu'elles existent quelque part. Mais, surtout, je n'ai pas l'intention de rester ici beaucoup plus longtemps.

— Tu pars ? Pourquoi ? Tu penses que l'entreprise est en danger, risque la faillite ?

— Mais non, Emma, il n'y a aucune raison de le craindre ! Je pars parce que j'ai trouvé mieux, c'est tout. Et, écoute, je n'en ai encore parlé à personne, alors ne vends pas la mèche !

— D'accord. Où vas-tu ?

— Faire un travail à mes yeux bien plus utile que celui de technicien de labo.

— Tu vas t'occuper de chevaux !

— Tout juste... Du moins, ce sera une partie de mon travail. Il y a aussi une propriété de cent cinquante hectares à gérer. En outre, nous nous proposons de nous charger aussi d'autres propriétés du voisinage appartenant à des New-Yorkais qui ne viennent que le week-end.

— C'est parfait, dit poliment Emma.

Mais elle avait du mal à écouter. Dès qu'il ne s'agissait plus de Brix, son attention vagabondait. Ces derniers temps, le jeune homme lui avait souvent répété qu'il était devenu un rouage important de l'entreprise, que son père lui faisait confiance, avait besoin de lui et n'aurait jamais pu lancer le PK-20 sans son aide. Quentin était bien capable de confier des responsabilités à son fils pour avoir sous la main un bouc émissaire si quelque chose tournait mal.

« Il faut que je sache. Brix n'envisagerait jamais cette hypothèse ! »

— Je pars, maintenant, Gina, j'ai rendez-vous avec Brix, on va dîner quelque part.

Gina se pencha pour l'embrasser.

— Amuse-toi bien! Et ne t'inquiète pas pour ces mémos, il y a certainement une explication toute simple. Je vais me renseigner un peu, discrètement, avant de partir, d'accord?

— D'accord.

— On se verra pour le dîner de Thanksgiving?

— Oh, je n'y pensais plus! Maman a invité beaucoup de monde?

— Ecoute, tu pourrais le lui demander, vous habitez la même maison, quand même! Enfin, puisque tu es là, sache que non, il n'y aura que nous trois, comme d'habitude, plus Hannah.

Emma, préoccupée par Brix, acquiesça distraitement.

« Il faut que je l'aide, que je le protège... Oui, et si je me trompe? Je ne sais rien de son travail, il refuse de m'en parler, et, si je lui pose des questions, il se fâchera! Mais s'il est en danger et l'ignore? Il me sera reconnaissant de l'avoir averti et m'aimera plus que jamais. »

— Il est avec monsieur Eiger, dit la secrétaire de Brix. Il va revenir d'un instant à l'autre, vous pouvez l'attendre.

Une seconde fois, Emma se trouva seule dans le bureau de son amant. Il y avait des papiers sur la table, dont quelques-uns dépassaient de leur dossier, mais, cette fois-ci, elle n'y jeta pas un regard. Pensant qu'un verre la détendrait, elle contourna la table et prit la bouteille de scotch dans le tiroir. Elle se versa une petite rasade, ferma les yeux et l'avala. Une onde de chaleur parcourut son corps, et elle s'en versa une goutte de plus.

« Je peux bien lui parler, il comprendra, puisqu'il m'aime! »

Elle aurait bien voulu avoir un peu de cocaïne parce que c'était encore ce qui la faisait se sentir le mieux, mais elle ignorait où il la rangeait dans son bureau, et, de toute façon, ça ne lui disait rien d'en prendre toute seule. Les rares fois où elle l'avait fait, elle s'était sentie coupable alors qu'avec Brix elle trouvait ça tout naturel.

— Verse-m'en un aussi! (Brix entra et referma la porte derrière lui.) Seigneur, le pater est en rogne aujourd'hui, je me demande ce qu'il a! Il trouve tout mal, jusqu'à ce qu'on fasse des miracles pour le persuader du contraire.

— Ce *on*, c'est toi ?

— Ouais, c'est vrai, moi, il m'écoute. La plupart du temps, du moins. Merde !

Il vida d'un trait le verre donné par Emma et le lui tendit pour une seconde rasade.

« Il a oublié ce qui s'est passé cet après-midi... Ou il se sent gêné. A moins que je n'aie rêvé tout cet épisode ! »

Quand elle buvait et reniflait de la cocaïne avec Brix, il lui arrivait fréquemment de ne plus trop savoir ce qui était réel et ce qui ne l'était pas.

— Je sais bien, continuait Brix, qu'il est à cran parce qu'il tient à ce que tout soit prêt pour le lancement du PK-20, mais, à force d'être sur le dos de tout le monde, il nous rend tous fous, moi le premier.

« Est-ce vraiment le moment de lui parler ? Il n'est pas de très bonne humeur... Mieux vaut laisser tomber... Malheureusement, je n'ai pas vraiment le choix... »

— Brix, il faut que je te demande quelque chose.

Il lui prit la bouteille des mains, s'assit, mit les pieds sur le bureau après avoir reposé une pile de dossiers.

— Tu es adorable... C'est une nouvelle robe ?

— Oui. Brix, il y a...

— Viens ici, tu es trop loin de moi. (Il se redressa.) Je n'aime pas ne pas pouvoir te toucher.

Emma soupira. Les genoux de Brix étaient le meilleur siège au monde, mais il fallait qu'elle lui parle. Elle s'assit, le dos droit. Il l'attira contre lui, et sa main remonta lentement le long de sa jambe, puis sous sa robe.

— Mmm... Beaucoup mieux ! Tu sais, j'ai bien envie de te faire venir tous les jours, mon bureau serait un endroit beaucoup plus intéressant. Qu'est-ce que tu en dis ? Tu passerais toute la journée sur mes genoux pendant que je fais mon foutu travail. C'est une bonne idée, mais elle ne plaît pas à mademoiselle ! Alors, où veux-tu aller dîner ? J'ai pensé au Silvermine, nous n'y sommes jamais allés.

— Si tu veux... Brix, un jour où je t'attendais dans ton bureau, j'ai vu des mémos sur la table, et... je les ai lus...

Il secoua la tête.

— Seigneur, Emma, combien de fois faudra-t-il te répéter de ne pas fourrer ton joli nez dans mes affaires ! Alors, qu'est-ce que tu en penses ? Tu as compris les formules chimiques ? Ou bien c'étaient des projets de commercialisation ? Alors, ça devait parler de toi, notre explosive petite Miss Eiger. Ma petite Miss Eiger à moi.

Sa main remonta entre les jambes d'Emma, plus haut, plus haut, se glissa sous le slip, pressa doucement. Déjà échauffée par l'alcool, Emma se sentit devenir brûlante et molle. Elle essaya de ne pas se laisser aller.

— Non, Brix, écoute-moi, c'est important. C'était à propos de problèmes avec le PK-20, tu sais, la crème pour les yeux. Un composant qui avait provoqué des conjonctivites... et autre chose..., des mots latins..., et un cobaye en avait perdu un œil !

La main de Brix ne bougeait plus.

— Tu ne m'en as jamais parlé !

— Non, j'ai pensé... Je n'étais pas certaine...

— C'étaient des papiers confidentiels. Qu'est-ce que tu fabriquais, dans mon bureau, à lire des mémos confidentiels ?

Il sortit la main de sous la jupe d'Emma et s'appuya au dossier de son fauteuil. Elle se sentit ridicule, perchée sur ses genoux. Elle se leva et alla s'asseoir sur l'une des chaises de l'autre côté de la table. Vu de plus loin, avec la largeur du meuble entre eux, Brix lui rappelait son père.

— Je te demande pardon, je n'avais pas l'intention de les lire... Je veux dire... Je les ai vus par hasard et, quand j'ai remarqué qu'ils concernaient le PK-20...

— Tu les as vus par hasard ! Foutaises ! Tu furetais dans mes affaires, hein ?

— Mais non, Brix ! Pourquoi ferais-je une chose pareille ?

— A qui en as-tu parlé ?

— Pardon ?

— Je dis parlé, Emma, à qui en as-tu parlé ? Les gonzesses ne savent pas garder les secrets, elles aiment bien raconter tout ce qu'elles voient, c'est une façon pour elles de se donner de l'importance.

Il se leva, appuya ses mains à plat sur le bureau.

— Alors, à qui as-tu parlé de ces mémos ?

— A personne, Brix ! se hâta de répondre Emma.

Devant le visage furibond du jeune homme, elle craignit qu'il ne la frappe et, pour la première fois, s'avoua qu'il lui faisait peur.

— Tu mens !

— Mais non, Brix, c'est vrai...

Elle était prise au piège de son mensonge. En voyant la fureur inscrite sur les traits de son visage, elle sut qu'elle ne pourrait plus jamais revenir sur son affirmation. Impossible maintenant de lui avouer que Gina était au courant.

— Je n'ai rien raconté du tout. Je ne veux pas me donner d'importance, je...

Malgré l'alcool et la peur lui embrumant l'esprit, elle pensa qu'ils ne se préoccupaient pas du vrai problème. L'important n'était pas de savoir si elle en avait parlé à quiconque, mais si ce qu'il y avait sur les mémos était vrai.

— Ils n'étaient pas exacts, n'est-ce pas ?

Brix, l'air toujours aussi furieux, réfléchissait et elle continua plus fort :

— Ce n'est pas vraiment dangereux, le PK-20, n'est-ce pas ? Je ne vois pas comment ça pourrait l'être, mais...

— Ne parle pas si fort, voyons ! Bien sûr qu'il n'est pas dangereux ! Pour l'amour du ciel ! Tu es tombée sur la tête ou quoi ?

Il fit le tour de la table et s'arrêta tout près d'elle.

— Petite idiote ! Tu t'amuses à fureter dans mes papiers, maintenant ? C'est à cause de moi que tu as été choisie pour les photos, tu n'es ici que grâce à moi, et je peux te faire virer aussi sec, tu sais !

— Tu ne vas pas faire ça, Brix ! Je n'ai rien fait de mal, je t'attendais et...

— D'abord, qu'est-ce que tu faisais dans mon bureau ? Tu ne peux pas attendre dehors, comme tout le monde ? Pour qui te prends-tu, à entrer dans mon bureau comme dans un moulin ?

— Mais je ne suis pas *tout le monde*, Brix, on est ensemble !

Elle était presque directement en dessous de lui, et, vu

sous cet angle, il paraissait gigantesque, menaçant, comme s'il pouvait l'écraser d'un coup de poing.

— Brix, supplia-t-elle, on ne peut pas parler d'autre chose ? Je ne te l'aurais pas dit si je n'étais pas...

— Non, on ne peut pas ! Pour qui me prends-tu ? J'apprends que tu fouines dans mes affaires, lis des mémos confidentiels, et tu voudrais qu'on n'en parle pas ! Je ne suis plus du tout sûr de vouloir que tu continues à travailler ici, ce n'est pas bon pour l'entreprise de t'avoir ici en train de fureter partout ! Et je ne veux pas non plus continuer à voir une fille hypocrite et malhonnête...

— Non, Brix, je t'en prie...

Elle essaya de reprendre son souffle, mais quelque chose se coinça dans sa gorge, elle se mit à tousser et à pleurer en même temps.

— Ne me chasse pas, laisse-moi rester avec toi. Je ferai tout ce que tu veux, Brix, je t'en supplie...

— Comment veux-tu que j'y croie, maintenant ? Comment pourrais-je avoir confiance en toi ? Je croyais que tu m'aimais, et voilà que j'apprends que tu fouilles dans mes affaires !

— Mais non, je t'aime, Brix, tu le sais bien. Je t'aime et je ferais tout pour toi.

— Sûr ! Me causer des problèmes avec mon père, par exemple !

— Mais non ! Je ne comprends même pas ce que tu veux dire. (Elle se laissa glisser par terre aux pieds de Brix.) Je t'en supplie, ne me chasse pas, mon amour, dis-moi que je peux rester... S'il te plaît...

— Pour l'amour du ciel, Emma, tais-toi ! On peut t'entendre jusqu'à New York !

Il la regarda, recroquevillée sur le sol, le visage baissé, ses cheveux roux étalés sur le tapis, et connut, à la vue de son attitude d'abjecte supplication, un instant de plaisir farouche qui disparut aussi vite qu'il était venu : lui aussi avait ses peurs.

— Relève-toi, bon Dieu ! ordonna-t-il rudement.

Il la saisit par le bras et la fit asseoir de force.

— Merde !

Il se jucha sur le bord de la table, balançant un pied.

Emma reprenait péniblement sa respiration. Elle s'essuya les joues et regarda Brix. Il baissait la tête, comme s'il se concentrait sur le mouvement de balancier de son pied, et sa main agrippait le rebord de la table. Malgré la confusion de son esprit, une pensée s'imposa à Emma : « Il a peur de son père, c'est pour ça qu'il est si méchant avec moi ! Il craint que Quentin n'apprenne que j'ai vu les mémos et ne l'en tienne pour responsable. Surtout si les mémos sont exacts... »

Mais c'était un point sur lequel elle ne voulait pas réfléchir pour le moment. Maintenant, c'était à Brix qu'elle devait songer, il avait besoin d'elle.

— C'est pour toi que je me suis fait du souci, murmura-t-elle d'une voix tremblante, le reste m'est égal, il n'y a que toi.

Il leva les yeux, fronça les sourcils.

— Pour quelle raison te faisais-tu du souci pour moi ?

« Ouf, on discute, on ne se dispute plus. »

— Parce que... Parce que tu occupes un poste avec de telles responsabilités.

Elle respira longuement, essaya de sourire, mais son visage était tout raide, et elle devait être monstrueuse, Brix la trouvait sûrement affreuse. Elle reprit :

— Ça te concerne au premier chef parce que c'est toi et ton père qui dirigez l'entreprise. Et je me suis dit que, si l'on cherchait un bouc émissaire en cas de problème, ça risquait d'être toi.

— C'est qui, on ?

— Je ne sais pas... Ton père, peut-être.

— Mon père et moi dirigeons l'entreprise, tu l'as dit toi-même. J'ai toute sa confiance. S'il y a un problème, nous le réglerons ensemble, il a besoin de moi.

— Je le sais bien, je sais combien vous êtes proches l'un de l'autre, et combien il se repose sur toi. Mais quelquefois, quand il se passe quelque chose...

Sa voix se brisa, mais elle se reprit car elle tenait à lui faire comprendre qu'elle avait seulement voulu l'aider.

— Quelquefois, quand il y a des problèmes, on cherche sur qui faire retomber le blâme et...

— Il ne se passera rien dans notre entreprise, il n'y aura pas de problème et on n'aura pas besoin de bouc émissaire.

Craignant qu'il ne revienne aux mémos, Emma le

regarda avec désespoir. Gina lui avait fait la même réponse. Alors pourquoi Brix avait-il peur ?

Le jeune homme contemplait d'un air sombre son pied qui se balançait, et réfléchissait.

— O.K., finit-il par dire, écoute-moi bien ! Nous avons reçu deux rapports de tests erronés, ceux dont on parlait dans les mémos que tu as vus. Tu as compris ? Il y a eu une erreur dans le protocole d'administration des tests, tous les résultats étaient faux. Nous sommes d'ailleurs en train d'en refaire d'autres, et je sais d'avance que les résultats seront excellents.

— Oh, soupira-t-elle, soulagée. Tout va bien, alors ?

— Oui, tu peux le dire à tes amis.

— Quels amis ? Je ne parle jamais de l'entreprise à mes amis, je ne leur raconte jamais rien.

— C'est toi qui le dis.

Elle se remit à trembler.

— S'il te plaît, Brix, ne recommence pas... Tu peux me faire confiance, la seule chose qui compte, à mes yeux, c'est toi. Je veux que tu sois heureux et que nous soyons ensemble.

Elle attendit, mais il ne répondit pas.

— Brix... Tu vas... Tu vas en parler à ton père ? Ou à Hale ?

— Je ne sais pas, ça dépendra.

Elle se recroquevilla dans son fauteuil.

— Je ferai ce que tu voudras, tu le sais bien.

— Alors tu te tais, tu ne remets plus les pieds dans mon bureau, tu ne te mêles pas de mes affaires, tu fais ce que je te dis, et nous verrons. Viens... Allons dîner.

Il se leva, remonta son pantalon et remit sa veste.

— Je ne crois pas que... Si ça ne te fait rien, je n'ai pas très faim, je préférerais rentrer chez moi.

— Eh, on avait décidé de sortir ensemble, non ? Ne t'amuse pas à jouer les stars. On peut laisser tomber le cinéma si tu veux, j'aime autant rentrer plus tôt chez moi avec toi. (Il souleva quelques mèches de la somptueuse chevelure dorée, les laissa retomber.) Ça fait quoi ? Une semaine ?

— Huit jours.

— Alors nous avons du temps à rattraper, tu feras mieux de rester toute la nuit !

Elle le regarda d'un air morne. Sa mère attendrait son retour. Claire n'avait jamais recommencé à passer la nuit hors de chez elle, c'était une sorte d'accord tacite : tant qu'elles habitaient ici, c'était ici qu'elles passeraient la nuit. Pourtant si Brix voulait qu'elle reste jusqu'à demain, elle n'avait pas le choix. Elle appellerait plus tard et dirait qu'elle avait eu une crevaison.

« Un mensonge de plus... »

Une sorte de désespoir l'envahit : elle n'avait aucun désir de mentir à sa mère, elle voulait l'aimer et en être aimée, de ce grand amour qui l'enveloppait comme un cocon, à l'intérieur duquel elle se sentait en sécurité, au chaud, sereine et heureuse. Des larmes lui montèrent aux yeux. Sa mère l'avait toujours aimée ainsi, elle avait trouvé ça tout naturel. Elle ne l'avait pas oublié, mais cela lui paraissait un souvenir si lointain... Sa mère s'était éloignée, elle aussi, elles s'étaient perdues.

— O.K., va te débarbouiller et tout ça, et puis on y va, dit Brix en lui tendant la main pour l'aider à se relever. Je te raconterai ma petite escapade en Floride, la semaine dernière : je suis allé faire de la plongée sous-marine.

Claire orienta le faisceau de lumière et contempla la grande feuille de papier étalée devant elle. Elle travaillait sur les derniers conditionnements du PK-20, cherchant des formes s'harmonisant avec le design général de la ligne. Les seuls bruits dans la pièce étaient le crissement du fusain sur le papier, le bruit des branches, que le grand vent qui s'était levé plus tôt faisait cogner contre la fenêtre, et la musique en sourdine. Des formes apparaissaient et disparaissaient sous ses doigts, des couleurs se fondaient les unes dans les autres, brillaient à la lumière. Elle adorait ce sentiment de pouvoir, né du fait de travailler dans son propre atelier et de créer à partir de rien. Et elle adorait encore plus le stade initial de la création lorsque idées, images, souvenirs, impressions flottaient dans son esprit pour s'organiser brusquement en une forme chargée de sens.

« Tout devrait être parfait... Mais ce n'est pas le cas ! »

Effectivement, Emma l'inquiétait. Elle évitait sa mère, se levant tard pour quitter la maison lorsqu'elle la savait sortie ou au travail dans l'atelier, et rentrant tard. Elles n'avaient plus de conversations et n'échangeaient que quelques mots banals, aussi dépourvus de sens pour l'une que pour l'autre. Elles s'étaient perdues, et Claire en souffrait. C'était comme si sa fille avait quitté la maison, mais c'était pire, car sa pâle présence continuait à hanter les pièces, comme un souvenir de ce qu'il y avait eu autrefois entre elles.

Au début, Claire avait pensé que la raison de l'éloignement d'Emma était une crise d'adolescence tardive : sa fille ne lui avait jamais causé les tracas infligés par ses amies à leurs parents. Mais, maintenant, elle commençait à soupçonner l'existence d'une difficulté plus grave dans la vie d'Emma, d'un problème dont elle n'osait pas parler parce qu'elle avait peur, ou honte, ou les deux.

Quand Claire avait rapporté les lettres données par Hale, elles les avaient lues ensemble, étonnées et émues par ces missives venant de parfaites inconnues pour lui dire combien elles la trouvaient belle, une vraie jeune fille américaine, et combien elles aimeraient faire sa connaissance, si jamais elle venait dans leur ville. Emma et sa mère avaient ri ensemble, échangé des sourires, s'étaient retrouvées... pendant quelques minutes. Une fois les lettres lues, Emma était remontée dans sa chambre. Elle ne sortait pas ce soir-là, ni pour voir Brix ni pour rencontrer l'une de ses anciennes amies, car elles étaient toutes à l'université, mais elle n'en était pas moins retournée là-haut juste après dîner pour n'en sortir que le lendemain à l'heure du déjeuner.

Absorbée par ses pensées, Claire avait cessé de dessiner. Un bruit de pas dans l'escalier interrompit sa réflexion et la ramena à son travail. Dans un coin de sa feuille se superposaient une demi-lune, un cercle et une ligne ondulante. Elle prit un crayon, repassa en plus noir les contours de l'intersection, la regarda. Cela faisait une forme longue, gracieuse, dont elle pouvait presque sentir la courbe sous ses doigts.

« Un flacon, avec le bouchon de biais au sommet de la demi-lune... »

Elle avait le sourire aux lèvres lorsqu'elle se retourna en entendant frapper à la porte.

— Oui, Hannah ?

C'était Alex.

— Je suis désolé de vous déranger. Hannah m'a dit de monter.

— Ça ne fait rien...

Maintenant qu'elle avait une idée pour son dessin, elle avait hâte d'y retourner.

— Je croyais que vous aviez toute la matière de votre article.

— Moi aussi ! Mais, en l'écrivant, je suis tombé sur un ou deux points à élucider. Il en est toujours ainsi. Si je vous dérange, je peux revenir.

— Non, entrez. Je sais que vous êtes pressé par le temps. Quelles sont vos questions ?

Il hocha la tête.

— Non ! Vous avez une bonne idée, il faut la travailler. Je peux revenir.

Claire leva les sourcils.

— Comment savez-vous que j'ai une bonne idée ?

— Je sais reconnaître les symptômes... Quand on est tombé sur une idée intéressante, il faut la suivre avant qu'elle ne reparte. Je reviendrai.

— Vous ne voulez pas attendre un peu ? Vous avez vu juste, j'aimerais continuer à travailler un petit peu sur mon esquisse, mais une fois que j'aurai trouvé le concept, je pourrai la mettre de côté. Vous pouvez me donner une heure ?

— Aussi longtemps que vous voudrez. Merci.

Il prit sur une étagère un magazine artistique, s'assit dans un fauteuil et commença sa lecture en tournant sans bruit les pages. Lorsque Claire levait les yeux de son dessin, elle voyait son profil viril, sa bouche ferme, le calme réconfortant de son grand corps. Il paraissait chez lui dans l'atelier. Il restait le sien, le lieu où la beauté naissait à partir de ses idées à elle, mais elle en partageait l'espace d'une façon ni menaçante ni compétitive. Elle ne se sentait pas envahie, la présence d'Alex lui était agréable, au contraire. Elle travailla en silence pendant près d'une heure.

— Bien ! Que puis-je vous dire, alors ?

Alex posa son magazine et sortit un petit carnet.

— Emma m'a parlé de vos premiers achats dans un magasin de luxe. Elle m'a dit que la patronne vous avait regardées de haut, et que vous l'aviez remise à sa place. Vous avez été merveilleuse. Vous pouvez me le raconter ?

— Elle m'a trouvée merveilleuse ? Cela semble remonter à des années-lumière !

Claire s'assit sur le canapé et lui raconta leurs premiers achats *Au Caprice d'Anaïs*.

— Mais je vous en prie, ajouta-t-elle, ne nommez pas le magasin. Ils sont tous pareils dans les boutiques de luxe, ils n'aiment pas les clients d'apparence modeste, ils ont peur de perdre leur temps pour rien. Si je comprends leur crainte, je trouve immoral de cataloguer les gens selon l'argent qu'ils vont ou non vous faire gagner.

— Vos riches amies ne raisonnent pas ainsi ?

— En partie. La plupart d'entre elles ne pensent pas à gagner de l'argent grâce à leurs rencontres, mais quelques-unes jugent effectivement les gens selon leur degré de fortune ou de célébrité. Lors des galas de charité, elles parlent de tables A ou B, selon l'endroit où sont placés les invités célèbres, élégants ou riches, et elles essaient toutes de s'asseoir à ces places-là et d'éviter le voisinage des invités ordinaires.

— Vous ne trouvez pas cela irritant ?

— Si, et je commence à en avoir assez d'elles et de leurs tables A. Mais je trouve surtout cela navrant. De toute façon, je n'aime pas classer les gens en catégories, et, quand celles-ci reposent sur l'argent, elles révèlent une pauvreté d'esprit vraiment déprimante.

— Il n'y a que cet aspect-là que vous trouvez déprimant ? demanda négligemment Alex.

Elle le regarda avec surprise.

— Pourquoi cette question ?

— Je vous trouve triste. Ça n'a aucun rapport avec cet article, aussi, vous n'avez pas à en parler si vous ne le voulez pas.

Claire le regarda fixement. Cela faisait quelques mois qu'elle était avec Quentin, elle n'avait pas l'habitude d'un homme soucieux de ses états d'âme.

— Je préférerais ne pas en parler... Qu'auriez-vous encore à me demander ?

— Une ou deux petites choses. (Il jeta un coup d'œil à son carnet.) Vous avez dit que vous alliez entreprendre un travail bénévole dès que vous auriez organisé votre vie. Vous avez commencé ?

— Pas encore.

Elle lui parla de ses cours de dessin prévus à partir de janvier, dans des écoles du voisinage, et des élèves déjà inscrits.

— Je n'ai jamais enseigné. J'ai hâte de commencer.

— J'ai enseigné quelques années, à New York. J'ai beaucoup aimé, mais j'ai eu aussi beaucoup de déceptions. On s'aperçoit vite de ce qu'on peut faire, et encore plus vite des limites impossibles à dépasser.

— Pourquoi ?

— Parce qu'on se bat contre des forces sur lesquelles on n'a aucune prise. Les enfants qui réussissent le mieux sont ceux dont les parents s'occupent, qui leur parlent ou leur lisent des histoires, qui les traitent en personnes intelligentes, avec qui ils partagent sentiments et occupations. Ces gosses-là ont confiance en eux, pensent pouvoir déplacer des montagnes et absorbent comme des éponges tout ce qu'on leur apporte. Ceux qui sont collés toute la journée devant leur poste de télévision, par contre, ou abandonnés à des gardiennes indifférentes, ou laissés à la rue, se contentent de regarder la montagne avec un haussement d'épaules, en disant qu'elle est trop haute pour être déplacée. Si l'on s'occupe beaucoup d'eux, avec une aide compétente, quelques-uns de ces enfants iront un peu plus loin, mais la plupart d'entre eux ne croient pas qu'ils puissent jamais rien changer, ils ne voient donc pas l'intérêt d'acquérir des connaissances.

— Moi aussi j'ai fait garder Emma pendant que je travaillais.

— Et le soir, en rentrant, je parie bien que vous lui lisiez des histoires, lui parliez et l'emmeniez se promener. Ça suffit, quelques heures par jour. Mais tout le monde n'en est pas capable. Si nous avions dans ce pays un bon réseau de garderies... (Il eut un petit rire gêné.) Excusez-moi, je ne voulais pas vous faire un discours. Je n'ai pas enseigné depuis quinze ans, mais je n'ai pas encore surmonté mes déceptions.

— C'est plutôt louable, protesta-t-elle en pensant à Quentin, qui réservait tout son enthousiasme à la possession et au pouvoir. J'apprécie qu'un homme puisse se passionner pour autre chose que l'argent ou sa petite personne. C'est à cause de ces déceptions que vous avez cessé d'enseigner ?

— En partie. Mais, surtout, je voulais écrire, et je me suis donné un an pour me faire publier. Si je n'y étais pas arrivé, je serais retourné dans l'enseignement.

— C'est le livre qui a reçu un prix ?

— Oui. Je n'ai jamais regretté ma décision.

— Vous n'avez pas envie de recommencer à enseigner, maintenant ?

— Non, j'envisage plutôt de devenir garçon de café ou docker. J'en ai parlé à Hannah, elle sait bien écouter, comme vous.

— Hannah a enseigné pendant quarante ans, dit rêveusement Claire. Elle ne nous a jamais dit ce qu'elle en pensait, sinon qu'elle adorait aider les jeunes quand ils venaient lui demander conseil. Je me demande si elle a été déçue, elle aussi.

— Ça n'a pas dû durer ! Hannah est capable de retourner ciel et terre pour corriger ce qui la déçoit. Elle a une telle force de caractère !

— C'est vrai, mais je me demande si elle n'a pas quelques ennuis, ou, plutôt, elle et moi, parce que c'est moi qui finance.

Elle expliqua à Alex les projets de Forrest Exeter, qui voulait, comme avait fini par le lui expliquer Hannah, ouvrir un centre d'études poétiques, en partie avec l'argent de Hannah.

— Et, je suppose, avec celui d'autres femmes comme Hannah, plus toutes jeunes, souffrant peut-être de solitude et désireuses de l'aider. Elle a fait sa connaissance lors de notre croisière en Alaska, elle lui a certainement dit que j'avais gagné le gros lot, et cela a sans doute suffi pour qu'il se déclare son plus cher ami. Hannah est généralement pleine de bon sens, mais je me fais du souci pour elle parce qu'elle semble avoir beaucoup d'affection pour lui. Elle dit qu'il n'y a entre eux que de l'amitié, mais elle est fascinée par sa personnalité. Il doit être excellent acteur.

— Vous n'avez pas fait sa connaissance ? Après tout ce temps ?

— Ils se rencontrent dehors, et, quand il vient la chercher, il l'attend dans sa voiture. Je ne sais pas si c'est lui qui refuse d'entrer ou bien elle qui ne le lui propose pas.

— Combien avez-vous remis à Hannah ?

— 50 000 dollars, en deux fois, à environ dix jours d'intervalle. Elle considère cette somme comme un emprunt, bien sûr, mais je l'ai avertie que mes prêts s'arrêteraient là, à moins que je ne voie Forrest Exeter et que je ne dispose de quelques documents sur ses projets, des plans, un permis de construire, enfin, quelque chose de concret.

— Vous êtes très généreuse.

— Avec Hannah, oui. J'ai beaucoup d'affection pour elle et je lui fais confiance, mais je m'inquiète pour elle. Un de mes amis pense qu'on est en train de la rouler dans la farine, et ce n'est pas impossible.

— Vous voulez que je mène ma petite enquête ? J'ai des amis au *New York Times* qui devraient savoir s'il est vraiment question de construire un centre d'études poétiques Forrest Exeter. Ils pourront peut-être voir le plan de financement et trouver des renseignements sur lui.

— Merci, oui, je veux bien... Sauf que... je n'aime pas trop avoir l'air de surveiller Hannah.

— Vous avez investi 50 000 dollars, vous avez le droit de savoir dans quoi.

— Merci de votre offre, et merci de m'avoir écoutée.

Leur conversation roula sur d'autres sujets, si détendue et si agréable qu'ils ne virent pas les fenêtres s'assombrir et l'après-midi se transformer en soirée.

— Excusez-moi, dit enfin Alex lorsque Claire, ayant regardé l'heure à sa montre, poussa une exclamation contrariée. Je n'avais pas l'intention de m'attarder. Je vous dis ça à chaque fois, n'est-ce pas ? On est si bien ici ! Je file !

— Je crois que cela vaut mieux, Alex, sinon, je ne finirai jamais mon travail.

— Cela ne vous dérangerait pas que je rédige mes notes avant de partir, pendant que mes souvenirs sont encore tout frais ?

— Pas du tout. Prenez ma machine à traitement de texte, le logiciel, c'est *Word Perfect*, alors, si vous le connaissez...

Il regarda la large table de travail, avec son ordinateur et son imprimante, les carnets de croquis bien rangés, les pots pleins de crayons, de ciseaux, de pinceaux, les piles de photographies et de magazines de design. C'était quatre fois plus grand que l'espace dont il disposait chez lui pour travailler.

— C'est celui dont je me sers. Merci, Claire.

Elle s'assit sur un tabouret et examina son dessin. Il lui plaisait toujours. Elle poussa un soupir de soulagement : il n'était pas rare que, pour des raisons inconnues, une esquisse ébauchée quelques heures auparavant lui semble plus tard faible et dépourvue d'intérêt. Ce ne fut pas le cas ce jour-là, et, deux heures plus tard, elle avait affermi les lignes, allongé le flacon, l'avait aussi dessiné vu sous deux angles différents et d'en haut, avait ajouté un autre dessin le représentant bouché, et un détail du bouchon.

Elle tendit la main pour prendre un nouveau carnet et entendit le cliquetis assourdi des touches de l'ordinateur.

« Il est toujours là ! » Elle se retourna. Un crayon sur l'oreille, Alex était assis devant sa machine, concentré, sourcils froncés, et tapait en jetant de temps en temps un coup d'œil à ses notes posées à côté de lui. Il était aussi absorbé par son travail qu'elle l'avait été quelques minutes plus tôt, et au bout d'un instant elle retourna à son dessin, le sourire aux lèvres. Elle se sentait bien, avec Alex travaillant à côté d'elle, elle aimait ce sentiment de camaraderie dans l'atelier illuminé. L'enthousiasme parallèle de deux créateurs engagés chacun dans leur tâche, le partage silencieux du même espace étaient encore plus satisfaisants que l'impression plaisante ressentie plus tôt lorsqu'elle travaillait et qu'il attendait qu'elle ait fini.

Toujours souriante, elle prit des feuilles de papier et fit une copie finale, à l'encre rehaussée d'aquarelle, de son flacon vu sous différents angles. Elle étala les quatre feuilles sur la table pour laisser sécher la peinture. Alex appuya sur l'interrupteur de l'imprimante.

— Pardonnez-moi, je me suis installé. Il n'est pas dans mes habitudes de m'incruster, mais...

— Vous ne vous êtes pas incrusté, j'étais contente de vous voir travailler ici.

— Ça m'a vraiment aidé. Je n'ai pas disposé d'un espace semblable depuis l'époque où j'avais mon bureau à la maison.

— Revenez, alors...

Elle fut elle-même surprise de s'entendre lui faire cette proposition. Avait-elle vraiment envie de partager régulièrement son atelier avec quelqu'un ?

— Je sais que c'est loin de chez vous, continua-t-elle, mais vous pouvez venir quand vous voulez, même si je ne suis pas là.

— C'est une offre généreuse.

Hannah était à la porte.

— Vous restez dîner, Alex ?

— Non. (Il se leva.) Il faut que je rentre. Merci.

— Mais vous n'avez pas imprimé votre article !

Il eut un petit rire gêné, se rassit, se tourna vers elle.

— Je préférerais en faire une copie sur disquette, si vous pouvez m'en prêter une. Je vous la rapporterai dans un jour ou deux.

— C'est vrai, c'est bien plus simple.

Elle ouvrit le tiroir du bas de son placard et lui tendit une disquette neuve et formatée.

— Ce n'est pas urgent de me la rendre, je n'en manque pas.

Alex appuya sur les touches, fit sa copie.

— Maintenant, il faut vraiment que j'y aille ! J'ai presque fini mon article, j'ai écrit davantage en ces trois heures que je ne l'avais fait de toute la semaine. Je vous ferai parvenir un exemplaire demain ou après-demain.

— Vous dînez ici ? demanda Hannah à Claire.

— Non, je sors. Je croyais vous l'avoir dit.

— Oui, mais j'ai pensé que vous aviez peut-être changé d'avis.

« Ça ne me déplairait pas, mais comment Hannah a-t-elle deviné que je préférerais rester ici plutôt que sortir avec Quentin ? »

— J'ai un rendez-vous, ce soir. J'espère que vous resterez dîner un autre soir, ajouta-t-elle à l'adresse d'Alex.

— Cela me ferait très plaisir.

Il rangea le carnet dans son porte-documents.

— Je serai en bas, dit Hannah.

Après le départ de la vieille dame, l'atelier parut tout d'un coup très silencieux. Claire commença à rassembler crayons et craies.

— J'aime bien Hannah, remarqua l'écrivain. Et, même si elle s'est embarquée dans une aventure un peu louche, elle paraît toute dévouée à votre maisonnée.

— Vous êtes vraiment très observateur, rien d'étonnant à ce que vous soyez si bon écrivain. C'est exact, elle s'est donné pour mission de veiller sur nous. Je l'appelle ma marraine fée.

— Vous avez bien de la chance ! Nous aurions tous besoin d'une marraine fée. Demandez-lui si elle n'a pas une petite sœur dans la corporation !

Il remit la housse de la machine à traitement de texte et s'approcha de Claire. Ils se serrèrent la main.

— Je vous envoie le manuscrit très vite, probablement demain. Et j'ai grande envie de vous prendre au mot pour cette invitation à dîner.

— J'espère bien. (Elle regarda son bureau bien rangé.) Vous n'avez laissé aucune trace de votre passage.

— J'espère pourtant laisser derrière moi quelque chose, murmura-t-il... Comme un parfum d'amitié ?

— C'est le cas. Je vous reconduis...

En refermant la porte derrière eux, elle jeta un regard sur son atelier, qui lui parut encore plus confortable et chaleureux qu'avant, sans doute parce qu'ils y avaient travaillé ensemble.

Gina et Roz payèrent les bottes d'équitation. Roz regarda sa montre et dit :

— Nous avons le temps d'acheter une ou deux paires de pantalons de cheval, tu ne peux pas continuer à mettre les miens !

— Pourquoi pas ? répondit distraitement Gina occupée à examiner un blouson de jean doublé de mouton. Voilà qui est parfait pour cette époque de l'année. (Elle quitta son blouson de cuir et enfila le blouson de jean.) Tes pantalons me vont très bien, pourquoi ne pas continuer comme ça ?

— Parce que tu as besoin de ton propre équipement, si tu veux monter en compétition.

— Au moins jusqu'aux Jeux olympiques !
— Sans avoir un seul pantalon à toi ?
Gina rit.
— Non, sans doute ! Mais je préférerais attendre un peu, je ne suis pas très en fonds.
— Pour l'amour du ciel, Gina, laisse-moi payer, tu me rembourseras plus tard.
— Tu as oublié que je quitte mon travail !
— Mais tu vas effectuer des semaines de cinquante ou de soixante heures chez moi. Et, puisque nous sommes en ville, autant acheter tout en même temps.
— O.K. ! Sais-tu que je me régale... Sans doute comme Emma et Claire la première fois qu'elles sont allées faire de vrais achats. Il n'y a rien de plus agréable que de voir un objet et de dire : *Je le prends !...* Je le prends ! répéta-t-elle à l'adresse de la vendeuse en lui tendant le blouson. Et je voudrais essayer des pantalons d'équitation.
Elle regarda la vendeuse s'éloigner et s'appuya au comptoir.
— Roz, j'ai une question théorique à te poser.
— Et tu veux une réponse du même genre ?
— Non, je veux savoir ce que tu penses. Supposons que tu aies entendu dire qu'il se passait quelque chose qui rendait autre chose illégal. Et cette autre chose risque de se passer dans quelques mois, bien que les responsables sachent que ça ne devrait pas se passer. Tu me suis ?
— Jusqu'ici oui. Mais pourquoi ne pas simplifier et appeler un chat un chat ?
Gina soupira.
— D'accord. Que ferais-tu si tu avais entendu dire qu'il y a un problème avec un des produits de la ligne PK-20, par exemple qu'il provoquait des réactions allergiques ?
— C'est ce que tu as entendu dire ?
— Je l'ai appris de quelqu'un qui a vu deux mémos se rapportant aux résultats des tests de la crème *Eye Restorative Cream*. On mentionnait des conjonctivites et aussi, écoute bien, un cas de perte de vision d'un œil.
Roz hocha la tête.

— Ce n'est pas possible, j'en aurais entendu parler, j'étais encore avec Hale, à l'époque.

— Tu crois ? De deux choses l'une, tu comprends : ou bien c'est vrai et dans ce cas les résultats officiels des tests ont été falsifiés, ou bien c'est faux et dans ce cas cela signifie que la personne qui m'en a parlé a rêvé tout éveillée. Ce que je ne crois pas.

La vendeuse revint, et elles la suivirent jusqu'au salon d'essayage. Roz s'assit.

— Si c'était exact, ils auraient reculé le lancement jusqu'à ce qu'ils aient trouvé le problème et y aient remédié.

— Peut-être est-ce impossible d'y porter remède. Cela ressemble à une allergie à un produit chimique. Tu sais bien, comme les personnes allergiques au beurre de cacahuète : la plupart des gens le supportent très bien, mais, pour un tout petit nombre d'individus, c'est un poison. S'il en est ainsi du PK-20 et si l'agent allergogène est un des ingrédients importants, peut-être même l'ingrédient de base, il faudrait qu'ils recommencent tout de zéro, pour toute la gamme. Tu vois Quentin en train de faire ça ?

Roz regarda Gina.

— Tu y crois vraiment ?

— Je suis tentée d'y croire. D'un autre côté, j'ai eu en main les rapports chiffrés du test final, et je n'y ai pas trouvé une seule allusion à une quelconque réaction allergique.

— Donc, c'est faux !

— Tout est là. Ça ne peut pas être à la fois vrai et faux...

— Comment pourrais-tu découvrir la vérité ?

— Je n'en ai aucune idée, c'est pour cette raison que je t'en parle.

— Est-ce qu'on parle de reculer le lancement ? Ou de l'annuler ?

— Pas un mot. Au contraire, on continue à toute vapeur. Tu n'as rien entendu là-dessus ?

— Je ne fais plus partie du cercle des initiés. A leurs yeux, Hale est une pauvre victime de ma perversité... Je m'y attendais, d'ailleurs, et je ne regretterai pas la compagnie de la plupart des fidèles de Quentin. Quant à lui, c'est un tel salaud froid et calculateur qu'il me réconcilie avec ma vie parce que, moi, je peux encore y faire une place à l'amour.

— Pas lui ?

— Pas à ma connaissance. Sauf peut-être en ce qui concerne Claire : il la couve des yeux, lorsqu'ils sont ensemble. Elle l'aime ?

— Elle dit que non, mais elle semble fascinée, sans doute parce qu'il est si différent de tous les hommes qu'elle connaît... Je vais prendre ceux-là.

— Bien. Essaie aussi les marron... Il a beaucoup de charme quand il veut. Si tu le fais parler de ses voyages, il est passionnant. Il est allé partout, il est observateur et a une mémoire d'éléphant. Mais c'est toujours lui qui décide de tout, et, si l'on veut rester auprès de lui, il faut suivre ses règles.

— Il est capable de lancer le PK-20 même s'il contient un produit toxique ?

— Tout à fait ! Je te l'ai dit, il joue selon ses propres règles. (Elle regarda Gina essayer le pantalon marron.) Je suppose que je pourrais en parler à Hale, mais il devinerait que ça vient de toi.

— Non, surtout, ne le fais pas !

— Pourquoi ? Ils ne vont pas s'en prendre à toi, tu n'as pas affaire à la Mafia, quand même !

— Sait-on jusqu'où ils seraient capables d'aller ? Tu dis toi-même que Quentin joue selon ses propres règles.

— Voyons, Gina, ils ne te feraient rien...

— Ce n'est pas de moi qu'il s'agit... Je n'y avais pas songé, mais, plus j'y pense, moins la situation me plaît. Ecoute... C'est Emma qui m'a parlé de ces mémos, elle les a vus sur le bureau de Brix un jour où elle l'y attendait. S'ils devinent que ça vient de moi, ils remonteront jusqu'à elle, ils savent que je suis très amie avec sa mère et elle. Sinon, comment pourrais-je être au courant ? Je n'ai jamais travaillé sur le PK-20. Alors, si Brix devine qu'elle a vu les mémos et m'en a parlé, ou en a parlé à quelqu'un d'autre, tu ne crois pas qu'elle sera en danger ?

— Bien sûr que non ! Ce sont des hommes d'affaires, pas des hommes de main ! Et puis ce qu'a vu Emma n'est peut-être pas exact, il peut s'agir d'une erreur, d'un technicien qui s'est trompé et a vu un problème là où il n'y en avait pas. Si tout va bien d'après le rapport final, c'est que c'est vrai, non ?

— Ça devrait l'être. (Gina remit sa jupe, y rentra son chemisier.) Il se peut que tu aies raison, il n'est pas rare que deux techniciens effectuant les mêmes tests interprètent les résultats de façon complètement différente.

— Qu'est-ce qui se passe, dans ce cas ?

— On effectue d'autres tests ou bien l'on fait interpréter les résultats par d'autres personnes et l'on voit ce qu'elles trouvent. Ce genre de test est délicat à mener, tu sais, parce que les cobayes ne vivent jamais dans des bulles stériles. Tout le temps qu'ils utilisent le produit à tester, ils mangent, boivent, se lavent, se maquillent, vont Dieu sait où, sont en contact avec toutes sortes de pollutions... On ne peut pas vérifier tout ce qu'ils font, et on ne sait jamais dans quelle proportion leur mode de vie influence leurs réactions au produit testé.

— Alors pourquoi te tracasses-tu ?

— Parce que... (Elle remit son blouson.) Parce qu'il suffit de regarder la télévision ou de lire un journal pour s'apercevoir que les plus grandes entreprises, les multinationales, ne se gênent pas pour cacher ce qui les dérange. Regarde Ford, Dow, General Motors... Et pour un scandale qui éclate au grand jour, combien ont été étouffés ?

Roz réfléchit.

— Tu dis qu'en cas de doute on effectue d'autres tests. Ce n'est pas le cas pour le PK-20 ?

— Si... Du moins, Brix l'a assuré à Emma.

— Alors, ils ont l'air de s'en occuper. A mon avis, mieux vaut ne pas bouger. Tu n'as pas des collègues que tu pourrais appeler après ton départ pour leur demander les résultats des nouveaux tests ?

— Je peux rester au parfum, si. C'est ce que je ferai, et puis je fouinerai un peu, avant de partir. Mais il faudra faire attention. Il y a Emma, je ne peux pas prendre de risques.

Elles sortirent du salon d'essayage.

— Une chose est sûre, reprit Gina, si je découvre quelque chose, je serai obligée de les dénoncer. Il ne sera pas question de fermer les yeux. Et que fait-on d'Emma, dans ce cas ?

— Elle pourra toujours se réfugier chez moi. Mais crois-moi, ça n'arrivera pas jusque-là. Gina, je t'adore, et j'adore ton imagination débordante, mais, cette fois, tu t'es laissé emporter. Ce genre d'histoire, tu le vois à la télé ou tu le lis dans un roman, ça n'arrive pas pour de bon !

13

— Nous ne pouvons certes pas nous plaindre, en ce jour de fête d'actions de grâce, de manquer de raisons de remercier le ciel, dit Hannah en commençant à découper la dinde.

Les joues rosies par une matinée passée devant les fourneaux, elle coupa adroitement un pilon et le posa sur le plat avant de continuer :

— Claire a gagné le gros lot, et maintenant elle possède sa propre entreprise. Emma a commencé une brillante carrière, nous vivons dans cette magnifique demeure, et nous avons ajouté Gina et Roz à notre famille.

— Et Hannah est apparue dans notre vie ! s'empressa d'ajouter Claire.

— C'est juste...

Le visage ridé de la vieille dame était rayonnant.

— Je n'ai jamais passé une fête de Thanksgiving avec tant de raisons de dire merci.

— Alors, portons un toast à...

— Oh, laissez-moi finir de découper cette bête. Juste quelques minutes. Les croquettes de maïs sont encore au four. L'une de vous peut-elle...

— J'y vais, dit Claire.

Gina la suivit et laissa la porte se refermer derrière elles.

— Je peux te parler seule un instant ? dit-elle à Claire. Il y a si longtemps qu'on ne s'est pas vues.

— Depuis que tu t'es laissé séduire par des chevaux.

— Oui, c'est à propos de ça, d'ailleurs. Je voulais te l'apprendre avant tout le monde: il n'y a pas que les chevaux que j'aime à Clairvallon.

Claire hocha la tête d'un air entendu.

— Pourquoi ce hochement de tête de magot chinois?

— Gina, pourquoi n'annonces-tu pas tout simplement ce que tu veux me dire? Je crois le savoir, mais je peux faire erreur.

— Tu es plutôt perspicace, en général. Bon... Le fait est que ça ne concerne pas seulement les chevaux, Claire, ni cette merveilleuse propriété, c'est Roz, surtout.

— Je sais...

— Ainsi, ce n'est pas une telle surprise pour toi. (Gina regarda ses mains.) Je ne savais pas... Je te le jure, Claire, toutes ces années, je n'avais pas compris, je te l'aurais dit, sinon. J'avais reconnu que le mariage ne m'intéressait pas, je ne pouvais même pas m'imaginer mariée... et le soir j'étais plus heureuse toute seule qu'en tête à tête avec un homme. Je te l'ai souvent répété, d'ailleurs. Mais je croyais que c'était parce que je n'avais pas trouvé l'homme de ma vie. En fait, aucun ne me convenait, il n'y en avait pas un seul avec qui je me sente à l'aise. Au début, j'ai pensé que c'était une question d'âge et que tout changerait un jour, que je deviendrais comme les autres. Ensuite, j'ai admis que je n'étais pas faite pour le mariage. Il y a des tas de célibataires heureux, toi et Emma formiez ma famille, ça me suffisait. Du moins le pensais-je, jusqu'à ce que je fasse la connaissance de Roz.

— Claire? appela Hannah, il y a un problème avec les croquettes?

— Notre sergent nous rappelle à l'ordre! remarqua ironiquement Gina. Ecoute... Tu avais compris, hein, ce n'est pas une révélation pour toi?

— Non. Je me demandais seulement quand tu allais te décider à m'en parler.

— J'ai eu envie de le faire le soir où Roz t'a annoncé son divorce, mais c'était un peu prématuré. Maintenant...

La porte s'ouvrit, et Hannah passa la tête.

— S'il y a un problème avec les croquettes... Oh, pardon ! Je ne voulais pas vous interrompre.

— Nous bavardions. Tout va bien, je les apporte tout de suite.

Gina saisit le plat qui attendait à l'entrée du four, et suivit Claire dans la salle à manger.

— Je le fais passer ?

— Oui. Et, maintenant, c'est le moment de lever nos verres.

Hannah joignit le geste à la parole et attendit que les autres en eussent fait autant.

— J'aimerais commencer par dire combien je suis heureuse d'être ici parmi vous. C'est la première fois que je fête Thanksgiving entre femmes, et au début j'ai craint que ce ne soit un peu triste. Ce n'était pas la peine de m'en faire : nous formons un groupe heureux et chaleureux, nous avons beaucoup de choses à nous dire, et de nombreuses raisons de remercier le ciel. C'est ça, Thanksgiving. Alors je bois à notre petite famille !

— Je suis tout à fait d'accord, remarqua Claire. Ce soir, je n'aimerais être nulle part ailleurs, ni avec personne d'autre.

Emma but une gorgée de vin. Elle se sentait mieux qu'elle ne s'était sentie depuis des semaines, bien au chaud, en sécurité, sans ce lourd poids sur la poitrine. Il avait neigé durant la journée, ensuite ce fut l'accalmie, puis la neige avait recommencé à tomber comme elles se mettaient à table. Elle voyait de gros flocons tomber nonchalamment derrière la fenêtre et les imaginait s'entassant de plus en plus haut, de vraies fortifications pour la protéger. En regardant la table de fête mise par Hannah, avec une nappe immaculée, des bougies blanches dans des chandeliers de céramique et un rameau de chrysanthème à chaque place, elle se rendit compte, le cœur serré, combien elle tenait à sa mère et à son foyer. La présence de Brix lui manquait, mais elle s'avoua, pour la première fois depuis qu'ils se connaissaient, qu'elle ressentait un certain soulagement. « Je me sens en vacances », pensa-t-elle tristement.

Elle avait si honte de s'être humiliée à ses pieds qu'elle supportait à peine d'y penser et en repoussait le souvenir dès qu'il lui revenait. Mais il y avait pire : elle savait que, s'il menaçait à nouveau de la quitter, elle recommencerait. Cette idée la remplissait d'une colère impuissante, et elle se haïssait de sa faiblesse. Elle redoutait de le revoir, tout en attendant avec impatience leur prochain rendez-vous.

Mais à cet instant, dans cette salle à manger où régnait une bonne odeur de dinde, de croquettes de maïs et de tarte à la citrouille, devant les chrysanthèmes rouge et or ressemblant à de petits soleils, elle retrouvait, un bref moment, sa jeunesse, son insouciance, sa sérénité. Hannah avait raison, c'était bon de se retrouver entre femmes.

— A mon tour de porter un toast ! dit-elle. A ma mère, parce que je l'aime, à Hannah, parce que je l'aime aussi, et un tout spécial à Roz et à Gina !

— Seigneur..., murmura Hannah.

— Merci, dit Gina à Emma. Que nous vaut cet honneur ?

— Oh, que tu es bête. (Emma rougit.) Je veux dire... Je me suis trompée ? J'ai pensé que... Vous avez l'air si heureuses toutes les deux...

— Cette jeune génération ! murmura Roz. Non, tu ne t'es pas trompée, ta perspicacité nous étonne, c'est tout.

— Oh, ce n'était pas si difficile à deviner. Gina vit pratiquement à Clairvallon, non ? Et vous venez de divorcer de Hale après avoir été mariée pendant une éternité.

— Pas tout à fait une éternité, bien que j'en aie parfois eu l'impression... Notre vie conjugale n'était pas très heureuse, nous restions ensemble en attendant que l'un de nous y mette fin. C'est délicieux, Hannah, merci. Et merci de m'avoir invitée.

La vieille dame avait une question à poser.

— Comment en arrive-t-on à franchir le pas ? (Elle évita soigneusement de regarder Emma.) Le monde semble plein de gens qui ne savent comment rompre. Comment avez-vous pris votre décision ?

— Oh, quand ça va mal, ça se fait presque tout seul.

Roz regarda, de l'autre côté de l'arcade le séparant de la salle à manger, le salon éclairé par des bougies placées sur la cheminée et sur toutes les tables, dont les ombres dansaient sur les murs, le plafond, les hautes fenêtres, et continua :

— Je suppose que j'aurais pu rester encore avec Hale pendant des mois, des années, peut-être. Nous ne nous entendions pas trop mal, nous avions toujours un tas de choses à nous dire, nous étions du même avis sur l'éducation des enfants, et, quand ceux-ci sont partis, nous avons continué à partager la plupart de nos distractions. Et je lui ai fourni beaucoup d'idées pour ses campagnes publicitaires, ce dont il a toujours été reconnaissant. Les relations sexuelles n'étaient pas un problème : il y a des années que nous faisons chambre à part. Hale aime les femmes très jeunes, très blondes, filiformes. Exactement le contraire de moi ! Et vous savez, quand on est absorbé par des occupations qu'on aime, les jours passent les uns après les autres, on ne se dit pas : « Je suis trop malheureuse, il me faut changer de vie ! » D'ailleurs, je n'étais pas malheureuse. Mais certainement pas heureuse. Avec Gina, c'est le bonheur.

— Tout est bien plus amusant quand nous le faisons ensemble, intervint celle-ci. Tout a davantage de sens. Nous avions toutes deux l'impression de flotter, sans attache, mais c'est fini, nous sommes sorties de notre solitude.

— Vous avez bien de la chance, remarqua Emma d'un ton songeur.

— Il y a plein de variétés d'amour, dit doctement Hannah. Aucune n'est inacceptable, sauf celle qui est prétexte à la cruauté et à la manipulation.

Il y eut un silence. Emma contemplait son assiette.

— Je vous envie, murmura Claire. (Elle se leva et alla embrasser Gina.) Je n'ai jamais entendu de meilleure description de cet amour idéal dont tout le monde rêve.

— Merci, dit Gina. J'étais sûre que tu dirais ça, mais tu comprends, il subsistait quand même un...

— Un petit point d'interrogation, interrompit Roz. Merci, Claire, merci, Emma ! Tout le monde ne se montrera pas aussi compréhensif.

— Ça n'a pas d'importance, protesta Gina, c'est vous trois qui comptez pour nous. Bien sûr, ça va finir par se savoir, d'ailleurs, ce n'est pas un secret.

— Nous ne nous affichons pas, non plus, objecta Roz, c'est notre vie privée, ça ne regarde que nous.

— Nous tenions à vous expliquer avant que les gens ne commencent à faire des plaisanteries grasses sur nous.

— Hale en premier. Il va être horrifié, y voir une insulte à son intelligence et, bien sûr, à sa virilité. Je ne lui donne pas vingt-quatre heures pour raconter partout qu'il a toujours su que j'étais bizarre mais qu'il s'est cru obligé de rester auprès de moi jusqu'à ce que les enfants soient élevés, afin de les protéger de ma scandaleuse influence.

— Comment le sais-tu ? demanda Claire.

— Oh, je l'ai déjà entendu sur ce sujet, expliqua sèchement Roz, à propos de gens que nous connaissions à New York. Mais nous n'allons plus nous revoir, alors, ce n'est pas grave. Je n'appartiens plus au cercle enchanté de Quentin, Gina et moi fréquentons un autre groupe d'amis, et j'ai envoyé à l'appartement de Hale tout ce qui lui appartenait dans la propriété. Fin du chapitre. Fin du roman, même.

— Et début d'un autre ! remarqua Emma. J'en suis vraiment très heureuse. Brix n'aura guère de gentillesses à dire sur votre compte, lui non plus.

Elles la regardèrent toutes avec surprise : c'était la première fois qu'elle se montrait un tant soit peu critique envers le jeune homme.

— C'est vrai ? demanda doucement Hannah.

— Il ne brille pas par la tolérance.

Emma s'étonna de s'entendre prononcer ces mots. Comment pouvait-elle faire ça à celui qu'elle aimait ? Mais c'était si bon, comme des montagnes russes dont la descente libératrice s'accélérait, alors, elle continua de plus belle, même si elle tenait toujours autant à lui.

— Il ne supporte pas que les gens soient différents de lui, il les considère comme des fous ou des malades, il ne veut absolument rien avoir à faire avec eux. Il déteste que l'on ne soit pas du même avis que lui, si l'on n'est pas d'accord, il vous rabaisse, comme si l'on était forcément idiot.

— Alors tu es toujours d'accord avec lui ? demanda Hannah.

Emma rougit.

— En général, il a raison. Et puis..., c'est plus simple ainsi.

Son visage prit une expression confuse, elle était au bord des larmes. Le sentiment de liberté éprouvé un instant plus tôt s'était évanoui, la laissant avec le remords d'avoir trahi Brix.

— Raconte-nous comment c'est, de poser pour des photos, se hâta de dire Gina. Tu travailles toute la journée ?

— La plupart du temps, oui.

Sa voix redevint animée, elle leur décrivit Lea, qui la maquillait, Bill Stroud, Marty Lundeen, Tod, qui tournait autour d'elle, l'objectif vissé à l'œil.

— Il n'arrête pas de parler, tout le temps qu'il prend des photos. Je me demande parfois si sa bouche n'est pas connectée à son appareil photo.

— Il parle de quoi ?

— Juste des mots : « Bon... Bon... Bien... Adorable... Génial... Bon... Parfait... Tiens la pose, Emma... Regarde par ici... Regarde par là... Très bien... Assieds-toi... Etire-toi... Bon... Bon... Parfait... »

Elles rirent toutes de l'imitation, et Emma se sentit bercée par leur approbation et leur affection. Puis elles parlèrent des tics langagiers des gens, au travail ou pendant leurs loisirs, et Hannah fit le tour de la table en resservant les convives. Claire s'appuya à son dossier et contempla Emma. Elle semblait alternativement présente et absente, comme un ciel bleu aperçu entre des nuages y voguant à toute vitesse. Mais, même quand on la sentait présente, sa gaieté et sa beauté donnaient une impression de fragilité, de disparition imminente. Comme si elle s'appliquait à emmagasiner le plus possible de ce bonheur fugace dans le peu de temps de leur repas de fête.

« Je vais encore essayer de l'emmener quelque part. Peut-être acceptera-t-elle ce voyage en Europe, ou n'importe où. Peut-être résistera-t-elle moins obstinément à mes suggestions. »

— Et toi, tu le connais, Claire ? demanda Roz.

— Pardon... Qui ça ?

— Forrest, l'ami de Hannah. Elle en parle comme d'un poète. Tu le connais ?

— A peine. J'aimerais bien, mais elle ne nous a jamais donné l'occasion de faire connaissance.

Hannah rougit.

— Je sais... Je n'aime pas les cachotteries, moi non plus.

— Vous avez peur qu'il ne me plaise pas ?

— A vous entendre, on croirait qu'il s'agit d'un soupirant. C'est un peu gênant.

— Eh bien, parlez-nous de lui. Même s'il n'est pas un soupirant, vous vous voyez souvent, n'est-ce pas ?

— Non, pas tellement... Il n'y a presque plus de croquettes de maïs, je vais en chercher d'autres.

— Pas question ! répondit fermement Gina. Allons, Hannah, videz votre sac ! Escroc ou Robin des bois des temps modernes qui prend aux riches pour donner aux pauvres ? Parlez-nous de lui. Quel âge a-t-il ?

— Il dit qu'il a quarante-huit ans, mais je le crois plus près de quarante...

Hannah dressait fièrement la tête, comme si elle comptait sur son attitude digne pour lui servir de bouclier contre les critiques..., et sans doute, se dit Claire, ses propres doutes.

— Mais, surtout, c'est un enseignant exceptionnel, ses étudiants l'adorent.

— Où enseigne-t-il ?

— A l'université de New York. Sa spécialité est la littérature, surtout la poésie anglaise et américaine. Il dit que ces matières sont les parentes pauvres du système. Selon lui, c'est une grave erreur, elles méritent davantage d'attention. En cette époque où domine la technologie, nous avons besoin d'une institution dédiée à la poésie afin de rendre le monde conscient du terrible déséquilibre dont souffre notre culture. Au lieu de nous extasier sur des fax, nous ferions mieux de nous émerveiller devant les œuvres de Wordsworth, d'Eliot ou de Derek Walcott. J'avoue être parfaitement de son avis : je n'ai jamais ressenti le besoin d'avoir un fax, mais je ne vivrais pas sans la beauté de la poésie.

— Ainsi, il veut fonder une institution dédiée à la poésie, murmura Gina. Quelle sorte d'institution ?

— C'est ça qui est passionnant : il veut construire le centre d'études poétiques Forrest Exeter, un lieu où les poètes pourront se retirer pour écrire et où l'on organisera des conférences, des colloques et des séminaires.

— Et le financement ? demanda brusquement Roz.

— Oh, il a l'argent ! Ou presque... Il connaît quelqu'un qui lui a promis tout ce dont il a besoin et il a trouvé le local, une vieille maison de grès dans le quartier de l'université. Les travaux de rénovation vont commencer dès qu'il disposera des fonds.

— Qui est ce mystérieux mécène ?

— Une personne richissime qui se passionne pour la poésie et a foi en ce projet.

Gina pencha la tête.

— Une femme ?

— Oui.

— Elle a plus de cinquante ans ?

— Oui.

— Soixante, soixante-dix, quatre-vingts ?

— Quatre-vingt-deux... Il semble très bien s'entendre avec les personnes âgées, c'est vrai.

— Il y a aussi des hommes parmi ses supporters ?

— Non, non, il s'entend mieux avec les femmes. Mais il est d'une honnêteté rigoureuse, et Mme Manesherbes sait ce qu'elle fait. Elle possède beaucoup d'argent, elle n'a aucun héritier, et elle est férue de poésie.

— Et de ce cher Forrest !

— Elle a effectivement beaucoup d'admiration pour lui, et autant d'affection que j'en ai moi-même. Tout va se régler dès son retour d'Angleterre, elle a promis de financer la construction du centre et de verser un budget de fonctionnement. (Hannah regarda Claire.) Forrest avait besoin d'argent immédiatement parce qu'il y avait une autre offre pour la maison. Comme Mme Manesherbes est en Angleterre, c'est moi qui ai avancé la somme, qu'il va me rendre à la minute où elle lui remettra l'argent.

— Et si elle change d'avis ? demanda Emma.

— Je suis certaine qu'elle ne changera pas d'avis.

— Vous la connaissez ? Comment est-elle ?

— Heuh, non. (Hannah était embarrassée.) Nous devions faire connaissance, mais elle est partie pour l'Angleterre avant qu'une rencontre puisse être organisée.

— Il a bien fait attention à ce qu'elles ne se voient pas.... murmura Roz à l'adresse de Gina.

— C'est faux! s'écria Hannah, les yeux brillants de colère. Roz, nous ne nous connaissons pas depuis assez de temps pour que vous puissiez prétendre juger de mes capacités à évaluer une situation ou à prendre une décision raisonnable!

— C'est juste. Je vous demande pardon, Hannah!

— Combien lui avez-vous prêté? insista Gina.

— Ça n'a aucun intérêt, intervint Claire, posant une main sur celle de la vieille dame. Moi, je fais confiance au jugement de Hannah, et, si elle croit en Forrest, nous suivrons son exemple et nous resterons sûres que tout se terminera bien. Voulez-vous la tarte à la citrouille maintenant, ou bien préférez-vous attendre un peu plus tard?

— Un peu plus tard, si ça ne te fait rien. Allons faire un ping-pong ou sauter à la corde pour digérer un peu le festin de Hannah.

— Rangeons ça, d'abord, dit Roz en empilant les assiettes.

Gina prit les verres, et, quelques instants après, Emma, soudain redescendue sur terre, bondit sur ses pieds pour les aider.

Le regard de Claire croisa celui de Hannah.

— Merci, murmura cette dernière. Je vous aurais bien tout expliqué dès le début, mais je pensais à tous ces gens qui traînaient autour de chez vous, vous poursuivaient jusqu'à l'entrée de l'appartement et frappaient à votre porte pour vous demander de l'argent. Ils étaient tous certains que leur proposition était la meilleure, l'affaire la plus sûre du siècle. Et je ne voulais pas leur ressembler.

— Vous n'auriez pas pu, puisque vous faites partie de notre famille! Je regrette que vous ne me l'ayez pas dit plus tôt, mais je suis contente de l'avoir appris ce soir. J'espère que ça va marcher, pour vous, surtout.

— Pour vous aussi. Et pour Emma. La vie n'est pas drôle tous les jours, vous savez, à moins de prendre de temps en temps quelques risques. Regardez Emma, il y avait bien longtemps qu'elle n'avait pas mis la main à la pâte!

— Vous croyez que ça va durer?

Hannah regarda la jeune fille faire le va-et-vient entre la salle à manger et la cuisine, les mains chargées d'un peu trop de vaisselle. Elle laissa tomber un verre, qui se brisa.

— Oh non! s'écria-t-elle en tombant à genoux, oh non, non! Pourquoi a-t-il fallu que ça m'arrive, tout allait si bien. Je ne voulais pas...

Ses yeux s'étaient remplis de larmes.

— Emma, ma chérie, allons!

Claire s'agenouilla sur le sol et entoura sa fille de ses bras.

— Ce n'est pas grave, ce n'est qu'un verre, ne t'en fais pas pour ça! Bien sûr que tout va bien, c'est la plus belle fête de Thanksgiving que nous ayons jamais eue. Allons, lève-toi, va les aider à la cuisine, je vais balayer ça.

— Battue au poteau! dit gaiement Hannah en s'agenouillant, munie d'une balayette et d'une pelle.

Emma alla jusqu'à la cuisine en traînant les pieds. Claire s'écarta, et regarda distraitement Hannah balayer les morceaux de verre. Elle entendit le rire de Roz et de Gina puis celui, un peu chevrotant, de sa fille. Hannah entra dans la cuisine, dit quelques mots, et elles rirent toutes les quatre, Emma de meilleur cœur, cette fois.

Claire regarda par la fenêtre les lourds flocons descendre vers le sol. A cet instant, le monde lui parut merveilleux. Elle était entourée d'une famille et d'amies, avait un travail pour donner du sens à sa vie, et une profusion de trésors se trouvait à sa portée. Et pour Emma... Il n'était pas impossible qu'elle se soit trompée, que la petite soit en train de se libérer de l'emprise de Brix et de chercher à retrouver sa place au sein de la famille. Son imitation sans indulgence du jeune homme, son rire, sa bonne volonté pour desservir lui rappelaient sa fille un an plus tôt. Quelques mois avaient suffi pour que tout bascule, et elle n'avait pas encore retrouvé son équilibre.

Elle écouta les voix venues de la cuisine et pensa à Alex. Il avait téléphoné pour l'informer de certaines corrections apportées à son article et lui annoncer l'arrivée d'un exemplaire de la nouvelle mouture. Ils avaient parlé quelques minutes, et, quand il avait raccroché, elle avait ressenti un étrange vide en elle. Elle aurait aimé lui parler plus longtemps, mais il avait une autre commande à terminer pour un autre magazine et il n'avait pu s'attarder.

« Il fait partie de mon nouvel univers : amis, maison, travail, je veux qu'on se revoie... J'ai pourtant fait mon possible pour qu'il le devine, je lui ai proposé de travailler dans mon atelier, j'ai parlé de l'inviter à dîner à la maison, je ne vois pas ce que je peux faire de plus ! Et j'ai rendez-vous avec Quentin demain soir ! »

Elle chassa cette pensée, il serait temps d'y réfléchir le lendemain. Ce soir, fête de Thanksgiving, était le jour où ne penser qu'à tout ce qu'elle avait, une famille et des amies chères à son cœur, un atelier là-haut où lui avaient été révélées les joies de la véritable création artistique. Pour la première fois, elle avait le sentiment de prendre l'initiative, et non de subir les caprices du destin. Alex avait parlé de ces enfants persuadés qu'ils pouvaient déplacer des montagnes.

« Je suis comme eux. Il m'a fallu des années pour en arriver là, mais maintenant je sais que je peux déplacer des montagnes et surmonter les obstacles du chemin ! »

— Ça semble assez risqué...

Alex repoussa son fauteuil et étendit les jambes. Une boîte pleine de décorations de Noël était posée à ses pieds, et il la repoussa de quelques centimètres.

— Mon ami du *Times* dit que Forrest Exeter a bien versé 50 000 dollars d'arrhes pour la maison ; il n'en a pas gardé un centime pour lui. Malheureusement, Mme Manesherbes est loin d'être une certitude.

— Vous en avez entendu parler ?

— Elle est assez connue, et son nom n'est pas de ceux qu'on oublie, il se savoure, on peut presque le mâcher. J'adore ce genre de mot ! Bref, son père était Hosea Manesherbes, qui a fait fortune dans le pétrole, en Oklahoma. Il est mort dans une rixe à quarante-cinq ans. Il était divorcé et a laissé toute sa fortune à sa fille, Edith.

— Pourquoi s'appelle-t-elle Mme Manesherbes, si c'est le nom de son père ?

— Elle ne s'est jamais mariée, mais, quand elle a pris la tête de la société de pétrole, elle s'est fait appeler « madame ». Elle pensait qu'on la respecterait davantage, et elle avait sans doute raison. Quoi qu'il en soit, elle a toujours cultivé une image excentrique, ce qui ne l'a pas empêchée de gérer ses affaires avec une redoutable efficacité et de doubler la fortune paternelle. Puis elle a tout vendu, s'est installée à New York et s'est consacrée à quelques entreprises du genre de celles de l'ami Forrest. Le problème, c'est qu'elle jongle avec ses donations. Il lui est arrivé d'en refuser une à la dernière minute, à cause d'une réflexion jugée désobligeante ou parce qu'une nouvelle cause charitable exigeait d'elle une attention immédiate, et de l'argent. Encore un peu de thé ?

— Oui, merci.

Claire le regarda emporter les tasses à la kitchenette. Pendant les trois semaines écoulées depuis la fête de Thanksgiving, Alex était venu cinq fois travailler dans son atelier, et, quand il n'était pas là, sa présence silencieuse et laborieuse, leurs longues conversations en fin de journée lui manquaient.

— Je n'y peux rien, pour Mme Manesherbes, remarqua-t-elle lorsque Alex lui apporta sa tasse. Je suis bien obligée de faire confiance à Hannah. Mais je m'inquiète pour elle. Pas pour l'argent, quand bien même je le perdrais, nous ne mourrions pas de faim. Mais Hannah tient à me rembourser, et elle a de l'affection pour Exeter. Elle serait désespérée de découvrir qu'il s'est trompé sur Mme Manesherbes. Et s'ils avaient monté le coup ensemble...

— S'ils n'achètent pas la maison, ils perdent les 50 000 dollars. Cette partie-là, au moins, est tout à fait exacte. Et Mme Manesherbes a effectivement aidé plusieurs organismes caritatifs. Ce n'est pas quelqu'un sur qui l'on peut compter, c'est tout.

— Hannah compte sur elle.

— Et vous êtes bien obligée d'en faire autant !

— Votre ami du *Times* n'a pas trouvé de détails sur la date d'ouverture du centre d'études poétiques ?

— Non, c'est assez vague. Exeter a appelé le journal, il y a environ un mois, et lui a envoyé un communiqué.

Il a demandé à Stan s'il ne pouvait pas faire un article, pour aider à la collecte des fonds. Je ne sais pas pourquoi, peut-être s'inquiétait-il, lui aussi, pour Mme Manesherbes. Stan lui a répondu qu'il ne voyait pas là matière à un article, mais que cela l'intéresserait éventuellement si le projet prenait forme. Le communiqué ne donnait pas de date pour le début des travaux de rénovation, ni pour l'inauguration ou quoi que ce soit. Vous restez ici pour les fêtes de fin d'année ?

— Oui.

— Vous ne voudriez pas dîner avec moi ce soir ?

— J'ai du travail, ce soir.

— Demain soir, alors ?

— Avec plaisir.

— Et que faites-vous pour Noël ?

— Sans doute la même chose que pour la fête de Thanksgiving. Nous avons passé un bon moment toutes ensemble. Et vous ?

— Sans doute aussi la même chose qu'à Thanksgiving. Nous serons plus nombreux, mes belles-sœurs seront là. Quand j'étais petit, nous étions plus de cinquante personnes au repas de Noël. Mon père et ma mère rassemblaient tous les chiens perdus sans collier de la région, tous ceux qui n'avaient plus de famille, et ma sœur et moi leur faisions des badges à leur nom, nous les menions à leur place et leur versions du cidre. Rien de plus fort, nous ne pouvions pas nous le permettre, et, de toute façon, mes parents n'étaient pas partisans des boissons alcoolisées. Puis nous distribuions les cadeaux confectionnés par ma mère : des gâteaux enveloppés dans du papier de soie de couleur vive, des pains aux raisins dans du papier d'aluminium, de la confiture de fraises avec un nœud de ruban autour du couvercle... La confiture de fraises était une des spécialités de ma mère. J'écoutais tous ces gens qui ne se connaissaient pas, ou se rencontraient une fois l'an, se raconter l'un à l'autre l'histoire de leur vie, essayer de faire bonne figure même si la plupart d'entre eux étaient au chômage, ou n'avaient qu'un petit boulot, ou venaient juste de divorcer..., enfin, tout ce qui les qualifiait pour se retrouver à la tablée des chiens perdus sans collier de mes parents. J'errais d'un groupe à l'autre, tandis qu'ils se réunissaient dans différentes pièces pour des chants de Noël, une partie d'échecs ou de Mikado, ou allaient aider à la cuisine. C'était comme un théâtre. C'est à ce moment-là que j'ai commencé à penser devenir écrivain. Ma sœur et moi adorions nos Noëls, notre surexcitation durait jusqu'à la mi-janvier. Et vous, que faisiez-vous pour Noël ?

— Nous allions chez un voisin dont le fils avait été tué à la guerre. Ils voulaient avoir du monde autour d'eux pour Noël, alors nous y passions la journée, ainsi que leur fille mariée avec sa famille, et quelques autres que vous appelleriez sans doute des chiens perdus sans collier. Ils n'étaient pas si intéressants que les vôtres, et, en grandissant, j'aurais préféré me rendre chez mes amies. Mais j'avais beau supplier mes parents, ils refusaient toujours. Notre devoir était d'aider nos voisins à remplir leur maison le jour de Noël.

— Vous êtes comme ça aussi, n'est-ce pas ? Vous avez le sens du devoir.

— Naturellement ! Le monde serait une jungle, si les gens ne l'avaient pas.

— Il y en a des tas qui ne savent même pas ce que ça veut dire. Ce qui rend tout plus difficile pour ceux qui l'ont. Vous avez fini votre travail pour Eiger ?

— Presque. J'espère avoir un autre contrat, ou peut-être plusieurs, avant de terminer. Je ne veux pas être obligée de contempler des tables à dessin vides, elles me font penser à des pierres tombales. Et votre travail ? Vous ne m'avez toujours pas montré votre article.

— Il est fini.

Il sortit un dossier de son porte-documents et le lui remit.

— Je peux le garder ? Je préfère le lire plus tard.

— Il est à vous. Modifiez ce qui vous semble d'une inexactitude grossière et avertissez-m'en, dans les deux jours, si vous pouvez. Bon... Il faut que je parte, j'avais prévu de dîner avec mon fils demain et je veux le faire ce soir.

— Ce sera possible ?

— Il a classe demain, il n'aura pas projeté de sortie. Où aimeriez-vous aller dîner demain soir ?

— Je vous laisse décider.

— Y a-t-il des mets exotiques que vous ne pouvez pas supporter ?
— Non, j'aime bien la cuisine exotique.
— Admirable femme !
Il enfila son blouson de cuir et prit son porte-documents.
— Ah oui ! Un de mes amis est le producteur d'une pièce qui se joue dans Greenwich Village. La première est mardi prochain. Aimeriez-vous venir ? Je l'ai lue, je la trouve très bonne, et les acteurs sont excellents.
— Cela me plairait beaucoup, je n'ai jamais assisté à une première.
— Ensuite, il y a une réception, à moins que ça ne fasse trop tard pour vous ?
— Je n'ai pas de couvre-feu !
— Très bien. Moi non plus.
Il lui prit la main, la retint un instant, changeant une simple poignée de main en geste d'amitié.
— Au revoir, Claire, et encore merci de m'avoir laissé venir travailler dans cette merveilleuse pièce.
— J'ai apprécié aussi, l'atelier me semble vide quand vous n'êtes pas là.
Il s'arrêta sur le seuil.
— Merci de me dire ça.
Après son départ, Claire resta un long moment assise sur son tabouret, les yeux dans le vague. Elle était bien, ici, et n'avait nulle envie de bouger.
— Vous n'allez pas être en retard ? demanda Hannah de la porte. Ou bien avez-vous changé d'avis ?
— Si, si, j'y vais. C'est seulement que je n'arrive pas à me décider à bouger.
Hannah entra et s'assit dans un des fauteuils.
— Emma est partie il y a une demi-heure. Elle m'a demandé de vous prévenir qu'elle rentrerait tard.
— Elle rentre toujours tard.
— Au moins, elle rentre. Sauf cette seule fois...
— Elle a promis de ne pas recommencer. Je ne crois pas que ça lui ait plu. Qu'est-il arrivé le jour de Thanksgiving, à votre avis, pour la rendre si différente ? Si je le savais, je recommencerais.
— Je pense qu'elle a ressenti la fête comme une escapade loin de ses soucis. C'est un premier pas. Mainte-

nant qu'elle a eu cet instant de répit, elle va en vouloir d'autres et s'arranger pour les obtenir.

— En parlant d'escapades..., je dîne avec Alex demain soir.

— Bonne idée ! Il vous a fallu du temps pour y arriver !

— Vous trouvez ? Nous ne nous connaissons que depuis quelques semaines.

— Et avec Quentin ? Ça continue toujours ?

— Plus ou moins...

Claire se leva et se mit à errer dans l'atelier, effleurant distraitement du doigt les petites sculptures d'animaux disposées çà et là sur des meubles. Elle savait très bien qu'elle était en train de reculer le moment de se changer pour aller rejoindre Quentin.

— Vous savez, ma chère, reprit Hannah, vous devriez quand même le connaître, maintenant. Ou du moins savoir exactement ce qu'il veut de vous et ce que vous attendez de lui.

— Ce qu'il veut ? Une compagne décorative, une hôtesse compétente, une personne intelligente et cultivée pour discuter affaires, politique ou art, une partenaire sexuelle enthousiaste, une employée fidèle et dévouée, une femme peu intéressée par la chasse au mari.

— Et vous êtes tout ça...

— Apparemment.

— Et vous, qu'attendez-vous de lui ?

— Je ne sais plus trop... Au début, je voulais pénétrer dans son univers, rencontrer des gens différents, découvrir d'autres modes de vie, de nouvelles façons de penser. Je ne savais pas vivre cette sorte d'existence. Il me l'a appris.

— Et maintenant ?

— Maintenant, j'ai fait l'expérience de tout ça, et c'est très agréable, mais c'est une vie creuse, en fin de compte.

Hannah rit.

— Ça, je le sais ! J'ai rompu une fois avec un homme parce que son seul but dans la vie était de faire de son entreprise la plus importante de la ville, de devenir un notable. Il était riche, séduisant, connaissait les meilleurs restaurants et savait quelles boîtes de nuit disposaient de petits salons particuliers à l'étage. Mais son cœur était vide de toute poésie et son âme de toute musique, et je le lui ai dit... Je crois que, maintenant, vous êtes prête pour un peu de poésie et de musique.

— Hannah... Combien de vos histoires sont vraies ?

— Voyons, Claire ! (Hannah secoua la tête.) Pourquoi douter de moi ? C'est plus facile que de rompre avec Quentin ?

— Bien sûr que non...

Mais, en y réfléchissant, elle se demandait pourquoi elle avait mentionné à ce moment précis ses doutes sur les paraboles de Hannah.

« Elle ne se trompe peut-être pas... Je lui en veux de m'avoir donné une très bonne raison de rompre avec Quentin parce que j'ai peur des ruptures. Je suis avec lui depuis six mois, il peut éveiller mon désir quand il veut, mais c'est l'effet aphrodisiaque du pouvoir et du plaisir flatteur de partager sa célébrité. »

— C'est une vie très facile, finit-elle par répondre.

— La trouveriez-vous difficile sans lui ?

— Vous voulez dire... Est-ce qu'il me manquerait ? Je ne sais pas... Pas tellement, je crois. Mais ça ne signifie pas que je sois prête à me passer de son charme séducteur. (Elle s'assit sur l'accoudoir du fauteuil de Hannah.) Se trouver de l'autre côté de la barricade, ça monte à la tête.

Hannah soupira.

— Je vais vous dire ce que je pense de Quentin Eiger. Je suis sûre qu'il joue un rôle essentiel dans le bon fonctionnement de notre économie, et nous devons être reconnaissants de l'existence d'hommes comme lui. Sans tous ces hommes d'affaires pressés de gagner des millions, les magasins seraient moins bien approvisionnés, nous n'aurions pas tant de voitures ni d'avions pour nous transporter si facilement d'un bout à l'autre du pays, et nos importations seraient moins bien organisées. Je leur accorde cette fonction essentielle. Mais il y a si peu de joie en Quentin !

Claire resta immobile, les yeux fixés sur les vitres obscures et la neige sur le rebord de la fenêtre.

Il y a si peu de joie en Quentin... Exact, il n'y en a jamais eu. Pendant tous ces mois, il s'était montré déterminé, agressif, dominateur, sûr de lui et adroit, mais tout ce qu'il faisait, même en amour, manquait de spontanéité. Il ne s'abandonnait jamais. Toute son énergie profonde, toute sa passion était tendue vers un seul but : réussir dans son domaine et agrandir sa sphère d'influence. Tous savaient, elle y compris, que Quentin était plus intéressé par ses résultats et par le futur se profilant à l'horizon que par le cénacle dont il s'entourait négligemment.

Il savait quelles boîtes de nuit disposaient de petits salons particuliers à l'étage. Oui, Quentin savait les secrets du monde et comment les utiliser à son profit. Il était excitant, fascinant et bon amant. Mais il n'y avait aucune joie en lui.

— Merci, Hannah, dit Claire en se levant. Vous avez le don pour relativiser et clarifier. (Elle se pencha vers elle et lui embrassa la joue.) Vous êtes merveilleuse ! Je vais me changer, nous sommes censés aller dîner quelque part.

— Censés seulement ?

— Je ne crois pas qu'on le fasse. Je serai sans doute très vite de retour. En fait, si vous vous préparez à manger, gardez-m'en un peu !

Par ce triste après-midi de la mi-décembre, les laboratoires Eiger étaient sombres et silencieux. Ici et là, une lumière brillait dans un bureau ou un labo, et, à l'intérieur, on entendait quelques signes de vie : un cliquetis de touches d'ordinateur, le bruit de l'eau coulant d'un robinet, un tintement de tasse... Gina entra par la porte latérale, toujours ouverte dans la journée, car les autres étaient fermées à clef durant le week-end. Elle longea le corridor obscur jusqu'au laboratoire où s'effectuaient les essais. Il était vide. Les longues tables et les bureaux ouvrant sur l'un des côtés étaient noirs et silencieux, comme si les occupants avaient pris la fuite. Ou bien étaient morts, pensa Gina, influencée par le silence lugubre.

Elle se secoua. Elle était ici pour trouver... Quoi donc ? C'était sa dernière occasion de jeter un coup d'œil, puisqu'elle quittait l'entreprise. On rangeait toujours les rapports de tests dans le même fichier, mais il pouvait y en avoir une copie ailleurs.

« Si je falsifiais un document, garderais-je l'original ? Bien sûr que non. Pourtant, pour une raison qui m'échappe, les faussaires hésitent à se débarrasser de cette pièce à conviction. Même les cadres de Ford ou de General Motors, même le Président des Etats-Unis. Ils ont tout gardé, y compris les écrits ou les bandes les plus propres à les incriminer. Ça vaut la peine de chercher un peu. »

Elle entendit des pas et s'immobilisa jusqu'à ce qu'ils eussent disparu.

« J'ai intérêt à ne pas traîner ! »

Eclairée seulement par la faible lueur émanant du couloir, elle alla jusqu'au fichier d'où Kurt avait sorti les rapports pour les lui montrer. Sa torche éclaira l'intérieur du tiroir du haut : les rapports étaient toujours là. Sans les sortir, elle feuilleta les dossiers, consacrés chacun à un produit de la ligne PK-20, mais ne trouva pas celui de la crème *Eye Restorative Cream*. Elle ouvrit les tiroirs suivants, puis les deux du bas, et parcourut les rapports d'autres produits, des documentations diverses, des comptes rendus d'interviews, des résultats d'analyses. Rien sur le PK-20.

« Ils ont détruit les originaux, ou bien Emma a mal lu les mémos. Il n'y a pas de problème, il n'y en a jamais eu. »

Elle s'assit sur les talons, sa torche sur le sol à côté d'elle. Si les originaux des rapports modifiés avaient été gardés, ils pouvaient se trouver dans n'importe quel fichier de la pièce ou de n'importe quel bureau. Il faudrait des heures, des jours, même, pour les vérifier tous.

« Bon… S'ils sont introuvables, je n'y peux rien, je ne vois pas ce que je pourrais faire d'autre. Emma ne semblait pas si sûre de ce qu'elle avait lu dans ces mémos… »

Les mémos ! Gina leva la tête et regarda le bureau d'angle, tout au fond du labo, celui de Kurt.

« C'est lui, le responsable des tests, les mémos émanaient forcément de lui. Et il va quitter l'entreprise, lui aussi, soi-disant pour un travail plus intéressant, bien qu'il ne veuille pas dire lequel. S'est-il donné la peine de vider son disque dur ? Je parie que non, il pense à l'avenir, pas au passé. Je parie que les mémos sont encore dessus ! »

Une bouffée d'enthousiasme flamba en elle, comme au labo, lorsqu'elle pressentait qu'une expérience allait marcher, ou comme la première fois qu'elle avait monté l'un des chevaux de Roz, ou comme quand elle pensait à Roz.

Elle dirigea le faisceau de sa torche vers le sol et longea le côté de la pièce jusqu'au bureau de Kurt. Elle éteignit la torche. La dernière clarté d'un après-midi très couvert pénétrait à peine dans la pièce, mais assez pour que Gina puisse distinguer les touches de l'ordinateur. Elle n'avait pas besoin de plus.

Elle descendit les stores des fenêtres, alluma l'ordinateur, cliqua pour obtenir la liste des dossiers sur le disque dur. Il y avait plus de cent documents concernant le PK-20, et chacun était sauvegardé sous un nom de code.

PK-20, pré-tests.

Elle appuya sur une touche et un document apparut : le détail, mis au point deux ans plus tôt, des protocoles d'application des tests auxquels devaient être soumis tous les produits de la ligne. Au bout de quelques minutes, elle avait trouvé le dernier projet, datant de trois mois. Elle soupira : quatre-vingt-dix-huit dossiers à vérifier ! Mais elle découvrit vite ceux qu'elle n'aurait pas besoin d'ouvrir : le code des mémos de Kurt se composait simplement de la date du test, suivie d'un numéro d'identification dans le projet final. Ceux dont parlait Emma avaient dû être écrits en octobre, date à laquelle elle les avait vus dans le bureau de Brix, ou en septembre. Elle chercha les mois 9 et 10, suivis d'un numéro d'identification élevé et les fit apparaître sur l'écran.

Kurt Green
A Quentin Eiger

Objet : Tests sur la « Crème de jour », la « Crème de nuit » et la crème « Eye Restorative Cream ».

Suite à notre entretien avec Hale Yaeger, nous avons décidé d'inclure des femmes noires dans la population sur laquelle sont pratiqués les tests de ces produits.

Nous nous sommes arrêtés au chiffre de deux cent cin-

quante sujets dans des villes du nord du pays, et cent cinquante dans les villes du Sud.

Les résultats devraient être disponibles à peu près au même moment que...

Gina referma ce document et en ouvrit un autre.

Les premiers tests sur la crème désincrustante révèlent une contamination bénigne, due vraisemblablement aux instruments utilisés.

Des tests postérieurs avec un matériel différent ont été négatifs.

Il semble nécessaire de remplacer le matériel du premier banc d'essai.

Le coût se montera à 175 000 dollars, et je ne saurais trop recommander de...

— Flûte !

Elle sortit un troisième document.

Le fond de teint A a la faveur de 65 % des personnes interrogées.

Le fond de teint B, de 15 %.

25 % n'ont apprécié ni l'un ni l'autre.

Une solution à envisager serait de privilégier la transparence plutôt que la couleur. Les femmes préfèrent que leurs produits aient l'air immaculé.

— Qu'est-ce qu'il connaît aux préférences des femmes, celui-là ? grommela Gina en sortant un autre document, puis un autre encore.

Rien en octobre, rien en septembre. Elle remonta à août, toujours rien.

« C'est ridicule, ça ne peut pas dater de si loin ! »

Elle essaya pourtant un document daté de juillet.

Kurt Green
A Quentin Eiger *Le 21 juillet*

Objet : Tests de sensibilité au PK-20
(Test n° 2)

Les derniers résultats des tests effectués sur le PK-20

confirment une incidence de 4 % à 5 % de réactions cutanées allergiques.

Signes cliniques montrés par les sujets testés :

— sensation de brûlure

— démangeaisons

— rougeurs

— éruptions acnéiques

— dermatoses de contact.

De plus, 1 % des sujets ayant appliqué la crème « Eye Restorative Cream » ont souffert d'une conjonctivite d'origine acnéique. Celle-ci a entraîné chez l'un des sujets des complications oculaires menant à une perte de vision de l'un des yeux.

Remarque : nous sommes en mesure de prouver que le mode d'emploi...

Gina le lut en entier, puis le relut. Exactement ce que lui avait dit Emma. Et ils savaient déjà ça au mois de juillet. Mais où étaient ces mots latins dont elle avait parlé ? Ah oui, elle avait mentionné deux mémos, il y en avait un autre...

Elle brancha l'imprimante et fit deux sorties du mémo, puis retourna à l'ordinateur et continua à chercher dans les dossiers de Kurt jusqu'à ce qu'elle arrive à un mémo daté de mars.

Kurt Green

A Quentin Eiger *Le 30 mars*

Objet : Tests de sensibilité au PK-20 (pré-rapport)

Comme suite à notre conversation téléphonique, vous trouverez ici le résumé des derniers résultats des tests de la crème « Eye Restorative Cream » sur des sujets humains.

— 4 % des sujets ont montré une réaction allergique.

— Quelques-uns ont développé une conjonctivite, peut-être causée par la présence de la bactérie Pseudomonas aeruginosa, *ou par une réaction allergique à l'un des composants du produit. Dans les deux cas, il est à redouter que la cornée ne soit endommagée.*

— Bien entendu, il est, comme vous nous l'avez fait remarquer, impossible d'être pour le moment certain que

la réaction observée n'a pas été provoquée par un agent extérieur au PK-20.

— Des tests ultérieurs, qui débutent demain, nous permettront de déterminer avec plus de précision la cause de ces réactions allergiques.

Elle l'imprima, chercha dans les tiroirs une boîte de disquettes vides et fit une copie des deux mémos. Juste au cas où quelqu'un penserait soudain à les effacer du disque dur.

Elle mit la disquette et les deux sorties dans son sac, éteignit l'ordinateur. La pièce fut plongée dans l'obscurité. A 17 h 30, il faisait déjà bien nuit dehors. Elle commençait à ne plus être trop rassurée. Elle mit à tâtons la housse sur l'ordinateur et effleura les touches pour vérifier qu'aucune d'elles n'était restée enfoncée, puis quitta la pièce. Et la pensée la frappa alors que ces mémos constituaient une preuve définitive : le rapport final, qu'elle avait eu en main, était un faux. Il y avait une chance pour que les originaux soient encore quelque part dans les dossiers du labo d'essais. Et une bonne chance pour que les codes des mémos soient aussi ceux des rapports.

« Ça ne prendra que quelques minutes, murmura-t-elle pour s'encourager, je ne peux pas partir sans essayer. »

Abritant de la main le faisceau de sa lampe, elle s'approcha des fichiers. Trois d'entre eux étaient rangés par mois, avec un tiroir pour chaque mois. Elle feuilleta les dossiers de mars et, tout au fond, en trouva un portant les mêmes numéros que les mémos. A l'intérieur, elle découvrit les rapports des tests sur la crème *Eye Restorative Cream* PK-20. Ce n'étaient pas ceux que Kurt avait sortis du fichier pour les lui montrer. Et ceux-ci faisaient état d'un cas de perte de vision chez l'un des sujets. Ils énuméraient conjonctivite, sensation de brûlure, démangeaisons, rougeurs, éruptions acnéiques, dermatoses de contact. C'étaient bel et bien les rapports que Kurt avait résumés dans son mémo à Brix. Pour un peu, Gina aurait poussé des cris de triomphe.

« Ils les ont gardés, ces imbéciles, ils ont gardé les originaux ! Ils les ont rangés dans un dossier et n'y ont plus pensé. Inutile d'en faire des copies, je vais juste les prendre. »

Elle glissa les rapports dans son sac, avec les copies des mémos et la disquette, éteignit sa torche et sortit du labo. En s'approchant de la porte, elle pouvait distinguer des tables et des paillasses dans la pâle lumière venue du couloir, et elle accéléra le pas. Lorsqu'elle arriva au bout de la pièce, elle entendit une voix lointaine souhaiter le bonsoir à quelqu'un, et une porte claqua. Elle tourna à droite pour entrer dans son labo, se dirigea vers sa paillasse, y prit un carton à demi rempli de ce qu'elle voulait emporter le lundi, après le pot d'adieux offert par ses collègues, y jeta des livres, un pot de fleurs vide, une boîte de crayons et de stylos. Ainsi, si elle rencontrait quelqu'un, elle disposait d'une raison pour justifier sa présence en ces lieux.

Mais elle ne vit personne. Elle sortit par la porte latérale et rejoignit le parking. Des projecteurs éclairaient les rares voitures garées, et elle se dirigea vers la sienne.

— Gina ! Gina ! Eh, Gina !

Elle se retourna en se demandant si elle avait l'air coupable, et aperçut Emma, assise dans sa voiture et penchée à sa portière.

— Qu'est-ce que tu fais ici ?

— J'attends Brix. Nous allons à une soirée. Et toi ?

« Ainsi il était là, à côté, tout le temps que j'explorais le laboratoire d'essais. J'étais presque en train de cambrioler, à quelques portes de lui ! »

— Je déménage, tu vois bien.

Puis elle se dit qu'il était absurde de mentir.

— Enfin, pas vraiment, je suis venue pour autre chose, en fait. (Elle hésita.) Ecoute, as-tu une minute ? Quand est-ce que Brix doit faire son entrée en scène ?

— Pas avant dix minutes, je suis en avance. Viens me tenir compagnie !

Emma avait laissé tourner le moteur, et le chauffage du véhicule était en marche. Quand Gina s'assit à côté d'elle sur le siège du passager, elle remonta la fenêtre.

— Tu as trouvé quelque chose sur les mémos ? Oui ou non ? insista-t-elle en voyant Gina hésiter.

— J'ai fait mouche. Les mémos que tu as vus étaient dans l'ordinateur de Kurt. J'ai tiré des sorties, et je les ai aussi sur disquette. Ils sont exactement tels que tu les as décrits.

— Oh ! (Emma poussa un long soupir.) C'est terrible, non ? Je savais bien que je n'avais pas rêvé, mais maintenant...

— Non, ils sont bien réels. J'ai aussi trouvé l'original du rapport sur les tests. J'ai tout. Maintenant, nous sommes obligées d'agir.

Emma écarquilla les yeux.

— Et comment ?

— En prévenant la FDA. Nous n'avons pas d'autre choix. Ils ne peuvent rien tant qu'un produit n'est pas envoyé dans un autre Etat, mais, s'ils avertissaient Quentin qu'ils ont en main des preuves suffisantes pour saisir la marchandise dès son expédition, il annulerait le lancement. Et puis il y a le procureur... Il surveille de près les nouveaux produits apparaissant sur le marché, du moins dans le Connecticut, alors, je parie qu'il appellerait lui aussi Quentin pour le prévenir qu'il détient assez d'éléments pour lui interdire de mettre le PK-20 en vente dans l'Etat.

— Oh non, Gina ! Tu ne peux pas faire ça ! Quentin va s'en prendre à Brix, il l'en rendra responsable, tu ne peux pas faire ça !

— Mais comment es-tu si certaine que Brix n'est pas de mèche avec son père ? Je sais que tu l'aimes, mais essaie de faire un instant abstraction de tes tendres sentiments. Il y a une manigance quelque part, ces rapports ont bel et bien été falsifiés. Si Brix est si proche de son père, qui te dit qu'il ne trempe pas dans cette affaire ?

— Pas lui ! Je le connais ! Il ne commettrait jamais une action de ce genre !

— Je ne vois pas comment tu peux en être si certaine. Mais, quoi qu'il en soit, il est majeur et vacciné, il peut se débrouiller. A ta place, je ne m'en ferais pas pour lui. Par contre, tu devrais t'en faire pour...

— Bien sûr que si, je m'en fais pour lui ! C'est plus fort que moi !

— Je n'y peux rien... Mais ce qui devrait t'inquiéter, c'est ce qui se passera s'il découvre que tu as vu ces mémos. Tant qu'il l'ignore, rien de tout cela ne te concerne et c'est très bien comme ça. Il ne doit surtout pas se douter que tu es mêlée à ça. Parce que je suis obligée d'agir, Emma, c'est une responsabilité morale, et il n'est pas question de m'y soustraire.

Gina qui, craignant que Brix ne la trouve ici, n'avait cessé de surveiller la porte du bâtiment, ouvrit la portière et continua :

— Tu sais, dans ma tête, je vois toute la ligne PK-20 dans les somptueux emballages de Claire, empilés dans un entrepôt des laboratoires Eiger. Tous ces pots, ces tubes, ces flacons dans leurs élégantes petites boîtes s'entassant, de plus en plus haut, en énormes pyramides. Avec tout le personnel, depuis Quentin jusqu'au dernier des magasiniers, attendant mars pour les envoyer dans tout le pays, comme une armée d'envahisseurs. Et ce produit est dangereux, c'est un poison potentiel pour un certain nombre de personnes. Si je faisais comme si de rien n'était, je serais coupable, au même titre que celui qui a falsifié les résultats des tests, et celui qui en a donné l'ordre, et tous ceux qui sont au courant.

— Gina, écoute, il ne va rien se passer avant mars, tu viens de le dire ! Alors tu peux bien attendre encore quelques jours. Brix m'a dit qu'il y avait eu des tas de nouveaux tests, que les résultats étaient arrivés et que tout allait bien. Peut-être tous ces vieux documents sont-ils...

— Emma, il n'y a pas eu de nouveaux tests. Tu oublies que je travaille au labo, je le saurais. Personne n'a jamais parlé d'effectuer de nouveaux tests sur le PK-20. Et j'ai lu ces deux mémos, moi aussi.

— Tu as lu tous les rapports de tests ? Tu as eu les mémos et les anciens rapports, mais les nouveaux ?

— Il n'y a pas de nouveaux rapports.

— Brix m'a assuré que si. Tu ne peux pas être certaine qu'ils n'en ont pas fait.

— Je le suis à 99,99 pour 100.

— Ce n'est pas juste, Gina, Brix me l'a vraiment dit ! Et, en admettant qu'ils n'aient pas fait de nouveaux tests, ils ont peut-être reculé la date de lancement sans que tu le saches. Tu pars, tu n'as peut-être pas été très bien informée. Ce n'est pas impossible, non ? Ça ne changera rien si tu attends le temps nécessaire pour être certaine de ce que tu avances. Juste quelques jours, Gina, tu peux bien le faire.

— Je suppose que oui, mais je suis prête à parier que cela ne changera rien.

— Fais-le quand même, s'il te plaît, Gina, juste quelques jours, une semaine...

— Pourquoi, que va-t-il se passer en une semaine ?

— Je ne sais pas... On verra bien.

Gina regarda fixement la jeune fille.

— Emma, ne te mêle pas de ça. Ecoute-moi, je ne plaisante pas. Ne t'en mêle pas, c'est compris ? Ne va pas te mettre en tête d'en parler à Brix, ce ne serait pas intelligent du tout.

— Non, bien sûr que non ! Je pense seulement que tu devrais attendre et leur laisser leur chance.

Gina hésita, haussa les épaules.

— D'accord, une semaine, mais n'espère pas de miracle, Emma. Ah, un autre point : je crois que nous devrions avertir ta mère. Il se passe trop de choses qu'elle...

— Non ! (Emma hocha la tête avec véhémence.) Elle en parlerait à Quentin. Tu ne peux pas lui dire, Gina, c'est impossible. Je t'en prie, Gina... Oh, je ne peux pas supporter cette idée ! Ne peux-tu pas juste ne rien faire pendant quelque temps. N'y pense plus pendant quelques semaines, on...

— On a dit une semaine.

— D'accord, une semaine. Mais tu n'en parleras à personne ? Promis ?

— Ta mère devrait être mise au courant, insista Gina.

— Au courant de quoi ? Rien ne va m'arriver, je ne veux pas qu'elle sache cette histoire et je te demande de ne pas lui en parler. Et je veux ta promesse.

— Une semaine, pas plus, répéta Gina à contrecœur.

— Merci.

Emma se pencha pour embrasser Gina sur la joue. Celle-ci posa la main sur le bras de la jeune fille.

— A ton tour de m'écouter ! Tu vas me trouver sotte, mais je te demande instamment de ne pas jouer les héroïnes, Emma. Ne te mêle pas de ça, tu as compris ? L'enjeu est trop important, et personne ne doit savoir que tu as vu ces mémos, même entendu dire quoi que ce soit. Mieux vaut que tu oublies que tu sais certaines choses. Si tu le fais, tu n'as rien à craindre. Tu m'écoutes ?

Emma acquiesça.

— C'est très sérieux, tu sais, Emma, je ne plaisante pas du tout ! C'est d'accord ?

— Mais oui, Gina, je comprends bien.

— Je l'espère !

Elle descendit de la Mercedes, ouvrit la portière arrière, prit son carton.

— On se verra dans un jour ou deux. Embrasse ta mère pour moi.

Emma la regarda partir vers sa voiture et démarrer.

« Mais, Gina, Brix sait déjà que j'ai vu les mémos. Et, quand tu en parleras à la FDA ou au procureur et qu'ils appelleront son père, il m'en rendra responsable. Et il aura raison, tout est ma faute. Il faut donc que je lui en parle avant. Je t'ai menti, Gina, et je ne vois pas ce que j'aurais pu faire d'autre. Je suis obligée de lui en parler, de l'avertir, moi non plus je n'ai pas le choix ! »

— J'ai pensé que nous pourrions prendre d'abord un verre ici, suggéra Claire lorsque Quentin vint la chercher.

Il passa son bras autour d'elle et l'embrassa.

— Tout le monde au labo est prêt à vous décerner des médailles. Vous avez beaucoup de talent, Claire, et vos derniers dessins sont les meilleurs que vous ayez jamais faits. Ils sont déjà en cours de production. Combien vous en reste-t-il à faire ?

— Quatre.

Le baiser de Quentin n'avait pas laissé Claire indifférente, et elle ne voulait pas admettre qu'elle s'était serrée contre lui. Elle se dégagea et l'entraîna vers la bibliothèque.

— Mais il y en a deux dont je suis presque sûre, continua-t-elle. Il me faut une semaine, au plus.

— Vous avez battu le record !

Il la fit asseoir sur le canapé et prit le numéro de décembre de *Vogue*. Il s'ouvrit à la page de l'annonce publicitaire pour la ligne PK-20. La beauté lumineuse d'Emma remplissait presque la page, comme un rêve entraperçu à travers la brume, au-dessus d'une photographie en couleurs d'un des emballages ambrés conçus par Claire et de phrases en caractères gras :

Une révolution dans la lutte contre l'âge. Sortie en mars. Réservez dès aujourd'hui chez votre spécialiste votre coffret de soins complets.

— Les réactions sont enthousiastes, nous sommes très contents d'Emma. De vous deux, nos deux dames Goddard.

Claire fronça les sourcils, mais Quentin, qui regardait le journal, ne le remarqua pas. Elle lui apporta un scotch et mit son verre de vin sur la table basse entre eux.

— Quentin, je ne dîne pas avec vous ce soir.

Il plissa les yeux, la regarda.

— Vous n'êtes pas bien ? On ne le dirait pas... Mais si, allons dîner. Si vous êtes vraiment un peu fatiguée, nous irons dans un endroit tranquille. Et venez près de moi. Pourquoi êtes-vous assise si loin ?

Les mains de Claire tremblaient.

« Il faut que je me reprenne. Une rupture, cela arrive tous les jours. Il n'y a pas de quoi avoir peur ! »

— Je ne veux plus que nous continuions à nous voir, dit-elle brusquement.

Elle croisa son regard soudain durci, reconnut l'expression aiguë et calculatrice qu'il avait toujours en rencontrant l'inattendu, et contracta les doigts, s'obligeant à parler posément.

— Nous avons passé l'un avec l'autre d'excellents moments, et je vous dois beaucoup, mais je ne veux plus continuer.

— Et pourquoi ?

— Parce que je pense que nous avons fait assez de chemin ensemble. Après un certain temps, les gens changent, ils n'éprouvent plus les mêmes sentiments l'un envers l'autre, ils ne se comportent plus de la même façon. Parfois, c'est une amélioration. Pas dans notre cas.

— Je ne comprends rien à ce que vous dites.

— Je sais.

Elle soupira. Comme si souvent lorsqu'elle discutait avec Quentin, le doute s'insinua en elle. Il était toujours si sûr de lui, et sa stature dominait la pièce, la rapetissait, estompait les livres à l'arrière-plan. Même la lumière paraissait moins brillante.

« Rien ne m'empêche de faire marche arrière, je n'ai rien dit d'irrévocable. Je peux m'accrocher à Quentin, à cette vie dorée qu'il me procure. Ce serait bien plus facile... Non, ce ne sera pas plus facile si j'ai l'impression d'être obligée de renoncer à être moi-même pour continuer à lui plaire. »

— Je vais essayer d'expliquer...

Elle parlait à mi-voix, mais, dans le silence de la bibliothèque, les mots prononcés à mi-voix lui parurent clamés à tue-tête. Elle baissa encore la voix et s'adressa aux yeux noirs et vides, aux traits durs, inexpressifs de son interlocuteur.

— Quentin, je ne veux pas mener une vie fondée sur vos valeurs. Ce ne sont pas les miennes. Vous avez vos critères, auxquels vous attendez que je me conforme, et je ne le peux pas.

— Vous voulez dire que vous ne le voulez pas.

— Bien sûr, c'est ce dont nous parlons. Vous érigez des règles, et j'y ai obéi jusqu'alors. En un sens, j'ai été complice, donc, vous avez eu raison de croire être en droit de décider de ma vie à votre gré. Je regrette de vous avoir conduit à penser ainsi. Mais je n'aime pas la tournure que prennent vos diktats, et j'aimerais que nous cessions d'être amants avant de cesser d'être amis.

— Vous avez rencontré quelqu'un d'autre.

— Ô Quentin, vous êtes trop intelligent pour dire ça !

A mesure qu'elle parlait, sa confiance en elle lui revenait. L'inanité des réponses de Quentin renforçait sa conviction, et elle avait presque pitié de lui. Elle était maintenant absolument certaine du bien-fondé de sa décision.

— J'ai effectivement rencontré quelqu'un, mais ce n'est pas à cause de lui. C'est avec vous que je couchais et que j'ai voulu coucher, et c'est vous qui me faites y renoncer. Bien que j'en aie encore envie, je ne le ferai plus, parce que tout ce qu'il y a d'autre entre nous repose sur un malentendu.

— Si vous en avez encore envie, rien d'autre ne compte. Et il n'y a entre nous aucun malentendu. Quelqu'un vous a persuadée de rompre avec moi.

— Personne, répondit-elle froidement. Avez-vous si peu d'estime à mon égard pour penser que je quitterais, sur les conseils d'un tiers, un homme avec qui je désire rester ?

— Vous êtes une personne très influençable, Claire, que les suggestions viennent de moi, de personnes à qui je vous ai présentée, de qui que ce soit. Tout ce que vous êtes aujourd'hui, vous l'avez appris de moi, et les femmes...

— Et de qui venaient mes idées de design, d'après vous ?

— Votre design semble venir de vous, effectivement. J'ai fait faire des recherches pour vérifier que vous n'utilisiez pas des documents protégés, et il semble que vous ayez innové dans ce domaine. J'ai beaucoup d'admiration pour votre talent et vous le savez, je ne me suis pas montré avare de louanges. C'est pourquoi je vous ai laissée dessiner le conditionnement de toute la ligne.

— Vous avez fait faire des recherches ! J'aurais pu vous dire que vous perdiez votre temps.

— A quoi bon vous le demander ? Vous m'auriez répondu que vos dessins n'étaient copiés nulle part, qu'auriez-vous pu répondre d'autre ? J'avais besoin d'un jugement extérieur, et je paie du personnel pour accomplir ce travail. Vous êtes excellente dans votre domaine, Claire, combien de fois voulez-vous m'entendre le répéter ? Mais dans tous les autres domaines, vous préférez suivre plutôt que mener. Vous prêtez aux autres une oreille complaisante, vous êtes trop facilement accessible, vous devriez rester davantage sur votre quant-à-soi. Je croyais vous avoir fait comprendre l'utilité d'une telle attitude. Mais, lorsque je vous donne un conseil, vous vous raidissez et vous refusez de le suivre, parce que vous êtes encore crispée vis-à-vis de l'argent et de ce qu'il peut faire.

— C'est absurde ! J'ai passé de très bons moments grâce à ma fortune, j'adore être riche. Et je refuse de considérer le fait d'écouter les autres comme un signe de faiblesse. J'aime savoir qui sont les autres, comment ils vivent, comment ils s'entendent. Vous êtes donc si certain que vous n'avez plus rien à apprendre, pour vous boucher les oreilles devant les idées des autres ?

J'ai beaucoup aimé écouter vos amis et dépenser de l'argent en leur compagnie.

Elle regarda le visage impassible de Quentin. Ecoutait-il vraiment ce qu'elle lui disait ?

— Il y a certains de vos amis que je n'aime pas, continua-t-elle. Il y a des gens riches que je n'aime pas, et beaucoup d'entre eux s'achètent un rang, une importance, accumulent les possessions, et pensent à aider les autres seulement quand ils ont satisfait tous leurs caprices. Cette attitude ne me plaît pas, mais cela ne signifie pas que je sois crispée vis-à-vis de l'argent. En fait, être riche m'amuse bien, c'est la différence entre nous. Vous ne vous amusez pas, Quentin. Votre vie n'est pas gaie, tout ce que vous faites est si... solennel. Comme si vous suiviez à la lettre la description du profil exigé par un employeur, amant, hôte, P.-D.G., *deus ex machina*...

— Qu'est-ce que ça veut dire, ça, bon Dieu ?

— Eh bien, c'est votre façon de fonctionner. Vous tenez à être celui qui tire les ficelles. Vous érigez des règles et, dans ce cadre, vous déplacez les gens et tentez de faire entrer les événements. J'ai l'impression d'être une petite maison du jeu de Monopoly. Dans votre univers, tout est calculé, pesé et mesuré. Il n'y a pas de place pour la spontanéité, ou pour essayer de voir le monde à travers mes yeux. On appelle cela de la sensibilité, et, quand nous nous sommes rencontrés, je vous ai cru sensible. Mais vous ne l'êtes pas le moins du monde. Vous avez vos principes, vos attentes, vos règles. Je n'ai aucune influence sur ces dernières, que vous avez érigées pour vous-même et pour les autres, mais je suis maîtresse de ma propre vie, et je veux rompre une liaison que je sais n'être pas bonne pour moi. C'est ce que je suis en train de faire.

Elle se leva. Ni l'un ni l'autre n'avait touché à son verre : ils n'avaient plus rien à partager, pas même un dernier verre. Elle regarda le séduisant visage brun, barré pour l'instant d'un pli soucieux entre les sourcils.

« Il se remettra vite, il ne sera pas long à m'oublier. »

— Je suis désolée, ajouta-t-elle, je ne voulais pas que nous nous fâchions, je ne suis pas en colère. Je ne suis pas triste non plus, et c'est peut-être une des raisons pour lesquelles je ne veux plus qu'on se voie. Nous venons de parler de ce qu'il y avait entre nous, et pas une seule fois nous n'avons élevé la voix ou montré la moindre passion.

Quentin ricana.

— Vous voulez de la passion, de la tragédie, de la poésie, peut-être ?

— Cela existe à mes yeux. Mais j'étais sincère en vous disant que je vous étais reconnaissante de ce que vous m'avez apporté, et en souhaitant que nous restions amis. Je l'espère de tout mon cœur, je veux seulement que nous cessions d'être amants.

— Vous avez assez insisté sur ce point pour que je comprenne. (Il se leva, se dirigea vers la porte.) Et les derniers dessins ?

— Oh, pour l'amour du ciel, bien sûr que vous les aurez, Quentin ! Je ne vois vraiment pas pourquoi vous posez cette question. Je vous les ferai parvenir dans quelques jours.

— Très bien. Vous savez, Claire, il y eut un temps où j'aurais protesté, tenté de vous convaincre. Mais tous ces enfantillages sur la joie, et la spontanéité, et... Quoi d'autre ?... Ah oui, la sensibilité... Vous déplorez que la vie ne soit pas un conte de fées, mais ce n'est pas ainsi que les hommes et les femmes vivent ensemble. J'avais des espérances pour vous, comme vous en aviez pour moi. Nous cherchons tous l'être qui réponde à tous nos vœux, et, quand nous en trouvons un qui semble le faire, nous sautons dessus avant qu'il ne disparaisse. Je pensais avoir trouvé en vous cet être. Je me trompais. Vous regretterez votre décision, vous savez ! Et je ne donne jamais de seconde chance.

Il tourna les talons et sortit.

Claire entendit la porte d'entrée s'ouvrir et se refermer. Elle resta immobile, écoutant le silence. La bibliothèque avait l'air vide, maintenant, comme si un cyclone en avait balayé le contenu. Pendant un instant, son corps eut le souvenir du corps de Quentin contre lui, solide, dense, un rempart contre l'inattendu ou l'incertain. Quentin jouait le même rôle que l'argent : il assurait protection et sécurité.

« J'ai perdu Quentin, mais il me reste l'argent. Je n'ai pas besoin d'autre protecteur. »

Dans le silence feutré de la bibliothèque, elle eut un bref instant de regret, qui s'estompa aussitôt. Elle regarda la pièce, et celle-ci redevint familière, amicale. Elle reprit sa taille normale, les livres aux reliures dorées se remirent à chatoyer faiblement, le mobilier retrouva ses dimensions, les lumières redevinrent brillantes. Claire, debout au milieu du tapis, se sentit de nouveau chez elle.

« Il me manquera. Il emplissait un tel espace dans ma vie. Mais je suis contente qu'il en soit sorti ! » se dit-elle.

14

— Où est maman ? demanda Emma en descendant pour le petit déjeuner, elle n'est quand même pas...

— Mais non, lui répondit Hannah, elle a dîné avec Alex et quand elle est rentrée...

— Elle a dîné avec Alex ?

— Oui, et elle a passé un excellent moment, mais elle avait hâte de rentrer pour se remettre au travail. Elle est allée droit à son atelier et a travaillé quelques heures, puis nous avons bavardé en prenant le thé. Toi, par contre, tu es rentrée fort tard.

— Oui. Brix aime se coucher tard. Où est-elle ?

— Elle est partie livrer ses derniers dessins aux laboratoires Eiger. Elle a tout bouclé hier soir, je n'ai jamais vu quelqu'un travailler avec autant d'acharnement pour terminer une commande et ne plus avoir à y penser.

Hannah posa devant Emma un bol de céréales, le saupoudra de cannelle et de sucre, versa le lait.

— Mange ça. Sans discuter, je te prie ! Elle en a aussi terminé avec son patron.

Emma la regarda avec stupeur.

— Quoi ! Elle a rompu avec Quentin ?

— Exactement. Avant-hier soir... Emma, tu devrais être au lit.

— Pourquoi ?

Hannah s'assit en face d'elle.

— Tu t'es regardée, ce matin ? Tu as les yeux rouges et gonflés, les mains tremblantes, et tu es pâle comme une morte. Tu es épuisée, ou bien tu couves un rhume, ou une grippe. Ta place est au lit, je te monterai ce qu'il te faut. Pourquoi n'y retournes-tu pas ?

— Je suis juste un peu fatiguée. D'ailleurs, j'ai des tas de choses à faire aujourd'hui.

— Que peux-tu avoir à faire de si urgent ? Tu n'as pas de prises de vue.

— Et les achats de Noël ? Je ne m'en suis pas encore occupée.

— Tu les feras demain, il reste encore quelques jours.

Emma, sans y toucher, regardait d'un air obstiné son bol de céréales.

— Maman a vraiment rompu avec Quentin ? Pour de bon ?

— Bien sûr, pour de bon. Tu ne crois pas que c'est le genre de démarche qu'on a envie de rééditer ?

Elle regarda Emma, qui avait les yeux fixés sur ses céréales.

— Je sais, les céréales ne sont pas le plus appétissant des mets quand on n'a pas le moral. Je te promets un plat plus exotique au déjeuner. Une pizza.

Emma secoua la tête mais sourit.

— Je n'ai pas très faim, je n'y peux rien.

— Je suis passée par là, moi aussi... Ne rien pouvoir manger. Juste après avoir perdu ma fille. Tout était devenu un tel effort.

— Vous ne nous avez jamais dit comment elle était morte.

— Ce n'est pas facile d'en parler, tu sais. Elle s'appelait Ariel. Je te l'ai déjà dit ?

— Oui. C'est un si joli nom !

— Elle était jolie aussi, très jolie. Avec des cheveux roux un peu comme les tiens, et des yeux bruns ourlés de cils immenses, et un adorable sourire. Nous vivions avec ma mère dans une petite ville de Pennsylvanie, je te l'ai déjà raconté. Ma mère et moi étions arrivées à nous acheter une petite maison, avec juste assez de place pour nous trois. Nous partagions une chambre, Ariel avait l'autre, qui donnait à l'est, et c'était un rayon de soleil qui la réveillait chaque matin. Elle était toujours de bonne humeur en se réveillant, elle me sautait au cou et me disait combien elle m'aimait. Elle m'aimait plus que tout, disait-elle, plus que tout. Les gens ont beau s'accrocher à des possessions matérielles ou non, comme l'argent ou le pouvoir, ils sont pauvres en comparaison de ce que nous avions.

Emma avait mangé quelques cuillerées de céréales.

— Et puis ?

— Un jour de décembre, alors qu'elle avait huit ans, ma mère et moi l'avons emmenée à New York voir *Casse-Noisette*. Ariel adorait les ballets. Nous y étions allées en autobus, nous avions trouvé un petit hôtel bon marché et un restaurant modeste, et nous avions assisté à la représentation. Ariel était si enthousiasmée qu'elle ne cessait de répéter : « Comme je suis heureuse ! Comme je suis heureuse ! » Elle nous a dit qu'elle voulait être ballerine et qu'elle danserait elle aussi *Casse-Noisette*, et *La Belle au Bois dormant*. Elle connaissait déjà quelques pas. Elle m'a ordonné de ne pas bouger, a lâché ma main et a fait quelques pas sur le trottoir, une pirouette, un entrechat. Nous riions toutes trois, si heureuses. Puis… tout a été terminé. Comme si un ouragan avait emporté ma fille. Un chauffard qui faisait du quatre-vingt-dix à l'heure dans la 42e Rue a perdu le contrôle de son véhicule, est monté sur le trottoir et a percuté Ariel de plein fouet.

— Oh non ! (Emma se couvrit la visage de ses mains.) Oh non !

Elle voyait la scène si clairement dans sa tête : la voiture qui zigzaguait, le petit corps affaissé… Elle se leva, fit le tour de la table, s'assit à côté de Hannah, lui passa le bras autour des épaules.

— C'est si terrible, Hannah…

— Il y a eu quarante-sept ans ce mois-ci, et cela fait toujours aussi mal. Je l'ai prise dans mes bras, je l'ai embrassée, je l'ai appelée, appelée, mais elle ne pouvait plus m'entendre. Ses yeux étaient grands ouverts, mais elle ne pouvait plus me voir. Je l'ai serrée contre moi pour la réchauffer, comme quand elle était bébé. Elle était couverte de sang, et moi aussi, et je savais que ses os étaient brisés, je l'ai senti quand je l'ai prise contre moi. Plus tard, les docteurs ont dit que la mort avait été instantanée. Je crois que ça m'a fait plaisir, elle aurait tant souffert, sinon, tu sais !

Emma pleurait.

— Pauvre petite fille ! Pauvre Hannah ! Ô Hannah, quel terrible malheur !

— Mais, outre mon chagrin, il y avait ma fureur. J'étais absolument, totalement révoltée. Le chauffeur était à peine blessé, juste des coupures au visage, rien de grave. Il était ivre, bien sûr, et n'avait pas de permis de conduire. Mais ce qui me rendait folle, c'était la coïncidence. Si nous avions quitté la salle de spectacle une minute plus tôt, au lieu de rester jusqu'au dernier rappel, si nous avions marché un petit peu plus vite ou plus lentement, si nous nous étions arrêtées une minute devant une vitrine... Une seule minute avant ou après, et Ariel ne serait pas morte. Cette idée me rendait enragée. J'aurais voulu un miracle me permettant de revivre cette soirée avec cette seule petite minute de différence. C'est à cette époque que je ne pouvais plus manger, moi non plus. Je marchais, je tournais en rond, vide, et furieuse, et si désespérée que j'ai cru mourir de douleur. Puis, après un certain temps, je me suis remise à manger, et remise au travail, et j'ai continué à fonctionner. C'est ce qui arrive, tu sais, on se remet de tout, même d'une tragédie. Sauf que, depuis ce jour, il y a dans mon cœur une zone sombre, où la lumière ne pénétrera plus jamais.

Après quelques minutes, Emma cessa de pleurer et se rendit compte qu'elle tenait Hannah dans ses bras, que celle-ci la serrait contre elle et qu'elles se réconfortaient l'une l'autre.

« Comment a-t-elle pu survivre ? Je n'ai jamais eu aucun contact avec la mort, mais perdre ainsi son enfant... Maman serait inconsolable, si je mourais. Elle me pleurerait sans cesse, refuserait de quitter la maison, refuserait toute nourriture, se vêtirait de noir, elle ne voudrait voir personne, sauf Hannah, peut-être, et toutes deux passeraient leurs jours à pleurer, iraient dans ma chambre vide, en feraient le tour en contemplant les bibelots et en se souvenant du temps heureux passé ensemble... »

Emma, imaginant sa maison sans elle, se remit à pleurer. Toutes ces pièces dans lesquelles elle laissait traîner ses affaires, un livre commencé, des chaussures quittées à l'entrée et oubliées au bas de l'escalier, un magazine arrivé pour elle, un chemisier descendu pour y recoudre un bouton... Sa mère trouverait tous ces témoins d'autrefois et ne pourrait en supporter la vue.

Heureusement qu'elle avait su, le jour de la fête de Thanksgiving, lui dire combien elle l'aimait. Autrefois, elle le lui répétait souvent, mais, ces derniers temps, ses sentiments étaient devenus confus. Elle aimait toujours sa mère, mais parfois aussi elle la détestait, elle lui en voulait beaucoup de sa mauvaise opinion de Brix. Et elle jalousait sa détermination, sa clairvoyance. Elle avait souvent envie de se confier à elle, mais, en même temps, elle craignait de le faire car elle avait trop à cacher.

« Mais elle sait que je l'aime. Elle perdrait la raison s'il m'arrivait malheur. Elle ne pourrait pas le supporter, elle en mourrait sans doute, elle aussi, il n'y a pas de plus horrible malheur au monde... C'est bien pis que de douter de l'amour de Brix ou que cette impression de vide en attendant qu'il m'appelle, ou que ce sentiment d'inutilité depuis que les prises de vue sont terminées et que personne n'a besoin de moi pour l'instant. Rien, absolument rien au monde ne peut être plus affreux que la perte d'un enfant. »

Elle resta assise serrée contre Hannah, pensant qu'il lui fallait réfléchir à tout ça, faire un effort pour s'y retrouver un peu, pour se sentir moins perdue, penser à Hannah et à sa petite fille, à sa mère, à Brix, à son travail, essayer de voir un peu plus clair dans sa vie. Elle appuya la tête contre l'épaule de Hannah.

— Je crois que je vais remonter me coucher, je ne me sens pas très bien, c'est vrai. Et, Hannah, vous ne voudriez pas me préparer un peu de bouillon ?

Brix ferma le dernier registre et le posa sur la pile sur un coin de la table. Il se garda bien de s'adosser à son fauteuil tant que son père n'avait pas approuvé l'ensemble de ses décisions.

— Tu vois que nous avons eu beaucoup de commandes de réassortiments. Sans doute est-ce à cause de la publicité pour le PK-20, elle a attiré l'attention sur nos autres produits. Ceux qui se vendent le mieux sont les maquillages et les coffrets « Soins du Corps », ils partent comme des petits pains. J'ignorais que vous aviez demandé à Claire d'en redessiner le conditionnement, c'est une superbe réussite, ils ont vraiment l'air d'être apportés par le Père Noël.

Il attendit une réponse de son père. En vain.

— Quoi qu'il en soit, continua-t-il, nous avons, comme je viens de te le dire, beaucoup de commandes. Mais l'approvisionnement arrive à suivre le rythme, et nous n'avons eu aucun problème d'expédition. Pour cette époque de l'année, le niveau du stock est bon. Quant à la matière première, tu as vu les chiffres, tu sais où nous en sommes. Et nous avons un chargement qui arrive dans quinze jours.

Il se tut. Son rapport était fini, il n'y avait rien à ajouter.

— Et le lancement du PK-20 ? demanda Quentin.

— Pas de retard. Je t'ai donné les chiffres du stock, nous avons rempli nos objectifs, et, maintenant que le conditionnement est en cours de fabrication, nous suivrons notre calendrier, du moins en ce qui concerne les premiers dessins de Claire. Nous sommes largement dans les temps, les envois seront effectués le 10 mars, pas de problème. C'est tout ce que tu voulais savoir ?

— Nous allons interviewer des candidats pour le poste de chef du labo d'essais. J'aimerais que tu sois présent.

Brix se gonfla de vanité.

— Bien sûr ! Avec plaisir !

Quentin posa son stylo. Il n'avait, pendant l'exposé de Brix, pris que quelques notes.

— Je suis très satisfait, tu as fait de l'excellent travail.

Le jeune homme se sentit enfin autorisé à se détendre et remarqua :

— Kurt dit que les techniciens de labo et les chimistes ont demandé à voir les résultats des tests du PK-20.

— C'est normal, ça ? demanda Quentin, le regard soudain aigu.

— Oh ! (Brix se raidit de nouveau.) Je ne le lui ai pas demandé. Je pense que oui, il n'avait pas l'air surpris.

— Tu ne le lui as pas demandé ! grommela Quentin. Il y a eu des commentaires ?

— Kurt a dit qu'ils les ont tous trouvés excellents. Les chiffres les ont ravis. Je m'y attendais, d'ailleurs.

— Et pourquoi ça ?

— Je savais que les chiffres étaient convaincants, je les ai plus ou moins copiés sur ceux de la gamme *Narcisse* que tu as reprise la première année du rachat. J'ai changé un ou deux pourcentages, mais dans l'ensemble, ce sont les mêmes, j'ai pensé que s'ils avaient marché une fois, ils marcheraient une seconde.

Le regard de Quentin était songeur.

— Pas bête...

— C'est ce que je me suis dit.

— Et tu as détruit les rapports d'origine, j'espère !

— Non, j'en ai gardé un exemplaire. Il est dans mon fichier personnel, personne ne sait qu'il est là.

— Débarrasse-t'en, tu m'entends !

Brix hésita, haussa les épaules.

— Comme tu voudras !

— Et qu'as-tu entendu d'autre à propos de notre nouvelle ligne ?

— Ils la trouvent tous absolument superbe, excellente pour l'avenir de l'entreprise, et aussi pour le leur. Ils vont s'attendre à une prime plus conséquente l'an prochain, tu verras. Je n'ai pas entendu mentionner un seul problème, Kurt dit que tout le monde est enchanté.

— Quand as-tu eu cette conversation avec Kurt ?

— L'autre jour. Il est toujours...

— Quand exactement ?

— Avant-hier. Kurt est toujours mon voisin, ça n'a pas changé depuis qu'il a quitté l'entreprise, nous allons encore boire des verres ensemble... Tu y vois un inconvénient ?

— Pas du tout. En fait, c'est même très bien, je préfère que tu le gardes à l'œil. Et, s'il dit le moindre mot sur le PK-20, je veux que tu me le rapportes.

— Mais enfin, p'pa, tu sais bien que je t'en avertirais immédiatement.

— Et Emma, tu la vois toujours ?

— Exact. C'est une gentille petite.

— Ce n'est pas sérieux, entre vous ?

— Non... Avec Emma ? C'est une gosse, voyons ! Et,

de toute façon, je n'ai pas envie de me mettre la corde au cou.

Brix se tut. Que se passait-il ? Jamais son père ne posait de questions sur les filles avec qui il sortait.

— Pourquoi me demandes-tu ça ?

— Je ne m'occupe pas de tes conquêtes, mais, celle-là, je ne suis pas certain de la vouloir longtemps dans le paysage.

« Elle ou sa mère ? » se demanda Brix, frappé d'une idée. Son père commençait peut-être à se lasser de Claire, mais il n'avait pas voulu rompre avant que celle-ci ait achevé son travail pour les laboratoires Eiger. Et, maintenant que c'était fait, il avait sans doute mis un point final à leur liaison. Mais il ne pouvait pas lui poser la question, Quentin se fâchait tout rouge dès que son fils faisait la moindre allusion aux femmes dans sa vie.

« Je parierais que c'est ça ! Eh, mais si c'est fini entre lui et Claire, celle-ci va peut-être essayer d'empêcher Emma de me voir ! Bah, je trouverai toujours un moyen ! »

— Maintenant, où en es-tu du côté de la manutention et de l'expédition ? reprit Quentin. As-tu besoin de personnel supplémentaire ? Ou bien y a-t-il quelqu'un dont tu voudrais te débarrasser ?

— Eh bien, un employé supplémentaire ne serait pas du luxe pour la gestion du stock.

Brix s'enfonça dans son fauteuil et discuta avec son père de leurs prévisions pour l'année suivante. A mesure qu'il parlait, la voix du jeune homme devenait plus grave, plus semblable à celle de son père. Imitant l'attitude de celui-ci, il posa une cheville sur son genou et griffonna avec son stylo. Deux cadres supérieurs discutant l'un en face de l'autre de l'avenir de leur entreprise.

Quand Brix sortit, il planait sur un nuage. Pour la première fois, son père l'avait traité en égal.

« Foutrement bien... Tout va bien, tout baigne, tout le monde est content. C'est mon année de chance, l'année de ma réussite. Tout ce qui me reste à boucler, c'est le lancement de ce foutu PK-20. Si ça marche, je peux tout faire. Quel que soit le défi, je serai à la hauteur. »

Le mardi précédant le 25 décembre, Claire et Emma allèrent à New York pour leurs achats de Noël. Elles commencèrent par un petit déjeuner à La Table d'Adrienne et comparèrent leur liste d'emplettes.

Le restaurant, situé au rez-de-chaussée de l'hôtel Peninsula, était l'un des établissements les plus élégants de la ville. Peinte en rose et gris avec une décoration Art nouveau, des lambris et une épaisse moquette à fleurs, la salle était meublée de tables si espacées l'une de l'autre qu'il était impossible d'entendre la conversation des voisins. D'ailleurs, dans un tel lieu, qui aurait eu la grossièreté de tendre l'oreille ?

Emma, heureuse de partager cette matinée avec sa mère, soupira d'aise. Le trajet jusqu'en ville avait été un moment béni, elles avaient bavardé et beaucoup ri. Il y avait si longtemps qu'elles n'avaient pas ri ensemble !

— Ma liste est ridiculement courte, dit-elle. Toi, Hannah, Gina, Roz, je suppose, et Brix.

— Et tes anciennes camarades d'école ? Vous échangiez des petits cadeaux, les autres années, et tu organisais un goûter.

Emma pinça les lèvres, et haussa les épaules.

— Elles ont tellement changé depuis qu'elles sont étudiantes ! Moi aussi, sans doute. Le goûter de Thanksgiving n'a pas été une telle réussite, tu sais, nous n'avions rien à nous dire, il y avait de longs silences gênés. Elles étaient tout excitées de me reconnaître dans les publicités pour Eiger, et elles m'ont posé des questions sur mon travail, mais, au fond, elles n'avaient envie de parler que de leurs cours, de leurs enseignants et des garçons. Des garçons, tu te rends compte ? Du coup, je me suis sentie loin d'elles, comme si j'étais vieille.

Claire posa la main sur celle de sa fille.

— Tu te feras d'autres amis, cela prend toujours un peu de temps.

— Oh, elles ne me manquent pas ! J'ai trop de travail pour pouvoir consacrer du temps à des amies. Ta liste est plus longue que la mienne, non ?

— J'ai fait pas mal de connaissances, ces derniers temps.

Le serveur vint prendre leur commande.

— Un pamplemousse, commença Emma, étonnée de voir que tout ce qui figurait sur le menu lui faisait envie, et soudain affamée. Et puis des œufs Benedict avec du bacon canadien, du pain aux noix et aux raisins secs... Ah oui, la terrine de yaourt, aussi, elle est si bonne!

Claire sourit.

— Et dire qu'autrefois je pouvais dévorer comme ça sans penser à un tas de raisons pour m'en abstenir! Brioche, avec du melon pour commencer, s'il vous plaît... Tu prends du café, Emma?

Emma, occupée à étudier la liste de Claire, acquiesça.

— Et deux cafés noirs! (Elle se tourna vers sa fille.) Je crois qu'il faut que j'offre un cadeau à quelques-unes de celles qui m'ont servi de guide au début.

— Mais tu vas continuer à les voir? Je veux dire, ce sont des amies de Quentin...

— Je crois que deux ou trois d'entre elles sont aussi mes amies, mais je peux me tromper. Je m'en apercevrai vite!

— Comment se fait-il que tu ne le voies plus? demanda Emma quelques instants plus tard avec une indifférence étudiée.

— Oh, j'ai changé, ou j'ai commencé à y voir clair. Quoi qu'il en soit, le genre de personne qu'il me fallait être pour rester avec lui me plaisait de moins en moins.

— Qu'est-ce que tu veux dire?

— Je n'aimais pas ce qu'il attendait de moi. (Claire regarda d'un air absent le café brûlant que le serveur déposa devant elle.) En fait, jusqu'à ces derniers temps, je ne me suis jamais demandé quel genre de personne je voulais être. J'étais trop occupée, entre mon travail, toi, les soucis de compresseur de frigo ou de batterie de voiture, ou tout ce qui mettait en péril mon budget du mois. Ensuite, avec Quentin, je m'amusais bien et j'étais sans doute si subjuguée qu'il ne m'est pas venu à l'idée que je modelais ma vie sur la sienne, que je m'adaptais, moi, pour lui plaire, à lui. Ça me semblait naturel, c'est le cas de beaucoup de femmes, peut-être de la majorité d'entre nous. Nous avons derrière nous une longue tradition consistant à nous sentir obligées de plaire aux hommes, et à nous laisser dominer, au détriment de notre véritable personnalité. Mais les temps changent, ta génération n'aura pas ce comportement, du moins je l'espère.

Le serveur apporta un assortiment de confitures et un pot de miel, et Claire attendit qu'il se fût éloigné.

— Puis, plus tard, j'ai commencé à réfléchir à ce que je voulais faire de ma vie. C'est un des plus grands avantages de l'argent, tu sais, il te donne la liberté de décider.

— Pas toujours...

— Tu jouis de toute la liberté possible, et tu t'en serviras le jour où tu t'y sentiras prête.

Claire devinait pourquoi Emma avait fait cette remarque mais ne voulait pas aborder le sujet de l'inquiétante domination exercée par Brix. Plus tard, peut-être... Elles commençaient juste à se réhabituer à échanger des confidences.

— Alors, quelle conclusion as-tu tirée de tes réflexions ?

— Plusieurs, mais je me suis surtout aperçue que beaucoup de valeurs auxquelles je tenais manquaient à l'appel. Je pense que cet été et cet automne, j'ai vécu une seconde enfance ou une seconde adolescence, j'ai traversé une phase d'irresponsabilité, sans doute inévitable.

Emma contemplait sa mère, heureuse et attendrie de l'entendre se confier à elle et partager des réflexions d'adulte. Cela les rapprochait, elles avaient tant de choses en commun... Entre autres, un homme dans leur vie. Il n'y avait pas si longtemps, cette idée la révulsait, c'était comme si sa mère avait essayé de se conduire en adolescente attardée. Mais, maintenant, cela lui plaisait plutôt, cette image de deux femmes adultes, faisant carrière... Et toutes deux belles, pensa-t-elle en remarquant les regards admiratifs de deux hommes à une table voisine. « Maman n'est pas si belle que moi mais elle a du charme, un peu plus de maturité, elle est plus... achevée. Et elle est élégante, elle se comporte avec dignité, ce qui n'est pas mon cas. Et, l'une comme l'autre, nous avons dans notre vie un homme dont nous partageons le lit. »

Mais elle chassa cette idée de son esprit, ce n'était pas un sujet de conversation avec sa mère.

— Cela se voit au lit..., finit Claire.

Elle sursauta.

— Qu'est-ce qui se voit ?

Elle se sentit rougir. Elle n'avait pas envie d'entendre les détails des rapports sexuels de sa mère avec Quentin, pas plus qu'elle ne voulait parler des siens avec Brix. Elle aurait pourtant aimé, mais c'était trop compliqué.

— Je viens de te le dire... L'indépendance d'esprit d'une femme. Je suppose que ce genre de relations sexuelles est un paradis pour une femme qui aime se soumettre lorsque son partenaire insiste pour dominer, mais ce n'était pas ce que je recherchais. Je ne m'en suis pas aperçue, au début, parce qu'il y avait si longtemps que je vivais dans la chasteté que j'avais oublié, et j'ai confondu volonté de domination et force mentale. Mais, après quelque temps, ce n'était plus si bien. Je n'ai jamais cessé d'être attirée par Quentin, jusqu'au jour où je lui ai annoncé que je ne voulais plus continuer, mais l'attirance n'est qu'un début. Je pense toujours que la vie sexuelle de deux êtres est le reflet de ce qui existe entre eux, et un jour j'ai compris (un peu grâce à Hannah) que dans tous les domaines ma relation avec Quentin était semblable aux rôles que nous assumions au lit. Il me voulait docile, soumise, et il était sûr, avec une arrogance de robot, que je le serais. Il n'avait aucune légèreté, aucune vraie chaleur, aucune joie. Et moi je voulais un partenaire, pas un patron. Donc, je m'étais trompée, il n'était en rien ce que je cherchais. Je voulais autre chose.

— Quoi donc ?

Emma était reconnaissante à sa mère de ne pas l'obliger à parler de Brix. Elle ne lui avait même jamais demandé si elle était sa maîtresse.

« Si seulement j'arrivais à me montrer aussi honnête avec moi-même ! Mais je suis trop déboussolée en ce moment... Peut-être plus tard. »

— Ce que je voulais d'autre ? Travailler, pour commencer. Une tâche susceptible de me donner la satisfaction d'accomplir quelque chose. Je l'aurais trouvée dans un travail bénévole, et j'ai toujours l'intention d'y consacrer une partie de mon temps, mais j'avais d'abord besoin de la discipline qu'impose un long projet, et je voulais me prouver que j'en étais capable.

Le serveur apporta le pamplemousse et le melon, qu'il disposa avec application sur la table.

— Ensuite je voulais avoir mes objectifs personnels, organiser seule la façon de les remplir, et prendre moi-même toutes les décisions.

Emma fronça légèrement les sourcils.

— Mais n'est-ce pas ce que tu as toujours fait ? Nous n'étions que toutes les deux, tu prenais les décisions.

— Bien sûr, mais mes choix étaient limités. Le montant de mon salaire devait couvrir toutes nos dépenses. C'était comme un mur, toujours en travers de mon chemin ; il a disparu quand j'ai gagné le gros lot. C'était comme si l'on m'avait enlevé un bandeau sur les yeux : je découvrais des milliers de choix possibles. Toi aussi, tu as ressenti ça, rappelle-toi nos premières emplettes *Au Caprice d'Anaïs* !

— On s'est bien amusées, ce jour-là !

— C'était aussi un problème entre Quentin et moi, en partie parce que nous étions décalés dans le temps. J'adorais avoir tous ces choix, et je commençais juste à réfléchir à ce que je voulais faire de ma vie. Quentin a depuis longtemps dépassé ce stade. Il est habitué à l'argent, à la multitude de choix, accoutumé à décider de tout, pour lui et pour tout son entourage. Aussi, au bout d'un moment, j'ai senti qu'il fallait que je prenne mes distances, et que je décide seule ce que je voulais être au lieu de continuer à être la femme qu'il voulait. Ce qui aurait été bien plus facile.

— Mais que se passe-t-il si on ne peut pas se décider ?

— On y arrive toujours à un moment ou un autre. Cela prend parfois du temps, tu sais. Il faut avoir confiance en soi, Emma, on ne peut pas choisir si on n'essaie pas. On échoue avant même d'avoir commencé.

— Mais tu n'as pas fait tout ça toute seule, tu as eu Hannah pour t'aider.

— Hannah est toujours là pour aider. Elle a juste dit un mot sur Quentin, et ç'a été une révélation, tout est devenu limpide. Elle est très forte pour ça.

— Elle aide tout le monde. Je la trouvais indiscrète, une vraie mouche du coche, mais ça fait du bien de lui parler. Tu connais l'histoire de sa fille ?

— Non, qu'est-il arrivé ?

— Elle est morte heurtée par une voiture à l'âge de huit ans. Ç'a été horrible.

— Quel affreux malheur ! Elle ne me l'a jamais dit.

— Elle m'a avoué qu'elle avait encore beaucoup de mal à en parler. Je comprends ça. Mais elle m'a raconté toute l'histoire, et ça m'a fait découvrir qu'il existe vraiment des gens sur qui s'acharne le destin. Ce n'est pas mon cas, pas vraiment...

— Non, nous avons beaucoup de chance, répondit distraitement sa mère, qui songeait à Hannah. Mais ça ne garantit pas que nous n'aurons jamais de chagrin. Et le malheur des autres ne rend pas le nôtre plus facile à supporter.

Emma lui jeta un bref regard de gratitude, prit sa cuiller et commença à manger son pamplemousse.

— Il a besoin de sucre. Je ne vois pas comment on peut trouver ça bon quand c'est amer, on a besoin de douceur, dans la vie.

Claire lui tendit le pot de miel.

— Brix apporte de la douceur à ta vie ?

— Bien sûr...

Elle laissa couler sur le fruit un filet doré de miel, mais, en levant les yeux, son regard croisa celui de Claire, si chaleureux et débordant d'amour qu'elle ne put s'en tenir à ces mots mensongers.

— Pas tout le temps, évidemment ! Mais c'est le cas pour tout le monde, n'est-ce pas ? On déçoit toujours l'autre sur des points de détail.

— C'est ton cas ?

Emma baissa les yeux.

— Je ne sais pas, murmura-t-elle. Je suppose, parce qu'il refuse souvent de me voir. Mais quand nous sommes ensemble il peut être vraiment adorable et dire des paroles si gentilles, et quand on...

Elle s'arrêta net : elle avait failli parler de ces nuits où elle et Brix planaient après avoir reniflé de la cocaïne, quand tout paraissait si beau et si facile, quand elle était sûre de l'amour de Brix et de l'avenir qui les attendait ensemble. Quelle idiote de s'abandonner jusqu'à presque tout raconter à sa mère !

— Quand vous... quoi ? insista celle-ci.

— Quand nous sommes ensemble, c'est le paradis. Et

que tout ne soit pas parfait n'a pas d'importance, je ne cesserai jamais de l'aimer et je ne peux pas vivre sans lui.

— Tu ne peux pas vivre sans lui ?

Emma s'affaira avec sa cuiller en se reprochant de parler trop. Mais les mots qu'elle gardait pour elle depuis si longtemps lui venaient tout seuls, exprimant à leur façon son amour pour sa mère et son désir de la retrouver.

— Quand je pense à la possibilité de ne pas le revoir, c'est comme si je mourais. Je me sens toute vide à l'intérieur, comme une coquille creuse, je ne peux même plus respirer. Je sais bien qu'avec Quentin ce n'était pas pareil, alors tu ne peux pas comprendre.

— C'était comme ça avec ton père...

Emma la regarda avec surprise.

— Je ne pense jamais à lui...

— Moi si, de temps en temps. Je me souviens combien son départ m'a fait souffrir, je me revois toute seule dans l'appartement vide, j'en ai encore mal partout. J'avais l'impression que ma peau était tendue, qu'on la lardait de coups d'épingle, que ma tête bouillonnait et que j'allais exploser parce que je ne pouvais pas contenir tout ce chagrin en moi.

Emma écarquillait les yeux : elle n'avait jamais pensé que sa mère ait eu à subir une telle épreuve.

— Et alors ?

— Je te sentais bouger dans mon ventre, et je me souvenais qu'il y avait en moi autre chose que de la souffrance : un bébé qui allait bientôt naître. J'étais si contente que tu sois là, je n'étais plus toute seule. Le départ de ton père me faisait encore mal, et les quelques mois suivants ont été affreux parce qu'il m'a fallu apprendre à m'organiser seule, mais te sentir bouger me donnait du courage, tes mouvements me prouvaient que j'avais encore une raison de vivre. Je ne sais pas pourquoi, mais le pire, quand on a perdu un homme auquel on tenait, c'est cette impression que plus rien n'a d'importance. Nous n'avons plus rien pour justifier notre existence.

— Tu as ressenti ça, toi aussi ? souffla Emma.

— Tout le monde le ressent un jour où l'autre. Je sais que c'est difficile à croire, mais tous ceux qui perdent un être cher ont cette même souffrance et cette même réaction. Alex m'a raconté la mort de sa femme et m'a dit qu'il se sentait brutalisé par des forces invisibles, malveillantes et invincibles, auxquelles il ne pouvait que s'abandonner. Et souviens-toi de ce qu'a dit Hannah sur la mort de sa fille. Ce n'est pas une souffrance unique, Emma, elle est universelle. Et puis, toi, tu ne pleures pas un être cher, tu ne fais qu'en imaginer le départ. Il est vrai qu'imaginer est parfois presque aussi douloureux qu'endurer.

Le serveur apporta le reste de la commande, et Emma prit sa fourchette.

— Je meurs de faim !

— Cela fait longtemps que ça ne t'était pas arrivé !

La jeune fille cessa de couper son bacon.

— Tu ne me l'avais jamais fait remarquer.

— Hannah s'en charge pour deux ! Ça te fait peut-être plus d'effet si ça vient d'elle.

— Surtout depuis qu'elle m'a avoué être devenue anorexique après la mort de sa fille.

— Emma, tu sembles si peu heureuse... Tout ce que je voulais pour toi, c'était une vie facile et joyeuse.

Les yeux de la jeune fille se remplirent de larmes. Elle tourna la tête en direction de la fenêtre et cligna des yeux pour les refouler.

— Il y a juste certaines choses qui sont... trop difficiles, répondit-elle en s'efforçant d'empêcher les sanglots d'étouffer sa voix. Mais tout va bien quand même, ajouta-t-elle. J'ai ce travail merveilleux.

— C'est vraiment un travail merveilleux ? Tu es décidée à te lancer dans cette carrière ?

— Oui, même si je décide de continuer mes études...

Elle s'arrêta net, surprise de s'entendre prononcer ces mots, elle qui avait claironné haut et fort qu'il n'en était plus question.

— Enfin, quoi que je décide de faire plus tard, je tiens à continuer les photos aussi longtemps qu'on voudra bien de moi.

Claire, en apparence occupée à étaler avec application du miel sur sa brioche, hocha la tête.

— Alors, ce ne sont pas des problèmes de travail qui ont provoqué ta perte d'appétit ?

— Tu sais bien que je ne peux pas me permettre de prendre un gramme, on ne voudrait plus de moi. Et je déteste qu'on n'ait pas besoin de moi, je préfère être toujours occupée.

— C'est à cause de Brix ?

Claire leva les yeux et soutint le regard de sa fille. Celle-ci poussa un soupir. Pourquoi toujours en revenir à lui ? Brix, dont justement elle ne pouvait pas parler.

— C'est juste... tout un tas de petites choses, finit-elle par répondre, mais il n'y a pas de quoi t'inquiéter. Je vais bien, et, en janvier, je me remets au travail. Ils vont m'envoyer dans les grands magasins faire la promotion de la ligne PK-20, parler aux clientes, je suppose, leur dire que je me sers de tous les cosmétiques de la gamme. Et Hale m'a dit qu'après je pourrais avoir des contrats avec d'autres entreprises. Pas dans les produits de beauté, ils ne le veulent pas, mais faire des photos pour des vêtements ou des automobiles, par exemple. Et je continuerai avec Eiger, alors, le travail ne manquera pas. Et je vais gagner beaucoup d'argent. Tout ira bien.

— Et où places-tu Brix dans ces projets ?

L'estomac d'Emma se contracta. Pourquoi sa mère revenait-elle toujours à lui ?

— Où il veut. Je l'aime, et je veux être avec lui, et ça ne changera jamais. (Elle repoussa son assiette.) Je voulais te parler de son cadeau de Noël. J'ai vu un blouson en cuir retourné, doublé d'agneau, il est splendide, mais je sais ce que tu penses de Brix, et ce blouson coûte les yeux de la tête.

— Emma, tu n'as pas à me demander la permission. Achète ce que tu veux avec ta carte bancaire. De tous les sujets de discussion entre nous, l'argent n'en est pas un. Et, si tu veux vraiment savoir le fond de ma pensée sur Brix, tu sais bien que ce ne sont pas tes dépenses pour lui qui me tracassent, mais le pur et simple fait que tu le fréquentes.

Claire se tut, songeant à raconter à sa fille l'histoire de cet étudiant tombé par la fenêtre quand Brix était à l'université. Elle y renonça. Emma défendrait Brix bec et ongles et s'en prendrait à elle, or cette sortie ensemble était une occasion de retrouvailles. De plus, Emma avait déjà dû découvrir combien Brix pouvait se montrer violent, sinon, elle n'aurait pas cette attitude soumise envers lui.

Le serveur vint remplir leurs tasses et, quand il fut parti, Claire continua prudemment :

— Ce qui m'inquiète le plus, c'est qu'avec lui tu deviens une autre personne. Comme moi avec Quentin. Tu es une femme de caractère, Emma, mais, quand tu parles à Brix au téléphone, on dirait une petite fille, une étrange petite concubine pleine de déférence, une petite sainte-nitouche ne reculant devant aucun effort pour plaire. Ce n'est plus toi, du moins à mes oreilles.

— C'est parfaitement faux !

Emma repoussa ses cheveux et plaqua les deux mains sur ses oreilles. « Il m'appelle toujours *ma petite fille, mon bébé, ma poupée, ma petite paysanne...* »

Elle se redressa.

— Son père est un despote, je sais tout sur lui et tu as bien fait de rompre. Mais Brix est différent, il tient à moi, c'est grâce à lui que j'ai obtenu ce travail, il est fier de moi et nous nous aimons. Si ça ne te plaît pas, je peux toujours quitter la maison. J'y avais pensé au début, mais Hannah m'en a dissuadée. Mais, si tu préfères, je le ferai.

— Bien sûr que je ne veux pas que tu partes. Je veux avant tout que tu sois heureuse.

— Je te dis que je le suis !

— Et moi, je te dis que tu ne le seras pas tant que tu ne prendras pas le temps de te trouver toi-même..., de savoir qui tu es vraiment, ce que tu veux faire de ta vie, toi, et non en fonction des désirs de Brix. C'est à toi de découvrir ton identité, Emma, tu ne peux pas continuer à faire dépendre ton bonheur de l'attention que te porte Brix, et...

— Arrête, je t'en supplie ! s'écria Emma d'une voix désespérée. (Elle repoussa son fauteuil.) C'est ainsi, je n'y peux rien, et tu n'arranges rien en me disant ça. Je veux que Brix m'aime comme je l'aime, qu'y a-t-il de si terrible à ça ? Je ne peux pas être heureuse sans lui, et je ne peux pas imaginer que ça puisse arriver un jour. Et, si tu m'aimais vraiment, tu ne me ferais pas toutes ces réflexions sur lui, tu serais de mon côté. Je le voudrais bien, c'était ainsi entre nous, autrefois. Ce matin, je pensais qu'on s'était retrouvées, mais je me trompais, il faut toujours que tu ramènes tout à Brix. Je ne t'ai jamais donné mon avis sur Quentin, moi ! Je t'ai laissée vivre ta vie, pourquoi ne pas me laisser vivre la mienne ? (Elle ramassa son sac, posé sur le sol.) Je ferais mieux de faire mes achats toute seule, sinon, nous allons continuer à nous disputer !

— Mais non, Emma, ne pars pas, voyons ! Nous n'en parlerons plus. Je veux vraiment qu'on passe la journée ensemble, je crois que c'est important pour nous deux. Pas toi ?

Les lèvres pincées, Emma contemplait son assiette.

— J'ai attendu cette expédition avec impatience, insista Claire, j'espérais qu'il en était de même pour toi.

Elle attendit, jusqu'à ce que la jeune fille fasse un petit signe de tête hésitant, et reprit :

— Ecoute, nous avons des tas d'autres sujets de conversation, on passera une bonne journée... Qui sait ? je suis peut-être très douée pour choisir les blousons en peau retournée ?

Emma se détendit lentement. Le poids en elle se fit plus léger : elle n'avait plus besoin de se fâcher avec sa mère, en fin de compte. Un instant plus tard, elle était devenue une autre, débordante de gratitude et d'affection.

— Merci, j'ai bien besoin d'aide, je n'y connais rien du tout !

— Moi non plus ! (Elle finit son café.) Mais on apprend vite, toutes les deux. Nous n'avions jamais eu 60 millions de dollars, et regarde comme nous nous débrouillons bien !

— C'est vrai, ça !

Quelques minutes plus tard, bien emmitouflées dans leurs nouveaux manteaux maxi, elles quittaient le restaurant, et partaient bras dessus, bras dessous par les rues animées de la ville en fête.

Emma, assise au bord de son lit, contempla les cadeaux empilés dans un coin de sa chambre et se décida à appeler Brix.

— Je voulais attendre que tu me téléphones, mais je n'ai pas pu y tenir. J'ai quelque chose d'important à te dire, je peux venir ce soir ?

— Non, pas ce soir, poupée, je sors. Demain soir ? J'allais t'appeler, de toute façon, il y a une soirée, et...

— Mais Brix, je veux vraiment te parler. On ne pourrait pas aller dans un endroit calme ?

— Je passerai te chercher à 8 heures, on pourra parler en voiture. A demain !

Elle raccrocha, ruminant son désappointement.

« Je lui demanderai de s'arrêter quelque part, c'est tout. On n'ira peut-être pas à la soirée... Je commence à me lasser des soirées de la bande de Brix ! »

Mais elle écarta bien vite cette pensée déloyale, et, quand Brix vint la chercher, le lendemain, elle portait une robe de soirée : une minijupe de mousseline montée sur un haut garni de perles retenu par de très fines bretelles.

— Waouh ! C'est une toilette explosive, ça ! Comme la fille qui la porte !

Il regarda derrière elle la maison silencieuse, aux fenêtres obscures.

— Où est tout le monde ?

— Elles sont sorties.

— Alors, je peux te prendre dans mes bras ! (Il se pencha, la souleva en feignant de tituber sous le poids.) Seigneur, tu es une poupée solide ! Mais j'aime chaque centimètre de cette poupée. Tu es mon délicieux bébé et je vais te dévorer. Viens, entrons, ça ne fait rien si on est en retard à la soirée.

Il lui prit la main, la pressa contre lui.

— Regarde l'effet que tu me fais ! Tu es une petite sorcière, une délicieuse sorcière envoûtante... Allons, viens, cocotte !

Emma rayonnait : il venait de lui dire qu'il l'aimait et il était de très bonne humeur, enjoué et tendre.

« Je ferais mieux d'attendre pour parler du PK-20. Pourquoi gâcher ce moment ? »

Mais elle savait, et pas lui, et se sentait responsable.

— On ira au lit après, j'en ai autant envie que toi. Mais j'ai quelque chose d'important à te dire, je voudrais qu'on en parle maintenant. Viens prendre un verre dans la bibliothèque, je vais faire du feu, on sera très bien.

Brix se renfrogna.

— Qu'y a-t-il donc de si important ? Dis-le-moi tout de suite, alors, tu n'as pas besoin de faire du feu pour ça !
— Viens ! (Elle lui prit la main, le tira.) On ne va pas rester debout ici, allons nous asseoir, au moins !
Il la laissa l'emmener dans la bibliothèque, et, quand elle s'assit dans un fauteuil, il se percha sur le bord d'une table chargée de livres.
— Alors ?
Elle ouvrit la bouche, mais aucun son ne sortit. Elle était paralysée de terreur. Gina, une des personnes les plus intelligentes qu'elle connaisse, lui avait bien recommandé de ne pas s'en mêler. Elle avait beaucoup insisté : surtout, que Brix n'apprenne pas qu'elle savait.
— Ça suffit, Emma, cette comédie ! (Brix se leva et prit la direction de la porte). Je n'aime pas du tout tes petits jeux. Tout ça parce que la soirée ne te tente pas ! C'est vraiment une plaisanterie débile !
— C'est... à propos des mémos, articula Emma.
Il s'arrêta.
— Quels mémos ?
— Oh, tu sais bien, sur les tests du PK-20, les femmes qui avaient des ennuis avec leurs yeux.
Il était devant elle, maintenant, presque menaçant.
— Je t'ai déjà dit que le problème était réglé !
— Je sais, tu m'as dit qu'on avait effectué de nouveaux tests et que les résultats étaient très bons.
— Alors ?
— Alors j'ai entendu dire au labo qu'il n'y avait eu aucun nouveau test.
— Tu as entendu dire ça ? Qui t'a raconté ces foutaises ? Tous les employés savent qu'ils ne doivent pas bavarder en dehors de l'entreprise.
— Je ne suis pas en dehors de l'entreprise, je suis Miss Eiger. J'en fais partie, tout comme toi. Enfin, pas autant... De toute façon, il m'arrive de parler avec les gens, et, quand j'ai demandé pour les nouveaux tests...
— Tu as osé demander ! Mademoiselle a fait le tour des labos pour poser des questions sur les tests !
Emma se recroquevilla sur sa chaise.
— Je me faisais du souci pour toi...
— Bon Dieu, je te l'ai déjà dit, je ne veux pas que tu

te mêles de mes affaires ! Tu m'avais promis de ne pas recommencer !

— Oui, mais quand j'ai entendu...

— A genoux, tu étais, non ?

— Oui, Brix, mais...

— Alors qu'est-ce que tu fabriquais à te promener dans les labos pour parler aux gens ? Tu cherchais à créer des problèmes, hein ? L'indiscrétion, il n'y a rien de pire au monde !

— C'est parfaitement faux !

Emma se redressa, soudain furieuse. Hannah lui avait raconté ce qu'il y avait de pire au monde, elle lui avait appris qu'il pouvait se passer des événements bien plus terribles que des problèmes dans une entreprise, et qu'on arrivait à y survivre, alors qu'est-ce que Brix essayait de faire, à vouloir qu'elle se sente coupable pour un détail ? Il ne savait même pas ce qu'elle tentait de lui dire !

— Je ne cherchais pas à créer des problèmes, je m'inquiétais pour toi.

— Mais, bon Dieu, je n'ai pas besoin de toi pour...

— Laisse-moi finir !

Il la regarda, stupéfait : elle n'avait jamais élevé la voix devant lui. Dressée sur ses ergots, Emma affronta son regard. Elle se sentait forte et brave. Qu'il le veuille ou non, elle l'aiderait, parce qu'elle l'aimait.

— J'ai entendu dire qu'il n'y a pas eu de nouvelle série de tests, juste la première, et que les résultats étaient excellents. On parlait d'un lancement en mars, comme prévu. Mais il y a quelque chose qui ne va pas, parce que, si les mémos disaient la vérité, les résultats des tests étaient loin d'être excellents. Et il y a des employés qui le savent, du moins ceux qui travaillent au labo d'essais.

Le regard fixe et menaçant de Brix lui fit perdre courage, et elle eut du mal à continuer.

— Alors si cela revient aux oreilles des chimistes... et si ceux-ci préviennent la FDA... ou le procureur... Bien sûr, la FDA ne peut pas agir tant que la marchandise n'a pas été expédiée dans un autre Etat, mais ils peuvent attendre que vous le fassiez, et alors...

— Qui t'a raconté ces merdes ?

Brix paraissait enraciné au centre de la pièce, jambes

écartées et mains dans les poches de son pantalon. Elle voyait ses poings serrés, à travers le tissu.

— Il y a quelqu'un qui te raconte des bobards. Qui c'est ? A qui as-tu parlé ?

— Ça n'a pas d'importance, ce qui compte, c'est...

— Je t'ai posé une question !

— Je ne peux pas te le dire, plusieurs personnes...

— Ton amie Machintruc, je parie ? Celle qu'on a embauchée parce que c'était une amie de ta mère.

— Elle n'a jamais travaillé sur le PK-20, tu le sais bien, Brix. Je veux juste te mettre en garde, c'est tout. Je voulais que tu saches ce qui se raconte parce que ça pourrait te nuire. C'est de toi, et de toi seul, que je me soucie. Peut-être devriez-vous refaire des tests, repousser le lancement, je ne sais pas... Mais tu devrais faire attention.

— Qui t'a raconté tout ça ?

— Je ne peux pas te le dire.

— Dis-moi qui c'est, Emma !

— Non, je ne peux pas. D'ailleurs, quelle importance ? Ce sont les tests qui sont importants, non ?

— Tu ne veux pas me le dire ?

Emma secoua la tête.

— Et tu as répété que tu avais lu les mémos ?

— Non, je te l'ai déjà dit, Brix.

Elle déglutit péniblement. Brix ne lui pardonnerait jamais s'il apprenait qu'elle en avait discuté avec Gina. Il la détesterait pour toujours.

— Je n'en ai parlé à personne.

— Personne ne sait que tu as vu ces mémos ?

— Personne.

Il fixa le plancher. La pièce était silencieuse. Emma attendit, osant à peine respirer.

« Ouf, c'est fait ! Je l'ai mis en garde, il s'occupera de tout. Il n'a pas besoin qu'on lui dise quoi faire, il est averti, il va agir en conséquence. »

— Très bien.

Brix sortit de sa rêverie, se secoua, comme un chien qui s'ébroue.

— C'est bon... Maintenant, écoute-moi bien, je n'y reviendrai pas ! On va reculer le lancement, demander une autre série de tests. Ça te satisfait ?

— Je ne te demande pas de me satis... (Elle s'arrêta.) Je pense que c'est une merveilleuse idée, Brix, je suis fière de toi !

— Tu es fière de moi ?

— Parce que tu es si brillant, tu vois tout de suite ce qu'il y a lieu de faire. Tu es un homme merveilleux !

— Bon. (Il pensait visiblement à autre chose.) Et tu feras bien de n'en souffler mot à personne, Emma !

— Bien sûr.

— Cela pourrait nuire à l'entreprise. Tu sais, des racontars sur un changement dans la date de lancement, une nouvelle série de tests, tout ça n'est pas très bon pour l'image de marque. On dirait que nous ne sommes pas assez exigeants sur la qualité de nos produits, que le lancement a été fait trop tôt, et il nous faudrait beaucoup de temps pour nous en remettre, si nous y arrivions jamais ! Tu es certaine que personne ne sait que tu as vu ces mémos ? (Elle acquiesça vigoureusement.) Alors n'en parle pas, tu ne voudrais pas qu'on fasse faillite ? On n'aurait plus besoin de Miss Eiger, dans ce cas, hein ? Laisse-moi régler ça et surtout ne t'en mêle plus. Tu as compris, ne-t'en-mêle-pas ! Si tu avais commencé par là... Enfin, tu as bien compris, c'est sûr ?

— Oui.

— Très bien. C'est tout, ou bien tu as d'autres bonnes nouvelles à m'annoncer ? (Elle secoua la tête.) Dans ce cas, qu'attendons-nous ? La soirée ne va pas durer jusqu'à demain ! Va chercher ton manteau, ma cocotte, on va s'éclater !

Brix affichait une attitude désinvolte, un large sourire, une expression enjouée, mais Emma sentait que toute cette gaieté était feinte. Elle le regarda, essayant de deviner ce qu'il pensait réellement. Ses poings étaient toujours serrés au fond de ses poches, et ses yeux complètement dénués d'expression, ternes, comme s'il ne la voyait pas, comme s'il était plongé dans des calculs où elle n'avait aucune place et n'en aurait jamais. Elle frissonna et croisa les bras autour de son corps, la température de la pièce semblait avoir baissé d'un coup.

— Allons, va prendre ton manteau, répéta-t-il d'un ton jovial. On va faire la fête toute la nuit !

Emma se leva. « Je préférerais rester à la maison...

Mais non, je ne peux pas lui dire ça, il ne comprendrait pas et il m'en garderait rancune. Je l'ai contrarié une fois, ce soir, ça suffit, mieux vaut filer doux. »

Elle sortit son manteau de la penderie, Brix le lui prit et l'aida à l'enfiler. Puis il l'emprisonna entre ses bras.

— Tu m'aimes ? lui demanda-t-il à l'oreille.

— Tu le sais bien, chuchota Emma.

— Eh bien, il n'y a aucune raison de s'inquiéter, alors ! Allons-y, ma cocotte chérie, avant que cette bande de soiffards n'ait sifflé tous les alcools !

15

La pièce se jouait dans un ancien cinéma de Greenwich Village, long et étroit, aux sièges basculants et durs. Mais, en ce soir de première, la salle était pleine. Au troisième rang, le critique du *New York Times* prenait des notes d'un air satisfait. Et Claire trouvait que la pièce était l'une des meilleures qu'elle ait jamais vues.

— Je me demande si je la trouverais aussi bonne dans un théâtre de Broadway, remarqua-t-elle à l'entracte.

— Je l'espère bien ! J'avoue que, dans un tel endroit, la bataille semble d'autant plus difficile et le travail de la troupe d'autant meilleur, mais, en fait, ils seraient bons n'importe où. C'est d'ailleurs le cas. La plupart de leurs pièces ont été jouées dans les salles de Broadway, et leur cours d'art dramatique est très connu. Une bonne douzaine d'acteurs et d'actrices célèbres y ont appris le métier.

Quelques personnes s'approchèrent, et Alex les présenta à Claire.

— Alors, que pensez-vous de notre famille ? demanda l'une d'elles à Alex.

— Le même bien que vous. C'est une excellente soirée pour tout le monde. Nous avons tous mis de l'argent dans cette production, expliqua-t-il un peu plus tard à Claire. Eux beaucoup plus que moi, d'ailleurs ! Cela nous donne un peu l'illusion de former une grande famille.

— C'est un investissement intéressant ?

— Jamais ! Nous nous estimons heureux lorsque nous rentrons dans nos fonds. Nous sommes généralement dans le rouge à la fin de l'année, mais nous nous arrangeons pour nous en sortir grâce au gala de soutien. La plupart de ces théâtres expérimentaux ne sont pas rentables, vous savez, le prix du billet n'est pas assez élevé pour couvrir tous les frais. Ce n'est pas comme à Broadway, où une pièce est censée rapporter, sinon, elle est retirée de l'affiche. L'atmosphère ici est différente, vous ne le sentez pas ? C'est moins distingué, mais un peu envoûtant. J'augmenterais ma contribution si j'en avais les moyens.

Claire pensa à Quentin, qui plaçait sa fortune dans des restaurants et des entreprises d'informatique, et tenait à ce que son argent lui rapporte.

— C'est vrai, dit-elle, l'endroit a un charme un peu magique.

Ils se turent, regardant la foule autour d'eux. Alex jeta son gobelet de carton dans une corbeille à papiers.

— Un autre café ?

— Non, merci.

Autour d'eux, le bavardage des spectateurs, renvoyé et décuplé par le sol carrelé et les murs lépreux, résonnait comme le grincement d'un train dans un virage et les isolait dans leur coin. Un homme et une femme s'approchèrent d'Alex et lui demandèrent s'il ne pouvait pas faire un effort pour augmenter sa participation financière.

— C'est la fin de l'année, tu sais, le moment où nous passons le chapeau...

Tous deux constituaient une mine de renseignements sur les autres troupes théâtrales des diverses régions du pays, et ils discutèrent avec Alex de leurs rentrées d'argent, de leurs dépenses, du cours d'art dramatique, des tournées, de la publicité et des éventuels droits d'adaptation cinématographique. Claire contemplait avec affection le visage animé et enthousiaste de l'écrivain. Pendant une fraction de seconde, leurs regards se croisèrent, et celui d'Alex, changeant d'expression, se fit chaleureux et... oui, tendre, pensa-t-elle alors qu'il se retournait vers ses interlocuteurs. Elle serra les mains, comme pour retenir cette découverte entre ses doigts.

De la tendresse... Elle n'y avait pas pensé, jusqu'ici, mais ils avaient bel et bien dépassé le stade de l'amitié, depuis ce premier dîner ensemble, quelques jours plus tôt.

Ce soir-là était leur premier tête-à-tête en dehors de l'atelier, et, au début, ils ne se sentaient pas trop à l'aise, ne sachant pas de quoi parler, jusqu'à ce que Claire déclare à Alex avoir beaucoup aimé son article.

— Il est bien plus intéressant que je ne m'y attendais.

— Vous ne vous considérez pas comme un personnage intéressant ?

Alex l'avait amenée dans un petit restaurant de Greenwich Village, au plancher de bois, aux murs blanchis à la chaux et aux nappes à carreaux rouges et blancs. Des paniers de toute taille et de toute forme étaient suspendus au plafond, et un feu brillait joyeusement dans une grande cheminée. Sur la table se trouvait une bouteille de chianti et une corbeille de pain italien.

— Oh, on est toujours un personnage intéressant à nos propres yeux et à ceux de nos proches, mais je n'ai jamais pensé pouvoir intéresser des inconnus. C'est ce que j'ai aimé, dans votre article : vous m'y faites apparaître comme une personne sensée, capable de réfléchir aux implications de la fortune, de se demander comment les riches appréhendent le monde, de chercher quel sens donner à sa vie lorsqu'on fait partie des nantis, de se poser des questions quant à l'impact de toutes ces richesses sur la psychologie de ceux qui les possèdent, dans une société où elles sont si mal distribuées. Grâce à vous, ces petites incertitudes égoïstes ont pris une dimension universelle, vous avez dépassé le point de vue personnel et élargi le problème jusqu'à ce qu'il concerne tout un chacun. Ça me semble un exploit très difficile à accomplir.

— Merci, dit-il gravement. Cet éloge me va droit au cœur.

— Ce n'est pourtant pas la première fois qu'on vous fait des compliments ! Les gens sont toujours en train de vous répéter combien vous êtes bon.

— Un écrivain ne se fatigue jamais d'entendre chanter ses louanges ! Il s'en nourrit, les recherche sans cesse, c'est une compensation aux heures de solitude passées à scruter la fenêtre en espérant y trouver la prochaine phrase, ou le prochain paragraphe, ou même le prochain mot.

— Je vous ai déjà dit que vous étiez un merveilleux romancier. Vos livres sont forts, ils suscitent la réflexion et des sentiments qui semblent ensuite venir de soi, qu'on peut analyser et intégrer à sa vie. De même que votre article, d'ailleurs.

— Merci. Je ne pouvais espérer plus grand compliment.

— Vous recevez des lettres de vos lecteurs ?

— Oui, et c'est important pour moi. Le simple fait de voir des lecteurs prendre le temps de m'écrire, pour me remercier ou m'accabler de reproches, d'ailleurs.

— Pourquoi vous accablent-ils de reproches ?

— Oh, quelques-uns me désapprouvent d'utiliser parfois un mot grossier, n'admettent pas ce genre de vocabulaire, même quand c'est le seul qui convienne au personnage. D'autres, sous prétexte qu'ils lisent pour se distraire et ne veulent pas de passages pénibles, refusent les descriptions d'épisodes douloureux, lorsque j'évoque les souffrances que les gens s'infligent mutuellement. Il y en a aussi qui considèrent que je devrais utiliser mon talent pour pousser les hommes à améliorer le monde. Ils ont raison, Dieu sait que celui-ci pourrait faire quelques progrès ! Je leur réponds que c'est la mission de chaque homme, pas seulement de l'écrivain.

— Vous répondez à tous ?

— Bien sûr. Si mes lecteurs prennent le temps de m'écrire, trouver celui de leur répondre est bien le moins que je puisse faire. Vous n'avez pas ce plaisir, n'est-ce pas ? Vous créez un dessin qui apparaît sur des millions de flacons de shampooing, de couvertures de livres ou de boîtes de soupe, et vous ne savez jamais ce qu'en pense le public. Et, même si celui-ci désirait vous en faire part, c'est impossible, il ne vous connaît pas, ne sait pas où vous trouver.

— L'artiste qui crée un design est toujours l'homme invisible. Il arrive qu'on parle de lui, le plus souvent dans des revues spécialisées ou des livres d'art, mais, dans la plupart des cas, l'esthétique d'un produit semble générée comme par magie. Je crois que les gens remarquent à peine les formes ou les couleurs des objets qui les entourent, malgré l'énorme influence de celles-ci au niveau du subconscient, et...

L'apparition du serveur venu pour la commande les prit au dépourvu.

— Nous n'avons même pas consulté le menu... Laissez-nous encore quelques minutes, je vous prie.

Alex se retourna vers Claire, qui le regardait en souriant.

— J'avais oublié où nous étions ! Mais vous vouliez rentrer tôt pour finir un travail, il vaut mieux faire notre choix.

L'un comme l'autre fut, plus tard, incapable de se souvenir de ce qu'ils avaient mangé. Par contre, ils n'avaient pas oublié leur conversation, sans un instant de silence d'un bout à l'autre du repas, comme s'ils essayaient d'en dire un maximum en un minimum de temps.

— Je suis désolée, j'aimerais bien prolonger la soirée, mais je tiens absolument à terminer cette commande ce soir.

— Vous n'avez pas à vous excuser, je sais ce que c'est, de devoir remettre un travail à date fixe... Claire, c'est un plaisir rare et savoureux de parler avec quelqu'un à qui l'on a tant à dire, avait-il ajouté en arrêtant la voiture devant chez elle.

— C'est vrai ! (Elle lui avait embrassé la joue.) Merci pour cette délicieuse soirée, Alex !

Une soirée à laquelle Claire repensait pendant que l'écrivain discutait avec ses amis. Quand ils s'éloignèrent, il s'excusa.

— J'espère que vous ne vous êtes pas sentie abandonnée. Ils envisagent de donner une contribution importante à notre troupe, alors, je me devais de leur donner l'impression que nous avons besoin d'eux. Ce qui est, d'ailleurs, tout à fait le cas.

— Vous êtes très informé sur ce milieu. Et, si je me souviens bien, le héros d'un de vos romans est acteur. Vous avez fait du théâtre ?

— Non, je me contente de traîner dans les coulisses et d'observer. A moins que je n'aie autrefois rêvé d'être acteur, mais je ne crois pas : aussi loin que je me souviens, j'ai toujours voulu écrire.

— Mais vous ne le faites pas.

— Pas pour le moment...

Claire lui lança un regard étonné et il sourit, avec une expression gênée de petit garçon pris en faute, s'efforçant à l'indifférence mais incapable de cacher son excitation.

— En fait, j'ai eu une ou deux idées dernièrement, que j'aimerais creuser. C'est toujours ainsi qu'ont commencé mes romans, par quelques idées qui m'ont donné envie de voir où elles allaient me mener.

— C'est une merveilleuse nouvelle ! Vous n'êtes pas content ?

— Si, je crois. Pourtant, je n'avais pas vraiment l'intention de me remettre à l'écriture, vous savez.

Elle hocha la tête.

— Une telle décision ne peut pas être définitive. Pas plus que se jurer de ne plus jamais regarder un coucher de soleil, ou écouter de la musique ou manger.

— Vous pensez qu'écrire c'est comme écouter de la musique ou manger ?

— Je pense que c'est une partie intégrante de votre personnalité, de même que dessiner fait partie intégrante de la mienne.

— Oui, j'ai bien aimé votre remarque, dans un de nos entretiens, lorsque vous avez expliqué que vous ne pouviez pas vous empêcher de dessiner.

— Il y a, pour chacun de nous, une ou plusieurs activités qu'il doit pratiquer pour se sentir exister. Et je ne crois pas que vous vous sentiriez vivant si vous passiez des années et des années sans écrire.

— C'est possible, c'est peut-être ce que je suis en train de découvrir.

— Vous vous êtes mutilé d'une partie importante de vous-même, c'est pourquoi le monde vous semble incomplet, inconfortable.

Il sourit.

— Peu de gens comprennent ça.

— J'espère que cette prise de conscience vous rend heureux. Moi, j'ai cru rêver, dès que je me suis retrouvée.

— Cela me fait plaisir, mais ça m'inquiète un peu, aussi. C'est comme retourner dans la ville de son enfance, on sait que ce ne sera plus pareil, on va y rencontrer des souvenirs pénibles, l'intégration y sera à coup sûr plus difficile que la première fois.

— Vous croyez que vous aurez plus de mal à écrire qu'avant ?

— Plus on vieillit, plus ça devient difficile. Il faut davantage de temps pour trouver le mot exact, ou la métaphore la mieux adaptée, ou la description la meilleure, il est moins facile de se montrer neuf et précis dans ses pensées. Et, si l'on ne veut pas se répéter ou plagier involontairement ses auteurs favoris, il faut avoir une mémoire d'éléphant.

— Mais ce n'était pas de cette difficulté-là dont vous parliez, n'est-ce pas ? J'avais compris que vous faisiez allusion à votre peine à retourner à votre mode de vie d'autrefois, maintenant qu'une grande partie de cette vie n'est plus. Comme si, vous trouvant sur une autre planète, vous deviez fonctionner comme chez vous, ou même mieux.

— Une autre planète... C'est exactement ce qu'on ressent lorsqu'on a perdu un être cher, une sorte de cassure brutale, un tremblement de terre, et on ne s'y retrouve plus parce que tout est gauchi, identique en apparence mais en réalité tout à fait différent. Les ombres sont plus longues, les gens plus loin de vous, avec des voix plus fortes, ils affichent tous un bonheur insolent, les bâtiments semblent penchés en avant comme pour vous cacher le soleil, et, partout où vous allez, tout semble vaguement inconnu.

— C'est vrai..., murmura Claire en se souvenant de ce qu'elle avait ressenti durant ces jours passés à essayer d'admettre que Ted ne reviendrait plus jamais. Et votre écriture sera différente, vous ne croyez pas ?

— Je ne sais pas, il sera intéressant de le découvrir. Vous m'avez dit, lors d'un de nos entretiens, que vous ne dessiniez plus de la même façon qu'avant.

— Oui, mais ce changement n'a aucun rapport avec la perte d'un être cher, qui remonte à dix-huit ans. C'est à cause du gros lot, il m'a donné confiance en moi.

— Le fait de gagner le gros lot ?

— Le fait de posséder 60 millions de dollars.

— Vous me l'avez dit, et je l'ai mentionné dans mon article, mais je ne comprends pas bien. Quel est le rapport entre les 60 millions de dollars et votre façon de dessiner ?

Claire le regarda avec étonnement. C'était si évident, à ses yeux !

— Ma vie est plus facile, je me sens plus détendue, je peux porter mes efforts sur ce que je fais et non sur ce que je suis obligée de faire.

— Mais votre vision du monde n'a pas changé, ni votre perception des formes, des couleurs, de leur harmonie. Ni votre désir de faire le mieux possible.

— Non, mais je me sens plus prête à innover.

— Et vous faites preuve de davantage d'originalité ?

— Oui.

— Et vous pensez qu'à moins d'être riche on ne peut pas se montrer original ?

— En théorie, la réponse est : non, je ne le pense pas. Mais le pouvoir de l'argent est si rassurant, il permet de faire presque tout. Si l'on perd un objet, on le remplace. Si l'on échoue, on peut recommencer jusqu'au succès. Si l'on fait une erreur, rien n'empêche une autre tentative. Avec de l'argent, on se sent maître de sa vie, je n'avais jamais éprouvé ce sentiment avant d'être riche.

— A moins qu'autre chose n'ait changé en vous.

— Peut-être. Il se peut que, jusqu'à maintenant, j'aie été trop pusillanime pour être originale. Peut-être l'argent n'a-t-il rien à y voir.

— Je préfère cette version. Il faut bien grandir un jour.

— Eh bien, j'espère que c'est ce que je suis en train de faire. Mais que votre écriture devienne différente ou non, je suis bien contente que vous ayez décidé de vous y remettre. Je n'ai jamais cru à votre destin de docker.

— Mais je parlais sérieusement ! Ce n'était pas de la pose, c'était un moyen de me sortir de mon ornière et d'exercer un métier vivant et utile.

— Quelle ornière ?

— Ce sentiment de vivre sur une autre planète. Le désespoir dans lequel je m'enfermais, comme si j'essayais de mourir, moi aussi. J'avais besoin de quelque chose pour me tirer de là, j'en étais incapable tout seul.

— Et qu'est-ce qui vous a tiré de là ?

— Le temps, en partie. Mais surtout vous.

Les lumières du foyer furent baissées puis rallumées, et les spectateurs se levèrent aussitôt pour retourner à leur place. Alex et Claire se retrouvèrent le dos au mur, tout près l'un de l'autre.

— Deuxième acte, dit-il.

Il prit la main de Claire pour ne pas la perdre dans la foule, et, une fois installé à sa place, ne la lâcha pas pour consulter le programme.

— Regardez bien la petite, dans la première scène. Elle ira loin.

A partir de cet instant, ils se concentrèrent sur la scène mais ils remarquaient en même temps une réplique, le jeu d'un acteur. Au bout d'un moment, Claire s'aperçut qu'à chaque fois qu'elle levait les yeux elle rencontrait le regard amusé ou appréciateur d'Alex, comme si leur jugement coïncidait toujours exactement.

La fois suivante, elle s'obligea à ne pas bouger mais vit du coin de l'œil son mouvement de tête. Leurs yeux se rencontrèrent, et ils éclatèrent d'un rire silencieux. « C'est bien la première fois que je partage une plaisanterie avec quelqu'un sans que nous ayons échangé un seul mot ! »

— Il faut que je fasse une apparition à la réception, dit Alex après le baisser du rideau, cela fait partie des obligations d'un mécène ! Mais je voudrais partir tôt, je veux être avec vous. Nous pourrions rester une demi-heure... Vous viendrez à mon appartement, après ?

— Oui.

Après les nombreux rappels, ils allèrent à pied jusqu'au Gargoyle Café qui, éclairé à giorno par des projecteurs de scène, bouillonnait d'une joyeuse effervescence.

— Ils savent que c'était bon, même avec toutes les petites anicroches inséparables d'une première, remarqua le romancier après avoir présenté Claire à quelques amis. Ça se sent dans l'air, il y a un enthousiasme palpable, celui de gens qui savent que leurs aspirations se sont réalisées, c'est comme une bénédiction, et cela s'étend à des personnes n'ayant qu'un rapport éloigné avec le succès de la pièce. On ne le trouve nulle part ailleurs.

Il resta quelques minutes avec Claire à côté du bar, à bavarder avec le metteur en scène et le producteur, les comédiens, les machinistes et le reste du personnel, ainsi que les membres bienfaiteurs qui, comme lui, aidaient ce théâtre à survivre. Le bavardage augmenta en volume et intensité, et, quand une nouvelle fournée de consommateurs entra dans le restaurant, ils se trouvèrent une fois de plus noyés dans la foule, et une autre demi-heure se passa avant qu'Alex ne se tourne vers Claire.

— Moi qui ne voulais rester que quelques minutes ! On y va ?

— Allons-y ! Je ne me suis pas du tout ennuyée, vous savez, c'est si différent de toutes les réceptions auxquelles j'assiste habituellement. J'ai appris énormément, et je me suis bien amusée.

— C'est bien ce que j'espérais.

Il lui reprit la main et fendit la foule, disant au passage bonsoir à divers amis. Ceux-ci interrompirent leur conversation pour s'adresser à Claire.

— Passez dans notre loge, un soir, nous irons souper ensemble !

— Si vous voulez assister à une répétition ou à un cours d'art dramatique, vous serez la bienvenue !

— Nous avons le gala des membres bienfaiteurs, le mois prochain. Je suis certain qu'Alex vous en a parlé, mais je veux que vous sachiez combien nous serions heureux de vous y voir.

Claire pensa aux invitations reçues des amis de Quentin, lors de sa première rencontre avec eux. Deux mondes différents, si loin l'un de l'autre !

Alex l'aida à enfiler son manteau, et ils allèrent à la voiture, garée près du théâtre.

— Je ne vous ai pas parlé du gala des membres bienfaiteurs parce que je ne veux pas que vous vous sentiez obligée de faire partie de l'association, dit-il en remontant Christopher Street.

— Pourquoi pas ? Vous savez très bien que j'ai de l'argent et que j'envoie des contributions à certaines organisations caritatives, c'est dans votre article.

— Mais pas à des théâtres. Vous avez choisi les

domaines de l'éducation et de la musique. Et tout ce qui concerne les enfants.

— Parce que je ne sais rien du milieu du théâtre. Mais je ne demande qu'à apprendre. Je crois que j'irai assister à une représentation et à un cours. D'ailleurs, là n'est pas la véritable raison pour laquelle vous vous êtes abstenu de parler de ce dîner.

Il s'arrêta à un feu rouge et regarda devant lui les illuminations de Noël décorant boutiques et restaurants puis, plus haut, les lumières des arbres de Noël scintillant aux fenêtres des appartements. Pendant longtemps, cette période des fêtes avait été la plus dure à passer, des semaines pendant lesquelles tout lui parlait de la famille et du foyer disparus, où les cantiques de Noël, les cannes en sucre d'orge rouge et blanc et les Pères Noël des magasins semblaient rire de son désespoir, où l'absence de sa femme lui causait une douleur sourde qui semblait ne devoir jamais cesser. Et même plus tard, quand la douleur se fut atténuée, eut fini par disparaître, il n'était resté que le vide, et il se demandait s'il serait capable un jour d'éprouver de nouveau de l'amour. Maintenant, il connaissait la réponse à sa question. Ce soir, il planait sur un nuage, extatique, rempli d'un bonheur absurde.

— Vous avez raison, admit-il en démarrant lorsque le feu passa au vert. Je ne voulais pas que vous vous sentiez obligée de nous aider parce que, même si cela avait été une demande personnelle (et celles qui rapportent le plus sont toujours des demandes personnelles), ce n'en était pas moins une affaire d'argent. Et je ne veux pas qu'il soit question d'affaires entre nous.

Claire, silencieuse, regardait par la portière. La circulation était très fluide et ils remontèrent rapidement la Huitième Avenue bordée d'appartements décorés, de magasins dont les enseignes au néon éclaboussaient la nuit et contrastaient avec les illuminations de Noël, de disquaires dont les entrées ouvertes laissaient sortir des flots de musique, de boîtes de nuit aux lourdes portes chargées de mystère, d'immeubles devant lesquels des portiers en uniforme et gants blancs montaient la garde. Quelques passants promenaient des chiens, et des groupes de jeunes, bras dessus, bras dessous sur le trottoir, contournaient d'un bon pas les sans-abri endormis dans les coins de porte.

Claire avait l'impression d'entendre respirer la ville, une constante pulsation, un roulement sourd faisant vibrer les rues, une atmosphère tendue, des coups de vent continuels, comme si une bourrasque secouait à intervalles réguliers rues et immeubles. Venue des champs et des forêts du Connecticut, elle se sentait dépaysée, mais en même temps attirée par l'intensité bourdonnante et grondante de la ville. Pour la première fois, elle se dit qu'il ne lui déplairait pas de vivre ici.

Alex l'avait regardée une fois ou deux en conduisant, mais n'avait dit mot, et ils restèrent silencieux, absorbés dans leurs pensées. Claire appréciait qu'il ne se sente pas obligé de lui faire la conversation continuellement même s'il n'avait rien à dire. Ce qui, en fait, n'était jamais le cas : ils avaient toujours des idées à échanger. Elle repensa aux semaines qui venaient de s'écouler, lorsque après des heures de travail silencieux côte à côte, ils s'asseyaient devant une tasse de thé et parlaient de tout, du monde et d'eux-mêmes. Claire n'avait jamais eu de telles conversations, sauf avec Gina et Hannah. Elle n'avait jamais eu d'homme parmi ses amis proches.

Alex quitta West End Avenue et tourna dans une rue calme dont l'atmosphère, bien différente de celle des rues qu'ils venaient de parcourir, frappa Claire. Pas de grands immeubles, pas de poubelles sur les trottoirs, pas de taxis roulant à toute allure, mais de grands arbres bordant le trottoir devant d'élégantes maisons de grès. Le tumulte de la ville avait disparu, l'endroit semblait une enclave du XIXe siècle, et Claire s'attendait presque à y voir des attelages et de jeunes crieurs de journaux en casquette.

Ils suivirent la route jusqu'au bout, où un immeuble carré et gris se dressait au coin de Riverside Drive, éclairé en jaune orangé par les lampadaires. Alex fit un créneau.

— Vous ne vous en rendez peut-être pas compte, mais vous êtes témoin d'un petit miracle : une place pour se garer dans la 105e Rue !

Lorsque Claire descendit de voiture, il lui prit la main et la mena jusqu'à une porte qu'il ouvrit avec sa clef.

— Pas de portier. Aucun des copropriétaires n'en voulait, c'est trop cher. Nous avons quand même un employé dont la spécialité est la sieste. De temps en temps, il accepte de consacrer un peu d'énergie à un petit travail, comme de sortir les poubelles.

Le vestibule était gigantesque, complètement vide et à peine éclairé, avec un sol carrelé d'un damier noir et blanc. A chaque extrémité se trouvait un ascenseur à la porte rayée et écaillée. Pas de liftier non plus.

— Nous faisons tout notre possible pour ne pas ressembler à un immeuble de la Cinquième Avenue, de façon à décourager les éventuels cambrioleurs. Je n'ai rien à me faire voler, mais ce n'est pas le cas de tous mes voisins, et les appartements sont plutôt bien, vous allez voir.

Ils montèrent jusqu'au dixième et suivirent le couloir menant à une autre porte au vernis défraîchi. Alex ouvrit, et ils entrèrent dans une grande pièce. A la fois, comme l'avait expliqué Alex, salle à manger, salon et bureau, avec une kitchenette à un bout et une minuscule chambre à l'autre. Le mobilier était spartiate : sofa et fauteuil, table basse, petite table de salle à manger entourée de quatre chaises, deux bureaux, dont un pour l'ordinateur et l'imprimante, et plusieurs fichiers. Mais un *kilim* dans les tons grenat, des lampadaires à abat-jour rouge, une affiche peu connue de Toulouse-Lautrec, des étagères débordant de livres sur deux des murs et de chaque côté des fenêtres en faisaient une pièce sympathique et chaleureuse.

— J'ai vue sur l'Hudson. Il faudra venir de jour, vous verrez, nous avons droit à de superbes couchers de soleil. Vous devez avoir faim... Du Stilton, des poires et un bon bordeaux, ça vous va ?

— Tout à fait.

Elle regardait par la fenêtre les lumières de Riverside Drive et du bord de l'eau, dix étages plus bas.

— On a l'impression d'être très loin de la ville.

— C'est une plaisante illusion. Mais j'aime bien la ville, maintenant que j'y ai mon coin à moi.

Il posa le fromage, les fruits et le vin sur la table basse, s'assit sur le canapé et regarda Claire hésiter entre le fauteuil et l'autre extrémité du canapé, où elle finit par s'installer. Il remplit les verres, lui en tendit un.

— C'est la première fois en quatre ans que j'amène quelqu'un ici, dit-il d'un ton détaché.

Elle le regarda d'un air surpris.

— Je n'ai pas mené une vie monacale, loin de là, mais je n'ai jamais pu me résoudre à ramener quelqu'un chez moi. Dès le premier jour, cet endroit a été comme une partie trop personnelle de moi-même pour supporter d'être montrée à d'autres. Le plus profond de l'être, dont on ne parle pas.

Il y eut un silence.

— J'apprécie l'honneur, alors !

Sans quitter son verre des yeux, Alex hocha lentement la tête.

— Vous faites toujours la réponse que j'espère.

Il déposa du fromage et une poire sur une assiette et la tendit à Claire.

— Je n'ai pas délibérément décidé de ne plus m'impliquer dans une relation sentimentale, c'est arrivé tout seul. Je ne pouvais supporter l'idée de vivre avec l'une des femmes que je connaissais, ni de passer trop de temps avec elle, je ne pouvais pas envisager de vivre avec qui que ce soit, pas même mon fils. La première année, j'avais une énorme faim de solitude, je ne pouvais me retrouver un peu que dans le silence. Ensuite, j'ai eu besoin de voir des gens, mais pas chez moi, et pas de façon permanente. Jusqu'à ce que j'aille travailler dans votre atelier. Au bout de la troisième séance, je n'avais plus envie de partir. Ou bien, puisqu'il fallait partir, j'aurais voulu vous prendre avec moi et vous amener ici. Je n'avais pas envie de revenir ici sans vous.

Claire, immobile, écoutait avec un sentiment d'heureuse expectative, comme un enfant à l'approche de Noël. Ce n'étaient pas l'excitation et l'enthousiasme ressentis lorsqu'elle avait fait la connaissance de Quentin et de sa bande, mais un sentiment plus profond, l'impression que des morceaux de sa vie s'organisaient, s'emboîtaient, qu'elle arrivait quelque part où elle était à sa place et attendue, où tout était ordre et harmonie.

Alex attendit sa réponse, prêt à se taire si elle l'arrêtait, mais il savait bien qu'elle ne le ferait pas. Leurs pensées se rejoignaient, comme au théâtre lorsqu'ils lisaient chacun dans le regard de l'autre.

— Autrefois, avant que le rythme du monde ne s'accélère, les gens prenaient le temps de faire connaissance, de passer naturellement et en douceur d'un stade d'amitié à un autre, au lieu de sauter dans le lit après le premier verre ou le premier repas...

Elle contempla avec plaisir le visage osseux, sérieux, volontaire, les cheveux châtains un peu grisonnants, bouclés sur la nuque, la bouche austère et les yeux profondément enfoncés qui, tandis qu'elle parlait, n'avaient pas quitté son visage, comme si ce qu'il voulait avant tout était rester proche d'elle.

— J'aime la façon dont notre amitié grandit, et j'aime ce qu'elle est en train de devenir, ajouta-t-elle.

Les coins un peu amers de la bouche du romancier se relevèrent, son regard s'éclaira. Il s'approcha d'elle, et tous deux s'étreignirent comme s'ils se connaissaient depuis toujours. Et, dans leur premier baiser, bouche et corps accueillirent ceux de l'autre comme s'ils touchaient enfin au port après un long voyage. Ils se serrèrent étroitement, sentant près de leur cœur battre le cœur de l'autre. Toujours enlacés, ils se levèrent ensemble, elle sentit le corps dur d'Alex contre le sien, les épaules saillantes, les bras musclés qui l'entouraient. Pour la première fois depuis qu'ils se connaissaient, ils n'avaient plus envie de parler, ne voulaient que serrer l'un contre l'autre leur corps tendu par le désir.

« Ce n'est pas une compétition, c'est un voyage à deux... »

Ils s'écartèrent, se regardèrent dans les yeux.

— C'est merveilleux, murmura l'écrivain, je crois rêver... Je vous aime, Claire, je vous aime et j'aime ce que nous sommes ensemble, et les possibilités s'ouvrant devant nous maintenant que nous nous sommes rencontrés, et...

— Alex... Même un écrivain devrait savoir quand les mots sont superflus.

Posant la main sur sa nuque, elle attira sa bouche vers la sienne. Dans les bras l'un de l'autre, ils firent un pas en direction de la chambre... et entendirent une clef tourner dans la serrure!

Alex leva la tête.

— David! marmonna-t-il. Bon Dieu, qu'est-ce que...

Il fit deux pas vers la porte, mais celle-ci s'ouvrit avant qu'il n'y arrive, et un grand garçon mince entra dans la pièce comme s'il était chez lui. C'était une copie plus jeune et plus dégingandée d'Alex, avec les mêmes cheveux bouclés et les mêmes yeux profondément enfoncés, mais le visage était moins aigu et les lèvres plus charnues. Ses traits étaient plus fins que ceux de son père, et, dans quelques années, il serait irrésistible.

— Salut, p'pa! (Il aperçut Claire.) Oh! (Il se tapa sur le front d'un geste théâtral.) Je suis le plus parfait idiot du monde! Je n'ai pas pensé un instant que... Enfin, tu comprends, tu n'amènes jamais personne ici, et...

— Ça ne fait rien, voyons! intervint Claire en s'avançant vers lui la main tendue. Je suis Claire Goddard.

Elle avait les jambes molles et devait être plutôt échevelée, mais, d'une certaine façon, l'arrivée impromptue de David était plutôt comique et elle avait envie de rire.

— David Jarrel. (Il lui serra chaleureusement la main.) Je suis vraiment et sincèrement désolé, du fond du cœur! Je ne suis pas si gaffeur, en général, mais vous comprenez, quand je viens ici, d'habitude...

— David...

La voix d'Alex était rauque. David se tourna vers lui et les deux hommes s'étreignirent. Ils étaient presque de la même taille.

— Salut, p'pa! C'est O.K.! Je file! Je reviendrai demain ou un de ces jours!

Alex le regardait d'un œil sévère.

— Qu'est-ce qui se passe?

— Rien, p'pa, pourquoi veux-tu qu'il se passe quelque chose?

— Parce qu'il est presque minuit et que tu as classe demain, et...

— Faux, on est en vacances.

— Diane et Jake savent que tu es ici?

— Euh, pas vraiment...

— Qu'est-ce que ça veut dire, *pas vraiment*? Tu es parti sans les prévenir?

— Ils étaient sortis.

— Et tu n'as même pas eu la politesse de leur laisser un mot ?

— Eh, p'pa, ne t'emballe pas comme ça ! Ne t'en fais pas, je file. Désolé de mon intrusion !

— Non, non, reste un peu. Sers-toi à boire, on va parler. Mais il faut d'abord que tu appelles Diane et Jake.

— Ben, tu sais, on s'est un peu disputés au dîner...

— A propos de quoi ?

— De cet endroit où mes copains veulent m'emmener demain soir, dans le New Jersey. Diane a dit qu'elle ne voulait pas que j'y aille, Jake aussi.

— Quel endroit dans le New Jersey ?

— Je ne sais pas, je ne sais rien... Un endroit où on fait de la musique, tu sais, des vedettes du rock. Ils disent que c'est une espèce de grange. J'ai plein de copains qui y vont !

— Tu veux aller quelque part et tu ne sais pas où c'est, ni ce que c'est, ni qui y va, ni ce qui s'y passe, et tu es surpris que ton oncle et ta tante te refusent l'autorisation ?

Il y eut un silence. David haussa les épaules, alla se chercher à boire dans la cuisine, jeta la capsule dans la poubelle et décrocha le téléphone.

— Pardon, murmura Alex à Claire. Et le mot est bien faible pour exprimer ce que je ressens.

— Vous n'y pouvez rien, répondit-elle à voix basse. Et David est charmant.

— C'est vrai. En fait, je le trouve merveilleux et je l'adore, et la plupart du temps nous nous entendons plutôt bien. Mais je m'inquiète aussi, parce que je me sens impuissant, je ne sais que faire, sinon toujours appuyer les décisions de Diane et de Jake, ce sont eux ses véritables parents, pour le moment. Et je n'oublie pas que je l'ai abandonné entre leurs mains. Lui non plus, je suppose.

— Vous croyez qu'il vous en veut ?

— Le contraire m'étonnerait.

— C'est peut-être vrai, mais vous traversiez une crise et vous vous êtes installé tout près, vous n'avez jamais cessé de l'aimer, il a sa place dans votre vie. Cela aussi, il le sait. Je parie qu'il ne vous en veut pas. J'ai plutôt l'impression d'un fils qui adore son père autant que son père l'adore.

Alex regarda David qui, affalé sur le bureau, parlait au téléphone en se grattant machinalement l'oreille.

— Merci, Claire, je ne demande qu'à vous croire. (Il hésita.) Je regrette que vous soyez si vite tombée sur ce côté de ma vie, il ne cadre guère avec l'image romanesque de...

Claire jeta un regard à David, qui les observait du coin de l'œil en téléphonant.

« Il a quatorze ans, il peut comprendre. »

— Alex... (Elle s'approcha de lui, posa la main sur sa joue.) Je ne veux pas d'une image romanesque, je veux vous.

Il lui prit la main, lui embrassa la paume.

— Vous voulez bien attendre pendant que je règle cette histoire ?

— Vous préférez peut-être que je ne sois pas là. Je vais prendre votre voiture et rentrer, je vous la ramènerai demain.

Il ne réfléchit qu'une fraction de seconde.

— C'est à vous de décider, mais je préférerais que vous restiez.

— D'accord, dans ce cas, à moins que David n'y voie un inconvénient.

Le jeune homme tendit le téléphone à son père.

— Diane veut te parler.

Alex prit le téléphone, et David se jeta dans le fauteuil en poussant un long soupir.

— Ils ont oublié comment c'est, à mon âge !

Claire retourna au canapé, se rassit à sa place, prit son verre de vin encore intact.

— Peut-être s'en souviennent-ils, au contraire. Et c'est pour ça qu'ils se font du souci.

Il secoua la tête d'un air sombre.

— Pensez-vous, ils sont bien trop vieux ! (Il la regarda.) Vous connaissez mon père depuis longtemps ?

— Quelques semaines.

— Alors, il se passe quelque chose ? Je veux dire, vous êtes chez mon père, ce qui, laissez-moi vous le dire, est plus qu'une surprise. J'ai une nouvelle à apprendre ?

— Votre père vous parle bien de ses amis ?

— Oui, mais il ne m'a jamais parlé de vous.

— Il ne vous a pas dit qu'il écrivait un article sur quelqu'un qui a gagné le gros lot ?

— Ouais... Une femme dans le Connecticut. Elle a décroché le cocotier, elle habite une somptueuse maison dans les bois à Wilton, il m'a montré des photos... Oh, c'est vous ?

Claire acquiesça.

— Vous avez gagné le gros lot ! C'est génial ! Je n'ai jamais rencontré personne ayant gagné quoi que ce soit à la loterie. Alors p'pa est allé vous interviewer, et c'est comme ça que vous avez fait connaissance ?

— Tout juste.

Claire était amusée et touchée de voir qu'il revenait toujours à son père.

— Il me raconte toujours ses interviews. D'habitude, il ne sort pas avec les personnes qu'il voit pour son travail.

Claire ne répondit pas, se contentant de sourire, et David se tortilla dans son fauteuil d'un air gêné.

— Enfin, bien sûr, il n'y a pas de règle pour l'en empêcher, c'est juste qu'il ne l'a jamais fait ! Alors vous devez lui plaire plus que les autres femmes qu'il a interviewées.

— Je l'espère.

— Vous l'aimez beaucoup ?

— Oui.

— Et il vous aime beaucoup ?

— C'est ce qu'il m'a dit.

David regarda sa boîte de Coca.

— Alors, si vous vous mariez, vous habiterez ici ou dans votre maison du Connecticut ?

— Nous n'en sommes pas encore là...

— Je parie que votre maison a plein de chambres...

— Juste.

— Toutes occupées, j'imagine.

— Deux d'entre elles le sont. Il y a ma fille et ma cousine... ou ma tante, je ne sais pas trop.

Elle eut envie de l'inviter mais s'en abstint. Mieux valait demander d'abord l'avis d'Alex. Elle essaya de changer de conversation.

— Que faites-vous, avec vos copains, à part assister à des concerts de rock dans le New Jersey ?

— Je n'assiste à aucun concert de rock dans le New Jersey, pour la bonne raison qu'on me traite en gamin, pas en lycéen ! Mon oncle et ma tante ne savent pas être parents, sans doute parce qu'ils n'ont jamais eu d'enfants. Mon père et ma mère savaient, eux. Nous avions une maison, mon père vous l'a dit, je suppose. Nous y vivions tous les trois, et je faisais tout ce que je voulais.

« Le voilà revenu à son père. C'est presque une idée fixe ! »

— C'est vrai ? C'est étonnant... Vous n'aviez que neuf ans, non, lorsque vous avez perdu votre mère. Vous faisiez vraiment tout ce que vous vouliez ?

— J'avais presque dix ans, c'était trois semaines et un jour avant mon anniversaire. Savez-vous que je suis le seul de ma classe dont la mère soit morte ? Tous les autres ont des parents divorcés.

Il s'enfonça dans le fauteuil, serrant contre lui sa boîte de Coca, et continua :

— Mes parents ne m'ont jamais rien refusé. S'ils l'avaient fait, je m'en souviendrais.

— De quoi te souviendrais-tu ? demanda Alex.

Il posa la main sur l'épaule de son fils puis s'assit à l'autre extrémité du canapé.

— Si toi et maman m'avaient empêché de faire quelque chose.

L'écrivain esquiva la question implicite.

— Tu es encore en train de radoter sur cette grange dans le New Jersey ?

— C'est elle qui m'en a parlé ! (Alex fronça les sourcils et pinça les lèvres.) C'est Claire, se hâta de corriger l'adolescent. Claire m'a demandé ce que nous faisions, tu comprends, où nous allions, des trucs comme ça.

— Eh bien, ce soir, où tu vas, c'est ici !

Les yeux de David s'éclairèrent.

— Je reste dormir ?

— Ce n'est pas ce que tu as dit à Diane et à Jake ?

David baissa la tête.

— Enfin, oui, enfin, j'espérais que je pourrais... Ouais, j'ai dû dire que je couchais ici... Sauf que peut-être vous voudriez être seuls... Je ne veux pas vous déranger.

Alex et Claire échangèrent un regard et sourirent.

— Tu ne nous déranges pas, tu es chez toi, tu le sais bien. C'est pour ça que tu as ta clef.

— Alors tu pourras me laisser aller avec mes copains, demain soir ?

— Dans le New Jersey ?

— Ouais.

— David, tu connais sans l'ombre d'un doute ma réponse. Et tu es trop intelligent pour jouer à ce petit jeu ! (Silence.) Regarde-moi ! (David leva les yeux.) Tu sais parfaitement que je n'irai jamais contre une décision prise par Diane et Jake, que je n'ai aucune raison de t'autoriser à y aller, et toutes les raisons de penser exactement comme eux. Tu n'as pas la permission d'y aller.

David contempla ses pieds, croisés sur la table basse. Puis il se leva et alla prendre un autre Coca dans le réfrigérateur.

— David ? demanda Claire lorsqu'il revint s'affaler dans le fauteuil, comment ces garçons vont-ils aller dans le New Jersey ?

— En voiture.

— Alors ce ne sont pas des lycéens de ton âge, ils sont plus vieux que toi. Ce sont des copains de ta bande ?

— Pas vraiment.

— Alors pourquoi ont-ils proposé de t'emmener ? Que veulent-ils de toi ?

— Pfeuh... (Il regarda ses pieds puis se décida.) Ils ont un programme informatique à écrire, un travail de groupe, et ils n'y arrivent pas, alors ils veulent que je leur fasse.

— Mais c'est tricher, ça ! intervint son père.

— Non, ils ont le droit de se faire aider, expliqua David avec gêne. Ils ont demandé à leur prof, il a dit qu'ils pouvaient.

— Aider comment ?

— Tu sais bien, leur montrer comment s'y prendre.

— Mais tu parles d'écrire leur programme à leur place. Ce qui est bel et bien tricher et pourrait t'attirer un tas d'ennuis.

Au bout de quelques instants, David acquiesça.

— Ouais, je sais. Mais ils m'ont demandé, alors tu comprends...

— Ils t'ont traité d'égal à égal, comme si tu faisais partie de leur bande, suggéra Claire. Et ça t'a fait plaisir.

David la regarda et fronça les sourcils.

— Ouais...

— Ça m'est arrivé, une fois, continua Claire. C'était comme si des portes s'ouvraient sur un monde nouveau. Ç'a été merveilleux pendant un moment, puis je m'en suis lassée, et j'ai compris que je n'étais pas vraiment à ma place.

— Et alors ?

Claire, craignant de s'être mêlée de ce qui ne la regardait pas, regarda Alex. L'approbation et la tendresse qu'elle lut dans ses yeux lui coupèrent le souffle.

— Alors je crois que tu ferais mieux de laisser tomber cette grange dans le New Jersey et de ne programmer que pour toi. Tu dois être très bon, et ce n'est pas leur cas.

— Ils sont bêtes comme leurs pieds ! lâcha-t-il comme si on lui avait enlevé une lourde charge. (Il se redressa dans son fauteuil.) Mais vous comprenez, ils sont à la coule et ils disent que cet endroit est génial et...

— Alors tu iras quand tu seras étudiant, intervint Alex.

— Si j'ai une voiture ! Diane et Jake disent que...

— Eh bien, j'ai aussi mon mot à dire là-dessus.

David eut l'air surpris, mais son père mit un point final à la conversation en se levant.

— Ecoute, il est tard, je ramène Claire chez elle. Si tu n'es pas endormi quand je serai rentré, on reparlera de tout ça.

— Je ne pourrais pas...

— Non.

Claire regarda Alex, puis de nouveau David.

— Ce ne serait pas une mauvaise idée, dit-elle doucement.

Alex hésita à peine.

— D'accord, tu peux venir !

— Chouette ! Merci ! (Il déplia son grand corps et se

pencha pour embrasser la jeune femme sur les deux joues.) Vous êtes géniale, je suis bien content que ce soit vous qui ayez gagné le gros lot. (Son regard alla de l'un à l'autre.) Je vous attends en bas !

Il sortit. Alex prit la main de Claire.

— Vous êtes merveilleuse, tout est facile avec vous.

— C'est toujours plus facile quand il ne s'agit pas de son propre enfant. Mais c'est vraiment un charmant garçon, vous devriez en être fier, ce n'est pas seulement grâce à votre sœur et à votre beau-frère.

Alex se leva, l'entraînant avec lui, prit son visage entre ses deux mains et l'embrassa. Claire le serra contre elle, sentit ses bras la presser contre lui. Leurs corps se touchèrent, et elle s'émerveilla de voir que leurs actes semblaient émaner d'un seul esprit. Leur baiser se fit plus passionné, la tête commença à lui tourner, un long gémissement sourd s'échappa de sa gorge, et, d'un même geste, ils se séparèrent.

— Sortons, dit Alex, sinon, on ne partira jamais. Demain soir... On peut se voir demain soir ?

— Oui, oui, bien sûr, mais sommes-nous obligés d'attendre le soir ?

Il éclata d'un rire joyeux.

— Non... Dès l'aube, si vous voulez, bien qu'elle ne soit que dans quelques heures. Dites-moi quand !

— Je vous appellerai demain matin. (Son corps se retrouvait seul, et cela faisait un peu mal.) Je veux voir comment ça va chez moi.

Alex lui mit son manteau, lui embrassa la nuque.

— Ce n'est pas grave, nous avons toute la vie devant nous !

16

Hannah avait invité Forrest Exeter à déjeuner et il arriva tôt, impeccablement vêtu d'un costume sombre, avec une cravate rayée et un chapeau mou qu'il enleva d'un geste théâtral pour saluer Gina. Puis il baisa avec révérence la main de Claire.

— C'est un honneur de faire votre connaissance, madame Goddard, vous qui êtes une de nos amies les plus chères.

Claire souleva les sourcils.

— Parce que je vous ai versé de l'argent ?

— Mais non, pas du tout. Je ne mélange jamais argent et amitié, je ne les mentionne pas dans la même phrase. L'amitié est un don sacré, grâce auquel nous nous épanouissons. Si nous en sommes privés, nous nous fanons et mourons. Les poètes le savent, ils chantent l'amitié. Ce sont les banquiers, race stérile, qui parlent d'argent.

— Certes...

Elle le mena à la bibliothèque, où Hannah avait dressé la table devant le feu.

— Mais ce n'est pas l'amitié qui financera votre centre d'études poétiques.

— Ma chère madame, l'amitié est le premier et le plus beau de tous les cadeaux, d'où découlent tous les autres. Vos deux chèques, dont nous avions un besoin désespéré, et que nous avons acceptés avec une reconnaissance illimitée, témoignent de votre sympathie pour notre cause et de votre confiance en moi. En un mot, vous vous êtes montrée une véritable amie !

Claire ne lui fit pas remarquer qu'il se trompait sur les motifs et faisait erreur sur la personne : elle lui avait envoyé de l'argent par amitié pour Hannah et n'avait pas pensé un instant à lui. Et elle considérait cette somme comme un placement à fonds perdus.

Dans la bibliothèque, elle et Gina prirent place autour de la table ronde, recouverte d'une grande nappe à carreaux verts et rouges et garnie de vaisselle à décor de feuilles de houx. Tandis que Hannah servait le potage, Forrest, appuyé au manteau de la cheminée, contemplait les trois femmes. Sa bouche était à demi cachée par sa barbe, mais ses yeux bleus et brillants soutenaient le regard de Claire et exprimaient une sincérité sans faille. Bien qu'elle le considérât comme un escroc, elle ne pouvait s'empêcher de le trouver sympathique.

— Le monde contient une telle abondance de beauté que, dans la brève période que nous passons sur terre, nous pouvons à peine espérer commencer à la percevoir…

« Il doit parler ainsi à ses étudiants, avec cette voix profonde, sécurisante, et de plus en plus fervente à mesure qu'il parle. »

— A chaque aube, le monde s'éveille à de nouvelles promesses. Regardez autour de vous… Nous sommes entourés de possibilités merveilleuses, et nous voici, dressés face au précipice sur la pointe des pieds, bras étendus, prêts à prendre notre essor ! Mon Dieu, quel bonheur d'être en vie, de sentir à portée de main les trésors infinis de ce monde illimité. Quelle félicité de s'éveiller chaque jour devant une telle splendeur !

Claire, du coin de l'œil, observa Hannah et Gina : les yeux fixés sur l'orateur, elles souriaient. Comme elle, sans doute. La voix d'Exeter était comme une rivière, la transportant hors de chez elle et hors d'elle-même. Mais, autant que sa voix, sa posture, bras tendus, prêt à bondir d'enthousiasme, débordant d'émerveillement, tel un petit enfant explorant un monde séduisant où tout attire et est à découvrir, donnait autant envie de le suivre qu'une musique entraînante suscite l'envie de danser.

— C'est à vous, êtres humains intelligents et sensibles, continua-t-il en baissant la voix puis en la haussant comme un prédicateur, qu'il appartient de multiplier ses beautés, de faire qu'elles portent des fruits qui retomberont comme une douce pluie venue du ciel pour étancher la soif d'absolu des malheureux de ce monde, et éliminer à jamais violence, destruction, désespoir et…

Claire l'arrêta dans son élan.

— Je suis tout à fait d'accord. Qui ne l'est pas, d'ailleurs ?

Il la fixa un instant puis étendit les mains, la gratifia d'un sourire rayonnant et s'assit à table. Gina le regardait avec admiration.

— Vous êtes très fort ! Je ne m'étonne plus que les gens vous fassent des dons. Vous avez passé le chapeau pour combien d'autres projets ?

Devant le choix des mots de Gina, une brève crispation de douleur traversa son visage, remplacée aussi vite par l'éblouissant sourire.

— Aucun, hélas ! Je ne m'y serais pas refusé, mais le moment n'était jamais propice. Je rêve depuis longtemps de ce centre d'études poétiques. Bien sûr, ce sont nos rêves qui nous font vivre, sans eux, nous nous dessécherions comme des pruneaux, ils nourrissent notre âme et nous gardent vivants, en harmonie avec un univers qui est lui-même tissé des rêves des hommes. Endormis ou éveillés, nous rêvons, c'est une fusion avec le passé et le futur invisible. Et maintenant, grâce à la miraculeuse générosité de Mme Manesherbes, toutes les étoiles de ma destinée ont tourné sur leur orbite pour se mettre au diapason de l'infini. Et me voici prêt à consacrer tous mes efforts et toute mon énergie à la mission de ma vie, celle qui donnera son sens à mon existence ! Lorsque je quitterai ce pauvre monde torturé, il sera un petit peu meilleur qu'à mon arrivée.

— Et comment ? demanda brutalement Gina. Il faut d'abord que la généreuse donatrice débloque les fonds !

Claire, qui appréciait le numéro d'Exeter, leva les yeux, attendant sa réponse. Il hocha plusieurs fois la tête comme un vieux sage, posa sa serviette sur ses genoux, prit une cuillerée de potage aux poireaux et en vérifia délicatement la température du bout de la langue.

Claire jeta un coup d'œil à Hannah, pour une fois, muette. Elle regardait son ami d'un air serein. Quand, après quelques instants, elle comprit qu'il n'avait pas l'intention de répondre, elle posa sa cuiller et dit :

— Forrest a le goût des situations théâtrales, c'est d'ailleurs ce qui fait de lui un professeur si exceptionnel. Vous devriez voir sa classe : elle brûle d'enthousiasme. Il donne vie à la littérature et à la poésie, et celles-ci révèlent aux étudiants l'amour et la passion. Ils croient qu'ils savent tout sur ce sujet, mais, en fait, ils ne sont que des novices, parce qu'ils sont trop jeunes et trop abrupts. Forrest leur fait découvrir ce qu'est le véritable amour et ils adorent ses cours. Il y a des listes d'attente pour y être admis.

— Vous y avez assisté ? demanda Gina.

— Oh oui, bien sûr, très souvent. Vous pourriez y aller aussi, il accepte avec plaisir les auditeurs libres. J'ai assisté à ses cours, plus ou moins régulièrement, depuis notre première rencontre en juin. Je ne m'embarque jamais à l'aveuglette, vous savez !

Claire, pensant à l'industriel italien dont Hannah avait fait la connaissance lors d'une croisière en Méditerranée, et à l'agent immobilier de Pennsylvanie, lui lança un regard sceptique.

— Au cours des années, j'ai rencontré beaucoup de gens avec des projets d'envergure, et, bien sûr, tout ce qui les intéressait, c'était l'argent. Comme ceux qui ont assiégé votre appartement, Claire, lorsque vous avez gagné le gros lot. J'en ai aidé quelques-uns, avec le peu de dollars économisés sur mon salaire d'enseignante, et j'en ai refusé à d'autres. Et je me suis aperçue que j'étais capable de juger leurs projets, de savoir instinctivement ceux qui allaient réussir et ceux qui couraient à l'échec. Je le lisais dans leurs yeux. Et jamais je ne me suis trompée. Mais vous n'avez jamais regardé Forrest dans les yeux, vous, vous m'avez donné l'argent parce que vous m'aimiez, et vous n'avez posé aucune question. Vous êtes une femme exceptionnelle, Claire, et votre fortune ne vous a pas changée du tout.

Claire la regardait toujours d'un air dubitatif. Elle ne croyait pas un instant que Hannah, modeste institutrice, ait été la proie des quémandeurs, ni qu'elle ait eu le don de prédire le succès ou l'échec des investissements. Hannah croisa les mains sur la table et continua, avec un sourire rayonnant :

— Forrest vous a joué la comédie, Claire, c'est plus fort que lui ! En fait, il a quelque chose pour vous... Allons, Forrest, vous avez assez fait durer le plaisir !

Exeter acquiesça docilement, fouilla dans sa poche et sortit une petite enveloppe qu'il tendit aussi solennellement à Claire que s'il accomplissait un rite antique.

— Avec l'expression de ma plus fervente gratitude et de mon admiration pour une vraie grande dame et une très chère amie !

Elle prit l'enveloppe et en sortit un chèque de 50 400 dollars.

— J'ai calculé sur la base d'un taux d'intérêt annuel de 10 % pendant un mois, expliqua Forrest Exeter, mais j'avoue ne rien connaître à la mathématique et avoir pour cette discipline une forte aversion. Si la somme ne vous satisfait pas, je peux…

— C'est parfait.

Elle regardait le chèque. « Si c'était une pièce, je pourrais mordre dedans pour voir si elle est vraie ! Mais un chèque… Je ne peux que l'envoyer à la banque et voir s'il est encaissé. »

— Ce n'est pas un chèque en bois, vous savez ! remarqua Exeter avec un sourire espiègle. Le compte est approvisionné, tous mes rêves vont se réaliser.

— J'en suis sincèrement heureuse pour vous. Et je vous dois des excuses.

— Oh non. (Il leva la main, comme un prédicateur.) Nous autres, visionnaires, sommes accoutumés à la méfiance. Vous n'aviez aucune raison de croire en moi, sinon la confiance que me témoignait Hannah, et je suis sûr que vous m'avez pris pour un charlatan qui l'avait hypnotisée afin de lui voler son argent. Mais vous avez changé d'avis, n'est-ce pas ? Et nous pouvons être amis. Je vais vous parler du centre d'études poétiques… Dix chambres, pour les poètes qui auront besoin d'un lieu de retraite où vivre et écrire pendant quelques semaines, et un réfectoire, bien sûr. Leurs confrères plus célèbres viendront lire leurs œuvres, donner des conférences, diriger des séminaires. Nous organiserons des projections de films et des concerts…

Il parla pendant tout le repas, avec un peu moins de théorie et davantage de renseignements concrets et de chiffres concernant le centre d'études poétiques.

— Nous ne ferons jamais de bénéfice, la vie est ainsi. Nous obtiendrons des bourses de divers organismes, nous permettant de fonctionner avec un régime spartiate, mais il ne faut pas espérer mieux. Dans nos sociétés modernes, la poésie est tout en bas de la liste des priorités. De toute façon, la finalité de la poésie n'est pas de gagner de l'argent, c'est d'enrichir l'âme des hommes et des nations.

Claire pensait à Alex, à son théâtre et à tous les autres organismes du pays, dont les brochures, les lettres suppliantes mais élégamment rédigées tombaient chaque jour dans sa boîte aux lettres. Ces organismes, qui avaient beau être en dehors du système économique et n'avoir comme ambition que d'élargir les horizons, artistiques ou autres de leurs adhérents, ne pouvaient exister sans argent. Tout revenait à l'argent, lui seul pouvait résoudre les problèmes. Et elle n'en manquait pas, il arrivait chaque mois si régulièrement qu'elle n'y pensait même plus. Pas plus qu'elle ne s'étonnait d'avoir appris les mille façons de le dépenser.

— Je suis bien d'accord! Je serais heureuse de faire un don, quand vous connaîtrez vos besoins.

— Oh, c'est très généreux de votre part! En fait, nous savons déjà combien...

— Nous vous le dirons quand nous aurons tous les chiffres, intervint fermement Hannah en commençant à verser le café, rien n'a démarré encore, nous préparons l'inauguration pour septembre.

— C'est incroyable! s'exclama Gina, elle a finalement envoyé l'argent, cette Mme Machintruc!

— Mme Manesherbes. Quelques-uns d'entre nous n'ont jamais douté qu'elle finirait par le faire, répondit sévèrement Hannah. Forrest sait s'y prendre, vous avez bien vu!

Claire, sourcils froncés, répéta la phrase de la vieille dame.

— *Nous vous le dirons quand nous aurons les chiffres... nous préparons...* Qu'est-ce que cela signifie?

— Eh bien, ma chère Claire. (Hannah lui prit la main.) J'avais l'intention d'attendre un peu avant d'en parler, mais cela paraît être le moment... Forrest et moi sommes devenus associés. Il s'occupera des écrivains et des poètes, des programmes de conférences, de l'obtention des bourses. Mais il pèche un peu par manque d'esprit pratique et il a besoin d'une personne pour gérer le centre. A la fois directeur, gouvernante et agent de la circulation. Il m'a demandé d'être cette personne, et j'ai accepté.

La surprise empêcha Claire d'articuler un mot.

— Il est temps, reprit Hannah doucement. A mon arrivée, vous n'avez jamais pensé que j'allais rester indéfiniment ici?

— Mais c'était il y a longtemps, et nous n'étions pas certaines que cela marcherait. Mais tout va bien, vous ne croyez pas? Je pensais que vous étiez heureuse, ici...

— Plus heureuse que dans mes rêves les plus extravagants. C'est mon foyer, maintenant, et je l'aime. Mais on a besoin de moi ailleurs, et pas seulement Forrest et tous ces poètes qui n'ont sans doute pas la moindre idée de la façon de cuire un œuf ou de gérer un centre d'études poétiques, mais aussi la femme mystère, Mme Manesherbes. Elle et Forrest ont besoin de mon aide dans leurs discussions, et, qui sait ? elle a peut-être aussi besoin d'une amie. C'est merveilleusement excitant, vous savez, de nouvelles personnes à aider, un nouveau milieu, un nouveau territoire, une nouvelle aventure. Et je dois avouer, ma chère, que je me trouvais en bas, hier soir, quand Alex et vous parliez ensemble à la porte. Je crois que votre vie va encore changer, et je n'y aurai certainement plus de place.

— C'est faux ! Vous aurez toujours une place auprès de moi. Vous êtes si merveilleuse que je ne peux même pas imaginer... Vous étiez en bas ? Dans la bibliothèque ?

— Je n'arrivais pas à dormir, je cherchais un livre.

— Dans le noir ?

— Je venais d'arriver quand vous êtes entrés, alors j'ai craint de vous effrayer et je n'ai pas bougé. (Claire la regarda d'un air sceptique.) Bien sûr, je ne peux pas nier que ça m'intéressait, tout ce qui vous concerne m'intéresse.

— Bien sûr.

Impossible de gagner sur les deux tableaux : Hannah ne pouvait à la fois être présente pour les aider en cas de besoin et en même temps savoir se retirer discrètement lorsqu'ils voudraient être seuls. Ces marraines fées veulent toujours tout savoir.

— Et je ne vais qu'à New York. Assez près pour qu'on se voie souvent et que je puisse venir aussitôt si vous avez besoin de moi.

— C'est vrai...

Mais ce n'était pas du tout pareil, et elle éprouvait un sentiment de perte, comme si sa mère partait une seconde fois.

« J'ai tant d'affection pour elle et j'apprécie tant sa présence dans ma vie que je n'ai pas un instant songé qu'elle puisse avoir une vie personnelle et désirer me quitter un jour! »

— Et je ne suis pas encore partie, continua la vieille dame. Même si je le voulais, je ne le pourrais pas. Les travaux de restauration ne seront pas terminés avant la fin de l'été. Je vais rester ici jusqu'au début de septembre, si vous êtes d'accord.

— Bien sûr, comment pouvez-vous imaginer le contraire ?

— Vous vous appelez vraiment Forrest Exeter ? demanda Gina. On dirait un nom sorti d'un roman du siècle dernier.

— C'est beaucoup plus vieux. Vous avez étudié la littérature ? Alors vous avez entendu parler de l'*Exeter Book*, un recueil d'anciennes ballades anglaises datant de 1070. Quant à Forrest, si vous connaissez la littérature, vous avez reconnu le nom, c'est une interprétation libre du titre *The Forest Losers*, un roman d'amour effectivement publié au siècle dernier.

— Je pourrais te parler, Gina ? demanda Emma depuis le seuil de la pièce.

— Bien sûr !

Ravie d'échapper à cet examen d'histoire littéraire, Gina bondit de sa chaise.

— Emma, viens avec nous, ma chérie, invita Claire.

— Non, pas maintenant, plus tard, peut-être. Il faut juste que je parle à Gina tout de suite.

— Il est plus de 13 heures, remarqua Gina en suivant Emma dans le couloir. Tu viens de te lever ?

— Il y a un petit moment.

Elles entrèrent au salon, et Emma se laissa tomber sur le canapé.

— Je n'arrive pas à me réveiller et il le faut, il le faut absolument parce qu'on fait une autre prise de vue. Hale ne peut pas attendre et il faut absolument que je sois bonne... Il faut toujours que je sois bonne !

Gina s'assit à côté d'elle.

— Regarde-moi !

Emma leva lentement la tête, clignant des yeux à la lumière, pourtant faible, filtrant entre les nuages bas. Son regard croisa celui de Gina, mais ce fut comme si elle ne la voyait pas. Il était vague, lointain, incapable de se fixer sur un point.

— Tu en prends trop, lui dit sévèrement Gina. Et j'ai bien l'impression que tu fais des mélanges, en plus! Tu m'entends, Emma?

— Mais oui.

La jeune fille fit un effort pour se concentrer.

— Excuse-moi. On s'est couchés tellement tard, hier soir! Il devait être 4 heures quand je suis rentrée.

— Alcool et drogue, c'est ça?

— Je n'en prends pas tellement, et je ne bois pas beaucoup non plus, je n'ai jamais aimé le goût de l'alcool.

— Alors il y a autre chose. Qu'est-ce que c'est? Qu'est-ce que tu prends, en plus?

— Je ne vois pas...

— Allons, chérie, dis-moi ce que tu prends. Un peu d'alcool, un peu de drogue, et puis quoi?

— Juste un somnifère, j'ai du mal à dormir. Et il faut absolument que je dorme parce que, sinon, le lendemain, je suis affreuse.

— Qu'est-ce que c'est?

— Ça s'appelle Halcion.

— J'en ai entendu parler... Attends... Je n'arrive pas à me souvenir. (Gina fronça les sourcils.) Qui t'a prescrit ça?

— Un docteur que connaît Brix, le docteur Saracen. Mais ça va, Gina, avec ça, je dors bien.

— Combien en prends-tu?

— Je ne sais pas, pas beaucoup, un ou deux.

— Sur de l'alcool et de la drogue.

— Non... Enfin, pas toujours. Et je ne prends pas beaucoup de drogue, juste un tout petit peu...

— Un petit peu de quoi?

— De la cocaïne, en général, c'est ce que Brix préfère. Il n'y a aucun effet secondaire, tu sais, je me sens juste bien, heureuse. Brix aime bien boire aussi, mais pas moi. Je préfère la poudre, ça rend tout si facile. Ce n'est pas comme si j'étais une droguée, comme s'il m'en fallait absolument, c'est juste... comme un outil pour se sentir bien. Brix dit qu'on se sert bien d'un crayon pour écrire, alors pourquoi ne pas prendre un peu de coke pour rendre la vie meilleure ?

— Comme c'est original !

— Brix est très intelligent... Ecoute, il faut que je te dise. (Elle fit un effort pour se tenir droite.) Je lui ai parlé, et il a dit qu'ils ont renoncé à sortir leur nouvelle ligne en mars.

— Ils ont annulé le lancement du PK-20 ?

— Il m'a dit qu'il allait être repoussé jusqu'à ce qu'ils aient effectué de nouveaux tests.

— Il a dit ça, il a vraiment dit ça, Emma ?

— Oui, oui, il l'a promis. Mais il ne faut pas en parler, sinon tout le monde dira que les contrôles de qualité sont bâclés chez Eiger. Et il dit qu'après il leur faudrait beaucoup de temps pour retrouver leur image de marque, qu'ils n'y arriveraient peut-être jamais.

— On dirait plutôt que c'est un laboratoire sérieux, n'hésitant pas à dépenser de l'argent pour s'assurer que ses produits ne présentent aucun danger.

Emma eut de nouveau une expression égarée.

— Peut-être... Mais ce n'est pas ce que m'a dit Brix. Il avait vraiment l'air de tenir à ce que personne n'en sache rien. Même pour les mémos. Il m'a demandé plusieurs fois...

— Les mémos ? Tu lui as dit que tu les avais vus !... Emma, je t'avais demandé, supplié, même, de ne pas en parler.

— Je sais, mais comment aurais-je pu l'avertir, sinon ? Il ne m'aurait jamais prise au sérieux.

Gina réfléchissait. Elle poussa un soupir, regarda Emma.

— Qu'est-ce qu'il t'a demandé plusieurs fois ?

— Quoi ?

— Tu as commencé à me dire que pour les mémos il a demandé plusieurs fois...

— Oh, juste si j'en avais parlé à quelqu'un d'autre.

— Et alors ?

— Alors j'ai dit non. Qu'est-ce que tu veux que je réponde d'autre ? Il m'en aurait trop voulu s'il avait su que je t'en avais parlé. Et, une fois que j'ai commencé à mentir, j'ai bien été obligée de continuer.

Le cœur de Gina se serra.

— Pourquoi ?

— Je te l'ai dit, il me l'a demandé je ne sais combien de fois... Enfin, je crois... Je mélange tout, maintenant, les mémos, les tests qu'ils n'ont pas faits, les tests qu'ils ont décidé de faire, c'est si compliqué, je ne veux même plus y penser ! Tout ce que je veux, c'est dormir, j'ai tellement sommeil.

— Attends ! (Gina lui posa la main sur le bras.) Ecoute, Emma, c'est important ! Il croit qu'il n'y a que toi qui sais, pour les mémos ?

— Oui. Ça va, il ne s'en fait pas, il sait qu'il peut me faire confiance. (Elle se laissa aller contre l'épaule de Gina.) Je vais retourner me coucher, je voulais juste que tu saches que tout va bien. Dis à maman que je redescendrai plus tard, d'accord ?

Gina la prit dans ses bras et la serra contre elle, comme un petit oiseau, si vulnérable et si précieuse.

— Ma chérie, écoute-moi, fais attention ! Ne t'éloigne pas de la maison, d'accord ? Promets-moi que tu vas rester ici.

— Pourquoi ? murmura la jeune fille d'une voix ensommeillée.

— Oh, parce que. (Elle posa sa joue contre celle d'Emma et essaya de prendre un ton de voix naturel.) C'est Noël, un bon moment pour te rapprocher de ta mère, tu ne crois pas ? (Elle eut l'impression de sentir Emma faire un geste d'approbation.) Oui ? Tu vas rester à la maison ?

— Si tu veux. (La jeune fille se leva péniblement.) Je me sens si lourde...

— Allons, viens, je vais t'aider à remonter.

Elle la soutint jusqu'à sa chambre, l'aida à s'allonger, la recouvrit de la couette et la vit sombrer aussitôt dans le sommeil.

— Pauvre chérie ! Il va falloir qu'on trouve un moyen de te sortir de là, maintenant.

Elle l'embrassa et sortit en refermant sans bruit la porte derrière elle. En bas, Claire était seule à table, contemplant le feu, les mains autour de sa tasse de café.

— Ils sont partis ?

— Oui. Qu'est-ce qui se passe ?

— Eh bien. (Elle s'assit, se versa du café.) C'est

Emma... Elle prend de la drogue, Claire. Elle boit aussi, mais probablement assez p...

— C'est faux ! s'écria Claire avec colère. Emma n'a jamais touché à la drogue, elle et ses amis s'y sont toujours refusés tout le temps qu'ils étaient à l'école, ce n'est pas maintenant qu'elle commencerait ! Je lui en ai parlé une ou deux fois, elle m'a toujours dit que ça ne l'intéressait pas.

— Eh bien, elle t'a menti !

— Elle ne ment pas, elle ne me ment jamais ! Qu'est-ce qui te prend, Gina, tu as toujours dit qu'Emma était une fille merveilleuse, et...

— Elle l'est toujours. Mais elle a des ennuis, Claire, c'est ce type avec qui elle sort, et, si tu l'avais vraiment regardée, tu l'aurais aussi remarqué.

— J'aurais remarqué quoi ?

La colère de Claire était tombée. Prostrée dans son fauteuil, elle paraissait avoir perdu d'un coup toute énergie.

— La pupille de ses yeux, et sa façon de ne jamais regarder en face, ce regard vague, ces heures passées à dormir, son manque d'appétit, son humeur instable.

— J'ai vu tout ça. Je la regarde, tu sais. Mais j'ai mis ça sur le compte de ses soucis, et...

— Il y a ses soucis, mais surtout l'alcool et la cocaïne.

— C'est ce que tu penses. Tu n'en es pas vraiment certaine, Emma n'est pas comme ça, elle n'aurait pas changé si vite ! Nous sommes quand même assez proches pour que je voie si... Je sais qu'elle n'y a jamais, jamais touché !

— Claire, elle me l'a avoué.

Il y eut un silence.

— Combien en prend-elle ? demanda enfin Claire, comme si les mots lui écorchaient la bouche.

— Pas mal, je crois. Avec lui, ou seule.

— Quand même pas toute seule !

— Je crois que si. Pas l'alcool, mais je parie qu'il lui fournit un peu de drogue pour sa consommation personnelle. Sans doute juste de la cocaïne.

— Mais elle va bien, non ? Cela ne lui a pas fait de mal, ne l'a pas rendue... Je ne sais même pas quels effets ça peut avoir !

— Ça va à peu près, mais je lui ai dit d'arrêter et de ne pas bouger de la maison, et, si j'étais toi, je veillerais à ce qu'elle le fasse. Elle sera mieux, et ça vous donnera une chance de parler ensemble. Et il y a une autre raison pour...

— Elle refuse de me parler. Quand nous avons fait nos achats de Noël ensemble, elle a menacé de partir dès que nous avons abordé le sujet de Brix. Elle se méfie de moi.

— Ce n'est pas de la méfiance, elle s'en veut de te décevoir. Elle a honte de ce qu'elle fait, mais elle sait que tu es fière d'elle et ne peut supporter l'idée que tu pourrais ne plus l'être.

— Mais je suis toujours fière d'elle, et je l'aime toujours autant! Elle le sait bien!

— Bien sûr.

— Pauvre chérie... Il faut que je l'éloigne d'ici. J'ai bien essayé, mais elle ne voulait pas, et je n'ai pas assez insisté. Il faut que je trouve un moyen de lui faire quitter Brix et de cesser de poser pour des photos. Il faut aussi qu'elle prenne le temps de réfléchir à ce qu'elle veut faire de sa vie, au lieu de foncer les yeux fermés.

— Il y a une autre raison qui rend un départ souhaitable, reprit Gina lorsque Claire se tut. Je ne sais pas s'il y a vraiment des raisons de nous inquiéter, mais ça concerne Emma, et il faut que tu le saches.

Elle lui parla des mémos lus par Emma et des copies et rapports de tests qu'elle avait elle-même trouvés dans les archives du laboratoire d'essais.

— Il y a deux choses dont je suis certaine : d'une part, quelqu'un a falsifié les résultats des tests pour les faire paraître bons, d'autre part, ils sont résolus à lancer le PK-20 tous azimuts le plus tôt possible, afin de battre de vitesse les concurrents éventuels. C'est une question de rapidité, tu comprends. Quel que soit leur ingrédient miracle, tous les autres laboratoires auront très vite le même. Alors, quelques mois d'avance font une énorme différence dans le chiffre d'affaires.

— Et, depuis tout ce temps, tu ne m'as rien dit!

— Ecoute, tu voyais beaucoup Quentin, le patron de l'entreprise. Emma ne voulait pas que tu le saches, et il ne semblait pas urgent de t'en parler.

— Mais Emma était impliquée, j'avais le droit de savoir!

— Le droit? Ecoute, Claire, on se connaît depuis trop longtemps pour que tu commences à vouloir jouer les dictateurs en ce qui concerne Emma et à lui parler de droits. Et si elle était entrée à l'université? Tu n'aurais jamais su ce qu'elle faisait, à moins qu'elle ne te le dise, et ça ne t'aurait pas préoccupée outre mesure. Tu ne te serais pas attendue à ce qu'elle te raconte tout. En fait, si tu avais su tout ce qu'elle faisait, ça t'aurait rendue folle, parce que tu aurais été trop loin pour pouvoir agir en cas de besoin. Alors quelle est la différence? Et puis tu as essayé de l'élever de façon à la rendre capable de prendre ses propres décisions, n'est-ce pas?

— Qu'est-ce qu'elle a fait, pour ces mémos?

— Elle est allée dire à Brix qu'elle s'inquiétait pour lui, elle s'est mis dans la tête que si cette affaire tourne mal, on lui fera porter le chapeau. Il lui a raconté que le lancement avait été repoussé et qu'ils effectuaient de nouveaux tests, qu'il y avait eu des erreurs dans les premiers. Ce dont je ne crois pas un mot. Mais, surtout, il a demandé plusieurs fois à Emma si elle avait parlé des mémos à quelqu'un d'autre. Elle a dit qu'il avait beaucoup insisté.

— Elle t'en a parlé.

— Mais il ne le sait pas, elle lui a dit n'en avoir soufflé mot à personne. Elle avait peur qu'il ne lui en veuille trop s'il savait qu'elle me l'avait dit. Il lui a fait répéter plusieurs fois qu'elle était seule à être au courant, comme si c'était le point essentiel. Comme si (mais c'est mon interprétation) il avait vraiment trempé dans une magouille et avait peur que ça ne lui retombe dessus. Et j'ai pensé à cet étudiant quand il était en fac...

— Non, murmura Claire, il ne lui ferait pas de mal. Son père, toute l'entreprise, tout le monde sait qu'ils sortent ensemble. Et puis Brix et Quentin sont des personnes honorables, ce ne sont pas des malfrats! (Elle bondit sur ses pieds.) Où est-elle?

— Au lit, elle dort, elle tombait de sommeil. Ecoute, je ne sais pas s'ils sont honorables ou non, tu connais Quentin mieux que moi. Mais, pour eux, l'enjeu est de taille, et je ne me risquerais pas à prédire ce qu'ils feraient s'ils se sentaient menacés. Je crois que tu as raison de vouloir l'emmener loin d'ici. Mais si elle refuse d'aller en Europe ou ailleurs, pourquoi ne nous l'envoies-tu pas quelque temps ? Tu sais, en ce moment, elle ne trouve de satisfactions que dans son travail, alors il vaut mieux ne pas le lui retirer. Elle pourrait rester chez nous, personne ne le saurait, je la conduirais à ses séances de pose. Gina, dans son rôle de duègne ! Elle se sent à l'aise chez nous, Claire, elle n'a pas à s'inquiéter de ne pas nous décevoir, comme avec toi. Cela lui fera du bien.

— Oui, c'est probablement une bonne idée, je vais lui proposer. Mais je vais être obligée de lui avouer que tu m'as raconté tout ça.

— Ça ne fait rien. Elle est si démoralisée qu'elle t'en sera probablement reconnaissante. Il y a longtemps qu'elle veut t'en parler, tu sais, mais elle a cette peur de te décevoir... Et puis elle pense que tu ne peux pas comprendre.

— Elle ne m'a pas beaucoup donné l'occasion d'essayer. (Silence.) Tu te souviens que nous disions aussi ne pas pouvoir parler à nos mères. C'est terrible, non ? J'ai toujours été persuadée moi aussi que ma mère ne pouvait pas me comprendre.

— C'est souvent le cas. Tu crois que ma mère comprendrait, pour Roz et moi ? Heureusement qu'elle habite loin et n'en saura jamais rien, du moins, je l'espère. Elle me verrait déjà brûler dans les feux de l'enfer. Et peut-être n'aurais-tu effectivement pas compris Emma. Tu l'aurais cru, si elle t'avait dit combien elle se sentait heureuse après avoir pris de la drogue ?

— Non, mais j'aurais essayé de l'admettre.

— Ce qui ne t'aurait pas empêchée de lui demander d'arrêter.

— Bien sûr. Tu viens de me dire que c'est exactement ce que tu lui as conseillé.

— Venant de moi, c'est différent. Et ce n'est pas parce que je le lui ai conseillé qu'elle va le faire. Elle considérerait ça comme une critique implicite de Brix, ce qu'elle refuse absolument. Elle ne peut même pas supporter qu'on lui suggère que continuer ses études quelques années ne l'empêcherait pas de faire ensuite une carrière de modèle. Ça aussi, elle l'interprète comme une critique implicite de Brix.

Claire contemplait les flammes.

— J'aurais dû moins penser à moi-même. C'était si excitant d'avoir tout cet argent, puis il y a eu Quentin, et maintenant Alex... Je ne lui ai pas consacré assez d'attention.

— Peuh, c'est des foutaises, si tu veux me pardonner cette expression élégante. Autant que je le sache, les mères sont toujours en train de s'accabler de reproches non fondés. Ta fille est adulte, et, grâce à l'éducation que tu lui as donnée, c'est une fille bien. Si elle a des problèmes, c'est que tout le monde en a un jour ou l'autre, même les jeunes les plus couvés. Tu as droit à ta vie, Claire, tu as donné à Emma tout ce qu'une mère peut donner à sa fille, et le moment est venu pour toi de sortir de ton cocon et de profiter de la vie. Et de t'attirer tes propres ennuis.

Claire eut un petit rire.

— Merci ! Je veux bien te croire. Mais, pour le moment, Emma a besoin d'être couvée et je vais rester ici ce soir. Excuse-moi un instant.

Elle alla téléphoner à Alex.

« Entre son fils et ma fille, nous avons vraiment une liaison chaste ! »

Le téléphone d'Alex sonna plusieurs fois, puis le répondeur se déclencha. Elle hésita un instant, raccrocha. Mieux valait attendre de l'avoir au bout du fil. Elle rappellerait.

— Vous aviez rendez-vous, Alex et toi ?

— Oui.

— C'est bien, ce qu'il y a entre vous ?

Claire sourit.

— Oui.

— Oh, ce sourire heureux ! Tant mieux ! Je n'ai jamais été enchantée par l'épisode Quentin.

— Moi non plus, mais je me suis bien amusée. Jusqu'à ce que je m'aperçoive que ce n'était pas ce qu'il me fallait.

— J'espère qu'un jour viendra où Emma dira la même chose à propos de Brix. (Elle se leva et commença à empiler les assiettes sales.) Rangeons tout ça, puis il faudra que je parte. Tu ne vas pas me croire, mais j'ai décidé d'assister à la réception de Noël des labos Eiger.

— Pourquoi ? Tu n'y travailles plus.

— J'ai été invitée, ils ont tous insisté pour que je vienne. C'est aussi une soirée d'adieux, je crois. J'avais un bon nombre de collègues sympathiques, tu sais, j'espère que cette magouille au sujet du PK-20 ne va pas leur coûter leur place.

— Je ne vois pas Quentin mettant en danger l'avenir de son entreprise. L'enjeu est trop important.

— C'est justement là que réside le risque. A mon avis, Quentin voit bien plus loin que les laboratoires Eiger. Selon les rumeurs, il vise un poste clef dans une multinationale. Et il est encore jeune, qui sait jusqu'où il peut grimper !

Seul compte le pouvoir, c'est lui qui donne une existence à tout le reste. Vous pouvez entretenir des idées romantiques sur l'amour ou fantasmer sur l'argent, mais ce qui compte, c'est le pouvoir. Ceux qui le détiennent possèdent la clef de tout le reste.

— Je ne connais pas ses projets, mais je n'aime pas sa façon d'y faire allusion.

Elles débarrassèrent la table, rangèrent la cuisine tout en bavardant, puis Gina partit. En se retournant, elle vit Claire se détachant à contre-jour sur le seuil de la maison qu'elle avait eu tant de plaisir à acheter quelques mois plus tôt. « C'est pourtant une maison faite pour y être heureux ! » pensa-t-elle en démarrant. Pendant des années, Claire et Emma avaient constitué son unique famille, et même, maintenant qu'elle avait trouvé sa place auprès de Roz, elle se sentait un peu comme une fille ayant quitté la maison paternelle sans toutefois aller trop loin. Lorsqu'elle pensait à ce qu'aurait été sa vie sans Claire et Emma, l'idée lui glaçait le cœur. Dans quelle solitude elle aurait vécu !

« Qu'aurais-je fait de cet amour accumulé en moi ? se demanda-t-elle en se garant sur le parking des laboratoires dans le crépuscule précoce de décembre. Mais j'aime Claire et Emma depuis des années, et maintenant mon cœur déborde d'amour pour Roz. J'ai de la chance, ma vie a été comblée d'affection. »

Dès qu'elle entra dans le laboratoire principal, ses collègues l'entourèrent pour lui faire fête. Ils avaient décoré la pièce d'arbres de Noël et de guirlandes de houx et autres baies, accrochées au-dessus des paillasses blanches. Posé sur l'une d'elles, un magnétophone diffusait des cantiques de Noël, et Gina circula de groupe en groupe, prenant plaisir à évoquer les moments laborieux passés ensemble.

— Tu veux du punch ? lui proposa Len Forsberg, un chimiste. (Il lui tendit un verre plein.) Et ce n'est pas de la gnognote !

Elle le goûta.

— Hum, il est bon, c'est vrai. On pourrait même dire qu'il décoiffe. C'est bien généreux de la part de notre hôte. Il est ici ?

— Non, mais fiston est là. Là-bas, avec la cravate rouge et le veston sport dernier cri et l'air si content de lui ! Remarque, ils ont eu une année sensationnelle, tu sais, nous avons reçu le rapport de fin d'année hier. Les laboratoires Eiger ont le vent en poupe.

— Sauf en ce qui concerne le PK-20 !

Il y avait une chance, une petite chance que Brix ait dit la vérité à Emma.

— Le retard dans le lancement de leur nouvelle ligne ne va sans doute pas arranger leurs affaires.

Len fronça les sourcils.

— Quel retard ?

— Tu n'en as pas entendu parler, ça n'était pas mentionné dans le rapport de fin d'année ?

Il secoua la tête.

— Mais non ! Pourquoi serait-ce retardé ?

« Et voilà : pas de nouveaux tests, date de lancement inchangée ! »

— C'est ce que j'avais cru comprendre, on disait qu'ils n'étaient pas satisfaits des premiers tests et voulaient recommencer.

— Pas satisfaits ? Seigneur, les résultats étaient excellents ! Qui t'a raconté ça, Gina ? Ou, alors, c'est le punch !

— Non, c'est ce que j'ai entendu dire. Tu sais bien, il traîne toujours des racontars...

— Eh bien, on dirait que quelqu'un rêve éveillé... ou fait des cauchemars, plutôt. Tout sera prêt en mars, ils ont même commencé à organiser dans tout le pays les stages de formation des vendeurs. Et nous travaillons déjà sur une seconde gamme de produits pour l'an prochain, pour hommes, cette fois.

— Tu en es sûr ?

— Allons, Gina, tu connais la boîte, tu sais ce qui s'y passe. Tout le monde ne pense qu'au lancement de mars, c'est comme une combinaison du jour J et du jugement dernier. Mais demandons à fiston, si quelqu'un le sait, c'est bien lui.

— Non, se hâta de protester Gina, j'ai sans doute mal compris. Redis-moi quel est le programme...

— Rien de changé depuis ton départ, pourquoi veux-tu que ça change ?

— Effectivement, il n'y a aucune raison, je me suis montrée trop crédule.

« Et Emma encore plus ! »

— Eh bien, dorénavant, ne crois plus rien, à moins que ce ne soit moi qui ne le dise !

Len rit et s'éloigna, d'autres ex-collègues s'approchèrent de Gina pour lui poser des questions sur sa vie rurale. Elle essaya de paraître leur accorder toute son attention, mais elle surveillait Brix, et, quelques minutes plus tard, aperçut Len dans le groupe autour de lui.

« Qu'est-ce que je fais ? En parler à Emma ne va rien changer... Peut-être ferais-je mieux de m'abstenir de m'en mêler... Mais je n'ai aucune raison de garder ces mémos secrets, je n'ai rien promis à Emma, sinon de laisser passer un peu de temps. Et je me moque de ce qui arrivera à Brix, c'est Emma qui compte. Mais, si j'avertis la FDA, Brix accusera Emma, je ne peux pas lui dire que j'ai fouillé dans les archives du labo. Et, même si je lui disais, il devinerait bien que c'est Emma qui m'a mis la puce à l'oreille... Et Emma doit absolument être éloignée avant que Brix ne découvre que la FDA a les mémos. En fait, si Len va lui raconter que j'ai posé des questions sur un éventuel changement dans la date de lancement, il ne faut pas qu'il puisse s'approcher d'Emma ! »

Elle regarda à l'autre bout du labo : Brix n'y était plus ! Elle pivota sur elle-même, le cherchant dans d'autres coins de la pièce. En vain.

« Bizarre, la fête vient juste de commencer. »

— Excusez-moi, j'ai un coup de fil à donner.

Elle trouva un bureau vide et se percha sur un coin de la table pour appeler Claire.

— Ecoute, Claire, j'ai réfléchi à ce dont je t'ai parlé, et je crois que ce serait une bonne idée de ramener Emma avec moi ce soir à la propriété de Roz. Toi aussi, si tu veux.

— Gina, elle n'est plus ici !

— Mais ce n'est pas possible ! Elle dormait à poings fermés quand je suis partie, il n'y a pas plus de deux heures.

— Elle n'a pas dû dormir très longtemps, répondit Claire d'une voix tendue, elle n'était plus là quand je suis montée voir comment elle allait. Elle a laissé un mot expliquant qu'elle allait à New York pour des prises de vue de dernière minute, qu'elle y passerait la nuit et rentrerait demain matin.

On fait une autre prise de vue, Hale ne pouvait pas attendre, et il faut que je sois bonne... Il faut toujours que je sois bonne !

« Je n'ai pas fait assez attention à ça. »

— Et elle est avec Brix, ajouta Claire.

Gina poussa un juron. En revoyant dans sa tête Len à côté de Brix, ses mains se glacèrent.

« La séance de prises de vue était prévue avant la réception au labo, puisqu'elle m'en a parlé... Ce n'est qu'une dernière série de photos, trois jours avant Noël, c'est un peu étrange, mais pas impossible. Pourtant... »

— Ecoute, dit-elle en essayant de cacher sa panique, je crois qu'il vaut mieux aller la chercher.

— Pourquoi ? Que s'est-il passé ?

— Rien... Enfin, j'ai appris que Brix a menti en disant à Emma qu'ils allaient repousser le lancement du PK-20 et effectuer de nouveaux tests. Il se peut qu'il se doute que les gens parlent et en rende Emma responsable. S'il croit qu'elle peut lui nuire, il est du genre à se montrer... disons, très désagréable ! Ce n'est pas la peine qu'Emma ait à subir sa colère. Claire, où dort-elle quand elle passe la nuit à New York ? Nous pourrions y être en un rien de temps.

— Je ne sais pas. (La voix de Claire était à peine

audible.) Parfois à l'hôtel, elle a parlé du Plaza, du Fairchild...

— Tu peux les appeler et voir s'ils ont une réservation, ou bien Brix ?

— Sinon ?

— Je ne sais pas... Ecoute, j'arrive, je serai là dans vingt minutes ! Tout va sans doute bien, ça doit être moi qui panique, qui me conduis en vieille tata hystérique.

— Oui...

— Attends-moi, je suis là tout de suite.

Gina empoigna son manteau et partit en courant en direction de sa voiture.

17

Lorsque Alex arriva, Claire était debout devant le bureau de la bibliothèque et cherchait un numéro dans l'annuaire.

— Je suis en avance. Je n'ai pas pu attendre. Si ce n'est pas le bon moment, je... Claire, qu'y a-t-il ? Qu'est-ce qui se passe ?

— Rien... Je ne sais pas !

Elle était si contente de le voir arriver que, pendant un instant, elle oublia tout le reste et se réfugia comme une enfant dans ses bras. Ainsi que l'avait fait Emma toutes ces années, cherchant au retour de l'école le réconfort des bras maternels entre lesquels oublier la méchanceté d'une camarade ou l'échec d'une amourette. Il lui caressa les cheveux et lui appuya d'un geste protecteur la tête contre son cœur.

— Nous allons arranger ça tous les deux, ensemble, pour toujours, mon amour.

— C'est Emma... Gina pense qu'elle est peut-être en danger.

Elle se mit à trembler.

— Attendez... Venez par là.

Il lui passa le bras autour des épaules et l'entraîna dans la bibliothèque. Ils s'assirent sur le canapé, il la reprit dans ses bras, la serra contre lui.

— Où est-elle ?
— A New York, je ne sais pas où exactement. Elle a laissé un mot disant qu'elle allait en ville pour des prises de vue et serait de retour demain.
— Toute seule ?
— Elle est partie avec Brix, ou bien il lui a donné rendez-vous là-bas, je n'en sais rien. J'ai appelé sa secrétaire, mais il ne lui a rien dit.
Elle répéta à Alex tout ce que lui avait appris Gina.
— Tout va bien, sans doute, je ne sais pas pourquoi j'ai si peur. Gina aussi me l'a dit, et nous n'avons aucune raison de penser le contraire, mais, quand je réfléchis à tout ça, je peux imaginer...
Elle prit sa respiration, essaya de contrôler ses tremblements.
— Les pères et les mères sont affligés d'une imagination débordante, ça fait partie du métier. Que pouvons-nous faire ?
— Oh ! (Elle bondit sur ses pieds.) J'étais en train d'appeler Hale quand vous êtes arrivé.
— Qui est Hale ?
— Hale Yaeger, c'est son agence, qui s'occupe de la publicité des laboratoires Eiger. C'est lui qui organise les prises de vue. (Elle était à son bureau, feuilletant son carnet d'adresses.) Il n'est pas encore 6 heures, il devrait y être... Allô ! Hale, c'est Claire Goddard.
— Ah ! Claire, quelle agréable surprise !
Sa voix n'était ni agréable ni surprise : il n'avait évidemment aucune raison de se montrer plaisant avec elle. Il l'était autrefois à cause de Quentin, mais, maintenant que c'était fini, il ne lui devait rien. Il lui en voulait même sans doute d'être l'amie de Roz et de Gina.
— Que puis-je faire pour vous ?
— Je cherche Emma. Je sais que vous lui réservez en général une chambre à l'hôtel, alors, si vous pouviez me dire où elle est...
— C'est demain soir.
— Pardon ?
— La séance de prises de vue est demain après-midi, et je lui ai dit de s'organiser pour rester dormir en ville demain soir parce que nous finirons tard.
— Mais elle est allée à New York aujourd'hui !

— Ça, je n'en sais rien! Je m'occupe des prises de vue, Claire, je ne joue pas les nounous.

La main de Claire serra convulsivement le téléphone.

— Hale, je me fais du souci pour elle, aidez-moi, je vous en prie!

— Pourquoi? Vous avez de bonnes raisons de vous inquiéter? Elle n'est pas avec Brix? Il vient, d'habitude, lorsqu'on fait des photos en ville.

— Je vous en supplie, Hale, il faut absolument que je la trouve. Vous ne pourriez pas me dire dans quels hôtels vous lui réservez une chambre, d'ordinaire?

— Euh..., le Plaza ou le Fairchild, à moins que Brix n'emprunte son appartement à un ami. Je lui ai réservé une chambre au Fairchild pour demain soir, je n'en sais pas plus.

— Vous connaissez le nom de l'ami?

— Celui de l'appartement? Non, ni son numéro de téléphone. Quentin le sait peut-être, je ne me mêle jamais de ça, les coucheries des jeunes sont...

— Merci, Hale.

Elle raccrocha, appela l'hôtel Fairchild.

— Nous y avons dormi une fois, Emma l'aime bien... Emma Goddard, s'il vous plaît...

— Excusez-moi, répondit la standardiste quelques instants plus tard, nous n'avons personne de ce nom à l'hôtel.

— Brix Eiger, alors? ajouta-t-elle avant que la réceptionniste n'ait le temps de raccrocher. Si vous pouviez l'appeler...

— Je suis désolée, madame, nous n'avons pas non plus de Brix Eiger à l'hôtel ce soir.

Claire appela le Plaza et obtint les mêmes réponses. Elle appela aussitôt Quentin au laboratoire.

— Il vient de partir, madame Goddard, répondit sa secrétaire. Il est rentré chez lui, mais je crois qu'il va sortir dans la soirée.

Ses derniers mots avaient une inflexion un peu interrogative; visiblement, elle pensait que Claire était sans doute mieux renseignée qu'elle sur l'emploi du temps de Quentin.

— Merci.

Claire fit ensuite le numéro du téléphone de la voiture

de Quentin, mais elle obtint la tonalité occupé, et il en fut ainsi pendant plusieurs minutes.

Elle finit par raccrocher et regarda Alex.

— Brix va parfois dormir dans l'appartement d'un ami. Il se peut que Quentin en connaisse l'adresse, mais je n'arrive pas à le joindre.

— Où est Quentin ?

— En train de rentrer chez lui, il habite Darien.

— Alors, allons-y !

Alex retourna au vestibule, ouvrit le placard, en sortit un manteau de vison.

— Celui-là, ça ira ?

Elle acquiesça machinalement. Alex l'aida à l'enfiler, et tous deux sortirent dans le froid. Quelques flocons de neige voletaient encore autour d'eux, mais le ciel se dégageait, et révélait un croissant de lune accompagné de quelques étoiles. Une voiture s'arrêta en catastrophe devant la porte, et Gina descendit.

— J'avais oublié... Gina, je te présente Alex Jarrel. Gina Sawyer, je vous en ai parlé.

Ils se serrèrent la main.

— C'est vous qui pensez qu'Emma risque d'être en danger ? Vous avez vu ou entendu quelque chose ?

— Je crois que Brix commence à se douter qu'on parle de nouveaux tests pour le PK-20, parce que les premiers ne sont pas bons. Dans ce cas, comme seule Emma le sait, il va vite deviner qu'elle l'a dit à quelqu'un, bien qu'elle ait toujours prétendu le contraire.

— Effectivement, ce n'est pas trop rassurant. (Il ouvrit la portière et aida Claire à monter.) Nous allons à Darien, Gina. Brix emprunte quelquefois l'appartement d'un ami, en ville, et Claire a pensé qu'il se peut que son père en connaisse l'adresse.

— Bonne idée, c'est mieux, en tout cas, que de rester plantés ici à nous ronger les sangs. Je peux venir aussi ? (Claire ne l'entendit pas.) Je peux venir, Alex ?

— Bien sûr. Eiger sait sans doute aussi quels sont les hôtels favoris de son fils, ajouta-t-il en manœuvrant pour partir.

— Ce n'est pas impossible, répondit Claire, quoiqu'ils ne se fassent guère de confidences.

Tout en conduisant, Alex lui prit la main et la garda dans la sienne. Personne ne parlait.

— Il est encore tôt, remarqua Alex en entrant dans Darien. Emma et Brix doivent dîner ensemble, on y sera avant qu'ils n'aient fini. On va la retrouver, Claire, on va la ramener à la maison.

Il serrait fermement sa main.

« Il ne connaît pas Brix ni Quentin, il ne sait pas combien ils sont obstinés et acharnés. Même si Emma a peur de Brix, elle craint encore plus de le perdre. »

Elle ne fit pas part de ces réflexions à Alex. Sa présence la réconfortait, il était à ses côtés et elle savait qu'il y resterait, quel que soit le résultat de leurs recherches. *Ensemble pour toujours, mon amour...* Il l'avait appelée *mon amour*. Elle arrivait à peine à y croire : une aussi merveilleuse nouvelle était faite pour être dégustée, pour que chaque implication en soit lentement savourée. Elle ne ressentit qu'un bref éclair de bonheur, aussitôt remplacé par la pensée d'Emma, de la terrible éventualité... *Il s'est trop penché en retirant la moustiquaire de la fenêtre, et il est tombé.*

Elle fut parcourue d'un long frisson, ferma les yeux, vit Emma tomber. Non ! Non ! Non ! Elle chassa l'image de sa tête, et celle-ci fut remplacée par la vision d'Emma, le jour de la remise des diplômes, sous un beau soleil de mai, vêtue de la robe jaune confectionnée par sa mère, riant et plaisantant avec ses amis après la cérémonie. « Je vous en supplie, Seigneur ! » Claire était incapable de formuler une autre pensée. « Je vous en supplie... Je vous en supplie ! »

Emma et Brix mangeaient à une petite table devant le long miroir fixé au mur du restaurant. Il était tôt, et les dîneurs étaient peu nombreux. Assise sur la banquette de velours, Emma n'avait d'yeux que pour le jeune homme et n'entendait ni le bourdonnement feutré des conversations, ni le cliquetis des couverts, ni le tintement de la vaisselle. Leur table, dont les serveurs s'approchaient sans bruit pour parler à voix basse, était comme un radeau sur l'océan. Elle et Brix se faisaient face au-dessus d'une nappe blanche bordée de dentelle de Calais, garnie de porcelaine et d'élégante verrerie, ornée de deux roses parfaites dans des soliflores de cristal taillé. Des Noëls français chantés en sourdine apportaient l'ambiance musicale, et, de temps en temps, Emma reconnaissait quelques mots autrefois chantés à l'école et avait alors l'étrange impression de se dédoubler. Elle était à la fois la petite Emma, tout énervée à l'idée de chanter en français dans la chorale de l'école, et la jeune femme dans un restaurant de New York, brûlant d'amour pour Brix.

— A la plus belle fille de New York ! dit-il en levant son verre. (Il lui prit la main.) A nous deux !

Rouge et frémissant de bonheur, elle approcha son verre du sien.

— Je t'aime, mon chéri !

Le serveur apporta les desserts, et Brix lâcha la main d'Emma.

— Nous pourrions aller faire du ski. (Il prit une cuillerée de crème brûlée.) Ça te plairait ? Tu apprendras très vite, quelques leçons, et tu descendras les pistes d'Aspen comme une flèche.

Les yeux d'Emma brillaient comme des escarboucles.

— J'adorerais ça. Autrefois, j'avais une amie qui m'avait décrit son séjour aux sports d'hiver, et, le soir dans mon lit, je m'imaginais que j'étais en train de skier. J'arrivais presque à y croire. Puis tout d'un coup Toby sautait sur moi et rompait le charme.

— Quel Toby ?

— Mon chien. Je ne t'en ai jamais parlé ? Je l'ai trouvé un jour dans la rue, il était immonde, et tellement maigre qu'on lui voyait tous les os. Il avait les oreilles en dentelle, mais de si bons yeux que je l'ai ramené à la maison. Nous avions un tout petit appartement, mais Toby s'est arrangé pour ne prendre que peu de place. Il dormait dans mon lit.

— Le veinard ! Et futé, avec ça !

Emma rougit.

— Il me suivait partout, et nous jouions à des tas de petits jeux.

— Moi aussi, j'adore tes petits jeux !

Emma devint encore plus rouge : elle détestait ce genre de commentaire.

— C'était un quoi ? demanda le jeune homme.

— Tu veux dire quelle race ? Je ne sais pas, une sorte de terrier, je crois, je n'y connais rien en chiens. Tout ce qui comptait, c'est qu'il m'aimait, me suivait partout et comprenait tout ce que je lui disais. Nous avions de longues conversations.

Brix souleva les sourcils.

— Tu parlais à ton chien ?

Emma eut un rire embarrassé.

— Je sais que ça a l'air idiot, mais il m'écoutait toujours très attentivement ! Quand j'avais une décision à prendre, je lui demandais son avis. (Elle rit de nouveau.) Je savais qu'il n'en parlerait à personne, alors je pouvais tout lui dire. Combien de personnes connais-tu dont tu sois à cent pour cent certain qu'ils ne raconteront tes secrets à personne ? Et ça me faisait du bien de parler, parce que quelquefois, quand tu entends tes soucis exprimés à voix haute, tu t'aperçois qu'ils ne sont pas si dramatiques, en fin de compte. Toby m'a vraiment manqué, ces derniers mois !

Brix acheva son dessert.

— Que lui est-il arrivé ?

— Il s'est sauvé. Le jour de la remise des diplômes, le jour où maman a gagné le gros lot. Tout est arrivé ce jour-là.

— Pourquoi n'as-tu pas pris un autre chien ?

— Oh, je ne sais pas. Nous étions très occupées, avec tout cet argent. Et puis il y a eu la croisière en Alaska, et j'ai commencé à travailler... Je ne sais pas, je ne l'ai pas fait, c'est tout. (Silence.) Je l'ai retrouvé, tu sais.

— Qui ça ?

— Eh bien, Toby. Un jour où je suis retournée faire un tour à Danbury, dans le quartier où nous habitions autrefois. Et je l'ai vu.

— Et alors ? Pourquoi ne l'as-tu pas ramené ?

— Parce qu'il était heureux. Il était dans une cour de maison, avec un tas de petits gosses qui lui lançaient une balle, et il agitait la queue si vite qu'on avait à peine le temps de la voir, et il aboyait avec de petits jappements brefs, tu sais, comme quand on rit. Alors je me suis dit que la pire chose qu'on puisse faire, c'est intervenir dans la vie de quelqu'un qui est heureux et... tout gâcher.

Brix fit signe au serveur, qui remplit de nouveau les verres.

— Bois, poupée, c'est un Château-Yquem exceptionnel, en l'honneur d'une demoiselle exceptionnelle, qui a eu la bonne idée de venir à New York sans s'embarrasser de demander l'autorisation de maman... Ah oui, que se passe-t-il, entre elle et mon père ? Cela fait plusieurs jours que je n'ai pas vu Claire au bureau.

— Ils ont rompu.

Emma but une gorgée de Château-Yquem en essayant de trouver ce qu'il avait de si exceptionnel. C'était leur troisième bouteille, et elle ne pouvait plus en distinguer le goût. Elle se souvenait que le premier était blanc, le second rouge. La couleur de celui-ci, d'un doré sombre, rappelait celle d'un vernis. Elle n'avait pas envie de vin, mais Brix se fâchait quand elle refusait ce qu'il avait décidé de lui faire goûter, alors elle en avala une gorgée et chipota dans la tarte Tatin qu'il avait, malgré ses protestations, commandée pour elle.

— Cela fait déjà quelque temps, ajouta-t-elle.

— Tout à fait le pater, ça ! Il s'enthousiasme pendant quelques mois, brûlant de passion, puis il trouve quelqu'un d'autre. Les femmes ont beau essayer de lui mettre le grappin dessus, elles n'y arrivent jamais.

Emma perçut la nuance d'admiration dans sa voix et le regarda en fronçant les sourcils.

— Tu es comme ça aussi ?

— Voyons, Emma, quelle question ! Je suis Brix le fidèle, Brix le loyal, Brix le courageux, sensible, respectueux, gentil et digne de confiance. N'est-ce pas moi qui, bravant ours et loups, t'ai sauvée des terreurs de l'Alaska sauvage ? Et t'ai amenée, telle une princesse de conte de fées, dans cet hôtel du bout du monde ?

Emma riait.

— Je ne me souviens pas d'ours ni de loups !

— C'est ce que tu crois. Moi, je les ai vus derrière nous, des centaines, des milliers peut-être, embusqués parmi les arbres à attendre leur heure. Ils ont le goût des princesses, ces temps-ci ! Mais je les ai empêchés d'approcher. Au moindre mouvement, je les fusillais de mon regard de dompteur de fauves, et leur cœur s'emplissait de terreur. Crois-tu que j'aurais pu laisser quiconque s'approcher de toi ? Personne, sauf moi, ne décide du destin de mon Emma !

« Quelle drôle de phrase... », pensa vaguement la jeune fille. Mais au chaud près de Brix, débordant d'amour et de désir, elle se sentait trop bien pour s'y attarder.

— Qu'aurais-tu fait, s'il y avait vraiment eu des fauves ?

— Je les aurais exterminés, bien sûr ! (Il sourit.) En fait, je n'étais pas certain que mon regard de dompteur de fauves suffirait.

— Non, je ne veux pas dire s'ils avaient attaqué. Simplement s'ils avaient été là, visibles.

— Je les aurais sans doute aussi tués. Il ne faut jamais laisser à un adversaire l'occasion d'attaquer le premier.

— Tu parles d'une personne ?

— Quelque chose, un animal, qui que ce soit... L'important est de prendre l'initiative avant de se retrouver dos au mur. De toute façon, il ne s'est rien passé, du moins en ce qui concerne les fauves. Et j'ai vécu la plus belle soirée de toute ma croisière. Heureusement que tu n'as pas regardé ta montre ! Tu as bien failli le faire, il a fallu que je t'en détourne une fois ou deux, ça n'a pas été facile, tu sais !

— M'en détourner ? Quand ? Pendant le dîner ? Tu veux dire que tu savais que nous allions manquer le bateau ?

— J'ai fait tout mon possible pour que ça arrive, oui ! Allons, tu ne crois quand même pas que notre retard était un hasard ? Je ne rate pas les bateaux, ma petite Emma, je ne rate jamais rien.

— Tu avais tout machiné ? Tout ce qui s'est passé ?

— Eh, ne me parle pas sur ce ton-là, ce n'est pas un crime, tu sais ! Nous le voulions tous les deux, alors je me suis arrangé pour que ça arrive.

— Pas moi.

— Si, toi. Seulement tu ne l'as compris qu'après. Ça n'a rien d'exceptionnel, la plupart des femmes ne savent pas ce qu'elles veulent vraiment, c'est à l'homme de le leur faire découvrir.

Foutaises ! La voix nette de Hannah retentit dans la cervelle embrumée d'Emma. *Les hommes racontent n'importe quoi... Souviens-toi, on en a déjà parlé !*

Elle s'accrocha à l'image de la vieille dame, au visage ridé, malin, affectueux. Elle n'allait pas répéter les mots de Hannah, ce n'était pas son langage, mais elle pouvait en exprimer le sens avec ses propres termes.

— C'est la plus grande bêtise que j'aie jamais entendue !

Le regard de Brix se durcit.

— Je te l'ai déjà dit, Emma, je n'aime pas du tout t'entendre me parler sur ce ton !

Elle s'obstina.

— Mais c'est vrai ! (Elle secoua la tête pour essayer de s'éclaircir les idées.) C'est idiot et ridicule ! Les hommes ne font pas découvrir aux femmes ce qu'elles désirent vraiment, ils les persuadent de vouloir ce dont ils ont, eux, envie. Et, si elles ne se laissent pas faire, ils se conduisent comme si on les avait privés de leur récompense.

Brix n'avait pas l'air enchanté.

— Qui t'a raconté ces sornettes ?

— Hannah. Mais je suis tout à fait d'accord avec elle. Ce n'est pas à toi de décider ce que je veux, Brix ! Lorsqu'on aime, on essaie de comprendre ce que veut l'autre, et de le lui donner. (Elle hocha la tête.) Non, je m'exprime mal... Je veux dire que si nous nous aimions, j'essaierais de voir ce que tu désires et j'essaierais de te le donner. Et tu ferais de même pour moi. C'est ça, aimer. Tu ne m'aurais pas fait croire que nous avions beaucoup de temps devant nous, alors que tu savais que je craignais de manquer le bateau. Et tu n'inventerais pas des histoires sur ma mère alors que tu la connais à peine. C'est elle qui a rompu avec ton père. Pas lui.

— Elles disent toutes ça !

— Je sais que c'est vrai : elle a rencontré quelqu'un d'autre.

L'idée amusa Brix.

— Sans blague ? Ah bon ! Voilà qui va donner à réfléchir au pater. (Il lui prit la main, lui caressa les doigts.) Alors c'est ça que tu as l'intention de faire à Brix le fidèle, Brix le loyal, Brix le courageux ? Commencer par lui dire qu'il est idiot et ridicule, et finir par te trouver quelqu'un d'autre ?

— Non, bien sûr que non, je ne ferai jamais ça !

— Mais tu viens de me dire que tu me trouvais ridicule et idiot, ou idiot et ridicule...

— Pardon, Brix.

Elle n'avait pas l'intention de le dire, les mots étaient sortis tout seuls.

« Hannah ne se serait pas excusée, elle ! Ce qu'il a dit était bel et bien idiot et ridicule ! »

Mais elle voulait chasser ce regard sombre sur le visage du jeune homme et retrouver le Brix gai et tendre de tout à l'heure.

— Oui... Tu es ma petite chérie...

Il lui lâcha la main et se versa du vin.

— ... Sauf que ce n'est pas vrai.

— Qu'est-ce qui n'est pas vrai ?

Elle n'y comprenait plus rien.

— Ce n'est pas vrai que tu ne me quitteras jamais pour quelqu'un d'autre, ce n'est pas vrai que tu seras toujours sincère avec moi, ce n'est pas vrai que tu ne feras jamais rien pour me nuire.

Les accusations tombaient comme des coups de marteau.

— Je ne comprends rien à ce que tu me dis. Je ne ferai jamais rien susceptible de te nuire, tu le sais bien, Brix, je t'aime.

— C'est vrai ? Vrai de vrai ? On pourrait peut-être en discuter un peu.

Le serveur vint retirer les assiettes à dessert.

— Mademoiselle a fini ?

— Pardon ? (Elle le regarda.) Oui, oui, c'est fini.

— Deux cafés, commanda Brix. Et deux cognacs.

— Brix, je n'ai pas envie de...

— Moi si. C'est un dîner de fête, non ? On célèbre Noël. Oh, et l'amour et la sincérité d'Emma, il ne faut pas l'oublier.

Emma sentait la tête qui commençait à lui tourner. Depuis le début du repas, Brix n'avait cessé de changer d'humeur, et, maintenant, il n'était plus du tout le même, il avait une voix différente, une expression différente, une posture différente, même. Elle avait l'impression d'être assise en face d'un inconnu.

— Brix, je t'en prie, ne fais pas ça ! Je ne sais plus où j'en suis, je ne comprends même pas ce que tu veux !

— Je veux savoir pourquoi tu fais tout ton possible pour me nuire.

Elle le regarda sans comprendre. Il répondit d'un regard totalement inexpressif.

Le serveur apporta les cafés et les liqueurs. Sans quitter la jeune fille des yeux, Brix leva son verre. Il semblait parfaitement détendu, mais ses yeux regardaient à travers elle, comme si elle n'était pas là.

— Il y a quelque temps, finit-il par articuler, je t'ai demandé de faire quelque chose pour moi. Pas difficile, mais important. Il s'agissait de garder un secret. Tu avais fureté dans mon bureau et lu des papiers que tu n'étais pas censée lire, et je t'ai expliqué que, si tu en parlais, tu pourrais nuire à ma carrière. Tu m'as promis de n'en souffler mot à personne. Je me trompe? Je me trompe, oui ou non?

— Non, mais...

— Non, mais tu as eu la langue trop pendue, c'est ça? La gentille, la tendre, l'honnête petite Emma est allée raconter ce qu'elle avait promis de ne pas révéler. Je me trompe? En fait, c'est ce que tu voulais me dire, quand tu m'as raconté que tu confiais tes secrets à ton chien. C'est ça, hein? Tu lui disais tout parce qu'il y a si peu de gens auxquels on peut se fier! Et tu n'es pas du nombre, toi. A combien de gens as-tu raconté ça?

Elle essaya de mettre de l'ordre dans ses idées. Comment les mémos étaient-ils revenus sur le tapis? Ils n'avaient pas parlé boutique de toute la soirée. Et quel rapport avec Toby?

— A combien de gens? répéta Brix en se penchant vers elle. Je t'ai posé une question!

Impossible de mentionner Gina. Pas maintenant, Brix était trop en colère. Elle ne pouvait même pas donner un autre nom, elle lui avait trop souvent assuré n'en avoir parlé à personne.

— Mais non, murmura-t-elle.

Elle s'éclaircit la voix, répéta:

— Je n'en ai parlé à personne!

— Tu mens!

— Je m'inquiétais pour toi. Tu ne me parlais presque pas de ton travail, mais je me faisais du souci...

— Pas assez ! Bon Dieu, à combien de gens en as-tu parlé ? Il y a des bruits qui circulent dans tout le labo.

— C'est faux, tu me l'aurais dit avant !

— Tu te crois maligne, hein ? Je ne m'en suis aperçu qu'aujourd'hui, à la réception de Noël. On m'a demandé si nous allions reculer la date de lancement du PK-20.

— Mais c'est ce que tu m'as dit. Pourquoi le personnel l'ignorerait-il ? Tout le monde doit le savoir...

— Je t'ai prévenue que, si ça se savait, la réputation de l'entreprise en souffrirait. Tu ne te souviens pas ? Nous n'en avons parlé à personne. Mais il a fallu qu'Emma vende la mèche ! Emma s'en moque, elle se moque de l'entreprise, comme elle se moque de Brix.

— C'est faux !

Elle savait qu'il disait n'importe quoi, qu'il alignait des absurdités, et qu'elle avait raison. Mais elle ne comprenait rien à son attitude et commençait à avoir peur. Brix ne lui avait jamais parlé sur ce ton menaçant, avec cette attitude agressive, comme s'il lui claquait la porte au nez, comme si tout allait se terminer entre eux. Elle regarda la tasse de café devant elle et se demanda si la boire lui ferait du bien. Elle la prit et l'avala d'un coup. Le liquide, trop chaud, lui brûla la langue, et les larmes lui montèrent aux yeux.

— Brix, nous étions si bien tout à l'heure, tu étais si gentil, si tendre ! Pourquoi fais-tu ça ?

— Parce que tu n'es plus celle que je veux ! Je veux une fille sur qui je puisse compter, qui ne fasse pas ce que je lui demande de ne pas faire. Je la protège contre les fauves, et elle me protège contre tout ce qui pourrait nuire à ma carrière. Je pensais que tu étais cette fille, mais je me trompais. Tu n'es pas du tout comme ça !

— Mais si... Mais si...

Le sourire et la voix claire de Hannah s'étaient depuis longtemps estompés, elle se retrouvait seule et glacée, en face de Brix qui la repoussait, et elle en mourait.

— Mais si, je suis la fille que tu veux, Brix ! Je ferais tout pour toi et je serais bien incapable de te nuire. Jamais je ne ferais quelque chose que tu m'as interdit !

— Mais tu l'as fait.

— Non, je t'ai dit que...

— Mais je sais que tu m'as menti, et que tu me mens

en ce moment, et que tu me mentiras encore, et il n'y a rien que je déteste plus qu'une menteuse.

Emma releva la tête.

— Tu ne me détestes pas, Brix. Tu dis ça pour me punir, mais ce n'est pas vrai. Ce n'est pas possible! (Elle essaya une fois de plus de lutter contre la confusion de ses pensées.) Tu t'es montré adorable pendant tout le dîner, et pourtant tu savais, pour ces rumeurs, et tu n'en as pas parlé. Tu m'as dit que j'étais une fille exceptionnelle, ta petite chérie.

— Eh bien, j'ai changé d'avis!

Il la regarda froidement, comme s'il ne la connaissait plus. Elle poussa un petit cri, se glissa en hâte le long de la banquette pour quitter la table. Un serveur s'approcha vivement et tira la table afin qu'elle puisse passer.

— En bas, mademoiselle, murmura-t-il, inquiet de son expression désespérée.

Emma le vit à peine, fila comme un lapin entre les tables sans se soucier des visages curieux tournés vers elle, et disparut au coin de la salle.

Brix la regarda partir.

Il savait depuis quelque temps qu'il allait être obligé de se débarrasser d'elle. C'était le seul moyen de s'assurer de son silence. Il n'avait déjà que trop attendu, parce qu'il adorait sa façon de le regarder avec de grands yeux admiratifs comme s'il était Dieu le Père, et aussi parce qu'il n'avait connu aucune fille capable de tant l'exciter physiquement. Mais, même avant la réception de Noël, il se doutait qu'il allait être obligé d'en arriver là. Il était sûr maintenant qu'elle avait parlé des mémos, autrement, Len ne serait pas venu lui poser des questions sur l'éventualité d'un report de la date de lancement du PK-20.

Ses bavardages avaient dû être assez vagues, sinon, Len n'aurait pas parlé de rumeurs, et Brix avait eu la présence d'esprit de couper court à ses suppositions en lui disant qu'elles devaient émaner d'un employé ayant trop forcé sur le punch. Il n'est pas difficile de se faire croire de gens dont le travail est aussi dépendant que celui de Len l'était du PK-20. Alors, pour le moment, tout allait bien, mais Emma était une vraie bombe à retardement, et il n'était pas question de courir le risque de la laisser recommencer à jaser. Une rumeur répétée devient vite acceptée. Bien sûr, aucun des employés travaillant sur le PK-20 n'y ajouterait foi, et, comme tout était pratiquement prêt pour le lancement en mars, personne n'y prêterait attention. Sauf son père. Et celui-ci cesserait de compter sur son fils, Brix ne serait plus si proche de lui qu'il l'était ces derniers temps, depuis qu'il sentait que Quentin lui faisait confiance et, même, avait besoin de lui. Une connivence à laquelle il pourrait dire adieu, si jamais Quentin apprenait que son fils avait laissé traîner sur son bureau un dossier confidentiel et révélé ainsi un secret parfaitement gardé, si bien gardé que Brix lui-même l'avait presque oublié.

Mais il y avait une autre raison à sa décision : la période était critique pour Quentin, et Emma (à moins que Brix ne l'en empêche) risquait de tout gâcher. En conséquence, et même si Quentin l'ignorait encore, l'avenir de l'entreprise reposait sur les épaules de Brix. Il sauverait son père, sauverait les laboratoires Eiger, protégerait les ambitieux projets de Quentin, ses rêves de pouvoir et d'influence à une plus grande échelle.

« Sans moi, tout cela s'effriterait. Il ne serait plus rien. Il n'y a que moi entre lui et la catastrophe... »

Brix prit dans sa poche un petit sachet et l'ouvrit. Puis il se pencha en avant, comme pour redresser les bougies, et versa le contenu du sachet dans son verre de cognac que sa carrure dissimulait aux regards. La fine poudre pâle flotta à la surface du liquide ambré, et le jeune homme, prenant le verre entre ses mains, le fit tourner comme pour réchauffer l'alcool. Puis, toujours penché en avant, il échangea discrètement son verre de cognac contre celui d'Emma. Enfin, il prit ce dernier dans sa main, s'appuya à son dossier, approcha le verre de son nez pour en savourer le parfum.

« L'essentiel est fait ! »

Il avait tout organisé à l'avance : il avait obtenu d'un ami une certaine quantité d'Halcion du même dosage que celui d'Emma, l'avait écrasé au labo et remis dans le sachet. Au moment du dîner, il avait fait exprès d'aller la chercher à sa chambre un peu avant l'heure prévue, sachant bien qu'elle n'aurait pas fini de s'habiller. Il avait donc eu tout le loisir de prendre dans le sac à main de la jeune fille son flacon d'Halcion, de le vider dans sa poche et de le glisser, presque hors de vue, entre la lampe de chevet et la radio.

Emma n'irait pas le chercher là, mais, lorsqu'on la découvrirait le lendemain, on fouillerait tout de suite la chambre à la recherche d'un objet de ce genre, qui serait retrouvé sans difficulté.

Il ne lui restait plus qu'un point à régler, et le problème serait résolu. Mais il lui fallait obtenir la coopération d'Emma.

Elle revint, pâle mais ferme sur ses jambes. Le serveur tira de nouveau la table, et elle s'assit.

— Excuse-moi, Brix, je n'avais pas l'intention de me faire remarquer.

— Bois ton cognac, et puis on part!

— Je n'en veux pas.

— Tu as causé assez d'ennuis pour ce soir, bois-le! J'ai organisé ce dîner pour nous deux, et tu y participeras jusqu'au bout!

— Brix, tu sais que je n'aime pas ça.

— Emma...

Elle le regarda.

— Pourquoi tiens-tu absolument à me le faire boire? Que je le boive ou pas ne changera rien, nous continuerons à nous amuser ensemble, à faire l'amour et à nous aimer.

— Tu ne sais pas ce que veut dire aimer! Ça signifie rendre l'autre heureux.

— Je te rends heureux, tu me l'as dit!

— Autrefois... C'est vrai, tu m'as rendu heureux. Tu étais une gentille fille, nous avons passé de bons moments ensemble, et je t'ai trouvé ton travail. Tu l'as peut-être oublié, mais, sans moi, tu ne serais rien, nous aurions choisi une autre Miss Eiger. Je crois que tu ne t'en souviens plus, tu es devenue si imbue de toi-même que tu ne sais plus ce que sont l'amour et la confiance. Tu es tellement égocentrique, tu ne penses qu'à rester le centre de l'attention, à te donner de l'importance. C'est sans doute tout à fait ce qu'il faut pour poser pour des photos, mais pas du tout pour être la fille de ma vie.

— Je n'ai pas du tout envie de me donner de l'importance, Brix, je t'ai déjà dit que...

— Arrête de crier ! Et quand j'organise un dîner en tête à tête (et j'y ai longuement réfléchi, j'ai tout choisi pour te plaire, mets et vins), tout ce que tu trouves à dire c'est : *Je n'en veux pas !* Seigneur, tu n'as aucune idée de ce qu'est l'amour !

Emma le regarda longuement.

— C'est toi, Brix, qui n'as aucune idée de ce qu'est l'amour !

Puis elle prit le verre ballon et le vida d'un trait. Le souffle coupé par l'alcool, elle suffoqua, les joues et la gorge en feu, des larmes ruisselant sur ses joues.

— C'était vraiment stupide de faire ça !

— Tais-toi... Tu as tout gâché !

— Alors va-t'en ! Si tu n'apprécies pas mon attitude, rien ne t'empêche de partir. D'ailleurs, j'ai horreur de te voir pleurnicher.

Emma, luttant toujours pour reprendre sa respiration, le regarda fixement.

— Tu veux que je parte ?

— Je viens de te le dire ! Il t'en faut, du temps, pour comprendre ! L'hôtel est juste en face, tu n'as qu'à traverser la rue. Même toi, tu ne risques pas de te perdre. Va-t'en !

Il y a plein de variétés d'amour. Aucune n'est inacceptable, sauf si elle sert de prétexte à la cruauté et à la manipulation.

Elle le regardait toujours. Le restaurant semblait s'être volatilisé, elle se sentait abandonnée sur une vaste étendue vide et stérile, sans rien à l'horizon, dans aucune direction.

— Tu as organisé ce dîner pour tout gâcher entre nous !

— Tu l'avais déjà fait, répondit-il avec indifférence en prenant son verre de cognac.

Emma hésita, puis, toujours haletante et les joues baignées de larmes, se glissa le long de la banquette et, avant même que le serveur ait eu le temps de s'approcher pour l'aider, sortit à toutes jambes du restaurant.

— Mademoiselle ! cria le maître d'hôtel, votre manteau !

— Tant pis.

Elle traversa la rue en courant. Deux automobilistes

klaxonnèrent et l'injurièrent en la voyant zigzaguer entre les voitures. Tremblante de froid, elle gagna le trottoir opposé. Les larmes étaient comme des glaçons sur ses joues. Elle chancela sur ses hauts talons, tomba à genoux, une main la retint et l'aida à se relever. Elle leva les yeux, rencontra le regard sévère de l'un des portiers.

— Vous n'avez pas su vous arrêter à temps, hein, jeune fille ? Vous avez trop bu, et maintenant vous allez attraper la mort, dans cette tenue !

— Oui...

Elle avait le vertige et, tout d'un coup, une incoercible envie de dormir.

— S'il vous plaît, je voudrais monter à ma chambre.

— Vous résidez à l'hôtel ?

Il n'avait pas l'air d'y croire. Elle acquiesça.

— Chambre mille... quelque chose, j'ai oublié !

La tenant sous le bras, il l'entraîna dans l'hôtel jusqu'à la réception.

— Demandez-lui.

Emma essaya de distinguer le visage du réceptionniste.

— Emma Goddard, je ne me souviens plus de mon numéro de chambre.

L'employé tapota d'un air excédé les touches de son ordinateur.

— 1021, répondit-il froidement. Vous avez votre clef ?

— Oui... Heuh, non... Excusez-moi, j'ai dû laisser mon sac au restaurant !

Le réceptionniste appela un chasseur et lui tendit la clef.

— Accompagnez-la.

— Regardez, protesta le chasseur, je ne crois pas qu'elle ait trop bu, elle a plutôt l'air malade...

— Accompagnez-la, répéta son supérieur.

Le chasseur passa le bras autour de la taille de la jeune fille et la soutint jusqu'à l'ascenseur.

— Venez. Vous vous sentirez mieux au lit, dit-il d'une voix réconfortante, en jeune homme ayant une certaine expérience de ce genre de situation. Je vais vous faire monter du thé !

Emma secoua la tête. Elle avait tellement envie de dormir qu'elle avait du mal à articuler.

— Je veux... juste... dormir... ça va... merci...

Sa voix s'étira en un long soupir, et le chasseur regarda le restaurant de l'autre côté de la rue. Elle n'y dînait pas seule, alors, pourquoi n'y avait-il eu personne pour la raccompagner et s'assurer au moins qu'elle arrivait sans encombre à sa chambre ?

Au restaurant, Brix sirota tranquillement son cognac avant de se diriger vers la porte.

— Elle se sentira mieux demain, remarqua-t-il vaguement.

Le maître d'hôtel l'entendit.

— Le manteau de mademoiselle, monsieur...

— Oh !... C'est vrai ! Oui, merci !

Il laissa un billet de 10 dollars au vestiaire et en tendit un de 20 au maître d'hôtel.

— Je suis désolé de cette scène. Elles sont un peu déraisonnables, vous savez bien, quand elles ont décidé de se marier. Rien ne peut les en faire démordre, même si le partenaire n'est pas d'accord.

Le maître d'hôtel fit un signe de tête glacial et le regarda partir. Peu lui importaient ses clients, à moins que ceux-ci ne soient des réguliers, envers qui il montrait un intérêt cérémonieux. Mais ces deux-là ne méritaient que son mépris : ils buvaient trop et ne savaient pas se conduire. Un des serveurs s'approcha de lui, un objet à la main.

— Le sac à main de la jeune dame. Elle l'a oublié sur la banquette.

— Donnez-le-moi.

Avec un soupir exaspéré car il ne voulait plus entendre parler de ces gens, il le posa sur l'étagère derrière son comptoir. Il y jetterait un coup d'œil plus tard pour y chercher un nom et une adresse. A moins qu'elle ne vienne le récupérer. Il s'en moquait, d'ailleurs !

« Quel con, ce maître d'hôtel ! » pensa Brix, attendant sur le trottoir que la circulation lui permette de traverser. Un instant plus tard, il entrait dans l'hôtel et s'adressait au réceptionniste.

— Est-ce que mon amie est rentrée ? Emma Goddard.

— Elle est dans sa chambre, répondit l'employé. Elle semblait... un peu souffrante.

— Elle est en colère. Vous savez bien, quand elles ont décidé de se marier, rien ne peut les en faire démordre, même si le partenaire ne veut pas !

Le réceptionniste fit un bref signe de tête. C'était un jeune homme à principes, et il désapprouvait qu'on puisse laisser boire sa petite amie jusqu'à ce qu'elle se mette dans cet état. Bien sûr, lui, il ne sortirait pas avec une fille si portée sur l'alcool, mais, s'il arrivait qu'une fille boive un peu trop, se sente malheureuse et fonde en larmes, un homme correct se devait de la raccompagner jusqu'à sa chambre. Quelle pitié d'être obligé d'accepter ce genre de client dans un hôtel de cette classe !

— Ma clef, dit Brix. 1509.

— Bonne nuit, monsieur !

Dans l'ascenseur, Brix fit une remarque sur la fraîcheur du temps aux inconnus partageant la cabine avec lui.

— Vous devez être effectivement très frileux, monsieur, avec un manteau sur le dos et un autre sur le bras !

— Mon amie l'a oublié au restaurant. Je le lui rendrai demain, elle n'en a pas besoin ce soir, elle souffre des effets d'un dîner trop bien arrosé !

L'inconnu, gêné par la jovialité forcée du jeune homme, eut un sourire contraint. Il ne répondit pas, et les deux autres occupants de l'ascenseur non plus.

— Bonsoir ! leur dit gaiement Brix lorsque la porte s'ouvrit au quinzième étage.

Il partit en direction de sa chambre.

« Bon ! je vais un peu regarder la télévision, je suis trop énervé pour dormir. Puis, vers 7 heures, j'appellerai Emma, et, comme elle ne répondra pas, la réception. Plus j'impliquerai de monde, mieux cela vaudra. Je me suis bien débrouillé, finalement. Un procédé simple, intelligent, efficace. Pas de complication possible. C'est tout moi, ça. Brix le cerveau, le bras droit de son père ! »

18

La demeure de Quentin était brillamment éclairée par des galets lumineux bordant l'allée dallée et de grosses lampes de chaque côté de l'entrée. A l'intérieur, la lumière brillait à toutes les fenêtres, et la façade arrière était aussi illuminée.

— Il donne une soirée, murmura Alex, ou alors il craint les agressions !

Claire avait presque l'impression de voir cette maison pour la première fois. Ce n'était pas un retour dans un lieu connu, plein de souvenirs, elle ne pensait qu'à Emma. La somptueuse maison lui parut froide et prétentieuse, à l'image de son propriétaire, à qui il importait peu de bouleverser des familles heureuses, de semer la discorde entre des êtres qui s'aimaient, et peut-être de perpétrer de plus graves méfaits. Une forteresse contre les caprices du destin.

« Mais aucun de nous n'est à l'abri du malheur. Malgré tout mon argent, je n'arrive pas à aider Emma, je ne suis même pas certaine de la retrouver à temps. »

— Allez-y ! dit Gina du siège arrière, inutile que j'entre aussi !

— J'espère que nous n'en aurons pas pour longtemps, répondit Alex.

Claire et lui suivirent l'allée bordée de chaque côté par des buis en sentinelle. Alex sonna, mais ce fut Claire que vit d'abord le majordome en ouvrant la porte.

— Madame Goddard ! s'exclama-t-il avec une surprise qui laissait clairement entendre que Claire était définitivement rayée de la liste des invités de Quentin, M. Eiger ne m'a pas dit que... (Il vit Alex et son visage exprima la confusion)... Excusez-moi, je ne vous attendais pas, ni... monsieur.

— Nous n'allons pas rester, je veux juste dire quelques mots à M. Eiger... (elle entra, Alex la suivit)... il est dans son bureau ?

— Non, madame, dans sa chambre. Si vous voulez bien attendre un instant, je...

— Ne vous dérangez pas, je connais le chemin.

Sans une pensée pour l'ironie de la situation, Claire traversa le vestibule orné de grands vases pleins de lis, passa devant la porte ouverte de la salle à manger où était dressé un somptueux buffet, et monta le large escalier jusqu'à la chambre de Quentin. La porte était entrouverte. Elle frappa.

— Oui ?

Quentin ouvrit la porte toute grande et son visage se figea. Jamais Claire ne l'avait vu si surpris.

— Je vous demande pardon, dit-elle sans lui laisser le temps de protester, et aussi pour cacher son saisissement.

Elle avait oublié combien sa forte personnalité la subjuguait toujours.

— ... Nous ne vous dérangerons que quelques instants. Nous essayons de localiser Emma et Brix. Emma a dit qu'elle avait une séance de photos à New York, et nous ne savons pas où ils sont ce soir, et...

— Je n'en ai pas la moindre idée !

Il portait un pantalon de smoking et, sur sa chemise empesée, une robe d'intérieur en soie offerte par Claire pour son anniversaire. Il vit qu'elle la reconnaissait, et eut un petit sourire narquois. Puis il regarda Alex.

— Alex Jarrel, se présenta celui-ci en lui tendant la main.

Sentant combien une attitude de vaudeville serait ridicule, Quentin la prit et la serra.

— Vous êtes le romancier ?

Il n'était jamais venu à l'esprit d'Alex que Quentin ait pu être un lecteur de ses œuvres.

— C'est exact.

— Et quand vous pénétrez sans prévenir dans la chambre d'un inconnu, vous appelez cela des recherches pour un roman ?

— Je ne mettrais pas ce genre de situation dans un de mes livres, rétorqua Alex. J'ai accompagné Claire parce qu'elle m'en a prié.

Quentin regarda Claire.

— Vous aviez peur de venir seule ?

— Non, bien sûr, répondit nerveusement la jeune femme, mais je suis si inquiète pour Emma ! Et nous sommes venus vous demander de nous aider...

— Très touchant! Eh bien moi, je n'ai rien à vous dire!

Vaguement consciente de vouloir désespérément quitter cette chambre, Claire fit un pas dans le couloir en direction du bureau.

— Nous voulons seulement vous demander…

— Je ne sais rien de votre fille!… (Furieux d'être obligé de la suivre, Quentin accéléra le pas et la précéda dans le bureau.)… Je ne suis pas chargé de veiller sur elle. Appelez la secrétaire de Brix, elle vous dira où vous pouvez le joindre.

— Je l'ai fait. Elle m'a répondu que pour la première fois depuis qu'elle travaille pour lui, il n'a laissé aucune coordonnée.

— Il aura oublié, je lui en ferai la remarque.

Quentin était debout à côté d'un gros globe terrestre monté sur un pied d'acajou. Il donna une petite poussée et le regarda tourner. Claire l'avait souvent vu faire ce geste, et eut pendant un bref instant l'impression de partager encore sa vie, ce qui la déconcerta.

— S'ils ont une prise de vue, appelez Hale demain matin.

— Nous l'avons appelé…, intervint Alex.

Sa voix secoua Claire, l'arrachant au charisme de Quentin et aux souvenirs éveillés par sa présence.

— Il nous a dit que Brix emprunte parfois l'appartement d'un ami, et nous avons pensé que vous connaissiez peut-être le numéro de téléphone.

Quentin fit celui qui n'avait rien entendu.

— Je vous l'ai dit, adressez-vous à la secrétaire de Brix, répéta-t-il à Claire. Je ne me mêle pas des fréquentations ou des déplacements de mon fils. Quelle mouche vous pique, Claire? Lui et Emma sont tout le temps à New York, et ce ne sont plus des enfants. Laissez-les tranquilles!

— Mais je ne peux pas! s'écria-t-elle. Quentin, je vous en prie, il faut les trouver…

— Alors débrouillez-vous sans moi, je n'y peux rien!

— Vous y pourriez peut-être quelque chose si vous laissiez Claire finir ses phrases…. Vous voulez dire que vous ne savez pas qui est l'ami de Brix? Je ne peux croire que vous n'ayez pas la possibilité de le contacter si vous aviez besoin de lui.

— Mais Bon Dieu, de quoi vous mêlez-vous ? explosa Quentin. Foutez le camp de ma maison, d'abord ! Et tout de suite ! Si Claire veut me parler, elle peut très bien le faire toute seule. Ça ne vous regarde pas !

— Si, ça le regarde, nous sommes tous deux très inquiets pour Emma. Quentin, aidez-moi, je vous en supplie !

Quentin avait retrouvé son sang-froid.

— Vous avez rejeté le droit de me demander mon aide !

— Seigneur, comment pouvez-vous vous accrocher à votre rancune ? Il y a peut-être de bonnes raisons de s'inquiéter aussi pour Brix !

La voix de Quentin se fit méfiante.

— Que signifie cette remarque ?

— Il pourrait faire du mal à Emma, et dans ce cas...

— Lui faire du mal ? Vous délirez !

— Ce ne serait pas impossible, il est en colère après elle. Ô Seigneur, nous perdons du temps... Ecoutez, nous pensons qu'il est peut-être violemment fâché contre elle, nous n'en sommes pas sûrs, mais il existe une possibilité. Il pourrait, lui aussi, avoir peur. Et dans ce cas, Emma pourrait être en danger.

— Elle n'est pas en danger avec Brix, elle ne l'a jamais été, vous le savez fort bien. Lorsque vous partagiez mon lit, cela ne vous dérangeait pas qu'elle aille n'importe où avec lui. Vous devenez complètement hystérique, ma parole ! Et je n'ai pas l'intention de...

Alex fit un pas en avant et commença à dire quelque chose, mais Claire lui posa la main sur le bras. Si Quentin se montrait assez grossier pour faire allusion à leur liaison, tant pis.

— Il a déjà fait ce genre de chose, Quentin. Et vous le savez ! Cet étudiant qui a été paralysé...

Quentin leva la tête et lui lança un regard venimeux.

— Ça n'est jamais arrivé. Je vous ai raconté ce qui s'était passé. C'est une affaire réglée depuis longtemps.

— Ce n'est pas ce que dit Lorraine. Elle...

— Lorraine est une idiote, et une salope qui n'a rien

d'autre à faire qu'à propager des bobards. Je vous ai avertie de ne pas l'écouter.

— Eh bien si elle s'est trompée, tant mieux, nous nous inquiétons sans raison et nous retrouverons Emma en pleine forme. Mais aidez-nous à la retrouver.

— D'abord de quoi Brix pourrait-il avoir peur? Et pourquoi serait-il en colère après votre fille?

— Ce n'est peut-être pas le cas..., répondit évasivement Claire, peu soucieuse de lui donner des détails sur les découvertes d'Emma. Il est possible que tout aille bien. S'il vous plaît, Quentin, je vous demande seulement le numéro de téléphone de l'ami de Brix.

— Brix a ses défauts, parmi lesquels un goût prononcé pour les filles trop jeunes, trop inexpérimentées et dépendantes. Mais il ne se risquerait pas à agir de manière à me déplaire. J'en suis certain. Expliquez-moi quelle pourrait être la raison de ses craintes.

— Je ne peux pas... Je n'en sais pas assez... Quentin, pour l'amour du ciel, je vous en supplie...

— De quoi a-t-il peur, bon Dieu? cria-t-il. Vous n'obtiendrez absolument rien de moi tant...

— Emma aurait entendu des rumeurs à propos des premiers tests du PK-20, intervint Alex.

Le visage de Quentin se ferma, et cette fois, il fit face à Alex.

— Qu'est-ce que vous savez du PK-20, vous?

— Rien du tout! Seulement qu'Emma a entendu des rumeurs lors des prises de vue aux laboratoires, et nous craignons que Brix ne s'en inquiète.

— Il n'y a jamais rien eu à entendre! cria Quentin à Claire. Où avez-vous pris ça?

— Nulle part. Nous ne savons même pas ce qu'Emma a pu entendre.

— C'est une machination, vous voulez ruiner mon entreprise! C'est un coup monté entre vous et cette femme, ce technicien de labo! Vous m'avez demandé de l'embaucher et elle n'est restée que quelques mois. C'était votre espionne, c'est bien ça?

— Mais bien sûr que non! Et je n'ai aucune intention de vous ruiner, Quentin. Gina n'a jamais été une espionne. Seigneur, où allez-vous chercher ça?

Claire était sidérée par la transformation de Quentin,

dont la voix était moins ferme, la posture moins dominatrice, le visage un peu mou.

« Il est anxieux, lui aussi, maintenant ! »

L'idée la glaça encore plus, car cela signifiait que la découverte d'Emma était importante et risquait de mettre ses jours en danger. Elle regarda sa montre.

— Nous perdons notre temps à discuter. Il faut les retrouver.

Le visage de Quentin s'était fermé et elle sentait qu'il ne l'écoutait même pas.

— Ecoutez, Quentin, tout le temps que Gina a travaillé chez vous, elle ne m'a jamais parlé de rien. Mais Emma peut avoir entendu ou vu quelque chose..., se trouver, d'une façon ou d'une autre, impliquée.

Elle essayait de lui en dire assez pour le satisfaire, sans toutefois lui révéler l'étendue des découvertes d'Emma.

— Il y a des rumeurs, dit Alex de sa voix raisonnable, comme s'il narrait une histoire propre à empêcher Quentin de s'énerver avant de leur donner ce qu'ils demandaient. On parle de problèmes avec les premiers tests du PK-20. Quelqu'un du nom de Kurt l'a mentionné à Brix, il y a quelque temps, et Emma l'a entendu un jour où elle se trouvait dans le bureau de votre fils. Toutes ces difficultés sont certainement résolues depuis longtemps, et il est évident que tout va bien, puisque vous avez fixé la date de lancement. Ce que nous craignons, c'est que Brix, devant des rumeurs susceptibles de compromettre le succès d'une ligne dont il a assumé en partie la responsabilité, ne s'en prenne à Emma, puisqu'elle paraît avoir entendu quelque chose. C'est à Emma que nous pensons, nous voulons absolument la retrouver et si vous aviez la moindre décence, vous nous aideriez, au lieu de discuter et de nous retarder. Vous ne faites qu'augmenter l'anxiété de Claire, alors que nous n'avons qu'une hâte : les retrouver. Nous verrons bien alors si nous nous trompons ou non.

Le silence furibond de Quentin s'éternisa. Il finit cependant par répondre :

— S'il s'agit de l'ami auquel je pense, il a vendu son appartement il y a un mois ou deux. Ils sont sans doute à l'hôtel. J'ignore lequel, mais Brix va souvent au

Regency, au Helmsley Palace ou à l'Intercontinental. Et quand vous la trouverez, vous pourrez dire à votre fille que sa carrière chez nous est terminée. Elle nous cause trop d'ennuis !

— Je téléphone...

Claire décrocha, fit un numéro. Quentin quitta la pièce sans un regard en arrière. Alex s'approcha d'elle et la tint contre lui pendant qu'elle appelait les hôtels dans l'ordre cité par Quentin. Et en effet, le réceptionniste de l'Intercontinental répondit qu'ils avaient pris chacun une chambre dans l'établissement. Mais lorsqu'elle les fit appeler, personne ne répondit, ni dans une chambre ni dans l'autre.

— Venez, Claire...

Ils sortirent en courant et montèrent en hâte dans l'automobile d'Alex. Ils n'avaient pas revu Quentin.

« Tant mieux ! se dit Claire, plus de Quentin et, je vous en supplie, mon Dieu, plus de Brix. »

— Où sont-ils, alors ? demanda Gina.

— A l'Intercontinental. Où est-ce ? ajouta Claire à l'adresse d'Alex, qui manœuvrait pour partir.

— Au coin de la 48e Rue et de Lexington Avenue... (Il lui adressa un sourire encourageant)... Cela ne prendra pas longtemps, ils sont sans doute en train de dîner, et nous serons à l'hôtel avant eux. Ils vont nous trouver tous trois dans l'entrée, droits et menaçants comme les trois Parques.

Claire visualisa la scène et eut un pâle sourire.

— La chambre est au nom de Brix ? demanda Gina.

— Ils ont pris chacun une chambre.

Gina se pencha en avant.

— Tiens ! Pourquoi ça ?

— Je ne sais pas, peut-être font-ils toujours ainsi. Je n'ai jamais posé la question à Emma.

— Non, d'habitude ils partagent la chambre, Emma me l'a dit... (Gina hésita)... comme si Brix voulait une preuve que... (Elle se tut)... enfin, je peux me tromper... sur toute la ligne !

— Je l'espère ardemment, dit Alex en accélérant à la sortie de Darien.

Le chasseur appuya Emma contre son épaule pour ouvrir la porte de la chambre.

— Allons-y !

Il l'assit dans un des fauteuils devant la fenêtre, lui appuya la tête contre le dossier à oreilles.

— Voulez-vous que je vous aide à vous déshabiller ?

— Non... lit...

Il s'agenouilla pour lui retirer ses escarpins, sentant combien ses pieds étaient glacés sous le collant soyeux. Ses doigts entourèrent la fine cheville, remontèrent le long du mollet. Emma marmonna quelque chose et il retira sa main. Il lui passa un bras autour du corps, la souleva, l'allongea sur le lit. Elle avait fermé les yeux. Remarquant sa robe légère, toute chiffonnée, il souleva Emma une seconde fois pour tirer l'édredon et l'en couvrir jusqu'au menton.

— Ça va aller, n'est-ce pas ? demanda-t-il sur un ton dubitatif. Vous avez juste abusé d'une saleté quelconque.

Il fit un pas en arrière.

— Dormez bien !

En tendant la main pour éteindre la lampe de chevet, il aperçut un flacon vide à côté, et fit un geste pour le prendre.

« Ce ne sont pas mes affaires... »

Sans y toucher, il éteignit la lampe de chevet et sortit de la chambre.

Emma entendit la porte se refermer.

« Qui est là ? Quelqu'un est entré ? »

L'édredon pesait sur elle, mais elle avait toujours aussi froid, elle cherchait des bras pour s'y blottir.

« Maman... j'ai mal au cœur... »

Des morceaux de visages, de corps, des mots s'agitaient dans son esprit. Le sourire de Hannah sans le reste de sa figure, un sourire qui répétait des mots : flocons d'avoine... pizza... « Bizarre... pourquoi Hannah me parle-t-elle de flocons d'avoine et de pizza ? »

Les jambes de Gina traversaient l'écurie de Roz en direction des chevaux alignés dans leur box... Un des yeux de Mme Anaïs la regardait essayer une robe neuve... Le crâne d'Hale luisait sous les spots... Le sourire oblique de Tod Tallent... Ils étaient tous là, tournant autour d'elle comme des corbeaux, rapetissant et grossissant, rapetissant encore, se rapprochant tout près... toutes ces couleurs, toutes ces voix aiguës lui donnaient le vertige, elle avait envie de vomir mais ne pouvait bouger. Elle aperçut les yeux de sa mère, lourds d'anxiété.

« Maman... J'ai mal au cœur... »

— Cognac ! ordonna Brix d'une voix si nette qu'elle pensa qu'il était tout près d'elle, et eut peur qu'il ne lui fasse mal.

« Je t'aime, Brix !... Non, c'est faux !... je t'ai aimé autrefois, mais tu as tout gâché... Ô Brix, pourquoi as-tu tout gâché ? »

— Monte ! dit Roz.

Emma se vit sur un superbe cheval, traversant la propriété au galop. Mais le cheval s'emballa et se précipita dans la maison, leur belle maison de Wilton, et fit tomber Hannah... Ô Hannah, ne meurs pas..., et piétina Toby... Toby, mon Toby ! Juste comme nous venions de te retrouver !... et fit irruption dans sa chambre, et elle tomba, hurla, roula dans la neige et la glace, elle avait si froid, elle allait se casser à force de trembler si fort.... Un pan du glacier se détacha et glissa dans la mer verte, et l'eau rejaillit avec un bruit de tonnerre, des fragments de glace projetés en l'air se détachaient sur le ciel bleu comme si le monde entier était gelé... Elle sentit la main de sa mère sur son front, l'entendit appeler :

— Emma !

— Je suis ici, maman, je suis ici.

Elle était redevenue toute petite, un bébé que sa mère posait sur le canapé, elle se blottissait sur ses genoux en grignotant un biscuit et écoutait sa mère lui lire une histoire d'une voix si musicale, si chaleureuse qu'elle donnait vie au récit... Sa mère l'embrassait sur la joue, le front, au sommet du crâne, et la serrait contre son cœur. Mais soudain, tout s'obscurcit. Sa mère ne lisait plus, et Emma ne sentait plus ses bras autour d'elle, elle ne sentait plus rien, elle était toute seule, et elle avait si froid, jusqu'au tréfonds d'elle-même, elle n'arrivait plus à respirer tellement elle avait froid et se sentait faible. Chaque respiration était aussi pénible que de soulever une montagne posée sur sa poitrine, et une bouffée de terreur la balaya lorsqu'elle comprit qu'elle devait être en train de mourir.

« Mais je ne veux pas mourir, je ne suis qu'une petite fille ! »

Quand elle essaya de respirer encore une fois, le poids de la montagne l'écrasa, comme si elle était déjà sous terre, et elle eut mal partout. Elle avait froid, elle avait mal, et elle allait mourir. Un grand bruit emplissait la pièce, de plus en plus fort, un son rauque entrecoupé de longues pauses, et la voix d'Hannah dit :

— C'est toi, Emma, toi qui respires. Continue, Emma, continue, surtout ne t'arrête pas !

Des taches rouges, vertes, bleues tanguaient derrière ses yeux. A force d'être vives, les couleurs étaient douloureuses à voir, elles disparurent, et tout redevint noir et elle se sentit s'enfoncer de plus en plus profondément dans le froid.

« Je n'y peux rien, je ne peux rien y faire, pardon, maman, pardon, Hannah, je ne peux plus continuer, c'est trop dur, je ne peux pas... »

Puis elle aperçut les yeux de sa mère et entendit sa voix :

— Ô ma chérie...

— Chambre 1021, énonça le réceptionniste.

Il regarda avec curiosité Claire et Alex, un beau couple, des gens distingués, respectables, ainsi que la dame qui les accompagnait. Et ils étaient venus chercher une gamine qui buvait jusqu'à être ivre morte.

Il leur tendit la clef.

— C'est le chasseur qui l'a montée.

— Pourquoi ?

— Elle ne tenait pas debout, elle avait beaucoup bu.

— Mais elle ne boit pas ! protesta Claire.

Ils traversèrent en hâte le vestibule et se précipitèrent dans l'ascenseur.

— ... Elle touche à peine à l'alcool, elle n'aime pas les boissons fortes ! continua Claire.

— Quand elle est avec Brix, elle boit pas mal, objecta Gina. Et elle est sous Halcion.

— Quoi !... (Alex se tourna brusquement vers elle)... depuis quand savez-vous ça ?

— Elle me l'a dit cet après-midi, se défendit Gina. Elle en prend pour dormir, elle prétend qu'elle a du mal à trouver le sommeil.

— Elle m'a parlé de sa difficulté à s'endormir, mais elle n'a jamais mentionné...

La porte de l'ascenseur s'ouvrit au dixième étage. Claire en tête, ils coururent jusqu'à la chambre 1021. Claire tourna la poignée.

— Laissez-moi faire, dit Alex.

Il frappa fort, une fois, puis ouvrit la porte avec la clef. La pièce était obscure et silencieuse, à part un bruit intermittent, guttural et lent. Gina tourna un interrupteur, et un lampadaire à côté du lit s'alluma, envoyant un cône de pâle lumière sur Emma. Elle gisait au milieu du lit, l'édredon remonté jusqu'au menton et le visage livide. Son souffle était rauque, saccadé, avec de longs silences entre chaque respiration. Claire poussa un cri, se jeta sur le lit, serrant contre elle sa fille, l'oreiller, l'édredon.

— Emma, je suis là, Emma, je suis là, je t'aime... Je t'en supplie, ouvre les yeux, je t'en prie, Emma... Ô mon Dieu!... Emma, s'il te plaît... Je t'en supplie! je t'aime, ma chérie...

Alex était déjà au téléphone.

— Une ambulance tout de suite, s'il vous plaît, la jeune fille du 1021 est gravement malade, appelez immédiatement une ambulance!

En raccrochant, il aperçut le flacon à médicaments entre la radio et la lampe de chevet, et le prit. L'étiquette était au nom d'Emma, et portait la mention *Halcion*. Il était vide.

— Emma, suppliait Claire... Il faut que tu m'entendes, ouvre les yeux! Juste une fois... s'il te plaît!... Ou fais un signe de tête!... je t'en supplie, Emma... Réveille-toi!

— Si on la giflait? suggéra Gina.

Alex se pencha sur le lit.

— Je ne crois pas que ça serve à grand-chose...

L'ambulance arriva en quelques minutes. Sans même un regard pour Claire, Alex et Gina, le médecin et les infirmiers se chargèrent de tout.

— Vous feriez mieux de prendre ça, dit Alex à l'un

d'eux en tendant le flacon trouvé sur la table de nuit. Ça aidera peut-être, de savoir ce qu'elle a pris.

— C'est juste. Merci!... Ces satanés gosses...

— Je pars avec Emma, dit Claire, qui accompagna la civière en tenant la main inerte de sa fille.

De l'autre côté, un infirmier tenait le flacon de perfusion, déjà fixé à une veine sur le dessus de l'autre main d'Emma, dont le bas du visage était caché par un masque à oxygène.

— Quel hôpital?

— Roosevelt, répondit l'infirmier en vérifiant le bon écoulement du goutte-à-goutte.

— On se retrouve là-bas, dit Alex à Claire.

Il embrassa la jeune femme sur le front, et la tint contre lui dans l'ascenseur de service et le long du couloir carrelé à l'arrière de l'hôtel.

— Ce n'est pas l'amour qui manque autour d'elle... Ça l'aidera!

— Je sais, merci...

Elle pleurait. Elle effleura la main d'Alex et s'éloigna à côté de la civière en essayant d'empêcher la tête d'Emma de ballotter d'un côté sur l'autre. Le petit cortège descendit un plan incliné et monta dans l'ambulance.

Le lendemain matin, à 7 heures exactement, Brix appela la chambre d'Emma. Il laissa le téléphone sonner une douzaine de fois, puis fit le numéro de la réception et parla d'une voix tendue et anxieuse au sous-directeur.

— Je suis Brix Eiger, à la chambre 1509. Je suis très inquiet pour mon amie, Emma Goddard, à la chambre 1021. Elle ne répond pas au téléphone, et je crains qu'elle ne soit souffrante. Si quelqu'un pouvait monter voir...

— Mlle Goddard n'est plus à l'hôtel, monsieur Eiger.

— Comment ça? Bien sûr que si, sombre crétin! Elle n'a pas pu... (Il s'arrêta, hésita.)... Elle ne se sentait pas très bien, hier soir. C'est pourquoi je suis inquiet.

— Elle été conduite à l'hôpital en ambulance. Elle était effectivement très malade. Ses parents sont venus la chercher, ils ont eu la chance d'arriver alors qu'il était peut-être encore temps!

Brix était pétrifié. En ambulance? A l'hôpital? Ses parents? De qui parlait ce type, Emma n'avait que sa mère! Et pourquoi serait-on venu la chercher? Et comment avaient-ils su où la trouver?

— Monsieur Eiger?

En ambulance! A l'hôpital!

— Heuh!... Oui?... Elle va bien? Je veux dire... ses jours ne sont pas en danger?

— Nous l'ignorons, monsieur Eiger. Elle est à l'hôpital Roosevelt.

Une vague de peur submergea Brix, le noya. Il se passait quelque chose et il ne savait pas quoi exactement, ni quelle en était la cause, ni comment cela allait se terminer. Les événements, d'un seul coup, lui échappaient complètement. Il avait tout planifié, et hier soir il maîtrisait parfaitement la situation. Maintenant il ne voyait même pas où, et comment, apprendre ce qui s'était passé, afin de pouvoir manœuvrer en conséquence.

A l'hôpital? Ils allaient lui faire un lavage d'estomac, et découvrir qu'elle avait avalé une surdose d'Halcion. Bon. Pas de problème de ce côté, c'était ce qu'il avait voulu, et la raison pour laquelle il avait mis le flacon vide près du lit. Ils concluraient à une tentative de suicide. Il ne risquait rien!

Le patron de l'hôtel lui posait une question. Il raccrocha.

Il ne risquait rien... sauf si Emma s'en tirait. Elle saurait bien qu'elle n'avait pas absorbé d'Halcion la veille au soir... si elle s'en souvenait... et si on la prenait au sérieux... Sa mère la croirait. Et aussi Quentin, peut-être. Et dans ce cas, il comprendrait que son fils avait fait une bêtise. Une de plus!

Son estomac se crispa et il se roula en boule, la tête dans les mains. Tout paraissait si simple, si facile, hier soir. Emma était si naïve, il savait toujours exactement comment la manipuler. Elle appelait cela de l'amour, mais en fait c'était de la faiblesse. Quentin ne tombait pas amoureux, et lui, Brix, non plus. Ils maîtrisaient toujours la situation.

« Il faut que j'appelle mon père... peut-être pas... pas

tant que je ne suis sûr de rien... Si Emma mourait, je n'aurais pas à lui en parler, j'aurais réussi à l'écarter avant qu'elle ne bavarde, tous nos problèmes seraient résolus... A quelle heure sont-ils venus la chercher? On dit que l'Halcion agit rapidement mais je n'en suis pas certain. »

Il n'avait personne à qui poser la question. Impossible d'appeler l'hôpital, et encore moins d'y aller, pour se trouver nez à nez avec Claire et Dieu sait qui encore. Impossible non plus de se documenter sur les effets de l'Halcion auprès de son médecin, celui-ci s'en souviendrait. Il ne pouvait absolument rien faire, sinon rentrer chez lui et attendre.

« Ah non! Emma avait une prise de vue aujourd'hui, et elle est malade, je suis censé avertir Hale. Mais il va vouloir de ses nouvelles, et je serai bien obligé de répondre que je n'en ai pas. Il voudra savoir où elle est, si je lui dis qu'elle a été hospitalisée, il me demandera si je suis auprès d'elle... Il voudra peut-être aller la voir... Et si elle ne meurt pas, je n'aurai plus qu'à appeler mon père pour lui dire... pour lui dire quoi? Que j'ai fait de mon mieux, tout organisé dans les moindres détails, mais qu'il y a eu un pépin, et que j'ai tout raté. Encore une fois! »

— Saloperie de truc!

Tremblant de rage, il tourna péniblement la combinaison secrète de la serrure de son porte-documents, et en sortit l'innocent petit étui contenant sa provision de cocaïne.

— Il me faut absolument réfléchir sérieusement à tout ça... marmonna-t-il.

Il aspira voracement la poudre.

Vautré dans son fauteuil, il contempla la fenêtre d'un regard vide. Les minutes passèrent.

« Si elle ne meurt pas, je n'aurai plus qu'à appeler mon père pour lui dire... pour lui dire quoi?... Seigneur! »

Il se leva, regarda avec égarement autour de lui. La drogue n'avait servi à rien, ça n'allait pas mieux.

« Je n'en ai pas pris assez... pourtant depuis le temps, je devrais savoir quelle quantité il me faut! »

Il disposa la poudre blanche, se pencha au-dessus de la table pour l'aspirer, sentit le chatouillement au fond de sa gorge. Bon ! Maintenant il allait pouvoir réfléchir, prendre des décisions.

« Lui dire que j'ai tout raté. Une fois de plus ! »

Avec un long gémissement, Brix se roula en boule. Rien ne faisait aucun effet. Sa tête bourdonnait, mais il ne savait toujours pas quelle décision prendre.

« Et si je rentrais chez moi ? »

Impossible, qu'y ferait-il, sinon attendre ? Il détestait attendre. Les autres fois, comme lors de cette histoire à l'université, il avait téléphoné à son père. Mais dans le cas présent, il ne savait même pas ce qui se passait. Il ne pouvait appeler personne, il avait les mains liées.

Toujours plié en deux, il arpenta la chambre. Personne. Rien. Personne. Rien. Il ne pouvait plus le supporter, il fallait qu'il bouge, qu'il pense.

« Je vais marcher un peu... prendre un café... Oh, mieux vaut ne pas laisser traîner ça ! »

Il prit l'étui contenant la drogue et le glissa dans la poche intérieure de son veston sport.

« Encore un peu de poudre, encore un peu de temps, et j'aurai forcément une idée. Tout s'arrangera. D'ici peu je saurai quoi faire, tout ira bien ! »

— Un café...

Gina tendit à Claire et à Alex deux tasses fumantes.

— ... Et prenez un beignet. Certainement pas des plus savoureux, mais il faut manger un peu.

— Tu as appelé Hannah ?

— Elle arrive...

Gina s'assit en face de Claire et d'Alex, souffla sur son café pour le refroidir et regarda sans la voir la pile de vieux magazines sur la table. Il était 7 h 15, et derrière la porte à double battant de la salle d'attente, l'hôpital bourdonnait d'activité. Les équipes de nuit partaient, les équipes de jour arrivaient, les docteurs commençaient leur visite. Tous se hâtaient dans les couloirs blancs, avec des tâches à accomplir, des objectifs à atteindre, des emplois du temps à respecter. Tous, sauf les familles dans la salle d'attente, chacune d'elles trop anxieuse et préoccupée pour parler aux autres. Assis sur un canapé de cuir bleu, Claire, Gina et Alex attendaient, comme ils l'avaient fait toute la nuit, à part quelques brèves incursions dans l'unité de soins intensifs pour quémander des nouvelles d'Emma. Il n'y en avait pas.

— Nous faisons notre possible, répondaient à chaque fois les infirmières d'une voix aimable mais lointaine.

Elles pensaient avant tout à leurs patients, et Claire, Alex ou Gina retournait dans la salle d'attente, avec son camaïeu de bleus lénifiants, le poste de télévision que personne n'allumait, les magazines sur la table, et dans un coin, un philodendron dont les feuilles en forme de cœur pendaient tristement au-dessus d'une petite table ronde.

— Pourquoi aurait-elle fait ça ? demanda Gina, répétant la question déjà posée une douzaine de fois au cours de cette longue nuit. Pourquoi une tentative de suicide ?

— Je suis certaine qu'elle ne l'a pas faite, répéta Claire une fois de plus. Je ne crois pas qu'Emma puisse vouloir se suicider, elle aime trop la vie. C'est un accident, elle a pris un médicament qui ne lui convient pas. Elle nous expliquera quand... quand elle se réveillera.

— Qui lui a prescrit de l'Halcion ? demanda Alex à Gina.

— Un docteur que connaissait Brix.

— Vous ne savez pas son nom ? Flûte, j'aurais dû regarder sur le flacon !

— Elle me l'a dit, mais je ne crois pas que... (elle fronça les sourcils)... Un drôle de nom, ça m'a fait penser aux Arabes... Saracen ! s'écria-t-elle triomphalement, le docteur Saracen. Il me semble qu'il exerce à Greenwich.

— Je reviens...

Alex alla à la cabine téléphonique dans le couloir. La tension lui raidissait la nuque et lui donnait une démarche de robot. Il partageait l'angoisse de Claire, d'autant plus pénible à supporter qu'ils étaient absolument impuissants. C'était une souffrance différente de celle qui avait suivi la mort de sa femme. Alors, il savait qu'il n'avait pas d'autre choix que de l'accepter, et d'apprendre à vivre avec. Par contre, dans ce qui se passait en ce moment, il n'y avait rien à accepter, et tout à craindre. Ils ne pouvaient qu'attendre, prier, et s'aider mutuellement à supporter l'angoisse.

Mais, en décrochant, il sentait confusément que cette

capacité à partager l'anxiété de Claire représentait la dernière étape du processus permettant de briser la bulle de deuil, de colère et de solitude qui l'avait si longtemps coupé du monde. Il redevenait impliqué dans la vie des autres, dans leurs craintes et leurs souffrances. Il avait réappris à aimer et à vivre, il se remettrait à écrire, il ne reculerait plus devant les émotions que ferait remonter à la surface l'acte d'écriture. Il était libre de redevenir un créateur, il n'avait plus peur d'aimer, il serait de nouveau un amant sincère, un époux pour Claire, un père à part entière pour David. Et pour Emma.

«Mon Dieu, je vous en supplie, faites qu'Emma ne meure pas! Donnez à cette famille toute neuve une chance d'aimer et d'être heureuse.»

Pour désamorcer cette tension en lui, il eut recours à son remède habituel: la réflexion. Il réussit à trouver le numéro du docteur Saracen, l'appela à son domicile, à son cabinet, et enfin à l'hôpital de Greenwich, où une réceptionniste le fit prévenir. Quelques minutes après, Alex l'avait au bout du fil. Il fut le plus concis possible.

— Je m'appelle Alex Jarrel, et je suis un ami de la famille d'une de vos patientes, Emma Goddard. Je suis auprès d'elle en ce moment, elle a été hospitalisée pour une surdose d'Halcion.

— Une surdose! C'est incroyable! Comment va-t-elle?

— Nous n'en savons rien encore, elle n'a pas repris connaissance. Nous essayons de découvrir comment elle s'est procuré ce médicament et nous savons qu'elle est venue vous consulter.

— Effectivement, il y a deux mois à peu près. Mais je ne lui aurais certainement pas rédigé une ordonnance pour plus de six comprimés. Je me souviens bien d'elle, elle était très nerveuse, et sans savoir comment elle le supporterait...

— Nous avons trouvé un flacon vide, avec une étiquette indiquant dix comprimés.

Il y eut un silence.

— Alors elle m'aura dit qu'elle partait en voyage et ne pourrait pas faire renouveler l'ordonnance. Cela arrive de temps en temps. Mais l'étiquette devait spécifier que le médicament n'était pas renouvelable.

— C'est exact. Est-ce que dix comprimés sur de l'alcool seraient susceptibles de la mettre en danger de mort ?

— Il ne lui en restait sans doute pas dix. Elle avait dû en prendre quelques-uns, depuis deux mois.

— Est-ce que sept comprimés mettraient sa vie en danger ?

— C'est peu probable. Cela dépend aussi de la quantité d'alcool ingérée, elle m'avait dit qu'elle buvait très peu.

— Aurait-elle pu obtenir une ordonnance ailleurs ?

— Elle a pu consulter un confrère et en obtenir une autre ordonnance. Je n'en saurais rien.

— Merci.

— Vous me tiendrez au courant, n'est-ce pas ? Je l'ai trouvée extrêmement sympathique, et c'était une si jolie fille.

« Non, c'est, c'est une jolie fille. »

— C'est entendu !

L'écrivain retourna à la salle d'attente.

— A-t-elle consulté d'autres docteurs, à votre connaissance ? demanda-t-il à Gina.

Elle secoua la tête.

— Claire... Vous avez bien un médecin de famille ?

— Paula Brauer, à Danbury.

Alex retourna au téléphone et appela le docteur Brauer.

— Mon Dieu, pauvre petite... Pourquoi a-t-elle fait ça ? A-t-elle des chances de s'en tirer ?

— Nous ne savons pas. Et nous ne savons pas quand nous saurons.

— Mais ça ne ressemble pas du tout à Emma, de faire ça ! Elle n'est pas du genre à s'abandonner, en fait elle est extrêmement tenace. Je la connais depuis presque toute sa vie, et je n'arrive pas à croire qu'elle ait pu prendre une surdose de quoi que ce soit. Vous êtes certain qu'il n'y a pas autre chose ?

— Les médecins semblent sûrs. Et nous avons trouvé un flacon ayant contenu des comprimés d'Halcion. Vous ne lui en auriez pas prescrit ?

— Certainement pas ! Je ne suis pas enthousiasmée par ce médicament, et je ne le prescrirais pas à une adolescente. Il existe des somnifères plus doux. Vous avez trouvé un flacon vide, dites-vous ? Qui était le docteur ?

— Robert Saracen, à Greenwich.

— Je ne le connais pas… (Silence.)… J'ignorais qu'Emma ait consulté un autre médecin. Je me demande pourquoi, elle est en excellente santé. Elle n'est pas non plus une malade imaginaire, du genre à hanter les cabinets médicaux. Il est possible qu'elle ait eu de graves problèmes, mais même dans ce cas, je ne la vois pas du tout essayant de se suicider, ça ne concorde en rien avec ce que je sais d'elle. Pauvre Claire, elle doit souffrir le martyre ! Qu'elle m'appelle si elle a besoin de moi, je monterai à New York si besoin est. Et dites-lui que je suis prête à parier que c'est un accident.

« Ou bien encore autre chose… pensa Alex. Si ce n'est ni un suicide ni un accident, il ne reste qu'une possibilité : une tentative de meurtre. »

Cette idée lui était venue à l'esprit en sortant de Darien. Ils étaient partis à la recherche d'Emma car ils craignaient qu'elle ne soit en danger, un danger qui ne viendrait pas d'elle, mais d'un autre. L'état dans lequel ils l'avaient trouvée, seule, la robe chiffonnée comme si elle s'était laissée tomber sur le lit avant de tirer l'édredon sur elle, et la découverte du flacon à médicaments les avaient détournés de cette hypothèse.

Mais tout cela pouvait fort bien être une mise en scène. Un romancier a l'habitude des déductions : « Ses chaussures, proprement posées l'une à côté de l'autre au pied du lit… Pourquoi ranger ses chaussures si elle se sentait trop mal en point pour quitter sa robe ? Et où est passé son sac à main ? »

Il revit la chambre dans sa tête : la chaise sous laquelle se trouvaient les escarpins. La coiffeuse, avec, sur le dessus, un vêtement plié, un chemisier sans doute. Le secrétaire avec une boîte de jus de pamplemousse vide. Une table de nuit avec une lampe de chevet et le dernier numéro de *Mirabelle*. Une autre table de nuit avec une seconde lampe de chevet, le téléphone, la radio et le flacon à médicaments. Le lit avec l'édredon bien remonté jusqu'au menton de la jeune fille.

Il avait jeté un rapide coup d'œil dans la salle de bains, pour voir s'il n'y trouvait pas d'autres médicaments. Rien que des produits de beauté, bien rangés sur l'étagère au-dessus du lavabo.

Il appela l'hôtel Intercontinental.

— Ici Alex Jarrel, j'accompagnais Mme Goddard hier soir lorsque nous avons appelé l'ambulance pour sa fille. J'aimerais savoir si on a trouvé un sac à main dans la chambre de Mlle Goddard.

— Je ne crois pas, monsieur Jarrel... Si vous voulez attendre un instant, je me renseigne.

Quelques instants après, le réceptionniste revint en ligne.

— Il n'y avait pas de sac à main. La valise de Mlle Goddard est prête, nous l'avons à la réception.

« Le chasseur a monté Emma à sa chambre. C'est sans doute lui qui lui a enlevé ses chaussures. Mais pourquoi lui ? Où était passé Brix ? »

Il retourna à la salle d'attente.

— Je sors un peu, je serai de retour dans une heure ou deux.

— Où allez-vous ? demanda Claire, les paupières gonflées et les traits tirés.

— Essayer de savoir où ils ont dîné... Une photo d'Emma me serait bien utile.

— J'en ai une, dit Gina en sortant son portefeuille. Oh, attendez, je parie que je peux en trouver une meilleure !

Elle prit dans la pile de magazines le numéro de *Vogue* de décembre, et le feuilleta jusqu'à ce qu'elle tombe sur la publicité Eiger, en double page.

— Ça ira ?

— Parfait ! Merci, Gina. Est-ce que vous avez besoin que je vous rapporte quelque chose ?

— Non, répondit Claire, pourvu que vous reveniez !

— Je reviendrai toujours.

Avant de tourner les talons, il vit un pâle sourire effleurer les lèvres de la jeune femme. Laissant sa voiture au parking de l'hôpital, il prit un taxi jusqu'à l'hôtel Intercontinental. Le réceptionniste de nuit n'était plus de service, mais son remplaçant avait le numéro de téléphone de son domicile, et l'appela.

— Je suis désolé de vous déranger, dit Alex, mais je cherche à savoir ce qui est arrivé à Mlle Goddard hier soir. Elle est rentrée seule, m'avez-vous dit. Etait-elle en taxi ?

— Je ne crois pas. Le portier a dit l'avoir vue tomber sur le trottoir devant l'hôtel, il pense qu'elle avait traversé la rue en courant. Il n'en est pas absolument certain, bien sûr !

Alex, devant l'hôtel, examinait la rue. Dans le pâté de maisons d'en face se trouvaient, à droite, un restaurant italien, et à gauche un restaurant japonais. Entre les deux, juste en face, un restaurant français. Et deux autres restaurants dans le pâté de maisons suivant. Il y avait aussi trois restaurants dans l'hôtel, mais Alex les élimina, puisque le portier avait trouvé Emma dehors.

Il commença par le restaurant japonais. La porte était ouverte et il entra, interrompant la préparation des sushi, pour montrer au patron et à la jeune fille du vestiaire la photographie d'Emma. Ils hochèrent négativement la tête, et Alex essaya ensuite la trattoria, puis remonta en direction de l'hôtel et entra dans le restaurant français.

Le patron était à son bureau.

— Le maître d'hôtel prend son service à midi, monsieur. Il a mentionné l'incident... (Il regarda la photographie d'Emma.)... Oui, cela ressemble beaucoup à sa description. Il ouvrit un tiroir et en sortit un petit sac brodé de perles.

— Mademoiselle l'a oublié sur la banquette, m'a dit le serveur. Il n'y avait aucun papier d'identité, sinon nous aurions appelé.

— Elle n'était pas seule...

— Non, le maître d'hôtel a effectivement mentionné qu'elle était accompagnée d'un jeune homme.

— ... Qui ne lui a pas fait une impression favorable, remarqua Alex devant le ton pincé du patron.

— Ce n'est pas notre travail d'avoir une impression, favorable ou non, de nos clients. Toutefois, ce jeune homme aurait laissé sa compagne partir seule, puis aurait fait, m'a-t-on dit, une remarque particulièrement déplacée, en expliquant qu'elle tenait à l'épouser alors que lui ne voulait pas se marier.

— Et il l'a dit assez fort pour être entendu ?

— Oui, monsieur, la jeune personne du vestiaire l'a entendu aussi.

— La jeune fille en question est à l'hôpital...

Il lut l'inquiétude dans les yeux du restaurateur, et s'empressa de le rassurer.

— Pas à cause de son repas ici, j'en suis certain. Elle a absorbé, ou bien on lui a fait absorber, une forte dose d'un médicament. J'essaie de savoir ce qui est arrivé durant ce dîner.

— Je n'en sais rien. On m'a seulement dit que la jeune fille avait l'air bouleversée en partant, et que quand on lui a rappelé son manteau, elle n'en a tenu aucun compte.

— Elle est partie seule ?

— Plusieurs membres de mon personnel me l'ont assuré.

— A la fin du repas ?

— Je crois... Est-ce important ? Je peux téléphoner au serveur qui s'occupait de leur table.

— Oui, c'est important... Si vous pouviez...

Le serveur avait la voix d'un homme qu'on vient de tirer du sommeil.

— C'était une jeune dame très belle, mais elle paraissait très malheureuse. Elle a quitté la table à deux reprises. La première fois, j'ai eu le temps de tirer la table pour qu'elle passe, et elle est descendue aux lavabos. Mais la seconde fois, elle est partie avant que je n'arrive et a quitté le restaurant.

— Avaient-ils terminé leur repas ?

— Oui, monsieur. La jeune dame y avait à peine touché.

— Et qu'ont-ils bu ?

— Ah ça, je m'en souviens ! Un Graves, un Côtes-du-Rhône, un Château-Yquem et du cognac.

— Des demi-bouteilles ou des bouteilles entières ?

— Des bouteilles entières, monsieur.

— Cela paraît beaucoup, pour deux personnes.

— C'est exact, monsieur. La jeune dame a semblé boire de façon très modérée. Sauf son cognac.

— Que voulez-vous dire ?

— C'était après qu'elle fut remontée des lavabos. Le verre se trouvait devant elle et elle l'a bu cul sec, si monsieur veut bien me pardonner l'expression. Comme si... comme si elle avait fait un pari.

— Vous semblez les avoir bien observés.

— Seulement la jeune dame, monsieur. Elle paraissait si heureuse, vous comprenez, et puis après si malheureuse.

— Ils se sont disputés ?

— Je crois... (Silence.)... Je crois que le jeune homme voulait se disputer avec la jeune dame, alors ils l'ont fait.

— A quel sujet ?

— Hélas, monsieur, j'avais du travail à ce moment-là, et je n'ai pas pu m'approcher suffisamment pour entendre. C'est pourquoi la jeune dame a quitté la table sans que j'aie eu le temps de l'aider.

— Merci beaucoup.

Alex se tourna vers le restaurateur.

— Puis-je appeler le maître d'hôtel ?

L'homme hésita.

— C'est une enquête de police ?

— Je pose quelques questions pour découvrir ce qui s'est passé. La jeune fille est gravement malade. Toutefois je crois pouvoir affirmer, sans risque de me tromper, que votre établissement est hors de cause.

Le patron hésita encore, fit un numéro, tendit le téléphone à Alex.

— Il paraît que la jeune fille qui a quitté précipitamment le restaurant hier soir avait oublié aussi son manteau... commença Alex.

— C'est exact, monsieur.

— Elle n'a rien dit, en partant ?

— Non, monsieur. Elle a poussé la porte avant que j'aie eu le temps de l'aider et a disparu.

— A quel moment son compagnon est-il parti ?

— Une dizaine de minutes plus tard, monsieur.

— Et il a fait une remarque sur le mariage.

— Une remarque des plus déplacées, monsieur.

— Que s'est-il passé ensuite ?

— Il est allé prendre son manteau, et je lui ai remis celui de la jeune dame. Et il est parti.

— Dans quel état d'esprit était-il ?

— Je n'en ai aucune idée.

— Il ne semblait pas troublé ? Ou soucieux ? Lui et la jeune dame s'étaient disputés, a dit le serveur.

— Il ne paraissait pas soucieux, monsieur. S'il fallait vraiment le décrire, je crois que le mot satisfait conviendrait bien.

Alex retourna à l'hôtel et se dirigea tout droit vers le taxiphone. Il avait mémorisé le numéro de téléphone du réceptionniste de nuit lorsque son collègue de jour l'avait appelé.

— Je suis désolé de vous déranger de nouveau..., commença-t-il.

— Hé, vieux, je dormais ! rétorqua l'employé. Je travaille de nuit, moi, alors le jour, je dors !

— Je vous demande pardon, je n'aurais pas appelé si ça n'avait pas été important. Je n'ai que quelques questions à vous poser, je vous en prie...

— De toute façon, vous m'avez réveillé, maintenant, alors allez-y !

— Merci. Est-ce que M. Eiger vous a posé des questions en rentrant hier soir ? A-t-il demandé des nouvelles de Mlle Goddard ?

— Ouais... Il a dit qu'elle était perturbée parce qu'elle voulait se marier, et pas lui... Enfin, une remarque de ce genre !

— Il vous a dit ça ? Il vous a fait des confidences ?

— Ça arrive...

Alex lança l'appât.

— Mais il aurait dû accompagner Mlle Goddard !

L'employé mordit.

— Exactement ! On ne laisse pas une jeune fille seule dans New York la nuit !

— Tout à fait ! Merci d'avoir bien voulu m'aider.

Il retourna à la réception.

— Je vais emporter la valise de Mlle Goddard, si c'est possible.

— Certainement, monsieur. Vous pouvez signer le reçu ?

En sortant, la valise d'Emma à la main, il fit signe à un taxi et, pendant tout le trajet, rumina le mot « satisfait ». Dans la salle d'attente, il trouva Hannah, serrant dans la sienne la main de Claire et hochant la tête comme une maniaque.

— Un autre hôpital, une autre enfant... j'aurais dû l'aider, je connaissais les dangers, je sais ce que c'est que souffrir, je n'ai pas su voir... je pensais que tout irait bien, avec tant d'argent, un foyer, une famille... mais je me trompais. Rien n'est jamais gagné ! Je n'ai pas répondu à l'attente d'Emma... J'aurais dû trouver d'autres mots... savoir l'aider...

— Nous avons toutes essayé ! protesta Gina, nous ne l'avons pas laissée tomber. C'est idiot de nous sentir coupables, la situation est assez pénible sans ça !

Claire leva les yeux vers Alex.

— Alors ?

— Ils se sont disputés au cours du dîner, et Emma a quitté le restaurant avant Brix, toute seule... (Il s'assit auprès d'elle, lui prit la main.)... Il n'est pas impossible que Brix soit arrivé d'une manière ou d'une autre à lui faire absorber davantage d'Halcion qu'elle n'en prend normalement. Le docteur Brauer semble penser dans la même direction : selon elle, la simple supposition qu'Emma ait pu faire une tentative de suicide est en contradiction directe avec ce qu'elle sait d'elle.

Hannah le regarda fixement.

— Vous suggérez que Brix a tenté de l'assassiner ?

— Et dire que je l'ai laissée sortir avec lui, gémit Claire. J'aurais dû tout faire pour l'en empêcher !

— Vous avez fait ce que vous avez pu, protesta l'écrivain. Les parents disent toujours la même chose : j'aurais dû faire plus !... J'aurais dû me montrer plus ferme !... J'aurais dû le deviner !... Mais leurs enfants leur auraient échappé malgré tout, et ils auraient fait ce qu'ils voulaient. Vous le savez bien, Claire, on ne peut pas garder un enfant enfermé.... Et vous ne le voudriez pas. Comment apprendrait-il la vie si on ne lui laissait jamais aucune liberté ? Vous êtes comme toutes les mères, il arrive un moment où tout ce qu'on peut faire, c'est être là si notre enfant a besoin de nous, et toucher du bois.

— Mais les autres enfants ne se retrouvent pas dans le coma ! Il ne s'agissait pas d'une simple rébellion d'adolescente, mais d'une fréquentation dangereuse, que j'aurais dû lui interdire.

— Vous ignoriez qu'elle était dangereuse.

— Je savais ce qu'il avait fait à l'université.

— Vous aviez entendu raconter une histoire, que Quentin avait démentie. Vous n'aviez aucun élément permettant de choisir entre les deux versions des faits. Cela remontait à plus de deux ans, et Brix semblait se conduire en personne raisonnable. Il est vice-président dans la société de son père, la plupart des mères auraient applaudi cette fréquentation.

Claire frissonna, se leva soudain et s'approcha du bureau des infirmières à l'entrée de la salle de soins intensifs. Elle revint un instant après.

— Rien. Aucun changement. Et plus un coma dure, plus il est dangereux... (Elle s'approcha de la fenêtre, regarda dehors.)... Emma était si heureuse, il y a quelques mois ! Nous avions tout cet argent, elle était si excitée, elle adorait cette voiture rouge... Elle ne pouvait en croire ses oreilles, quand je lui ai dit qu'elle était pour elle. Et puis, nous sommes allées *Au Caprice d'Anaïs*... Seigneur, il me semble que c'était il y a des siècles ! Nous avons acheté des cadeaux, des objets, nous avons accumulé achat sur achat, comme des gosses lâchés dans un magasin de jouets. Nous avions l'impression que le monde s'ouvrait devant nous, que nous pouvions y choisir ce que nous voulions et que, dès lors, nos vies seraient parfaites !

Elle se tut. Tous quatre attendirent en silence.

— ... Que m'est-il arrivé ? reprit Claire. Pourquoi ai-je oublié tous ces lieux communs que chacun répète à propos de l'argent ? Ils sont si banals. L'argent ne fait pas le bonheur. Tout le monde le dit, mais combien de gens le pensent ? Pas moi, je croyais que l'argent, c'est merveilleux.

— Comment peut-on en douter quand on a du mal à joindre les deux bouts ? protesta Gina.

— Il est difficile de réfléchir en toute sérénité à propos de l'argent, renchérit Hannah. Ce n'était pas votre faute, Claire.

Elle regarda Alex, lui demandant silencieusement de l'aide.

— Il est presque impossible d'être rationnel, en ce qui concerne l'argent, commença-t-il.

Il savait que Claire l'écoutait d'une oreille, bien que

toute son attention parût concentrée sur cette porte menant au couloir à l'extrémité duquel Emma se battait contre la mort.

— ... l'argent et le pouvoir, continua-t-il. Sans doute parce qu'ils semblent des concepts simples, alors qu'en fait, ils recouvrent des réalités très complexes. Plus on y réfléchit, moins on parvient à les appréhender, et plus nos idées se modifient. Et on finit par voir les hommes en termes d'argent et de pouvoir, et non comme des êtres vivants. Combien de gens connaissez-vous, qui jugent disposer exactement de la quantité d'argent qui leur convient ? J'ai connu des milliardaires qui ne pensaient qu'à augmenter leur fortune, même si cela signifiait pousser d'autres entreprises à la ruine, détruire des familles, polluer des régions entières. Ils sont aveuglés.

— Comme moi..., murmura Claire.

— Comment pouvait-il en être autrement, lorsqu'une telle somme d'argent vous tombe du ciel ? L'argent est comme les sirènes, froid, brutal, et il chante pour conduire les gens à leur perte.

— Comme Midas, dit Gina. Dès qu'il eut le pouvoir de tout changer en or, il fut incapable de s'arrêter. Il transforma en or tout ce qui était en vue, y compris sa propre fille, à la fin, et ce pouvoir a fini par tuer... Ô Seigneur !... Seigneur !... (Elle se cacha la figure dans les mains.)... Pardon, Claire, je crois que je délire...

— Madame Goddard, pourriez-vous venir avec moi ?

Une infirmière était à la porte de la salle d'attente. Ils se levèrent tous d'un bond.

— Qu'y a-t-il ? balbutia Claire en se cachant d'un geste instinctif les oreilles, comme une enfant qui craint d'entendre des reproches.

— Elle n'est pas morte..., dit Alex d'une voix blanche, comme pour conjurer le sort.

— Non, elle paraît sortir de son coma, et il se peut qu'elle réagisse à la présence de sa mère. Si vous voulez bien venir avec moi, madame Goddard...

Claire fit un pas, chancela, et Alex tendit la main pour l'aider à retrouver l'équilibre.

— Vous voulez que je vous accompagne ?

— Seulement Mme Goddard, s'il vous plaît.

— Elle va s'en tirer ! dit Gina d'un air de défi.

— Nous n'en savons encore rien, mais c'est un début.

— Allez vite, Claire, ordonna Hannah. Nous resterons là, nous y resterons tout le temps qu'il faudra. Allez vite aider votre fille à vivre !

19

Emma se trouvait dans une grande pièce brillamment éclairée au néon, et équipée d'appareils, coffrets métalliques, tubes de plastique, fils électriques, écrans où apparaissaient des dents de scie ou des ondulations régulières. Dans un coin, le lit, étroit, était muni de barres sur les côtés, comme un lit d'enfant, et en partie dissimulé derrière un rideau coulissant sur un rail courbe.

Les yeux de la jeune fille étaient clos, ses mains jointes sur la poitrine. Un tuyau à perfusion reliait le dos de sa main à deux poches de plastique accrochées à une potence en acier inoxydable placée à côté du lit, et elle respirait de l'oxygène par un petit embout enfoncé dans les narines.

Sa peau était livide et, à part la tache de couleur formée par sa chevelure cuivrée étalée sur l'oreiller, tout dans la pièce était blanc ou couleur d'acier. Chaque objet était stérile, froid, impitoyablement efficace et sentait l'antiseptique.

Claire était assise au chevet de sa fille, lui tenant une main qu'elle caressait régulièrement comme elle faisait toujours quand Emma était malade.

— Ça va aller... Tu vas bientôt guérir... Tu te sentiras bien de nouveau, et heureuse, et nous passerons des moments merveilleux...

Sa voix se cassa, elle hoqueta. Pour le moment, le monde tournait autour d'Emma, elle ne pouvait supporter d'imaginer la vie sans elle. Elles avaient été si proches, elles avaient pendant tant d'années représenté chacune le centre de la vie de l'autre, qu'aux yeux de Claire, Emma était en train de devenir une seconde elle-même, la femme de ses rêves. Si Emma mourait, Claire, amputée d'une partie d'elle-même, ne se retrouverait plus jamais entière, et deviendrait incapable de considérer le monde comme le lieu géométrique de mille merveilleuses possibilités. Ces splendeurs n'existeraient plus, si Emma n'était plus. Toute lumière disparue comme lors d'une éclipse, l'univers deviendrait noir, rapetissé, ratatiné.

Comment supporter cette pensée ? Claire aurait voulu hurler son sentiment d'impuissance, appeler Emma à pleins poumons, lui empoigner les épaules pour la secouer jusqu'à ce qu'elle réagisse. Pourtant elle s'obligea à rester assise, immobile, les yeux brûlants de larmes refoulées parce qu'elle jugeait vital qu'en ouvrant les yeux, Emma voie sa mère souriante, confiante, assurée de son amour et de sa capacité à l'aider à se remettre et à oublier le passé.

« Pourquoi aurait-elle voulu faire ça... se tuer ? Non, c'est impossible, Emma n'a pas fait ça !... il s'est passé autre chose, elle me le dira dès son réveil... »

Les mots couraient dans sa tête, tandis qu'elle parlait à mi-voix à la jeune fille inerte.

— Emma, écoute-moi, murmura-t-elle d'un ton insistant, tu vas te réveiller, tu vas te rétablir, nous ferons ensemble plein de merveilleuses découvertes... J'ai tellement de projets...

Elle se tut, le souffle court : il lui avait semblé percevoir un faible frémissement dans la main de sa fille.

— Emma ?

Elle attendit, osant à peine respirer, comme si elle tendait l'oreille à un bruit imperceptible.

— Emma, recommence...

Et la main maigre se crispa faiblement dans celle de sa mère. Claire ferma les yeux... Emma lui indiquait-elle qu'elle était toujours vivante ou bien... Claire approcha ses lèvres de l'oreille de sa fille.

— Je suis là, Emma, tout près de toi. Tu ne peux pas me regarder ? Me dire que tu m'entends ? Je ne vais pas partir, je vais rester ici, je ne sortirai pas de cette pièce, je vais t'aider à te réveiller, à te remettre... Emma, tu ne peux pas me regarder ? Me montrer que tu m'entends ?

Elle resta immobile à lui tenir la main, penchée en avant, la bouche tout contre l'oreille de sa fille, et se souvint soudain des chansons qu'elle lui chantait autrefois, lorsqu'elle était malade. Alors elle commença à chanter, très bas, les vieilles rengaines et ritournelles favorites de la petite fille, des chants d'amour, de départ et de retour, de séparation et de réunion, de parents et d'enfants, toujours d'amour, en fait. Malgré son mal au dos et une crampe à la jambe, elle ne changea pas de position. Il y avait deux heures que l'infirmière l'avait amenée au chevet d'Emma, elle continuait néanmoins à lui tenir la main, lui parler, lui chanter des chansons.

Emma percevait une rivière, une rivière claire et murmurante, dont l'eau la portait. Elle flottait sur l'eau, et quand elle y trempa la main, elle la trouva tiède et douce. Ni rochers ni rapides, seulement la douceur, le chuchotement faible et régulier qui la réconfortait tandis que le courant l'emportait loin du danger. Elle adorait cette rivière, elle n'avait jamais rien aimé autant que ce cours d'eau et s'y abandonna, le laissa l'emmener où il voudrait.

— Je ne sortirai pas de cette pièce, je vais t'aider à te réveiller, à te remettre...

La voix semblait émaner de son propre corps, mais elle savait que c'était celle de sa mère.

« Alors, je ne suis pas morte ! J'étais presque morte, mais maman m'a retrouvée ! »

— Je vais t'aider, tu vas guérir !

Cette fois, la voix venait bien du dehors, et non de sa tête, c'était un faible murmure, tout près de son oreille. La voix de sa mère. Elle l'avait retrouvée, elle était près d'elle, elle lui parlait, elle allait prendre soin d'elle.

— Emma... tu ne peux pas me regarder ? Ouvrir les yeux ?

« Je voudrais bien... »

— Emma, ma chérie, tu ne peux pas me montrer que tu m'entends ?

Luttant contre une immense fatigue, elle s'obligea à soulever les paupières et vit devant elle les yeux de sa mère.

— Ô Emma... merci, mon Dieu... Merci !

Claire se pencha, glissa un bras sous les épaules de sa fille pour la serrer contre elle et lui embrasser les joues et le front.

— Ça va aller, je te promets, ça va aller!
« Oh, comme Maman est belle ! »
Elle aurait voulu lui dire combien elle la trouvait belle et combien elle l'aimait, mais aucun mot ne sortit, sa gorge et sa bouche n'émettaient aucun son. Elle pouvait penser, les mots étaient dans sa tête, son esprit les organisait en phrases, mais elle n'arrivait pas à les prononcer. Une incommensurable fatigue pesait sur ses paupières. Elle fit un second essai, tout aussi vain. Elle était incapable de parler. Elle paniqua : et si elle était devenue muette ? Ou bien elle n'était pas vraiment réveillée... la présence de sa mère était un rêve, elle était toujours en train d'agoniser.... oui, elle s'en souvenait, elle avait déjà pensé qu'elle était en train de mourir. Elle avait oublié beaucoup de choses, mais pas ça. Elle regarda derrière sa mère le rideau blanc, puis ses yeux revinrent sur Claire.
— Tu es à l'hôpital, ma chérie. A New York. Nous t'avons amenée ici parce que tu étais très malade. Quand tu iras mieux, nous rentrerons à la maison... Tu ne peux pas parler ? Essaie, Emma !
La jeune fille ouvrit la bouche, aucun son ne sortit, et ses yeux s'emplirent d'effroi.
— Ça ne fait rien, se hâta de la rassurer sa mère, c'est parce que tu es encore très faible. Ça ira mieux bientôt, va, ma chérie ! C'est moi qui vais parler, pour l'instant. Fais-moi un signe de tête pour m'indiquer que tu me comprends. Emma ? Tu me comprends ?
La malade fit un signe de tête. Tout mouvement était pénible, mais elle réussit à lever et laisser retomber le menton.
— Bien, ma chérie ! C'est très bien.
Claire serra la main d'Emma.
— Tu vas retrouver tes forces d'heure en heure, tu verras ! Alors, que vais-je te raconter ?... Gina, Alex et moi t'avons retrouvée et amenée ici. Hannah est là aussi, elle est arrivée il y a un moment pour être auprès de toi. Tous ceux qui t'aiment sont auprès de toi, et...
— Oh, mais ça y est !
Une infirmière était apparue à côté du lit.
— ... Bonjour, Emma, continua-t-elle, nous attendions votre réveil. Pardon, madame Goddard...

Claire recula, et l'infirmière prit la température et la tension de la malade, vérifia la perfusion, ajusta légèrement la valve d'un des flacons, contrôla le débit d'oxygène et contempla quelques instants les écrans où se lisaient le pouls et le rythme respiratoire d'Emma.

— Bienvenue parmi nous, jeune fille!... J'ai une fille, moi aussi, ajouta-t-elle. Elle vient d'avoir quinze ans.

Elle n'en dit pas plus, mais Claire devina à quoi elle songeait.

« Nous faisons tous les mêmes cauchemars, tous les parents du monde. Je ne puis rien lui apprendre qu'elle ne sache déjà, elle a certainement rencontré des cas bien pires que celui d'Emma, bien pires que tout ce que je pourrais imaginer. »

— Je vais avertir le docteur, elle est quelque part dans l'établissement, elle sera là d'ici peu.

— Emma va aller bien, maintenant, n'est-ce pas? maintenant qu'elle est réveillée...

L'infirmière hésita.

— Je ne sais pas... Il reste parfois des séquelles que nous ne voyons pas pendant... Je ne peux vraiment pas vous répondre, madame Goddard, le médecin vous renseignera mieux que moi.

Elle se pencha sur le lit de la malade.

— Accroche-toi, Emma, tu remontes la pente!

Emma se débattait pour comprendre ce qui s'était passé. Sa gorge, son œsophage, tout du long, et surtout son estomac, étaient très douloureux, comme si elle souffrait de mille contusions internes, ou bien des conséquences d'une chute grave ou d'une rixe. Pourtant elle ne se rappelait pas être tombée et n'avait jamais de sa vie été prise dans une bagarre. Mais elle avait mal, se sentait à la fois lourde et vide, et la tête lui tournait. Cela lui arrivait parfois lorsqu'elle avait sauté un repas et qu'elle regardait la télévision sans le son avec Brix, après avoir pris un rail. Elle avait l'impression d'être déconnectée de tout, y compris d'elle-même.

« Il n'y a plus d'Emma... Elle a dîné avec Brix, puis elle a disparu. »

L'idée la terrifia.

« Mais si, je suis là, je suis ici, c'est moi, Emma... »

Les mots étaient prisonniers dans sa tête. Elle entendait parler sa mère et l'infirmière, mais elle avait perdu sa voix. Plus de voix, plus rien, elle était devenue une coquille vide, cassante, lourde de fatigue, si pesante qu'elle ne pouvait plus bouger, pas même lever la main.

Le dîner avec Brix... Elle s'en souvenait: elle avait dîné avec Brix, il lui avait dit des tas de méchancetés. Elle avait oublié les termes, mais elle savait qu'il s'était montré odieux. Elle ne se rappelait pas les détails, seulement l'air glacial de Brix et l'inquiétude sur le visage du serveur, lorsqu'il avait retiré la table pour lui permettre de passer.

Ses lèvres formèrent un mot: «Brix...»

— Il n'est pas là, répondit brièvement Claire, je ne sais pas où il est. Nous t'avons trouvée dans une chambre d'hôtel, Emma, toute seule. Et tu étais très malade. Il s'est passé quelque chose qui t'a rendue malade.

Emma ferma les yeux. «Je vais mourir... Je vais mourir...»

— Emma, ouvre les yeux! S'il te plaît, Emma! Tu vas te remettre, tu vas guérir. Ecoute-moi, je suis là, je t'aiderai, mais il faut que tu ouvres les yeux.

— Excusez-moi, madame Goddard... (Le docteur était à côté de Claire.)... Pourriez-vous attendre à côté quelques minutes? Ce ne sera pas long, vous pourrez revenir tout de suite après.

— Mais je veux savoir comment elle va!

— Nous en parlerons lorsque je l'aurai examinée. Je suis désolée, madame Goddard, je ne peux rien vous dire tant que je n'ai pas examiné votre fille.

Claire hésita, regardant les paupières baissées d'Emma, voyant son visage se figer dans l'immobilité. Mais le docteur s'approcha du lit, se pencha au-dessus de la patiente, et Claire retourna à la salle d'attente.

— Alors? demanda aussitôt Hannah.

— Elle s'est réveillée, mais elle ne peut pas parler. Elle essaie, je crois, mais rien ne sort. Elle semble sur le point de se rendormir....

Et, sans avertissement, Claire craqua. Alex, voyant ses jambes plier sous elle, bondit sur ses pieds et la soutint.

— Asseyez-vous... Vous avez passé presque trois heures à son chevet, et vous n'avez ni dormi ni mangé.

— J'ai acheté des gâteaux, au cas où nous en aurions besoin, dit Hannah, en sortant de son grand cabas un sac en papier contenant de petites génoises dans des moules de papier plissé. On peut prendre du café au distributeur.

— Je n'ai pas faim, protesta Claire, et je ne me sens pas fatiguée.

— Qu'a dit le docteur? questionna Gina.

— Rien encore. Elle est en train d'examiner Emma, elle m'appellera dès qu'elle aura terminé. L'infirmière a dit que même quand le patient se réveille, on ne peut avoir aucune certitude que tout ira bien.

— Bien sûr que si, tout ira bien! rétorqua Hannah. J'ai vu pas mal de malades dans le coma, et quand ils commencent à réagir, c'est qu'ils sont sur la bonne voie.

Claire était trop lasse pour demander à Hannah où elle avait pu voir tous ces comateux. Elle s'appuya contre Alex et regarda sans la voir la table devant eux. Hannah débarrassa un petit espace entre les magazines, et disposa les gâteaux.

— Je vais chercher du café!

— Le médecin t'a dit combien va durer son examen? demanda Gina.

Claire hocha négativement la tête.

— Un certain temps, je suppose...

— Dans ce cas, j'ai le temps de téléphoner. Je reviens...

Elle alla à la cabine téléphonique du couloir, et parla, la bouche tout près de l'appareil.

— Hank? C'est Gina. Tu as reçu les mémos et les rapports de tests que je t'ai envoyés par télécopie?

— J'ai appelé Roz pour l'avertir, je les ai.

— Parfait! Ecoute, je ne suis pas retournée chez moi, je suis à l'hôpital avec une amie. Alors, qu'est-ce que vous allez faire?

— Nous allons tout vérifier, Gina, mais pas avant les fêtes. Les gens sont en vacances, tu sais, y compris le procureur. Nous allons attendre la semaine prochaine ou début janvier. Rien ne va se passer pendant les deux prochaines semaines.

— Tu veux dire que vous allez perquisitionner les laboratoires Eiger?

— L'un de nous aura une petite conversation avec le P.-D.G. Tant que les marchandises restent dans leur entrepôt, il n'y a pas de délit. Le problème se posera s'ils procèdent à l'expédition de produits qu'ils savent nuisibles à la santé publique.

— Ou qui peuvent rendre aveugle!

— Dans l'un des tests, selon tes documents. Et il n'est pas prouvé de façon irréfutable que la cause de la perte de vision soit le PK-20, bien que ça semble très probable. Ce qui m'intéresse, moi, c'est d'empêcher des produits susceptibles d'être dangereux de se retrouver sur les rayons des magasins de l'État, alors nous allons sans doute interdire toute expédition jusqu'à ce que chaque produit ait été contrôlé de A à Z. Ce n'est pas ce que tu voulais?

— Ça me convient tout à fait. Je me demandais si...

— Quoi encore?

— Je crois que ce ne serait pas mal si le conseil d'administration d'Eiger, enfin, ses associés savaient un peu ce qui se passe.

— Comment sais-tu qu'ils ne sont pas au courant?

— Je m'en doute. Si tu pouvais les appeler, Hank...

— Ce n'est pas le travail du bureau du procureur, et tu le sais fort bien. Ecoute, Gina, nous nous connaissons depuis longtemps, j'ai beaucoup d'affection pour toi, et j'avoue que tu as fait de l'excellent travail. Tu es très courageuse et tu as bien fait de me faire parvenir ces documents, mais je refuse de me laisser impliquer dans je ne sais quel petit jeu que tu es en train de concocter!

— Alors, il ne me reste qu'à les appeler moi-même.

Après avoir raccroché, elle décrocha de nouveau et fit le premier des deux numéros notés sur son agenda. Puis elle prit sa respiration afin d'exprimer de manière concise et efficace ce qu'elle avait à dire, avant de retourner à la salle d'attente entendre le verdict du docteur.

Aussitôt arrivé à son bureau, Brix appela l'hôpital Roosevelt. Il obtint le standard, puis le service des urgences et enfin une infirmière de l'unité de soins intensifs.

— J'aimerais avoir des nouvelles d'Emma Goddard. Elle a été amenée...

— Vous êtes un parent ?
— Un ami, un ami très proche.
— Je regrette, nous ne donnons de nouvelles qu'à la famille.
— Elle est morte !
— Non, monsieur, elle n'est pas morte, répondit l'infirmière, émue par sa voix angoissée.
Brix raccrocha. Elle n'était pas morte... Alors, quelle était la prochaine manœuvre, maintenant ? Il se laissa tomber sur son fauteuil, regarda ses pieds. Il n'avait réussi qu'à aggraver la situation. Dire qu'il s'inquiétait de ses éventuelles révélations lorsqu'elle était folle de lui ! Maintenant qu'elle l'accusait d'avoir tout gâché, elle n'avait plus aucune raison de se taire. Si elle survivait et racontait qu'elle n'avait pas pris d'Halcion, les médecins essaieraient de savoir comment elle avait pu en absorber sans le savoir. Et la première personne suspectée serait lui. A moins, bien sûr, qu'elle ne meure avant de pouvoir parler, mais ce dénouement ne dépendait pas de lui.
Son téléphone sonna, c'était Quentin.
— Viens tout de suite dans mon bureau !
« Il est au courant ? C'est trop tôt ! Les prises de vue sont cet après-midi, et de toute façon, Hale n'appellerait pas Quentin pour le prévenir d'une absence d'Emma. Pas si vite, en tout cas. »
— Tu veux que j'apporte quelque chose ? Des rapports, ou bien...
— Viens immédiatement, c'est tout.
« Merde ! Que s'est-il passé ? »
Il renifla en hâte un peu de cocaïne, attrapa une liasse de papiers pour se donner une contenance, et frappa à la porte de son père.
— A vos ordres, Commandant ! essaya-t-il de plaisanter en faisant le salut militaire.
Mais un coup d'œil sur le visage de son père lui enleva tout désir de continuer sur cette voie.
— Brix, qu'est-ce qui se passe entre toi et Emma, bon Dieu ?
— Entre moi et Emma ? Rien... Enfin, je sors avec elle, tu le sais bien, et...
— Qu'est-ce qu'elle sait sur le PK-20 ?

Brix sentit son estomac se serrer.

— Rien... Enfin, elle sait ce que c'est, elle a fait assez de photos avec l'un ou l'autre des cosmétiques à la main, ou...

— Elle a appris quelque chose sur les tests, et tu le sais. Et tu t'es bien gardé de m'en parler !

— Qu'est-ce que c'est que cette histoire ?

Avoir l'air de tomber des nues, c'était la seule façon de s'en tirer. Emma avait encore une chance de mourir, et si elle n'était plus là pour le contredire, il pourrait démentir les rumeurs, nier en bloc.

— ... Quel crétin s'amuse à inventer des absurdités pareilles ? continua-t-il.

— Il n'y a pas qu'Emma, sa mère aussi en a entendu parler, et le petit ami de sa mère, et tout le monde, pour autant que je sache ! Mais qu'est-ce que tu as donc dans la tête ? Tu ne peux pas baiser une fille sans lui raconter ta vie ?

— Mais je ne lui ai rien raconté du tout ! protesta Brix d'une voix blanche et l'estomac de nouveau noué.

« Sa mère est au courant, le petit ami de sa mère aussi, elle en a parlé et l'a toujours nié, cette petite salope ! Elle n'a pas cessé de jurer ses grands dieux qu'elle n'en a rien dit à personne, en me regardant avec ses grands yeux innocents, et je l'ai crue ! Elle a osé me mentir ! Et elle prétendait m'aimer ! »

— ... Je ne lui ai rien dit, répéta-t-il.

— Alors comment l'a-t-elle su, bon Dieu ? rugit Quentin.

Brix ne répondit pas.

— ... Comment a-t-elle pu le savoir, elle ne couche qu'avec toi !

— Je n'en suis pas si sûr, justement !... (Brix s'accrocha à cette bouée de sauvetage.)... Je ne sais pas trop avec qui elle baise... Peut-être Kurt, ou bien Hale maintenant que Roz l'a quitté. Ce n'est pas une sainte, tu sais, ça fait longtemps que je soupçonne ne pas être le seul dans le paysage !

Quentin lui lança un regard de mépris.

— Elle n'a pas regardé un autre homme depuis qu'elle te connaît, et tu le sais très bien ! Elle est comme un chien de manchon, elle te suit partout, toujours en train de quémander un peu d'attention. Et si tu étais un homme au lieu d'une lavette pleurnicharde, tu ne t'abriterais pas derrière ce genre de conneries !

Il se leva, s'appuya à son bureau et se pencha par-dessus, dominant Brix de toute sa hauteur, et articula d'une voix glaciale que son fils ne lui avait jamais entendue :

— Je veux absolument savoir ce qu'elle a appris, et comment. Je le lui demanderai s'il le faut !

— Non ! D'ailleurs elle n'est pas là !

Quentin le fixa du regard.

— Alors où est-elle ?

— A New York. Elle avait une prise de vue. Je l'y ai conduite hier soir mais je voulais travailler, alors je suis revenu tôt ce matin. Je ne sais pas ce qu'elle a fait après dîner, nous avions chacun une chambre. Ça ne lui a pas plu, mais tu comprends, à l'hôtel, c'était mieux pour sa répu...

Il s'arrêta, conscient de parler trop.

— Elle n'est pas allée à la prise de vue.

— Quoi ! Je ne peux pas y croire ! Elle n'en a jamais manqué une seule ! Elle est peut-être souffrante... Hale a appelé l'hôtel ?

— C'est moi qui ai dit à sa mère de l'avertir qu'elle ne poserait plus pour nous.

Brix regarda son père sans comprendre.

— Sa mère ? Tu as vu sa mère ? Je croyais que c'était fini, entre vous ?

— Sa mère s'inquiétait pour elle. Le petit ami de sa mère aussi. Ils craignaient que tu ne la considères comme un danger potentiel pour toi, à cause de ce qu'elle sait sur le PK-20. Ils n'ignoraient pas comment tu t'es comporté à l'université quand tu t'es persuadé qu'un de tes condisciples voulait te nuire.

Brix était pétrifié, glacé de peur. Comment Claire et l'autre zigoto avaient-ils appris ce qui lui était arrivé à l'université ? Emma n'en avait pas entendu parler, sinon elle y aurait fait allusion. Mais de qui Claire tenait-elle cette vieille histoire ? De toute façon, son père avait tout arrangé, alors pourquoi ressortir ça maintenant ? Frissonnant, il se recroquevilla sur lui-même. Son père remplissait son espace visuel, plus rien au monde n'existait, que cette silhouette dominatrice penchée sur lui.

— Ils ont forcé ma porte, hier soir, continua Quentin, ils étaient à la recherche d'Emma, et ils voulaient savoir quels étaient tes hôtels favoris à New York. Ils avaient peur qu'elle ne soit en danger. C'était le cas ? (Quentin attendit.)... Alors, c'était le cas ou non ?

Brix secoua la tête, et une fois qu'il eut commencé ce geste, fut incapable de s'arrêter. Sa tête continua à s'agiter mécaniquement, tandis qu'il cherchait une réponse.

— Je suppose qu'ils l'ont retrouvée, sans cela ils auraient rappelé. Ils l'ont trouvée ?

— Je n'en sais rien, coassa Brix.

— C'est faux ! Tu sais parfaitement bien qu'ils l'ont trouvée, sinon ils t'auraient téléphoné. Elle doit être chez elle. A moins que tu n'aies une bonne raison pour savoir qu'elle est ailleurs !... (Quentin attendit encore.)... Alors appelle-la, ou bien raconte-moi ce qui se passe. Sans rien omettre !

Brix regarda son père avec désespoir. Il ne trouvait rien à lui dire, à part la vérité.

— Tout, de A à Z ! aboya Quentin.

Brix obtempéra.

— Elle est entrée dans mon bureau en mon absence... (Il fixa la chaussure bien cirée de Quentin, et continua d'une voix monocorde.)... Je le lui avais interdit, mais elle m'a désobéi. Elle a lu un ou deux mémos envoyés par Kurt. Je lui avais pourtant souvent dit et répété de ne jamais lire mes papiers, mais elle a ouvert le dossier et les a lus. Quelque temps après, je ne me souviens plus exactement quand, elle m'en a parlé, et je lui ai dit qu'il y avait eu une erreur dans l'administration des tests, que nous en faisions d'autres, que tout allait bien mais qu'elle devait tenir sa langue parce que ça risquait de nuire à notre image de marque... Enfin, quelque chose comme ça... Quoi qu'il en soit, elle m'a cru et m'a juré de garder le secret. Et je suis certain qu'elle a tenu sa promesse, elle savait bien que je la laisserais tomber si elle en parlait. Mais ensuite elle a appris que nous n'avions pas effectué d'autres tests, et... oh merde ! je ne sais pas, elle a dû aller raconter ça à quelqu'un. (Il regarda son père.)... Mais je n'en savais rien, c'est toi qui me l'apprends.

— Donc elle ne courait aucun danger, c'est ça que tu veux dire ?

— Comment sa mère a-t-elle appris cette histoire d'université ?

— Lorraine la lui a racontée.

— Quelle salope, celle-là ! Mais tu as bien expliqué à Claire que ça n'avait aucun rapport avec moi ? C'est ce que tu as dit partout, non ?

— Emma était en danger ?

Brix ne répondit pas et Quentin poussa le téléphone vers lui.

— Appelle-la chez elle !

De mauvais gré, le jeune homme décrocha et fit le numéro. Il écouta la sonnerie à l'autre bout du fil, laissant sonner longtemps.

— Elle n'y est pas.

— Où est-elle ?

Brix eut un regard traqué, fit des yeux le tour de la pièce, comme s'il espérait y trouver une porte dérobée, puis son regard revint aux chaussures de son père.

— A l'hôpital ! Elle a été malade, hier soir, elle ne se sentait pas bien du tout, elle a quitté le restaurant en coup de vent. Je ne l'ai pas revue depuis, je ne voulais pas la réveiller. Mais quand j'ai appelé sa chambre, tôt ce matin, on m'a répondu que ses parents étaient venus la chercher et l'avaient fait hospitaliser. Enfin, ils ont dit ses parents, je suppose qu'il s'agit du type qui est avec sa mère.

— Qu'est-ce qu'elle a ?

— Je ne sais pas. Je t'ai dit qu'elle ne se sentait pas très bien...

Quentin décrocha le téléphone.

— Quel hôpital ?

Brix capitula.

— Elle a avalé une surdose de ce truc qu'elle prenait pour dormir, de l'Halcion. Elle a dû en prendre trop, et elle a beaucoup bu au dîner, et après, elle a voulu un cognac. Je ne savais pas combien de somnifères elle avait pris, alors j'en ai commandé pour nous deux. Je suppose que j'aurais dû refuser, mais je ne savais pas exactement ce qu'elle...

— Pour l'amour du ciel ! Tu l'as vue le prendre !

— Mais non, c'est elle qui m'en a parlé.

— Elle t'a dit qu'elle en avait trop pris ?

— Non, pas comme ça ! Elle m'a dit qu'elle en avait pris un peu, parce que sinon, elle aurait du mal à s'endormir.

— Et sachant ça, tu as commandé du vin et des liqueurs ?

— Mais je ne savais rien du tout, sinon qu'elle en avait pris un peu. J'ignorais la quantité, elle n'a pas précisé.

— Elle ne t'a rien dit d'autre ?

— Rien. Mais comme ils ont trouvé un flacon vide dans sa chambre...

— Et comment sais-tu ça ?

Brix regarda fixement son père, puis son corps s'affaissa sur lui-même et il se recroquevilla sur sa chaise.

— Pauvre idiot !

En le voyant s'approcher, Brix s'affala encore davantage. Quentin ne s'arrêta pas, il passa devant son fils sans lui faire l'aumône d'un regard, et se mit à arpenter la pièce, tête basse. Une fureur contenue bouillonnait en lui, une rage froide, qui tétanisait ses muscles. Il sentait sa tête et sa poitrine serrées comme par un étau, on disait qu'un infarctus faisait cet effet. Il s'obligea à respirer profondément, pour se dégager de ce corset de fer, et mettre de l'ordre dans ses pensées.

« Je suis pris au piège. Entouré d'imbéciles ! Et je risque de me faire coincer moi aussi ! Non, tout n'est pas perdu, je sais m'organiser. Le tout est de réfléchir... »

Tout d'abord, l'entreprise. Il avait examiné le problème sous tous ses angles, hier soir, après le départ de Claire, et était arrivé à la conclusion que la situation était sans doute moins grave qu'il ne l'avait cru tout d'abord. Dans le monde des affaires, il circule toujours des rumeurs, mais elles durent rarement. L'important est de les démentir sans leur laisser le temps de s'enraciner. Si quelques rouages peu importants des laboratoires Eiger faisaient courir des bruits sur des problèmes avec le PK-20, il suffirait d'accorder quelques interviews à deux ou trois journaux soigneusement choisis, et de s'arranger pour que, dès le début de l'année, des articles soient publiés, étayés sur les rapports falsifiés par Brix. Personne n'avait vu les rapports d'origine, personne ne les verrait jamais. Voilà qui ferait taire les ragots, et laisserait le temps de trouver une autre Miss Eiger. Hale monterait une seconde campagne de publicité, en forçant sur les spots à la télévision, et le lancement s'effectuerait en mars. Non, au plus tôt début avril. Ce serait juste, mais c'était faisable. Mais sans son crétin de fils !

Il retourna à sa table de travail, s'assit, regardant par-dessus la table bien polie son fils affaissé sur son siège.

— Elle est dans un état grave ?

— Je ne sais pas..., marmonna Brix. L'infirmière m'a seulement dit qu'elle était vivante.

— Dans quoi as-tu mis les comprimés ?

La voix de Quentin était détendue, presque amicale. Brix leva les yeux et se dit que son père avait tout compris, et ne lui en voulait pas. Quel soulagement ! Il allait faire comme l'autre fois, téléphoner, s'occuper de tout, parler aux gens, lui dire quoi répondre aux questions et quand refuser de se montrer. Le Tout-Puissant créant le monde en sept jours.

— Dans le cognac, elle déteste le goût de l'alcool.

L'air immobile du bureau directorial tomba sur Brix comme un linceul et le jeune homme s'ébroua pour se libérer. Trop tard. Il avait avoué et, dès lors, n'existait plus aux yeux de son père.

— Sa mère l'a trouvée.

— Je ne sais pas comment tout s'est passé.

— Tu ne sais pas grand-chose. Tu ne sais pas comment garder un secret professionnel. Tu ne sais pas parler à ton père de problèmes qui peuvent ruiner la société. Tu ne sais même pas que le meurtre est l'arme des gens faibles, une arme qui peut se retourner contre eux. Enfin, ça, tu le sais peut-être maintenant.

— Je voulais t'aider, que tu sois fier de moi, sanglota Brix.

— Mon Dieu !

Quentin se sentit bien seul. Claire lui manquait. Elle savait écouter et il avait appris à respecter son jugement. Il aurait même pu l'aimer, si elle était restée. Quant à Brix, il avait toujours su que son fils était un faible, mais il avait espéré pouvoir trouver dans son entreprise un créneau où l'employer. Quand, à la fin de ses études, le jeune homme avait docilement rejoint l'orbite paternelle, Quentin avait pensé qu'il lui serait utile. Eh bien, ce n'était plus le cas.

— Tu n'as plus qu'à quitter les laboratoires Eiger... Tu as fait trop de bêtises, je ne peux plus rien pour toi.

La voix de Quentin dénotait une lassitude qui, plus que ne l'aurait fait de la colère, effraya le jeune homme.

— Hé, attends un peu! (Il bondit sur ses jambes et se pencha par-dessus le bureau de son père, exactement dans l'attitude de celui-ci quelques minutes plus tôt.)... Ne dis pas ça! Nous sommes associés, je suis vice-président! C'est à moi que tu demandes de faire ce que tu ne peux confier à personne d'autre, comme de modifier ces rapports.

— Tu ne dois parler de ces rapports à personne! aboya Quentin. C'est clair, non? Ils n'existent pas, et si tu en souffles un seul mot à qui que ce soit, tu peux compter sur moi pour veiller à ce que tu ne retrouves plus jamais de travail nulle part.

— Quel autre travail? Je n'ai pas besoin d'autre travail, j'en ai ici, je suis vice-président des laboratoires Eiger!

— Plus maintenant. Tu n'as aucun titre, et tu n'as plus ton poste. Si tu t'en vas sans faire d'histoires, je t'écrirai une lettre de recommandation te permettant de trouver un poste équivalent quelque part, du moins si tu n'es pas inculpé pour tentative de meurtre.

— Seigneur, p'pa! (Brix se pencha encore plus sur la table, au point d'être presque couché sur elle.)... Tu ne peux pas me laisser tomber comme ça! Je suis ton fils, on ne chasse pas son fils comme...

— Je chasse tout sombre crétin risquant de me compromettre! J'ai déjà remué ciel et terre pour t'éviter une fois la prison. Pourquoi voudrais-tu que je recommence?

— Mais parce que tu m'aimes...

La réponse était presque un sanglot.

— Je ne t'aime pas, je n'ai aucune raison de t'aimer!... (Quentin se dirigea vers la porte, s'arrêta.) Vide ton bureau cet après-midi. Réparer tes bourdes va nécessiter beaucoup de travail et il faut que j'embauche du personnel.

« Je ne t'aime pas, je n'ai aucune raison de t'aimer. »

Les mots transperçaient le jeune homme comme des poignards. Brix se redressa, hagard.

« Ce vieux salaud !!... Il n'est pas sérieux !... Il est en colère, c'est tout ! Il se calmera, il m'aime, je suis son fils, et il a besoin de moi ! Il vieillit, il va se retrouver tout seul... C'est ce qu'il mérite, ce foutu salaud ! »

Refusant de laisser ses pensées suivre cette pente, il voulut se tourner, s'approcher de son père, lui faire face, le regarder dans les yeux, le défier d'abandonner son propre fils... Mais ses jambes étaient de plomb et chaque fibre de son corps lui conseillait de rester où il était, à l'abri derrière la table et loin de la porte où se trouvait Quentin.

— Je n'ai nulle part où aller, geignit-il.

— Tu as un appartement et tu te trouveras un autre travail. Je te verserai trois mois de salaire, c'est largement suffisant pour te décider. Et je te conseille de ne pas t'éloigner trop, pendant quelque temps. Qu'Emma meure ou non, quitter le Connecticut ressemblerait à une fuite.

— Mais p'pa, je n'ai pas d'autre endroit que les laboratoires Eiger ! Il n'y en a pas d'autre, pour moi, c'est... mon foyer !

— Plus maintenant !

— Mais si ! Et je suis toujours ton fils !

Il regarda son père et se sentit aussi petit et impuissant qu'un enfant. Deux larmes roulèrent sur ses joues.

— Tu es obligé de t'occuper de moi, tu le fais toujours. Et moi j'exécute tout ce que tu me commandes et je cherche toujours à t'aider. Tout ça, c'était pour toi, pas pour moi ! Alors maintenant tu es bien obligé de venir à mon secours, tu n'as pas le choix, je ne sais pas où aller, et... je suis dans de sales draps, p'pa, tu le sais bien, et j'ai besoin de ta protection. Protéger, c'est le rôle des pères, il faut que tu m'aides.

— Je ne donne jamais de seconde chance !

Quentin ouvrit la porte et la tint pour Brix qui, courbé comme un vieillard, les joues ruisselantes de larmes, passa devant lui sans le regarder. Son père referma la porte.

Je ne donne jamais de seconde chance. Il l'avait dit à

Claire. Et à combien d'autres, au cours des années? Quentin s'attendrit un instant sur lui-même.

«Je n'arrive à garder personne auprès de moi... Personne ne sait me donner ce dont j'ai besoin...»

Il ressentait un instant de vague désarroi, mêlé d'une ombre de crainte.

«Je ne vais pas me laisser influencer par les âneries de cette salope! C'est grotesque! Ce ne sont pas les femmes qui manquent autour de moi, je n'ai qu'à me baisser pour en cueillir!... Et pour le moment j'ai d'autres préoccupations! Il y a une entreprise à sauver, un produit à lancer, l'avenir à sauvegarder.»

Il se rassit à son bureau et commença à dresser son plan de bataille. A mesure que sa stratégie s'esquissait, son optimisme lui revenait. Il excellait à cet exercice, il tenait les rênes de sa vie sans se préoccuper des autres, ces faiblards. Il se sentait roi. Quentin Eiger, l'homme qui forgeait seul son avenir.

— L'hypothèse la plus probable est l'ingestion d'environ trois milligrammes d'Halcion avec une assez importante quantité d'alcool, expliqua le docteur Claudia Marks à Claire, Gina, Alex et Hannah. On lui a sans doute prescrit un quart de milligramme par jour, et c'est déjà beaucoup à son âge. Vous ne lui en avez pas vu entre les mains? Les comprimés sont bleu pâle.

— Non, répondit Claire.

Gina et Hannah secouèrent la tête.

— J'ai trouvé un flacon vide, dans la chambre, dit Alex, je l'ai remis à l'équipe médicale de l'ambulance.

— Je l'ai vu. Dix comprimés d'un quart de milligramme. Mais les gens se servent parfois de la même bouteille pour d'autres comprimés. Savez-vous si elle pouvait s'être fait faire plusieurs ordonnances? Elle n'avait pas de comprimés dans son sac à main?

— Pas quand je l'ai récupéré au restaurant. Et je ne vois pas qui aurait pu y toucher parmi le personnel de l'établissement.

— La dose absorbée est douze fois ce qu'on lui a prescrit, et aurait pu être mortelle, surtout en association avec de l'alcool... (Elle regarda Claire.) On a rapporté des cas d'aggravation des tendances suicidaires, chez les patients sous Halcion. Vous n'avez rien remarqué de semblable chez votre fille ?

— Non, pas du tout ! Je suis certaine qu'elle n'a pas fait une tentative de suicide, je la connais. C'est un accident.

— A moins que quelqu'un ne lui ait fait absorber cette dose massive, intervint Alex. Aurait-on pu la lui administrer sans qu'elle en sente le goût ou soit alertée par un arrière-goût ?

Le docteur le regarda gravement.

— Vous suggérez qu'il y a une possibilité pour que ce soit une tentative de meurtre ?

— C'est une hypothèse que nous ne pouvons pas écarter d'emblée. Serait-ce faisable ? Dans un verre d'eau, par exemple ?

— L'Halcion est très peu soluble dans l'eau. Mais se dissout très bien dans l'alcool.

Alex s'adressa à Claire.

— Ils ont bu trois bouteilles de vin au cours du repas, et ont terminé par un cognac. J'ai appelé le serveur tout à l'heure, il a vu Emma vider son verre de cognac d'un trait, comme pour tenir un pari, ou comme si elle détestait ça.

— Exact, elle déteste le goût des alcools.

— Il a aussi précisé qu'elle est descendue aux lavabos juste après qu'il leur a servi le cognac. Elle semblait ne pas se sentir très bien, et il se faisait du souci pour elle, m'a-t-il dit.

— Donc elle a quitté un moment la table sur laquelle se trouvaient les deux verres de cognac, et où était encore assis Brix..., articula Gina d'un ton songeur.

Un silence s'abattit sur la salle d'attente.

— ... Combien de temps faudrait-il pour dissoudre douze comprimés, assez longtemps j'imagine ?

— Pas s'ils avaient été auparavant réduits en poudre, répondit le médecin... (Elle se tourna vers Alex.)... Vous savez avec qui elle a dîné ?

— Oui.

— Et vous suspectez cette personne d'avoir essayé de la tuer ?

— C'est une hypothèse que nous ne pouvons écarter d'emblée, répéta-t-il.

— Vous savez où trouver cette personne ?
— Oui.
— Alors, il faut suivre la piste.
— C'est fait. J'ai contacté un ami qui connaît quelqu'un à la police de Norwalk, ils vont sans doute s'en occuper aujourd'hui.
— Bonne initiative ! approuva Gina en pensant à son coup de téléphone au bureau du procureur.
Alex et elle avaient tous deux été poussés par un besoin d'agir, comme si empêcher Brix et son père de s'en tirer à bon compte pouvait aider Emma à vivre.
— Mais on ne peut pas le dire à Emma, objecta Claire.
— Elle le comprendra toute seule. Elle a avalé une dose massive d'Halcion, il n'y a que deux possibilités : elle l'a prise elle-même ou on lui a administré.
— Elle n'a pas délibérément absorbé tout ça, s'obstina Hannah.
— Je n'y crois pas non plus. Elle déduira elle-même que c'était à un moment ou à un autre du dîner, et...
— Je ne lui en parlerais pas maintenant, si j'étais vous, interrompit le médecin. Si elle aborde le sujet, détournez la conversation. D'ailleurs il se passera quelque temps avant qu'elle soit capable de suite dans les idées, vous aurez le temps de décider quoi lui dire.
— Mais elle va bien... (Hannah n'osait pas formuler la question.) Elle dort, elle n'est plus dans le coma ?
— Elle dort, mais nous ne pouvons pas encore savoir avec certitude si le système nerveux central n'a pas été atteint. Nous verrons ça demain.
— Merci pour tout, docteur.
Claire tendait la main au médecin, et fit un pas en direction de la chambre d'Emma.
— Madame Goddard ?... Emma va dormir plusieurs heures, pourquoi ne pas prendre vous-même un peu de repos ?
— Non, ça va...
Elle fit quelques pas dans le couloir. Alex la regarda, si fragile et sans défense, marchant d'un pas lourd et fatigué parmi les infirmières s'affairant avec détermination.
— Docteur... Voyez-vous une objection à ce que je veille Emma avec sa mère ?

Le docteur Marks le regarda, hésitant un peu. Elle savait bien qu'il n'était pas un membre de la famille mais elle appréciait son équilibre tranquille, les regards encourageants que Claire et lui échangeaient, la profondeur de leur affection, bien plus évidente que chez bon nombre de couples mariés.

— Allez-y, mais ne le criez pas sur les toits...

— Merci... (Il se retourna vers Gina et Hannah.) Pourquoi ne rentrez-vous pas ? Nous vous téléphonerons dès que nous aurons des nouvelles.

— Pas question ! répondit Gina. Nous allons nous installer à l'hôtel. Ça vous va, Hannah ?

— D'accord... Mais j'aimerais rester encore un petit peu ici, je me sens moins impuissante quand je suis tout près.

— Combien de temps pensez-vous que va durer l'hospitalisation ? demanda Alex au médecin.

— Il n'est pas encore question de laisser sortir Emma, ce n'est même pas envisageable tant que nous n'avons pas de certitude sur son état. Allez dans sa chambre, j'y passerai ce soir avant de partir.

Alex trouva une chaise en plastique et l'apporta à côté de celle de Claire. Il lui prit la main, et tous deux veillèrent ensemble la jeune fille. Plus tard, le docteur Marks revint, resta quelques minutes auprès d'Emma, ressortit.

— Appelez-moi si besoin est, quelle que soit l'heure ! Les infirmières ont mon numéro personnel. Sinon, je serai ici demain à 6 h 30.

— Elle est sympathique, n'est-ce pas ? murmura Alex quand le docteur fut sorti.

— Très, mais elle n'a rien voulu dire de précis sur l'état d'Emma.

— Ça fait partie de son travail, de ne rien dire de précis tant qu'elle n'est pas arrivée à une conclusion objective.

— Heureusement que vous êtes avec moi, Alex...

Il s'approcha de Claire et l'entoura de son bras. Elle posa la tête sur son épaule, et ce fut eux, les yeux rouges de fatigue mais fidèles au poste, que vit Emma en ouvrant les yeux le lendemain matin.

— Qui est là ? demanda-t-elle d'une voix fluette mais claire.

Le cœur de sa mère fit un bond.

« Elle peut parler ! »

— C'est Alex, ma chérie, tu le connais... (L'incompréhension dans les yeux de sa fille l'arrêta.) Il s'appelle Alex Jarrel, c'est un très cher ami, reprit-elle plus bas, cachant son appréhension.

Emma le regarda d'un air dénué d'intérêt puis répondit, comme si elle continuait une conversation :

— Je pensais à toutes ces chansons que tu me chantais quand j'étais malade... Tous ces vieux airs. *It's a Long Way to Tipperary*... c'était mon préféré, je l'adorais.

Claire l'avait chanté la veille, avant qu'elle ne sorte du coma. Penchée sur Emma, elle chanta de nouveau. Alex n'avait pas lâché sa main, elle prit celle d'Emma et la tint serrée, une chaîne humaine chargée d'amour et d'énergie pour l'empêcher de se rendormir. Sa voix manquait de puissance, mais était juste et agréable. Emma soupira.

— Tu te souviens... Quand tu faisais des tourtes aux fruits... Je m'asseyais sur la paillasse pour te regarder. Tu posais le couvercle de pâte et tu pinçais tout autour pour la froncer, puis tu plaçais la main sur la tourte et tu passais un couteau tout autour pour couper la pâte en trop... Elle tombait comme un ruban sur la paillasse, je la prenais, je la roulais, je l'étalais pour en faire de petits chaussons à la confiture... il ne restait pas assez de pâte pour une autre tourte... Je faisais de petits carrés, je mettais au milieu une cuillerée de confiture de framboises ou de marmelade d'oranges, et tu repliais les bords et les pressais avec une fourchette pour qu'ils restent collés. Mais la confiture arrivait toujours à couler et le four sentait le brûlé. Il n'y avait plus qu'à le récurer ! Tu me laissais manger un ou deux chaussons dès qu'ils avaient un peu refroidi, ils étaient délicieux...

Les yeux grands ouverts, elle ne regardait pas sa mère mais plus haut, une scène vue d'elle seule.

— Et le bonhomme de neige. Je m'en souviens bien ! Il était plus grand que moi... Il faisait très gris puis tout d'un coup il y a eu une petite éclaircie, et tu t'es trouvée au soleil, pas le bonhomme de neige ni moi, seulement toi. Tu étais toute dorée, si brillante et si belle ! Tu riais, tu semblais très heureuse...

— Je n'ai pas oublié...

Malgré son affolement de voir Emma plus loin d'elle que jamais, Claire parlait d'une voix égale, presque gaie.

— Tu avais cinq ans, continua-t-elle, presque six. On lui a dessiné une bouche avec des raisins secs et on lui a mis des pruneaux en guise d'yeux, et de la laine sur la tête pour faire ses cheveux. Puis on lui a posé un chapeau de paille sur la tête et un livre dans le creux du bras.

Emma eut un petit rire.

— C'était le Professeur ! Il a très vite fondu.

— On en a fait un autre l'année suivante, plus grand même.

— Ah bon... (Silence.)... Et quand tu dépliais ta machine à coudre dans le salon, tu te souviens ? Il y avait des chutes de tissu et des morceaux de patron partout, les manches, le dos, le devant... Un jour, tu avais préparé une soupe, elle mijotait sur la cuisinière, tu ne t'en souviens pas ? Il faisait froid, vraiment très froid dehors, toutes les fenêtres étaient couvertes de buée et on était bien chez nous, toutes les deux, comme dans une grotte. Un vrai jour heureux.

— Et tu es venue me faire un câlin... (Claire avait les larmes aux yeux.)... et tu m'as dit : je t'aime, Maman !

— Je te demande pardon, reprit Emma, les yeux toujours fixés sur ce qu'elle voyait au plafond, pardon d'avoir été si désagréable, pardon...

Sa voix devenait presque inaudible.

— Emma, insista Claire, ne pars pas... Dis-moi, quand as-tu été désagréable ?

— Toutes ces paroles blessantes que je t'ai dites quand... quand tu ne voulais pas que je...

Elle soupira

— Quand je ne voulais pas quoi ?... Reviens, ma chérie, explique-toi, tu parles de ces derniers temps, n'est-ce pas ?... Tu as raison, il vaut toujours mieux parler du présent que du passé... Parce que après on peut envisager l'avenir... Emma, tu m'entends ?

— Tu ne voulais pas que je voie... que je sorte avec...

que je sois miss... je ne me souviens plus... une fille plus vieille, horrible, morte, oui, la fille morte... les magazines, tu sais, les prises de vue, tout ça...

— Pas une fille morte, ce n'était pas du tout ça!... Tu y réfléchiras plus tard, tu comprendras. Et tu as toujours été gentille, nous avons tant d'affection l'une pour l'autre!

Emma tourna la tête, regarda sa mère longuement dans les yeux et commença à pleurer.

— Il m'a dit tant de méchancetés!

Claire jeta un bref regard à Alex qui, fasciné, les contemplait toutes deux.

— Vous croyez que je devrais l'obliger à se souvenir?

— Il me semble que ça lui ferait plutôt du bien...

Elle se retourna vers sa fille.

— Qui t'a dit des méchancetés?

La tête d'Emma roula d'un côté à l'autre sur l'oreiller.

— Que je n'étais pas la fille de sa vie... Qu'il me détestait, qu'il ne m'aimait plus...

— Qui t'a dit ça, ma chérie?

— C'est fini! annonça clairement Emma. Je l'ai dit au serveur...

«Je rêve!»

— Qu'est-ce qui est fini, Emma?

— Le dîner. Et tout le reste.

— Quel reste?

La jeune fille refusant de répondre, sa mère lui posa la main sur le crâne et lui tourna doucement la tête vers elle.

— Emma, tu as essayé de te suicider à cause des méchancetés qu'il t'avait dites?

Elle n'avait pas l'air de comprendre.

— Quoi?

— Tu voulais mourir? Tu as essayé de te tuer?

— Pourquoi?... (Elle fronça les sourcils.) Je ne m'en souviens pas.

— De quoi n'arrives-tu pas à te souvenir?

— ... Partie en courant... tout le monde me regardait!

— Tu as quitté la table en courant?

— J'ai traversé tout le restaurant. Tout le monde me regardait... «Tu as tout gâché!»

— C'est ce que tu lui as dit?

— «Tu as tout gâché!»... Je suis partie en courant.

— Et puis quoi? Qu'est-ce qui s'est passé, à l'hôtel, ma chérie?

— Je ne me souviens pas...

— Tu as traversé le hall? Tu as parlé à quelqu'un?

— Je ne me souviens pas... Ah si! On m'a indiqué le numéro de ma chambre.

— On t'a indiqué le numéro de ta chambre? Pourquoi? Tu l'avais oublié?

— ... Trop envie de dormir... trop lourde... si lourde que je suis tombée.

— Alors comment es-tu arrivée à ta chambre?

— Je ne m'en souviens pas... Ah si, un uniforme rouge... il a enlevé mes chaussures et m'a allongé sur le lit... l'édredon était bien chaud...

— Et puis quoi?... Tu t'es levée après son départ?

— Levée où?

— Tu es sortie du lit? Tu es allée à la salle de bains? Tu as pris des médicaments pour dormir?

— Je dormais déjà, je te dis! rétorqua-t-elle avec un accent irrité... (c'était la première fois que sa voix avait une intonation expressive)... je ne pouvais pas bouger, j'avais trop envie de dormir... mal au cœur aussi... (les larmes roulaient sur ses joues)... je suis en train de mourir...

— Mais non, ma chérie, pas du tout!... (silence)... L'autre soir, tu ne voulais pas mourir, n'est-ce pas?

Emma ouvrit de grands yeux.

— Mais non, pourquoi? articula-t-elle clairement, je voulais juste être aimée.

— La meilleure des réponses! intervint le docteur Marks.

Entrée sur la pointe des pieds, elle avait écouté, debout derrière Claire. Elle s'approcha de la patiente.

— Salut, Emma! Je suis Claudia Marks, c'est moi ton docteur, pendant ton séjour ici. Il faut que je prenne ta tension et que je t'examine. Cela ne durera pas longtemps. Ensuite ta mère reviendra... S'il vous plaît..., ajouta-t-elle à l'adresse de Claire et d'Alex.

Claire embrassa sa fille sur le front.

— Nous revenons tout de suite...

Elle retourna avec Alex à la salle d'attente. Hannah et Gina s'occupaient à des mots fléchés.

— J'ai apporté à manger, dit la vieille dame en montrant du geste la table basse.

Alex leur expliqua brièvement la situation.

Le docteur Marks ne revint qu'au bout de quarante minutes, mais elle rayonnait.

— Tout danger est écarté, annonça-t-elle.

20

La police alla chercher Brix le soir de Noël, au retour d'une fête donnée chez des voisins. Brix avait passé des fêtes de la Nativité plus réussies. Ce soir-là il avait occupé son temps à siroter du scotch, en lorgnant les filles et en essayant de s'intéresser assez à l'une d'elles pour la ramener chez lui. En vain. Même les filles le laissaient froid ces temps-ci, il avait du mal à fixer son attention. D'ailleurs, il avait bu et sniffé tout l'après-midi. Au bout d'un moment, il renonça à s'amuser, et partit, sans même penser à dire au revoir à son hôte.

Une fois dehors, il enfila son pardessus et suivit d'un pas un peu hésitant l'allée serpentant jusqu'à sa porte, identique à toutes les autres de la rue. Il aperçut du coin de l'œil la voiture de police garée le long du trottoir.

«Tapage nocturne quelque part... Il y a vraiment des gens sans-gêne!»

Il monta les marches et examina attentivement sa porte pour s'assurer que c'était bien la bonne.

— Le trente-huit... Ça doit être ça... marmonna-t-il.

C'était bien son adresse, au numéro trente-huit, donc ce devait être là.

— Monsieur Brix Eiger?

Il se retourna. Un policier se tenait derrière lui, juste un peu trop près. Un autre attendait dans la voiture.

— Vous vous trompez de client, ce n'est pas chez moi, le bruit. Je n'étais même pas là. Silence absolu à mon domicile.

— Nous voulons vous poser quelques questions au sujet d'Emma Goddard.

Il chancela, réussit à se rattraper, et s'efforça de mettre en route les rouages de son esprit embrumé.

— Hou là! dit-il d'un ton jovial en se redressant, on dirait que j'ai un peu trop fêté Noël... Emma... Je ne l'ai pas vue. Je sais qu'elle a été hospitalisée, mais je ne suis pas allé la voir. Nous nous étions un peu disputés, vous comprenez, une querelle d'amoureux, alors j'ai pensé qu'il valait mieux me faire rare. Toutefois je lui ai envoyé des fleurs, j'espère qu'elle les a reçues. Elle ne m'a pas appelé, alors je suppose qu'elle m'en veut encore... (Silence.)... C'est tout! conclut-il maladroitement, je n'ai rien de plus à vous dire.

— Nous aimerions que vous veniez avec nous, monsieur Eiger.

— Quoi? Où ça? Oh... vous voulez dire...

«J'ai l'air idiot... je ne peux pas me permettre d'avoir l'air idiot!... ils veulent m'emmener pour m'interroger. Si je refusais?... Oui, mais est-ce que je refuserais si je ne savais rien de ce qui est arrivé à Emma? Non, sans doute. Alors il est plus intelligent de faire preuve de bonne volonté, ils sont plus conciliants quand on se montre coopératif.»

— Bien sûr... (il regarda l'étiquette de l'uniforme)... bien sûr, Janowski. Et présentez-moi votre collègue...

— Sergent Janowski, corrigea le policier d'une voix indifférente.

Il s'effaça pour suivre Brix jusqu'à la voiture, présenta l'homme en civil qui se trouvait au volant.

— Et voici le détective Fasching.

— Un détective! remarqua Brix en s'asseyant à l'arrière à côté du sergent. On est en plein roman d'Agatha Christie, n'est-ce pas? Eh bien, je serais très heureux de collaborer avec vous, messieurs, mais il ne faudrait pas que ça dure trop longtemps, j'ai rendez-vous dans une demi-heure.

Il n'avait rien à faire de sa soirée et nulle part où aller, mais son esprit s'était remis à fonctionner. Il pensait pouvoir se tirer sans dommage d'un interrogatoire, mais il valait mieux limiter fermement le temps accordé à ces types, sinon ils le questionneraient pendant des heures, c'était leur façon de prendre leur pied.

En fait, il avait déjà plusieurs fois joué la scène dans sa tête. Avec pourtant une différence de taille : il pensait, lors de ces répétitions, qu'Emma serait morte. Maintenant, ses coups de téléphone insistants à l'hôpital avaient fini par lui valoir une réponse : elle était vivante, et allait se remettre. Seigneur ! cette fille était forte comme un cheval !

Alors il ne savait pas trop quelle tournure allait prendre l'interrogatoire, mais il se sentait prêt et une chose était certaine : il avait plus de cervelle à lui seul que, réunis, deux flics affectés à la patrouille des rues.

Dans une petite pièce du commissariat, ledit Fasching se percha sur un coin du bureau, et le sergent Janowski s'appuya au rebord de la fenêtre. Derrière un paravent, une jeune femme pianotait sur un clavier d'ordinateur. Les deux hommes avaient fait asseoir Brix entre eux, sur une chaise placée à côté du bureau, et pour leur parler, il était obligé de tourner la tête alternativement à droite et à gauche, comme un spectateur à un match de tennis.

— Nous voudrions que vous nous parliez de cette soirée où vous avez dîné avec Mlle Goddard au Restaurant du Luberon. Mardi soir... Dites-nous tout ce que vous pouvez...

— Comme vous y allez ! Tout ? Ce ne sera pas facile...

Ils avaient appris où Emma et lui avaient dîné, donc ils avaient commencé leur enquête. S'ils en savaient déjà tant, ils ne pouvaient pas ignorer qu'elle avait fait une tentative de suicide. Elle avait dû assurer que c'était faux... Pourtant... une adolescente perturbée, un flacon à somnifères, une crise de cafard après une querelle d'amoureux... Le maître d'hôtel du restaurant et le réceptionniste de l'hôtel Intercontinental s'étaient certainement empressés de leur raconter tout ça. Et ils s'obstinaient à croire Emma ? Il fallait essayer un autre angle.

Il secoua la tête.

— Je ne peux pas tout vous dire, ce ne serait pas gentil envers Emma. Elle était en colère, et m'a dit certaines choses qu'elle n'aimerait pas m'entendre répéter parce qu'elles prouvaient qu'elle ne savait plus ce qu'elle faisait.

— Par exemple ?

— Ecoutez, je viens de vous le dire, je ne veux pas...

— Mais nous y tenons, monsieur Eiger, et il vaudrait mieux pour vous nous raconter ce qui s'est passé au lieu de nous parler de ce qu'aimerait ou non Mlle Goddard. Qu'est-ce qui vous permet d'affirmer qu'elle ne savait pas ce qu'elle faisait ?

Brix haussa les épaules.

— Eh bien, elle m'a fait des boniments sans queue ni tête, elle m'a raconté qu'elle parlait à son chien, qu'elle avait de longues conversations avec lui, et puis un instant après, elle m'a annoncé qu'elle savait ce que veulent les hommes parce que son chien le lui avait dit!... Ça ne tenait pas debout!... Et un peu plus tard, elle s'en est prise au serveur venu retirer la table pour qu'elle passe, elle le repoussait comme s'il la gênait, alors que le pauvre s'efforçait de l'aider, on voyait bien qu'elle ne savait plus ce qu'elle faisait. Elle a couru aux lavabos à toutes jambes, tout le monde la regardait... En fait, quand elle est remontée, je lui ai conseillé d'arrêter de boire, mais elle a répondu que je m'étais donné du mal pour organiser ce repas de fête, alors elle voulait en profiter. Je crois qu'elle essayait de me persuader que tout allait bien entre nous, alors que ce n'était pas le cas.

— Pourquoi ça ?

— Parce qu'elle voulait se marier, et pas moi. Enfin, je le ferai, un de ces jours, mais pas tout de suite. Et elle est trop jeune. Je le lui ai dit, mais j'aurais mieux fait de tenir ma langue!... Ce n'est pas seulement une question d'âge, elle est vraiment naïve, elle ne connaît rien à rien, c'est une véritable enfant. Si on lui passe tous ses caprices, tout va bien, sinon, elle pique une colère. Comme l'autre soir, elle s'est emportée et elle est partie en courant. Elle n'a même pas pris son manteau.

— Etait-elle souffrante quand elle est sortie du restaurant ?

— Souffrante ? Bien sûr que non. Je vous ai dit qu'elle était sortie en courant. Elle avait trop bu, moi aussi peut-être, mais c'était censé être notre dîner de Noël et j'avais commandé des vins fins. Elle n'était pas malade, seulement un peu dans les vignes du Seigneur. Elle ne savait plus ce qu'elle faisait.

— Qu'entendez-vous par là ?

— Exactement ça. Elle a commencé à dire n'importe quoi, des tas d'insanités sont sorties de cette jolie bouche, et à mon avis, elle aurait aussi bien fait n'importe quoi. C'est pourquoi je lui ai conseillé de ne plus boire. Mais c'était comme si elle ne se rendait plus compte qu'elle buvait, comme si elle avait complètement perdu les pédales. Je savais qu'elle avait des somnifères, et j'ai eu peur qu'elle n'en prenne trop en rentrant, alors pendant qu'elle était aux lavabos, j'ai inspecté son sac pour lui enlever les comprimés, au cas où elle les aurait eus avec elle, mais je n'ai rien vu.

Brix, content de lui, se tut, attendant la question suivante. Quand elle ne vint pas, il regarda sa montre avec ostentation.

— Vous ne l'avez pas raccompagnée quand elle a quitté le restaurant ?

— Non, et je m'en veux ! Un galant homme ne laisse pas une jeune fille errer seule dans New York. Mais comme je vous l'ai dit, elle avait proféré pas mal de méchancetés à mon égard, et je ne me sentais pas trop bien disposé envers elle, alors je l'ai laissée partir. Toutefois j'ai demandé de ses nouvelles en arrivant à l'hôtel et ils m'ont dit qu'elle était montée à sa chambre. J'ai pensé que dormir était ce qu'elle avait de mieux à faire, et je suis allé me coucher sans l'appeler. Enfin, jusqu'au lendemain matin.

— Quand ?

— Vers 7 heures. Je voulais lui proposer de prendre le petit déjeuner ensemble, et faire la paix. Nous sommes collègues, après tout. Elle pose pour les photos de publicité d'une des gammes de produits de beauté fabriquée par nos laboratoires, à mon père et à moi. Mais l'employé m'a dit qu'elle n'était plus à l'hôtel, qu'elle avait été hospitalisée. Sa mère était venue la chercher.

Les deux hommes le regardaient sans rien dire.

— Naturellement, j'ai appelé l'hôpital, continua Brix, conscient des trous dans son histoire. Ils m'ont répondu qu'elle était vivante mais que toute visite était interdite.

J'ai appris aujourd'hui qu'elle est hors de danger. Mes prières ont été exaucées. Je n'en sais pas plus. Promis, juré, craché !

Il eut aussitôt envie de ravaler cette formule désinvolte. Les mots restaient comme suspendus dans l'air, et les policiers laissèrent le silence s'installer sans le quitter des yeux.

— Mlle Goddard avait trois milligrammes d'Halcion dans l'estomac, dit enfin Fasching. Vous savez ce qu'est l'Halcion, monsieur Eiger ?

Brix hocha tristement la tête.

— Emma m'avait dit qu'elle en prenait, c'est de ça que je parlais en disant qu'elle avait des somnifères. Je sais que c'est un médicament puissant, et je le lui ai dit, mais elle prétendait ne pas pouvoir s'endormir sans. Je ne sais pas si elle en prenait régulièrement, je lui ai conseillé un verre de lait chaud, à la place.

Il sourit, mais aucun des policiers ne lui rendit son sourire.

— Est-ce que trois milligrammes représentent une quantité importante ? demanda-t-il, regrettant de ne pas avoir commencé par cette question.

— Suffisante pour la tuer si on n'était pas intervenu à temps. Le flacon de médicaments près de son lit...

— Vous avez trouvé un flacon de médicaments près de son lit ? s'écria Brix.

Le policier eut un bref pincement de lèvres méprisant.

— L'étiquette indiquait dix comprimés. Rien ne nous permet d'affirmer qu'ils étaient encore tous en sa possession, elle avait dû en prendre quelques-uns. Et même si ce n'était pas le cas, le total ne se monterait qu'à deux milligrammes et demi. La seule conclusion possible est qu'on lui a procuré assez d'Halcion supplémentaire pour qu'elle dispose d'une dose mortelle.

Brix fronça les sourcils.

— Je ne crois pas qu'elle connaisse quiconque à New York qui fasse ça pour elle.

— Oh, nous avons notre petite idée sur l'identité de celui qui lui a rendu ce service..., remarqua négligemment le sergent Janowski.

Il fallut à Brix quelques instants pour réaliser le parfait alibi tendu sur un plateau.

— Vous êtes trop forts pour moi!... Vous avez compris que je suis incapable de refuser quoi que ce soit à une dame!... (Il leur adressa un sourire de connivence.)... Je ne vous l'aurais pas dit si vous ne l'aviez pas mentionné, mais Emma m'a demandé de lui trouver un peu plus de ce truc, plusieurs fois, en fait, comme si elle faisait des provisions... Enfin, à l'époque, ça ne m'a pas effleuré, mais quand j'y resonge...

Il secoua de nouveau tristement la tête.

— ... J'aurais dû veiller sur elle... elle n'est qu'une enfant, avec ses caprices et tout ça...

— Ainsi vous lui avez fourni de l'Halcion, dit le sergent Janowski. Quelle quantité?

— Oh, je ne sais pas. Dix à vingt comprimés, au cours des deux derniers mois.

— Quelle couleur?

— Pardon?

— De quelle couleur étaient-ils?

— Oh, je n'ai pas fait très attention... Tous les comprimés sont blancs, non?

— Attendez... Il y a quelque chose que je ne comprends pas... Comment les avez-vous obtenus?

— Ah oui... Un de mes amis me les a fournis.

— Comme ça, sur ordonnance?

— Il sait qu'il peut me faire confiance.

— Vous lui avez dit qu'ils étaient pour vous?

— Heu!... eh bien...

— Vous lui avez dit qu'ils étaient pour vous, vous avez fait une déclaration mensongère dans le but de vous procurer un médicament délivré uniquement sur ordonnance?

« C'est un délit, ça? »

Il commençait à avoir le tournis, et sentait les bulles de scotch grésiller dans son cerveau et éparpiller ses idées.

— Je n'ai pas menti, je ne mens jamais, je lui ai dit que c'était pour une amie.

— Je n'en crois pas un mot, rétorqua froidement Fasching. Tu y crois, toi, Lenny? Aucun pharmacien ne délivrerait à une complète inconnue un médicament sans ordonnance. C'est illégal, de toute façon, mais même ceux qui procurent parfois des médicaments à des amis sont unanimes pour déclarer qu'ils n'en fournissent jamais à des tiers.

— Tu as raison, il ment, approuva le sergent. A moins qu'il ne les ait volés ?

— Oh, pour l'amour du ciel ! s'écria Brix. Je lui ai dit que les comprimés étaient pour une amie et qu'il n'y avait pas d'inquiétude à avoir parce qu'elle ne...

Quand il se tut brusquement, il y eut un long silence. Enfin, le détective soupira :

— ... parce que vous saviez bien qu'elle n'était pas le genre de fille à faire ça...

— Eh bien, je me trompais, c'est tout ! répliqua Brix avec véhémence. Les femmes sont difficiles à comprendre, nous le savons tous. Et il y avait un tas de points de détail sur lesquels elle faisait des cachotteries, jouait de petites comédies, feignait d'être ainsi alors qu'elle était autrement...

La voix de Brix s'éteignit. Janowski s'approcha tout près, le regardant de haut en bas.

— Ce que nous pensons, Brix, c'est que tu n'as jamais rien fait pour aider Mlle Goddard, et tout pour l'enfoncer !

En entendant le policier l'appeler par son prénom et le tutoyer, Brix sursauta. Cette familiarité changeait tout, le rapetissait, annonçait un danger. Le détective et le sergent ne lui témoignaient plus aucun respect.

Inconsciemment, il porta la main à la poche où se trouvait sa provision de cocaïne, et la retira comme s'il s'était brûlé, trempé de sueurs froides en pensant à ce qu'il avait failli faire. Pourtant, Dieu sait si les doigts le démangeaient !

— Maintenant, ce que nous voulons entendre, continua le détective, c'est comment tu t'y es pris pour faire absorber à Mlle Goddard trois milligrammes d'Halcion sans qu'elle s'en aperçoive. Il est peu probable que tu lui aies mis de force dans la bouche une douzaine de comprimés, alors, quelles sont les autres possibilités ? Réfléchissons... Tu es allé voir ton copain pharmacien (celui-là, on reparlera de lui tout à l'heure), et tu as accumulé ta provision. Puis tu as écrasé les comprimés et tu les as mis dans une boisson.

Le jeune homme secoua la tête pour essayer de dissiper son vertige. Il n'arrivait plus à réfléchir.

— Mais non..., marmonna-t-il.

Sa voix basse lui parut un signe de faiblesse et il s'obligea à parler plus fort. Il eut l'impression d'aboyer.

— Je ne comprends pas de quoi vous parlez !

— Dans quoi as-tu administré l'Halcion ? Ce n'est pas facilement soluble dans l'eau, alors nous pouvons éliminer le café. Par contre, ça se dissout très bien dans l'alcool, ce qui laisse deux hypothèses : le vin et le cognac.

— Non !... C'est idiot ! Vous racontez n'importe quoi...

— Le serveur t'a vu manipuler les verres de cognac, il nous l'a dit.

— C'est faux, il n'a rien vu du tout !

— Qu'est-ce que tu en sais ?

Le regard de Fasching était dénué de toute expression et Brix n'arrivait pas à deviner s'il bluffait ou non.

— Mais vous m'accusez de meurtre ! s'écria-t-il, comprenant enfin où les deux hommes voulaient en venir.

— Tentative d'homicide volontaire, monsieur Eiger, à moins que la jeune dame ne meure. Dans ce cas, ce sera effectivement un homicide. Bien sûr, il est toujours possible de refuser de parler hors de la présence d'un avocat. Tu le sais, non ? Attends !

Le sergent sortit un petit carton de sa poche, et lut mécaniquement :

« Vous avez le droit de refuser de parler. Tout ce que vous direz pourra être utilisé contre vous par la Cour. Vous avez le droit de choisir un avocat et de ne pas répondre aux questions avant de l'avoir consulté... »

Brix entendit la lecture de ses droits comme si la voix venait d'une autre planète. Il haletait.

« Il faut que je me taise ! Plus un mot... Le serveur n'a pas pu me voir toucher au cognac, c'est impossible... ils bluffent. Mais ils ont l'air sûrs d'eux, ils en savent tellement plus que moi. L'Halcion, insoluble dans l'eau ?... Ah bon... et très soluble dans l'alcool ? Ça non plus, je ne le savais pas... Mais tout ça n'empêche pas que je suis plus intelligent qu'eux, ce sont juste des bourrins. Je ne réponds plus un seul mot, maintenant ! »

Le silence s'éternisa. La tête de Brix bouillonnait comme une marmite à pression.

« J'ai peur ! »

Cette découverte l'effraya encore davantage : ces deux imbéciles lui faisaient peur !

« J'ai besoin d'aide, je suis tout seul, là-dedans !... »

— J'appelle mon père !

Sans un mot, le sergent poussa le téléphone dans sa direction.

— Allô, p'pa ! dit Brix, dès que Quentin décrocha.

Il entendait à l'arrière-plan les bruits d'une soirée, rires de femmes, tintements de glaçons dans des verres, une voix masculine et une voix féminine chantant un air connu d'une comédie musicale.

— P'pa, il faut que tu m'aides ! Je suis au commissariat de Westport, tout seul, et ils m'accusent de... heu... tentative d'homicide volontaire ! Je suis tout seul, p'pa, il faut que tu viennes !

Les chanteurs finirent leur numéro et les invités applaudirent. Les artistes commencèrent une autre chanson.

— P'pa ? P'pa ?

— Non, il n'en est pas question, répondit son père d'une voix sèche. Débrouille-toi ! Tu t'es fourré là-dedans, alors tu t'en sors. Tu ne vas pas m'appeler au secours comme un gamin, tu es adulte, débrouille-toi. D'ailleurs, tu n'es plus mon fils !

La musique et les chants se turent lorsque Quentin raccrocha. Brix se mit à trembler. Il garda un instant le téléphone à l'oreille et essaya de réfléchir.

— Il arrive, alors ? demanda un des policiers.

Brix raccrocha et se tourna vers lui.

— Il ne vient pas, le foutu salaud !

Il s'aperçut qu'il était au bord des larmes.

« Je ne vais quand même pas pleurer ! Bon sang !... Ils vont me croire faible et stupide ! »

Il pencha la tête, ravala ses larmes. Il avait plus d'intelligence qu'ils n'en possédaient tous réunis, y compris son père. Il se tirerait d'affaire tout seul, il n'avait besoin de personne.

— Je n'ai pas fini la lecture de tes droits, reprit le sergent. Tu veux que je te les relise en entier ?

— A quoi bon ? grogna Brix, toujours occupé à ravaler ses larmes et à rassembler ses esprits.

— On veut être sûrs que t'as bien compris.

— Pour l'amour du ciel, c'est à la portée d'un bébé de six mois !

— Alors... (Il reprit la lecture de son carton.) Considérant que vous en avez le droit, désirez-vous renoncer à celui de vous taire et répondre à nos questions ?

— Cela fait une demi-heure que je réponds à vos questions ! ricana Brix.

— Mais tu peux arrêter quand tu veux, intervint Fasching, nous ne t'obligeons pas à répondre.

Brix haussa les épaules.

— Alors signe ici !

Le sergent lui posa sous le nez un formulaire sur lequel étaient imprimés les six droits garantis par la Constitution, avec un espace prévu en bas pour la signature et les noms des témoins. Brix regarda la feuille d'un œil vague.

« Je ferais mieux de ne rien signer... »

Mais en parcourant l'énumération de ses droits, il se dit que ces lignes ne le concernaient pas, elles avaient été rédigées à l'intention de criminels, de gens qui ne savaient rien à rien, pas des cerveaux comme le sien. Il griffonna sa signature en bas et cocha le oui en face de la proposition de renonciation à ses droits.

— Et puis quoi, maintenant ? demanda-t-il d'un ton rogue quand il eut fini.

— Il est encore temps d'appeler un avocat, suggéra le détective.

Brix secoua la tête.

— Tu es bien certain ? Le fait d'avoir signé ne t'en empêche pas.

— Je ne veux pas de votre foutu avocat, hurla Brix. Et arrêtez de traîner comme ça, finissons-en !

— M. Eiger ne veut pas d'avocat, dit Fasching.

Les deux policiers commencèrent alors à lui poser des questions chacun à leur tour, comme des joueurs se renvoyant un ballon.

— Refus d'appeler un avocat. C'est bien ça, n'est-ce pas, monsieur Brix Eiger ?

— Exact, correct, tout à fait. Pourquoi n'arrêtez-vous pas, que diable ?

— Parce que nous n'avons pas terminé. Tu ne nous as pas encore dit dans quoi tu as dissous l'Halcion.

— Dans rien du tout, pour l'amour du ciel ! Je n'ai rien fait du tout !

— Alors comment Mlle Goddard a-t-elle pu se retrouver avec trois milligrammes d'Halcion dans l'estomac ?

— Je vous l'ai dit, je...

Une idée lumineuse lui vint à l'esprit. Pourquoi ne pas y avoir pensé plus tôt ?

— D'abord comment savez-vous que c'était trois milligrammes ? Si Emma vous l'a dit, elle a dû vous dire quand elle les a avalés. Et sinon, comment peut-on savoir la dose absorbée ?

— Les docteurs peuvent la déterminer d'après l'heure présumée d'ingestion, les symptômes, et le temps mis à sortir du coma. C'est une estimation, Brix, mais sans doute assez près de la vérité. Par contre, ce que nous ignorons, c'est comment tu t'es arrangé pour les lui faire prendre.

— Elle les a pris toute seule ! Je vous ai dit que je lui ai donné...

— Tu as dit qu'elle n'était pas du genre à dépasser la dose prescrite. Tu as dit la même chose au pharmacien. Je t'ai mal compris ?

Brix ne répondit pas.

— Il existe, ce pharmacien, au moins ?

Brix ne répondit toujours pas.

— Bon, il y a eu quelqu'un, Brix, tu ne peux pas le nier. On t'a donné les comprimés et tu les as écrasés, ou moulus. Comment t'y es-tu pris ? Tu es allé dans le laboratoire de papa et tu les as réduits en poudre avec un mortier et un pilon, comme au bon vieux temps. Ou bien tu es rentré chez toi, et tu les as mis dans le moulin à café ou le moulin à poivre, ou le robot ménager ? Je me demande si ça marcherait là-dedans, je n'ai jamais essayé de passer des comprimés au mixer. Tu ne peux pas me donner des tuyaux, Brix ?

— Je ne comprends rien à ce que vous me racontez !

— Comment as-tu écrasé l'Halcion, avant de le mettre dans le cognac ou le vin de Mlle Goddard ?

— Je ne l'ai pas mis dans le vin ou le cognac, je n'ai rien fait !

— Le serveur t'a vu!

— Personne ne m'a vu!

— Si, il t'a vu! Il s'est même demandé ce que tu fabriquais, puis il s'est dit que ça ne le regardait pas. Il a pensé que c'était sans doute un somnifère, il ne s'est pas trompé, hein?

— Je n'ai rien fait, personne n'a rien pu voir!

— Il n'y a qu'à l'appeler, il sera ici en vingt minutes... (Le sergent tendit la main vers le téléphone.)... Bien plus vite que ton papa! Ton cher papa croit que tu as essayé d'assassiner Mlle Goddard, c'est pour ça qu'il refuse de te venir en aide? On devrait peut-être lui téléphoner, à lui aussi... (Il commença à enfoncer lentement et délibérément les touches du téléphone.)... Et s'il ne veut pas venir, on pourra toujours passer chez lui... oui, je pense que c'est ce que nous avons de mieux à faire.

Brix arracha le téléphone au policier.

— Ne le mêlez pas à ça!... J'ai juste voulu qu'elle passe une bonne nuit. C'est bien ce qu'a dit le serveur, non? un somnifère. Rien de plus. J'étais bien obligé de m'occuper d'elle, elle n'était plus en état de le faire. Vu son état de surexcitation depuis le début du repas, je me suis dit que ce dont elle avait besoin, c'était avant tout d'aller se coucher et de dormir. Je pensais que ça irait mieux le lendemain.

Le sergent Janowski enleva le téléphone à Brix et le posa sur la table.

— Ça irait mieux, dis-tu? Ça signifie quoi, ça, exactement? Qu'elle ne risquerait pas de bavarder sur votre entreprise, à toi et à ton père?

Brix fit un bond sur sa chaise.

— Je ne vois pas ce que...

— Oh bien sûr que si, Brix! Nous savons tout ce qui se passe: Mlle Goddard a découvert que tu étais impliqué dans une machination quelconque, et tu as voulu l'assassiner pour t'assurer de...

— C'est faux! Je ne suis impliqué dans rien du tout!... Qu'est-ce qui vous prend? D'abord vous m'accusez d'avoir mis une drogue dans son cognac, puis vous vous mettez à divaguer sur mon entreprise. Vous n'y comprenez rien, vous dites n'importe quoi...

— Tu viens d'avouer avoir mis de l'Halcion dans...

dans le cognac, sans doute. Tu viens de le dire. Et les rapports des tests du PK-20 sont...

— Vous ne savez rien du tout sur le PK-20 ! Personne ne sait rien, hormis ceux qui y travaillent. C'est top secret.

— Nous savons tout, Brix. Ainsi que le procureur. Nous connaissons les rapports des tests (les originaux, je veux dire), et les mémos envoyés par ton ami Kurt. Tout le monde sait tout, sauf toi ! Cela te chiffonne ? Tu te sens exclu ? Dis la vérité, tu ne le seras plus. Puisque je te dis que tout le monde est informé...

— Mon père aussi sait...

— Le procureur l'a appelé ce soir.

Brix s'affala sur sa chaise. Il n'eut pas un instant l'idée de s'étonner que le procureur appelle son père un soir de Noël, aucun doute ne l'effleura. Il était le seul à ignorer que tout le monde savait.

Le grondement dans ses oreilles s'intensifia, c'était comme un train fonçant sur lui. Affaissé dans sa chaise, il leva les yeux, regarda ce qui se passait. Rien. Le sergent était toujours appuyé contre le rebord de la fenêtre, le détective assis derrière son bureau. Tous deux le contemplaient avec intérêt, attendant patiemment. Il n'y avait personne dans la pièce, rien qui pût produire ce rugissement qu'il entendait. Il était seul au milieu de tout ce bruit. Seul, seul, seul. A cause de son salaud de père !

— Je me suis contenté de lui obéir.

Les mots étaient prononcés. Il en fut un peu effrayé, puis pensa : « Tant pis, c'est la vérité après tout ! Il ne s'est pas dérangé pour m'aider, alors pourquoi continuerais-je à le protéger ? J'ai tout risqué pour les préserver des ennuis, lui et l'entreprise. Et il m'a chassé. Je ne lui dois rien ! »

— Tu lui as obéi ?

— Oh, vous savez bien, pour modifier les rapports des tests. Il a voulu que je diminue le pourcentage des femmes ayant eu un problème avec la crème *Eye Restorative Cream*, et que j'augmente celui de celles qui étaient satisfaites. Et surtout il tenait à passer sous silence le cas de celle qui avait perdu la vue à un œil... On n'en est pourtant pas responsable, mais mon père a insisté pour que cela ne figure nulle part. Alors j'ai obéi. Je fais tout ce que mon père m'ordonne, tout ce qu'il désire, vous savez. Je tiens avant tout à ce qu'il soit fier de moi.

Il y eut un silence. Le détective Fasching se leva.

— Et tu ne voulais pas qu'il apprenne que Mlle Goddard était au courant de ces falsifications, c'est ça ? Tu savais qu'il serait furieux contre toi.

Brix acquiesça. Le grondement dans ses oreilles avait cessé. Il se sentait écrasé de fatigue, incapable de bouger.

— O.K., Brix, tu n'as plus qu'à signer ta déclaration. Elle sera prête dans un instant.

Le jeune homme le regarda d'un air ahuri. De quoi parlait cet homme ?

— Ah, la voilà !

Il prit la liasse de feuilles que lui tendait la jeune femme derrière le paravent.

— Géniale invention, la machine à traitement de texte ! Lis-la bien avant de signer.

Brix regarda les feuilles dans sa main. Il négligea les premières pages et alla droit à la fin, relisant ce qu'il avait dit de son père. *Je fais tout ce que mon père m'ordonne, tout ce qu'il désire, vous savez. Je tiens avant tout à ce qu'il soit fier de moi.*

Bien joué ! Si une phrase devait être rédhibitoire pour le vieux, ce serait celle-ci. Brix se moquait éperdument de ce qui allait arriver maintenant, pourvu que son père en profite aussi. La perte de l'entreprise... la prison... la faillite... Aucune objection du moment que c'était pour tous les deux. Quentin verrait ce qui arrive à un père qui chasse son propre fils !

Il posa la dernière page sur le bureau et la signa.

— Tu n'as pas tout lu.

— Pas besoin...

— Tu ne veux pas lire le reste ?

Brix haussa les épaules.

— Alors, appose tes initiales en bas de chaque page, s'il te plaît.

— Oh, pour l'amour du ciel ! marmonna le jeune homme.

Il obtempéra, l'air maussade, puis se leva.

— Bon, je rentre chez moi, maintenant!

— C'est malheureusement impossible, dit le sergent. Tu es accusé de tentative d'homicide volontaire, et tu vas devoir rester ici jusqu'à ce que le juge ait fixé le montant de la caution.

— Vous ne pouvez pas faire ça! Vous vous imaginez que... Mais vous ne pouvez pas me mettre en garde à vue, je n'ai même pas d'avocat!

— Tu en trouveras un demain. Tu dois en connaître des tas, tous prêts à se précipiter ici dès que tu les appelleras. Tu aurais pu en appeler un ce soir, tu as refusé.

Il saisit le bras de Brix. Lentement, malgré les brumes d'alcool et de drogue encombrant son cerveau, le jeune homme comprit qu'il était inculpé... et qu'il allait passer la nuit de Noël en prison.

« Et combien d'autres ?... Seigneur ! Comment en suis-je arrivé là ? »

Quentin était assis derrière son bureau et mettait au point sa tactique. La fenêtre donnait sur le Long Island Sound, gris et figé à cette époque de l'année. Les bateaux étaient rangés, les baigneurs étaient partis, la plage était déserte et balayée par le vent.

« C'est bien solitaire... mais que m'arrive-t-il ? Ce n'est pas mon genre, de me laisser aller à des états d'âme ! »

— En mars..., dit-il tout haut pour ramener son esprit sur son travail.

Il voulait que tout soit organisé pour le 2 janvier, quand le travail reprendrait, et cela ne lui laissait que trois jours.

— En mars, reprit-il, lancement du PK-20, avec deux mannequins, et non un. Et des femmes d'âge différent, une dizaine d'années d'écart, pour cibler des classes d'âge variées... Nous aurions pu y penser plus tôt! Mais tout d'abord, une série de mémos à usage interne, pour faire taire ces rumeurs... Sans les mentionner explicitement, ça leur donnerait de la crédibilité.

Les idées lui venaient facilement. Il pensait de temps à autre à Claire, à Emma et à Brix, mais sans s'attarder, il avait un travail à faire. Quand le téléphone sonna, il décrocha distraitement, en achevant une phrase dans sa tête.

— Quentin Eiger...

— Monsieur Eiger, je suis Hank McClore. Je travaille au bureau du procureur du Connecticut.

Quentin leva la tête.

— Et?...

— Et je vous appelle pour vous aviser qu'au reçu de certaines informations, nous allons dès demain matin déposer au tribunal une demande d'interdiction d'envoi à l'intérieur de l'Etat de tout cosmétique contenant un ingrédient appelé le PK-20. Et ce, jusqu'à ce que nous ayons la preuve que ce produit ne présente aucun danger. Une copie de votre dossier a été transmise aux instances fédérales, et il est à prévoir que toute expédition dans un autre Etat sera également interdite. La Direction de la Santé publique a annoncé son intention de participer à notre enquête, dont l'objectif est de rechercher des preuves de falsification volontaire de documents dans un but illégal.

Quentin regarda les arbres nus, semblables à des griffures noires dans le ciel gris acier.

— Nos produits sont parfaitement sûrs, et l'ont toujours été. Il se peut que vous ayez entendu des racontars, il court toujours des bruits dans le monde des affaires, mais rien de plus... (Sa voix vibrait de rage contenue.)... Si vous avez deux sous de raison, vous annulerez cette chasse aux sorcières immédiatement. Il vous est facile d'impressionner une petite entreprise, si ça vous amuse, mais pas Quentin Eiger. Si ces absurdités ne s'arrêtent pas tout de suite, je vous avertis que vous serez au chômage d'ici peu, et que personne ne vous offrira d'emploi!

— Monsieur Eiger, répondit McClore d'une voix étrangement douce, nous sommes en possession de mémos dénonçant de sévères réactions allergiques, y compris la perte de vision d'un œil, parmi les personnes sur lesquelles ont été effectués les essais du PK-20. Ces mémos résument les conclusions de rapports de tests datés de moins d'une semaine avant eux. Nous sommes aussi en possession d'une autre série de rapports, ultérieure, dans lesquels les résultats négatifs ont été modifiés, et le cas de perte de vision d'un œil passé sous silence.

Quentin raccrocha brutalement, bondit de sa chaise, franchit en coup de vent la porte, traversa la terrasse et descendit sur la plage balayée par le vent. Perdu dans un tourbillon de pensées, il commença à marcher à grandes enjambées le long de la mer.

Tout ce temps passé à élaborer une brillante stratégie avait été du temps perdu. Comment avaient-ils pu mettre la main sur ces rapports de tests. Brix était censé les avoir détruits... Encore une fois, il aurait dû y veiller lui-même!... Quoique ça n'eût rien changé, quelqu'un avait trouvé le moyen d'accéder aux fichiers et avait trouvé les dossiers. Et les avait envoyés au procureur! Un employé de son entreprise, un traître, plus d'un peut-être!... Le salaud! Il finirait bien par savoir qui c'était, alors... Mais quelle importance, maintenant?

Il continua à longer la mer, écartant à coups de pied petits galets et morceaux de bois amenés par les vagues.

Il n'avait plus qu'à recommencer de zéro avec une nouvelle gamme de produits, ou bien, ce serait plus simple, garder le PK-20 sous un autre nom, avec une nouvelle image. Ce serait une bonne idée de laisser tomber ce truc de l'éternelle jouvence et d'essayer un concept neuf. Pourquoi pas la santé? Le public, de nos jours, est obnubilé par sa petite santé, et si on arrivait à le convaincre que telle crème préserverait le teint, les cheveux, n'importe quoi, les cellules du corps, par exemple, il pouvait tirer seul la conclusion: santé égale jeunesse.

Quentin ralentit.

C'était un angle tout à fait neuf. Personne n'y avait encore pensé. S'il ressortait le PK-20 avec un nom séduisant, promettant implicitement la santé éternelle, et trouvait deux ou trois visages nouveaux pour les photos, il pourrait lancer la gamme en moins d'un an.

L'enthousiasme commençait à le gagner.

«Non seulement je sauverai la situation, mais je finirai par avoir un produit meilleur que le premier, dont le succès sera encore plus grand!»

Maintenant qu'il marchait moins vite, il s'aperçut combien il faisait froid. Il ne portait qu'un pantalon de toile avec un chandail sur une chemise à col ouvert, et grelottait. Le fond de l'air était glacial. Il fit demi-tour et prit en petites foulées la direction de sa maison. Il avait du pain sur la planche. Il allait commencer par annuler son rendez-vous de ce soir, puis il s'attellerait à la tâche. Il leva les yeux pour voir à quelle distance il se trouvait de chez lui, et ralentit : deux hommes le regardaient, debout à la porte de son bureau et, en approchant, il reconnut ses deux associés, qui, avec lui, formaient le conseil d'administration des laboratoires Eiger. Que pouvaient-ils bien faire ici ? Ils ne venaient jamais sur la côte en hiver.

— Je vous croyais en Floride..., dit-il en s'approchant d'eux. Ou bien ne deviez-vous pas aller pêcher le gros aux Caraïbes ? (Il leur serra la main.) Sam, Thor, comment allez-vous ?

— Nous venons d'arriver.

Ils reculèrent vers le fond de la pièce pour laisser Quentin entrer et refermer derrière lui. Le sable dans ses souliers lui blessait les pieds, mais il refusait de se déchausser devant ces deux guignols : se retrouver en chaussettes le mettrait en position d'infériorité.

— Eh bien, asseyez-vous... Que se passe-t-il ?

Ils ne bougèrent pas.

— Vous le savez certainement, commença Thor. Nous avons entendu des rumeurs inquiétantes sur les laboratoires Eiger, alors nous avons appelé le bureau du procureur. Ils nous ont répondu qu'ils allaient vous contacter. C'est sûrement fait.

— Vous avez entendu des rumeurs ? D'où venaient-elles ?

— Là n'est pas la question. Il y a un tas de gens au courant, maintenant. On vous a appelé de la part du procureur ?

Quentin acquiesça d'un mouvement raide.

— Il n'a aucun élément solide, il ne fait qu'aller à la pêche. Mais pour éviter les ennuis, j'ai pris la décision de retravailler toute la ligne PK-20, de la modifier, de la rebaptiser, et de la sortir sous un angle différent, avec un message entièrement neuf. Je peux faire ça en moins d'un an. J'aurai quelques pertes à compenser, mais rien de grave. Pas au point de ralentir ma...

— Quentin, j'ai toujours trouvé fascinant de vous entendre toujours employer le *je* en parlant des laboratoires Eiger. Comme si tout reposait sur vos épaules, intervint Thor d'un ton songeur.

Quentin fronça les sourcils.

— Pourquoi faites-vous cette remarque ? Je sais bien que tout ne repose pas sur mes épaules... bien que j'avoue en avoir parfois l'impression.

Il sourit, mais aucun des deux hommes ne lui rendit son sourire.

— Nous sommes venus vous demander de démissionner de votre poste de P.-D.G. des laboratoires Eiger. Pour parler clairement, vous êtes limogé !... Nous voulons essayer de sauver l'entreprise, bien que, pour le moment, il ne reste plus grand-chose à sauver. En tout cas, la suite des événements se déroulera sans vous !

— Mais vous ne pouvez pas faire ça ! haleta Quentin.

Le souffle coupé, il recula pour s'appuyer à son bureau ; le sable dans ses souliers coupait ses pieds comme des échardes de verre, et il avait très froid. Sa petite course ne l'avait pas réchauffé.

— C'est illégal ! protesta-t-il avec véhémence. Selon le contrat, il faut un préavis de quatre-vingt-dix jours à tout changement à l'organigramme de l'entreprise.

— Le contrat sera déclaré nul et non avenu. Nous avons consulté un homme de loi, et nos droits et responsabilités de membres du conseil d'administration sont indéniables. Vous avez mis en danger l'existence même de notre société commerciale, en faisant dépendre sa santé financière d'un produit susceptible de nous exposer à des poursuites judiciaires. Dans la mesure où nous en sommes informés, il est impossible de vous conserver comme P.-D.G. Vous pouvez toujours demander à vos conseils juridiques, si vous avez envie d'ébruiter l'affaire. De toute façon, ils en liront les détails dans les journaux. Nous aimerions trouver un moyen d'éviter de faire tant de vagues, mais une fois que l'affaire est sur le bureau du procureur, nous n'y pouvons plus grand-chose.

« Les journaux !... Et la télévision, la radio, les revues... Je vais perdre mon entreprise et les médias vont en faire des gorges chaudes. Ces salauds adorent déboulonner une personnalité importante ou influente ! »

Il se sentit sombrer. Par la faute d'un ou deux mémos

débiles, tous ses projets, ses plans, ses scénarios pour accroître sa sphère d'influence en utilisant au bon moment telle ou telle personne étaient réduits à néant. Il allait bel et bien perdre son entreprise... Faux ! Il l'avait perdue.

« Seigneur, comment en suis-je arrivé là ? »

— Il est regrettable que vous ne nous ayez pas consultés au début, dit Sam en ouvrant la porte du bureau, nous aurions pu éviter de descendre si bas. Thor et moi n'avons guère de sympathie pour les pratiques frauduleuses. Vous le saviez, et c'est pour cette raison que vous vous êtes abstenu de nous informer de ce qui se passait. C'est fort regrettable !

Les deux hommes sortirent. Quentin les regarda longer d'un même pas la terrasse, puis disparaître au coin du mur, en direction de l'allée, la rue, leur voiture, l'entreprise qui appartenait maintenant à eux seuls.

« Salauds ! »

Mais cette pensée n'avait guère de force. Telle la dernière bouffée de fumée d'un feu mourant, elle plana quelques instants dans l'air puis disparut.

L'arbre de Noël n'avait pas été défait. Hannah s'était contentée d'en épousseter les décorations, et de balayer les aiguilles tombées au pied. Semblables à des traînées d'étoiles brillantes, de fines guirlandes d'ampoules multicolores s'enroulaient autour des branches.

Emma était assise à côté, dans un fauteuil, et regardait les autres convives débarrasser la table et emporter les assiettes sales à la cuisine. Elle avait offert d'aider, mais ils avaient tous protesté.

— Certainement pas ! avait déclaré Hannah. Une autre fois, mais pas ce soir. Cette fête de Saint-Sylvestre est en ton honneur, et il n'est pas question que tu lèves le petit doigt !

Un moment plus tôt, à l'heure du repas, on l'avait solennellement installée à table entre Claire et Alex, et servie « comme une princesse », avait-elle remarqué en riant. A la fin du repas, David qui, séduit par sa beauté et impressionné parce qu'elle avait frôlé la mort, ne l'avait pas quittée des yeux, lui avait offert son bras pour la conduire au salon, et l'avait fait asseoir sous le sapin.

— Nous nous chargeons de tout ! avait-il ajouté en lui tenant la main avec autant de précaution que si la jeune fille avait été en verre filé.

« Et c'est bien l'impression qu'elle donne », pensa Alex en regardant son fils s'attarder quelques instants auprès d'elle avant de retourner à regret à la salle à manger. Tous les mouvements d'Emma étaient lents et fluides, imprégnés de la grâce alanguie d'une danseuse. Elle était amaigrie, mais par certains côtés plus belle que jamais, avec une sorte de fragilité éthérée. La tristesse qui, pendant des semaines, avait hanté les yeux de la jeune fille, avait disparu, et on devinait dans son pâle sourire le soulagement d'avoir retrouvé le chemin du foyer.

Emma le vit qui la regardait et lui adressa un sourire. Elle lui avait toujours trouvé un visage sympathique, dès leur première rencontre, et c'était bon de le voir ici, à l'aise et détendu, presque chez lui, et d'être témoin des regards émouvants qu'il échangeait avec Claire.

Elle resta tranquillement assise, sans faire d'effort pour réfléchir, satisfaite de laisser l'amour et la chaleur humaine autour d'elle l'envelopper comme un manteau. Elle avait l'impression que son esprit était lessivé, décapé presque, lisse et trop glissant pour qu'une idée puisse s'y accrocher. Pensées et images y voletaient brièvement.

Avant que le docteur ne l'informe qu'une telle réaction n'avait rien d'exceptionnel, et ne lui assure que tout redeviendrait normal d'ici peu, Claire s'était inquiétée de ce papillonnement mental. Mais pas Emma. Elle se sentait très bien, elle pouvait penser à tout ce qu'elle voulait, mais trop brièvement pour en souffrir. Une fois la table débarrassée et les assiettes sales dans le lave-vaisselle, Alex rajouta une bûche sur le feu, dont les flammes s'élevèrent plus hautes, et tous revinrent au salon. La radio jouait *L'Hymne à la joie* de la Neuvième Symphonie de Beethoven. Hannah s'assit dans un fauteuil, Claire et Alex sur un canapé, Gina et Roz sur l'autre et David sur le sol, aux pieds d'Emma. Peu importait à tous qu'Emma leur parle ou non (et la plupart du temps, elle n'était guère loquace), ils l'aimaient et la traitaient en princesse, et elle les aimait tant qu'elle pensait que sa tendresse pour eux allait déborder. C'était comme le feu dans la cheminée, qui dansait, pétillait, et dont chaleur et lumière pénétraient en elle, chassant doutes et souffrances.

— Je sers le café ? demanda Roz en prenant la cafetière en argent pour remplir les tasses.

— Laissez-moi le faire, dit Gina à Hannah en l'empêchant de se lever pour couper le gâteau qu'elle avait confectionné pour l'occasion.

Les mots « Bonne Année » étaient tracés sur le dessus en glaçage blanc et l'intérieur était marbré, parfumé au chocolat et à la vanille.

— Comme l'année qui vient de s'écouler, tantôt sombre tantôt claire, expliqua la vieille dame.

Gina le découpa avec une pelle à tarte en argent et ivoire, et déposa les parts dans des assiettes à dessert françaises, découvertes par Claire dans une élégante boutique de Madison Avenue. Celle-ci regarda le délicat travail d'argent et d'ivoire, la fine porcelaine, puis sa fille, si belle et si fragile.

— Il n'y a qu'elle qui compte... Comment ai-je pu ne pas m'en apercevoir plus tôt ?

Elle avait passé neuf jours au chevet d'Emma. Hannah montait les repas, qu'elles mangeaient toutes les trois ensemble. Le reste du temps, Claire restait dans la chambre de sa fille, dormant la nuit sur un lit pliant. Dans la journée, Emma dormait beaucoup, et Claire travaillait à des esquisses pour un nouveau contrat, signé peu de temps après la remise de ses derniers dessins aux laboratoires Eiger.

Dès que sa fille se réveillait, elle posait ses dessins, et toutes deux bavardaient. Elles avaient beaucoup évoqué le passé, les années d'enfance et d'adolescence d'Emma, les écoles fréquentées, ses amis, les soirées et les week-ends passés à la maison à faire la cuisine, s'amuser à des jeux de société, écouter de la musique, recevoir un ou deux amis. Elles avaient aussi parlé d'Alex.

— Il t'aime..., affirma un jour Emma, il ne te quitte pas des yeux. Et toi, tu l'aimes ?

— Oui.

Emma la regarda avec attention.

Les deux femmes étaient assises l'une à côté de

l'autre, jambes allongées, Claire sur le bord du lit d'Emma et celle-ci au milieu, appuyée sur ses oreillers et les épaules couvertes d'une liseuse en soie, l'air apaisé et satisfait. Elle pouvait rester une heure, et plus, sans faire un geste.

Elle se pencha, posa sa main amaigrie sur celle de sa mère.

— C'est vrai, ça se voit. Tu es différente, comme si tu brillais.

— Comme si je brillais ?

— Comme si tu étais éclairée par une lumière intérieure. Tu sais bien... heureuse.

— Je le suis. Mais surtout parce que tu es là et que tu te rétablis de jour en jour.

Mais c'était trop approcher les problèmes d'Emma, qui refusait d'aborder le sujet. Si Claire essayait, elle tournait la tête et changeait la conversation.

— Tu vas l'épouser ?

— Nous n'en avons pas encore parlé... mais nous avons envisagé qu'il s'installe ici avec David. Qu'en penses-tu ?

— Oh !... Tout change d'un seul coup !... J'ai déjà dit ça une fois, n'est-ce pas ?... Il y a longtemps.

— Très juste. Et après, notre vie a connu des hauts et des bas. Maintenant, je pense que ce serait bien, différent mais bien.

— Tu n'as pas été amoureuse, n'est-ce pas, depuis mon père ?

— Non. Je l'ai cru une fois ou deux, mais je me trompais. Ce n'était pas comme cette fois-ci.

— Alors tu voudrais vraiment qu'ils habitent avec nous ?

— Je veux partager la vie d'Alex, et il est important pour lui de vivre avec son fils. Alors oui, je le voudrais vraiment plus que tout, en fait, à part ton complet rétablissement.

— Il se peut que je ne sois plus ici... que je continue mes études. Alors toi et Hannah vous vous retrouveriez toutes seules.

— Hannah non plus ne sera plus ici, elle a décidé de devenir une sorte de Mère supérieure au centre d'études poétiques de son ami Forrest.

— Non ! Hannah vit avec nous !

— Tu veux dire qu'elle nous appartient..., sourit Claire. Moi aussi, j'ai eu cette réaction, mais ce n'est pas le cas, elle a sa propre vie. Et elle tient à aller où l'on a besoin d'elle.

Emma secoua la tête.

— Je n'aime pas que ça change.

— Tout ne va pas changer, moi je serai toujours là pour toi, protesta doucement Claire. Cette maison aussi, et la porte te sera toujours ouverte, tu le sais bien. Et Alex fera partie du comité d'accueil.

— Avec David. Quel âge a-t-il ?

— Quatorze ans.

— Ô Maman, les gamins de quatorze ans sont si pénibles ! Pourquoi pas juste Alex ? Je l'aime bien... je ne connais même pas David !

— Tu feras sa connaissance le soir de la Saint-Sylvestre. Je crois qu'il te plaira et que vous vous entendrez très bien. David est un charmant gamin de quatorze ans.

Emma réfléchit.

— Quelle chambre lui donneras-tu ?

— Nous n'en avons pas parlé. Celle d'Hannah, je suppose... Pas la tienne, en tout cas. Pas question de toucher à la tienne, tu reviendras quand tu voudras.

— Ah bon !... (Emma s'appuya à ses oreillers.) Ouais... Mais je préférerais qu'Hannah ne parte pas.

Elles discutèrent aussi de Gina et de Roz, de Clairvallon et des projets d'Emma pour aller y monter, des plantes que celle-ci aimerait faire mettre dans leur jardin, de l'université à la rentrée prochaine. Emma tenait à un établissement petit, proche, où il serait possible de suivre une variété de cours sans avoir à se spécialiser dans l'immédiat. La perspective de devoir prendre des décisions l'effrayait. Le docteur lui avait assuré que cette appréhension disparaîtrait petit à petit.

Alex venait parfois se joindre à elles pour le dîner, et leur donnait des nouvelles de ses écrits, de la troupe d'art dramatique de Greenwich Village et de David. Il racontait leurs excursions du week-end aux alentours de New York. Emma écoutait et, en de brefs sursauts d'énergie, participait un peu à la conversation. Elle ne mentionnait jamais Brix, ni les laboratoires Eiger, ni son travail. Les autres attendaient qu'elle aborde le sujet, mais en vain.

— Laissez-lui le temps, avait recommandé le docteur Marks. N'insistez pas, elle affrontera ce problème à sa façon, et en son temps. Si elle n'y arrive pas, elle se fera aider d'un spécialiste, mais donnez-lui une chance de s'en tirer seule, à son rythme.

Ce soir de Saint-Sylvestre, elle semblait avoir retrouvé l'appétit. Elle mangea sa part de gâteau, et en redemanda.

— J'ai toujours faim ! s'excusa-t-elle.

— Tu n'as pas besoin d'avoir honte, dit Hannah en lui en coupant une seconde part, il est plus que temps que tu te mettes à apprécier ma cuisine.

— Maintenant que vous allez partir...

— Tu viendras me rendre visite, et je te préparerai à manger.

— Mais je ne veux pas que vous partiez ! On est si bien, toutes les trois, je ne veux pas que ça change, je ne veux pas que vous partiez !

— Il y aura des changements de toute façon, remarqua doucement Alex, on en a parlé...

Emma le regarda en coin et ne répondit pas.

— Tu t'en souviens, intervint David... je vais venir habiter ici, avec mon père et ta maman. Papa m'a dit que vous en aviez discuté, tu n'as pas oublié, quand même... ou alors... c'est que tu ne veux pas de moi ?

— Si, ça va. Je n'ai pas oublié... Tu es un charmant gamin de quatorze ans !

— Ce qui veut dire ?

— Ça veut dire que nous nous entendrons très bien, intervint Claire.

— Et moi, je ne serai pas loin, tu sais ! continua Hannah. Tu pourras me rendre visite très souvent, ce n'est pas comme si je partais très loin, à Singapour, par exemple. En fait, je suis vraiment partie très loin une fois, presque aussi loin que Singapour. Ma fille était restée avec sa grand-mère, et elle avait eu exactement la même réaction que toi. « Je ne veux pas que tu partes... on est si bien, toutes les trois ! » Mais je n'avais pas le choix, et après mon départ, je lui ai tellement manqué qu'elle me le répétait chaque soir au téléphone. Alors j'ai eu une idée : je lui ai envoyé chaque jour un petit cadeau peu coûteux, une friandise, une poupée miniature, un corsage bordé de dentelle, des boucles d'oreilles exotiques, un petit panier... et à chaque envoi je joignais un poème ou bien une petite histoire. C'était comme si j'étais chaque soir auprès d'elle pour lui parler, elle souffrait moins de me savoir si loin. Tu sais, Emma, il y a toujours un moyen d'être auprès des gens qu'on aime.

— C'est une bonne idée, répondit la jeune fille d'un ton rêveur. Vous pourriez m'écrire des histoires, à moi aussi.

— D'accord ! Mais tu viendras me voir, en plus. Aussi souvent que tu en auras envie.

Tandis que Hannah évoquait les futures visites d'Emma au centre d'études poétiques, Claire l'examina en plissant les yeux. Son regard chercha Alex et elle lut sur son visage le même scepticisme.

— Quand a-t-elle fait ce voyage ? murmura-t-il en se penchant vers elle.

— Je ne sais pas du tout...

Elle se posait la même question. Quand, dans sa longue série d'aventures (une liaison pendant une croisière... une autre, plus longue avec un agent immobilier... quelque temps passé à exercer le métier de traiteur, puis de videur... la mort de sa fille... un voyage en Afrique... de nombreuses années dans l'enseignement, à Saint Louis), avait-elle trouvé le temps d'aller presque aussi loin que Singapour et d'y faire un séjour assez long pour adresser à sa fille des envois quotidiens de friandises, cadeaux, poèmes ou histoires ?

— Je ne crois pas que ce soit jamais arrivé, chuchota-t-elle à Alex. Elle a dû l'inventer pour qu'Emma ne se sente pas coupable de quitter la maison. Elle essaie toujours de nous réconforter quand nous sommes tristes.

— Et ses autres histoires, alors ?

— Je ne sais pas... Elle nous les a racontées de façon si crédible... et la mort de sa fille... Personne ne pourrait inventer ça.

Alex esquissa un sourire.

— Elle a toujours un but, en les racontant...

— Oui. Elle nous les offre en cadeau, à nous de les utiliser à notre façon.

Elle regardait toujours Hannah, le visage ridé aux yeux pleins de tendresse et de gaieté, tandis qu'elle décrivait à Emma les fabuleuses aventures les attendant à New York.

— Peu importe que ses histoires soient vraies ou non, ajouta-t-elle, ce n'est pas une question à lui poser. Une marraine fée connaît sa mission, et a sa méthode pour la remplir. Ce n'est pas à nous d'avoir de doutes. Et quand elle a accompli sa tâche, elle va ailleurs, là où elle sent qu'on a besoin d'elle, comme Hannah.

Alex eut un petit rire.

— Je me rappelle le jour où vous m'avez dit qu'elle était votre marraine fée ! J'ai trouvé que c'était une ravissante invention. Mais elle correspond exactement à l'idée qu'on se fait d'une marraine fée, n'est-ce pas ? Vous lui avez dit ce que vous pensiez d'elle ?

— Oui, ça l'a beaucoup amusée. Vous savez, quand elle est arrivée chez nous, elle s'est présentée comme ma cousine, et nous...

Claire s'arrêta, fronça légèrement les sourcils.

— Elle l'est vraiment, à votre avis ?

— Je ne sais pas, je n'en ai aucune idée. Mais s'il fallait nous trouver un lien de parenté, je pourrais toujours l'adopter !

Alex éclata de rire. Hannah tourna la tête dans leur direction et échangea un long regard avec eux.

— Je vous aime tous tellement ! annonça-t-elle. Il n'y a personne au monde que j'aime comme cette famille. Et quand on y réfléchit bien, c'est l'essentiel, n'est-ce pas ?

— L'amour oui, mais la santé aussi, corrigea Gina.

— Sans oublier l'argent. Si l'amour et la santé viennent en première et deuxième position, l'argent suit tout de suite après.

— Oh, je ne sais pas, Roz..., protesta Claire. Cela arrive, d'avoir trop d'argent, je crois.

— Seulement si l'on devient insouciant, objecta Alex. Le problème avec les gens riches, c'est qu'ils oublient trop facilement combien la vie peut être dure.

— Vous voulez parler de tous les gens dans le monde qui ne mangent pas à leur faim ? Mais nous ne les avons jamais oubliés, Claire envoie de l'argent à toutes sortes d'organisations, et à des personnes en difficulté... comme les Morton. Je suis sûre qu'elle vous en a parlé. D'ailleurs nous avons des nouvelles d'eux, la leucémie de leur petit garçon paraît enrayée, il semble aller mieux, et ils ont même commencé à nous rembourser.

— Je crois qu'Alex veut dire que lorsqu'on est riche, il devient facile de désapprendre que nous pouvons nous nuire les uns aux autres, expliqua Claire.

Il serra plus fort sa main et expliqua :

— Nous oublions combien on doit se donner de mal dans nos rapports avec les autres, combien une amitié a besoin de protection et de soins, et combien il est impératif de savoir reconnaître ceux dont la fréquentation ne nous vaut rien. Beaucoup d'entre nous, dès qu'ils ont de l'argent, partent du principe que celui-ci est la panacée. Ils imaginent que lorsque tout va bien, l'argent permet à l'état de grâce de continuer, et lorsqu'on ne s'entend plus, il facilite la rupture.

— Il en est souvent ainsi, appuya Roz.

— Mais ça n'a pas été le cas pour vous et Hale, objecta Hannah.

— Ça ne peut pas toujours marcher. Ce n'est pas une raison pour en déduire que l'argent n'a aucune importance, parce que c'est complètement faux.

— Qu'entendez-vous par importance, alors ? demanda Alex. La fonction que l'argent remplit le mieux, c'est de permettre l'accumulation des biens.

Roz secoua la tête.

— L'argent permet d'acheter la liberté. On n'est pas libre si l'on doit passer tout son temps à travailler pour gagner le pain quotidien.

— La vie est plus amusante avec de l'argent que sans argent, mais ça ne va pas plus loin, intervint Gina. Et je ne crois pas que Claire se soit jamais montrée insouciante envers les autres, ni envers ses amis ou qui que ce soit.

— J'ai toutefois cru que l'ère des soucis était terminée... que nous avions cessé d'être vulnérables... que rien ne pouvait plus nous atteindre.

— Oui, ça, c'était une erreur, approuva Hannah. Mais voudriez-vous retourner à l'époque où vous n'aviez pas d'argent ? Recommencer à obéir à un patron ?

— Vous ne pourriez plus obéir au même patron, intervint David. J'ai entendu parler de lui aux informations, à la télévision, et il était mentionné dans le journal, aussi. Eiger, non? J'ai lu un article dans lequel on disait que son fils avait falsifié les résultats des essais d'une crème que les gens se mettent autour des yeux... enfin les femmes... ça les rendait malades et il y en a même une qui a perdu la vue... enfin seulement à un œil... et son fils avait voulu le cacher.

Toujours assis aux pieds d'Emma, il la regarda et, remarquant l'intérêt suscité par ses paroles, continua, tout heureux.

— Et après, l'article raconte que son fils a rejeté la responsabilité sur lui, enfin sur son père. Il a dit que c'était lui qui, comme il ne voulait pas ébruiter les résultats du test, lui avait donné l'ordre de les falsifier. Et son père n'est plus le P.-D.G. de l'entreprise, en fait il n'y a plus d'entreprise du tout. Et tout le monde accuse tout le monde, à la télévision, dans les journaux, c'est vraiment un panier de crabes.

— Qu'est-ce qu'il a fait, Brix? demanda Emma.

— Je viens de te le dire, il a...

David leva les yeux et s'aperçut que la question ne s'adressait pas à lui. Emma s'était tournée vers Claire et son regard n'était plus ni vague ni indifférent. Les yeux fixés sur sa mère, elle attendait la réponse.

— Il a essayé de te rendre très malade, répondit aussitôt celle-ci. (Elle attendait cette question, et avait préparé sa réponse.) Il voulait te faire peur pour que tu ne parles à personne des mémos que tu avais lus dans son bureau.

— Comment s'y est-il pris?

— Il a mis de l'Halcion dans ton verre, au dîner. Assez pour que ce soit grave.

— Et tu as pensé que j'allais mourir...

— Je ne savais pas, Emma...

— Il ne voulait pas me rendre malade, il voulait que je meure!

David regarda Alex.

— Tu m'avais dit de ne pas en parler, papa! Quand je t'ai montré l'article du journal...

— C'était dans le journal ? demanda Emma. Qu'est-ce qu'on disait ?

— Qu'il était accusé de tentative d'homicide volontaire et qu'il essayait de se faire libérer sous caution, et...

— Ça suffit, David ! interrompit Alex.

Claire s'assit sur le bras du fauteuil d'Emma et, entourant sa fille dans ses bras, la serra contre elle.

— Il a prétendu qu'il voulait seulement...

— Mais tu n'en crois pas le premier mot, tu penses qu'il a essayé de me tuer. Tu ne l'as jamais aimé...

— Ce n'est pas une raison pour être certaine de son intention de se débarrasser de toi, il se peut qu'il ait seulement cherché à te faire peur.

— Tu ne l'as jamais aimé, parce que tu l'avais percé à jour. Pas moi. Il voulait que je meure, il m'a dit qu'il me détestait. Et... je lui ai répondu... oh, attends... je n'arrive pas à m'en souvenir... oh oui... j'ai parlé de tout gâcher... (son regard se perdait au loin)... oui... j'ai dit qu'il avait tout gâché. Et il y avait le serveur à côté, et j'ai dit... c'est fini !... et je suis partie en courant. Je suis même tombée, on m'a aidée à me relever.

— Tu as dit que tu n'avais pas pris de comprimés ce soir-là, continua Claire... Nous te l'avons demandé plusieurs fois à l'hôpital, et tu nous as toujours fait la même réponse.

— Mais non, je n'en ai pas pris ! Je n'en avais pas besoin, je n'allais pas prendre un somnifère avant de sortir. Et j'étais heureuse. Brix m'aimait...

Deux grosses larmes coulèrent sur ses joues. David sortit son mouchoir, le lui mit dans la paume et referma ses doigts dessus. Elle le garda, mais n'essaya pas de sécher ses larmes. Elle se blottit contre sa mère, bien serrée, et la regarda droit dans les yeux.

— Il voulait que je meure. Comment peut-on vouloir tuer quelqu'un ?

Claire secoua la tête.

— Je ne sais pas. Certaines personnes sont capables du pire, d'autres non. Cela n'a aucun rapport avec l'amour qu'on peut ressentir pour elles, ou les efforts faits pour leur plaire. Nous n'avons aucune influence sur certains traits de la personnalité d'un autre. Quelqu'un capable de faire le mal, impuissant devant sa propre violence, échappe à ceux qui l'aiment. Aussi gentil et affectueux soit-il quand il n'est pas en colère.

— Je ne savais pas...

— Peut-être l'ignorait-il lui-même.

— Où est-il ?

— Il a été arrêté. Il a avoué avoir mis de l'Halcion dans ton cognac, alors la libération sous caution a été refusée. Je ne sais pas ce qui va lui arriver, maintenant.

— Il est en prison ?

— Oui.

— Il ne doit pas apprécier du tout.

— Sans aucun doute.

Emma ne pleurait plus.

— Peut-être est-il incapable d'aimer... Comme quelqu'un qui ne pourrait pas marcher parce qu'il lui manque une jambe, ou qui n'aurait pas de doigts pour saisir les objets, il lui manque peut-être quelque chose, une sorte d'infirmité.

— C'est possible...

Claire avait le cœur serré par le chagrin d'Emma, sa détresse de n'avoir pas su éveiller en Brix l'amour qu'elle ressentait pour lui, ni le transformer en celui qu'elle l'avait cru être.

Emma hocha la tête.

— Il était si gentil, par moments !

« Voilà qui sera, pensa Alex, le dernier éloge d'Emma pour Brix Eiger. »

Le silence régna un long moment dans la pièce. Hannah se leva et commença à débarrasser la table basse.

— Je vais faire un autre café. Et nous avons du champagne. Quelle heure est-il ?

— L'heure que notre convalescente aille se coucher, répondit Gina.

— Oh non ! protesta celle-ci, c'est la Saint-Sylvestre, je peux rester debout. Je vais bien mieux, Gina, je suis presque rétablie. Et je me sens heureuse !

On entendit, comme une douce brise, un soupir de soulagement unanime.

« Oh merci, merci ! » pensa Claire, ébauchant une prière silencieuse d'action de grâces pour toutes les joies de la vie, la présence autour d'elle de ceux qu'elle aimait, l'affection qui régnait entre eux.

Roz revint sur leur précédent sujet de conversation.

— Claire, tu rendrais vraiment l'argent ?

— Non. Il y a trop de choses que j'ai envie de faire, trop de gens à aider, les études d'Emma, ma propre entreprise... je ne veux pas renoncer à tout ça, j'apprécie d'être riche. Seulement dorénavant, je considérerai ma fortune d'un autre œil. J'ai toujours plus ou moins deviné qu'elle ne résolvait pas tous les problèmes, maintenant j'en suis certaine.

— Eh bien, n'est-ce pas une excellente façon de commencer l'année, dit Hannah, debout près de la cheminée, la cafetière pleine à la main. Quentin n'a jamais appris cette leçon, c'est là son drame. Ce n'est pas une tragédie de ne plus vendre de produits de beauté ou de perdre son entreprise. Ce qui est grave, c'est qu'il n'aime pas son fils et considère cette indifférence comme un détail... Seigneur, il me rappelle un homme avec qui j'ai travaillé autrefois, et aux yeux de qui seule comptait sa propre importance. Il...

— Je vais aider Claire à ranger ça, dit Alex en se levant.

Tandis que Hannah parlait, ils empilèrent sur des plateaux assiettes à dessert, tasses et soucoupes, et les emportèrent à la cuisine. La pièce, uniquement éclairée d'une faible lampe dans la partie réservée au petit déjeuner, était chaude et silencieuse. Ils posèrent les plateaux, et s'étreignirent dans la pénombre.

— Quel amour chaste que le nôtre ! murmura Claire.

Alex sourit.

— Entre mon fils et votre fille, nous n'avons même pas pu nous approcher d'un lit ! Je crois que nous devrions partir un peu, et voir ce qui se passe lorsque nous nous retrouvons seuls.

— Je suis tout à fait pour !

— Et Emma ? Vous n'allez pas la laisser seule ?

— Elle peut aller chez Roz et Gina. Elle les adore et pour l'instant, c'est là-bas qu'elle sera le mieux.

— Et Hannah partira chez son cher Forrest. Et vous et moi ensemble. Où voudriez-vous aller ?

— Votre appartement à New York...

— Vraiment ? Je pensais plutôt à Hawaii... Kuai en janvier est un paradis. Ou bien Puerto Vallarta, tout aussi chaud et magnifique. Choisissez !

— L'un ou l'autre. Tout ce que je veux, c'est que nous soyons ensemble.

Ils s'embrassèrent, un long et fervent baiser, chargé de sens par l'amitié de semaines studieuses dans l'atelier de Claire. Et la communion d'esprit de cette dernière semaine, durant laquelle ils s'étaient accrochés l'un à l'autre et à leur désir l'un de l'autre. Une source d'émerveillement pour Claire et une découverte pour Alex : l'amour perdu pouvait renaître, d'une façon différente, et lui donner à nouveau un foyer.

Claire s'écarta juste assez pour le voir, pour s'extasier de le sentir si proche, avec la perspective d'un lendemain, suivi d'autres jours, de tout un avenir partagé, après tant d'années de solitude.

— Mon amour..., chuchota Alex. Mon cœur est serein, et mon âme s'épanouit comme une fleur... Nous allons être si heureux...

Claire pensa à Emma, à David, à cette maison qui les abriterait tous. Elle sentait son corps s'éveiller à la chaleur des bras autour d'elle, à la force des épaules, et se sentait riche, comme jamais auparavant.

Elle embrassa Alex, puis murmura, lèvres contre lèvres :

— Bonne année, mon amour !

4226

Composition Interligne B-Liège
Achevé d'imprimer en Europe (France)
par Brodard et Taupin à La Flèche (Sarthe)
le 20 mai 1996. 6859N
Dépôt légal mai 1996. ISBN 2-277-24226-8
Éditions J'ai lu
84, rue de Grenelle, 75007 Paris
Diffusion France et étranger : Flammarion